위증

MEINEID
by Petra Hammesfahr

All rights reserved by the proprietor throughout the world
in the case of brief embodied in critical articles or reviews.
Korean translation copyright ⓒ 2004 Munhakdongne Publishing Corp., Seoul.
Copyright ⓒ 2001 by Rowohlt Taschenbuch Verlag GmbH, Reinbek bei Hamburg.

This Korean edition was published by arrangement with
Rowohlt Taschenbuch Verlag GmbH, Reinbek bei Hamburg
through Bestun Korea Agency Co, Seoul.

이 책의 한국어판 저작권은 베스툰 코리아 에이전시를 통해
독일 Rowohlt 출판사와 독점 계약한 (주) 문학동네에 있습니다.
저작권법에 의해 한국 내에서 보호를 받는 저작물이므로
무단 전재 및 무단 복제를 금합니다.

국립중앙도서관 출판시도서목록(CIP)

위증 / 페트라 함메스파 지음 ; 강혜경 옮김.
— 파주 : 문학동네, 2004
    p. ;   cm
원서명 : Meineid
원저자명 : Hammesfahr, Petra
ISBN 89-8281-882-0 03850 : ₩9500

853-KDC4
833.92-DDC21   CIP2004001851

페트라 함메스파 장편소설 ― 강혜경 옮김

문학동네

I

 장례식이 거행되는 동안 지난해 그레타가 자주 했던 말이 떠올랐다. '이건 정말 말도 안 돼!' 사실 장례식장에는 수북이 쌓인 장미꽃보다 거짓이 더 많았다.
 내 자리는 제일 앞줄이었다. 이 미터쯤 앞에 조문객들이 갖고 온 꽃다발들이 작은 동산을 이루고 있었다. 테스가 누워 있는 관은 그 꽃들에 파묻혀 거의 보이지 않았다. 검붉은 장미와 백합이 섞인 꽃다발들. 사랑과 순결의 상징, 그리고 어마어마한 거짓이 한데 섞여 풍성한 다발을 이루고 있었다. 그 꽃다발들을 옆으로 치우려면 힘센 남자 둘은 있어야 할 것 같았다. 그 상태로는 관을 무덤에 넣을 수도 없었다.
 화환은 거의 없었다. 꽃집 주인 말로는 요즘은 화환을 하는 사람이 별로 없다고 한다. 그러나 나는 차라리 화환이 더 나을 뻔했다는 생각이 들었다. 그랬더라면 이 장례식이 정말 실감이 났을 텐데. 그와 함께 마침내 모든 것이 끝났다는 사실도. 그러나 이대로는 아직 실제 같지가 않았다. 금방이라도 장미와 백합 다발이 흔들리며 그녀가 관뚜껑을 열고 일어나 그곳에 있는 모든 사람에게 미소지어 보일 것만 같았다.
　백 명이 넘는 조문객 수가 그녀의 인기를 말해주고 있었다. 특유의 매력과 열정적인 분위기로 그녀는 모든 사람들과 쉽게 친해졌으며 자기를 숭배하도록 만들었다. 그 숭배자들이 이제 검은 옷을 입고 시체처럼 창백한 표정으로 손에 티슈를 움켜쥐고 서 있다. 식장이 별로 크지 않아서 비를 맞으며 바깥에 서 있는 사람도 많았다. 그들 중 몇 명은 훌쩍거리며 울고 있었다.
　나는 나 자신이 바싹 마른 박제동물처럼 느껴져 당장이라도 그 자리를 뜨고 싶었다. 어느 장례식에서나 흔히 들을 수 있는 목사의 설교를 중단시키고 싶은 충동도 여러 번 느꼈다.
　"고인은 잔인한 범죄의 희생자로 너무 일찍 우리 곁을 떠나고 말았습니다!"
　물론 그렇게 생각할 수도 있을 것이다. 직접적인 사인(死因)이었던 세 군데의 칼자국만 본다면. 그러나 그 상처는 표면적인 것에 불과하며 실은 그 속에 진실이 숨어 있다는 사실을 누가 알겠는가. 그런 생각을 하자 나는 더이상 그 부드럽고 가식적인 목소리를 들을 수도, 참을 수도 없었다.
　신경을 딴 곳으로 돌리려고 리본 위에 씌어 있는 글을 읽었다.
　'삼가 고인의 명복을 빕니다.' '삼가 조의를 표합니다.' '고인을 영원히 기리며……'
　어떻게 그녀를 잊을 수 있겠는가! 다른 사람들에게 내가 그녀로 인해 얼마나 소중한 것을 잃었는지 어떻게 설명할 수 있을까? 그녀는 내게서 조화로운 세상에 대한 믿음과 세상의 모든 것이 보이는 그대로라는 믿음을 빼앗아가버렸다.

지난 며칠간은 한마디로 끔찍했다. 어느 것 하나 예전 그대로인 것이 없었다. 갑자기 모든 것이 달라져버렸다. 마치 그녀가 죽으면서 인간의 머리로 생각할 수 있는 가장 혐오스럽고 역겨운 것들이 썩어가고 있는 판도라의 상자를 열어놓은 것만 같았다.

식장을 나오자 빗줄기가 더욱 거세지기 시작했다. 자연이 모든 거짓의 흔적을 빗물로 씻어내버리려는 것 같았다. 그렇게 간단하게 없어질 수만 있다면 얼마나 좋겠는가. 그러나 모든 것이 칼에 묻은 핏자국처럼 그렇게 쉽게 지워지지는 않는다. 죄는 영원히 지울 수가 없다. 얀과 테스 그리고 그레타와 나 니클라스 브란트. 우리 모두는 각자의 방식으로 죄를 지었다.

우리는 특이한 사 인조였다. 정확히 말해서 두 커플이었고 공식적으로는 모두 절친한 친구였다. 우리 두 남자는 겉으론 친한 척했지만 사실은 처음 본 순간부터 서로의 눈치를 살피며 가까이 다가가기를 꺼렸다. 반면 두 여자는 지난 삼십 년간 한결같이 둘도 없는 절친한 친구로 지내왔다. 아무도 그들을 갈라놓을 수 없었다. 제삼자는 물론 '이건 아니야' 라는 내면의 소리조차도.

테스는 늘 그레타의 삶의 일부였고 형제가 없었던 그레타에게 친자매나 마찬가지였다. 테스는 그레타의 화려한 에고이며 파랑새였다. 그레타는 그런 테스를 사랑했다. 모든 것이 거짓이었다고 해도 그것만은 진실이었다고 장담할 수 있다.

시간이 지날수록 사람들은 그레타와 테스의 관계가 지속되는 것을 신기하게 여겼다. 두 여자는 닮은 점이 전혀 없다는 소리를 한두 번 들은 게 아니었다. 그리고 그건 사실이었다.

적어도 어렸을 때는 출신 배경이 비슷하다는 사실이 두 사람을 가

갑게 해준 것 같았다. 평범한 가정에서 태어난 두 사람은 자기 아빠의 비싼 자동차나 멋진 여름 휴가여행에 대해 자랑하는 친구들 사이에 낄 수가 없었다. 대신 두 소녀는 학교 성적이 뛰어났고 언젠가 소시민적인 가족의 울타리에서 벗어나 크고 넓은 세상을 경험하겠다는 멋진 꿈을 갖고 있었다.

그러나 그들이 살아가는 모습은 이미 학창 시절부터 판이하게 달랐다. 그레타의 아버지는 하루 종일 포드사의 컨베이어벨트 앞에 서서 일하는 노동자였다. 이탈리아 이민자 출신이었던 그는 고향에 여러 명의 형제와 누이들, 삼촌, 이모, 사촌, 조카, 질녀, 그리고 늙은 어머니까지 두고 있었고 그들이 좀더 편안하게 살 수 있도록 경제적인 지원을 계속 해야만 했다. 그래서 정작 자기 가족의 살림은 늘 빠듯했다. 반면 테스의 집은 아주 넉넉하다고 할 순 없지만 그래도 그녀의 아버지는 자기 집을 가진 자영업자였다.

어릴 때 그레타는 자신에겐 내세울 게 하나도 없다고 생각했다. 그녀의 아버지는 원래 아들을 원했다. 그것도 여러 명을. 그런데 그의 바람과는 달리 외동딸로 만족해야 했던 것이다. 그레타는 늘 계집아이는 가치로 따지자면 사내아이의 반밖에 안 되기 때문에 두 배로 열심히 노력해야 한다는 아버지의 말을 들으며 자랐다. 반면 테스의 아버지는 작문 숙제가 형편없으니 다시 쓰라는 따위의 말을 한 번도 한 적이 없었다.

그레타는 사춘기가 되어도 여전히 비쩍 마르고 별볼일 없는 존재였다. 안경알 너머로 보이는 눈은 압정 머리만큼 작았으며 치아도 크기가 들쭉날쭉한데다 앞으로 돌출되어 있었다. 또 돼지털처럼 뻣뻣한 머리카락은 아무리 강한 스프레이를 뿌려도 차분해지질 않았다.

반면 어릴 때부터 눈에 띄게 예뻤던 테스는 나이가 들면서 더욱 매력적인 여인이 되었다. 또렷한 이목구비와 완벽한 몸매, 탄력 있는 얼굴선, 곧게 뻗은 코, 도톰한 입술 그리고 초록색 눈동자 등 어느 곳 하나 흠잡을 데 없이 완벽했다. 게다가 이 모든 것을 부드럽게 감싸고 있는 빨간 곱슬머리는 햇살을 받으면 금실처럼 반짝거렸다.

그들은 입학식 첫날부터 떼려야 뗄 수 없는 사이가 되었다. 아니, 더 정확히 말하자면 둘째 날에 두 사람이 앞줄에 나란히 앉게 되고부터였다. 그레타는 심한 근시 때문에 선생님으로부터 앞자리를 지정받았다. 안경을 쓰고도 앞자리가 아니면 칠판의 글씨를 거의 읽을 수가 없었기 때문이다. 반면 테스는 무슨 일이 있어도 꼭 앞줄에 앉겠다고 우겼다. 자기 스스로 자리를 선택했던 것이다.

입학식 첫날 아이들은 교정에서 몇 가지 공식 행사를 치러야 했다. 그런 다음 각자 공부하게 될 교실을 둘러보고 자리도 배정받았다. 테스는 이곳저곳 옮겨가며 앉아본 후 결국 그레타 옆에 앉기로 결정했다.

둘째 날부터 아이들에겐 고달픈 생활이 시작되었다. 그러나 테스는 이미 완벽한 준비를 갖추고 있었다. 오빠 요아힘에게 이미 알파벳과 산수를 배웠던 것이다. 그래서 반에서 처음부터 자기 이름을 쓸 줄 아는 유일한 아이가 되었다. 테스 담너.

처음에 그레타는 테스 덕을 톡톡히 봤다. 그녀의 예쁜 얼굴과 활달한 성격 그리고 기상천외한 상상력은 모든 아이를 강력자석처럼 끌어당겼다. 그 덕분에 그레타까지 감탄과 시기심으로 몰려드는 아이들의 무리에 휩싸이게 된 것이다. 게다가 테스는 자신의 장점들, 즉 미리 습득한 지식이나 능력을 혼자서만 누리는 타입이 아니었다. 첫 주부터 그녀는 그레타에게 자신이 아는 모든 것을 기꺼이 전수해주었다.

다른 아이들이 알파벳을 외우느라 끙끙대고 있을 때 테스와 그레타는 이미 공책에 긴 문장을 쓰고 있었다. 덧셈과 뺄셈도 선생님 도움 없이 거뜬히 해냈다. 테스는 수의 합을 물어보는 선생님에게 시시하다는 듯이 손사래를 치며 "그건 너무 쉽잖아요"라고 말하곤 했다. 그녀의 눈에는 아는 자의 오만함이 가득했다.
테스에겐 늘 모든 것이 너무 쉬웠다. 게다가 원하는 것은 무엇이든 차지했다. 반면 그레타는 테스의 옆자리에 앉아 있다는 이유로 얼떨결에 그 혜택을 함께 누렸다. 그러나 그들을 그토록 가깝게 만든 건 꼭 그런 것 때문만은 아니었다. 그건 아마 둘째 날 한참 동안 곁에서 그레타를 뚫어지게 쳐다보던 테스가 던진 말 때문이었을 것이다.
"어쩜, 머리카락이 이렇게 탐스러울 수가 있니. 게다가 안경도 멋지고. 나도 한번 써볼 수 있을까? 우리 오빠 안경은 네 것처럼 예쁘지 않아. 게다가 나한테는 절대로 안 빌려줘. 내가 몇 번 깨뜨렸거든. 그러면 아빠는 늘 오빠를 혼내, 조심성이 없다고 말야."
테스의 목소리에는 진심 어린 감탄과 부러움이 배어 있었다.
사실 그레타는 싸리비처럼 뻣뻣한데다가 아침마다 삐죽삐죽 뻗치는 자신의 머리카락이 싫었다. 그런데도 엄마는 그런 머리를 한사코 땋으려고 아침마다 빗이나 브러시로 고문을 해댔다. 아예 머리를 짧게 자른 적도 두 번이나 되었다. 그러나 짧게 자른 머리는 금세 까치집처럼 되어버렸다. 결국 그래서 무게 때문에 자연스럽게 처질 수 있도록 어느 정도 길어야 했다.
그레타는 안경도 싫었다. 그런데 테스는 그레타의 안경이 현미경으로 쓸 수 있을 만큼 도수가 높아서 좋다고 했다. 그녀는 늘 선생님이 내주신 과제를 다른 아이들보다 빨리 끝내고 나서 심심해지면 그레타의 안경으로 여러 가지 실험을 했다. 한번은 책상에 난 흠집을 자세히 살펴보더니 "이 나무는 바닥에 까는 나무만큼 두껍네"라고 한 적도 있었다.

테스는 그레타가 자기 오빠와는 달리 신경질적이지 않고 착해서 좋다고 했다. 오빠 요아힘은 자기가 또 안경을 깨뜨릴까봐 잘 빌려주지 않는다는 것이다. 테스가 안경으로 장난을 치는 동안 그레타는 한마디 불평도 없이 장님처럼 앉아 있었다.

그레타는 자기 머리가 예쁘다고 한 테스의 말이 처음엔 농담일 거라고 생각했다. 그러나 언젠가부터 그 말이 진심이라고 믿게 되었다. 비록 테스에게 진실과 거짓의 경계는 늘 애매모호했지만 말이다.

그때만 해도 테스가 나쁜 의도로 거짓말한 적은 없었다. 그녀는 친구들에게 무시무시하고 끔찍한 이야기를 들려주곤 했는데 그런 이야기는 지루한 일상에서 일종의 자극제 같은 역할을 했다. 그런데 시간이 갈수록 그 강도가 점점 세졌다. 테스는 사람들이 자기 얘기를 들으며 어떤 생각을 하는지 전혀 알지 못했다. 언젠가 그들이 자기를 의심하고 자기 이야기를 믿지 않는 날이 올 거라는 것도.

*

한 가지 에피소드가 생각난다. 그레타는 삼십 년이 지난 후에도 그 이야기를 두고두고 되풀이했다. 성탄절이 다가올 무렵이었다. 아이들의 책상마다 촛대가 놓였다. 한쪽 구석에는 빨간색 구슬과 금빛 종으로 알록달록하게 장식된 크리스마스 트리가 있었다. 교리 시간에 선생님은 아이들에게 강림절의 의미에 대해 열심히 설명했다. 기다림과 자성 그리고 희망인 불꽃의 의미에 대해. 수업이 시작되자마자 아이들은 〈작은 촛불이 켜지면〉이라는 노래를 불렀다.

선생님은 칠판 앞을 왔다갔다하면서 다른 나라에 사는 불쌍한 아이들 이야기를 했다. 그 아이들은 돈이 없어서 학교도 못 다니고 잘 먹지도 못 한다고 말이다. 그런데 자기 앞에 앉아 있는 어린양들은 아쉬운 것 없이 풍족하게 살면서도 고마워할 줄 모르고 항상 더 많은 것을 바라기만 한다는 것이다. 그리고 끝으로 성탄절에 꼭 이루어졌음 하는 소망을 한 가지씩 적어보라고 했다.

테스는 선생님의 말씀에 완전히 몰입해 입술만 뚫어지게 쳐다보고 있었다. 먼 나라의 불쌍한 아이들 생각에 촉촉이 젖은 두 눈으로. 마침내 선생님의 말씀이 끝나자 테스는 연필을 집어들고 노트에 뭔가를 적기 시작했다. 테스보다 조금 더 빨리 과제를 끝낸 그레타는 친구의 은밀한 소원을 곁눈질로 슬쩍 엿보았다.

'아빠가 저를 오빠만큼 사랑해줬으면 좋겠어요. 그리고 절 너무 아프게 때리지 않았으면 좋겠어요.'

그걸 보는 순간 그레타는 할말을 잃고 말았다. 바로 며칠 전까지 테스는 성탄절 선물로 장난감 가게에서 파는 요술종이를 받고 싶다고 했다. 테스의 가족을 잘 아는 그레타는 테스의 소원이 틀림없이 이루어지리라는 걸 믿어 의심치 않았다.

그레타의 집에는 아이들이 놀 수 있는 유일한 공간인 그레타의 침실조차 침대와 옷장 그리고 책상이 비좁게 꽉 들어차 있었다. 반면 테스의 집에는 창고도 있었고 마당과 작업실도 있었다. 뿐만 아니라 비가 올 땐 집 안에서 놀 수도 있었다. 테스의 부모님은 아이들이 부모의 침실에 인형놀이 소품을 잔뜩 늘어놓고 어질러도 야단치는 법이 없었다.

늦둥이 막내딸인 테스는 부모에게 눈에 넣어도 아프지 않은 사랑스러운 존재였다. 게다가 담너 부부는 정이 많고 소탈하며 다정다감

해서 다른 사람에게 상처를 줄 행동이나 말은 절대로 하지 않았다. 그들은 오스트하임에서 작은 가게를 운영하고 있었는데 그즈음에 붐이 일기 시작한 대형 백화점들에 밀려 형편이 점점 어려워지고 있었다. 그들은 물건 파는 일 외에도 세탁기나 자전거, 라디오 등을 수리하는 일을 했다. 그러나 담너 씨는 형편이 허락하는 한 막내딸이 원하는 건 뭐든 다 해주고 싶어했다.

그레타는 테스의 오빠가 거의 다 자란 어른인데도 담너 씨에게 따귀를 맞는 광경을 자주 목격했다. 테스보다 열 살 위인 그는 견습공이었으며 자기 아버지의 가게에서 일하진 않았지만 언젠가는 가업을 물려받게 될 터였다. 그래서인지 담너 씨는 아들이 자기가 원하는 대로 따라주지 않을 때마다 엄하고 혹독하게 다뤘다.

요아힘이 테스와 달리 부모로부터 불공평한 대우를 받는 건 그것뿐만이 아니었다. 그는 얼마 안 되는 월급마저 부모에게 고스란히 바치고 대신 용돈을 받아 썼다. 그레타는 그해 여름, 그러니까 테스가 노트에 소원을 적기 몇 개월 전에 요아힘이 여자친구와 영화관이나 아이스크림 가게에서 데이트를 하기 위해서 담너 부부에게 몇 마르크만 더 달라고 애원하는 걸 여러 번 들었다.

담너 부인은 아들의 청을 들어주고 싶은 눈치였지만 정말 돈이 없어서였는지 아니면 남편의 눈치를 보느라 그랬는지 끝내 외면하곤 아버지한테 가보라고 했다. 그러나 담너 씨는 돈을 주기는커녕 윽박지르기만 했다.

"저번에 준 용돈은 다 어쨌어? 그걸로 담배 샀지? 담배 피우는 거 나한테 들키기만 해봐라, 그날이 네 제삿날인 줄 알아."

요아힘은 그런 아버지에게 절대로 담배를 피운 적이 없다고 거듭 장담했고 그러면 담너 씨는 "그래, 네가 생각이 있는 놈이라면 당연히 그래야지! 어쨌든, 돈을 잘 분배해서 쓸 줄 알아야 해. 돈을 아껴 쓰는 법도 배워야지. 세 살 버릇이 여든까지 간다는 말 명심해"라며 절약의 중요성을 다시 한번 강조했다.

그런데 바로 그때 테스가 작업실로 들어와 지나가는 말처럼 밖이 너무 더운데다가 배가 고파 죽겠다고 했다. 그러자 테스의 아버지는 딸의 말이 떨어지기가 무섭게 주머니에서 동전 하나를 꺼내 딸의 손에 쥐여주며 말했다.

"귀여운 우리 공주님, 이걸로 아이스크림이라도 사먹으렴. 아직 저녁을 먹긴 좀 이르니까. 그레타, 넌 어떠냐? 너도 아이스크림 먹고 싶니?"

담너 씨는 결국 딸의 친구를 위해 마지막 남은 동전마저 내주었다. 테스의 부모는 늘 그런 식이었다. 테스와 그레타는 동전을 들고 가까운 가게로 달려갔다. 아이스바를 사기 위해서였다. 그레타는 초콜릿을 입힌 삼십 페니히짜리 바닐라 아이스크림을 사고 테스는 일 마르크로 초콜릿을 샀다. 아이스크림으로는 허기진 배를 채울 수가 없기 때문이었다.

둘은 가게 진열장 앞에 있는 울타리에 걸터앉아 각자 산 것을 먹기 시작했다. 여전히 햇빛이 뜨겁게 내리쬐고 있었다. 그러다가 테스가 목이 마르다면서 그레타에게 남은 칠십 페니히로 뭘 할 거냐고 물었다.

"그걸로 레모네이드 사먹지 않을래?"

그러곤 그레타에게 음료수를 사는 대가로 아직 아무에게도 털어 놓지 않은 비밀을 말해주겠다고 했다. 둘은 가게에 도로 들어가 미지근한 레모네이드를 샀다. 레모네이드가 들어 있던 상자는 진열장 바로 앞에 놓여 있어서 늘 시원하지 않았다. 그러나 돌려따는 뚜껑이어서 아이들 힘으로도 쉽게 열 수 있었다. 둘은 다시 울타리로 가서 음료수를 번갈아가며 마셨다. 잠시 뜸을 들인 후 테스가 이야기를 시작했다.

"아무한테도 말하면 안 돼, 약속할 수 있지?"

처음에 테스의 이야기는 어른이 들으면 지어낸 얘기라는 걸 금세 알아챌 수 있을 정도의 수준이었다. 한번은 그레타를 집까지 바래다주고 돌아오는 길에 독수리가 자기를 쫓아왔다고 했다. 테스는 저녁마다 그레타를 집까지 바래다주었다. 그리고 그레타의 집에 도착하면 이번에는 그레타가 테스를 또 집까지 배웅했다. 그렇게 그들은 하룻저녁에도 대여섯 번씩이나 두 집 사이를 오갔다. 그리고 테스가 마지막으로 혼자 집으로 돌아가는 길엔 어김없이 이상한 일이 생겼다. 독수리라니!

언젠가는 유령이 등장한 적도 있었다. 그러나 테스가 아빠와 오빠를 부르겠다고 위협하자 공기중으로 스르륵 사라졌다고 한다. 또 한번은 동물원에서 도망쳐나온 사자가 테스를 물어 죽일 뻔한 적도 있었다.

그레타는 눈이 매섭고 얼굴에 검버섯이 핀 할머니들이 테스에게 자기와 함께 가면 까만 고양이를 주겠다고 했다는 얘기를 들을 무렵부터 테스를 의심하기 시작했다. 그녀의 이야기는 점점 더 구체적이고 사실적이 되어갔다. 한번은 낯선 남자들이 테스에게 길을 묻곤 감사의 대가로 가는 곳까지 차로 데려다주겠다며 자기를 유인했다고 했다. 그 이야기는 어른까지도 섬뜩하게 만들 정도였다. 그러나 그때까지는 최소한 테스를 괴롭히고 위협하는 사람들이 모두 익명의 낯선 이들이었다. 교리 시간에 일어난 일로 인해 한동안 학교 전체가 떠들썩했다. 선생은 수업중에 테스를 앞으로 불러 조용히 뭐라고 속삭였다. 그러자 테스가 울먹이며 도와달라는 듯이 간절한 눈빛으로 그레타를 쳐다보았다.

"말 안 하려고 했는데 왜 그랬는지 모르겠어요. 제발 아빠한텐 얘기하지 마세요."

그러나 선생은 책임감이 강한 사람이었다. 그는 눈물을 흘리며 비밀을 지켜달라고 호소하는 테스를 보면서 그녀가 실제로 부모에게 학대받고 있지만 매를 맞을까봐 두려워서 진실을 숨기는 거라고 확신했다. 그리고 진실을 밝히는 것이 자신의 의무라고 생각했다.

선생님은 제일 먼저 잔인한 아버지를 불렀다. 아마 그때 가엾은 담너 씨는 딸에 대한 모든 환상이 산산조각나는 심정이었을 것이다. 어떻게 자신의 귀여운 막내딸이 그런 엄청난 거짓말을 서슴없이 할 수 있단 말인가. 결국 그 일은 담너 씨가 딸의 뺨을 때리기는커녕 머리카락 한 올조차 손댄 적이 없다며 학대 사실을 완강하게 부인했고 담너 부인과 요아힘 그리고 이웃 사람들과 그레타도 담너 씨의 말이 사실이라고 증언했기 때문에, 그리고 무엇보다도 테스에게서 학대를 받은 증거를 전혀 찾아볼 수가 없었기 때문에 흐지부지되고 말았다.

그러나 그 사건으로 인한 충격과 상처는 오래도록 지워지지 않았다. 담너 씨네 가족이 아닌 그레타가 받은 상처 말이다. 그레타는 담너 부부에게 어쩔 수 없이 거짓말을 해야만 했다. 다른 사람의 글씨를 잘 흉내내는 옆자리의 남자아이가 선생님 몰래 테스의 노트에 그렇게 쓴 거라고 말이다.

그러자 담너 씨가 몸서리치며 말했다.

"테스야, 선생님께 왜 그 얘기를 안 했니?"

그러나 테스 대신 그레타가 대답했다.

"그랬다가는 그애가 하교길에 우릴 쫓아와 두들겨팰지도 모르거든요."

그러자 갑자기 테스가 울먹이며 물었다.

"아빠, 나 때릴 거야?"

"널 때리다니, 그럴 리가 있겠니. 그렇지만 그런 일을 그냥 모른 척할 순 없어. 그애 이름이 뭐냐?"

그러자 테스의 울음소리가 커졌다.

"아빠, 정말 나 안 때리는 거지?"

담너 씨가 부드럽게 대답했다.

"그럼. 절대로 그런 일은 없을 거다."

그레타가 단호한 목소리로 말했다.

"말하지 않을래요. 아저씨가 선생님이나 그애 부모님한테 사실대로 말하면 우린 더 괴로워져요. 그앨 가만히 놔두는 게 나아요. 그럼 그애도 더이상 우릴 괴롭히지 않을 거예요."

거짓말, 그건 정말 새빨간 거짓말이었다! 그레타는 원래 거짓말을 끔찍이 싫어했다. 자신의 뻣뻣한 머리나 튀어나온 앞니 그리고 도수 높은 안경보다도 훨씬 더. 그런데 테스를 위해서 처음으로 거짓말을 한 것이다. 테스는 그 일이 있은 후 조금 신중해진 것 같았다.

그후로 학대하는 가족에 대한 이야기는 한동안 잠잠했다. 그리고 그녀의 상상 속에는 낯선 사람들만 등장했다. 한때는 집에 든 괴한이 주요 화제가 되었다. 이삼 년이 지난 후, 그러니까 그들이 김나지움* 에 다닐 무렵 한밤에 괴한이 담너 씨 집에 침입했다. 괴한은 엄마와 아들 그리고 딸을 화장실에 가둔 뒤 담너 씨를 총으로 위협하면서 아침 일찍 은행에 가서 예금한 돈을 모두 찾아오라고 했다. 그날 테스

---

* 4~13학년으로 편성된 독일 인문계 고등학교.

는 학교에 나타나지 않았다.

그러나 그 다음날 테스가 선생님께 제출한 사유서에는 갑자기 외할머니가 아파서 밤에 식구들 모두 할머니 댁에 갔다고 되어 있었다. 외할머니는 그로부터 얼마 지나지 않아 돌아가셨다. 담너 부부는 장례식을 치르느라 저축한 돈을 많이 까먹은 모양이었다. 그래서 그해에는 늦둥이 막내딸이 원하는 걸 다 들어줄 수가 없었다.

테스는 그레타에게 자기 아빠가 괴한에게 당한 걸 창피하게 여겨서 외할머니 핑계를 대는 거라고 했다. 그리고 그 이후 괴한으로부터 자신의 가족을 지켜주지 못했다는 죄책감에 시달리고 있다는 것이다. 게다가 괴한은 경찰에 고발하면 돌아와서 가족들을 모두 죽이겠다고 협박했다고 했다.

이미 그 시기에는 테스에게 반박한다는 것이 거의 불가능했다. 괴한이 침입했다는 이야기를 들었을 때 그레타는 자세히 캐묻고 싶었다. 적어도 가장 친한 친구인 자기에게만은 사실대로 말해야 한다고 생각했다. 그래서 우연히 부엌에서 담너 부인과 단둘만 있을 때 그레타가 슬쩍 그 일에 대해 물어보았다. 그때 충격과 당혹스러움으로 어쩔 줄 몰라하던 담너 부인의 얼굴을 그녀는 결코 잊을 수가 없다.

"하느님, 맙소사, 그레타, 그런 얘기 딴 사람들한테는 절대로 하지 마라, 알았지?"

담너 부인의 반응은 테스의 이야기가 사실임을 증명하는 증거일 수도 있었다. 테스의 집에 괴한이 침입했었다는 사실이 알려지면 진짜 가족의 생명이 위험해질 수도 있으니까. 그러나 다른 한편으로 한계를 모르는 딸의 상상력에 대한 경악으로 해석할 수도 있었다.

어쨌든 테스는 그 일로 엄마에게 꾸중을 좀 들은 모양이었다. 그 다음날 오전 내내 그레타에게 잔뜩 골이 나 있었고 결국 이렇게 선포

했다.

"내 비밀을 다른 사람한테 퍼뜨리고 다닐 거면 다신 너한테 말 안 해."

그러나 그레타는 몰라도 테스는 그럴 수가 없었다. 그녀는 그로부터 얼마 지나지 않아 또 새로운 이야기를 꾸며냈다. 도대체 몇 개나 되는지 셀 수도 없었다. 시간이 갈수록 이야기는 복잡해지고 사실과 얽혀 있어 더이상 진실을 꿰뚫어볼 수가 없었다. 그레타가 대처할 수 있는 방법은 단 한 가지, 즉 테스가 하는 이야기를 한 귀로 듣고 한 귀로 흘려버리는 것뿐이었다. 그로부터 몇 년이 지나자 그레타는 가끔씩 "너 그러다가 언젠가는 큰코다칠 거야"라고 가볍게 주의를 줄 뿐 심각하게 받아들이지 않게 되었다.

*

졸업시험을 치를 때까지도 그들 사이는 변함이 없었다. 심지어 테스가 바레시 가족의 여행에 따라간 적도 있었다. 목적지는 일가친척이 모여 사는 피시오타였다. 차를 타고 가는 동안 테스는 줄곧 바레시 씨의 졸음을 쫓아주었다.

한번은 바레시 씨의 차를 추월해 빠른 속도로 질주하는 차가 있었다. 사실 그 자체만으로는 특별할 것이 없었다. 왜냐하면 후에 그레타가 웃으며 말한 바에 의하면 그레타의 아버지가 졸음운전을 하는 동안 수많은 차들이 그들을 추월해갔기 때문이었다. 그런데 문제는 테스가 그 차 조수석에 있던 남자가 장총을 들고 있었다고 주장했던 것이다. 게다가 뒷자리에 앉아 있던 두 명의 남자는 기관총까지 갖고 있었다면서 그들이 틀림없이 마피아일 거라고 했다.

그 말을 들은 그레타의 아버지는 하품을 하려다 말고 번쩍 정신이 들어 갑자기 속도를 내기 시작했다. 준법정신이 투철했던 그는 문제의 차 번호를 알아내 경찰에 신고해야 한다고 했다. 그러나 결국 그 차를 따라잡지 못했다. 그러나 그레타는 테스의 말을 곧이곧대로 듣는 아버지를 내버려둘 수밖에 없었다.

그들은 티리아 해안에 자리를 잡았다. 테스는 나중에 학교에서 그 해안에서 백상어를 봤다고 떠들어댔다. 게다가 그중 한 마리가 하마터면 자신의 왼쪽 다리를 삼킬 뻔했다고 하면서 증거로 허벅지의 긁힌 자국을 보여주기까지 했다.

그때 그들은 열일곱 살이었지만 다른 친구들은 테스가 거짓말을 하고 있다는 사실을 전혀 눈치채지 못했다. 모두 입을 반쯤 벌린 채 테스의 이야기에 몰두했고 감탄사를 연발했다. 그레타는 테스와 자신을 둘러싸고 있는 멍청한 아이들을 보며 속으로 재미있어했다.

그러다가 그레타에게도 진지한 삶이 시작되었다. 대학에 다니게 된 것이다. 그녀는 일곱 살인가 여덟 살 때부터 자기 아버지와 세상 사람들에게 언젠가 꼭 자신의 진가를 보여주리라 마음먹었다. 나중에 어떤 사람이 될지도 그때 이미 정해두었다. 그 결정엔 쾰른 출신인 어머니의 영향이 컸다.

남편이 피시오타에 있는 일가친척들에게 보내는 돈을 보충하기 위해서 바레시 부인은 새벽마다 변호사 사무실 청소를 했다. 그때 몹시 부러워하면서 딸에게 법조인들의 월수입 얘기를 해준 것이다.

그때부터 그레타는 유명한 변호사가 되기로 마음먹었다. 그리고 반드시 죄가 없는 무고한 사람들만 변호하겠다고 생각했다. 그 나이에는 아직 고귀한 원칙을 갖고 있게 마련이다.

그녀는 열여덟 살이 돼서도 여전히 명백하게 흑백을 가릴 수 있다고 믿었다. 그때까지도 그레타는 테스를 순결하고 진실한 단짝 친구로 생각했고, 이야기를 지어내긴 했지만 악의가 있거나 다른 사람에게 해를 끼치려는 게 아니라 그저 삶을 즐겁고 흥미진진하게 살고 싶어하는 것뿐이라고 믿었다.

테스도 최고 성적으로 고등학교를 졸업했다. 그러나 테스는 다른 식구들을 먹여살리느라 타지에서 공부해야 하는 딸에게 방세를 못 준다는 아버지 때문에 쾰른 대학 법학과에 합격하고도 고민해야 했던 그레타와는 달리 대학에 지원하지 않고 미련 없이 '자유로운 삶'을 선포했다.

다행히 대학에서 공부할 수 있게 된 그레타는 두꺼운 법조문을 읽는 데 온 정열을 쏟아부었다. 테스는 오빠의 강요에 못 이겨 가끔 파트타임으로 부모님 가게에서 일하거나 장부 정리를 하곤 했다. 그리고 용돈을 좀더 벌기 위해 백화점이나 장터에서 안내원으로 일했다.

스무 살이 되자 테스는 사진 모델이 되기로 결심했다. 화려한 조명과 유명 잡지의 표지 모델, 다섯 자리 숫자의 고액 연봉 등에 대한 환상이 그녀를 사로잡았던 것이다. 스물한 살에는 메이크업 가방을 들고 집집마다 다니면서 완강한 주부들에게 턱없이 비싼 화장품을 팔기 위해 자기 피부를 가리키며 "저도 이 크림을 썼어요"라고 말했다. 물론 그건 사실이 아니었다. 또 굳이 사실일 필요도 없었다.

좀더 시간이 흘러 그레타가 사업 계약서를 검토하거나 처음으로 국선 변호인으로 의뢰인들을 변호하고 있을 무렵 테스는 기름 없이 음식을 볶을 수 있다는 요술냄비를 팔러 다녔다. 심지어 그레타의 어머니까지도 테스의 끈질긴 설득에 못 이겨 팔백 마르크나 하는 냄비 한 세트를 구입하곤 몹시 후회했다. 기름을 쓰지 않으니 국물이 생기질 않기 때문이다. 바레시 부인은 그런 물건을 판 테스를 두고두고 원망했다.

"그앤 왜 이성적이고 제대로 된 일을 못 하는 거냐?"

이성, 그것은 테스에게 가장 끔찍한 단어였다. 그렇다고 테스가 비이성적이거나 게으른 건 아니었다. 단지 평범한 일상에 가만히 눌러앉길 싫어하는 것뿐이었다. 그녀가 뭘 하거나 배운다면 그건 항상 특별한 것이어야만 했다.

테스는 꽃꽂이나 동양의 고전춤, 산스크리트어 또는 그리스의 신화학 같은 이색적인 교양강좌를 즐겨들었다. 그녀의 머리는 일상에서 전혀 쓰이지 않는 지식들로 가득했다. 그러면서 현실적인 일은 다른 사람들의 몫이라고 자신 있게 말했다.

이처럼 두 사람이 전혀 다른 방식으로 살아가는 동안 조금씩 관계가 소원해졌다. 그러나 그레타가 대학에 들어갔을 당시만 해도 둘은 거의 매일 만나다시피 했다. 그땐 주로 테스가 오후 무렵에 그레타의 집으로 가서 오전에 일어났던 특별한 사건이나 함께 밤을 보낸 남자들에 대해 이야기해주곤 했다.

그녀의 데이트 상대는 쉴새없이 바뀌었다. 그들 대부분은 테스와 춤을 췄거나 아니면 그녀를 집으로 바래다주면서 작별의 키스를 받는 것으로 만족해야 했다. 테스와 좀더 은밀한 사이가 되길 원하는 사람은 뭔가 특별한 재주가 필요했다. 가령 이집트 신들의 이름을 모두 외운다거나 아니면 어떤 박테리아균이 발견된 시기와 장소, 발견한 사람의 이름, 또는 웃을 때 움직이는 근육의 명칭을 모두 말할 수 있다던가 하는 등이었다. 물론 그런 재주를 가진 사람은 아주 드물었고 그래서 직업이나 수입 이야기를 꺼내기도 전에 퇴짜를 맞곤 했다.

테스는 어리석은 사람은 딱 질색이었다. 그리고 재미라는 걸 알 새도 없이 법조문만 파고드는 그레타를 불쌍하게 여겼다.

"그러다가 어느 날 갑자기 바싹 늙은 할망구가 되고 말 거야. 아침에는 숨 막히는 법정에 서고, 오후에는 진땀을 흘려대는 의뢰인을 만나고. 저녁엔 또 어때? 소송자료 읽지? 그건 사는 게 아니야. 제발 그 종이뭉치들 좀 치워버리고 괜찮은 옷으로 갈아입어."

그레타는 함께 외출하자고 졸라대는 테스의 성화에 못 이겨 몇 번인가 따라나선 적이 있었다. 그리고 그럴 때마다 어김없이 군중 속에서 한 남자가 나타나 그녀에게 아첨을 해댔다. 그러나 그레타는 그것이 테스의 관심을 끌기 위한 구실일 뿐이란 걸 너무나도 잘 알고 있었다.

그런 일로 그레타가 상심하거나 자존심이 상했을 거라고 생각할 수도 있다. 그러나 그레타는 자신의 인생이 남자에 의해 좌우되는 걸 원치 않았다. 그녀가 바라는 건 오로지 열심히 공부해서 자신의 목표를 달성하는 것뿐이었다.

적어도 내가 나타나기 전까지는 말이다. 나, 니클라스 브란트는 그녀보다 한 살 연상이며 마리엔부르크에 있는 고급 주택가에서 태어났다. 우리집의 넓은 정원에는 오래되고 멋진 나무들이 많았다. 나의 장래는 아버지에 의해 이미 결정되어 있었다. 아버진 변호사였다. 시내 중심가인 아펠홀츠 광장에 자리잡은 유명한 법률회사가 아버지가 일하는 곳이다. 또한 그곳은 그레타의 목표이기도 했다.

그래서 나의 출현은 그레타에게 신의 계시이자 기적 같은 것이었다. 그런데 내가 그녀를 사랑하게 된 것이다! 스물두 살의 그레타는 어떤 모습이었던가? 이탈리아인 노동자 아버지와 독일인 청소부 어머니 사이에서 태어난 평범한 여자 그레타 바레시. 작고 비쩍 마른데다가 치아 교정을 하거나 우아한 헤어스타일을 연출할 돈도 없는 가난한 여자. 당시 그녀는 안경을 벗고 콘택트렌즈를 낄 생각조차 못

하고 있었다. 그러나 우리가 처음 만난 곳이 디스코텍이 아니라 강의실이었기 때문에 난 적어도 테스와 가까워지기 위해 자기를 이용하는 남자들의 부류에서 제외되었다.

물론 그건 사실이었다. 그때까지 난 테스의 존재에 대해 아예 모르고 있었으니까. 사랑을 하면 눈에 콩깍지가 씐다는 말이 맞다. 작고 깡마른 그녀의 체구가 내게는 연약하고 사랑스럽게만 보였다. 게다가 그레타는 가냘픈 몸매와 대조되는 풍성한 머리칼과 원대한 야망을 가진 여자였다. 심지어 아버지는 내게 야망에 불타는 그레타를 조금이라도 본받으라고 말씀하실 정도였다.

그레타의 장점은 불타는 야망뿐만이 아니었다. 그녀는 대학 시절부터 꺾일 줄 모르는 에너지를 발산했고 무슨 일이 있어도 좌절하지 않을 것처럼 보였다. 안경알 너머로 반짝거리는 예리한 눈엔 자신의 초라한 배경을 떨쳐버리려는 강철 같은 의지가 내비쳤다. 나는 그런 그녀를 완벽하게 이해할 수는 없었다. 그녀가 다른 사람 앞에서 부끄러워해야 할 이유가 전혀 없다고 생각했으니까. 첫 데이트를 한 날 그녀는 집으로 자기를 데리러 오지 말라고 했다. 그녀는 오스트하임에 있는 다 쓰러져가는 임대건물에서 부모와 함께 살고 있었는데 보기만 해도 음침하고 황량한 느낌을 주는 그 건물을 내게 보여주기 싫었던 것이다. 그러나 나는 기어이 그녀 집까지 갔고 꼭대기층 그녀의 집 문 앞까지 올라갔다. 가구들은 그레타가 태어나기 전부터 사용했는지 모두 오래되고 낡아 보였다. 그녀의 부모는 평생 단 한 번도 풍족하게 살아본 적이 없었다. 그래도 생활에 꼭 필요한 최소한의 것과 피시오타로 보내야 할 것 외에 남은 것은 모두 딸에게 쏟아부었다. 그녀의 부모는 입버릇처럼 "그레타만이라도 우리보단 나은 삶을 살아야지"라고 말하곤 했다. "우리 그레타의 사자갈기 머리 속엔 특별한 재주가 숨어 있어. 우리 그레타는 부지런하고 욕심도 있고 또 테스처럼 경박하지도 않아, 물론 테스보다 인물은 좀 처지지만 말이야."

그런 그들이었기에 소위 잘나가는 사위를 보겠다는 꿈따윈 꾸지 않았다. 그런데 그레타가 어느 날 대단한 집안의 아들을 코딱지만한 집으로 데리고 온 것이다. 소위 금숟가락을 입에 물고 태어난다는 사람들, 동전 몇 푼까지 쪼개고 또 쪼개 써야 하는 사람의 심정을 상상조차 할 수 없는 사람들, 오직 자신이 가진 매력과 외모만 믿고 잘난 척하는 무리들, 그레타의 어머니는 내가 바로 그런 부류의 사람이라고 생각했다.

그레타의 아버지인 바레시 씨와는 어렵지 않게 대화를 나눌 수 있었다. 그러나 그레타의 어머니는 나에 대해서 아주 회의적이었다.

"글쎄, 그레타야, 난 어쩐지 마음이 놓이질 않는구나. 저런 남자가 도대체 뭐가 아쉬워서 널 좋아한단 말이니? 더 잘난 여자들도 얼마든지 많을 텐데. 그냥 널 갖고 노는 건 아닌지. 실컷 이용만 하다가 싫증나면 차버리려고 하는 건지도 모른단다."

한 가지 점에서는 바레시 부인의 추측이 옳았다. 그즈음에 나는 그레타와 자고 싶어 안달이 나 있었다. 그러나 그녀를 단지 이용만 하다가 버리겠다는 생각은 꿈에도 하지 않았다. 그레타에 대한 나의 감정은 진심이었다. 캠퍼스에서 그녀를 탐색하는 데 꼬박 반 년 이상이 걸렸다. 그리고 그녀와 첫 데이트를 한 날 저녁에 바로 그녀를 부모님과 형 호르스트 그리고 동생 아르민에게 소개시킬 만큼 내 마음은 진지했다.

그레타는 우리 식구들이 모두 자기를 따뜻하게 맞아줘서 놀랐다고 했다. 아무도 힐끔거리며 곁눈질로 그녀를 쳐다보지 않았다. 나의 선택에 대한 확신이 너무나 강했기 때문에 모두 그녀를 있는 그대로 받아들여주었다. 나는 그녀가 일생 동안 함께 살고 함께 일할 삶의 동반자가 될 거라고 확신했다. 그녀라면 하루 스물네 시간을 함께 있어도 신경에 거슬리거나 뭔가 부족하다는 느낌이 들지 않을 것 같았다.

그로부터 얼마 지나지 않아 테스의 존재를 알게 되었다. 그레타는 초등학교와 김나지움 시절에 있었던 사소한 사건들에 대해 들려주었다. 때때로 나는 테스가 그레타의 삶에서 유일한 즐거움이었던 것 같다는 느낌을 받았고 그래서 그녀를 만난 적은 없었지만 호감을 갖게 되었다.

나와 보내는 시간이 점점 많아지면서 그레타는 테스와의 관계에 소홀해졌고 그래서 내가 테스를 직접 만날 기회는 오랫동안 찾아오지 않았다. 솔직히 말하자면 두 사람의 각별한 우정에 조금 질투를 느꼈다. 그레타를 나 혼자만 독차지하고 싶었다.

우리는 일에 관해서는 물론이고 사적인 삶에 관해서 총 이 년에 걸친 원대한 계획을 세웠다. 부모님이 사시는 집 꼭대기층을 개조해서 신혼집으로 꾸미기로 했다. 방 다섯 개에 욕실 두 개. 계획을 세우자마자 곧바로 개조 공사가 시작되었다. 그리고 그레타는 대(大)브란트 법률회사에서 일하게 되었다. 그건 아버지가 원하던 바이기도 했다. 우리의 약혼식은 성탄절에 올리기로 예정되어 있었다. 그리고 그 이듬해 결혼식을 올려서 그녀의 박사논문은 '그레타 브란트'라는 이름으로 출간할 계획이었다. 그레타 바레시가 아닌 그레타 브란트 박사.

그레타의 아버지는 무척 기뻐했지만 그녀의 어머니는 여전히 딸의 결혼이 순탄하게 성사되지 않을 거라고 확신했다. 가끔 그레타는 내가 가장 사랑하는 바로 그 다정하고 은근한 미소를 지으며 자기 엄마의 회의적인 태도 때문에 죽을 지경이라고 말하곤 했다. 그러나 불행하게도 바레시 부인의 예감은 적중했다.

*

그 일만 생각하면 나는 아직도 나 자신이 너무나 비참하고 초라하게 느껴진다. 그건 어떤 이유로도 해명할 수 없고 특히 그레타와 함께 지내온 세월을 생각해보면 더더욱 어이가 없다. 테스에 대해 이미 수많은 이야기를 들었고 집으로 그레타를 데리러 갔다가 몇 번 마주치기도 했지만 그저 가볍게 인사를 나누는 정도였다.

테스와 마주친 건 대개 계단에서였다. 그녀는 내가 도착할 시간에 딱 맞춰 돌아가곤 했다. 그레타가 그녀를 돌려보낸 건지 아니면 테스 스스로 일어나야겠다고 생각했는지는 모르겠다. 그러던 어느 날 마침내 테스를 제대로 알게 될 기회가 찾아왔다.

지금으로부터 십삼 년 전 10월의 어느 날이었다. 테스의 오빠가 처음으로 아빠가 된 날이었는데 테스의 올케 산드라가 그레타에게 대모가 되어달라고 간청했다. 세례식은 일요일 오후에 거행되었다. 그런데 나는 세례식에 초대받지 못했다. 좀 이상하다는 생각이 들었고 기분도 나빴다. 일요일 오후를 그레타 없이 혼자 보내고 싶지 않았고 더욱이 내가 그 세례식에 가선 안 될 이유가 없어 보였기 때문이었다.

그레타는 변명을 둘러댔다. 초대도 받지 않았는데 불쑥 나타나는 건 예의에 어긋난다면서 내 마음을 돌리려고 했다. 그러나 평소에 담 너 가족이 특별히 예의범절을 따지지 않는다고 말하지 않았던가. 그 집은 모든 것이 자유분방하다고. 내가 고집을 꺾지 않자 그레타는 그 동안 테스를 자주 만나지 못했으니 그날만이라도 테스와 단둘이 시간을 보내고 싶다고 했다. 그러나 나는 어차피 세례식엔 다른 식구들도 많을 텐데 내가 같이 가든 안 가든 테스와 단둘만 있기는 어렵지 않느냐고 반박했다.

나는 그레타가 진짜 우려하는 바에 대해 전혀 알지 못했다. 그녀는 테스와 함께 있으면 언제나 뒷전이 되어버리는 걸 수없이 경험했던 것이다. 물론 그때까지 난 단 한 번도 그레타에게 그녀 외에 다른 여자를 좋아하게 될 수도 있다는 의심을 살 만한 행동이나 여지를 보인 적이 없었다. 그런데 결국 우려하던 일이 터지고 말았다.

그건 정말 마른하늘에 날벼락 같은 일이었다. 이건 변명이 아니며 또 변명하고 싶지도 않다. 그날 오후는 내겐 정말 지옥 그 자체였다. 교회에서 예식이 끝나고 가족들은 담너 씨의 좁은 집에서 다 함께 차를 마셨다. 이상하게도 나는 담너 씨의 집이 그레타의 집보다 더 좁게 느껴졌다. 아마도 테스라는 존재가 다른 사람들이 숨조차 쉴 수 없도록 공간 전체를 꽉 채우고 있었기 때문인 것 같았다.

그녀는 날 거의 쳐다보지 않았다. 인사를 나눌 때도 손을 내밀며 짧게 뭐라고 중얼거렸을 뿐이었다. 물론 테스는 우리의 결혼 계획에 대해 알고 있었다. 우리가 교회 건물을 나서기 직전에 테스는 그레타에게 "그런 우울한 삶을 선택하다니 참 안됐어"라고 말했다. "변호사가 되는 것도 모자라서 자기랑 같은 법조인과 결혼까지 하다니!" 그러나 그레타는 그 말을 대수롭지 않게 받아넘겼다. 테스는 지나가듯 그러나 결코 농담이 아닌 그 말을 내뱉곤 나에 대해 더이상 관심을 갖지 않았다. 그녀는 자신의 영향력에 대해 너무나 잘 알고 있었다. 그러나 골인 지점을 바로 목전에 둔 친구를 방해할 의도는 없었던 것 같다.

정말 지옥 같은 시간이었다. 내 옆에 그레타가 있고 그 옆에 테스가 서 있었다. 그 순간, 나는 생애 최대의 오점을 남기게 되리란 걸 직감했다.

*

그로부터 몇 주간 나는 엄청난 괴로움에 시달렸다. 테스는 평생 단 한 번도 꿈꿔보지 못한 그런 여자였다. 아니, 그런 여자가 이 세상에 있다는 사실조차 몰랐다. 그녀는 할아버지가 열의를 다해 수집하고 쳐다보며 감탄하던 이국적인 나비 같았다. 그녀를 생각하면 마치 고속열차를 타고 있는 듯한 기분이 들었다.
그런데 그때는 그런 나비가 그저 진열장 속의 장식품에 지나지 않는다는 것, 그리고 고속열차를 타고 평생 달릴 수는 없다는 것을 알지 못했다. 고속열차를 연속해서 타다보면 발을 디딜 단단한 땅이 있는 것을 감사히 여기게 된다는 것도.
그레타는 단단한 땅과 같은 여자이다. 그레타와 함께 있으면 몇 시간 후나 며칠 후 그리고 몇 주 후에 일어날 일까지도 예상할 수 있었다. 그런데 갑자기 그런 것들이 시시하게 느껴졌다. 그래서 그레타를 피해 다닐 구실을 찾기 시작했다. 게다가 그레타의 성실함이 돌변한 상황을 수월하게 해주었다. 그레타가 책과 씨름하느라 나를 밤에 홀로 남겨두는 것이 고마울 지경이었다.
그로부터 사 주가 흘렀을 때 나는 마침내 그녀를 어떻게 이해시켜야 할지도 모르면서 무작정 사실대로 말해야겠다고 결심했다. 그녀에게 상처를 주고 싶진 않았다. 그녀가 내게 여전히 아주 소중한 사람이라는 사실에는 변함이 없으며 다만 그녀와 결혼하고 싶지 않은 것뿐이라는 사실을 꼭 이해시키고 싶었다.

그날의 날씨는 나 자신과 다른 한 사람의 삶을 완전히 망쳐놓기에 너무나 안성맞춤이었다. 세시 반에 그레타를 데리러 갔다. 함께 새로 짓는 욕실에 설치할 욕조를 둘러보기로 했던 것이다. 차를 타고 목적지로 가는 동안 침묵으로 일관하는 나를 그레타는 별로 이상하게 여기지 않았다. 그만큼 동화책에서나 나올 법한 멋진 욕조를 갖게 될 기쁨에 들떠 있었던 것이다.

드디어 전시관에 도착했다. 그레타는 백이십여 가지나 되는 다양한 수도꼭지를 보며 감탄사를 연발했다. 그 모습이 마치 예쁘게 장식해놓은 크리스마스 트리를 보고 좋아하는 어린아이 같았다.

"정말 내 마음에 드는 건 뭐든지 골라도 된단 말이지? 고르고 나면 자기가 수표책을 꺼내서 내 꿈을 현실로 만들어줄 거지?"

그녀는 좋아서 어쩔 줄 몰라했다.

"이제 세 단계만 더 넘으면 돼. 약혼식, 청첩장 보내기, 결혼식. 그러면 난 드디어 브란트 부인이 되어 그 저택으로 들어가는 거야."

난 아무런 대꾸도 할 수가 없었다. 그러자 그레타는 나의 반응을 오해하고 내 팔에 손을 얹으며 말했다.

"오해하지 마, 자기. 나쁜 뜻은 아니니까. 난 그저 가난한 게 싫을 뿐이야. 돈이 많다는 건 햄스터와 사자를 섞어놓은 것만큼 비극적이진 않을 거 아냐. 그렇지만 가난하고 별볼일 없는데다가 못생기기까지 한 건 정말 비참해. 그럴 땐 자기 주변이라도 화려하게 해놓고 사람들의 주목을 받는 그런 사람을 곁에 두고 싶은 마음이 저절로 생기는 거야."

나는 침울한 목소리로 말했다.

"넌 별볼일 없지도 못생기지도 않았어."

그러자 그녀가 어깨를 으쓱해 보이며 손가락으로 크고 둥근 욕조를 가리켰다.

"저게 제일 마음에 들어. 우리 둘이 함께 들어갈 수 있을 만큼 크기도 하고. 정말 황홀할 거야. 첫날밤은 침대 대신 저 욕조에서 치르는 게 어때? 좋지?"

내가 평소 같지 않다는 사실을 그녀가 알아차리기까지는 꽤 오랜 시간이 걸렸다.

"자기야?"

갑자기 목소리가 작아지며 불안한 기색이 역력해졌다. 그렇게 불안해하고 당황하는 그녀를 본 건 그때가 처음이었다.

"어디 아파? 아님 내 말에 충격받았어? 조금 검소한 걸로 할까? 그래, 좋아. 그럼 우선은 그냥 샤워기만 달린 걸로 하지, 뭐. 그렇지만 분명히 후회할걸. 서서 하는 게 얼마나 흥분되는지 자기가 몰라서 그래."

그레타는 웃음으로 넘기려고 애썼다. 그러나 끝까지 속마음을 감출 순 없었던 모양이다. 이제 와서 생각해보면 그녀는 내가 입을 열기 전부터 이미 예감하고 있었던 것 같다. 한참 후에 그녀는 포기한 듯 고개를 끄덕이며 말했다.

"테스 때문이지!"

그로부터 몇 년이 지난 후 그레타는 그때의 심정을 이렇게 표현했다.

"머릿속이 갑자기 텅 빈 것 같았어. 그저 꿈에서 깨야겠다는 생각밖에 안 들더라구. 그렇지만 마음이 아프거나 그런 건 아니었어. 분노도 실망감도 아니었고. 그저 속이 뻥 뚫린 것 같았어. 난 그 크고 둥근 우아한 욕조를 꼭 갖고 싶었어. 방이 다섯 개에 욕조가 두 개 딸린 마리엔부르크 가에 있는 대저택의 꼭대기층에서 살고 싶었단 말이야. 그리고 네 부모님처럼 여름날 일요일 오후에 잘 가꿔진 정원의 나무 그늘 아래 앉아 여유를 즐겨보고 싶었을 뿐이야. 그게 다였어."

그런데 결국 세상에서 둘도 없는 친구 때문에 그 모든 것을 누려보지도 못하고 잃고 말았다. 우리는 전시장 밖으로 나왔다. 비가 내렸고 우산을 제대로 쓸 수 없을 만큼 바람이 세차게 불고 있었다. 차가 있는 곳까지 걸어오는 동안 나는 그녀의 팔을 잡고 부축하고 있었던 것 같다. 그때 그녀가 했던 말을 아직도 기억한다.

"놔줘, 니클라스. 난 다른 사람의 도움 필요 없어. 그저 하늘에서 땅으로 떨어진 것뿐인걸. 작은 사람들이 발 구름판도 없이 높이 뛰어오르다가 코가 깨지는 일이 어디 한두 번인가. 그렇지만 난 혼자서도 일어설 수 있어."

차에 도착했을 때 그녀는 갑자기 얼굴을 들어 11월의 하늘을 올려다보며 말했다.

"하늘도 우리집 욕조처럼 좁고 곰팡이가 낀 것 같아. 난 곧 괜찮아질 거야. 언젠가는 나도 벤츠를 몰게 되는 날이 오겠지. 그렇지만 그건 내 힘으로 살 거야."

차에 올라탔을 때 그녀는 온몸을 덜덜 떨고 있었다.

"정말 미안해, 그레타."

그녀는 숨을 깊이 한 번 내쉬더니 태연하게 물었다.

"괜찮아. 그런데 테스가 자기한테 무슨 말이나 행동을 했어? 내 말은 그러니까 테스가 자기한테 틈을 보였거나 아님 기대를 하게 했냐구?"

나는 고개를 저었다.

"그럴 줄 알았어. 문 좀 닫아줄래? 추워."

난 그녀를 집까지 바래다주었다. 그러나 더이상 그녀의 집에 들어가진 않았다.

*

그 일이 있은 후 몇 주 동안 난 사무실에 나가지 않았고 그래서 그레타를 보거나 그녀에 대한 소식을 전혀 듣지 못했다. 대신 어떻게든 테스와 만나려고 했지만 매번 비참하게 거절당하고 말았다. 그녀의 집에 처음으로 전화했을 땐 그녀의 올케인 산드라가 전화를 받았다. 그녀와 통화를 하는 동안 수화기를 통해 테스의 목소리가 들렸다. 그녀는 뒤에서 올케한테 대답할 말을 일러주고 있었다. 산드라는 무척 곤란해하며 테스가 시키는 대로 내게 전했다.

테스는 이미 그런 일이 일어나리라는 걸 예상하고 있었다. 그러나 그녀가 내게 바라는 건 오직 한 가지, 그레타에게 용서를 비는 것뿐이었다. 차라리 그때 그녀의 말을 들었더라면…… 그러나 그땐 오로지 테스를 만나야겠다는 생각뿐이었다. 거의 한 달간 끈질기게 테스의 집에 전화를 해댔고 그때마다 테스의 가족들이 번갈아가며 테스의 말을 전했다. 심지어 하루에 서너 번씩 전화를 한 적도 있었다. 그런 날엔, 아침엔 요아힘, 정오엔 산드라, 오후엔 담너 씨 그리고 저녁엔 담너 부인이 차례로 돌아가며 전화를 받았다. 그들 중에서 담너 부인과 통화할 때가 제일 마음이 편했다.

정말 수치스러운 경험이었다. 테스는 전화기 바로 옆에 서서 가족들에게 뭐라고 대답해야 할지 일일이 지시했다. 그러다가 금세 가족 간의 논쟁으로 이어져 난 전화기를 든 채 한참 동안 나에 대해 오가는 이야기들을 고스란히 들을 수밖에 없었다. 가끔은 담너 부인이 나를 두둔하는 말을 하기도 했다. "그러지 말고 네가 직접 얘기하렴. 저렇게 상냥하고 교양 있는 사람도 드물 거다."

그러나 그 말을 듣고 있는 나는 나 자신이 상냥하고 교양 있는 사람은커녕 할 일 없는 한심한 건달처럼 느껴졌다. 특히 담너 부인이 "저렇게 사정하는데 딱 한 번만 만나줘라, 그것도 못 하니?"라고 말할 때는 정말 비참했다.

그럴 때마다 테스는 고함을 질렀다.

"엄마, 미쳤어? 그랬다가 그레타한테 어떤 상처를 줄지 생각이나 해봤냐구?"

"그렇지만 그레타랑은 이미 헤어졌잖니. 그레타가 자기 입으로 그랬잖아."

"나도 그레타가 그렇게 말한 건 알아, 엄마. 그렇지만 그레타가 저 사람을 사랑한 적이 없다고 말한 건 거짓말이야. 저 사람이 가진 재산이나 좋은 가문, 그저 브란트라는 이름을 탐냈다고 말하는 건 모두 거짓말이라구."

"그럴지도 모르지만 그래도 그레타가 그렇게 말하는데……"

담너 부인의 목소리가 점점 작아졌다.

"엄만 정말 구제불능이야."

그레타가 바라는 건 도움도, 용서도 해명도 아니고 오로지 자길 가만히 내버려두는 것뿐이었다. 그후로 대학 캠퍼스에서 그녀와 몇 번 마주쳤다. 그녀는 일부러 날 피해 가지 않았지만 그렇다고 말을 건넬 틈을 주는 것도 아니었다. 그녀는 오직 자기가 원래 하려고 했던 일에만 매달렸다. 나와 결혼함으로써 쉽게 얻을 수 있었던 것을 이제는 스스로의 힘으로 실현하리라 마음먹었던 것이다.

브란트 부인이 되었더라면 이차 시험에서 최고의 점수를 받건 겨우 합격선에 턱걸이를 하건 별 상관이 없었을 것이다. 그러나 그레타 바레시라는 이름으로는 남들과는 다른 특별한 재능을 증명해 보여야만 했다. 결국 그녀는 목적을 이루었다. 혼자 힘으로 대브란트 법률 회사에 입사하는 데 성공했으며 그로써 상류사회로 진출할 수 있는 길이 열린 것이다.

나의 부모님은 우리의 결별 소식을 아무런 동요 없이 받아들였고 그저 내가 하루빨리 정신을 차리기만을 기다리셨다. 그러나 점차 시간이 지나면서 그런 희망도 부질없다고 생각하는 것 같았다. 어머니는 한동안 내 심정을 이해하려고 노력하셨다. 그러나 다른 한편으로는 내게 파랑새를 좇고 있을 뿐이라며 예리한 지적을 하셨다.

"니클라스야, 그 여자는 너랑 사귈 생각이 전혀 없다잖니. 도대체 언제쯤 그걸 인정할래?"

결론부터 말하자면, 난 전혀 인정하고 싶지 않았다. 비참하기 짝이 없었지만 그레타와 헤어진 지 일 년이 지났을 무렵 나는 뻔뻔스럽게도 그레타의 도움까지 기대하는 처지가 되었다. 테스에게 우리가 비록 헤어지긴 했지만 서로 친구처럼 좋은 감정을 갖고 있다고 말해주면 얼마나 좋을까. 그리고 그건 사실이었다. 우리 중 누구도 눈물을 흘리거나 욕을 하거나 매달리며 애원하지 않았다. 그리고 난 내 부모님이 그레타를 좋아했듯이 언젠가 테스도 좋아해주리라 믿었다.

아버지는 전혀 그럴 마음이 없었지만 그래도 현실적으로 판단했다. 내 변덕 때문에 며느리와 함께 회사를 운영하려던 아버지의 계획은 무산되고 말았다. 아버지는 어차피 이렇게 된 거 마무리라도 깔끔하게 지으라고 했다. 아버지는 적어도 패기만만한 변호사까지 잃고 싶진 않았던 것이다.

그레타에게 아버지의 바람을 전하러 갔을 때 나는 그레타가 틀림없이 날 문 밖으로 쫓아낼 거라고 생각했다. 그러나 그녀는 꿈꾸던 대브란트 법률회사에서 일하게 된 걸 기뻐했다. 그녀는 별로 변한 게 없었다. 여전히 오십 킬로그램, 백오십육 센티미터의 자그마한 체구지만 활력이 넘쳤고 사자갈기 머리를 한 고집스러운 여자였다. 난 그녀의 머리가 여전히 예쁘다고 말했다. 내 말에 놀랐는지 아니면 기분이 좋아서였는지는 모르겠지만 어쨌든 그레타는 기회가 닿는 대로 형사재판 건을 맡게 해준다는 조건하에 아버지의 제의를 받아들였다.

게다가 조만간 집에 한번 놀러 오라는 어머니의 말을 전했더니 순순히 그러겠다고 했다. 내 부모님은 이런 방식으로 나와 그레타를 다시 연결시켜보려 했던 것 같다. 그레타는 내 부모님께 언제나 환영받는 손님이었고 또 그레타 자신도 유명인사들과 얼굴을 익힐 수 있는 기회를 십분 이용하려고 했다. 그러나 나와의 재결합에 대해서는 더 이상 관심이 없는 것 같았다.

그레타가 최초로 독립해서 살게 된 집은 그녀가 꿈꿔온, 모든 것을 완벽하게 갖춘 그런 집은 아니었다. 그러나 그곳은 임시 숙소일 뿐이었다. 두번째 집은 처음 집보다 훨씬 더 나았으며 세번째 집은 정확히 그녀의 취향에 들어맞았다. 비록 잘 가꿔진 잔디와 멋들어진 고목이 있는 정원은 없었지만 대신 라인 강이 훤히 내다보이는 전망 좋은 테라스가 있었다. 어차피 나와 결혼했어도 내 부모님 소유인 저택에서 진짜 우리의 몫이란 작은 테라스가 달린 꼭대기층이 전부였을 것이다.

그레타는 자기 돈으로 욕실을 개조했다. 크고 둥근 욕조!

"그래, 나도 알아, 내가 유치하다는 거! 나 자신에게 뭔가를 증명해 보이고 싶었는지도 모르지, 뭐."

그레타는 둥근 욕조를 갖고 싶어했던 자신에 대해 이렇게 해석했다.

그녀와 사무실에서 함께 일하면서 나는 자주 그녀에게 무슨 생각을 하는지 묻곤 했었다. 그레타는 항상 차분하고 평안해 보였으며 날 특별히 멀리하지도 않았다. 마치 우리가 함께했던 이 년간의 시간과 미래에 대한 계획들이 꿈속에서 일어난 일인 것처럼 나를 다른 동료들과 똑같이 대해주었다.

반면 나는 정신적으로 힘들었다. 내게 여전히 한치의 틈도 보이지 않는 테스 때문만은 아니었다. 그레타와 함께했던 시간들, 특히 숱한 밤에 대한 기억이 지워지질 않았다. 난 그때까지도 그녀를 안을 때의 느낌을 선명하게 기억하고 있었다. 그리고 안경을 벗길 때마다 나를 바라보던 그 몽롱한 눈빛. 실은 심한 근시 때문이었지만 내게는 더없이 유혹적으로 느껴졌다. 인정하고 싶지 않지만 난 그녀를 그리워하고 있었던 것이다.

그레타에겐 내가 첫 남자였다. 나와 헤어진 후—그녀는 내게 모든 것을 솔직하게 털어놓았다—사소한 '사건'이 몇 번 있었다고 했다. 그들 중에는 자격 미달의 여자를 외로움에서 구제해준다는 듯이 대단한 선심을 쓰는 것처럼 행동하는 남자들도 있었다.

그녀의 개방적인 태도 때문이었는지 아니면 그녀가 단지 내 곁에 있기 때문인지 그것도 아니면 과거에 대한 추억 때문인지는 잘 모르겠지만 자연스럽게 그냥 그렇게 되어버렸다. 함께 욕조 전시장을 찾았던 그날로부터 이 년이 흐른 후 우리는 한마디로 미친 짓을 하기로 합의했다.

2

 다시 11월이 찾아왔다. 그날은 만성절(萬聖節)이었는데 날씨가 쾌청하긴 했지만 바람이 얼음처럼 차가웠다. 그레타는 사무실까지 택시를 타고 왔다. 갑자기 차 시동이 걸리지 않아서라고 설명했다. 당시 그녀는 중고차를 타고 다녔고 주차장이 없어서 길가에 세워둬야 했다. 그런데 갑자기 날씨가 추워지면서 그렇지 않아도 오래된 배터리가 밤새 나가버린 것이다.
 일은 저녁 늦게야 모두 끝났다. 그때 무슨 사건을 조사했는지는 정확하게 기억나지 않는다. 어쨌든 그 일은 매우 중요하고 또 시일을 다투는 일이었기 때문에 반드시 그날 안으로 끝내야만 했다. 그레타가 콜택시 회사에 전화를 걸려고 했을 때 시계는 열시를 가리키고 있었다. 나는 그녀에게 집까지 태워주겠다고 했다. 그녀는 흔쾌히 내 제의에 응했다.
 아버지의 법률회사에서 일하게 된 후로 그레타의 외모는 엄청나게 달라졌다. 안경 대신 콘택트렌즈를 꼈고 고통을 참으며 막대한 비용이 드는 치아 교정을 받았으며 시내에서 제일 좋은 미용실에 다녔다. 그러한 변신으로 그녀는 갑자기 너무나 매력적이며 테스 담너의 아름다움과는 비교도 안 될 만큼 우아하고 분위기 있는 여자로 탈바꿈했다.

나는 보조석에 앉아 있는 그녀에게서 풍겨나오는 거부할 수 없는 매력에 정신이 아찔했다. 그녀의 집 앞에 도착할 때까지 많은 이야기를 나누진 않았다. 우습게 들릴지도 모르겠지만 난 긴장하고 있었고 가슴이 두근거렸다. 문득 내가 가진 모든 것을 다 바쳐서라도 그레타를 갖고 싶다는 생각이 들었다. 그런데 어떻게 시도해야 할지 알 수가 없었다. 그리고 그런 마음이 일시적인 건지 아니면 그녀를 다시 영원한 내 여자로 만들고 싶은 건지도 알 수 없었다. 어쩌면 단지 그녀와 함께 보냈던 밤들에 대한 기억과 그후의 비교적 절제된 생활에 특별한 의미가 있었다는 사실을 스스로에게 증명해 보이고 싶었는지도 모른다. 사실 그레타와 헤어진 후 여자를 몇 명 만나기도 했지만 한 번도 관계가 심각해지거나 여자가 내 마음을 사로잡은 적은 없었다.

마침내 그녀 집 앞에 도착했고 그녀가 고맙다고 말하며 차에서 내리려고 할 때 내가 물었다.

"이럴 땐 커피라도 한 잔 주는 게 예의 아니야?"

그러자 그레타는 살짝 웃었다. 비웃는 것처럼 보이지는 않았다.

"사실대로 말해도 돼, 니클라스. 넌 이 시간에 커피 안 마시잖아. 나랑 자고 싶은 거지?"

"넌 물론 그러고 싶지 않겠지?"

그러자 그녀의 미소가 환한 웃음으로 바뀌었다.

"그렇지 않아. 기분좋은 섹스를 마다할 이유는 없으니까. 그리고 넌 섹스가 끝난 뒤에 좋았냐고 묻지도 않잖아. 내가 제일 싫어하는 게 바로 바보 같은 그 질문이거든. 여자가 지루해하는지 어떤지 살피는 요령조차 없는 남자라면 뻔하잖아."

그녀는 가방에서 열쇠를 꺼내 현관문을 열면서 말했다.

"그렇지만 미리 알아둬야 할 게 있어, 니클라스. 지금은 너도 솔로고 나도 솔로야. 너도 이따금씩 여자가 필요할 테고 나도 마찬가지지. 넌 여전히 테스를 좋아하고 난 별볼일 없는 남자들을 매일 밤 찾아다니는 데 진절머리가 나. 우린 둘 다 성인이니까 누가 누구한테 해명해야 할 이유 따윈 없어. 다시 말해서 이건 사랑이 아니라 단순한 섹스일 뿐이야. 내 생각에 동의한다면 들어와도 좋아."

그 순간엔 그녀가 어떤 말을 해도 동의했을 것이다. 난 그녀의 말을 그다지 진지하게 받아들이지 않았다. 드디어 집 안으로 들어갔다. 내 방으로 함께 들어가던 이 년 전과 별로 달라진 게 없었다. 부드러운 애무와 좋은 느낌. 삼십 분쯤 지난 후 나는 내 기억이 틀리지 않았다는 걸 알았다. 어쩌면 진짜 천생연분이란 것이 있는지도 모르겠다. 서로 부족한 부분을 채워주고 메워주는, 이가 딱 들어맞는 반쪽끼리의 만남.

우린 한참 동안 침대에 나란히 누워 있었다. 둘 다 만족했던 것 같다. 나의 희망은 벌써 핑크빛 환상으로 부풀어올랐다.

"문 앞에서 했던 말, 혹시 취소할 생각은 없어?"

"아니!"

그녀의 대답은 단호했다.

"혹시 나한테 복수하고 싶어서 그러는 거야?"

"천만에."

"그럼, 맘대로 해. 날 일부러 괴롭혀도 할말이 없으니까. 너한테 먼저 못할 짓을 한 건 나잖아."

"그건 오해야. 널 괴롭히려는 게 아니라구. 그런 건 테스한테나 실컷 하라고 해."

그러더니 배를 깔고 누워 한 손으로 턱을 괴며 불쑥 물었다.

"테스한테 내가 한번 얘기해볼까? 내가 잘 말하면 너랑 테이트를 해줄지도 모르잖아."

"진짜 그렇게 할 수 있어?"

난 그 말을 단순한 농담으로만 여겼다.

그러자 그레타는 빙그레 웃었다.

"사실은 벌써 시작했어. 네 칭찬을 좀 했거든. 그것뿐만이 아니야. 너랑 헤어진 후 몇 달 동안 테스에게 네가 가진 장점들을 근사하게 포장까지 해서 이야기해줬지. 네가 테스에게 전화할 때마다 테스는 내게 와서 흥분하며 널 욕했어. 네가 꼭 후회하게 만들고 말겠다고 맹세까지 할 정도였다니까. 그때마다 테스에게 너랑 데이트해도 괜찮다고, 난 개의치 않는다고 했어. 심지어 네가 침대에서 끝내준다는 말까지 했는걸."

"눈물나게 고맙군."

"그런데 테스는 내 말을 믿지 않아. 난 내가 다른 사람을 설득하는 힘이 있다고 믿었는데. 또 네가 내 도움으로 테스와 가까워진다면 내게 보답을 해줄지 모른다는 생각도 했어. 난 네 아버지가 날 그렇게까지 높이 평가하고 계신 줄 몰랐거든."

그레타가 한숨 섞인 투로 말했다. 그 말은 그레타가 나와의 결혼을 원했던 이유가 오로지 내 아버지의 법률회사가 탐났기 때문이었다는 것처럼 들렸다. 그러나 그녀와 계속 얘기를 나누는 동안 그런 느낌은 사라졌다.

"때론 이런 생각도 했어. 직원들이 저녁에 한두 시간 정도 더 일을 한다고 해서 그걸 이상하게 여길 사람은 없지. 그러니까 어쩌다 아주 중요한 사건이 생기면 널 더 오래 붙잡아둘 수 있을지도 모른다고 말야, 물론 테스는 모르게 해야겠지. 어차피 테스는 자기 일에 너무 몰두해서 네가 가끔씩 유난히 피곤해 보인다는 걸 눈치채지 못할 테니까."

그레타는 팔베개를 하며 다시 돌아누웠다. 그녀는 의무감을 느끼는 것처럼 자신의 생각들을 자세히 털어놓았고 내가 어떻게 해야 목적을 이룰 수 있을지에 대해 충고를 아끼지 않았다.

테스는 얼마 전에 기름 없이 조리가 가능하다는 요술냄비 외판일을 그만두었다. 그런 후 다시 새로운 일거리를 찾고 있었고, 남는 시간은 각종 강좌를 듣거나 아니면 이제는 오빠 것이 된 아버지의 가게 일을 돕는 것으로 때웠다.

그레타는 새로운 관계를 시작하는 데 지금이 가장 좋은 시기라고 했다. 그리고 자기는 나와 테스가 연인이 되는 걸 눈곱만큼도 개의치 않는다고 거듭 강조했다. 내가 테스와 사귄다고 해서 우리 사이가 꼭 껄끄러워져야 할 이유는 없다는 것이다. 그녀는 현재의 주어진 상황에 그럭저럭 만족하고 있는 것 같았다.

그레타는 테스가 누구에게 강요당하거나 평범하게 사는 것을 끔찍이도 싫어하기 때문에 한꺼번에 수십 가지 일도 거뜬히 해낼 수 있다는 사실을 너무나 잘 알고 있었다. 테스는 무슨 일이건 익숙해지고 당연시되어버리는 걸 견딜 수 없어했다. 그게 수십 년 동안 그레타가 보아온 테스였다. 바로 그런 이유 때문에 그레타는 내가 테스에게 푹 빠져도 참을 수 있었던 것이다. 난 뛰어난 상상력을 가진 미녀에 의해 한순간 마음을 빼앗겨버린 재미없고 단순한 법조인에 불과했으니까.

그건 어쩌면 가장 이상적인 해결책이 될 수도 있었다. 그레타는 내게 그야말로 완벽한 애인이 돼주었을 것이다. 이혼하라는 요구 따위는 결코 하지 않았을 테니까. 게다가 다른 사람들이 보기에 자신보다 테스가 더 내게 잘 어울린다고 했다. 그레타는 여름날 저녁 마리엔부르크에 있는 빌라에 초대받은 손님들이 고목 아래 풀밭 여기저기에 흩어져 담소를 나누고 있는 모습을 자주 상상해본다고 했다. 테스가 샴페인 병을 들고 종종걸음으로 손님들 사이를 돌아다니면서 빈 잔을 채운다. 손님들은 아름다운 안주인의 이야기에 열심히 귀를 기울인다. 그리고 그런 날 밤이면 테스는 어김없이 나와 함께 꼭대기층 침실로 들어간다. 그레타는 내가 잠자리에서는 완전히 다른 사람이 된다고, 보통때의 딱딱하고 재미없는 사람이 아니라고 했다. 그리고 테스 또한 분명히 그렇게 생각할 거라고 확신했다.

"테스한테 우리 얘기 할 거야?"

집을 나서면서 내가 물었다. 그레타는 고개를 저었다.

"테스는 물론이고 그 누구한테도 우리 얘기는 안 할 거야. 그러니까 너도 비밀을 지켜줬으면 좋겠어, 니클라스. 네가 원한다면 언제든지 우리집에 와도 좋아. 아님 내가 너에게 갈 수도 있고. 그렇지만 단 한 사람이라도 우리 사이를 알게 된다면 그땐 끝이야."

나는 고개를 끄덕였다. 그러나 속으로는 몇 주 후면 분명히 그녀의 생각이 바뀔 거라고 믿었다.

그런데 그 몇 주가 어느새 팔 년이 되었다. 가끔 나는 그레타가 우리 관계를 세상으로부터 철저히 숨기고 있다는 사실이 무척 마음 아프다. 우리가 동료 이상의 관계일 거라고 의심하는 사람은 아무도 없었다. 예외가 있다면 그건 아마 내 부모님일 것이다. 이따금 함께 방으로 올라가는 나와 그레타의 뒷모습을 보면서 어머니가 흐뭇해하고 있다는 느낌을 받곤 했다. 물론 그건 순전히 그랬으면 하는 나의 바람이 일으킨 착각일 수도 있다.

테스처럼 그레타를 잘 아는 사람들은 내가 그레타의 마음을 다시는 되돌리지 못할 거라고 확신했다. 그리고 그레타가 항상 주장하는 것처럼 이성(異性) 동료가 밤늦게 한 방에 머무른다고 해서 꼭 공적인 일 외에 다른 일이 일어나리라는 법은 없지 않은가. 게다가 우리는 정말로 함께 처리해야 할 중요한 사건들이 많았다.

우리의 단골고객은 대개 회사 소속의 변호사를 따로 두길 원하지 않는 중소기업들이었다. 나는 그레타 덕분에 형법을 공부하게 되었다. 그리고 결국 전공 분야를 하나쯤 더 두는 게 유리하다고 아버지를 설득해 대학에 일 년간 더 머물렀다.

아버지는 맡은 일을 소홀히 하지 않는다는 조건하에 우리가 형사재판을 맡는 것을 눈감아주셨다. 그래서 그 일은 대개 업무가 끝난 저녁으로 미뤄지곤 했던 것이다.

우리는 숱한 밤을 함께 앉아서 얼마 안 되는 수사자료를 훑어보며 전략을 세우고 양쪽 입장을 검토하며 보냈다. 그레타는 작은 소매치기 사건에서부터 나중에는 무장강도 사건과 살인 사건으로 점점 강도를 높여갔다. 나는 그녀만큼 적극적일 수가 없었다. 다른 사람의 권리를 무시해놓고 체포된 후에 도움을 요청하는 그런 파렴치한 인간들에게 진심 어린 관심이 생기질 않았다. 그리고 구속심사를 받는 사람들 중에서 변호할 만한 가치가 있는 진짜 결백한 사람은 드물었다.

그래서 그레타는 대부분 내게 법률적인 조언을 듣는 것으로 만족해야 했다. 어쨌든 다른 사람의 생각을 듣는 것도 나쁠 건 없었다. 그리고 내 의견이 대부분 검사측 입장과 같았기 때문에 그레타는 나를 상대로 법정에서 벌어질 여러 상황들을 연습해볼 수 있었다. 그럴 때마다 그녀는 연습임에도 불구하고 마치 실제 검사를 대하듯 나를 혹독하게 몰아붙였다.

연습이 끝나면 대개 짧은 '휴식'을 가졌다. 이건 그레타의 표현이었다. 그러나 내가 결혼하고 싶다는 뜻을 조금이라도 비추면 단호하게 잘라버렸다.

그러던 어느 날 테스가 내게 호의적인 태도를 보이기 시작했다. 그레타와 내가 화해하고 좋은 동료로 지낸다는 사실을 알게 된 것이다. 무엇보다도 일이 자기 삶의 전부라는 그레타의 거듭된 확신 덕분에 테스가 서서히 나에 대한 반감을 버리게 된 것이다.

세월이 흐르면서 테스와 나는 가까워졌고 드디어 친구 이상의 감정이 싹트기 시작했다. 물론 연인으로서는 아니고 단짝 또는 형제애 같은 것이었다. 테스는 나를 남자로 받아들일 수 없다고 했다.

"화내지 마, 니클라스. 널 정말 좋아해. 넌 정말 좋은 사람이야. 그렇지만 널 사랑할 수는 없어."

테스는 오히려 그레타와 내가 환상적인 커플이라고 생각했다. 그레타의 마음을 돌려보자고 제의한 것도 테스였다.

"그레타는 용서란 걸 몰라. 그렇지만 넌 아직도 그레타에게 특별한 사람인 게 틀림없어, 니클라스. 이런 경우 질투는 유치하지만 가장 효과적인 방법이지. 사람이란 때로 어떤 것을 완전히 잃어버린 후에야 그것의 소중함을 깨닫게 되거든. 그러니까 일단 시도해보는 거야."

그때 테스는 유부남과 사귀고 있었고 그래서 늘 주말이면 심심해했다. 그러나 테스가 말했던 효과적인 방법이 그레타에겐 먹혀들지 않았다. 그레타가 테스에게 다른 애인이 있다는 걸 이미 알고 있기 때문이었다. 그레타는 내가 토요일엔 테스와 오페라 구경을 가거나 극장에 가고 일요일엔 외식을 할 거라는 말에 무척 흥분했다. 그러나 나에 대한 질투 때문이 아니라 내가 테스에게 이용만 당하고 상처받게 될까봐 그런 것뿐이었다. 그녀는 내가 테스에게 그런 취급을 받을 이유가 없다며 펄쩍 뛰었다.

나를 걱정하고 또 속지 않도록 정신차리라고 충고하는 그녀를 보면서 나는 일말의 희망을 가졌다. 그리고 그녀에게 내가 나의 행동에 대해 얼마나 뼈저리게 후회하고 있는지, 또 그녀가 그 일을 잊을 수만 있다면 무슨 일이라도 할 수 있다는 걸 보여주고 싶었다.

끝까지 기다렸다면 어쩌면 내 뜻대로 이루어졌을지도 모른다. 어쨌든 우린 오 년 전부터 비록 비공식적이긴 하지만 연인으로 지내고 있었으니까. 그녀가 나를 다시 받아들였다는 사실을 다른 사람들이 알게 되는 건 그녀의 자존심이 허락하지 않았다. 그러나 시간이 지나면 자존심을 버리고 날 용서했을지도 모른다. 얀만 나타나지 않았더라면. 얀 틴너! 우리 사 인조의 네번째 멤버. 그는 십팔 개월 동안 그레타의 옆집에서 살았다.

*

그레타가 그를 처음 본 건 지금으로부터 삼 년 반쯤 전이었다. 1월의 첫째 주 목요일이었다. 그날은 겨울 날씨치곤 너무 포근하고 게다가 습도도 높았다. 보슬비가 내렸고 온도계는 영상 칠 도를 가리키고 있었다. 오전에 그레타는 난방이 제대로 안 되는 법정 안에서 변호를 했다. 재판관은 코감기에 걸려 있었고 배심원들은 기침을 했으며 참관인석에서는 재채기 소리가 났다. 피고인은 판결을 받고 울었다. 사 년! 그렇게 형을 많이 받을 거라곤 예상하지 못했다. 그레타 역시 실망하긴 마찬가지였다.

사무실로 돌아왔을 때 그녀는 기분이 엉망이었다. 멋진 휴가 계획을 듣기에 전혀 적절한 타임이 아니었던 것이다. 그럼에도 불구하고 나는 주말까지 끼워 모처럼 긴 휴가를 가자고 제의했다.

그때까지 우리는 늘 휴가를 함께 보내왔다. 물론 다른 사람들에겐 비밀이었다. 항공권이나 호텔방을 따로 예약했고 내가 먼저 여행지에 도착하면 그레타가 하루나 이틀 뒤에 따라오거나 아니면 그녀가 먼저 떠난 뒤 내가 뒤따라가곤 했던 것이다. 그러나 겨우 삼사 일밖에 안 되는 짧은 휴가에서는 그렇게 하는 건 별 의미가 없었다.

이번 휴가는 떠날 수 없겠다고 그녀는 딱 잘라 말했다. 할 일이 너무 많다는 것이다. 나는 그녀의 다음주 스케줄을 이미 알고 있었기 때문에 못 간다는 것이 핑계라고 생각했다.

"혹시 누군가 우리 사이를 알게 될까봐 두려운 거야? 그래서……" 나는 말을 하려다 말고 조용히 웃었다. "그레타, 갑자기 애처럼 왜 그래? 팔 년이야, 벌써 팔 년이나 지났다구. 너도 인간으로서의 욕구가 있고 여자로서의 삶을 살고 싶을 때가 있다는 걸 다른 사람들이 알게 되는 게 뭐가 어때서 그래? 그런 일로 네 이미지가 구겨지진 않아."

그레타는 내가 이미지 얘길 꺼낼 때마다 몹시 불쾌해했다. 다른 사람들에게 그레타는 가까이 다가갈 수 없는 여자였으며 그녀에게 사랑이란 오직 기술적이고 화학적인 반응에 불과했다. 그레타는 특히 우리가 함께 밤을 보낸 후 그런 이미지 운운하는 걸 싫어했다. 그러나 나는 잠자리를 함께한 뒤 기계적으로 일어나 집으로 가거나 아니면 반대로 그녀를 문 밖으로 배웅하는 것이 로봇 같아서 싫었다.

아주 오래 전부터 그녀는 내 옆에서 자지 않았다. 심지어 함께 지냈던 여행지에서조차도. 그래서 그녀의 잠든 모습도 거의 잊어버렸다. 도저히 손댈 수 없을 만큼 헝클어진 머리, 탁자 위의 안경. 비록 몇 년 전부터 항상 정돈된 헤어스타일에 콘택트렌즈를 낀 모습만 보여주었지만 난 그녀가 적어도 잠자리에서만은 예전 모습 그대로일 거라고 상상했다.

"니클라스, 내 부탁 하나만 들어줄래? 음악이나 좀 틀어줘. 난 내가 쓰고 있는 가면에 대한 빈정거림이나 들으면서 주말을 보내고 싶은 생각은 조금도 없어. 그리고 그건 가면이 아니야. 그 사실을 인정하는 게 우리 둘 다를 위해서 좋을 거야. 내가 어떤 식당의 음식이 마음에 든다고 해서 그 식당 전체를 살 필요는 없잖아. 일 주일에 두어 번 맛있는 음식을 먹으러 그 식당에 가는 것만으로도 충분하다구."

나는 나를 레스토랑에 비교해줘서 고맙다고 했다. 사실 내 말이 빈정거림처럼 들렸을지도 모르겠다. 그레타는 그렇게 빈정대지 말고 차라리 대놓고 말하라고 했다. 그렇게 한참 동안 말다툼이 오갔다. 그러다가 나는 급기야 너무 솔직하게 속마음을 털어놓는 실수를 저지르고 말았다.

이렇게 숨어서 연애하는 것에 신물이 난다고 했던 것이다. 이제 내 부모님이 원하시는 대로 며느리감을 집으로 데리고 가고 싶다고도 했다. 물론 그렇게 될 가능성은 거의 없었지만. 내 부모님 이야기가 나오자 화가 머리끝까지 오른 그레타는 금방이라도 내 뺨을 후려칠 듯한 기세로 씩씩거렸다.

왜 그냥 그녀를 사랑한다고 말하지 못했을까? 그러나 그녀는 내 말을 믿지 않았을 것이다! 그레타는 늘 세상에서 거짓말이 제일 싫다고 했었다. 그녀는 내가 아직도 테스를 사랑한다고 믿고 있었다. 비록 대답 없는 짝사랑이긴 했지만 어쨌든 사랑은 사랑이라고. 그게 아니라면 내가 왜 주말마다 테스와 데이트를 하겠는가? 그건 내가 아직 테스의 사랑을 얻고 싶은 희망을 버리지 못했기 때문 아닌가! 그레타는 테스가 언젠가 유부남 애인에게 싫증을 느끼게 될 것이며 또 자신이 영원히 지금처럼 젊고 아름답지는 않을 거라는 걸 깨달을 때가 올 거라고 믿었다.

여섯시가 조금 지나 그레타는 집으로 돌아갔다. 혼자서. 원래 그날 우리는 중요한 사건 때문에 저녁시간을 함께 보내기로 되어 있었다.

그녀와 얀 틴너의 첫 만남에 대해 알게 된 건 그로부터 일 주일 뒤였다. 나와 말다툼을 한 다음날 아침 그레타는 지하주차장에서 자기 집까지 가는 동안 잠시 내 제안을 받아들일까 생각도 했었다고 했다. 며칠 동안 태양 아래서 여유를 즐기는 것도 나쁘진 않을 테니까. 그리고 며칠 밤을 연이어 나와 함께 지낼 수도 있다. 그러다가 문득 아침의 풍경이 떠오른 것이다. 눈뜬장님처럼 더듬거리면서 콘택트렌즈를 찾아다니는 자신, 거울에 비친 자신의 모습, 밀림의 왕자 레오가 무색하리만큼 사방으로 뻗친 머리. 스물네 살의 그레타는 아침에 공포에 질려 벼슬을 빳빳이 세운 닭 같은 모습으로 내 앞에 서도 아무렇지 않았다. 그러나 서른세 살의 그레타는 아침에 혼자 일어나는 걸 더 좋아하게 됐다고 말했다.

그게 변명이나 거짓말은 아니었을 거라고 나는 믿는다. 나중에 우리가 다시 한번 그때의 상황에 대해 솔직하게 얘기했을 때 나는 그 목요일 저녁에 그레타와 얀 틴너 사이에 아무 일도 일어나지 않았다는 사실을 똑똑히 확인할 수 있었다. 그들 사이엔 정말 아무 일도 없었다. 아무 일도!

그들의 첫 만남은 그레타의 집 앞 복도에서 이루어졌다. 두 달 전부터 비어 있던 옆집 문이 그날은 열려 있었다. 그러나 그녀는 별로 이상하게 생각하지 않았다. 가끔씩 건물 관리인이 와서 빈집을 소독하곤 했으니까.

그런데 그녀가 막 문고리에 열쇠를 꽂으려고 하는데, 옆집에서 낯선 남자가 나왔다. 그레타는 그를 배선공쯤으로 여겼다. 그는 짙은 색 스웨터에 헐렁한 골덴바지를 입고 있었고 팔에는 가죽재킷이 걸쳐져 있었다. 그는 그레타를 향해 가볍게 고개를 끄덕이곤 문을 닫고 열쇠로 잠근 뒤 엘리베이터로 걸어갔다. 그런데 서너 걸음쯤 가다가 갑자기 멈춰 서더니 그녀 쪽으로 몸을 돌렸다. 그녀에게 말을 걸까 말까 망설이는 것 같았다. 그레타는 모른 척하며 열쇠를 돌려 문을 열었다. 그런데 왠지 그냥 집으로 들어가는 건 예의가 아니라는 생각이 들었다.

나중에 그녀는 그에게 첫눈에 반한 건 아니었다고 거듭 강조했다. 아니, 그에게 진짜로 푹 빠졌던 적은 단 한 번도 없었다고 했다. 그에 대한 그녀의 마음은 서서히 조금씩 자라났고 그래서 그만큼 더 깊고 지속적일 수 있었다는 말도 했다. 나도 그 말을 믿는다. 그레타는 감정에 이끌려 어떤 것에 빠져드는 타입이 아니라 철저하게 생각해보고 장단점을 요모조모 따져보고 재는 스타일이었으니까.

아마 처음에는 우물쭈물하는 태도, 자신감이 결여된 듯한—아니 그녀가 자신감의 결여라고 생각했던—그의 모습에 호기심이 생긴 것뿐이었을 것이다. 그러나 나는 그런 태도를 이중적이라고 표현했다.

그녀는 많은 남자들을 상대해왔다. 대부분 검사와 판사 그리고 동료 변호사들, 다시 말해 자신을 내세울 줄 아는 자신감에 찬 성공한 남자들이었고 그들 중 새로 보는 이웃 여자에게 말을 걸까 말까 하는 걸로 망설이는 사람은 아무도 없었다.

그녀는 억지로 미소를 지어 보이려고 했다. 그녀는 어렸을 때 우연히 본 간판에 씌어져 있던 문구를 결코 잊을 수가 없다. '두 사람을 이어주는 첫걸음은 미소입니다.' 그건 정말 효과가 있었다.

얀 틴너도 비록 아주 잠깐이긴 했지만 미소를 지었던 것이다. 그리고 그녀 쪽으로 천천히 다가왔다. 그는 악수를 청하지 않고 그녀가 아니라 문에 걸려 있는 문패를 보면서 자기 소개를 했다.

"그레타 바레시 박사님이군요."

특별 제작된 문패는 그레타 아버지의 선물이었다. 그녀의 아버지는 '우리의 기특한 그레타'가 다른 사람의 도움 없이 자기 힘으로 뭔가를 해냈다는 사실을 너무나 자랑스러워했다. 그에겐 '우리의 기특한 그레타'가 일요일 아침에 부모님과 함께 모닝커피를 마시기 위해 소시민들이 모여 사는 좁은 동네에 삼천 시시 벤츠를 타고 나타날 때마다 이웃 사람들이 창문가에 서서 부러운 눈길로 바라보는 것보다 더 기분좋은 일은 없었다. 이름 아랫줄에는 변호사라는 직업이 새겨져 있었다. 그레타의 아버지 바레시 씨는 그녀가 언젠가 세상을 떠들썩하게 만드는 살인 사건을 맡아서 크게 이름을 날려주기를 기대했다. 그건 그녀가 바라는 일이기도 했다. 비록 살인, 살인자 같은 말이 섬뜩하긴 했지만 말이다. 그러나 그녀는 정말 그런 사건을 맡게 됐을 때 잘할 수 있을지 자신이 없다고 했다. 그런데 얀 틴너가 그녀에게 결국 살인 사건을 다루는 방법을, 그것도 아주 자세하게 알려준 셈이 됐다.

그 첫 만남에서 그들 사이에 어떤 이야기가 오갔는지는 잘 모르겠다. 보나마나 별 내용 없는 말들이었을 것이다. 그러나 그는 처음부터 그레타에게 강한 인상을 남겼다. 세상의 반이 찌들고 마음이 병든 자로 가득했다. 그런데 그는 마치 다른 세상 사람처럼 너무나 건강하고 에너지가 넘쳐 보였던 것이다. 어떤 사람도 그를 해치거나 흔들어놓지 못할 것 같았다.

  일요일이 될 때까지 더이상 그에 대한 이야기를 듣지 못했다. 그런데 바로 일요일에 그가 그레타를 찾아왔다는 것이다. 그것도 밤 열한시가 넘은 시각에. 그녀의 일과를 이미 파악하고 있었던 것이 틀림없었다. 왜냐하면 그녀는 그날 오후를 부모님 댁에서 보냈고 저녁에는 나와 함께 있었기 때문이다. 그레타가 집으로 들어서기가 무섭게 그가 문을 두드렸다.

  그는 자기 집 난방기에 문제가 있는지 욕실이 따뜻해지질 않는다고 도움을 청한 것이다. 건물 관리인에게 연락을 취하는 대신 복도에서 단 한 번 인사를 나누었을 뿐인, 그것도 공구통이 아닌 서류뭉치를 들고 있던 여자에게.

  그는 겸연쩍은 듯이 웃고 있었다. 언제나 그랬다. 아마 타고난 버릇인 것 같았다. 이번에도 그는 그레타 대신 문패를 응시하며 밤늦게 찾아와서 미안하다고 했다. 그레타는 그때 긴장된 모습으로 곤란한 자신의 처지를 설명하는 그가 조금 안쓰러워 보였다고 했다.

  그레타는 곧 그와 함께 그의 집으로 갔다. 그러곤 욕실 난방기의 코크를 열고 안에 차 있는 공기를 빼냈다. 그게 다였다. 얀은 일이 너무나 간단하게 해결되어서 무척 놀라는 것 같았다. 놀란 건 그레타도 마찬가지였다. 그의 부탁을 일종의 유혹으로 받아들였기 때문이었다. 그래서 약간 우쭐한 기분마저 들었다.

  그는 아주 잘생긴 남자였다. 그런 타입에 특히 사족을 못 쓰는 여자들이 있다. 그러나 그레타는 그런 부류의 여자는 아니다. 아니, 내가 알고 있던 그레타는 그런 타입이 아니다라고 하는 것이 더 정확할 것이다. 그녀는 남자의 푸근함을 추구하지도, 특별한 자상함을 원하지도 않았으며 저녁이면 소파에 앉아 서로에게 기대어 부드럽게 애무를 나누는 그런 다정함도 바라지 않았다.
 그렇다고 소위 여성 해방주의자도 아니었다. 그녀는······ 아, 하느님 맙소사, 그녀가 어떤 여자인지 이젠 더이상 모르겠다. 스물두 살의 그레타는 나를 각종 강의로 끌고 다녔던 그야말로 에너지로 똘똘 뭉친 여자였다. 그녀의 반쪽을 이루고 있는 이탈리안 기질은 그녀에게 천성적인 부드러움과 정열을 선사했다. 또 스물네 살이 되어서도 동화에 나올 법한 둥근 욕조를 보며 좋아서 팔짝팔짝 뛰던 어린아이 같은 여자였다. 그리고 서른세 살에는 내 여자가 되었다. 비록 결혼 서약서도 없고 또 다른 사람들은 전혀 모르는 사실이었지만.
 테스를 향한 내 사랑은 여름날의 열병 같은 것이었다. 한번 걸리면 저녁 내내 머리가 멍한 열병. 물론 그후에도 이따금씩 테스에 대한 열정이 내 마음을 흔들곤 했었다는 걸 부인하진 않겠다. 그러나 테스와 데이트를 한 다음날 아침이면 어김없이 속이 울렁거렸다. 고속열차를 타고 내려올 때처럼. 우린 정말 자주 만났다. 우리의 데이트가 중단된 건 얀이 새로 이사 오기 반 년쯤 전부터였다.
 테스는 애인과 헤어져서 괴로워하고 있었다. 임신중이었던 테스는 자기를 차버린 그 남자를 되찾으려고 안간힘을 썼다. 나를 더이상 만나지 않겠다는 것도 그 때문이었다. 나와 데이트를 계속하면 그 남자가 자기를 오해하고 영영 돌아오지 않을 테니까.
 또 그녀의 부모님이 그녀를 임신시킨 게 나라고 오해할지 모른다는 것도 나와의 데이트를 거절한 이유였다. 그건 물론 나도 바라지 않는 일이었다. 나는 진심으로 테스에게 바라는 일이 꼭 성공하길 빌겠다고 했다. 그러나 그레타는 그게 나의 진심이란 걸 믿지 않았다. 오히려 테스를 정말 쉽게 얻을 수 있을지도 모르는 상황에서 그렇게 물러나버린 나를 이해할 수 없다고 했다.

그레타의 말대로 테스의 임신은 그녀를 내 여자로 만들 수 있는 절호의 찬스였는지도 모른다. 그러나 세월이 흐르면서 나는 열병의 무서움을 깨닫게 되었다. 테스를 진심으로 좋아했고 또 어떤 면에서는 사랑했다고 할 수도 있다. 나는 그녀에게 많은 걸 해주고 싶었다. 그러나 그녀와 일생을 함께 보내고 싶지는 않았다.

나는 그레타와 살고 싶었다. 그녀는 끈기, 꾸준함 그리고 익숙함을 상징했다. 이렇게 말하는 것이 그녀에겐 가혹한 건지도 모르지만 사실 이보다 더 정확한 표현은 없다. 그렇게 오랜 시간을 비록 한 집에서 살진 않았어도 거의 부부처럼 지냈기 때문에 우리의 관계가 변할 수 있다는 건 상상조차 할 수 없었다. 그런데 그녀가 그 빌어먹을 개자식의 마수에 걸려든 것이다. 그레타는 약을 알게 된 후 곧 일만큼이나 그에게 집착하게 되었다.

*

최근 며칠 동안 겪고 들은 이야기를 통해 지난 이 년간 짐작하고 있던 일들이 모두 사실이었음을 알게 된 지금 과연 그때의 일들을 느낀 대로 순수하게 재현해낼 수 있을지 모르겠다. 나는 혜안을 가진 게 아니라 그저 질투심에 불탔던 것뿐이다. 사랑이 눈을 멀게 만든다면 질투심은 안 보이는 것도 보이게 만드는 것 같다. 그를 처음 봤을 때부터 그의 행동에서 이상한 점들을 발견했고 그 때문에 자연히 그를 경계하게 되었다. 그러나 그레타에겐 그런 말을 할 수가 없었다.

우리는 처음부터 두 사람 중 한 사람이 특별한 이유 없이 헤어지길 원하면 그렇게 하기로 약속했고 그레타는 어떤 일이 있어도 그 약속을 지켜야 한다고 수없이 강조했다. 그래서 나는 그레타가 혹시 헤어지자고 할까봐 두려워서 얀 틴너에 대한 내 생각을 솔직하게 말할 수가 없었다. 오히려 처음에는 얀의 어떤 점이 그레타를 그토록 사로잡은 건지 알아내려고 무진장 애를 썼다.

분명 그의 특출한 외모나 실생활에서의 무기력함 때문만은 아니었을 것이다. 물론 그는 지적인 사람이었다. 극작가인 그는 오후 시간대에 방송되는 평범한 텔레비전 드라마의 대본을 쓰고 있었다. 탐정물이나 대가족의 일상을 그린 홈드라마나 수의사에 대한 이야기 또는 시골 목사 이야기, 즉 한마디로 말해서 신성하고 분명하고 깔끔하면서도 재미있는 세상의 모습을 보여주는 그런 이야기를 소재로 한 드라마 말이다. 거기에 나오는 주인공들은 한결같이 고귀하고 아무리 얽히고 설킨 복잡한 문제라 해도 단 사십 오 분 만에 깨끗하게 해결하는 슈퍼맨들이었다.

그러나 언젠가 반드시 위대한 소설을 쓰겠다는 원대한 꿈을 가지고 있었던 얀 자신은 그런 이야기에 만족하지 않았다. 그는 특히 『완전범죄』를 쓴 유명한 미국 출신의 스릴러 작가 스콧 튜로우를 동경했고 그 소설에서 변호사 샌디 스턴이 의뢰인 러스티 자비치에게 유죄인지 아닌지를 묻지 않는 대목이 제일 맘에 든다고 했다.

그러나 얀이 쓰려고 했던 소설은 『완전범죄』와는 거리가 멀었다. 살해당한 젊은 여자와 그의 죽음을 둘러싼 재판이 스토리의 중심이 되는 점을 제외한다면 말이다. 얀은 일차 공판이 아니라 이차 항소심을 통해 일차에서 유죄 판결을 받았던 피고인이 무죄로 풀려나는 이야기를 다루고 싶어했다.

얀은 그 특유의 수줍고 소심한 태도로 그레타에게 구체적인 정보를 줄 수 없겠느냐고 물어왔다. 자신은 법이나 재판 쪽에 완전히 문외한이며 공개재판을 찾아다니며 들어봐도 별로 도움이 안 된다고 하면서. 자신의 소설에서 중요하게 다뤄질 부분은 살인 사건보다 재판이라고 했다. 물론 그레타는 흔쾌히 승낙했다.

그들이 소설의 초안을 쓰기 위해 얼마나 자주 저녁 시간을 함께 보냈는지 나는 아주 정확하게 알고 있다. 그들은 적어도 일 주일에 네 번 이상 만났다. 얀이 이사 온 직후부터 내 몸에 있는 모든 비상벨이 울리기 시작했다. 그후로 그레타는 저녁시간을 나와 함께 보낸 적이 거의 없었다.

그레타는 우선 얀에게 독일 형법과 미국 형법이 다르다는 사실을 이해시켜야 했다. 그리고 자신이라면 소설에 나오는 샌디 스턴처럼 생각하지 않을 거라는 것도. 샌디 스턴은 자기 의뢰인이 검사가 기소한 것처럼 실제로 살인을 저질렀는지 아닌지 알고 싶어했다. 그러나 그레타는 변호사로서 어차피 사건을 맡은 바에야 검사가 제시하게 될 증거자료에만 집중하는 것이 당연하다고 생각했다. 특히 살인 사건의 경우에는.

그레타는 매일 저녁 거실이나 테라스에서의 대화가 침실로 이어지기를 기대했다. 그러나—내게는 참으로 다행스러운 일이었다—그녀의 기대는 충족되지 않았다. 그레타는 그 이유가 궁금했다. 얀이 옆집으로 이사 왔을 때 그는 분명 혼자였다. 나이는 나와 동갑인데다가 잘생긴 독신남. 중간 정도의 키, 또는 조금 작은 편이고 숱이 많고 짙은 갈색 머리에 회색빛 눈동자. 얼굴의 반 이상이 수염에 가려져 있음에도 불구하고 윤곽이 선명한 얼굴. 크고 핏줄이 굵게 불거져나온 손, 넓은 어깨. 그는 한마디로 여자로 하여금 기대고 싶은 마음이 들게 하는 그런 타입이었다. 그런데 그런 남자가 솔로라니. 한 여자에게 혹독하게 배신당한 충격으로 새로운 이성을 만나기가 두려운 걸까. 아무튼 그레타는 얀에게서 그와 비슷한 소극성과 두려움을 느

껐다.
 그러나 내 눈에 비친 그의 모습은 달랐다. 그를 처음 보았을 때 나는 그가 쫓기는 개 같다고 생각했다. 그는 항상 필요한 말만 짧게 끊어 답했다. 형사 재판에 기소된 피고인이 취조당할 때 종종 이런 투로 답하는 걸 들은 적이 있다. 그밖의 다른 행동들도 범죄자의 행위와 일치하는 점이 많았다.
 얀은 줄담배를, 그것도 필터 없는 독한 담배만 피웠다. 그리고 시선이 이 초 이상 한 곳에 머무르지 못했고 대화중에도 상대방을 보는 대신 자신의 손만 내려다보았다. 그러다가 상대방이 다른 쪽을 보고 있으면 긴 속눈썹 사이로 몰래 상대방을 탐색하곤 했다.
 그러나 그가 어떤 행동을 하든 또는 하지 않든 그레타는 그 모든 것이 그가 누군가에게서 평생 잊지 못할 큰 상처를 받았다는 확실한 증거라고 해석했다. 얀의 집은 그의 심리를 그대로 반영해주고 있다. 그의 집에는 살아가는 데 필요한 최소한의 가재도구조차 거의 없었다. 그 집은 방이 하나 적을 뿐, 그레타의 집과 구조가 같아서 얀은 거실을 작업실로 쓰고 있었다. 서너 번 정도 그레타를 찾기 위해 얀의 집에 들르면서 나는 그 집을 찬찬히 둘러볼 기회가 생겼다.
 창문 옆 한쪽 귀퉁이에 컴퓨터용 싸구려 책상과 편안해 보이는 의자가 있었고 책상 위 벽의 붙박이 선반 위에는 디스켓 박스와 책 몇 권이 꽂혀 있었다. 아까 말한 스콧 튜로우의 책과 형사재판에 관한 책 그리고 컴퓨터 관련 서적 두어 권. 그게 전부였다. 그외 거실에 있는 가구라고는 나지막한 탁자와 소파뿐이었다.
 탁자의 표면은 마치 대패로 민 것처럼 반질반질했고 소파에서는 심한 탄내가 났다. 군데군데 담뱃불에 탄 자국이 보이긴 했지만 그것 때문은 아닌 것 같았다.

나는 얀에게 왜 이사를 오면서 이런 낡은 물건들을 버리지 않았는지, 혹시 그 물건들이 어떤 소중한 추억을 담고 있어서인지 아니면 그레타가 생각하는 것처럼 물건에 별로 가치를 두지 않아서 그런 건지 물어보았다. 그레타는 필요 이상의 것을 허용하지 않는 얀의 스파르타식 생활방식을 보면서 그가 철저한 금욕주의자가 틀림없다고 확신했다. 그러나 아무리 금욕주의자라 해도 탄내가 거슬리지 않을까.

처음에 나는 얀이 변호사라는 사실 외에 그레타 자체에는 별 관심이 없으며 그녀도 머지않아 그 사실을 알게 될 거라고 확신했다. 내가 그의 집으로 그레타를 데리러 갔을 때나 아니면 그녀의 집에서 그와 마주쳤을 때 그들은 항상 원고를 펴놓고 작업을 하고 있다는 게 그 증거였다.

얀은 소설의 첫 장면만 벌써 몇 달째 고쳐쓰고 있었다. 그는 쇼킹하고 파격적인 첫 장면을 원했다. 독자를 무시무시한 공포 속으로 몰아넣을 수 있는 그런 장면.

나도 몇 번인가 그 원고를 읽어볼 수 있는 기회가 있었는데 내 판단으로 그 글은 그의 의도를 충족시키고도 남았다. 그건 변태성욕자의 이야기를 다룬, 한마디로 구역질나고 쓰레기 같은 글이었다. 소설은 이제 막 열아홉 살이 된 예쁜 여자가 살해당하는 것으로 시작되고 있었다. 재미로 하룻밤을 보낼 남자를 찾던 여자가 하필이면 살인마에게 걸려든 것이다. 여자는 목이 졸리고 칼에 찔리고 폭행을 당하는 등 인간의 상상력으로 생각해낼 수 있는 온갖 잔인한 방법으로 살해됐다. 얀은 그런 대목들을 아주 상세히 묘사하고 있었다. 나는 속이 울렁거려 토할 것만 같았다. 그레타도 그런 이야기를 읽고 싶어하는 사람이 있을까 의아해했고 그에게도 몇 번인가 그렇게 말했다. 그리고 가끔은 그가 새로 고친 장면을 봐달라고 부탁할 때 보기 싫다고 거절하고 싶은 마음도 들었다고 했다. 그러나 내게 그렇게 말만 했을 뿐, 실제로 그렇게 한 적은 없었다.

그레타는 소설보단 얀 자신의 이야기를 듣고 싶었다. 그러나 얀은 개인적인 것에 대해 물을 때마다 입을 꾹 다물었고 그래서 그레타는 그에 대해 아무것도 알아낼 수가 없었다. 이곳에 이사 오기 전까지 그는 어디서 누구와 함께 살았으며 또 언제 어디서 태어났는지, 부모님은 어떤 분이고 아직 살아 계신지, 형제는 없는지와 같은 아주 기본적인 이야기조차도 하기를 꺼렸다. 자신의 과거를 노출시킬 수 있는 이야기는 아무리 사소한 것이라 해도 털어놓지 않았다.

나는 바로 그런 점이 그레타를 더 달아오르도록 만들었던 게 아닐까 하고 생각하곤 했다. 그가 굳이 숨기려고 하는 과거 속의 무섭고 끔찍한 비밀이나 또는 성적으로 너무 소극적인 그의 태도가 그녀를 더 안달하도록 만든 건 아닐까 하고. 어쨌든 그가 성적으로 소극적이었던 것은 참으로 다행스러운 일이었다. 그가 꼭 내 경쟁자였기 때문만은 아니었다.

내가 보기에 얀은 한 여자를 고문하고 고통을 주는 데 지나치게 집착하는 것 같았다. 그가 관심을 가지는 주제란 오로지 그 가엾은 어린 여자의 처참한 죽음뿐이었다. 도대체 보통의 이성을 가진 사람이라면 어떻게 끝없이 그런 구역질 나는 장면들만 생각할 수 있겠는가?

그런 걸 써야만 먹고살 수밖에 없는 삼류 스릴러물 작가라면 또 모를까. 그리고 설사 그렇다 하더라도 한 여자가 짐승처럼 살해당하는 데는 그럴 만한 이유가 있어야 할 게 아닌가. 그러나 그의 소설 어디에도 그에 대한 해명은 찾아볼 수가 없었다. 살인마는 어떤 사람인지, 살인 동기는 무엇인지, 희생된 여자는 우연히 알게 된 것인지 아니면 개인적인 원한관계가 있었던 것인지. 나처럼 이런 점들에 대해 알고 싶어하는 독자들을 위해서 단 몇 줄만이라도 해명을 해주면 좋으련만. 그러나 얀은 그 어떤 납득할 만한 이유도 제시하지 않았다. 게다가 그가 그렇게 열의를 쏟는 소설은 수입과는 전혀 상관이 없었다. 어느 정도의 이성을 가진 사람이라면 어떻게 동전 한 닢도 생기지 않는 그런 일에 몇 달 아니 몇 년씩 허비할 수 있단 말인가. 얀 스스로도 그 소설이 수입으로 연결되지 않으리란 걸 잘 알고 있었다. 그도 그럴 것이 몇 년이 지나도록 소설은 처음 대여섯 페이지를 넘지 못하고 있었다. 물론 예술가들은 변호사와는 다른 가치관을 갖고 있을 것이다. 그러나 예술가든 뭐든 자신의 일을 발전시켜나가는 게 중요하지 않은가. 그러나 얀 틴너는 그렇지 않았다.

그레타는 그가 보통 사람들과는 달리 아주 예민하다고 생각했기 때문에 인내심을 가지려고 애썼다. 반 년이 넘게 그녀는 그의 초고를 읽어주는 일 외에 다른 것도 할 수 있다는 뜻을 내비치지 않고 꾹 참았다. 그러면서 내게는 집에 오는 건 괜찮지만 섹스는 안 된다고 선언해버렸다. 그녀의 욕실과 얀의 욕실이 서로 붙어 있기 때문에 예민한 얀이 들을지도 모른다는 게 이유였다. 얀이 망설이는 동안 자신이 금욕적인 생활을 하고 있다는 걸 보여주고 싶었던 것이다.

내게는 정말 끔찍한 시간들이었다. 나는 그녀의 솔직함을 좋아했지만 그때부턴 두려워지기 시작했다. 그녀는 시간이 날 때마다 새로 발견한 사실들을 내게 하나씩 보고했다. 반 년 동안 그레타는 얀을 너무나 잘 알게 되었다고, 아니 안다고 굳게 믿게 되었다.

그레타는 그 남자야말로 자기가 함께 살기를 꿈꾸던 사람이라고 했다. 그는 한편으로는 누구보다 남자다운 강한 면모를 지니고 있었다. 쉬고 싶을 때 언제라도 파고들 수 있는 넓고 포근한 품을 가진 남자. 그리고 특별히 스트레스가 쌓이는 날이나 재판에서 졌을 때 용기와 힘을 불어넣어줄 수 있는 남자. 그러면서 또다른 한편으론 엄마 품에 안겨 다독거려지길 기다리는 무방비 상태의 애처로운 아이 같은 남자.

나는 아무런 반박도 하지 않았다. 왜냐하면 그 강하면서 보호본능을 자극하는 남자가 다행히도 그레타를 자기가 쓴 끔찍한 소설을 읽어주는 독자 이상으로 생각하지 않았기 때문이다.

*

결국 그레타는 선을 넘으려고 시도했으나 비참하게 실패하고 말았다. 나는 그녀의 계획뿐만 아니라 진행 상황과 그 결과까지 빠짐없이 들었다. 그녀는 낭만적인 유혹을 꿈꿨고 아주 구체적인 계획까지 세웠다. 처음 얼마간은 성공하는 것 같았다.

그녀는 그에게 은근슬쩍 암시만 준 뒤 그가 먼저 행동하기를 기다렸다. 바보가 아닌 다음에야 그도 틀림없이 그녀의 의도를 파악했을 것이다. 두 사람의 관계는 급기야 소파에서 두세 번 키스를 나누는 데까지 발전했다. 그러나 안타깝게도 번번이 소극적이고 조심스럽고 수줍은 키스에 머물렀다. 그것은 그레타가 바라던 게 아니었다. 게다가 그의 손은 입술보다 더 소극적이었다. 그는 손을 그녀의 목 언저리에 가만히 얹어놓기만 했다. 그레타는 그 점이 좀 이상했는지 몇 번씩이나 강조해서 말했다.

삼십 분쯤 어설픈 시도를 하던 끝에 결국 얀이 일어서며 그만 가봐야겠다고 했다.

"그레타, 정말 미안해요. 하지만 소용없을 것 같군요. 전 오늘 그럴 기분이 아니거든요. 소설 생각이 도무지 머리에서 떠나질 않아요."

그날 저녁도 변함없이 같은 장면으로 시작되었다. 문을 열어주자 그가 서너 장 분량의 원고를 든 채 "드디어 해냈어요"라며 흥분한 표정으로 들어왔다. 그레타는 지체 없이 소파에 앉아 그의 원고를 읽기 시작했다. 얀은 그레타가 서너 줄도 채 읽기 전에 조바심을 내며 "이번엔 어때요?"라고 물었다.

"정말 어땠어?"

그레타가 그날 저녁에 있었던 일을 들려주었을 때 내가 물었다.

그녀는 어깨를 으쓱해 보였다.

"끔찍했지, 다른 것들처럼."

달라진 게 있다면 이번에는 두 명의 남자가 여자를 유혹했다는 점이었다. 한 남자가 외진 곳으로 차를 몰고 가는 동안 다른 남자가 뒷좌석에서 천천히 여자의 손가락을 모두 부러뜨린 뒤 억지로 술을 먹였다. 그러고는 차례로 여자를 폭행한 뒤 의식을 잃을 때까지 두들겨 패고 운전석에 꽁꽁 묶어 차와 함께 불질러버리는 장면들이 너무나 생생하게 묘사되어 있었다.

그레타는 얀에게 여자를 학대하고 괴롭히는 이야기 말고 좀더 나은 아이디어는 없냐고 물었다. 그날의 일을 회상하면서 그레타는 그때 자신의 유혹이 상당히 직접적이었음을 시인했다. 어쨌든 이제는 자기가 그를 특별하게 생각한다는 사실을 깨달았을 거라고 했다.

나는 그레타가 다음 시도를 못 하도록 하기 위해 용기를 내어 충고했다. 물론 얀에 대한 의심이 질투심 때문만은 아니었다. 그레타의 목에 올려놓았다던 손, 그 손이 내 목을 조여오는 것만 같았다.

"그 열아홉 살 여자 이야기가 혹시 실제로 일어난 일이었을지도 모른다고 생각해본 적 없어?"

그러자 그레타가 어이없다는 표정으로 나를 쳐다보았다.

"얀이 진짜 살인 사건을 흉내냈단 말이야?"

"그래, 바로 그거야."

그녀는 단호하게 고개를 저었다.

"그렇다면 아마 내게 말했을 거야. 내가 혹시 그 사건에 대한 자료를 구해줄 수 있을지도 모르니까."

"어쩌면 자신이 그 사건과 직접적인 관계가 있을지도 모르잖아. 아니면 미해결 사건일지도 모르고."

그러자 그레타가 당황한 듯 날카로운 목소리로 물었다.

"그게 무슨 뜻이야, 니클라스?"

"말한 대로야. 어쩌면 얀은 첫 장면에서 영영 못 벗어날지도 몰라. 다음 장면이 아예 없었으니까. 얀이 범행 동기를 밝히지 않으려는 건 그 사건에 자신이 직접 연관되어 있기 때문일지도 모른단 말이야. 작가가 자기가 직접 겪은 일을 작품의 소재로 삼는 경우는 흔하잖아."

그레타의 표정이 금세 냉소적으로 바뀌었다.

"멀리 있는 비둘기를 잡을 수 없다는 걸 깨닫고 자기 손바닥 위에 있는 작은 참새로 만족하는 변호사들도 있다더니. 니클라스, 테스를 놓치고 이제 나마저 잃을까봐 두려운 거야?"

"얀이 어느 날 돌변해서 널 놀라게 할까봐 그래."

"내 일은 내가 알아서 할 테니 쓸데없는 걱정 마."

그 일이 일어난 지 몇 주 후 그레타는 다시 한번 그를 유혹하려고 시도했다. 이번에는 지난번보다 조금 더 진전이 있었다. 그러나 그 다음날 그레타의 얼굴에는 실망의 빛이 역력했다. 그녀가 생각했던 황홀한 정사는 결국 이뤄지지 않았다. 얀은 원인이 자신에게 있다면서 거듭 미안하다고 했다. 그러고는 마침내 "우리 그냥 친구로 지낼 수 없을까요?"라고 했던 것이다.

"지금도 친구잖아요."

그레타는 달리 할말이 없었다.

그들은 그렇게 어쩔 수 없이 친구 사이가 되었다. 그레타는 그후에도 그 이상의 관계로 발전시켜보려고 노력했지만 큰 성과는 없었다. 그러나 얀을 송년파티에 초대하는 결정적인 실수만 저지르지 않았더라도 언젠가 자신이 원하는 대로 됐을지도 모른다.

그는 철저하게 고립된 삶을 살고 있었고 집으로 손님이나 친구가 찾아오는 적도 거의 없었다. 그나마 찾아오는 손님이라야 고작 그처럼 저녁 홈드라마의 대본을 쓰는 동료들 몇 명이 전부였다. 얀은 드라마의 컨셉과 플롯에 대해 의논하기 위해 어쩔 수 없이 그들을 집으로 부르긴 했지만 그 이상의 개인적인 교류는 없었다.

얀에겐 여자도 없었다. 그레타는 얀이 낮에 뭘 하며 지내는지 전혀 알지 못하면서도 그렇게 믿고 있었다. 나는 그가 여자를 돈으로 살 거라고 생각했다. 돈만 많이 주면 마음대로 할 수 있는 여자. 나는 얀이 변태적인 성향을 갖고 있는 게 틀림없다고 확신했다.

그가 그레타와 잘 수 없었던 데는 분명 특별한 이유가 있을 것이다. 서른다섯 살의 솔로인 남자가 그처럼 매력적인 여자의 적극적인 유혹을 거부한다는 건 상식적으로 이해할 수 없는 일이었다. 정상적인 남자라면, 심지어 갓 사춘기에 접어든 소년이라 해도 그런 상황에선 덤벼들었을 것이다.

그레타는 한 해의 마지막 밤이 다 가기 전에 반드시 목적을 이루고 말겠다고 벼르고 있었다. 화기애애하고 느슨한 분위기, 춤, 카운트다운과 함께 이어지는 포옹과 키스. 분위기가 무르익으면 모든 것이 자연스럽게 흘러갈 것이다. 지금처럼 속이 들여다보이는 노골적인 분위기와는 분명히 다를 것이라는 게 그레타의 계산이었다.

그런 계획이 의도적이 아님을 보여주기 위해서 그레타는 얀 외에 다른 손님들도 초대했다. 물론 속으로는 그러고 싶지 않았겠지만 나도 초대했다. 그리고 테스. 테스가 그런 자리에 오는 건 당연했다. 재미있고 매력적이며 영리하니까. 그리고 무엇보다도 그녀의 풍부한 상상력은 이야기를 듣고 있는 모든 사람들을 즐겁게 만들기에 충분했다. 이제 그녀의 이야기 속엔 티레네 바다의 상어도 없었고, 기관총을 든 남자들이나 폭력적인 아빠, 그리고 하교길에 나타나는 독수리, 사자, 마녀도 없었다. 대신 자기가 시키는 대로만 하면 많은 돈을 주겠다고 약속한 나쁜 남자들에 대해 이야기했다.

*

송년파티가 열리기 구 개월 전, 그러니까 3월에 테스는 예쁜 딸을 낳았다. 이름은 맨디였다. 맨디의 아빠가 누구인지는 아무도 모른다. 심지어 그레타와 내게도 테스는 비밀을 털어놓지 않았다. 테스는 맨디의 아빠와 처음 사귈 때부터 그의 정체를 숨겼다. 어쩌면 그렇게 하는 것이 그녀로서는 당연한 일이었을지도 모른다. 테스는 자신이 권태로운 부부생활에 활력을 주기 위한 수많은 연인들 중 한 명에 불과하다고 고백할 타입이 아니니까. 그래서 그녀의 애인은 평범한 유부남에서 아주 특별하고 절대로 다른 사람에게 공개되어서는 안 되는 비밀에 싸인 특별한 존재로 탈바꿈했다.

어떤 면에서 그는 테스에게 정말 특별한 존재이기도 했다. 테스는 그를 사랑할 뿐만 아니라 그와 사귀는 이 년 동안 완전히 딴 사람이 되었다. 그때까지 자신에게 소중했던 모든 것을 하루아침에 싹 잊어버린 듯했다. 심지어 그레타까지도. 그 이 년 동안 그들은 거의 만나지 못했다.

테스는 부모님 집에서 나와 브라운스펠트에 작은 집을 하나 얻었다. 그러나 그레타에게 새로 이사한 집으로 찾아오지 말라고 말했다. "섭섭하게 생각하지 마, 만일의 사태에 대비하려는 것뿐이니까. 그 사람은 시간이 별로 없어서 아무 때나 연락도 없이 불쑥 찾아오거든. 그러니 네가 있을 때 그 사람이 오면 곤란하잖아. 물론 그 사람이 자기 부인과의 관계를 깨끗이 정리하고 나면 달라질 거야. 그렇지만 그때까지는……"

더이상 무슨 설명이 필요하단 말인가. 그러나 그레타는 테스도 그 남자도 이해할 수가 없었다. "도대체 그 사람이 테스를 어떻게 한 걸까? 테스가 아직 산타클로스를 믿는 어린애도 아닌데 부인과의 관계를 정리하겠다는 말을 믿는단 말이야? 그런 불 보듯 뻔한 거짓말을 믿는 걸 보면 테스는 그 사람을 우상처럼 숭배하는 게 틀림없어."

테스가 그를 우상처럼 숭배한다는 건 틀린 말이 아니었다. 게다가 그도 나름대로 테스에게 투자한 게 많았다. 나와 데이트를 할 때 테스는 종종 최고급 드레스를 입고 화려한 보석을 하고 나왔다. 게다가 꽤 비싼 차도 갖고 있었다. 그러나 그런 것들이 누구의 주머니에서 나오는지는 결코 말하지 않았다.

그녀를 그에게 푹 빠지게 만든 건 꼭 물질적인 것뿐만은 아닌 것 같았다. 테스는 그를 얻게 해달라고 간절히 기도했고 다른 여자들처럼 버림받게 될까봐 늘 노심초사했다. 그녀는 자신이 그에게 특별한 존재이며 언젠가는 그와 함께 살 수 있다는 것을 끊임없이 확인하고 싶어했다.

그레타가 그런 테스의 생각에 동조하지 않자 테스는 그레타를 오해했다. 그레타를 여전히 얼음처럼 차가운 11월의 어느 날 심장을 도려내는 아픔을 겪은 여자로 생각했던 것이다. 한번 도려낸 심장은 다시 자라지 않는다고. 테스는 내게, 그러니까 좋은 친구이자 한때 자기를 숭배했고 어쩌면 아직도 자기를 좋아하고 있을지 모르는 내게 의견을 묻곤 했다.

이미 말했듯이 테스와 있으면 늘 위경련이 일어났다. 그런데 어느 날 테스가 그걸 눈치채곤 내가 아직도 자기에게 헛된 기대를 하고 있다고 오해하게 되었다. 그뒤론 날 경계하며 내가 자기의 일시적인 방패막이일 뿐임을 공공연히 암시했다. 예를 들어 함께 오페라를 관람하고 집으로 돌아오는 길에 테스가 말했다.

"사람들 앞에 가끔 남자와 함께 나서는 것도 나쁘진 않아. 물론 진짜 그럴듯한 남자라야 하지만."

그러곤 웃으면서 곁눈질로 내 눈치를 살폈다.

"내가 너무 솔직해서 기분 나쁜 건 아니지?"

"아니, 전혀. 나도 내 역할을 잘 알아. 그레타에겐 별로 효과가 없었지만 너한텐 다를 수도 있지. 네 애인이 나를 경쟁 상대로 여기게 될지도 모르니까. 난 어차피 다른 남자의 질투심을 유발해서 바른 결정을 내리도록 유인하는 역할을 타고난 운명인 것 같아. 적당히 성숙한 나이에 인물도 이만하면 괜찮고 또 그레타에게 물어보면 알겠지만 좋은 애인의 자격도 그런대로 갖췄거든. 거기다가 돈도 쓸 만큼 있고."

그러자 테스는 재밌다는 듯이 깔깔대며 웃었다.

"너처럼 자기 자신을 과소평가하는 남자도 드물 거야. 아아, 니클라스, 넌 정말 너무 멋져."

'멋진 남자' 니클라스는 집 앞에서 즐거운 저녁 시간에 대한 감사의 표시로 테스의 애정 어린 키스를 받았다. 그러나 그 순간까지도 나는 테스가 아니, 그녀의 우상이 자기를 위해 할애할 평일의 시간들에 대해 생각하고 있었다. 키스가 끝난 뒤 테스는 한참 동안 '가짜 애인'이 취해야 할 행동과 주의사항들에 대해 설교를 늘어놓았다. 테스는 내가 즐거운 대화 상대나 또는 무서울 때 안심시켜주고 기분전환을 시켜줄 수 있는 그런 상대가 되어주길 바랐다. 그녀는 내게 쉴새없이 그 남자의 행동 또는 말을 어떻게 해석해야 할지 물었다. 또 같은 남자로서, 남자가 애인에게 사업 얘기를 꺼내는 걸 어떻게 생각하는지 알고 싶어했다. 난 그건 아주 좋은 징조인 것 같다고 말했다.

그러나 테스는 독립한 후로 아주 끔찍한 일을 겪은 것 같았다. 물론 테스의 이야기를 완전히 믿을 수만 있다면 말이다. 그녀는 자신이 누군가로부터 생명의 위협을 받고 있다고 했다. 비밀의 애인에게 실망했을 때 테스는 너무 화가 나서 처음으로 그를 "범죄자"라고 불렀다. 물론 시시한 좀도둑이나 사기꾼을 뜻하는 게 아니었다. 큰 범죄 조직의 우두머리인 그는 테스에게 언제라도 자신에게 위협이 된다고 느끼면 소리 소문 없이 세상에서 사라지게 해주겠다고 협박했다고 했다.

그레타는 그녀의 말이 심하게 부풀린 것이거나 거짓말일 거라고 했다. 테스가 처음부터 자기 애인이 텔레비전 뉴스에도 가끔 얼굴이 나오는 영향력 있는 사람이라고 했기 때문에 그레타는 그가 정치가일 거라고 추측했다. 그 남자를 사귀기 얼마 전부터 테스는 갑자기 정치에 관심을 보이기 시작했고 아주 짧은 기간이긴 했지만 어떤 정치가의 사무실에서 급사로 일하기도 했다. 혹은 탈세를 일삼는 비도

덕적인 기업을 갖고 있는 남자일 가능성도 있었다. 물론 탈세 이야기는 그 남자가 테스에게 점점 사업이 하향추세라고 했다는 말을 믿을 경우 생각해볼 수 있는 스토리이다. 그러나 그레타는 테스의 화려한 전적으로 보아 그 모든 이야기가 거짓일 가능성도 배제할 수 없다고 단언했다.

그러나 나는 사실일지도 모르는, 테스에게 닥친 신변의 위협을 간단히 넘길 수가 없었다. 외도 사실이 드러나는 것을 막으려고 유부남들이 범죄까지 저지르는 경우가 드물지 않기 때문이었다. 특히 그 일로 인해 심각한 결과가 초래될 경우라면. 그런 일을 미리 방지하기 위해서 대개는 돈을 쓰지만 그 방법이 더이상 먹혀들지 않을 때는 폭력까지도 마다하지 않는 사람들이 많다.

테스가 임신하자 그는 낙태하는 조건으로 엄청난 액수의 돈을 주겠다고 제의했다. 그 말은 사실인 것 같았다. 당시 테스는 더이상 사실을 포장하고 부풀릴 만한 여유가 없었다. 그녀의 핑크빛 환상이 한순간에 와르르 무너져버렸다. 그 남자는 곧 함께 살 수 있을 거라고 믿었던 테스를 철저히 배신했을 뿐만 아니라 아예 노골적으로 협박까지 했던 것이다.

"내 돈을 받는다면 우리의 관계는 지금처럼 지속될 수 있어. 그렇지만 거절하면 지금 당장 널 길바닥으로 내쫓아버리겠어."

아마 테스는 그 돈을 받았을 것이다. 테스는 그에게 거의 미쳐 있었다. 그녀는 주인의 휘파람 소리에 따라 움직이는 충실한 개나 마찬가지였다. 무슨 일을 하건 또는 하지 않건 제일 먼저 그 남자의 입장부터 고려했다. 나와의 데이트도 그 남자가 시킨 일 같았다. 또는 그게 아니더라도 테스가 나와 만나는 걸 싫어하지 않는 것만은 분명했다. 그러나 날이 갈수록 배가 불러오자 그는 더이상 정열적인 정사가 불가능해진 애인을 헌신짝처럼 다뤘다.

테스는 깊은 절망에 빠졌고 처음으로 그를 향해 분노를 터뜨렸다.

"도대체 자기가 뭐가 그렇게 대단해? 신이야 뭐야, 내 아이를 이래라 저래라 하게! 아이를 핑계로 자기한테 절대로 짐이 되지 않겠다고 맹세했으면 됐지, 뭘 더 어쩌라는 거야. 니클라스, 나 이제 어떡하지? 낙태는 절대로 안 돼. 길을 가면 내 눈엔 온통 유모차를 끌고 다니는 여자들밖에 안 보여. 나도 그렇게 행복하게 살고 싶단 말이야. 난 너무 외로워. 아이가 생겨서 얼마나 행복했는지 몰라. 나 혼자 있어도 하루 종일 지루한 줄 모른다고. 그런데 그는 내 삶을 지옥으로 만들어버렸어. 하지만 난 그를 사랑해. 그 사람이 날 떠나면 난 미쳐버리고 말 거야."

그러나 테스는 미치지 않았다. 미치기는커녕 아이의 아버지를 설득하는 데 성공한 것 같았다. 그는 맨디가 태어나기 얼마 전 아이를 자신의 호적에 올리지 않는다는 조건으로 매달 적지 않은 양육비를 지불하겠다고 약속했다고 했다. 내게 그 얘기를 할 때 그녀는 다시 예전의 테스로 돌아와 있었다.

"그 사람이 약속했어. 앞으로 이십오 년간 양육비를 주겠다고. 아이가 대학을 졸업할 때까지 말야. 누가 알아, 내가 혹시 천재를 낳을지. 애 아버지를 닮는다면 전혀 불가능한 일도 아니야. 처음에는 매달 삼천 마르크씩 준댔어. 그리고 생활비가 더 늘어나면 그만큼 더 주겠대. 게다가 난 이제 자유로워. 앞으론 날 털끝 하나 건드리지 않겠다고 했으니까. 새 애인이 생겨도 상관하지 않겠대. 어때, 이만하면 괜찮지 않아?"

사실 나로서는 믿기 어려운 말이었다. 우선 아이를 자신의 호적에 올리길 원하지 않는 남자가 서약서를 써줬다니, 이해할 수가 없었다.

그런 서약서가 나중에 협박의 근거가 될 수도 있다는 걸 그 남자가 모를 리는 없을 텐데. 게다가 이십오 년간 매달 삼천 마르크나 주겠다니. 그건 아무리 돈이 많은 사람이라 해도 엄청난 금액이었다. 차라리 그 남자가 처음부터 아이를 원하지 않았으며 끝까지 아이를 낳을 경우 책임지지 않겠다고 했다면 믿었을 것이다. 그러나 테스가 다른 사람과 사귀거나 심지어 결혼을 하더라도 양육비를 계속 주겠다는 말은 믿을 수가 없었다.

그러나 이런 의문들을 입 밖으로 꺼내기도 전에 테스가 말했다.

"그 제안을 거절할 수가 없었어. 그리고 그 사람이 어느 날 갑자기 돈을 못 주겠다고 하면 내겐 서약서가 있잖아. 그 사람이 내 앞에서 이 서약서를 썼을 때 아마 거기까진 미처 생각 못 했을 거야."

임신 초기까지만 해도 아무것도 가진 게 없었던 테스는 어쩔 수 없이 부모님과 함께 살아야 했다. 게다가 맨디가 태어나면 양육비를 주겠다던 남자는 옛 애인의 자동차 유지비와 몸치장에 필요한 정도의 돈만 보내왔다. 그 돈으로는 생활비와 월세를 지불하기 어려웠다. 아마 테스는 부모의 집에 눌러살면서 매일 엄마와 아빠, 오빠와 올케, 조카와 마주 앉아 식사를 하고 또 이런저런 잔소리를 듣는 게 싫었을 것이다. 그건 그레타도 나만큼이나 잘 알았다. 우리 두 사람은 테스가 다시 옛날로 돌아가고 싶어한다는 걸 눈치챘다. 자기만의 집이 있고 일 주일에 두어 번 정도 자기의 우상으로부터 방문을 받던 그 옛날로 말이다. 맨디는 외할머니와 외할아버지에게 맡기면 그만이었다. 그 사람이 오기 전에 전화만 해주면 그쯤은 간단하게 해결될 수 있었다. 그 남자와의 결혼 따윈 더이상 꿈도 꾸지 않는다고 했다.

그러나 나는 그 말을 믿지 않았다. 테스는 그때까지도 맨디 아빠가 약간의 여지만 보이면 결혼해달라고 매달렸을 것이다. 그레타도 그 점에선 나와 생각이 같았다. 그래서 그레타는 얀과 테스가 저녁 시간을 함께 보내도 위험하지 않을 거라고 생각했던 것이다.

3

 얀과 테스는 이미 구면이었다. 그레타와 얀이 에스프레소를 앞에 놓고 열아홉 살 여자의 살인 사건에 열중하고 있을 때 테스가 몇 번 그레타를 보러 온 적이 있었다. 얀은 테스가 나타나자마자 작별인사를 하고 가버렸다. 테스도 그에게 별다른 관심을 보이지 않았다. 그녀는 모든 맹세와 약속을 무색하게 만들어버린 옛 애인 때문에 딴 사람에게는 거의 신경쓸 겨를이 없었다.
 얀에 대한 그레타의 마음을 아는 건 나 혼자뿐이었다. 왜 그레타가 테스에게 얀에 대해 털어놓지 않았는지는 모르겠다. 아마 테스가 그레타의 고민을 들어줄 정도로 여유가 없어 보였거나 아니면 테스에게 벌써 몇 달째 한 남자를 얻기 위해 매달리고 있다고 말하는 게 자존심이 상해서였는지도 모르겠다. 그렇게 말했다간 테스는 남자를 유혹하는 게 얼마나 간단하고 쉬운지 일장연설을 늘어놓을 것이 분명했다.
 십대였을 때만 해도 그레타는 테스의 충고에 진지하게 귀를 기울였다. 그레타가 테스의 뒤를 열심히 쫓아다닌 것도 바로 그 때문이었다. 혹시라도 테스의 관심을 끄는 데 실패한 남자들 중에 자기에게로 관심의 방향을 돌려줄 사람이 없을까 기대하면서. 그러나 이제 성인이 된 그녀에겐 더이상 테스의 충고가 필요하지 않았다.

그레타도 이제 남성의 관심을 끄는 매력적인 여자였다. 그게 꼭 성적인 매력은 아니더라도 말이다. 물론 내게는 그레타가 세상에서 가장 섹시한 여자였다. 뿐만 아니라 그녀는 고위층 남자들과 교류하는 성공한 여자였다. 그중에는 부장검사인 루이스 아벨레도 있었다.

루이스는 소위 그레타가 가장 아끼는 적이었다. 그를 알게 된 건 법률회사에 입사한 지 얼마 되지 않아서였다. 내 아버지와 루이스는 오랜 친구 사이였다. 내 아버지와 마찬가지로 루이스도 야심 찬 그레타를 첫눈에 알아보고 호감을 느꼈다. 특히 그를 감동시킨 건 그레타가 수입에 전혀 도움이 안 되는 형사재판에 많은 시간을 할애한다는 점이었다. 같은 시간을 민사 사건에 투자했다면 최소한 열 배 이상의 돈을 벌 수 있었을 텐데. 그러나 두 사람이 공적인 일로 관계를 맺게 된 건 지금으로부터 불과 이 년 반 전이었다. 그레타는 언젠가 법정에서 루이스와 대결하는 날이 오길 빌었다. 덩치가 큰 사건들만 맡는 그는 모두가, 특히 변호사들이 가장 두려워하는 상대였다.

그레타가 형사 사건에 열의를 보인다는 말을 듣자 그는 슬슬 약을 올렸다.

"자네가 사건다운 사건을 맡는 날을 기다리겠네. 자네도 그걸 바라지? 그렇고말고. 그때까지 기다리려니까 손가락이 다 근질거리지? 자넨 평생 가만히 앉아서 남이 떠먹여주는 밥만 받아먹을 타입이 아니니까. 하루빨리 자네의 첫 살인자가 나타나길 손꼽아 기다려 보자구. 그때가 오면 우리 둘 중 누가 진짜 최고인지 똑똑히 알게 되겠지."

그러면 그레타는 이렇게 대답했다.

"너무 그렇게 자신만만해하지 마세요, 루이스. 전 잘난 체나 하는 마초 정도는 왼손 하나로도 거뜬히 요리할 자신이 있다구요."

그러나 루이스는 마초와는 거리가 멀었다. 쉰을 갓 넘긴 그는 아담한 키에 넘쳐나는 에너지를 주체하지 못해, 잘 모르는 사람들은 정서불안이라고 오해할 정도였다. 특히 이야기를 하는 동안 손과 팔을 잠시도 가만히 두지 않았고 그 바람에 몸의 균형을 잃어 상대편 쪽으로 넘어질 때도 많았다. 물론 상대편이 여자일 경우라는 단서가 붙긴 하지만 말이다. 반면 상대가 남자일 경우에는 가볍게 어깨와 팔만 움직였다.

그렇다고 주책없다고 할 정도는 아니었다. 그저 활동적이고 조금은 너무 활력이 넘친다고 하는 게 적당한 표현일 것이다. 그는 단 일 분도 가만히 앉아 있질 못했고 누가 말을 하다가 주춤거리기라도 하면 기다렸다는 듯이 끼어들곤 했다. 그러나 그의 행동이 주변 사람들을 부산하고 정신없게 하는 것과는 정반대로 그 자신은 침착함 그 자체였다.

또 가정에서는 전형적인 공처가였다. 부인 헬라 아벨라는 질투심 때문에 남편을 끊임없이 감시하고 의심했는데 왜 그러는지 진짜 이유는 아무도 알지 못했다. 헬라는 매력적인데다가 공개되지 않은 재산이 많았다. 사실 루이스가 그토록 호사스럽고 안락한 삶을 누릴 수 있는 것도 다 아내 덕분이었다. 그녀가 가진 재산에 비하면 루이스의 월급은 한낱 푼돈에 지나지 않았다. 그래서인지 루이스는 자기 아내를 여왕처럼 받들었다. 그런데도 헬라는 늘 불안해하고 자신이 없었다. 자기 남편이 다른 여자와 정답게 얘기라도 나눌라치면 어느새 그의 곁에 바싹 다가와 있었고 심지어 내 어머니와 함께 있을 때조차도 남편에게서 눈을 떼지 않았다.

그레타는 일 년에 두 번, 즉 송년회와 자기 생일에 파티를 열었는데 그때마다 루이스 아벨레가 빠지지 않고 참석했다. 문제의 그 송년파티가 있던 날로부터 오 년쯤 전에 루이스는 그레타의 송년파티에서 테스를 처음 보았다. 두 사람이 함께 이야기하는 장면은 그 자체만으로도 훌륭한 볼거리였다. 테스의 공상과 루이스의 넘치는 에너지, 그건 그날 파티를 흥미진진한 것으로 만들기에 충분한 환상적인 이중주였다.

사람을 꿰뚫어보는 신통한 재주를 갖고 있는 루이스는 테스를 단 몇 분 만에 파악해버렸다. 그는 테스를 볼 때마다 그녀의 말이라면 무엇이든지 다 믿는 순진한 사람처럼 굴었다. 그러고선 자기 방식대로 역습을 가했다. 테스가 동화 같은 이야기를 마치 실제 있었던 일인 양 잘 꾸며대는 만큼이나 루이스 또한 자신의 역할에 충실했다.

그해에도 예외 없이 헬라와 루이스 아벨레 부부는 그레타의 송년파티에 초대되었다. 만약 그레타가 루이스에게 테스와 즐거운 몇 시간을 보낼 수 있도록 해주지 않았더라면 루이스는 무척 화를 냈을 것이다.

그 빌어먹을 파티! 그레타의 기대는 12월이 되면서 산처럼 부풀었다. 그것은 꼭 안과의 관계 때문만은 아니었다. 테스가 임신을 하면서 내가 그녀와의 데이트를 중단하자 그레타는 드디어 올 것이 왔다고 믿었다. 왜냐하면 오래 전부터 테스가 나를 갖고 노는 거라고 수없이 경고했음에도 불구하고 내가 그녀의 말을 들은 척 만 척했기 때문이었다. 그러던 중 테스의 임신 소식은 내가 순전히 이용당한 것일 뿐이라는 그녀의 주장을 뒷받침해주는 명백한 증거가 되었다.

나는 그레타가 마음대로 생각하도록 내버려두었다. 그녀가 숱한 밤들을 소설에 대한 법률 자문을 하면서 얀과 함께 보내는 동안 나는 시내에서 테스와 데이트를 했지만 그레타에겐 그런 말을 하지 않았다. 그리고 내가 그레타의 집에 있는 동안 테스가 오면 나는 하는 수 없이 자리를 비켜주곤 했다.

테스는 애인과 헤어진 후 그레타를 자주 찾아왔고 맨디가 태어난 후로는 일 주일에 두 번씩 규칙적으로 찾아왔다. 서로 무슨 얘기를 했을까? 틀림없이 얀 턴너에 대해서는 아니었을 것이다. 만약 그랬더라면 상황은 분명 지금과 달라졌을 테니까. 대화의 주제가 나였을지도 모른다. 나의 인내심과 끈질김, 감정, 그리고 모든 것을 용서하고 잊을 줄 아는 놀라운 관대함 등에 대해서.

아니, 틀림없이 그랬던 것 같다. 왜냐하면 그레타가 어느 날 갑자기 맨디를 팔에 안은 테스 브란트 부인의 모습도 그리 나쁘지는 않을 것 같다고 했기 때문이다. 그리고 나도 테스의 상대로 나쁘지 않다고 덧붙였다. 어쨌든 내겐 테스가 요구하는 삶을 충족시켜줄 만한 능력이 있으니까. 상류층들이 사는 동네의 고급 주택, 그에 걸맞은 수입, 거기다가 오래 전부터 며느리를 간절히 바라왔고 아이가 생긴 걸 알면 더욱 좋아하실 어머니까지.

그레타는 어쩌면 그게 모두를 위해 이상적인 해결책일지도 모르겠다고 했다. 그러면서 지난 십 년간의 일들, 내가 저지른 과오를 기억 속에서 그만 말끔히 지우도록 노력해보라고 했다. 그녀는 자신이 얀의 여자가 되고 난 뒤 나만 혼자 남게 될 걸 진심으로 걱정하는 것 같았다.

그러나 그건 한마디로 미친 생각이었다. 우리는 그런 식으로 거짓과 위선 속에 갇혀 있었고, 그 껍데기를 한두 마디 말로 깨부수고 나오는 건 불가능했다. 게다가 세월이 너무 흘러 긴 설명도 소용이 없었다. 우리가 처한 상황은 아마 다른 사람들이 더 잘 알고 있었을 것이다. 얀도 알고 있었을 것이다. 그는 결코 바보가 아니었다.

봄에 그레타가 날 얀에게 '직장 동료'라고 소개했을 때 나는 대담하게 한마디 덧붙였다.

"직장 동료는 정확한 표현이 아니죠. 파트너라고 하는 게 나을 거예요."

나는 그렇게 말하며 그레타를 내 쪽으로 끌어당겼다. 그도 내 말뜻을 분명히 알아들었을 것이다. 그레타가 얼른 내 팔에서 몸을 빼긴 했지만 그는 분명히 보았다. 그후에도 나는 나와 그레타를 연결하고 있는 것이 일뿐만은 아니라는 사실을 공공연히 암시했고 심지어 소설을 미끼로 날 속일 생각은 하지 말라는 뜻도 분명히 했다.

가끔은 그가 단 한 가지 이유 때문에 일부러 역겨운 소설의 첫 장면에 매달리는 것 같은 느낌이 들기도 했다. 그는 내가 자기 소설을 어떻게 생각하는지 잘 알고 있었다. 굳이 입 밖으로 소리내어 말할 필요도 없었다. 우리의 대화는 늘 같은 패턴으로 반복되었다. 나는 소설이 얼마나 진행되었는지 묻곤 놀라워했다. 어떻게 한 가지 일에 그토록 많은 시간과 인내심을 쏟아부을 수 있는지, 그리고 도대체 어떤 대작을 기대하길래 일흔다섯 번이나 고쳐쓰고도 만족을 못 하는 건지. 그러곤 대답을 기다리는 대신 그의 표정을 살폈다. 그러나 그의 여유만만한 표정은 이렇게 말하는 것 같았다.

"넌 내 상대가 못 돼! 내가 설사 그런 소설을 수만 번 쓴다 해도 넌 날 어쩌지 못한다고, 절대로!"

우린 그레타의 날카로운 감시하에 매번 그런 식으로 힘 겨루기를 했다. 그레타에게 폭행에다 살해까지 당하는 그 열아홉 살 여자애 이야기가 실화 같다는 말을 한 후로 나는 대화를 점점 더 과감하게 그쪽으로 밀고 나갔다. 그러나 그녀는 내 말을 전혀 들으려고 하지 않았다.
"넌 미쳤어, 니클라스. 진짜 소설을 쓰는 건 바로 너야."
그녀는 이렇게 말하며 나의 의심을 일축해버렸다. 그러나 내가 혹시라도 그 '가엾은 얀'에게 그런 말을 해서 상처를 줄까봐 노심초사했다. 송년파티가 있던 전날 밤에 우리는 그 일로 거의 심각하게 싸울 뻔했다. 그날 그레타는 내게 몇 가지 주의사항을 강요했다. 만약 내가 사람들 앞에서 얀을 곤란하게 만든다면 날 용서하지 않겠다고 협박까지 했다. 얀은 나를 그저 같은 연배의 좋은 대화 상대로 생각하고 있는데 내 태도가 그를 헷갈리게 한다는 것이다. 실제로 얀은 그레타에게 내가 했던 이런저런 말들을 어떻게 해석해야 좋을지 모르겠다고 고민을 털어놓았다고 했다. 자신은 위선과 거리가 멀기 때문에 나의 음험한 행동을 꿰뚫어볼 수가 없다는 것이다.
"음험한 행동이라니, 그게 무슨 뜻이야?"
내가 물었다.
"네가 더 잘 알잖아. 가끔씩 넌 범인을 취조하는 형사처럼 군단 말이야. 네 스스로 양심에 손을 얹고 잘 생각해봐, 네 행동에 대해서. 니클라스, 내 말 명심해. 조금이라도 이상한 소릴 했다간 내 집에서 쫓겨날 줄 알아. 농담 아니야."
"그럼 파티에서 내가 해야 할 말을 아예 적어주지 그래?"
"그냥 입 다물고 조용히 있어. 그게 최선이야. 네가 입을 열 때마다 얀은 불안해한다고. 네 목적이 오로지 얀의 약점을 잡는 거라는 걸 아니까."
"얀이 너무 과민한 건 아닐까. 어쨌든 네 파티를 망쳐놓는 행동 따윈 안 할 테니까 걱정하지 마. 그렇지만 너도 좀 신중해질 필요가 있어. 물이 고요하다고 해서 항상 깊은 건 아니란 말이야. 얕은데다가

흙탕물일 경우도 많다고. 길을 잘못 들었다는 걸 깨달았을 땐 이미 수렁에서 헤어날 수 없을지도 몰라."

그러자 그레타는 씩씩거리면서 날 노려보았다. 나는 그녀를 내 쪽으로 끌어당기면서 말했다.

"알았어, 이제 더이상 아무 말 안 할게. 우리의 마지막 밤이나 즐기자구. 내일 네 계획이 성공한다면 그걸로 우리의 관계도 끝일 테니까."

난 그녀가 절대로 성공할 수 없으리란 걸 알았지만 굳이 그걸 말할 필요는 없었다. 약 삼십 분 동안 그녀는 예전의 그레타로, 나는 눈빛만 보고도 그녀가 뭘 원하는지 훤히 아는 남자로 돌아왔다.

그레타는 어떻게든 날 테스와 다시 엮어보려고 애썼다. 이집트 신화 몇 가지를 외우고 거기다가 맨디에 대한 찬사 몇 마디를 덧붙이면 분명히 테스의 마음을 사로잡을 수 있을 거라고 했다. 그러나 막상 자신은 얀에게 어떤 방법으로 접근해야 할지 전혀 감을 잡지 못한 상태였다.

"얀의 손에 허리띠를 한번 쥐여줘보는 건 어때? 아니면 작고 깜찍한 채찍을 사든지. 그게 더 효과적일지도 몰라."

"제발 그런 얘긴 그만둬, 니클라스."

난 입을 다물었다. 그레타는 인내심을 갖고 분위기가 무르익을 때까지 기다리겠다고 했다. 그리고 분위기 메이커인 테스에게 큰 희망을 걸었다. 그러나 눈에 띄는 미인을 친구로 둔 사람은 그만한 대가를 치르게 마련이다.

 테스는 열시가 넘어서야 파티장에 나타났다. 좀 흥분한 것 같았다. 무슨 일이 있어도 일곱시 전에 와서 마무리하는 일을 거들겠다고 굳게 약속했던 그녀였다. 그녀는 자기를 미행한 남자를 따돌리느라 늦었다고 했다. 현관에 들어서기가 무섭게 큰 소리로 그레타에게 일어난 일에 대해 설명하기 시작했다.
 "제발 화내지 마. 난 정말 제 시각에 집에서 나왔단 말이야. 내게 오늘 무슨 일이 일어났는지 넌 아마 믿지 못할 거야. 그 생각만 하면 아직도 무릎이 떨려서 제대로 서 있을 수가 없어."
 그녀가 파티에 늦은 것은 집에서 나올 때부터 차로 자기를 뒤쫓아 온 무섭게 생긴 남자 때문이라고 했다. 그러자 그레타가 이의를 제기했다.
 "그렇지만 벌써 세 시간이나 지났잖아!"
 "나도 알아, 그레타. 나도 안다고. 그 사람을 따돌리려고 온 시내를 돌아다녔어. 현관문을 나설 때부터 그 남자를 보고 좀 이상한 느낌이 들었거든. 그렇지만 처음엔 그냥 그러려니 했지. 그런데 날 기다리고 있었던 거야. 갑자기 무서운 생각이 들더라고. 네가 말한 것처럼 세 시간씩이나 나와 같은 길을 간다는 건 말이 안 되잖아."
 테스의 격앙된 목소리는 거실에 있던 모든 사람의 주의를 집중시키기에 충분했다. 테스는 곧 사람들이 자기 이야기를 듣고 있다는 걸 알아차렸다. 루이스, 그리고 그에게 바싹 붙어서 있는 헬라 아벨레. 그리고 그밖의 몇몇 사람들도 점점 복도로 모여들었다. 테스가 말했다.
 "아무리 도망을 쳐도 그 사람을 따돌릴 수가 없었어."

그레타가 침묵을 지키는 동안 내가 끼어들었다.

"그럼 그 남자, 지금 저 아래에 있겠네? 내가 내려가서 한번 살펴볼까? 아니면 어차피 오늘밤에 테스를 다시 보긴 힘들 테니까 차라리 술집에 가서 기다리는 게 어떠겠냐고 그 남자를 설득할까?"

그러곤 다른 사람들의 반응을 기다리지 않고 말했다.

"어떻게 하든 내가 알아서 처리할게."

만약 테스의 말이 사실이라면, 즉 어떤 남자가 정말 테스를 미행하고 있었다면 날 보기만 해도 도망칠 거란 것이 내 계산이었다. 그때 루이스가 나섰다. 그는 그레타의 눈빛을 보곤 상황을 짐작한 듯 나를 향해 히죽 웃었다.

"잠깐 기다려보게. 설사 아래층에 그 남자가 있다고 해도, 어쩔 셈인가? 여기 주차를 하는 게 불법도 아니잖나. 그리고 아름다운 미인을 쫓아 온 시내를 누비며 다니는 것도 흔한 일인데, 안 그런가?"

그러곤 시선을 테스에게로 옮기며 부드럽게 미소지었다.

"나라도 쉽게 포기하진 못했을 거야, 담녀 부인 같은 미인을 거리에서 우연히 발견했다면."

루이스가 테스를 마지막으로 본 건 일 년 전이었다. 그때 테스는 임신 육 개월이었고 그 자리에 모인 사람들 모두 아직 태어나지 않은 아기를 위해 감수해야 할 테스의 아슬아슬한 미래에 대해서 얘기하고 있었다. 초음파 검사를 통해 태어날 아기가 여자라는 것도 이미 알고 있었다. 그레타의 그 다음 생일파티에 테스는 참석하지 못했다. 맨디가 심한 감기에 걸렸기 때문이었다. 테스는 자칫하면 질식할 수도 있는 이제 겨우 팔 주 지난 신생아를 할머니, 할아버지에게 맡겨 놓고 올 엄두가 안 난다고 상황을 설명했었다.

루이스가 테스에게 윙크를 하며 말했다.

"차라리 그 남자와 얘기를 해보지 그랬소. 쯧쯧, 가엾은 젊은이. 당신이 부드러운 말 한마디만 건네줬어도 아주 좋아했을 텐데."

이처럼 사람들의 반응은 테스의 기대를 완전히 빗나갔다. 그레타와 다른 사람들은 테스의 일에 더이상 관심을 보이지 않았고 심지어 루이스는 테스를 놀리기까지 했다.

"그게 재미있으세요, 아벨레 씨? 제가 함께 웃어드리지 못해서 유감이군요. 만약 차 안에 그 남자 혼자만 있었다면 저도 가볍게 넘길 수 있었을 거예요."

차 안에는 그 남자 혼자가 아니었다. 테스는 양념으로 협박 전화 얘기를 덧붙였다. 벌써 몇 주 전부터 이상한 협박 전화가 걸려왔다는 것이다. 수화기에 대고 신음소리나 내는 그런 흔히 있는 음란 전화가 아니었다. 테스가 아닌 다른 사람이 전화를 받으면 상대방은 아무 말도 하지 않았다. 그렇다고 전화를 그냥 끊어버리지도 않았다. 그래서 이틀 전에는 심지어 반나절 동안 전화가 불통이었다고 했다.

"정말 끈질긴 스토커로군요. 그럼 당신이 전화를 받을 땐 어땠소?"

루이스가 물었다. 테스는 한숨을 내쉬며 어깨를 으쓱했다가 다시 절망스러운 표정을 지으며 아래로 축 늘어뜨렸다.

"특별한 건 없었어요. 그냥 '내가 뭘 원하는지 잘 알지'라는 말만 반복했어요."

"그래서요? 그 사람이 뭘 원하는지 정말 아십니까?"

테스는 다시 한번 어깨를 으쓱해 보였다.

"짐작이 가긴 해요. 이건 분명 아이 아빠가 시킨 짓일 거예요. 그러니까 가능성은 두 가지예요. 그 사람은 그 일이 알려질까봐 두려워하죠. 그런 건 절대로 걱정하지 않아도 된다고 했지만 소용이 없어요."

테스가 걱정스러운 표정으로 루이스를 쳐다보았다.

"경찰에 신고할까 생각도 해봤어요. 그런 게 효과가 있을까요, 아벨레 씨?"

"내 생각엔 그러지 않는 게 좋을 것 같소. 우리의 다정한 경찰들은 언제나 예쁜 여자 시체를 발견하고 나서야 행동을 시작하니까. 그런 일이 일어나선 안 되지. 그런데 아까 가능성이 두 가지라고 했소? 당신이 그 사람에게 걱정할 필요가 없다고 했는데도 그 사람이 당신을 계속 협박한다는 건 뭔가 다른 걸 바라는 게 아니겠소. 그게 뭐라고 생각하오?"

그러자 테스는 빙그레 웃음을 지었다.

"부부의 침실에서 일어날 수 있는 일이랑 비슷한 거죠. 그렇지만 어림없어요! 전 당할 만큼 당했다구요. 다시는 그런 짓 안 할 거예요."

그러나 안타깝게도 테스가 진심인 것처럼 심각한 표정으로 내뱉은 그 마지막 말이 새빨간 거짓이라는 사실을 아는 건 나와 그레타뿐이었다. 테스는 기회만 된다면 언제라도 다시 그런 위험한 사랑의 유희를 시작할 준비가 되어 있었다. 그러나 그밖의 다른 이야기들, 미행을 당했다던가 협박 전화를 받은 이야기가 사실인지에 대해서는 판단할 수가 없었다. 어쨌든 나는 그레타처럼 모두가 거짓일 거라고 생각하지는 않았다. 테스는 이제 더이상 여섯 살 초등학생도 열일곱 살 꿈 많은 소녀도 아니었다. 물론 여전히 과장이 심하다는 건 나도 인정했다. 그러나 적어도 내가 아는 테스는 오로지 그레타의 손님들의 주의를 끌겠다는 생각으로 옛 애인이 자기를 협박한다는 말을 아무렇지 않게 지어낼 사람은 아니었다.

사실 그 이야기는 아주 간단했다. 테스는 무슨 수를 써서라도 그 남자를 꼭 되찾고 싶어했지만 자신의 행동이 어떤 결과를 초래할지에 대해서는 심각하게 생각해본 적이 없었던 것이다. 지금처럼 계속 강요하다가는 남자가 견디다 못해 폭력을 써서라도 그녀의 입을 다물게 할 수도 있었다. 언제가 그레타가 경고했던 것처럼 말이다. "너 계속 그러다간 목숨까지 위태로워질지 몰라."

테스는 크게 심호흡을 했다. 더이상 할말이 없는 모양이었다. 그리고 남은 시간은 다른 손님들에게 할애했다. 손님들 대부분이 오랜만에 보는 얼굴들이었다. 얀에게는 거의 관심을 보이지 않았다. 내 기억으로는 그때 얀에게 그저 가벼운 목례만 하고 지나쳤던 것 같다. 반대로 내게는 그레타가 기대했던 것 이상의 관심과 애정을 보였다.

테스는 나를 보더니 무척 반가워했다. 나중에 안 사실이지만 그레타는 나를 그날 파티에 불러야 할지 말지 망설였다고 했다. 그날 밤 나를 얀 가까이에 두는 게 과연 잘 하는 짓인지에 대해 마지막 순간까지 고민했다는 것이다. 그러나 내가 테스와 함께 있는 걸 보고 내심 안심이 됐다고 했다.

테스는 과장된 몸짓으로 껴안고 키스를 하면서 나를 반겼다. 그러고는 나를 의자로 데리고 가 맨디 얘기를 꺼냈고 사진도 보여주었다. 맨디가 태어난 이후로 테스는 주변의 모든 사람에게서 정말 깜찍하고 예쁜 아이를 낳았다는 확인을 끊임없이 받고 싶어했다. 그러나 그날은 단순히 그런 확인을 받고 싶은 차원이 아닌 것 같았다. 왠지 그레타가 짠 각본이라는 느낌이 들었다. 테스가 쉴새없이 떠들고 부산을 떠는 통에 잠시도 그레타를 지켜볼 틈이 나질 않았다.

얀은 그레타의 곁을 떠나지 않았다. 그들은 두어 번 같이 춤을 췄다. 테스는 날 소파에 꽉 붙잡아두고 있었다. 루이스 아벨레가 우리 쪽에 합류했고 그의 아내도 뒤따라왔다. 우리는 어느샌가 흥미진진한 얼굴로 우리의 이야기를 엿듣고 있는 청중에게 둘러싸였다.

테스는 그날 일간신문에서 읽은 어떤 항소심 재판에 대한 이야기를 꺼냈다. 그러자 루이스가 목청을 높이며 자기는 이미 첫 재판에서 유죄 판결을 받아냈고 항소심 또한 자신이 옳았음을 확인해줄 것을 확신한다고 말했다. 그러나 테스는 그 사건에 관한 새로운 증거가 발견됐다는 소문을 들었다고 했다. 그 사건에 대해 꽤 많은 정보와 관심을 갖고 있는 것 같았다. 나로서는 그녀가 갑자기 법률 사건에 그토록 관심을 보이는 게 놀라울 따름이었다. 전에는 법이라는 말만 들어도 머리가 아프다고 했는데. 이상한 일이었다.

그레타와 얀도 우리 쪽으로 왔다. 물론 오래 머물지는 않았다. 얀은 음식이 차려져 있는 부엌에서 그레타에게 테스가 좀 피곤한 타입인 것 같다고 털어놓았다. 또 테스가 그토록 발이 넓은 것이 놀랍다고 했다. 사실 그렇게 말한 건 얀뿐만이 아니었다. 내가 드디어 테스에게서 벗어날 틈을 발견했을 때 그레타와 얀은 아직 부엌에 서 있었다. 나는 그들에게 다가갔다. 그레타는 얀에게 학창 시절 이야기를 하고 있었다.

"어릴 때의 친구관계가 이렇게 오래 지속되는 건 처음 봤어요. 더욱이 당신 둘은 너무나 다르니까요."

부엌으로 막 들어선 나는 얀의 그 말에 그레타 대신 대답했다.

"어쩌면 바로 그 때문에 오래가는 건지도 모르죠. 테스랑 있으면 지루하지 않거든요."

그건 진심이었다. 그레타는 나지막이 헛기침을 했을 뿐 내 말에 반박하지는 않았다. 얀은 웃었다.

"나도 이해할 수 있을 것 같군요."

그들은 들고 있던 접시를 깨끗이 비운 후 거실로 돌아갔다. 테스가 날 찾고 있었다. 어느새 이야기를 끝내고 나와 춤을 추고 싶다고 했다. 얀과 그레타도 춤을 췄다. 그리고 열두시가 되자 모두 잔을 들고 서로 포옹을 하며 새해의 행운을 빌었다. 테스는 나와, 그레타는 얀과, 루이스 아벨레는 헬라 아벨레와 키스를 했다. 분위기가 무르익어 가고 있었다.

바람이 몹시 찬데도 우리는 모두 테라스로 나가 하늘을 멋지게 장식하고 있는 축포를 구경했다. 그레타는 외투를 걸쳤는데도 약간 떨었다. 앞으로 일어날지도 모르는 일에 대한 설렘 때문이었을 것이다. 얀이 한 팔을 그녀의 어깨에 올리며 자기 쪽으로 바싹 끌어당겼다. 그들은 한참을 그렇게 서서 미소지으며 서로를 바라보았다. 그레타는 드디어 목적을 달성했다고 생각하며 행복감에 젖었다. 그러나 파티는 그것으로 끝난 것이 아니었다.

*

세시가 조금 지나자 대부분의 손님들이 집으로 돌아갔다. 루이스와 헬라 아벨레는 끝까지 남아주었다. 목적을 달성했다는 착각으로 들떠 있던 그레타 대신 내가 루이스와 헬라를 현관까지 배웅했다.

루이스가 내게 악수를 청하며 물었다.

"자네가 아끼는 그 동료하고 수염을 기른 젊은이 사이에 정말 뭔가 있는 건가, 아니면 내가 잘못 본 건가? 그 젊은이는 도대체 누구야?"

"그냥 이웃에 사는 사람이에요. 어차피 오늘 저녁엔 시끄러워서 잠도 못 잘 테니까 그냥 파티에 오라고 한 것뿐이에요."

"별로 시끄럽지도 않던걸, 뭐."

루이스는 그렇게 말하며 히죽 웃었다.
"어쨌든 그 말을 들으니 안심이군. 난 또 슈퍼우먼인 우리의 그레타가 섹시한 그 여자친구와 같은 방식으로 가족을 만들려고 하는 건 아닌가 하고 걱정했지. 그건 공평하지 못해, 안 그런가?"
그는 내 어깨를 다독거렸다.
"그럼 즐겁게 지내게. 그리고 잠자리는 꼭 가려야 한다는 거 명심하고. 누가 임자인지도 모르는 차는 함부로 모는 게 아니야."
그는 내게 의미심장한 눈빛을 보내며 마지막으로 한마디 덧붙였다.
"자네가 어느 날 갑자기 마피아의 총에 맞아 죽을 꼴을 보고 싶진 않네."
그 말을 남기며 그는 헬라를 엘리베이터 안으로 끌어당겼다. 그러곤 엘리베이터의 문이 채 닫히기도 전에 그의 손이 헬라의 외투 안쪽으로 사라졌다. 헬라가 나의 시선을 의식하곤 큰 소리로 웃으며 그의 손가락을 톡톡 쳤다.
그레타의 집에는 네 사람만 남게 되었다. 우리는 모두 다섯시까지 식탁에 앉아서 남은 음식들을 비우며 이런저런 이야기를 했다. 새우 샐러드에 관해, 또 루이스의 세심하고 철저한 재판 준비, 그리고 루이스가 아내에게 선물한 비싼 진주목걸이에 대해서. 그레타는 그런 목걸이는 패션쇼에서나 구경할 수 있는 거라고 했다. 자기 같으면 이런 평범한 파티에 세 줄씩이나 되는 그런 화려한 보석을 하고 나올 생각은 결코 못 했을 거라는 것이다.
"그런 걸 하고 있으면 꼭 쇠사슬에 묶여 있다는 느낌이 들 거 같아."
그녀는 내게 얀의 소설에 관한 얘기를 꺼낼 틈을 주지 않았다. 그러나 그 얘기는 얀의 입에서 먼저 나왔다. 의심할 여지없이 얀은 자신의 기괴한 취미를 즐기고 있었으며 나만큼이나 잘 요리하고 있었다.

테스는 오가는 얘기를 듣고 있는 것처럼 보였다. 그러나 눈의 초점이 흐린 것으로 보아 사실은 우리 이야기를 듣고 있지 않은 것이 분명했다. 이따금씩 나를 쓱 훑어보는 그녀의 눈빛이 왠지 소름끼쳤다. 루이스가 한 말이 머릿속에서 떠나질 않았다. 물론 마피아 얘기나 테스를 차에 비유한 건 그리 품위 있는 농담은 아니었지만. 그러나 가족을 만들다니!

루이스는 내가 부엌에 있는 동안 테스와 얘기를 나누었다, 물론 잠시도 경계를 늦추지 않는 마나님을 바로 곁에 두고서 말이다. 바로 그때 테스가 어떤 말을 한 게 틀림없었다. 그래서 루이스가 내 어깨를 토닥거리며 그런 경고를 한 것이다.

얀은 소설 첫 장면에 대한 구십번째 버전을 아주 간단하게 설명해주며 덧붙였다.

"그레타는 이번에도 너무 잔인하대요. 사실 저도 계속 열아홉 살 여자애만 고집하다가 작품다운 작품이 안 나올까봐 걱정이에요."

그레타는 눈짓으로 내게 입을 다물라는 신호를 보냈다. 그러나 그 얘기를 꺼낸 건 내가 아니라 바로 얀이었다. 그리고 나도 그런 기회를 그냥 놓치고 싶진 않았다.

"그걸 깨달으셨다니 그 동안 꽤 발전하셨군요."

얀이 아무런 반응이 없자 내가 다시 말했다.

"이젠 그 어린 여자를 좀 쉬게 해주고 좀더 성숙한 여자로 주인공을 바꾸는 건 어때요? 가령 서른네 살의 여자, 자신만만하고 정열적이고 거기다가 살인자한테 보호본능까지 느끼는 여자 말이에요. 살인자를 그저 불쌍하고 예민한 사람쯤으로 여기고 남자가 왜 자기와 안 자려고 하는지 이해 못 하는 여자."

나는 오로지 얀의 반응만 주시하느라 그레타가 그 순간 어떤 표정을 짓고 있었는지 보지 못했다. 아주 순간적이긴 했지만 얀 특유의 야릇한 웃음이 사라진 것 같았다. 그리고 눈동자에 묘한 기운이 감돌았다. 그걸 어떻게 표현해야 할지 잘 모르겠다. 냉랭함은 딱 맞는 표현이 아니다. 그렇다고 탐색하는 눈빛도 아니었다. 그건 아주 독특한 거만함 같은 거였다.

"그것도 한번 생각해볼 만하군요. 그렇지만 그 서른네 살의 여자가 살인자의 취향이 아니면 어쩌죠? 두 사람을 엮으려면 특별한 동기를 생각해내야겠군요."

"열아홉 살 여자와 살인자 사이에도 특별한 동기 같은 것 없었던 걸로 아는데요. 여하튼 제가 아이디어를 하나 제공하죠. 그 서른네 살의 여자한테 오래된 변호사 애인이 있다고 하는 건 어때요?"

"그만 해, 니클라스."

결국 그레타가 참지 못하고 끼어들었다. 그러나 얀은 무척 흥미로운 듯한 표정을 지었다.

"그냥 둬요. 좋은 생각 같은데."

"그리고 그 변호사가 살인자를 변호하는 거죠. 어때요, 그럴듯한가요?"

"아뇨. 그 변호사가 제정신이라면 그런 짓은 절대로 안 하죠. 튜로우의 소설에 나오는 샌디 같은 변호사를 한번 상상해봐요. 여유 있고 잘생기고 똑똑하고 거기다가 자기 자신을 완벽하게 컨트롤할 수 있는 사람, 절대로 격렬한 감정 따위엔 휩쓸리지 않는 그런 남자 말이에요."

내가 줄을 더욱 팽팽하게 잡아당기는 동안 그의 입가에선 미소가 떠나지 않았다.

"그 변호사는 물론 애인이 자기로부터 완전히 돌아서도록 두 손놓고 가만히 있진 않을 거예요. 그도 다른 남자들처럼 열정적인 행동을 할 수 있단 말입니다."

"그렇다면 변호사와 살인자는 어떤죠? 둘 사이에 어떤 연관성이 있어야 할 게 아닙니까?"

얀이 물었다.

"그 변호사는 살인자 대신 억울하게 누명을 쓴 사람을 변호하죠. 그는 자기 의뢰인이 그 불쌍한 열아홉 살의 여자애를 죽이지 않았다는 걸 알고 있어요. 그것뿐만 아니라 그가 진짜 살인자를 잡기 위해 덫을 놓자 살인자는 신변의 위협을 느낀 거죠. 그래서 변호사의 애인에게 접근하는 겁니다."

화가 난 그레타가 소리를 질렀다.

"이제 정말 그만 해, 니클라스!"

그러나 그 예민한 예술가는 그녀의 말에 아랑곳하지 않고 나와 계속 얘기하고 싶어했다.

"그건 어쩐지 비논리적인 것 같군요. 위협받는 건 변호사인데……"

그가 말을 계속 잇지 못하자, 내가 대답했다.

"살인자는 변호사의 애인을 인질로 이용하려는 겁니다. 혹은 정보를 얻어내기 위해서라고 하는 게 더 나을지도 모르겠군요. 어쨌든 그 변호사는 애인이 살인자의 마수에 걸려든 걸 눈치챈 후로 애인 앞에선 그 사건에 대해 더이상 얘기하지 않습니다. 변호사에겐 무척 비극적인 상황이지만 그래도 잘 극복해내는 거죠. 사건의 결정적인 증거를 얻기 위해서 자기 애인을 일부러 놔주거든요."

"그거 정말 흥미로운 아이디어로군요. 두 남자의 머리 싸움이라. 물론 결국에는 변호사가 지겠지만 말이죠. 살인자의 머리가 더 좋으니까."

"그렇게 되면 당신이 원래 생각했던 스토리와는 안 맞아요. 변호사가 이겨야 항소심 재판을 할 거 아닙니까."

"그건 당신 말이 맞군요. 그렇지만 그건 불가피한 경우 포기할 수도 있어요. 그렇게 되면 이야기가 좀더 극적으로 되겠죠. 유죄 판결을 받은 자는 결국 자살을 하죠. 그를 변호했던 변호사는 애인을 잃고 나서 알코올 중독자가 되고. 물론 그 여자도 죽죠. 이런, 이야기를 전체적으로 다시 한번 정리해봐야겠어요. 그런 다음 다시 시작해야죠. 내게 아직 남은 돈이 조금 있으니까 한 일이 년 정도 아예 드라마는 쉬어야겠어요. 물론 사람들이 뭐라고 하겠지만, 두고 보라죠. 자손에게 물려줄 게 시시한 홈드라마 몇 편뿐이어서야 어디 말이 되겠습니까."

그레타가 무슨 말을 하려 했으나 테스가 한 발 더 빨랐다. 어느새 정신을 차렸는지 얼굴에 흘러내리는 머리카락을 쓸어올리며 얀에게 물었다.

"내가 제대로 들었는지 모르겠는데, 작가시라구요?"

얀은 고개를 끄덕였다. 테스는 머리를 약간 옆으로 기울였다. 그 자세는 언제 봐도 정말 매혹적이었다.

"당신은 너무 안정되어 보여요. 예술가일 거라고는 상상도 못 했어요."

테스는 그렇게 말하며 그의 손을 바라보았다.

그는 소리를 내어 웃었다. 칭찬이라고 생각하곤 기분이 좋아서 그랬는지 아니면 거만함의 표현이었는지는 잘 모르겠다.

"나도 나 자신이 예술가처럼 느껴지진 않아요. 그렇지만 예술가라고 해서 꼭 꿈을 꾸는 듯한 눈빛을 갖고 있는 건 아니죠."

그후로 내게는 더이상 말할 기회가 돌아오지 않았다. 그레타는 아무 말 없이 자리에서 일어나더니 나와 테스를 태우고 갈 택시를 불렀다. 갑자기 초조한 것처럼 우리를 빨리 보내려고 서둘렀다. 그러곤 복도에서 내게 속삭였다.

"오늘 일에 대해서는 다음에 얘기해."

얀은 그때까지 돌아가지 않았다. 그레타가 우리를 배웅하기 위해 현관문을 열 때 그는 한 팔을 그레타의 어깨에 올려놓은 채 덥수룩한 수염 사이로 흡족한 듯한 미소를 지으며 서 있었다.

상황을 미처 파악하지 못한 테스는 갑작스럽게 쫓겨나듯이 자리에서 떠밀려나오게 된 것을 의아하게 생각했다. 아래층으로 내려가면서 그녀가 물었다.

"그레타가 갑자기 왜 그러는 거지? 이제 막 본격적인 이야기가 시작되고 있었는데 말야."

그러나 내가 그 상황에 대해 미처 설명하기도 전에 테스는 그 일을 잊어버렸다. 택시에 올라탔을 때 그녀는 이미 그레타가 오로지 날 위해서 그런 결정을 한 것으로 굳게 믿고 있었다. 조금은 우수에 젖은 채 그녀는 지나간 십 년을 회상했다.

"나도 알아, 이 년 동안이나 널 냉대해놓곤 이제 와서 내 마음을 털어놓는 건 정말 못할 짓이야. 왜 나한테 한 번도 강요하지 않았어? 가끔 난 그럴 필요가 있는데."

내가 잠자코 있자 그녀는 계속 말을 이었다. 그레타의 말을 그대로 옮기고 있는 것 같았다. 우린 이제 둘 다 어른이라고. 그러니까 더이상 환상 같은 건 갖지 말자고. 세상 사람들 모두가 우리를 잘 어울리는 커플이라고 생각한다면 사람들이 원하는 대로 해서 나쁠 것도 없다고.

그러나 나는 그녀와 길게 얘기할 기분이 아니었다. 속이 쓰리진 않앉지만 그레타의 집에서 어떤 일이 벌어지고 있을까 생각하니 머리가 터질 것만 같았다. 그래서 결국 테스에게 말했다.

"테스, 미안하지만 난 너의 비상구가 되고 싶진 않아. 네겐 아직 조금은 환상이 필요해. 어쩌면 네가 무슨 생각을 하고 있는지 내가 너무 많이 알고 있는 탓인지도 모르겠어. 어쨌든 난 네가 지금의 생각을 그렇게 빨리 지워버릴 수 없다는 걸 잘 알아."

테스는 미소짓고 있었다. 그러나 사실은 화가 치미는 걸 간신히 참고 있다는 걸 알 수 있었다. 아니 어쩌면 그건 순전히 내 착각인지도 모른다. 그녀의 목소리에선 분노나 실망은 읽을 수 없었고, 다만 자조적으로 이렇게 말했을 뿐이었다.

"솔직한 게 항상 다 먹혀들어가는 건 아닌가봐."

그녀의 집 앞에서 작별인사를 할 때 테스는 손만 내밀었다. 그러고는 빙긋 웃으며 놀리듯이 말했다.

"그러니까 널 훌륭한 애인이라고 했던 그레타의 말이 진짜인지 아님 과장인지 난 이제 영영 확인할 수가 없는 거네. 정말 아쉬운걸! 사실 과장은 그레타의 전문이 아니거든. 어쩜 나 같은 사람한테는 당연한 결과일지도 몰라. 난 항상 눈앞에 보이는 테디베어보다 꽝밖에 없을지도 모르는 뽑기 바구니에 더 끌리는 바보니까."

*

다음날 아침이 되어서야 나는 그레타의 계획이 또다시 수포로 돌아갔다는 소식을 들었다. 얀은 뒷정리를 도와주곤 여섯시쯤 집으로 돌아갔다고 했다. 가기 전에 그는 그레타를 끌어안으며 말했다.

"앞으로는 사람들과 자주 만날 기회를 가져야겠어요. 당신이 부럽군요, 그레타. 재밌는 사람들과 어울리니까 기분이 좋아졌어요. 오늘 밤 정말 즐거웠어요. 이런 기분 정말 오랜만이에요."

그러나 그레타의 기분은 그와 정반대였다. 물론 일이 그렇게 된 건 다 내 잘못이었다. 내가 얀에게 괜한 시비를 걸어 분위기를 망쳐버린 것이다. 그녀는 날 절대로 용서하지 않겠다고 했고 실제로도 용서하지 않았다. 그녀는 1월 이후에 있을 중요한 사건들을 모두 혼자 준비하고 처리했다. 그후론 일과가 끝난 후 함께 일하기 위해 우리집으로 오는 일도 없었고 나도 자기 집에 못 오게 했다. 그렇게 그레타는 업무 시간 외 자신과 날 이어주었던 모든 연결고리를 끊어버렸고 대신 기회가 있을 때마다 얀을 찾아가 내가 그날 밤 늘어놓았던 괴상망측한 암시가 그레타 자신을 의미한 건 아니라고 해명하곤 했다. 우리의 관계는 그렇게 끝났다.

그후 몇 달 동안 얀과 그레타 사이에 어떤 일이 있었으며 또 둘 사이에서 테스가 어떤 역할을 했는지에 관해 나는 4월이 돼서야 듣게 되었다. 그때까진 그레타를 변화시킬 만한 아무런 사건도 일어나지 않았다. 테스도 오로지 변심한 애인 생각뿐이었다. 그래서 그레타는 그 일이 아주 우연한 만남에 의한 것으로 굳게 믿었다.

1월의 마지막 주 저녁에 여느 때처럼 예고도 없이 테스가 그레타를 찾아왔다. 그녀는 복도에서부터 소리를 지르며 정신없이 뛰어들어왔다.

"그레타, 내가 오늘 누굴 만났는지 한번 맞혀봐. 맨디 옷을 사주려고 시내에 갔었거든. 애가 얼마나 빨리 자라는지, 벌써 맞는 옷이 하나도 없잖아. 쇼핑을 끝내고 주차장으로 들어가는데 저 앞에 서 있던 차에서 누가 내렸게? 바로 네 이웃 남자야. 그런데 그 남자, 애를 너무너무 좋아하는 거 있지. 맨디랑 금방 친해졌어. 그레타, 네가 그 장면을 봤어야 하는 건데. 그 남자한테 그런 면이 있는 줄은 정말 몰랐어. 무뚝뚝한 줄만 알았는데."

그레타는 얀이 주차장에서 우연히 테스를 봤다는 말을 하기를 기다렸다. 그러나 얀에게 그 사건은 별로 대수롭지 않았던 모양이었다. 그는 자기 소설에 관한 것 외에 다른 어떤 얘기도 하지 않았다.

변호사의 애인을 희생자로 설정하는 게 어떻겠냐고 했던 내 제안이 효과가 있었던지 얀은 엽기적이기만 했던 폭행 장면을 포기하고 대신 주도면밀한 살해방식을 선택했다. 그는 이제 희생자를 죽음으로 몰아가는 치밀하게 계산된 칼자국에 매달렸다. 제일 먼저 소리를 못 지르도록 후두에 한 번, 그리고 동맥에서 피가 솟구치는 동안 생생한 의식 속에서 여자가 서서히 자신의 몸이 식어가는 걸 느낄 수 있도록 목을 지나는 대동맥에 한 번, 그리고 마지막으로 여자를 고통에서 구원해주기 위해 심장에 한 번. 그 마지막 칼자국은 갈비뼈 아래에서 시작해서 비스듬히 위로 향하면서 심장을 관통하도록 되어 있었다. 그는 아마 칼자국과 그에 따른 효과에 관한 자세한 정보를 얻기 위해 전문가의 도움을 받았을 것이다. 그는 좋은 소설일수록 소설에 언급된 자료들이 사실에 부합해야 한다고 그레타에게 설명했다.

얀은 테스와의 만남에 대해서는 단 한마디도 하지 않았다. 그녀와 두번째로 우연히 마주친 것도 그에게는 아무런 의미가 없는 듯했다. 그와 반대로 테스는 그레타에게 아주 사소한 사건들까지 일일이 보고했다. 물론 그녀의 이야기에서 얀과의 만남이 이야기의 중심 테마는 아니었다. 그건 그저 부수적인 사건에 지나지 않았다.

테스는 혼자 시내에 갔다. 맨디의 아빠와 만나기 위해서였다. 그녀의 우상은 그녀에게 대형매장의 주차장에서 만나자고 제안했고 반드시 혼자 나오라고 했다. 테스는 은밀한 대화를 위해서 외진 주차장에서 만나는 데 동의하고 잔뜩 기대에 부풀어 그곳으로 갔다. 그러나 곧 비극적인 사건이 벌어지고 말았다.

테스는 그에게 맨디의 사진을 보여주려고 했다. 그가 아이의 모습을 보고 싶어할 거라고 생각했던 것이다. 귀엽고 예쁜 맨디. 보는 사람들마다 깜찍한 아이라고 입을 모아 칭찬했다. 그러나 맨디의 아빠는 아이의 사진 따위엔 관심이 없었다.

오로지 자신이 쓴 서약서를 돌려받을 생각뿐이었다. 그러나 테스는 서약서를 갖고 오지도 않았지만 나중에라도 돌려줄 생각이 없다고 딱 잘라 말했다.

그러자 남자가 말했다.

"네게 진짜 필요한 게 뭔지 보여주지."

그 말과 동시에 그는 그녀를 잔인하게 폭행하고 강간했다. 폭행의 증거로 테스는 그레타에게 블라우스 단추를 풀어 가슴을 보여주었다. 브래지어를 하지 않은 오른쪽 가슴 주변으로 시퍼런 멍자국이 여러 군데 나 있었다. 왼쪽 가슴도 비슷했으며 다만 둥근 모양의 피멍이 하나 더 있었다. 마치 이빨로 세게 문 것 같은 모양이었다.

그레타는 속이 울렁거렸다. 그것뿐만이 아니었다. 치마를 들어올리자 허벅지 안쪽으로 피멍과 긁힌 자국이 검은 스타킹 위로 선명하게 내비쳤다. 그녀의 몸에 난 부인할 수 없는 흔적들은 그의 손에 죽는 줄 알고 무서워서 혼났다는 테스의 말이 결코 꾸며낸 이야기가 아님을 증명해주었다.

"어떻게 하면 좋을까?"

테스가 물었다.

"신고해야지."

그레타가 대답했다.

그러자 테스가 완강하게 고개를 저었다.

"그건 안 돼. 내게 당장 무슨 일이라도 생기면, 다음주에 갑자기 차에 깔려 죽기라도 하면 맨디는 어떡해?"

맨디의 아버지는 그녀를 차에서 끌어내 바닥으로 내동댕이치면서 그 비슷한 암시를 했다고 했다. 그리고 바로 그 직후에 얀을 만난 것이다. 테스는 곧장 집으로 돌아갈 엄두가 나지 않아 시내를 헤매고 다녔다. 성당 근처에 있는 어느 화랑에서 그림을 보며 마음을 진정시키려고 하는데 마침 루드비히 가에 있는 주방기구 상점에서 나오던 얀이 테스를 발견하곤 맨디의 안부를 물었다는 것이다. 비록 짧은 대화였지만 테스에게 큰 위로가 되었다. 그 일이 있은 후로 테스는 얀을 좋은 사람으로 여기게 되었다.

*

그 다음주에 맨디의 아버지가 다시 기별을 보내왔다. 테스는 혹독한 짓을 당한 후라서 그가 돈을 보내올 거라고는 기대하지 않았는데 다음달 생활비가 송금된 것이다. 테스는 당장 그 사실을 그레타에게 알리려고 달려갔지만 그레타는 집에 없었다. 혹시 얀의 집에 있나 하고 얀의 집 초인종을 눌렀지만 거기에도 그레타는 없었다. 얀은 친절한 사람이었다. 그는 그레타가 곧 돌아올 테니 자기 집에서 기다리겠느냐고 물었다. 그래서 테스는 삼십 분만 기다리겠다고 했다. 그러나 시간은 생각보다 너무 빨리 흘러갔고 테스가 시계를 봤을 때는 그레타의 집에 들르기에 이미 너무 늦은 시간이었다.

"도대체 몇시였기에 그래?"

다음날 저녁 테스가 그레타에게 그 상황을 설명했을 때 그레타가 물었다.

테스는 어깨를 으쓱했다.

"한시가 넘었었어. 난 너무 놀라서 곧장 집으로 갔지."

그레타가 얀에게 테스와 보낸 시간이 어땠냐고 물었을 때 그는 건성으로 그럭저럭 재밌었다고 대답했다. 그러고는 테스가 텔레비전 드라마에 관한 기막힌 아이디어를 제공했다고 덧붙였다. 이름을 밝힐 수 없는 거물급 인사가 옛 애인을 죽이기 위해 킬러를 고용한다. 왜냐하면 여자가 아이의 존재를 세상에 알리겠다고 남자를 협박하기 때문이다. 처음에 남자는 힘으로 여자를 겁주려고 시도하지만 소용이 없다. 바로 그녀 자신에 관한 이야기였다.

테스는 얀에게 자기 이야기를 아주 상세한 부분까지 모두 털어놓았고 심지어 폭행과 강간당한 사실까지 말했다. 그날 이후로 두 사람이 얼마나 자주 얀의 집이나 다른 곳에서 만났는지 그레타는 알 길이 없었다. 그리고 그건 나도 마찬가지였다. 그들이 우리가 정신없이 바쁘게 일하는 낮 시간 동안 함께 무엇을 하는지 전혀 알 수가 없었다. 테스에게는 언제나 맨디를 돌봐줄 좋은 엄마와 착한 올케 산드라가 있었다. 얀도 시간을 자유롭게 조정할 수 있었다. 그의 경우 낮에 일을 못 하면 밤에 하면 그만이었다.

그레타는 얀이 테스와 만나는 걸 비밀로 하는 이유가 자기에게 상처를 주지 않으려는 것이라고 생각했다. 그레타는 얀이 자신에게 아주 특별한 존재임을 너무나 자주 그리고 분명하게 암시했던 것이다.

그러나 내가 보기엔 달랐다. 얀은 송년파티가 있던 날 밤에 나와 테스가 함께 있는 걸 봤으며 아마 우리를 연인 사이라고 생각했을 것이다. 그러나 그는 내게 정면으로 도전할 용기가 없었다. 그래서 내가 거의 십 년 동안이나 테스의 마음을 얻으려고 노력하고 있으며 테스도 그런 나를 좋아하긴 하지만 남자로서의 매력은 못 느낀다는 이야기를 믿기까지 시간이 걸렸던 것이다.

그들 중 누가 먼저 더 적극적이었는지, 누가 누구에게 매달렸는지는 알 수가 없다. 그리고 테스가 어떻게 그레타와 얀의 관계를 의심하게 됐는지 그 이유도 잘 모르겠다. 얀이 테스에게 얘기했을 수도 있고 아니면 단순히 그의 행동이 테스를 미심쩍게 만들었을 수도 있다. 어쨌든 테스는 그레타의 인생을 두 번씩이나 훼방놓지 않기 위해서 하필이면 나를 찾아와서 얀과 그레타의 관계를 확인하려고 했다.

그때의 상황이 어떻게 보였을지는 나도 잘 안다. 나는 우연히 찾아온 기회를 잘 이용해서 최대의 경쟁자를 고상한 방법으로 물리칠 수 있었을지도 모른다. 아니면 얀 틴너가 분명히 수상한 사람이라는 걸 알면서도 테스를 희생시켜서 내 이익을 챙길 수도 있었으리라. 그러나 나는 그럴 수가 없었다.

3월 초 어느 날 테스가 그레타를 만나기 위해 불쑥 법률회사 사무실에 모습을 드러냈을 때까지만 해도 나는 전혀 상황을 파악하지 못하고 있었다. 그레타가 마침 회의실에 들어가고 없자 테스는 내 방으로 찾아왔다.

"그레타랑 그 이웃 남자랑 뭐 있어?"

테스가 불쑥 물었다.

"아니."

내가 대답했다.

"그럼 그 사람이 왜 늘 그레타 집에 있는 거야? 그레타 집에 갈 때마다 와 있었다구. 도대체 둘이서 뭘 하는 걸까?"

"우리가 하루 종일 함께 있을 땐 뭘 했는데?"

내가 되물었다.

"왜 남자와 여자는 친구가 될 수 없다고 생각하는 거지? 그냥 남자 친구, 여자 친구처럼 말야. 남자와 여자가 같이 있다고 꼭 섹스를 해야 하는 건 아니잖아."

그러자 테스는 어깨를 으쓱했다.

"그렇지만 내가 보기에 그레타는 오직 그 생각밖에 안 하는 것 같던걸."

그때 차라리 그녀의 느낌이 틀린 게 아니라고 말하는 게 더 나았을지도 모르겠다. 차라리 지난 송년파티 이후로 그레타의 집에서 어떤 일이 벌어지고 있는지 전혀 파악하지 못하고 있다고 솔직히 털어놓았더라면. 그후로 내가 할 수 있는 일이란 매일 아침 그레타의 표정을 살피는 것뿐이지만 다행히 아직은 둘 사이엔 아무 일도 없는 것 같다고 말했더라면 상황이 지금과 달라졌을지도 모른다.

"넌 맨디 아빠를 처음 만났을 때도 너무 큰 행운을 잡은 것 같다고 했지. 그렇지만 사실은 어때? 온통 나쁜 일들뿐이잖아."

나는 속마음과는 달리 이렇게 말했다.

테스는 생각에 잠긴 채 고개를 끄덕였다.

"그래. 나의 아픈 곳을 찌르는군."

그리고 그녀는 지난 며칠 동안 자기가 당한 폭력과 협박에 대해 들려주었다. 한 번은 테스 집 전화가 또 불통이었다. 요아힘은 거의 돌아버릴 지경이 되었다. 급히 부품을 주문해야 하는데 수화기를 들 때마다 신호음이 들리질 않았던 것이다.

나는 그 이야기가 거짓말이라는 걸 알고 있었다. 그런 경우를 방지하기 위해 새로운 기술이 개발되었다는 걸 테스는 몰랐던 것이다. 언젠가 나는 어떤 사람이 의도적으로 내 전화를 불통으로 만들 경우 어떻게 해야 하는지 전화국에 문의한 적이 있었다.
그때 전화국 직원이 말했다. "수화기를 내려놓고 몇 분만 기다리세요. 예전에는 그런 방법으로 오랫동안 다른 사람의 전화를 못 쓰게 만들 수 있었죠. 그렇지만 요즘은 안 그래요. 오 분만 지나면 전화는 자동으로 다시 연결됩니다."
그러나 나는 테스에게 그런 말을 하지 않았다. 그녀는 끝으로 이런 말을 덧붙였다.
"이젠 내가 마음을 바꿔야 할 때가 온 것 같아, 그치? 그 사람이랑 같이 살겠다는 꿈을 버릴 때가 온 것 같다고."
그러곤 쓸쓸하게 미소를 지었다.
"너도 이젠 더이상 날 원하는 것 같지 않고, 그러니까 다른 길을 찾아봐야겠지?"
그러나 그 다른 길이란 게 어떤 걸 뜻하는지 그녀는 말해주지 않았다. 그녀는 그것이 얀 틴너와 새로운 관계를 시작해보겠다는 의미로 해석할 수 있는 여지를 조금도 주지 않았다. 그리고 그녀 역시 처음에는 그레타의 경우처럼 쉽지 않았던 것 같다.
4월 첫 주에 테스는 얀을 비웃는 말을 했다. 테스가 그레타와 함께 쇼핑을 하기 위해 사무실로 찾아온 날이었다. 그레타가 의뢰인과 상담중이었기 때문에 테스는 내 방에서 그녀를 기다리고 있었다. 시간이 오래 걸리자 테스가 초조한 기색을 보이며 연신 시계를 들여다보았다.
"일이 분 내로 그레타가 안 나타나면 난 그냥 갈래. 어차피 너무 늦어서 별로 다닐 수도 없을 것 같아."
그때 시간은 겨우 네시였다. 그래서 내가 말했다.
"아직 가게문 닫으려면 두 시간 반이나 남았는데 뭘 그래."

"그렇지만 그레타가 시간이 없단 말야. 그 남자가 집 앞에 서 있기 전에 샤워라도 하려면."

테스의 말투는 꼭 얀에게 그레타를 빼앗겨서 서운하다는 것처럼 들렸다.

"정말 웃겨. 내가 보기엔 그 남자, 여자들이 샤워를 했는지 안 했는지 별 관심도 없는 것 같던데."

그로부터 한 주가 지났을 때 테스는 마침내 그레타에게 그사이에 일어났던 사건에 대해 통보했다. 둘은 토요일 오후 오페라 극장 근처에 있는 한 카페에서 만났다. 테스는 그레타에게 전날 밤 얀과 잤다고 말했다.

"정말 힘든 밤이었어. 잊지 못할 멋진 추억이 아니라 거의 중노동에 가까웠지. 그렇지만 맨디를 생각하면 그런 것쯤은 얼마든지 참을 수 있어. 아이가 있는 이상 믿음을 주는 남자를 만나는 게 무엇보다 중요하거든. 책임감 있고 또 아이들을 잘 다룰 줄 아는 그런 남자 말이야."

가볍게 눈을 찡긋하며 테스는 그날 밤 두번째 시도를 해볼 생각이라고 했다. 그날 저녁 얀의 집에서 만나기로 했다는 것이다. 그러고는 그레타가 무슨 생각을 하는지 다 안다는 표정으로 아무리 목석 같은 남자라도 버티지 못하는 좋은 방법이 있다고 했다.

그레타는 아무 말도 할 수가 없었다. 그 순간 그녀는 단순히 절망하는 차원을 넘어 자괴감마저 느꼈다. 내게 배신을 당했을 때의 심정과는 비교도 할 수 없을 만큼 비참했다고 그녀는 나중에 털어놓았다. 숨을 쉴 수도, 침을 삼킬 수도 없었고 그저 머릿속이 텅 빈 것 같았다고.

그레타는 카페에서 나와 곧장 마리엔부르크로 왔다. 나는 부모님과 함께 테라스에 앉아 있었다. 루이스와 헬라 아벨레도 있었다. 루이스와 아버지는 법 개정에 관해, 그리고 헬라와 어머니는 일본에 살고 있는 나의 형 호르스트에게 애인이 생겼다는 얘기를 하고 있었다.

그레타가 아무런 예고도 없이 불쑥 나타나자 제일 기뻐한 건 어머니였다.

"그레타, 이게 얼마 만이니? 그 동안 왜 그렇게 뜸했었니? 여기 앉으렴. 같이 커피 한잔 마실래?"

그레타가 대답했다.

"아뇨, 금방 마시고 오는 길이에요."

그러나 그녀의 목소리는 심한 충격을 받은 듯 떨리고 있었다. 그레타는 날 바라보았다.

"기가 막힌 뉴스거리가 있는데 몇 분만 시간 내줄 수 있어?"

그녀가 집에 찾아온 것만으로도 뭔가 심상치 않은 일이 일어난 게 틀림없었다. 정확히 네 달 만의 일이었다. 그녀는 간신히 몸을 지탱하고 있는 것처럼 보였다. 나는 어른들에게 양해를 구하고 그레타와 함께 위층 내 방으로 올라갔다. 방문을 닫자마자 그레타가 말했다.

"얀하고 테스."

그 말을 듣는 순간 나는 짓눌렸던 가슴이 말할 수 없이 가벼워지는 걸 느꼈다. 하지만 내색하진 않았다. 대신 그녀의 어깨에 팔을 두르며 그녀를 부엌 쪽으로 데리고 갔다.

"너무 심각하게 받아들이지 마. 어차피 일 년씩이나 끌었으면 너랑은 안 되는 거였어. 내가 세상에서 제일 맛있는 커피를 끓여줄게.

커피에다 코냑도 타서. 지금은 그게 더 나을 거야, 테스와 얀에 대해 얘기하는 것보다. 게임이 끝난 걸 인정하는 법도 배워야 해."

그레타는 아무 말 없이 의자에 앉아 앞만 응시했다. 그러나 커피를 마시면서도 침묵이 계속되자 나는 더이상 참을 수가 없었다.

"내 생각을 알고 싶다면 말이지, 사실 그 두 사람, 거의 환상적인 커플이 될 수 있을 것 같아. 변태적 성향을 가진 작가와 머릿속이 온통 공상으로 가득 찬, 거기다가 이상한 경험까지 풍부한 여자. 테스라면 분명히 얀의 소설 첫 장면을 완성시킬 수 있을 거란 말이야. 소설이 끝날 때까지 끈질기게 참고 기다려줄 수도 있을 거고 또 적당한 때 아이디어도 제공해줄 수 있고. 테스라면 분명히 얀을 위대한 작가로 만들 수 있어."

그러나 그레타는 미동조차 하지 않았다. 나는 그레타가 내 얘기를 듣고 있는지 의심스러워 그녀의 손을 잡았다.

"그리고 우리 둘, 무미건조한 법조인들 말야, 그레타. 그때 결혼을 했어야 하는 건데. 그랬더라면 이런 마음 고생도 안 했을 거고 부족한 것 없이 행복하게 잘 살고 있을 텐데. 그렇지만 지금도 늦진 않았어. 이젠 우릴 방해할 사람도 없잖아."

그제야 비로소 그레타의 얼굴에 다시 생기가 돌기 시작했다. 그레타는 지친 듯이 아주 살짝 미소를 지어 보였다.

"그 다음은 뭐지? 난 널 한순간도 사랑하지 않은 적이 없어, 그레타! 내 무의식 속에서 언제나 네가 나의 진정한 짝이란 걸 알고 있었어, 그렇게 말할 거야?" 그레타는 훅 하고 한숨을 내쉬었다. "유치하게 굴지 마! 네가 무슨 생각을 하는지 다 알아. 넌 어떤 여자가 꿈속의 왕자님에게 그렇게 모욕적인 파혼을 당하고도 그와 몇 년간 함께 잤다면 그를 여전히 사랑하는 게 틀림없다고 생각하겠지? 그렇지만 네가 틀렸어. 너랑 함께 했던 시간은 꿈이었을 뿐이야. 꿈은 언젠가 깨게 마련이지. 그렇지만 얀은 꿈이 아니었어, 얀은……"

그레타는 말을 하다 말고 울음을 터뜨렸다. 나는 그녀를 어떻게 위로해야 할지 막막해서 그냥 울도록 내버려두었다. 얀! 나는 잠시 그레타가 나와 헤어졌을 때도 저렇게 울었을까 생각해보았다. 아무도 몰래 자기 방에서. 그 답을 알 수만 있다면 내 전 재산을 줘도 아깝지 않을 것 같았다. 그녀가 강한 자존심 때문에 울고 싶은 마음을 억눌렀을 거란 걸 상상만 해도 눈시울이 뜨거워졌다.

우리는 잠시 그렇게 앉아 있었다. 나는 그녀가 무너지는 모습을 차마 볼 수가 없어 내 커피잔만 뚫어지게 쳐다보았다. 처음에 느꼈던 안도감은 흔적도 없이 사라졌다. 그렇게 한참이 지난 후 나는 그녀에게 다가가 그녀를 일으켜세웠다.

"이제 그만 울어. 안 그러면 내일 아침 눈이 퉁퉁 붓고 보기 흉해져."

침실로 발걸음을 옮기며 그레타가 혼잣말처럼 중얼거렸다.

"왜 그때 맨디 아버지가 테스를 죽이지 않았을까? 차라리 그랬더라면 더 좋았을걸, 날 위해서."

"아니야, 그건 네 진심이 아니야. 넌 상처를 입은 것뿐이야. 그렇지만 다시 괜찮아질 거야. 테스는 여전히 네 친구잖아. 네가 얀을 정말 사랑한다면 그 사람을 불행하게 만들 그런 생각 같은 건 해선 안 돼. 진정한 사랑은 포기할 줄도 알아야 하는 거야, 그레타. 비록 가슴은 갈기갈기 찢어지는 것 같겠지만. 난 네 마음을 다 갖는 건 바라지도 않아. 아주 작은 부분만으로도 만족할 수 있다구. 너도 그때 네 어머니가 하신 말씀 기억나지? 내가 네게서 바라는 건 오직 한 가지뿐이라고. 그러니까 이제 같이 침대로 가자. 몇 달간 굶주렸더니 난 그 생각밖에 없어."

그날 밤 그레타는 평소와 별로 다르지 않았다. 다만 네 달간의 공백을 메우려는 것처럼 끝없이 요구했다는 점 외에는. 다음날 아침 나는 침대로 커피를 가져다주며 기분이 어떠냐고 물었다. 그녀는 대답하지 않았다. 아직 감정이 정리되지 않았을 터였다. 그건 나도 마찬가지였다.

난 처음에 느꼈던 그 안도감을 다시 느껴보려고 했지만 잘 되지 않았다. 얀과 테스! 정말 어울리는 커플일까? 그 순간 그레타의 부엌에서 테스가 눈이 휘둥그레지며 묻던 말이 떠올랐다. "내가 바로 알아들었나요? 작가시라구요?"

테스가 그를 사랑해서 선택했다고는 믿지 않는다. 송년파티에서 테스가 내게 적극성을 보였을 때도 날 사랑해서가 아니란 걸 알고 있었다. 그건 테스의 철저한 계산에 의한 것이었다. 그레타라면 결코 하지 않았을 그런 계산. 바로 자기를 물심양면으로 보살펴줄 보호자를 찾기 위한.

그날 얀은 은행 잔고가 좀 있다고 말함으로써 자기가 흔히 보는 빈털터리 작가가 아니란 걸 암시했던 것이다. 게다가 운만 좋으면 작가로 이름을 날릴 수도 있다. 다만 나는 얀이 테스가 원하는 대로 순순히 따라주거나 미완성 작품을 판매 가능하도록 빨리 마무리시킬 거라고 생각하지 않았다.

차라리 그와 그 모든 일에 대해 솔직하게 얘기하는 것이 옳았을지도 모른다. 그러나 그때는 그런 생각을 하지 못했다. 그저 막연하게 테스를 걱정했을 뿐이었다. 그렇다고 테스의 행동을 그냥 방관만 했던 건 아니다. 그건 결코 아니다. 그녀를 단순히 운명의 장난과 그녀의 철없는 욕망에 내맡겨둘 수는 없었다. 내게 테스는 여전히 이국적인 매와 같은 존재였고 그녀를 사냥꾼의 저녁식사거리가 되도록 내버려둬선 안 된다고 생각했다. 이국적인 매는 날개가 부러지지 않도록 유리 장식장 안에 고이고이 모셔둬야 한다고.

월요일에 그녀에게 전화를 했지만 집에 없었다. 나는 메시지를 남겼다. 테스에게서 연락이 온 건 그날 저녁 무렵이었는데 하필이면 마침 계약서를 마무리하기 위해 그레타가 내 방에 와 있었던 것이다. 그녀는 수화기 저편의 목소리를 금방 알아차렸고 두 눈을 꼭 감은 채 우리의 대화를 들었다. 통화가 끝나자 그레타가 물었다.

"도대체 무슨 속셈이야?"

"아무것도 아니야."

그러자 그레타는 짧게 웃었다.

"아무것도 아닌데 테스를 왜 만나겠다는 거지? 혹시 아직도 테스의 마음을 바꿀 수 있다고 생각하는 건 아니지? 제발 그만둬, 니클라스. 지금쯤 테스는 널 마음껏 비웃고 있을 거야."

내가 다음날 저녁 테스를 만났을 때 그녀는 진짜로 깔깔대며 웃었다. 처음에는 내 말이 믿기지 않는다는 표정을 짓더니 나중에는 노골적으로 재미있어했다. 그가 무려 일 년 이 개월째 소설의 첫 부분과 씨름하고 있으며 그 장면만 쓰고 버리기를 벌써 백스무 번이나 했다는 내 얘기는 누가 들어도 그 사람을 모략하기 위해 지어낸 이야기로밖에 들리지 않았을 것이다. 심지어 그 얘기를 하고 있는 내 귀에도 그렇게 들릴 정도였으니까. 그리고 그의 웃음이 왠지 기분 나쁘다던가, 그 웃음이 꼭 다른 사람의 마음을 꿰뚫어보면서 자기 속은 결코 내보이지 않는 음흉한 사람처럼 보이게 한다는 것도.

내 말이 끝나자 테스가 놀리듯이 말했다.

"그러니까 뭐야, 내가 제비뽑기 바구니에서 뽑은 게 이번에는 속이 시커먼 수상한 남자라는 거야? 그런 것도 모르고 나는 그가 순진한 바보인 줄만 알았네. 그 사람 얼마나 생각이 꽉 막혔는지 몰라. 소설가란 사람이 어쩜 그렇게 상상력이 없는지. 아마 그 사람이 첫 장면을 완성하지 못하는 것도 그런 성격 때문일 거야."

"난 하나도 우습지 않아."

테스가 또다시 웃었다.

"네 눈에는 안 웃길지도 모르지. 어느 날 갑자기 한 남자가 나타나서 넌 십 년이 걸려도 못 한 일을 단 몇 주 만에 해냈으니까 말야. 그 사람은 외적인 조건도 너보다 훨씬 못하잖아."

그때 그녀에게 그건 착각이라고, 벌써 오래 전부터 난 그녀를 사랑하고 있지 않다고 말해줬어야만 했다. 그리고 그녀가 두 번씩이나 그레타의 인생에 훼방을 놓으려고 하고 있고, 더군다나 이번에는 그 상대가 내가 도저히 이해할 수 없을 정도로 그레타가 사랑하는 남자라고. 그러나 그 말을 하느니 차라리 혀를 깨물고 죽는 편이 더 나았다.

내가 입을 다물고 있자 테스가 말했다.

"넌 찾아온 기회를 스스로 차버렸어, 니클라스. 이번에는 얀의 차례야. 그리고 내가 보기엔 얀을 선택하는 것이 너보다 더 나을 것 같아. 너랑 살았다면 얼마 못 가서 서로 지루해졌을 거야. 우린 서로를 너무 잘 알잖아. 그렇지만 그 남자는 달라, 아직 서로에 대해 모르는 게 많거든. 자기 자신에 대해서 절대로 털어놓지 않는 남자는 항상 놀랄 거리가 많지. 너랑은 전혀 달라. 난 항상 깜짝 이벤트 같은 게 좋아."

"그 깜짝 이벤트가 너무 끔찍하지 않길 바랄 뿐이야."

그러자 테스가 다시 웃었다.

"걱정해줘서 고마워. 혹시 그가 어느 날 내게 칼을 들이댄다면 네게 제일 먼저 알려줄게. 약속해. 만일의 경우에 대비해서 녹음테이프를 준비해두는 것도 나쁘지 않겠네. 단칼에 숨이 끊어져서 네게 소식을 못 전할지도 모르니까."

그녀는 내 말을 전혀 진지하게 생각하지 않았다.

4

 5월 초였다. 그 동안 진 빚이 눈덩이처럼 불어나 결국 집을 저당잡히는 바람에 얀은 얼마 안 되는 융자금으로 린덴탈에 조그만 집을 샀다. 얀과 테스는 결혼한다는 소식과 함께 우리에게 증인이 되어줄 수 있느냐고 물었다. 그때의 일이 마치 어제처럼 아직도 생생하다. 네 사람 모두 그레타의 집에 모인 가운데 얀과 테스는 나란히 소파에 자리를 잡았다. 얀은 한쪽 팔로 테스의 어깨를 감싸안은 채 다른 연인들처럼 사랑스러운 눈으로 바라보곤 했다. 막힌 것 없이 앞길이 훤히 뚫린 성공한 남자처럼 여유 있어 보였다. 그레타와 눈이 마주칠 때는 잠시 회의적인 표정이 되기도 했지만.
 그레타는 아무 말 없이 도약을 준비하는 동물처럼 일 인용 소파에 몸을 웅크리고 앉아 있었다. 그러곤 가끔씩 다른 사람들의 말을 듣고 있다는 표시로 고개만 끄덕였다.
 테스도 조금은 얼떨떨한 표정으로 그레타의 눈치를 살폈다. 이따금씩 내 쪽을 바라보며 이마를 찌푸리거나 어깨를 으쓱함으로써 그레타가 왜 저러는지 도무지 모르겠다는 시늉을 해 보였다. 그러다가 그레타가 잠시 자리를 비운 틈을 타서 재빨리 물었다.

"너희들, 싸웠니? 그레타가 왜 저렇게 저기압이지?"

내가 고개를 끄덕이자 테스는 알 만하다는 표정을 지어 보이며 더 이상 캐묻지 않았다. 사실 그녀의 머리는 더 중요한 문제들로 꽉 차 있어서 친구의 기분에 세심하게 신경을 쓸 여유가 없었다.

처음에 테스는 어떤 공주도 부럽지 않을 만큼 성대한 결혼식을 계획했지만 온 가족들의 반대로 고집을 꺾어야만 했다. 부모님은 그만한 결혼식을 해줄 돈이 없다고 했고 오빠뿐만 아니라 얀도 조용하고 간소한 결혼식을 원한다고 딱 잘라 말했다.

결국 결혼식은 담너 씨 가족과 신랑, 신부 그리고 결혼 증인인 나와 그레타만 참석한 가운데 아주 조촐하게 치러졌다. 지금으로부터 이 년 전 6월의 일이었다. 그레타가 혼인 서류에 사인을 할 때 정신을 잃지 않은 건 순전히 내가 미리 놔준 발리움* 덕분이었다. 그녀가 약의 힘을 빌려 자신의 상태를 통제한 건 그날이 처음이었지만 그후로는 그런 일이 점점 잦아졌다.

저녁 시간이 되기도 전에 나는 그레타에게 돌아가자고 말했다. 나는 그녀를 내 집으로 데려갈 작정이었지만 그녀는 싫다고 했다. 그래서 함께 그녀의 집으로 갔다. 그러곤 그레타가 아직 잠자리에 들고 싶지 않다고 했기 때문에 소파에 앉았다.

"잘 수가 없어. 자꾸 테스의 침실이 떠오른단 말야."

테스는 자신의 상상력이 미치는 대로 최대한 화려하고 호사스럽게 집을 꾸몄고 그 덕분에 얀의 은행 잔고는 거의 바닥을 보일 지경에 이르렀다. 테스는 실내장식 전문가들도 모두 혀를 내두를 만큼 뛰

---

* 마약 성분의 마취제.

어난 안목과 취향을 갖고 있었다. 거실은 흰색과 밝은 회색 톤으로 통일했다. 이제 겨우 십오 개월인 맨디가 끊임없이 초콜릿으로 벽과 가구를 더럽혀놓을 거라는 주위의 만류도 소용이 없었다.

소파 위쪽으로는 전체 분위기와 잘 어울리는 심플한 액자의 유화 추상화가 걸려 있었다. 테스는 그 그림이 어떤 남자에게서 받은 결혼 선물이라고 했다. 그리고 결혼식 이틀 전에 내게 그것이 맨디 아버지의 선물이라고 살짝 귀띔해주었다.

나는 그녀의 말을 어떻게 받아들여야 할지 쉽게 판단할 수가 없었다. 한때 여자에게 그토록 몹쓸 짓을 했던 남자가 이제 와서 그런 사치스럽고 고상한 선물을 한다는 게 전혀 앞뒤가 맞질 않았다. 그러나 다른 한편으로는 그녀의 말을 믿을 수밖에 없었다. 그 사람 외에는 테스에게 딱히 그런 비싼 선물을 할 만한 사람이 없었기 때문이다. 그래서 나는 테스의 말대로 그 사람이 원하던 것을 얻었기 때문에 마음을 돌린 거라고 결론내렸다.

"그 대가로 서약서를 돌려줬어. 그 사람이 서약서가 없어도 양육비를 주겠다고 약속했거든. 만약 약속을 지키지 않는다면, 내게 복사본이 있어. 그가 혹시라도 날 속이려고 하면 내가 그리 호락호락하지 않다는 걸 보여줄 거야."

테스는 얀에게 행복한 부부생활이 어떤 건지 보여주겠다고 했다. 침실은 밤의 안락함과 감각적인 유혹이 절묘한 조화를 이루도록 꾸며져 있었다. 우리는 자의 반 타의 반으로 테스의 집을 구석구석 빠짐없이 구경했다. 그레타는 심지어 집을 세 번씩이나 둘러보았고, 그 때문에 그녀의 머릿속에선 얀과 테스의 첫날밤과 그 침실에 대한 생각이 떠나질 않았다. 얀의 첫날밤!

그레타는 집으로 가는 도중 이제부턴 갖고 싶은 걸 얻지 못한 어린

아이처럼 굴지 않겠다고 단호하게 말했다. 누구나 자신의 상대를 취향이나 감정에 따라 선택할 권리가 있다는 걸 인정하기로 했다는 것이다. 얀은 그레타에게 단 한 번도 헛된 희망을 갖게 한 적이 없었다. 오히려 그 반대였다. 그는 "우리 그냥 친구로 지낼 수 없을까요?"라고 자신의 의사를 분명히 밝혔다. 물론 그럴 수 있었다. 아니 이젠 그럴 수밖에 없었다.

그레타는 얀을 완전히 잃고 싶지 않았다. 테스도 물론이었다. 그레타는 두 사람이 자기를 그들의 인생에서 완전히 내몰지 않도록 매사에 신중하게 행동했다. 흔히 행복한 부부 사이에 부인의 친구, 그것도 한때 친구의 남편을 사랑했으며 여전히 그에게 미련이 남아 있는 친구가 끼어들 수 있는 틈이란 없다. 그러나 그레타는 테스가 이집트 신화와 베일춤, 까다로움과 새로움에 대한 끝없는 요구로 얀을 망치지 못하도록 감시해야 한다고 생각했다.

"내가 지금 어떻게 보일지 나도 알아. 질투심에 불타는 창녀 같겠지. 실제로 그럴지도 모르겠어. 테스는 내게서 두 번이나 남자를 빼앗아갔으니까. 그렇지만 꼭 그것 때문만은 아니야. 난 테스를 잘 알아. 그애도 이젠 모든 것에 한계가 있다는 걸 알아야만 해."

그레타가 마침내 이성을 되찾고 모든 일을 받아들이며 새 신랑과 신부에게 진심으로 모든 것이 잘 되기를 바라고 축복해주기까지는 몇 주의 시간이 걸렸다. 그녀는 테스에게 진심으로 돈도 많이 모으고 유명한 남편에게 사랑받는 아내가 되기를 바란다고 말했다. 그러나 그게 말처럼 쉬운 건 아닌 것 같았다. 테스는 결혼한 지 두 달 만에 결혼생활이 너무 힘들다고 하소연했던 것이다. 그리고 그레타는 테스가 과장하는 게 아니라고 믿었다.

그레타는 얀에게 행복하고 사이좋은 부부가 되길 바란다고 했다.

그리고 그가 귀여워서 어쩔 줄 몰라하는 꼬맹이 맨디가 하루빨리 그를 아빠라고 부르길 바란다고. 또 하는 일도 성공적으로 잘 이루어져서 언젠가 꼭 두번째, 세번째 장면도 쓰길 바란다고 했다. 그녀의 그런 바람들이 마음에서 우러나오는 것이었다고 나는 확신한다. 그런데 문제는 오래 전부터 그레타에게 그 '마음'이라는 것이 사라졌다는 것이다. 그러니 어떻게 그런 바람들이 실현될 수가 있겠는가?

얀과 테스는 결혼 후 몇 달 동안 적어도 겉으로 보기엔 이상적인 부부 그 자체였다. 그레타는 일 주일에 두 번씩 대개 화요일과 목요일 저녁에 린덴탈에 있는 그들의 집을 찾았다. 그레타는 거기서 많은 것을 보고 들었으며 그것 중 반 정도를 내게 전해주었다. 그 이야기들은 모두 가족을 사랑과 신뢰로 보살피는 가장으로서의 얀의 일면을 부각시키는 것들이었다.

나는 격주로 한 번씩 대개 일요일에 그들을 방문했다. 어떤 때는 함께 외식을 하기도 했다. 그리고 그때마다 맨디는 할머니 할아버지 댁에 맡겨졌다. 그러나 얀은 휴일에 자기 집에서 아이와 함께 있는 것을 더 좋아했다. 그래서 테스는 집에서 친구들과 함께 식사를 하거나 파티를 벌이는 쪽을 택하게 되었다.

첫 파티는 결혼식을 치른 지 몇 주 후에 열렸다. 테스는 그레타의 단골손님이기도 한 루이스와 헬라를 초대하고 얀이 그 동료들 사이에서 가장 뛰어난 재주꾼임을 보여줄 속셈으로 얀의 직장 동료들도 불렀다.

그날 파티에 참석한 사람들은 서로 어울리지 못하고 결국 두 그룹으로 나뉘었다. 얀의 동료들은 컴퓨터로 드라마 대본을 완성시키느라 함께 얀의 작업실로 들어갔고 나머지 사람들은 판례와 재심에 대한 토론에 열을 올렸다.

테스는 헬라 아벨레에게 말을 걸어보려고 했지만 헬라는 타이가에서 발견됐다는 공룡의 뼈 따위에는 전혀 관심이 없었다. 그녀는 저녁 내내 루이스가 말을 하면서 너무 흥분한 나머지 또다시 그레타의 무릎에 손을 올려놓지 못하도록 신경을 곤두세우고 있었다.

두번째 파티에서 테스는 자기가 쉽게 조종할 수 있는 사람들, 예를 들어 여러 교양강좌나 헬스클럽에서 만난 사람들만 초대했다. 그리고 그릴판에 있던 마지막 스테이크와 바비큐가 모두 다 떨어지자 얀의 소설 이야기를 꺼내기 시작했다.

"여보, 사람들한테 자기가 어제 썼던 소설 얘기 좀 해줘요."

그러곤 사람들 쪽을 바라보며 큰 소리로 말했다.

"어제 이이가 쓴 거 정말 끝내줘요. 난 읽자마자 온몸에 소름이 쫙 돋더라니까."

결혼 후에도 얀은 자기 시간을 엄격하게 분리했다. 대부분 오후 늦게까지 드라마 대본을 썼고 저녁에는 소설을 쓰는 데 집중했다. 그리고 한 달에 한 번 정도 소설을 위한 아이디어를 수집하러 간다는 평계로 아내나 양딸 또는 전화를 피해 어디론가 가곤 했다. 그런 버릇이 결혼 전부터 있었는지는 알 수 없었다. 어쨌든 그 방법이 효과가 있었는지 그의 소설은 차츰 진전을 보이는 것 같았다.

그러나 얀이 기상천외한 착상으로 사람들을 놀라게 하기도 전에 테스가 그의 말을 막았다.

"아이, 여보, 그게 아니야. 좀더 실감나게 해야지."

그러고는 남편 대신 이야기하기 시작했다. 역시 열아홉 살 여자애를 고문하는 장면이었다. 달라진 것이 있다면 희생당하는 여자들이 몇 명 더 늘었다는 것과 본격적인 살인 장면 전에 범인이 사냥감을 어떻게 선택하고 접근하는지를 다룬 에피소드가 첨가되었다는 점이었다.
 그리고 또하나 눈에 띄는 차이점이 있었다. 그건 테스의 입으로 전달된 이야기는 그다지 역겹게 들리지 않는다는 것이었다. 테스는 상황 묘사를 상세히 했고 외적인 사건보다는 내적인 심리를 더 충실히 재현했다. 예를 들어 목뼈를 부러뜨리거나 죽을 때까지 미친 듯이 때리는 행동보다 죽음의 순간 희생자가 느끼는 공포 같은 것. 그리고 살인자의 심정이나 살인 동기, 그리고 그의 인생사에 포인트를 주었다. 그러자 살인자의 행동은 순식간에 인간적이고 납득할 수 있는 것으로 변했다.
 테스의 상상력은 직접 소설을 써도 손색이 없을 정도로 풍부했다. 그러나 테스는 얼마 못 가서 그것도 힘겨운 노동이며 일상이고 의무라고 생각할 것이다. 그래서 그녀는 얀이 허락하는 범위 내에서 그에게 영감을 주는 것으로 만족했다. 그의 드라마 대본에는 관심이 없었다. 드라마 작가로 유명해지는 사람은 드물기 때문이었다. 그러나 소설에 대해서는 달랐다. 테스는 진정으로 얀을 일상적이고 고정된 틀에서 벗어나 자신만의 스타일을 찾을 수 있도록 유도하려고 애썼다. 테스는 이제 더이상 괴한이나 악당 이야기를 꾸며대지 않았다. 테스의 목숨을 손에 쥐고 흔드는 것처럼 보이던 맨디 아버지의 이야기도 어느새 사라져버렸다.
 테스는 얀에게 남편으로서 의무를 충실히 하라고 강요하는 대신 그가 대본작업을 하는 동안 방해가 되지 않기 위해서 여러 가지 외부 활동에 전념했다. 오전에는 부모님 댁에 가거나 아니면 여러 강좌에서 알게 된 사람들을 만나러 다녔다. 그리고 오후에는 학원에 다니거나 운동을 하러 갔다. 그 동안 얀은 집에서 맨디를 돌보면서 소설 쓰기에 전념했다. 베이비시터로서의 생활에는 별 불만이 없는 듯 보였다. 심지어 맨디가 자기 책상 근처에서 놀고 있으면 집중이 더 잘 된다고 말하기까지 했다.

테스는 저녁에 집으로 돌아오면 아이를 돌보고 집안 일을 했다. 그리고 밤이 되면…… 그녀는 가끔씩 얀이 침대에서 너무 재미가 없다는 암시를 하곤 했다. 그러나 테스는 힘든 상황도 쉽게 극복해내고 그밖의 다른 것들에도 대체로 만족하는 것처럼 행동했다.

처음 몇 달 동안 테스는 일 주일에 한 번씩 빠지지 않고 쇼핑을 했다. 그리고 쇼핑이 끝나면 대개 그레타의 집에 들러서 새로 산 물건들을 펼쳐 보이곤 했다. 그러나 그 돈이 얀의 주머니나 신용카드에서 나오지 않았다는 건 확실했다. 얀의 예금 잔고는 집 장만과 실내장식을 하는 것만으로도 벌써 바닥이 난 상태였다. 대본을 써서 버는 수입이 꽤 좋은 편이긴 했지만 세금과 융자금 이자, 그리고 이런저런 보험금을 다 제하고 남은 돈으로 테스의 요구를 모두 충족시켜주기란 거의 불가능했다.

맨디 앞으로 양육비와 생활비를 지불하겠다던 맨디 아빠의 약속이 정말 지켜지고 있는지에 관해서는 듣지 못했다. 그래서 외적인 상황으로 미뤄 짐작하는 수밖에 없었다. 결혼 선물로 준 그림과 약간의 위로금으로 양육비를 대신한 걸까. 아니면 결혼 후 첫 몇 달간 남자가 약속한 대로 양육비를 보내줬을지도 모른다. 어쨌든 그 수입원은 얼마 못 가서 막혀버린 것 같았다.

그즈음 테스가 농담처럼 얀의 조상이 분명 스코틀랜드에서 왔을 거라고 말한 적이 있었다. 그건 얀이 아주 작은 푼돈에도 벌벌 떠는 구두쇠란 소리였다. 그러고는 돈보따리를 깔고 앉아 있으면서 동전 한 닢이라도 그냥 선심 쓰는 법이 없는 남자들이 있다며 욕하고 흥분했다. 그러나 테스가 '남자들'이라는 표현을 썼기 때문에 그게 꼭 얀을 두고 하는 말인지는 알 수가 없었다.

맨디 아버지는 서약서를 되돌려받고 난 뒤 마음을 놓은 모양이었다. 물론 그럴 만도 했다. 테스가 그를 협박하기 위해서 아무리 서약서의 복사본을 여러 장 갖고 있다 하더라도 그에게 그렇게 혹독한 짓을 당한 다음에야 감히 섣부른 행동을 할 수 없을 테니까 말이다.

따라서 테스는 얀이 주는 돈으로 만족할 수밖에 없었다. 그러나 그건 테스의 생활방식을 충족시키기에 턱없이 부족한 금액이었다. 테스는 아마 얀에게 속았다는 생각이 들었을 것이다. 헬스클럽, 테니스 강습 또는 초월적 변형에 관한 강좌, 모든 것이 돈이었다. 그러나 얀은 그런 것이 살아가는 데 도대체 왜 필요한지 이해하지 못했다.

그레타도 마찬가지였다.

"그런 걸 해서 도대체 뭐 하려구? 제발 철 좀 들어!"

그러면 테스는 뾰로통한 표정으로 말했다.

"넌 꼭 우리 오빠처럼 말하는구나."

그건 테스에게 쓸데없는 일에 돈을 낭비하지 말라고 충고한 사람이 그레타 한 사람만은 아니라는 뜻이었다. 특히 그 돈을 벌기 위해 누군가가 등골이 휘어지도록 일해야 하는 상황에서 테스의 생활방식은 분명 지나친 사치가 아닐 수 없었다.

*

그레타는 린덴탈에 다녀온 뒤 처음 얼마간 소감을 말해주곤 했는데 그에 따르면 테스는 그다지 행복하지 못한 것 같았다. 그레타는 그녀가 점점 크산티페로 변해가고 있다고 했다. 모든 게 오로지 '불쌍한' 얀의 탓인 양 그를 못살게 굴고 가벼운 데이트조차 못 하도록 철저히 감시하면서 그를 점점 더 압박하는 것 같다고. 그러나 그레타는 테스가 얀의 인색함 외에 다른 것으로 고통받을 수 있다는 건 절대로 인정하지 않았다.

그들이 결혼한 첫 해는 나의 의심을 뒷받침해줄 만한 특별한 징조가 없었다. 구 개월쯤 지났을 때 테스가 말벌에게 엉덩이를 쏘여 식탁에 앉을 수 없다고 했던 사건을 제외한다면 말이다.

지금도 수프를 앞에 놓고 선 채 미안하다면서 큰 소리로 웃던 테스의 모습이 눈에 선하다.

"불편해 보일 거란 건 잘 알아. 그렇지만 정말 앉을 수가 없어."

테스는 전날 사우나에 갔다가 그 일을 당했다고 설명했다. 그곳에 말벌이 있을 거라곤 꿈에도 생각 못 했다는 것이다. 그때는 3월이었고 아직 벌이 활동할 시기가 아니었다.

나는 3월에 말벌에게 쏘였다는 얘기를 난생 처음 들었다. 그러나 테스의 태도가 너무나 자연스러웠기 때문에 더이상 의심하지 않았다. 그후에도 가끔 테스의 몸에 가벼운 찰과상이 있는 걸 봤지만 대수롭지 않게 여겼다. 팔목이나 발목 등에 생긴 상처는 옷으로 가리기가 어려웠다. 내가 왜 다쳤냐고 물어보면 테스는 그저 아무 일도 아니라고만 했다.

"그냥 부딪혔어. 내가 요즘 왜 이러나 몰라. 걸핏하면 모서리 같은 데 부딪히거나 걸려 넘어지니 말이야."

그건 수긍할 만한 설명이었다. 왜냐하면 결혼 일주년이 될 무렵부터 테스가 위스키를 마셔대기 시작했기 때문이었다. 그러나 그땐 중독이라고 부를 만큼 심각한 상태는 아니었다. 그러나 시간이 지날수록 테스는 술에 점점 더 많이 의지했다. 그리고 진퇴양난의 상황에서 탈출구를 찾지 못해 술에 의존하게 된, 모든 것이 불만스럽고 절망적이어서 어찌할 바를 모르는 여자처럼 행동했다.
"요즘 테스는 깊은 절망에 빠진 여자처럼 보여."
 그레타는 자주 그렇게 말했다. 그러나 그 동안 자신이 목격한 이상한 낌새에 대해서는 한마디도 않았다. 그레타는 테스와 얀의 사이가 자신이 바라던 대로 되지 않자 테스가 새로운 신화를 만들어내기 위해 내가 제공해준 무기를 사용하는 게 틀림없다고 믿어버렸다.
 그레타가 말하는 새로운 신화란 이랬다. 테스의 희생양이었던 맨디의 아버지는 이제 없다. 또 테스가 아무리 얀의 인색함을 비난해도 테스의 편을 들어줄 사람도 없다. 그렇다고 사람들 앞에서 얀을 몰아세웠다간 얀도 가만히 있지 않을 것이다. 그래서 테스는 드라마 작가의 아내답게 세상 사람들이 모두 얀이 나쁜 남자이며 아내를 괴롭히는 나쁜 남편이라고 믿도록 음모를 꾸미는 게 틀림없다.
 그 일로 우리가 얼마나 자주 싸웠는지 모른다. 어떤 이야기로 시작하든지 대화의 끝은 항상 얀과 테스였다. 난 마음이 아팠다.
 우리 둘의 관계는 공적으로나 사적으로 최상이었다. 그래서 서로에게 뭔가를 숨길 이유가 전혀 없었다. 우리는 다시 커플이 되었고 서로의 장점과 단점을 잘 알기에 우리 둘만의 문제라면 모두 잘 해결해나갈 수 있었다. 그러나 우리의 의지와는 상관없이 친구 문제로 인한 걱정과 추측, 의심이 결정적인 증거도 없이 늘 우리를 따라다녔다.
 8월의 어느 일요일인가 테스의 몸에서 눈에 띌 정도로 선명한 상처자국이 발견되었지만 그녀는 가전제품 핑계를 댔다. 아주 더운 오후였다. 우리 네 사람은 테라스에 앉아 있었는데 테스는 그날 가벼운 플레어 스커트에 민소매 블라우스를 입고 있었다. 맨디는 모래 상자 안에서 놀고 있었고 얀은 그레타와 이야기를 나누고 있었다.

그는 드디어 제대로 된 소설의 도입부가 떠올라서 전날 저녁 한꺼번에 두 장면이나 완성했다고 자랑했다. 게다가 지금까지의 스토리와는 전혀 다르다는 것이다. 그러나 아직 완전히 만족스러운 건 아니고 손볼 곳이 많다고 덧붙였다.

얀이 말하는 동안 테스는 오른쪽 팔목에 차고 있던 금팔찌를 무심히 만지작거리며 깊은 생각에 잠겨 있었다. 그 금팔찌는 맨디 아버지에게서 받은 선물이었다. 그 순간 그레타가 최면에 걸린 사람처럼 멍하게 테스의 팔찌를 응시하는 모습이 내 눈에 들어왔다. 그녀의 시선은 테스의 팔목을 푸르스름하게 물들이고 있는 가느다란 피멍에 멈춰 있었다. 상처는 금팔찌에 가려져 언뜻 보기엔 눈에 띄지 않았다. 나는 헛기침을 하고 한참 소설 얘기에 몰두해 있는 얀을 의식하면서 물었다.

"팔목은 어쩌다가 그랬어?"

테스는 자신의 팔목을 내려다보더니 당황한 기색을 감추려는 듯이 웃었다.

"아, 이거. 내가 멍청해서 그래. 팔찌를 한 채 손을 세탁기에 넣었다가 꼈지 뭐야."

그건 누가 들어도 새빨간 거짓말이었다. 누가 저런 액세서리를 낀 채 집안 일을 한단 말인가. 또 설사 그게 사실이라 하더라도 왼쪽 팔목의 상처는 어떻게 설명할 것인가. 테스는 왼쪽 팔목에 굵은 가죽줄로 된 시계를 끼고 있었는데 그 가죽줄 아래로 오른쪽 팔목의 것과 비슷한 형태의 멍이 보였던 것이다. 테스도 나의 시선이 왼쪽 팔목에 난 상처에 가 있다는 걸 눈치챘다. 그러자 얀을 보며 가엾다는 표정을 지었다. 그녀의 눈빛은 아무에게도 보여서는 안 될 것을 들켜버려서 안됐다고 말하고 있는 것 같았다.

얀은 입을 꽉 다문 채 가만히 있더니 하던 이야기로 돌아와 특히 자기 마음에 들지 않는 부분에 대해 자세히 설명했다.

"이 장면들은 꼭 대본 같아요. 행동과 대화가 섞여 있죠. 그렇지만 가끔은 독자들도 생각할 수 있도록 수수께끼 같은 부분을 남겨둘 생각이에요. 그리고 물론 마음으로도 느낄 수 있어야겠죠."

맨디는 모래 상자와 얀이 앉아 있는 의자 사이를 왔다갔다하면서 갖고 놀던 장난감을 바구니째 몽땅 얀에게 안겨주었다. 그때 테스가 얀의 바지에 묻은 모래를 털어내며 말했다.

"그러려면 우선 글을 쓰는 사람부터 그런 마음을 갖고 있어야지, 안 그래, 자기?"

얀은 마치 그 자리를 당장이라도 떠나고 싶은 걸 간신히 참고 있다는 듯이 테스를 노려보았다. 내가 보기엔 그의 폼이 당장이라도 자리에서 일어나 그녀를 두들겨팰 것만 같았다.

"둘 다 좀 진정해."

그레타가 끼어들며 얀을 자리에 붙잡아두려는 듯이 한 손으로 그의 팔을 잡았다.

"어젯밤에 쓴 걸 직접 좀 볼 수 있을까요?"

그는 고개를 끄덕이곤 원고를 출력하기 위해 작업실로 들어갔다. 그레타가 그의 뒤를 따라갔다.

"시계 끼고 있던 팔도 세탁기에 꼈어?"

두 사람이 우리 이야기를 들을 수 없을 만큼 멀어지자 나는 테스에게 물었다. 테스는 이마에 흘러내린 머리카락을 쓱 쓸어올리더니 곧 경멸하는 눈초리를 나를 노려보았다.

"아니, 시계끈이 너무 낡아서 쓸렸어. 시간 날 때 새로 하나 사야지. 또 궁금한 거 있어?"

"미안해. 네 사생활까지 간섭하려는 건 아니야. 난 그냥 혹시라도 네가 도움이 필요하다면 우리가 있다는 걸 알려주려는 것뿐이야."

그러자 테스는 싸늘한 표정으로 짧게 미소지었다.

"마음은 고맙지만, 니클라스, 난 잘 살고 있어."

그러고는 얀과 그레타가 테라스로 돌아올 때까지 맨디에게 정신을 쏟았다.

*

얀은 열 페이지를 출력해왔다. 우리는 그걸 받아들고 함께 읽기 시작했다. 두 장면 모두 한마디로 형편없었다. 꼭 무미건조한 문체 때문만은 아니었다.

이야기는 여자와 남자가 부엌에서 싸우는 장면으로 시작하고 있었다. 남자는 맥주를 여러 병 마신 상태였다. 여자는 감자가 든 바구니를 무릎에 올려놓고 손에는 감자 깎는 칼을 들고 있었다.

여자가 남자에게 날카롭게 소리를 질렀다. 그러자 어린 아들이 벽 쪽으로 바싹 몸을 붙였다. 잔뜩 겁먹은 얼굴이었다. 남자의 손에서 맥주병이 떨어졌다. 맥주가 바닥을 흥건하게 적셨다. 여자가 악을 쓰며 욕을 퍼부었다. 남자가 부엌에서 나갔다. 여자는 아이를 바라보았다. 그러고는 가슴속에 쌓인 한과 증오를 아이에게 퍼부어댔다.

두번째 장면에서 여자는 피와 맥주로 뒤범벅이 된 바닥에 누워 있었다. 그녀의 손에는 걸레가 쥐여져 있었고 그 옆에는 감자 깎는 칼이 있었다. 여자의 목이 낡은 걸레처럼 너덜너덜했다. 어린 아들은 벽에 몸을 바싹 붙인 채로 울고 있었다.

내가 먼저 말했다.

"그럴 줄 알았어. 얀의 머릿속엔 오로지 여자를 끝장내려는 생각 밖에 없잖아. 지금까지 한 번이라도 남자가 희생자로 설정된 적이 있었어?"

"그만 해. 그래도 이번에는 지난번 이야기와 좀 다르잖아. 이번 건 사회 문제를 다루고 있어. 계속 이대로 써나간다면 뭔가 그럴듯한 작품이 나올 수도 있을 거야."

그레타의 반응은 역시 내가 예상한 대로였다. 나는 테스의 손목에 대해 말했다. 그러자 그레타가 짜증을 내며 더이상 듣고 싶어하지 않았다.

"실수로 다친 거라고 자기 입으로 그랬잖아."

"멍이 손목 전체에 퍼져 있었어. 실수로 그런 상처를 입는다는 게 말이 돼? 그것도 양쪽 손목을 한꺼번에 말야. 내 생각엔 그런 상처가 생길 수 있는 건 딱 한 가지 경우뿐이야. 너도 그게 어떤 경우인지는 설명하지 않아도 잘 알 거야."

당시 그레타는 극우 성향을 띤 문제 청소년의 변호를 맡고 있었다. 그 아이는 또래의 친구를 수갑에 채워 묶어놓고 폭행한 죄로 체포되었다. 폭행당했던 희생자의 손목에 난 상처는 테스의 것과 동일했다.

내 말을 들은 그레타는 신경질적으로 자신의 이마를 톡톡 두들겼다.

"수갑이라고? 미쳤어? 어쩌면 테스가 물감으로 그린 걸지도 몰라. 결혼식에서 얀이 그냥 평범한 장미 화환만 준비했다고 테스가 얼마나 화를 냈는지 너도 잘 알지? 테스는 아직도 그 일로 얀에게 화가 나 있는 거야. 그래서 그를 골탕먹이려는 거라구. 그애가 왜 갑자기 맨디 아버지가 사준 팔찌를 끼고 있다고 생각해? 지난 몇 달 동안 맨디 아버지한테서 받은 물건은 전혀 안 하고 다녔는데."

나는 그 동안 테스의 몸에서 본 상처나 멍을 하나씩 손꼽아보았다.

대부분은 손목이나 발목에 집중되어 있었다. 그리고 또 3월에 말벌에게 쏘였다던 일도 생각해보라고 했다.

그레타는 테스가 어릴 적 수업 시간에 노트에 썼던 두 가지 소원과 강도 사건 이야기를 다시 꺼냈다. 나도 물러서지 않고 테스가 어른이 된 후로는 그런 황당한 얘기를 꾸며낸 적이 없지 않느냐고 반박했다.

"됐어, 그만 해. 테스는 너보다 내가 더 잘 알아, 그앤 훨씬 오래전부터 내 친구였으니까. 얀이 다른 남자들에 비해 좀 까다로울지는 모르겠지만 그렇다고 절대로 사디스트는 아니야. 그리고 만약 그런 일이 있었다면 테스가 가만히 있었을 리가 없어. 맨디 아버지한테 당했을 때도 살인자, 강간범이라며 온갖 난리법석을 떨었던 거 몰라? 자기가 정말 사랑하던 사람한테도 그러는데 얀한테 당하고 가만히 있겠어?"

"맨디 아버지가 했던 행위는 엄연히 폭력이고 범죄야. 그건 사디즘하곤 거리가 멀다구."

"만약 얀이 가학적인 성향을 보인다면 다른 누구보다 내가 제일 먼저 알게 될 테니까 걱정하지 마."

"정말 그렇게 생각해? 넌 테스가 얀에 대한 네 마음을 아직도 모를 거라고 생각하는 거야? 테스는 눈도 없는 줄 알아? 얀과 같이 있을 때의 네 표정을 네가 직접 봐야만 해."

우리의 싸움은 그날 저녁 내내 계속됐다. 다음날 아침 나는 베일에 가려져 있는 얀의 과거를 밝히기로 마음먹었고 결혼 서약서에 씌어 있던 그의 생일과 출생지를 근거로 작업에 착수했다. 그는 브라운슈바이크에서 태어난 것으로 되어 있었다.

그레타는 내 계획을 듣고 펄쩍 뛰면서 자신을 믿고 친구처럼 여기는 사람의 인생을 몰래 파헤치려 드는 건 치사하고 뻔뻔한 짓이라고 욕했다.

그러나 8월에 테스의 집에서 있었던 사건 이후로 그레타는 테스의 몸에 난 상처의 원인에 대한 나의 추측을 뒷받침해주는 증거들을 점점 더 많이 발견하게 되었다. 물론 그녀에게서 그런 얘기를 들은 건 한참 후의 일이다. 반대로 나는 그런 낌새를 더이상 발견할 수가 없었다. 그날 이후로 테스가 내 앞에서 아주 조심스러워졌기 때문이었다.

10월의 어느 날 저녁 테스는 자기 아버지가 선물로 준 원피스를 보여주기 위해 그레타를 집으로 불렀다. 그레타는 그녀를 따라 침실로 들어갔다. 침대는 정리되지 않은 채 시트가 마구 뒤엉켜 있었는데 그레타가 베개 위에서 핏자국을 발견했다. 선명한 핏자국 말이다!

테스는 그레타의 시선이 베개 위로 향해 있는 걸 눈치채곤 웃음으로 무마하려고 했다.

"오늘 아침에 시트를 바꾸려고 했는데 갑자기 맨디가 침실로 뛰어들어오는 바람에 깜빡했지 뭐야. 저건 내가 속옷을 안 입고 자서 그런 거야. 지난밤에 생리가 시작됐거든."

"그럼 그게 베개에 묻었단 말이니?"

"자다보면 그럴 수도 있지 뭐. 제발 성녀 마리아 같은 눈으로 쳐다보지마. 베개를 꼭 머리에만 베고 자라는 법은 없잖아. 얀은 내가 생리할 때도 별로 꺼리지 않아. 진짜 훌륭한 마도로스는 바닷물이 빨간색이라도 항해를 잘한대."

테스는 그렇게 말하며 옷장으로 걸어갔다. 옷장의 위칸에는 여분의 베갯잇이 차곡차곡 쌓여 있었다. 테스가 그중 하나를 잡아당기자 찰랑거리는 소리와 함께 뭔가가 바닥으로 떨어졌다. 두 개의 수갑이었다! 그와 함께 뭉툭한 양초 서너 개도 함께 굴러떨어졌다.

테스는 타다 남은 양초를 옷장의 이불 사이에 넣어두는 게 너무나 당연한 일인 것처럼 한마디 변명도 하지 않았고 수갑에 대해서는 "어머, 이게 왜 여기 있는 거야? 얀이 이걸 얼마나 찾았는데"라며 얼버무리려고 했다.

테스는 수갑을 얼른 주우면서 얀이 소설을 쓰는 데 도움을 준 어떤 경찰이 선물로 준 거라고 했다. 실제 범죄 사건에 대한 자료를 수집하기 위해서는 경찰과 잘 지내는 게 필수적이라는 거였다. 그러나 테스는 수갑을 얀의 작업실로 가져가지 않았다. 그녀는 수갑을 이불들 사이에 다시 쑤셔넣었고 양초는 서랍장에 던져넣었다.

그러나 그레타가 아무리 자기가 본 것에 대해 입을 다물고 있어도 언젠가는 진실이 드러나게 마련이다. 2월의 어느 날 우리는 다 함께 식사를 하기로 약속했다. 나와 그레타는 약속시간에 맞춰 테스의 집으로 갔다. 얀은 이미 외출 준비를 끝내고 소파에 앉아 있었고 맨디 역시 외투를 입고 그의 무릎 위에 앉아 있었다. 그러나 문을 열어준 테스는 욕실에서 나온 것처럼 목욕 가운을 걸치고 있었다.

"아직 준비가 안 됐어. 잠깐만 앉아서 기다릴래?"

테스는 술에 만취한 사람처럼 발음이 불분명했다. 게다가 위층으로 향하는 계단을 힘겹게 올라가는 그녀의 모습은 누가 봐도 정상이 아니라는 것을 알 수 있었다. 비틀거리지 않는 걸로 보아 술에 취한 건 아니었다. 다만 왼쪽 다리를 들지 못하고 질질 끌고 있었던 것이다. 나중에 식당에 도착했을 때에도 테스가 조심스럽게 겨우 자리에 앉는 모습은 차마 눈뜨고 볼 수 없을 정도로 애처로웠다.

내가 끝내 참지 못하고 물었다.

"이번에도 말벌한테 쏘였어?"

그러자 테스가 힘들게 웃음을 지어 보였다.

"아니, 뜨거운 물에 다리를 데었어. 냄비를 가스불에서 내려놓다가 놓치는 바람에. 별로 심각한 건 아니니까 신경 쓰지 마."

그로부터 몇 주 후에 드디어 얀의 과거를 밝히고자 했던 나의 노력이 결실을 맺었다. 그건 정말 힘겨운 작업이었다. 그 자료를 얻기 위해서 나는 심지어 아버지께 도움을 요청하기까지 했는데 다행히 결과는 대단히 만족스러웠다.

*

4월경 오랜 수소문 끝에 드디어 아주 오래 전에 열렸던 한 재판 기록의 사본을 손에 넣을 수 있었다. 그 사본은 얀이 쓴 소설의 첫 두 장면이 그의 상상에 의해 꾸며진 것이 아님을 입증하고 있었다. 여자와 남자, 아이 그리고 부엌에서 일어난 살인 사건은 그레타가 말한 대로 사회 사건을 다룬 드라마였으며 그것도 아주 개인적인 경험을 바탕으로 씌어진 것이었다. 그것은 다름아닌 얀 자신의 이야기였던 것이다.

그의 어머니는 부엌에서 칼에 찔려 죽었다. 살인 도구는 감자를 깎는 작은 칼이었다. 증인들의 말에 의하면 살인 사건이 일어나기 직전 그녀는 남편과 아이에게 심한 욕설과 저주를 퍼부었다고 한다. 그때 얀은 네 살이었다.

재판 자료에는 몇몇 증인의 이름이 올라와 있었다. 증인석에 선 이웃들은 얀의 부모가 세상에서 둘도 없는 원수지간이었다고 증언했다. 여자는 늘 좁아터진 집과 매 끼니를 걱정해야 하는 궁색한 살림을 불평하며 절망에 빠져 살았다. 그리고 심약한 그녀의 남편은 문제가 생길 때마다 술을 마시며 문제를 회피하기만 했다.

얀의 부모는 경제적으로 정말 심각한 상태에 있었던 것 같다. 남편은 실직상태였고 그나마 남아 있던 가재도구들이 모두 가압류된데다가 원하지 않던 애까지 생겼다. 그러나 얀의 아버지는 아들을 사랑했다. 이웃 사람 두 명의 증언에 따르면 얀의 아버지는 자주 한 손에 맥주병을 든 채 집 앞 계단에 앉아 울곤 했다고 한다. 그러다가 사람들이 왜 그러냐고 물어보면 "집사람은 화가 나면 항상 그 화풀이를 어린 아들에게 해요. 오늘도 내 아들을 시퍼렇게 멍이 들 때까지 두들겨팼어요. 아이는 지금 엄마가 무서워서 큰 소리로 울지도 못하고 자기 방에 틀어박혀 있어요. 전 그 꼴을 더이상 못 보겠어요"라고 울먹이며 말했다는 것이다.

그러나 재판은 아동학대에 관한 것이 아니라 우발적인 살인 사건에 관한 것이었다. 국선 변호사는 남편의 행동이 정당방위였음을 증명하려고 최선을 다했다. 그러나 얀의 아버지는 신체적으로 그의 아내에 비해 월등히 우세했다. 체격이 크고 우람했던 모양이었다. 판사는 그 정도 체격이라면 아이를 때리는 아내를 말리기 위해 한 대 정도 내리치는 것으로도 충분했을 거라고 판단내렸다.

그러나 판사는 바로 그게 문제의 핵심이라는 걸 몰랐다. 얀의 아버지는 아내를 때릴 수가 없었던 것이다. 이웃 사람들과 옛 직장 동료들은 하나같이 입을 모아 그를 모기 한 마리도 때려잡지 못할 정도로 유순하고 참을성이 많은 사람이라고 증언했다. 그런 그가 아내를 칼로 찔러 죽인 걸 보면 정말 어쩔 수 없는 상황이었음이 틀림없다고.

어쨌든 그가 유죄라는 데는 이의가 있을 수 없었다. 그는 계속되는 경찰의 심문에 자백을 했는데 첫 공판 때 자백을 번복했다. 조사받을 당시 술에 취해 있었고 게다가 충격이 너무 커서 자기가 무슨 말을 하고 있는지도 몰랐다는 것이다. 그리고 경찰이 자백을 강요했다고도 했다. 그는 법정에서 자기는 맥주병을 바닥에 떨어뜨린 뒤 바로 부엌에서 나갔다고 진술했다. 그러곤 침대에 누워 곧 잠들었다는 것이다. 자기가 부엌에서 나가면서 마지막으로 들었던 건 아내의 고함소리와 훌쩍거리는 아들의 울음소리뿐이었다고 했다.

그러나 아무도 그의 말을 믿지 않았다. 사건은 우발적인 살인으로 결론지어졌다. 범행 당시 측정했던 혈중 알코올 농도가 인정되어 죄가 조금 가벼워졌을 뿐이었다. 그러나 얀의 아버지는 수감된 지 얼마 지나지 않아 감옥에서 목을 매고 자살했다. 그는 죽기 전에 자신의 죄를 다시 한번 고백하며 자기 아들과 또 아들을 보살펴줄 많은 이들에게 행운을 빈다는 내용의 편지를 남겼다.

재판 기록에는 그후로 네 살짜리 아이가 어떻게 되었는지에 관해서 아무런 언급이 없었다. 그건 그레타가 다른 경로를 통해 알아냈다. 그레타는 나처럼 여기저기 쑤시고 다니는 대신 얀의 이야기에 귀를 기울이고 그의 행동을 관찰함으로써 그에 대해 많은 것을 알아낼 수 있었다. 그러나 내가 그녀에게 그 재판 서류를 보여주기 전까지는 얀이 컴퓨터에 써놓은 이야기가 실은 그 자신의 이야기였다는 사실은 모르고 있었다. 그레타는 소설이 얀에게는 가슴속에 묻어둔 고통들을 외부로 발산하고 극복할 수 있는 유일한 수단이라고 해석했다.

그레타는 일 주일에 두 번 테스의 집을 방문했고 그중 화요일 저녁은 대부분 얀과 함께 보냈다. 그레타는 얀의 작업실에서 그가 쓴 소설을 읽으며 무미건조한 문체를 고쳐주거나 인물들을 너무 행동 중심으로만 끌고 나가지 말고 생각과 느낌을 가진 사람들로 바꿔보라는 충고를 해주곤 했다. 그러나 재판 기록을 읽고 난 후로 그레타는 자신의 행동이 부자연스러워지는 것을 느끼고 얀을 가엾게 여기는 자신의 마음을 들키지 않으려고 애썼다. 그럼에도 불구하고 그레타는 가끔 그를 가슴에 꼭 껴안고 다독거리면서 끔찍했던 어린 시절의 기억을 조금이라도 지워버릴 수 있는 따뜻한 위로의 말을 해주고 싶은 충동을 억누르기가 어려웠다.

심하게 매질을 해대는 엄마 외에도 얀에게는 종교에 미친 할머니가 있었다. 할머니는 손자를 데리고 발이 부르틀 정도로 부지런히 교회에 다니면서 손자에게 묻은 더러운 피를 씻어내고 악마를 물리친다며 성수를 뿌려댔다. 나중에는 속죄하기 위해서라고 하면서 한밤에 아이를 가시식물이 많은 정원에서 맨발로 걷게 한 다음 돼지우리에서 재웠다.

그것뿐만이 아니었다. 아침식사 시간엔 아이의 손바닥에 방금 마친 기도 때 쓴 양초의 뜨거운 촛농을 떨어뜨렸다. 또 어쩌다가 침대에 오줌을 싸면 악마를 몰아내야 한다면서 '그곳'에 뜨거운 촛농을 붓기까지 했다.

여덟 살이 되어 얀은 드디어 학교에 다니게 되었는데 우연히 어떤 선생님이 불에 덴 아이의 손바닥을 발견하곤 가정환경을 의심하기에 이르렀다. 그 결과 청소년 보호청이 조사를 시작했고 얀은 결국 할머니의 손을 떠나 고아원으로 보내졌다. 그러나 고아원 생활도 고되기는 마찬가지였다. 아주 사소한 잘못 하나에도 매를 때리는 그곳에서 얀은 다른 아이들과 마찬가지로 반항하기 시작했다.

열두 살이 되자 얀은 문제아로 찍혀 그런 아이들만 따로 모아서 교육하는 곳으로 이송되었으며 그곳에서 얀보다 조금 더 나이가 많은 어떤 남자아이에게 성폭행을 당했다. 그후로도 얀은 여러 청소년 선도기관들을 전전하며 수없이 많은 아이들과 심지어 선도기관의 선생들로부터 성폭행과 괴롭힘을 당했다.

그런 얀의 과거사를 생각하면서 그와 컴퓨터 앞에 앉아 함께 작업을 하는 것 자체가 그레타에게는 고문이었다. 그녀는 수많은 고소장을 봐왔고 그것을 통해 인간이 인간에게 얼마나 잔인한 행동들을 할 수 있는지 익히 알고 있었다. 그러나 그 희생자들은 모두 그녀가 모르는 사람들이었다. 지금까지 단 한 번도 그녀가 사랑하는 사람이 그런 일을 당한 적이 없었다.

그러나 그녀는 내게 그런 말을 할 엄두가 나지 않았다. 내 생각은 이미 확고했다. 네 살이 될 때까지 얀은 부모의 정이나 포근함 그리고 사랑이 뭔지도 모르고 살았다. 나약한 아버지, 그리고 폭력적인 어머니는 여성에 대한 지울 수 없는 증오심만 심어주었던 것이다.

"그런 환경에서 자란 아이가 어떻게 될지는 불 보듯 뻔하잖아?"

얀에 대한 이야기를 꺼낼 때마다 나는 이런 말로 그레타를 설득해 보려고 노력했다.

"네 살이면 자기 어머니의 행동을 기억하기에 충분한 나이야. 그가 보고 경험한 거라곤 폭력뿐이었어. 얀은 감정이 뭔지도 몰라. 그런 걸 한 번도 배워본 적이 없으니까 말야. 넌 얀이 처음부터 너한테 호감을 느끼고 마음이 잘 통하면서도 왜 널 안는 건 거부했는지 항상 궁금해했지. 이젠 그 이유를 알 거야. 오히려 그가 널 함부로 대할 수 없었던 걸 감사해야 해. 얀은 널 좋아하고 특별하게 여긴 거야. 너와 가까워지면 널 해치게 될까봐 두려웠던 거라고. 그래서 멀리한 거지. 그렇지만 테스에겐 그런 배려가 필요 없었어. 테스는 이미 맨디 아버지한테 충분히 당할 만큼 당했으니까. 그런 여자라면 비슷한 경험을 더 겪는다고 해서 크게 달라질 게 없을 거라고 생각한 거지."

"그건 말도 안 돼."

그레타는 내 말에 반박하면서도 속으로는 테스도 그 소설을 읽었을지 궁금해졌다. 종교에 미친 할머니며 페니스 위에 떨어뜨린 뜨거운 촛농, 첫번째 고아원에서 매정하게 매질하던 수녀들, 그리고 그 이후에 일어난 일들.

만약 테스가 그 소설을 읽었다면, 혹시 그녀가 사람들 앞에서 얀의 인색함을 비난한 것도 그가 범죄자라는 사실을 암시하기 위해서는 아닐까? 그런 이유 때문에, 그리고 어차피 그레타가 자신의 말을 전혀 믿지 않을 거란 걸 알기 때문에 말 대신 온몸으로 자신이 당하고 있는 부당한 대우를 보여주려고 결심한 건 아닐까.

만약 그렇다면! 나는 그런 환경에서 자란 아이가 어떻게 될지는 불 보듯 뻔하지 않느냐며 그레타를 몰아세웠다. 물론 그레타도 그걸 모르는 건 아니었지만 왠지 얀은 다를 것 같았다. 어릴 때 학대받고 자란 아이라고 해서 반드시 괴물이 되란 법은 없지 않은가. 어떤 사람들은 어릴 때의 아픈 기억들을 예술로 승화시키기도 한다. 얀의 소설에 대한 비정상적인 집착이 분명 어머니의 죽음과 관련 있을 거라는 나의 추측을 그레타는 근거 없는 억지일 뿐이라고 무시해버렸다.

하지만 내 생각은 달랐다. 얀의 엄마는 바닥에 웅크린 채 바닥에 쏟아진 맥주를 닦으면서 아들에게 욕을 퍼부어대고 있었을 것이다. 아이는 엄마가 맥주를 다 닦고 나면 자기를 또 때릴 거란 걸 경험으로 알고 있었을 것이다. 그 순간 식탁 위 또는 바구니 안에 있는 감자 깎는 칼이 눈에 띄었다. 팔만 뻗으면 단번에 집을 수 있는 거리였다. 그리고 웅크리고 앉아 있는 엄마의 목은 아이의 키로도 얼마든지 공격할 수 있는 높이에 있었다……

겨우 네 살짜리 아이가 자기 엄마를 칼로 찌르다니! 세상에 그런 생각을 할 수 있는 건 나밖에 없을 거라고 그레타는 말했다. 게다가 얀의 아버지는 자살 전에 다시 한번 자신의 범행을 자백하지 않았는가!

나는 같은 설명을 몇 번이나 되풀이해야 했다.

"얀의 아버지는 아마 감옥에 있는 동안 처음으로 엉망진창에 구제불능인 자신의 삶을 되돌아볼 시간을 갖게 되었을 거야. 그것도 술을 못 마셨을 테니 아주 맑은 정신으로 말이야. 그는 자기가 범인이 아닌 이상 그 상황에서 아내를 죽일 수 있었던 건 딱 한 사람밖에 없다는 걸 알았어. 바로 자기 아들이었지. 얀의 아버지는 아들을 사랑했어. 그런 상황에서 모든 죄를 뒤집어쓰고 자기 아들에게 복과 행운을 빌어주는 것 말고 그가 뭘 할 수 있겠어?"

"넌 미쳤어."

그레타는 말문이 막힐 때면 항상 이렇게 말했다.

"그레타, 삼십 년이나 지난 과거의 일을 다시 헤집어놓으려는 건 아냐. 어차피 이젠 얀에게 자기 엄마를 죽인 대가를 치르게 할 수도 없으니까. 네 살짜리 아이가 뭘 알았겠어? 그렇지만 얀은 네게 누가 자기 엄마를 죽였는지 말한 거나 다름없어. 그의 소설에서 핵심이 되는 부분이 뭐였는지 한번 생각해봐. 무죄인 남자의 명예를 되찾아주는 재심 재판이잖아. 그 무죄인 남자가 바로 자기 아버지란 말이야. 물론 그 사실을 아는 건 얀뿐이지만."

그레타는 더이상 그 얘기를 듣고 싶지도 읽고 싶지도 않다고 했다. 그리고 독단적인 편견과 질투 때문에 무고한 사람을 살인자로 몰고 있다고 나를 비난했다. 그러나 결국 그레타는 얀의 범행을 입증하려는 의도도 없이 스스로 사건의 전모를 조사하게 되었다.

*

5월의 마지막 주 화요일. 그레타는 업무가 끝나자마자 서둘러 린덴탈로 떠났다. 평소보다 두 시간이나 빠른 시각이었다. 테스는 그레타가 도착하기 바로 직전에 집으로 돌아왔다. "헬스클럽에서 지금 막 돌아왔어요"라고 얀이 그레타에게 현관문을 열어주며 무표정한 얼굴로 말했다. 테스는 샤워중이었다.

"어서 들어와요."

얀은 그렇게 말하고 작업중이던 컴퓨터가 있는 방으로 들어갔다. 테스는 초인종 소리를 듣지 못한 것 같았다. 그레타가 가볍게 욕실 문을 두드렸다. 그러자 테스가 안에서 소리쳤다.

"괜찮아, 들어와. 우리가 언제부터 그런 거 가렸다구."

그레타가 욕실 안으로 들어서자 테스는 움찔했다. 놀란 건 그레타도 마찬가지였다. 벌거벗은 테스는 욕조 옆에 한쪽 다리를 올려놓고 서 있었다. 한 손에는 작은 술병이 들려 있었다. 다른 한 손은 샤워용 스펀지를 들고 올려놓은 다리에서 거무스름한 액체 같은 걸 닦아내던 중이었다. 자세히 보니 왼쪽 허벅지에 불에 덴 것 같은 상처가 나 있었다. 가슴 부근에도 동그랗게 피멍이 들어 있었다.

이 년 전 맨디의 아버지한테 당했던 폭행의 흔적을 떠올리며 그레타가 물었다.

"또 맨디 아빠를 만났니?"

그러자 테스가 벌컥 화를 냈다.

"미쳤니? 내가 그렇게 한심해 보여?"

"그럼 그 상처는 어쩌다 그런 거야?"

"헬스하다가 기계에 부딪혔어."

"언제부터 헬스클럽에 사람을 불에 지지고 무는 기계가 들어온 거야?"

그러자 테스는 힘없이 웃었다.

"너 콘택트렌즈 잃어버렸니? 이건 불에 덴 게 아니야. 기계에 찍힌 거라구. 자세히 봐."

가슴에 있던 동그란 피멍은 운동기구에 튀어나와 있는 나사 때문에 그런 거라고 했다.

"평소처럼 힘껏 잡아당겼는데 그게 저항도 없이 쿵하고 떨어지잖아. 덕분에 가슴에 정통으로 맞았지 뭐."

테스가 정확히 그렇게 말했을 거라는 건 나 역시 믿어 의심치 않는다. 다음날이 되어서도 그레타는 충격에서 벗어나지 못한 것처럼 그동안의 길고 긴 침묵을 깼다.

"헬스클럽에서 그랬다구? 내가 아직도 여덟 살의 순진한 바본 줄 알아? 도대체 무슨 일이 벌어지고 있는 걸까?"

"그건 네가 더 잘 알잖아."

내 말에 그레타는 격분했다.

"제발 그 말도 안 되는 소리 좀 그만해. 만약 얀이 정말 테스한테 그런 짓을 했다면 나한테 욕실로 가보라고 했겠어? 그건 분명히 맨디 아버지의 짓이야. 테스가 분명히 맨디 아버지를 만난 거라고."

그레타는 자신의 생각이 옳다고 확신하며 오히려 얀을 동정했다. 테스와의 결혼으로 천국처럼 행복한 삶을 살 수 있을 거라고 믿었던 얀이 천국은커녕 지옥 같은 나날을 보내고 있다는 것이다. 그럼에도 불구하고 얀은 테스의 부당한 행동을 누구에게 알리거나 불평하지 않았다. 그는 테스를 사랑했고 그래서 그녀를 잃을까봐 테스가 자기를 속이고 있다는 걸 알면서도 속수무책으로 참고만 있다는 것이다. 그레타는 자신의 믿음에 대해 맹세라도 할 기세였다.

결국 그레타가 생각하는 얀의 상황은 이랬다. 깊이 마음의 상처를 받은 얀은 달팽이처럼 자기만의 공간으로 숨을 수밖에 없었다. 그것만이 자신이 살 수 있는 유일한 방법이라고 여겼기 때문이다. 그는 이미 육체적 정신적 고통을 겪을 만큼 겪었으며 그런 끔찍한 이야기를 쓸 수 있는 것은 자기가 직접 경험한 일이기 때문이었다. 그러나 그렇다고 해서 다른 사람에게 고통을 줄 사람이 아니었다.

그레타가 자신의 생각을 확신하는 건 단지 그를 사랑하기 때문만은 아니라고 했다. 옛말에 사랑하면 눈이 먼다고 했던가. 그러나 어디든 예외는 있는 법이다. 사랑 때문에 눈이 머는 사람도 있지만 어떤 사람은 사랑 때문에 더 예리해지기도 한다. 그리고 자기의 경우엔 사랑 때문에 돌아버릴 지경이라고 했다.

그런 식으로 나와의 말다툼이 끝없이 계속되자 마침내 그레타는 결심한 듯 말했다.

"됐어, 이제 그만 해. 테스가 대체 무슨 계략을 꾸미고 있는지 꼭 밝혀내고 말겠어. 두고 봐."

그날 이후로 그레타는 정말 테스가 가는 곳이면 헬스클럽이든 어디든 뒤쫓아 다니며 그녀를 감시하기로 굳게 마음먹었다. 심지어는 테스가 자신이 미행하는 걸 눈치챌까봐 렌터카를 빌릴 생각까지 했다. 그러나 회사는 그레타가 한가하게 스토커 노릇이나 하도록 내버려두지 않았다. 그로부터 이 주간 그레타는 정말 눈코 뜰 새 없이 바쁜 나날을 보내야만 했다.

민법에 관련된 정규 사건 외에도 그레타는 세 건의 형사재판을 보조하고 있었으며 6월 초에 아동학대와 관련된 사건을 추가로 맡았다. 아동학대 사건을 기소한 부장검사는 그레타에게는 무척 힘겨운 상대였다. 법정에서 정면 대결을 벌이기도 전에 그가 그 분야에서 최고라는 루이스 아벨레의 말을 듣게 되자 그레타의 심적 부담은 그만큼 가중되었다. 그 부장검사는 아이의 의붓아버지에게 수사의 초점을 맞쳤다. 아이의 의붓아버지는 강력하게 자신의 결백을 주장하며 아이를 피고측의 증인으로 요청했다. 그러나 루이스는 아이한테서 의붓아버지의 유죄를 뒷받침해주는 진술을 받아냈으며 만 5세 아동의 진술이 신빙성이 있음을 장담하는 심리학자의 소견서를 첨부했다.

이렇게 불리한 상황에서도 그레타는 끝까지 포기하지 않고 자기 의뢰인의 결백을 입증하기 위해 동분서주했다. 그래서 테스를 쫓아 한가로이 시내를 돌아다닐 시간이 없었던 것이다. 그럼에도 불구하고 6월 둘째 주 화요일에 그레타는 테스의 집으로 갔다. 테스의 말처럼 나사가 튀어나와 있는 운동기구가 있는지 확인하기 위해 테스가 다니는 헬스클럽의 위치와 테스가 주로 이용하는 시간대를 물어보기 위해서였다.

그러나 얀은 테스가 다니는 헬스클럽이 어딘지 잘 모른다고 했다. 게다가 그레타에게 오래 얘기를 나눌 시간이 없다고 말했다. 방금 전에 막 소설에 대한 좋은 아이디어가 떠올랐고 그래서 그레타가 늘 오던 화요일인데도 혼자서 작업에 몰두하고 싶다고 했다.

그레타는 얀 대신 테스와 솔직하게 대화를 나눠보려고 했지만 그것도 뜻대로 되지 않았다. 오히려 헬스클럽의 위치를 묻자 테스는 길길이 날뛰며 화를 냈다.

"너 지금 나를 미행이라도 하겠다는 거니? 내가 어디서 헬스를 하든 무슨 상관이야? 하늘 같은 내 서방님이 나의 뜨거운 정열을 쏟아부을 기회를 안 주니 딴 곳에서라도 그 열을 식혀야 할 것 아니니. 네가 조금이라도 내 상황을 이해할 수 있다면 나만 나쁘다고는 못 할 거야. 우리 사이는 이미 오래 전에 끝났어. 그렇게 말했는데 아직도 모르겠니? 도대체 몇 번이나 말해야 내 말을 믿겠어?"

그러고는 웃었다. 기쁨의 표현도 절망의 표현도 아니었다. 그건 속이 텅 빈 것 같은, 꼭 마른기침을 하는 것 같은 그런 웃음이었다.

"그이가 그 쓰레기 같은 소설을 쓰는 데 그렇게 많은 시간을 낭비하지 않는다면 막대한 빚을 지더라도 난 희생할 각오가 되어 있어. 어떤 줄 알아? 이제 겨우 이백 페이지를 완성시키는가 했더니 또다시 갈기갈기 찢어버렸어. 그 소설은 절대 완성 못 해. 또 설사 그게 완성된다 하더라도 어떤 바보가 그걸 소설이라고 받아주겠어, 안 그래? 그는 훌륭한 소설가가 될 자질이 없는 거야. 그렇지만 수사극이나 가족극 같은 건 단숨에 잘도 쓰잖아. 그러면 그거라도 열심히 할 것이지. 그이라면 한 달에 드라마 두 개 정도는 문제없다고. 방송극에서 계약서를 들고 와서 사인해달라고 그렇게 매달리는데. 그렇게만 해주면 단 일 마르크 때문에 벌벌 떨면서 살 필요도 없잖아."

그레타는 그날 저녁 얀이 테스와의 대화 내용을 엿들었을 가능성은 전혀 없다고 장담했다. 특히 그는 작업을 할 때 항상 창문을 열어두는데 그렇다고 해도 창문은 길 쪽으로 나 있고 자기와 테스는 작업실 반대쪽인 테라스에 있었다는 것이다.

테스의 불만은 끝이 없었다. 그레타는 테스를 진정시키려고 무진 애를 썼다. 그러나 두 사람 모두 언성을 높이지는 않았다. 따라서 그레타가 작별인사를 하려는 순간 얀이 내민 소설의 내용은 한마디로 우연의 일치라고밖에 볼 수가 없다는 것이 그녀의 주장이었다.

"급할 것 없으니까 천천히 읽어보세요. 역겹게 느껴질지도 모르겠어요. 그다지 맘에 들진 않을 겁니다. 그렇지만 지난주 내내 아무리 생각해봐도 이렇게 결론짓는 방법밖에는 없는 것 같아요. 그 마지막 살인으로 살인범은 결국 덜미를 잡히게 되는 거죠. 일단 읽어보고 다음에 와서 의견을 말해줘요."

수요일과 목요일에 그레타는 불과 네 페이지밖에 안 되는 이야기조차 읽을 짬이 없었다. 온 신경이 아동학대 사건에 집중되어 있었고 겨우 이웃 사람들에게서 아이의 엄마에 대한 부정적인 진술을 받아 내는 데 성공했다. 그러나 별로 결정적인 증거는 아니었다. 청소년 보호기관에서도 도움이 될 만한 자료를 구할 수가 없었고 담당 소아과 의사는 정보 제공을 거부했다. 그레타는 결국 담당 판사를 설득해 환자기록부를 살펴볼 수 있게 되었다. 그런 다음 루이스 아벨레에게 전화를 걸어 금요일 아침에 만나자고 했다.

그러나 루이스와의 대화는 그레타가 생각한 것과 완전히 달랐다. 그레타는 매번 말할 기회를 놓쳤다. 거의 삼십 분간 루이스는 그 동안 힘없는 아이가 당한 고통을 생각해보라며 장황한 연설을 늘어놓았다. 루이스 아벨레가 언제부터 저렇게 아이들을 걱정하는 사람이 되었단 말인가.

아벨레 부부에겐 자식이 없었다. 헬라 아벨레는 아주 오래 전에 유산을 하면서 영영 임신을 할 수 없게 되는 수술을 받아야만 했다. 루이스는 내심 기뻤다. 그는 아이들을 귀찮아했던 것이다.

마침내 루이스는 손가락으로 책상을 톡톡 두드리며 날카로운 눈으로 그레타를 바라보았다.

"아이는 사실대로 말한 거야. 내가 이 방에서 아이와 직접 얘기를 나눴지. 도대체 아이에게 무슨 짓을 했길래, 웃기는커녕 울지조차 못하느냔 말이야. 그 남자가 아이의 목숨까지 빼앗기 전에 꼭 구해내고 말 테니 두고 봐."

"그럼 아이 엄마를 체포하시죠. 그 아이는 제 의뢰인이 아이 엄마와 결혼하기 전부터 여러 가지 상처를 입고 병원에 입원했었어요."

그러자 루이스가 격분하며 말했다.

"그 남자는 여자와 정식으로 결혼하기 전부터 함께 살았어."

루이스는 자신이 그 사건에 유난히 열을 올리는 이유가 사회 문제에 대한 정의감 때문인 것처럼 위장했지만 그레타는 속지 않았다. 그러나 그가 화를 내는 진짜 이유는 알 수 없었다. 더욱이 평소에 그는 좀처럼 화를 내지 않는 사람이었다.

  열두시가 가까워졌다. 바깥 온도는 삼십 도를 넘어서고 있었다. 하늘은 니스칠을 해놓은 것처럼 희뿌옇고 갑갑해 보였다. 창문 틀에 비둘기 한 마리가 미동도 없이 앉아 있었다. 아마 그늘을 찾아 옮겨가기조차 힘들 정도로 지치고 아픈 모양이었다.

  사무실 안 공기가 점점 더 탁해졌다. 사무실에는 에어컨이 없었다. 그레타는 루이스에게 창문을 열어달라고 부탁했다. 그러자 그가 손으로 비둘기를 가리키며 말했다.

  "창문을 열었다가 저 비둘기가 사무실로 들어올지도 모르잖아. 난 비둘기는 딱 질색이야."

  "제겐 충분한 증거가 있어요."

  그레타가 다시 사건 얘기를 시작하며 자기 의뢰인에게 유리한 서류들을 가볍게 흔들어 보였다. 그런데 루이스는 갑자기 손목시계를 들여다보더니 그녀에게 빨리 나가달라는 사인을 보냈다.

  "참, 중요한 약속이 있었는데. 이렇게 오래 걸릴 줄 몰랐어. 진작 알았더라면 월요일에 보자고 했을 텐데. 그 서류들은 여기 그냥 두고 가. 나중에 찬찬히 훑어볼 테니."

  그레타는 거의 쫓겨나다시피 사무실을 나왔다. 그날은 하루 종일 일진이 나빴다. 그리고 그건 나도 마찬가지였다.

*

 사무실로 돌아온 그레타와 나는 심하게 말다툼을 했다. 그레타는 루이스에 대한 불만을 토로했다. 그런데 그런 그녀에게 내가 아이 엄마를 의심하는 이유가 얀이 겪은 상황과 비슷하기 때문은 아니냐고 말한 것이다. 실은 나 또한 그레타의 의뢰인이 결백하다고 생각하면서도 말이다. 또다시 같은 주제를 놓고 언쟁이 시작되었다. 그런데 내가 너무 흥분한 나머지 그만 그녀의 자존심을 건드리는 말을 내뱉고 말았다.
 그레타는 내가 얀을 끊임없이 의심하고 미워하는 건 그가 테스를 빼앗아갔기 때문이 아니냐고 했다.
 "아냐, 네가 틀렸어. 얀이 테스에게 눈독을 들이기 훨씬 전부터 나는 테스에게 마음이 없었어. 그저 너 때문에 그녀를 이용했을 뿐이야. 네 마음을 돌리려고 그런 거였다구. 그런데 생각처럼 쉽지 않았어. 지난 몇 년 동안 넌 거의 제정신이 아니었잖아. 만약 내일이라도 테스가 얀을 차버리면 넌 얼씨구나 하고 얀을 받아주겠지? 그럼 난 한마디로 닭 쫓던 개 신세지 뭐. 어때, 내 말이 맞지?"
 그레타는 할말을 잃은 듯 가만히 있었지만 얼굴에는 심하게 경련이 일어났다.
 "하느님, 맙소사! 그레타, 이제 제발 정신 좀 차려. 얀은 살인자야. 벌써 삼 년 반 동안이나 그것도 바로 우리 눈앞에서 버젓이 저러고 있는데, 넌 그런 사람을 간접적으로 돕고 있는 거나 마찬가지라고! 도대체 어떤 멀쩡한 작가가 다른 할 일을 제쳐두고 살인 장면밖에 없는 그런 쓰레기에 삼 년 반씩이나 매달린단 말이야?"
 "얀의 소설을 잘 알지도 못 하면서 무슨 근거로 그런 소릴 하는 거야?"
"한두 장만 읽어봐도 뻔해. 더 볼 것도 없다고. 너도 얀이 쓴 그 소설이 어디서 나온 건지 알잖아. 도대체 뭘 더 바라는 거야? 그 사건을 좀더 파헤쳐보면 아마 얀의 소설에 나오는 장면들이랑 똑같을걸. 그런 사람들은 항상 과거에 묻혀 사는 걸 좋아하니까. 얀이 왜 한 달이나 집을 비웠을 것 같아? 도대체 한 달 동안 뭘 찾아다녔을까? 얀은 그런 여행에서 돌아올 때마다 새로운 살인 사건을 생각해냈지. 너도 생각나?"
"그렇게 자신 있으면 왜 지금까지 아무것도 안 하고 가만히 있었어? 내가 너라면 벌써 몇 달 전에 경찰에 신고하거나 아니면 적어도 루이스한테 얘기했을 거야. 그런 일에는 루이스만한 사람도 없으니까."
격앙된 그레타의 목소리에서 나는 주말을 혼자 외롭게 보내지 않으려면 그만 해야겠다는 느낌이 들었다. 사실 그건 별로 어려운 일이 아니었다. 아무 대꾸도 하지 않고 그냥 입만 다물고 있으면 된다. 그러나 그러기에는 나 자신도 너무 흥분해 있었다. 벌써 삼 년 반이나 앵무새처럼 같은 말을 되풀이해온 것이 지겨웠다. 방으로 들어가려던 그레타의 등에 대고 나는 소리쳤다.
"기회가 되면 성범죄자들의 정신분석 기록부를 구해서 읽어봐."
그러곤 그레타가 방문을 닫기 전에 나는 잽싸게 몸을 들이밀었다.
"거기 보면 다 있어. 유순한 표정, 수줍음, 그리고 성생활. 정상적이고 일반적인 성생활에서의 소극성 또는 장애. 어느 것 하나도 틀린 게 없잖아. 특히 얀이 정상적인 성생활을 할 능력이 없다는 건 너도 겪었으니까 잘 알겠지."
순간 내가 너무 심했다는 생각이 들었지만 그땐 이미 늦었다. 그녀는 씩씩거리며 내게로 오더니 내 얼굴에 대고 소리쳤다.

"그때 일을 상기시켜줘서 고마워. 네 덕분에 내가 얼마나 편한 팔자로 살고 있는지 거의 잊고 있었는데. 너와의 잠자리만으로 만족을 못 해서 미안해. 어쩌면 테스는 널 그리워하고 있을지도 모르겠네. 테스한테 한번 물어보지 그래? 삼 년 반 동안이나 변태스럽고 가학적인 남편한테 시달렸으면 이제 단순하고 재미없는 법조인하고의 섹스가 그리울지도 모르잖아?"

"그렇게 비아냥거릴 거 없어. 너도 테스의 몸에 난 화상이랑 물어뜯긴 자국을 봤잖아. 그런 걸 보고서도 어떻게 테스가 아직도 연극을 하는 거라고 생각할 수 있지?"

"나도 이제 테스가 연극을 하는 거라곤 생각하지 않아. 그렇지만 저번에도 말했듯이 그건 맨디 아버지 짓이야. 내가 조금만 시간이 나면, 당장……"

"……그 시간에 기왕이면 좀더 유익한 일을 하지 그래? 잠깐만 진정하고 내 질문에 대답해봐. 왜 테스가 아직도 옛 애인이랑 만나겠어? 옛날로 다시 돌아가고 싶어서? 천만에. 그자가 테스에게 얼마나 몹쓸 짓을 했는지는 너도 잘 알잖아. 그리고 내가 아는 한 테스는 그자를 절대로 용서 안 해. 물론 테스가 돈을 뜯어내려고 그자를 협박했을 수는 있어. 그렇지만 테스가 바보가 아닌 다음에야 그자가 얼마나 잔인하고 무서운 사람인지 알면서 다시 만날 리가 없잖아."

그레타가 생각에 빠진 것처럼 가만히 있었기 때문에 나는 하던 말을 계속했다.

"넌 진실을 회피하려는 거야. 네 눈이 별로 좋지 않다는 건 오래전부터 알고 있었지만 이렇게까지 장님일 줄은 정말 몰랐어."

"말조심 해."

마침내 그레타가 입을 열었다.

그러나 이미 선을 넘은 나는 이제 될 대로 되라는 식이었다.
"넌 테스가 왜 술을 마시는 것 같아? 술을 좋아해서? 아니면 너무 구두쇠인 얀 때문에 스트레스를 받아서?" 나는 그레타에게 대답할 틈을 주지 않았다. "적어도 맨디 아버지랑 사귀고 있을 때는 테스가 술에 취한 모습을 한 번도 본 적이 없었어. 그런데 지금은 위스키를 아예 병째 들고 마시잖아. 그레타, 왜 테스를 도우려고 하지 않는 거야? 너한테라면 테스도 진실을 말할 거야. 제발 테스에게 말해, 그 집에서 나오라고. 한시라도 빨리 얀한테서 벗어나야 한단 말야. 집을 빌리는 데 드는 비용은 나도 같이 부담할게."
"그래? 얼마나 줄 건데?"
"한 이천에서 삼천 마르크 정도면 괜찮은 집을 빌릴 수 있을 거야. 그리고 거기다가 삼천 마르크 정도 더 줄 수 있어. 그 정도면 얼마간은 불편하지 않게 살 수 있을 거라고 생각해, 좀 아껴 쓴다면. 설마 친구들 돈으로 살면서 낭비야 하겠어? 네 생각엔 얼마 동안이나 도와주면 될 것 같아? 늦어도 맨디가 대학을 졸업할 때까지만 하면 되겠지? 그 다음엔 맨디가 자기 엄마까지 먹여살릴 수 있는 직업을 얻길 바라야지. 안 그러면 우리가 늙어 죽을 때까지 계속 도와줘야 할 테니까. 내가 아는 한 테스는 돈만 있으면 조용히 살 거야. 내 말이 믿기지 않으면 테스 오빠한테 물어봐. 네 입으로 테스가 둘도 없는 네 친구라고 말했잖아. 설마 그냥 한 소린 아니겠지? 그런데도 테스가 저렇게 짐승 취급을 당하며 모욕적인 삶을 사는 걸 가만히 두고만 볼 거야? 그래, 테스는 두 번이나 널 배신했어. 그렇다고 이제 와서 테스에게 앙갚음을 하려는 건 아니지? 그때 설사 테스가 얀을 포기했다 하더라도 달라지는 건 없었을 거야. 얀은 처음부터 널 원하지 않았어."

그 순간 그레타의 한쪽 손이 번쩍 올라갔다. 난 그녀가 내 뺨을 후려치려는 줄 알았다. 그러나 그레타는 손으로 닫힌 문을 가리키며 악을 썼다.

"나가!"

난 방으로 돌아왔다. 그런데 자리에 앉자마자 전화벨이 울렸다. 테스였다. 시계는 두시 삼십분을 가리키고 있었다. 테스와 오 분 가량 통화하고 나자 나는 일할 마음이 싹 가셔버렸다.

테스는 천식 환자처럼 갑자기 호흡이 곤란해졌거나 아니면 안간힘을 다해 울음을 참고 있는 사람처럼 말했다.

"미안해, 니클라스. 그렇지만 누구한테 전화를 해야 할지 몰라서. 이 년 전부터 그레타가 그이랑 함께 있을 때 섹스 생각밖에 안 한다는 느낌이 들었어. 그런데 요즘은 그냥 생각만 하는 게 아닌 것 같아. 화요일 저녁마다 그레타랑 그이는 작업실에 틀어박혀 꼼짝도 안 해. 나한테는 같이 소설에 대해서 의논하는 거라고 말하지만 정말 그런 거라면 문은 왜 잠그겠어?"

나는 뭐라고 대답해야 할지 막막했다. 테스는 계속 말을 이었다.

"너한테 이런 말까지 하려던 건 아니었는데. 보통 때 그이는 내게 항상 자기가 쓴 소설 부분에 대해서 얘기를 해줘. 그렇지만 그레타가 오면, 그저……"

"그저, 뭐?"

테스가 갑자기 말을 중단하자 조바심이 났다. 그러나 나는 끝내 그 대답을 듣지 못했다. 테스가 바로 수화기를 내려놓았기 때문이었다.

갑자기 모든 것이 다르게 보였다. 수상하리만큼 얀의 결백을 주장하며 감싸고돌던 그레타의 태도, 그건 그레타가 얀의 겉모습뿐만 아니라 더 은밀한 부분까지 알기 때문이었을까? 난 믿고 싶지 않았다.

그런 생각조차 하기 싫었다. 그러나 테스의 말이 사실이라면? 갑자기 숨이 막혀 죽을 것만 같았다.

사무실에서 나왔다. 그레타와 화해를 해야 했지만 그러고 싶지 않았다. 테스의 이야기를 듣고 나자 그레타에게 사과할 마음이 싹 가셔버렸던 것이다. 오히려 당장이라도 그레타가 제정신을 차리도록 있는 힘을 다해 흔들고 싶었다. 진심으로. 얀에 대한 마음이 모두 떨어져나갈 때까지.

그때 만약 그레타에게 솔직하게 얘기했더라면 상황은 달라졌을지도 모른다. 그러나 내 마음이 완전히 가라앉을 때까지는, 그래서 그녀 앞에서 이성을 잃지 않을 자신이 생길 때까지 그레타에게 얀과의 관계에 대해 묻고 싶지 않았다.

그레타의 방 앞을 지나면서 나는 그녀의 차분하고 절제된 목소리를 들었다. 내가 그녀와 알고 지낸 오랜 세월 동안 한결같았던 바로 그 목소리로 그레타는 녹음기에 사건의 경과를 녹취하고 있었다. 그녀의 목소리에는 좀전에 있었던 격렬한 언쟁이나 나에게 당한 수모와 모욕의 흔적은 찾아볼 수 없었다. 아니, 그레타에게 상처를 줬다고 생각한 건 어쩌면 내 착각인지도 몰랐다. 진정으로 사랑하지 않는 사람으로부터는 상처받지 않는 법이니까. 그 순간 침착한 그레타의 목소리는 테스의 추측이 옳았음을 증명하는 확실한 증거처럼 보였다.

5

 그날 오후는 한마디로 지옥 같은 시간이었다. 집으로 돌아왔을 때 어머니는 헬라 아벨라와 함께 정원에 앉아 있었다. 그러다가 나를 보자 한 시간만 이야기 상대가 되어달라고 부탁했다. 그러나 그 자리에서 어떤 얘기를 했는지는 전혀 기억나지 않는다.
 눈앞이 캄캄했다. 물론 테스가 과장이 심하고 없는 얘기를 잘 꾸며낸다는 건 알고 있었다. 그러나 얀과 그레타가 방문을 걸어잠갔다든가 그 안에서 정상적인 대화가 아닌 이상한 소리가 들렸다든가 하는 얘기를 꾸며냈을 거라곤 생각되지 않았다. 전화를 끊기 전에 "그저……"라고 한 게 무슨 뜻일까. 신음 소리 같은 걸 들었다는 건 아닐까? 그런 게 틀림없다. 테스가 일부러 그런 얘기를 꾸며냈을 리가 없었다. 더욱이 나와 그레타가 같은 회사에서 일하는 걸 알면서 금방 들통나버릴 거짓말을 하겠는가?
 그때 차라리 그레타에게 물어봤더라면. 서로에게 소리를 지르고 서류철을 집어던지고 머리채를 잡고 싸운다 해도 우릴 말릴 사람은 아무도 없었다. 금요일에는 비서나 아르바이트생들 모두 한 주간의 초과 근무를 보상받기 위해 점심시간이 끝나자마자 일찍 퇴근해버렸다.

만약 테스의 이야기가 거짓이라면, 아주 고약한 거짓말에 지나지 않는다면, 그레타는 주저없이 진실을 말했을 것이다. 그리고 그 즉시 린덴탈로 달려가 테스를 추궁하고 오해를 바로잡을 수 있었으리라.

헬라 아벨레는 부부가 오랜 세월 함께 살다보면 상대방의 생각을 훤히 읽게 된다고 했다.

그 순간 나는 그레타와 얀을 생각했다. 나는 얀에 대한 그레타의 병적인 집착을 누구보다 잘 알고 있었다. 그가 아주 조금만 틈을 보여도 그레타는 그것을 절대로 놓치지 않으리라. 이런저런 기억들이 되살아나면서 점차 걱정으로 바뀌었다. 그녀와 함께했던 수많은 은밀한 순간들이 떠올랐다. 그리고 바로 그런 순간을 그녀가 내가 아닌 얀과 함께 보낸다고 생각하니 돌아버릴 것만 같았다.

무슨 일이 있어도 그레타를 빼앗길 수 없다! 사람은 누구나 급박한 상황에선 살인을 할 수 있다는 말은 결코 과장이 아니다. 나만 해도 충분히 그럴 수 있을 것 같았다. 얀이 그 더러운 손으로 그레타를 만지는 것을 상상만 해도!

헬라 아벨라가 돌아간 후에도 나는 한동안 어머니와 함께 있었다. 그레타와 싸운 얘기나 테스와의 통화 내용에 대해서는 한마디도 하지 않았다. 그런데도 어머니는 우리 사이에 뭔가 심각한 일이 생겼다는 것을 직감으로 알고 있었다. 그레타에게 결별 선언을 했던 그때처럼.

최근 들어 부모님도 내가 그레타와 자주 싸운다는 것을 눈치채고 있었다. 물론 우리 사이의 일을 다른 사람들 앞에서 공개적으로 얘기한 적은 없었다. 그러나 서른여덟 살이나 된 노총각이 금요일 오후를 숨겨놓은 애인이 아닌 부모와 함께 보낸다면 이유는 단 한 가지뿐이었다.

그래서인지 나중에 오신 아버지는 "똑똑한 놈이 먼저 양보하는 거다"라고 넌지시 충고하셨다. 나는 그 말을 듣고 내 방으로 올라와 욕실에 몸을 담근 채 몇 시간을 보냈다. 내 방 욕실의 욕조는 십삼 년 전 그레타가 그렇게 갖고 싶어했던 바로 그 둥근 욕조이다. 그때 그레타도 지금의 나와 같은 심정이었을까. 가슴이 갈기갈기 찢기는 것처럼 아팠을까.

열시 반이 되자 나는 더이상 참지 못하고 그레타의 집으로 향했다. 집 열쇠를 갖고 있었기 때문에 언제라도 안으로 들어갈 수 있었다. 엘리베이터 안에서 무슨 말이 해야 할지 정리해보았다. '너, 얀이랑 같이 잤어? 언제부터? 내가 왜 그 얘기를 테스한테서 들어야 하지?' 그리고 이런 말도 하려고 했다. '얀이 싫증나면 다시 돌아와. 난 늘 같은 자리에 있을 테니까.'

나는 제발 머리로 상상하는 것처럼 그녀 앞에서 침착하고 대범하게 행동할 수 있기를 빌었다. 무슨 일이 있어도 울거나 그녀를 껴안으며 매달리는 바보 같은 짓을 해선 안 된다. 그녀를 포기하는 게 아니라 잠시 시간을 주는 것뿐이니까. 잠시 헤어지는 것, 그 정도쯤은 할 수 있을 것 같았다. 이 년씩이나 떨어져 지낸 적도 있으니까.

그레타가 얀을 그토록 간절히 바라고 또 이제 얀도 그레타를 원한다면 내가 아무리 말려봤자 소용없는 일이다. 난 그저 얀이 테스가 늘 말하던 것처럼 진짜 무능력한 인생의 낙오자이기를 바랄 뿐이었다. 그게 사실이라면 그레타는 얼마 지나지 않아 모든 것이 자신의 열정이 만들어낸 환상이었음을 깨닫게 될 것이다.

집 안으로 들어섰을 때 실내는 사물을 분간할 수 없을 정도로 깜깜

했다. 순간적이지만 그레타가 자고 있으면 좋겠다고 생각했다. 그러면 슬쩍 옆에 누워 그녀를 껴안고 내일 아침 잠에서 깰 때까지 기다릴 텐데. 그러나 그레타는 집에 없었다.

그 시각에 그레타가 어디에 있을지는 뻔했다. 그레타는 기분이 나쁘다고 혼자 술집에 앉아 술이나 마셔대는 그런 사람이 아니었다. 그녀는 대개 혼자 집에 틀어박혀 책상에다 화풀이를 하곤 했다. 서류철이나 반쯤 작성하다 만 보고서, 이런저런 복사물들, 간단히 말해서 내일 당장이라도 다시 필요하게 될 것들을 손에 잡히는 대로 휴지통에 마구 집어던지는 것이다. 물론 아주 찢어버리지는 않았다. 휴지통으로 들어간 종이들을 다시 끄집어내는 일은 파출부의 몫이었다. 파출부는 쓰레기통을 비우기 전에 아주 작은 쪽지 하나까지도 유심히 살펴봐야만 했다.

그러나 이번 경우는 늘 있던 단순한 싸움이 아니었다. 나는 그녀를 모욕하고 상처주었다. 그래서 그레타가 얀의 위로를 받기 위해 린덴탈로 간 것이 틀림없다고 확신했다. 어쩌면 나와 테스의 통화를 엿듣고 이렇게 된 이상 더 숨길 필요가 없다고 생각했을지도 모른다. 물론 테스가 내게 한 말은 듣지 못했겠지만 나의 반응만으로도 대화의 내용을 추측하는 것은 별로 어렵지 않았을 것이다.

그러나 그녀를 뒤쫓아가고 싶진 않았다. 차라리 이대로 그녀가 돌아올 때까지 기다리는 게 낫겠다 싶었다. 그 순간 탁자 위에 놓인 네 장의 종이가 눈에 띄었다. 그레타가 테스와 테라스에서 얘기를 나누는 동안 얀이 썼다던 바로 그 내용이었다. 그걸 보자 이상하게도 얀과 그레타가 서로 알게 된 그 시점의 일들이 생각났다. 그때 나는 그레타를 찾기 위해 항상 얀의 집을 노크해야 했었다. '불쌍한 그레타, 그렇지만 네 곁엔 언제나 내가 있어.'

나는 소파에 앉아 소설을 읽기 시작했다.

바로 이틀 전 그녀는 그에게 나가라고 했다. 그가 사랑이라고 부르는 것을 더이상 견딜 수가 없었던 것이다. 그런데 그가 다시 돌아왔다. 그리고 그녀를 기다렸다. 그녀는 그가 열쇠를 갖고 있다는 사실을 까맣게 잊고 있었다.
그와 함께 산 이 년 동안 그녀는 두려움이란 게 어떤 건지 몸으로 깨달았다. 하루하루, 그리고 매일 밤 조금씩 더 많이 알게 되었다. 그러나 그 동안 겪은 일들은 그날 느낀 공포에 비하면 아무것도 아니었다.
소파에 앉아 오른손에 담배를 든 채 야비하게 웃는 그를 발견하자 그녀는 등골이 오싹해졌다. 그가 천천히 일어나 그녀에게 다가왔다. 아무 말 없이, 야비한 미소를 지으며. 그녀를 향해 첫번째 주먹이 날아왔을 때까지만 해도 거의 아무런 느낌이 없었다……

끔찍한 폭력 장면이 장황하게 묘사되어 있었다. 남자는 뼈가 부러지거나 이빨이 나가거나 큰 피멍이 들지 않도록 주의하면서 한치의 동요도 없이 신중하게 목적을 달성했다. 그는 이런 일, 즉 큰 소란 없이 게다가 뚜렷한 상처도 남기지 않고 살인하는 데 전문가였다. 무기나 다른 도구는 필요 없었다. 그의 두 주먹이 곧 그의 무기였으니까.
남자는 의식을 잃은 여자를 침대에 눕혀놓고 강간한 뒤 발로 가슴을 차 갈비뼈 두 대를 부러뜨렸다. 그러고는 럼주를 여자의 몸 위에 뿌리고 여자의 입에도 들이부었다. 그리고 담배에 불을 붙여 아주 작은 꽁초만 남을 때까지 천천히 빨며 연기를 음미한 다음 담배꽁초를 여자 손가락 사이에 끼우고 손을 럼으로 흠뻑 젖은 시트 위에 올려놓왔다. 담배꽁초는 금방이라도 여자의 손에서 미끄러질 것처럼 위태로워 보였다. 그는 문 앞에 서서 흡족한 표정으로 방 안을 쓱 한번 훑어보곤 꽁초에서 서서히 불길이 이는 것을 확인한 뒤 방에서 유유히 빠져나왔다.

모든 상황이 마치 눈앞에서 지켜본 것처럼 자세하게 서술되어 있었다. 정말 역겨웠다. 달라진 게 있다면 주인공이 이번에는 금발이 아니라 빨간머리라는 것 그리고 예전에 비해 여자 희생자의 외모에 대한 서술이 아주 상세하고 사실적이라는 점이었다. 예전에는 희생자가 단지 젊고 예쁜 여자라는 암시 정도였다면 이번에는 입술의 형태, 초록색 눈, 정성 들여 다듬은 손톱까지 몽타주 사진처럼 자세하게 묘사되어 있었다. 가느다란 실핏줄이 내비치는 왼쪽 발의 복사뼈. 발 사이즈는 36. 소설의 모델이 된 건 다름아닌 테스였다!

그 순간 그레타와 얀이 잤는지 아닌지는 전혀 중요하지 않았다. 더욱이 그건 테스의 추측일 뿐이었다. 테스가 했던 다른 말들이 떠올랐고 그제야 그 의미를 알 것 같았다.

"난 그레타가 이런 식으로 그때 일을 복수할 줄은 몰랐어. 사실 그건 내 잘못이 아니었잖아. 네가 그레타를 배신한 게 내 탓인가? 가끔은 무고한 두 사람을 괜히 의심하는 건 아닌가 하는 생각이 들기도 해. 하긴 그레타가 얀과 같이 잤다는 증거도 없으니까. 그래서 그건 말하지 않을 생각이야. 그렇지만 그것 말고도 그이와 이혼할 수밖에 없는 이유는 많아. 그 얘긴 다음에 시간이 있을 때 그리고 내가 좀더 안정을 찾은 후에 다시 해. 그렇지만 니클라스, 한 가지만은 알아둬. 그이와 헤어진다고 해도 아무도 내게 의무기간을 지키라는 요구는 못 해. 하느님, 맙소사, 이 년 전 네 말만 믿었어도 이런 일은 없었을 텐데!"

나는 테스를 만나기 위해 자리에서 일어났다. 그리고 린덴탈에 가면 그레타도 만날 수 있을 거라고 믿었다. 오늘도 문을 꼭꼭 걸어잠근 채 얀과 함께 있을지 모른다. 그러나 불과 삼십 분 전만 해도 나를 그토록 괴롭혔던 상상들, 그레타와 얀이 정열적으로 서로 끌어안고 키스하는 장면들은 더이상 떠오르지 않았다. 그레타는 얀이 화요일 저녁에 그 네 페이지의 소설을 전해줬다고 했다. 그레타가 그것을 내가 도착하기 불과 몇 시간 전에야 읽었다는 사실을 알게 된 건 그로부터 한참 후의 일이었다.

*

그 금요일 오후와 저녁에 일어났던 일들은 오랫동안 두고두고 이야깃거리가 되었다. 그때 했던 행동, 제스처, 생각들 그리고 섬뜩했던 기분까지 어느 것 하나 잊혀지지 않는다.

이제 난 그날 그레타가 여섯시가 조금 지나서야 집에 돌아왔다는 걸 안다. 그리고 그때 그녀가 어떤 기분이었는지도. 사실 그레타는 루이스 아벨레를 만난 후 도무지 마음이 가라앉질 않았다. 나와 격렬한 언쟁을 벌인 후에도 마치 아무 일 없었던 것처럼 녹음하는 데 열중할 수 있었던 것은 위대한 습관의 힘이자 강철 같은 자제력의 승리였다고밖에 달리 설명할 길이 없다.

속으로는 당장이라도 주저앉아 가슴을 치며 통곡을 하고 귓가에 맴도는 내 목소리와 경고를 지워버리기 위해 고래고래 고함이라도 지르고 싶었다고 했다.

그러나 그레타는 바닥에 주저앉지도 흥분해서 책상을 뒤엎지도 않았다. 대신 집으로 돌아오자 창문을 활짝 열고 입고 있던 회색 재킷과 흰 블라우스를 벗어던졌다. 옷은 이미 땀에 흠뻑 젖어 있었고 여기저기 얼룩이 묻어 있었다. 그레타는 벗은 옷들을 뜨거운 물에 담가 다시는 입을 수 없게 만들어버렸다. 블라우스는 곧 걸레처럼 너덜너덜해졌고 물에 젖은 회색 재킷은 어두운 감색으로 변했다.

그녀는 드라이클리닝을 해야 할 옷들을 뜨거운 물에 담가둔 채 샤워를 했다. 삼십 분 동안이나 떨어지는 물방울을 맞으며 서 있었지만 미지근한 물과 샤워젤 정도로는 그날의 흔적들을 다 지워낼 수가 없었다.

샤워가 끝나고 거울 앞에 섰을 때 그녀는 거울에 비친 자신의 모습에 깜짝 놀랐다. 이미 오래 전부터 피부 문제로 고민을 하긴 했지만 그날따라 유난히 심각해 보였다. 그래서 석고팩을 하기로 했다. 제품 설명서에는 그 끈적끈적하고 하얀 석고가 피부를 진정시켜준다고 되어 있었다.

그런 다음 신경안정제를 먹고 편안한 잠옷으로 갈아입었다. 멋도 없고 낡은 잠옷이었다. 그 잠옷을 버리려고 마음먹은 게 한두 번이 아니었지만 이상하게도 그럴 수가 없었다. 그 잠옷은 세련되고 멋지지는 않았지만 입은 느낌이 거의 들지 않아서 좋았다.

채 마르지 않아 축축한 머리를 핀으로 묶어 고정시킨 다음 그레타는 소파에 앉았다. 그리고 나중에 내가 읽은 그 네 페이지의 소설을 읽기 시작했다.

그녀가 그 소설을 화요일에 읽지 않은 건 큰 실수였다. 그러나 그날 저녁엔 더이상 다른 일을 처리할 만한 기운도 냉철한 이성도 없었다. 루이스 아벨레에게 사무실에서 거의 쫓겨나다시피 했고 또 내게는 심한 모욕을 당했다. 그러나 뭐니뭐니 해도 그날의 하이라이트는 얀과 새로운 여자 시체 이야기였다.

테스를 암시하는 자세한 설명이 첫 페이지부터 나오진 않았다. 하지만 그레타는 더이상 소설을 읽을 수가 없었다. '사랑 이야기를 쓰면 좋을 텐데, 그랬으면 니클라스가 그런 억지를 부리지 못할 텐데.'

얀의 주장에 따르면 그의 소설에도 사랑하는 장면이 한 번 나오긴 했다. 그는 어떤 의미인지 도무지 알 수 없는 기묘한 표정을 지으며 그 소설을 그레타뿐만 아니라 내게도 보여주었다.

"한 번만 읽어줘요. 그걸 그대로 둬도 될지 자신이 없어요."

나는 얀이 혹시 내 생각을 알아차린 게 아닌가 하고 내심 뜨끔했다. 어쨌든 그의 글은 내 생각이 옳았다는 것을 증명해주고 있었다.

한 남자가 매춘부를 찾아가 침대에 몸을 묶는 조건으로 오십 마르크면 되겠냐고 정중하게 묻는다. 처음에는 어림없다고 하지만 결국 여자는 이백 마르크를 받고 자기를 때려도 좋다고 허락한다. 그리고 남자는 돈을 지불하고 원하는 대로 한다.

거기까지는 그래도 참고 읽을 만했다. 문제는 그 다음이었다. 그레타는 아직도 그때 얀이 했던 말을 기억한다. "그 방법밖에 없었어요."

그는 침실 문을 닫기 전에 마지막으로 침대를 바라보았다. 그녀의 오른손이 작고 파란 불꽃에 휩싸였다. 불꽃은 이미 그녀의 다리 사이로 번져 높이 타오르고 있었다. 그는 불길이 치솟는 모습을 잠시 지켜보았다. 그런 다음 거실로 가 텔레비전 앞에 앉았다. 그리고 연기가 그곳까지 차오르자 유유히 거실을 빠져나왔다. 발코니에서 아래로 뛰어내리면서 그는 만족한 듯이 미소를 지었다……

그레타는 갑자기 불안한 느낌이 들었고 테스의 모습이 눈앞에 떠올랐다. 환상적으로 꾸며진 침실에서 침대 위로 몸을 구부리던 테스,

그리고 베개를 물들인 선명한 핏자국. 벌거벗은 채 욕조 옆에 서 있던 테스, 그리고 가슴에 난 이빨 자국과 허벅지 안쪽의 화상 자국. 다시 맨디 아버지와 만나는 거냐는 질문에 강력하게 반발하던 테스의 목소리도 들리는 듯했다. 그때 테스는 술주정뱅이처럼 꼬부라진 혀로 불평과 욕을 해댔고 저주까지 퍼부었다.

지난 이 년간 도대체 테스에게 무슨 일이 있었던 걸까? 테스는 너무 많이 변했다. 그레타가 알던 테스는 자기 자신을 포기하는 사람을 세상에서 제일 경멸했고 특히 그 사람이 여자일 경우에는 더욱더 그랬다. 늘 문제는 극복하기 위해 있는 거라고 말하던 그녀가 아니었던가? 테스는 조금만 아파도 약부터 찾는 그런 사람들을 이해할 수가 없다고 했다. 그래서 그레타는 테스의 잔소리를 수없이 들어왔다.

"신경안정제라니! 그레타, 네가 어떻게 이런 걸 먹을 수가 있어? 이게 중독성이 얼마나 강한지 너도 잘 알잖아."

테스는 모든 형태의 중독을 혐오했다. 심지어 마약 중독으로 죽는 사람들을 보면 경멸하며 비아냥거렸다.

"의지박약자가 또하나 줄어들었네. 난 마약 중독으로 죽은 사람은 절대로 동정 안 해. 마약이 얼마나 나쁜지는 어린애들까지 다 안다구."

테스는 오랫동안 술도 헤로인이나 코카인과 마찬가지라고 생각했고 그래서 한두 잔 마시는 건 상관없지만 취할 정도로 마시는 사람은 극히 경계했다.

그레타는 또 위스키를 가득 채운 잔을 손에 든 채 테라스의 긴 의자에 늘어져 있던 테스도 떠올랐다. 가득 찼던 잔이 순식간에 비곤했다. 테스의 목소리는 늘어지고 기운이 없었다.

"그레타, 나의 착한 친구, 한 잔만 더 갖다줄래? 위스키 병이 어딨는지 너도 알지? 난 일어날 수가 없어. 온 뼈마디가 다 쑤시는 것 같아서. 너무 그렇게 놀란 얼굴 하지 마. 아무 일도 없으니까, 정말 아무 일도 아냐. 그냥 일상적인 거였어."

그 일상적인 일이 테이블 위 네 페이지의 종이에 적혀 있었다. 그레타는 속이 메스꺼웠다. 너무 힘들었던 하루 일과 탓인지, 역겨운 소설 때문인지, 방 안의 더운 공기 때문인지 아니면 그냥 속이 비어서 그런 건지 알 수가 없었다. 점심때는 아벨레 때문에 충격을 받아 아무것도 먹을 수가 없었고 그후엔 또 나와 심하게 다투느라 식욕을 잃어버렸다.

서서히 시장기를 느꼈지만 여전히 식욕은 없었다. 그럼에도 불구하고 여덟시가 조금 넘어 이탈리아 식당에 피자 토노와 카프리치오사 샐러드를 주문했다. 샐러드는 다음날 아침을 위한 것이었다.

계획대로라면 우리는 금요일 저녁 프리젠발에 있는 아들러 식당으로 저녁을 먹으러 갔을 것이다. 게다가 토요일과 일요일의 계획까지 세워놓은 터였다. 그러나 심한 모욕을 당한 그레타는 적어도 월요일 아침까지는 하늘이 두 쪽 나는 한이 있어도 날 보지 않을 작정이었다.

피자가 배달됐다. 그레타는 여전히 먹고 싶은 생각이 없었지만 그래도 부엌에 서서 피자를 사등분 한 다음 한 조각을 집어들었다. 바로 그 순간 전화벨이 울렸다. 얀이었다.

얀은 차분한 목소리로 마치 자신과는 아무 상관 없는 일이라는 듯 무심히 말했다.

"지금 당장 이곳으로 오는 게 좋겠어요. 테스가 죽었어요."

그레타는 말문이 막혔다. 무슨 일이 있었냐고 물을 정신도 없었다. 테스가 죽었다! 얀이 그렇게 말했다면 그건 사실일 것이다. 그레타는 또다시 소리를 지르거나 아니면 내게 전화를 걸어 얀이 했던 말만 전해주고 싶었다. "당장 이리로 와. 테스가 죽었어!" 그러고는 내게 모든 것을 맡겨둔 채 소파에 앉아 쉬고 싶었다. 그 순간 그녀는 내가 했던 말이 떠올랐다.

'얀은 살인자야.'

그는 그레타가 다른 누구도, 심지어 자기 자신도 이해할 수 없는 방식으로 사랑하는 사람이었다. 경찰들이 테스의 집을 둘러싸고 있는 광경이 눈앞에 선했다. 얀에게 질문을 퍼붓는 경찰들. 입을 굳게 다문 채 대답을 거부하는 얀. 경찰들이 심하게 몰아붙일수록 얀은 더욱더 고집스럽게 입을 다문다. 그레타가 다시 입을 열기까지는 몇 초의 시간이 흘렀다.

"삼십 분 안에 갈게요. 경찰에 연락했어요?"

그러나 전화 저편에선 대답 대신 흐느낌 비슷한 소리만 들려왔다.

"괜찮으니까 진정해요. 내가 알아서 할게요."

그녀는 수화기를 내려놓고 욕실로 갔다. 석고팩을 뒤집어쓴 모습이 유령 같았다. 하얀 바탕에 시꺼먼 구멍 두 개. 테스가 죽었다! 한 손으로 헝클어진 머리를 쓸어내리면서 동시에 다른 한 손으론 얼굴에서 팩을 떼어냈다. 순간 바닥 전체가 얼굴로 변하는 듯한 느낌이 들었다.

테스는 단 한 번도 피부 때문에 고민한 적이 없었다. 기껏해야 눈가에 잔주름이 조금 생겼을 뿐이었다.

그레타의 얼굴은 빠른 시간 내에 피부를 회복시켜준다는 광고와는 달리 여전히 울긋불긋했고 뾰루지도 그대로였다. 이마와 뺨, 코, 턱, 어디 하나 깨끗한 데가 없었다. 그런 얼굴로 집을 나설 수는 없는 노릇이었다.

'이런 얼굴로 얀을 만날 수는 없어.' 얀은 자기가 알고 있는 대로 강하고 차분하고 대담한 그레타 바레시의 도움을 필요로 하고 있었다. 그녀는 아무리 화가 나도 다른 사람에게 고통을 주거나 상처를 입히는 건 상상도 못 할 그 남자에게 의지가 돼주어야 한다고 생각했다. '다른 사람들이 그를 냉혈인간으로 오해하는 건 그가 자기 감정을 표현하는 데 서툴기 때문이야.'

화장을 끝내는 데 십오 분쯤 걸렸다. 기초화장품, 파우더, 루즈, 아이새도. 그레타는 지난 수년간 크고 작은 결점들을 감추기 위해 써왔던 속임수들을 총동원했다. 화장을 할 때는 특히 자신에게 사건을 의뢰하는 남자들에게서 아름답다는 찬사는 기본이고 인상이 강하다는 말을 듣도록 애를 많이 썼다.

그러나 헤어스타일만은 그 어떤 노력에도 소용이 없었다. 게다가 아직 축축했고 석고까지 덕지덕지 붙어 있었다. 매일 아침 브러시와 드라이기로 머리를 손질하는 데만도 삼십 분씩 걸렸다. 그런 노력이 없었더라면 분명 누군가 그녀의 등뒤에서 까치집이라고 놀려댔을 것이다. 그러나 지금은 그럴 시간이 없었다. 그레타는 석고팩만 대강 떼어내는 것으로 만족해야 했다.

옷장 안에서 입을 옷을 꺼냈다. 몸에 딱 맞게 재단되어 그녀의 날씬한 몸매를 더욱 돋보이게 해주는 연두색 면원피스였다. 테스는 그 옷이 예쁘다고 감탄하면서 머리색과 아주 잘 어울린다고 강조했었.

그레타가 준비를 끝내고 집을 나섰을 때는 전화로 약속했던 삼십 분이 훨씬 지나 있었다.

빨강머리 여인이 잔혹하게 살해당하는 이야기는 나를 위한 고백서처럼 탁자 위에 그대로 놓여 있었다.

*

린덴탈까지 가는 데 이십 분쯤 걸렸다. 그녀가 도착했을 때는 이미 땅거미가 지고 있었다. 이층 창문 두 개와 복도로 난 창에서 불빛이 새어나오고 있었다. 불이 켜진 방은 욕실과 얀의 작업실이었다.

테스의 집은 주변에 다른 건물이 없는 넓은 단독주택이었다. 차고가 두 개라는 점을 제외하고 그외의 공간은 여느 집들과 비슷했다. 일층에는 도로 쪽으로 부엌과 손님용 화장실 그리고 복도가 있었고 정원 쪽에는 큰 거실과 식당이 있었다. 그리고 이층에는 욕실과 얀의 작업실 외에도 건물 뒤편, 즉 정원 쪽으로 부부 침실과 맨디의 방이 있었다.

집 앞쪽에는 자그만 화단이 있었고 건물 뒤쪽에는 테라스와 정원이 있었다. 정원은 호기심 많은 행인들이 기웃거리지 못하도록 보통 사람 키 높이 정도 되는 울타리와 잎이 많은 관목들로 둘러쳐져 있었다. 차고부터 대문까지는 블록으로 만든 좁은 길이 나 있었다.

그레타는 평소처럼 초인종을 눌렀다. 벨을 수십 번을 더 울린 후에야 복도에서 무겁게 질질 끄는 듯한 발소리가 났다. 집 안에서 백발 노인이 나오는 게 아닐까 하는 생각이 스치자 그레타는 문득 섬뜩해졌다. 발소리의 주인공이 어디에서 오고 있는 건지, 계단인지 아니면 거실인지는 판단할 수가 없었다. 드디어 문이 열리고 얀이 나타났다.

그 순간 그레타는 어떤 말을 기대했는지 잊어버렸다. 원망스런 목소리로 "왜 이렇게 오래 걸렸어요, 그레타!"라고 말하길 바랐던가. 아니면 드디어 살았다는 듯이 안심하는 목소리로 "드디어 왔군요. 안 오는 줄 알았어요"라고 하길 바랐던가? 아마 후자였던 것 같다. 그레타가 아는 얀은 절대로 다른 사람을 원망하거나 부담스럽게 할 사람이 아니었다. 그의 모습은 속으론 용암처럼 부글부글 끓고 있을지 모르지만 겉으로는 평소와 별로 다르지 않았다. 사실 지금까지 예외적인 상황에 처한 얀을 본 적이 없는 그녀로선 다른 모습을 상상하기도 어려웠다.

그런데 테스가 죽었다. 그가 사랑하는 테스가. 그는 이 년 동안이나 단 한마디 불평 없이 테스의 변덕을 다 받아냈다. 분명 몇 번인가 화가 치밀었을 것이며 테스의 생활 태도에 불만도 많았을 터이지만 그래도 테스와 맨디는 그의 유일한 가족이었고 든든한 버팀목이었기에 그 정도 심적 고통쯤은 얼마든지 견딜 수 있었으리라.

그러나 그레타가 처음 생각했던 것과 달리 얀은 괜찮지 않았다. 혼수 상태에 빠진 것처럼 두 팔은 축 늘어져 있었고 얼굴은 석고상처럼 무표정했으며 입에서는 술냄새가 났다. 심하진 않았지만 그래도 술을 마셨다는 건 알 수 있을 정도였다. 그는 반팔 셔츠와 밝은색 면바지를 입고 있었다. 바지는 깨끗했지만 오랫동안 쭈그린 자세로 앉아 있었는지 잔뜩 구겨져 있었다. 셔츠는 피로 얼룩져 있었다. 가슴 전체와 왼쪽 어깨가 검붉은 피로 물들어 있었다.

얀은 머리카락이 헝클어지지도 눈빛이 흐릿하지도 않았고 자신은 결백하다거나 그밖의 어떤 말도 늘어놓지 않았다. 그의 가슴에 묻은 피와 굳은 표정만 아니었다면 그 집에서 심각한 일이 일어났다는 사실을 전혀 눈치채지 못할 정도였다. 그는 그레타를 쳐다보지 않았고 그녀의 존재조차 의식하지 못하는 것 같았다.

이삼 초간 두 사람은 마주 선 채 가만히 있었다. 그러나 그레타에게는 그 순간이 너무나 길게 느껴졌다. 갑자기 가슴속에서 견딜 수 없는 열기 같은 것이 솟구쳐올랐다. 그녀는 그를, 그의 무표정한 얼굴과 검붉은 셔츠와 어깨를 바라보았다. '이성을 잃은 게 틀림없어!'

이런 생각이 그녀의 머릿속을 스쳐갔다. '아까 전화할 때부터 좀 이상했어.' 그의 목소리는 다급하지도, 절망에 빠진 것처럼 들리지도 않았고 마치 자기와는 아무런 상관이 없다는 듯이 담담했다.

"얀."

그레타는 그를 나지막이 부르며 그의 오른쪽 어깨를 살짝 건드려보았다.

그 순간 얀은 혼수 상태, 쇼크 상태, 코마 상태, 또는 뭐라 표현해야 할지 모를 그런 이상한 상태에서 깨어났다. 그는 머리를 세차게 흔들더니 그레타를 쳐다보았고 숨을 길게 내쉬었다. 그제야 그녀를 알아본 듯 눈에 생기가 돌았고 억지로 미소를 지으려는 듯 입술이 실룩거렸다.

그레타는 이제 그가 이렇게 말해주길 기다렸다.

"어떻게 된 건지 나도 모르겠어요, 그레타. 난 아홉시가 다 되서야 집에 돌아왔거든요."

그는 한시 반에 방송국에서 열리는 회의에 참석했다. 그레타는 화요일 저녁 얀과 작별인사를 나누다가 우연히 그의 다이어리를 보았다. 그런 회의는 대부분 저녁때까지 끌게 마련이다. 그리고 회의가 끝난 다음에는 동료들이나 편집인들과 함께 가볍게 한잔 하거나 아니면 저녁식사를 하러 갈 것이다. 그러다보면 금방 아홉시다.

그러나 얀은 아무 말도 없이 그저 복도를 바라보며 고개를 끄덕였다. 그레타가 집 안으로 들어서자 그는 현관문을 닫았다. 그러고는 연신 고개를 끄덕이면서 중얼거렸다.

"저기 바깥에 있어요."

바깥이란 테라스를 말했다. 그레타는 거실로 갔다. 불을 켜지 않은 상태였으나 복도의 불이 거실 안으로 비쳐들어 테라스로 나가는 문이 보였다. 테라스의 문은 열려 있었다. 거실의 가구들과 복도로 향하는 직사각형 문 그리고 얀과 그레타가 커다란 유리문에 반사되어 비쳤다. 그러나 유리문 저편에 있는 테라스는 잘 보이지 않았다. 유리문 안쪽의 풍경은 평화롭기만 했다. 아니, 그건 그레타의 생각일 뿐이었다.

항상 바쁘기만 한 남편. 자신의 상상력을 남김없이 일에만 쏟아부었고 그래서 사생활을 위해 남은 건 빈 껍데기뿐인. 그리고 체념을 터득하게 된 아내. 한때는 자신의 삶이 온통 모험과 흥미로움 그 자체일 거라고 믿었지만 이제 하루의 절반 이상을 헬스클럽에서 보내는 신세가 되어버린. 그곳에서 진짜 기계에 부딪혀 상처가 났을 수도 있고 친구를 골려주기 위해 물감으로 그럴듯하게 색칠을 했을 수도 있다. 어린 딸이 있고 경제적으로도 넉넉한 편인 젊은 부부. 그러나 여자는 늘 더 많은 것을 원했다.

이것이 그레타가 본 얀과 테스 부부의 모습이었다.

맨디는 벌써 몇 주일째 할머니와 할아버지 댁에 맡겨져 있었다. 물론 그레타도 나도 테스에게 그 이유를 물었고 테스에게서 대충 다음과 같은 대답을 들었다.

얀은 드라마를 빨리 완성하라는 압력을 받고 있었다. 그런데 아이와 함께 있으면 시간 가는 줄을 몰랐다. 아이 때문에 일에 제대로 집중할 수가 없었던 것이다. 그는 아이가 아주 조금만 재롱을 피워도 좋아서 어쩔 줄 몰라했고 자기 일은 제쳐둔 채 아이와 노는 데 열중하곤 했다. 아내가 아무리 마감일이 닥쳐오고 생활비가 모자란다는 말로 부담을 주고 아이를 의붓아버지 방에 들어가지 못하도록 말려도 소용이 없었다. 게다가 활달한 말괄량이 아가씨 맨디가 온 집 안과 정원을 쿵쾅거리며 뛰어다니고 늘 큰 소리로 깔깔대고 웃는 바람에 하루도 조용할 날이 없다는 것이다.

그러나 그레타는 맨디가 정신없이 뛰어다니거나 큰 소리로 웃는 걸 한 번도 본 적이 없었다.

열린 테라스 문은 어쩐지 위협적이면서도 그곳에서 유일하게 현실적으로 느껴졌다. 그녀에게 현실로 다가가기를 강요하는 것은 아무것도 없었다. 유리문을 통해서도 얀의 셔츠에 묻은 피가 선명하게 보였다. 그토록 많은 피가 흘러나왔다는 건 얀이 시체를 발견했을 때 아직 시체가 따뜻했다는 뜻이다.

그의 얼굴은 여전히 무표정하고 넋이 나간 것 같았다. 입을 꽉 다문 채 그레타가 앞으로 걸어나가기를 기다리고 있었다. 드디어 그레타가 발걸음을 떼자 그도 그녀의 뒤를 따라왔다.

그레타는 테라스의 불을 켰다. 테라스에는 네 개의 전등이 설치되어 있었는데 스위치를 올리자 한꺼번에 불이 들어왔다. 두 개는 벽에 붙어 있었고 나머지 두 개는 테라스 안쪽으로 무릎 정도 높이에 설치되어 있었다. 테라스 안쪽에 있는 전등은 할로겐 램프였다. 그 램프들은 이동식이어서 원한다면 테라스 구석구석을 다 비춰볼 수 있었다.

그레타는 모든 것을 자기 집처럼 훤히 알고 있었다. 우리가 얼마나 자주 그 테라스에 앉아서 시간을 보냈던가? 얀과 테스, 그리고 그레타와 나. 결혼한 첫 달에 열렸던 여러 번의 가든 파티. 그러나 그 이후로는 한 번도 없었다. 그때 초대된 사람들은 거실과 테라스 그리고 정원에 끼리끼리 나뉘어 자리를 잡았다. 스피커를 통해 댄스음악이 흘러나왔다. 이웃들이 항의할까봐 그다지 볼륨을 높이지는 않았다. 얀은 테라스에 있는 사람들이 눈부시지 않도록 두 개의 할로겐 램프를 정원 쪽으로 돌려놓았다. 그러나 그날은 눈이 시리도록 강한 램프

빛이 거실 쪽을 비추고 있는데도 그때와 달라진 게 없어 보였다.

정원에는 일 미터 길이의 노란 플라스틱 미끄럼틀이 있었고 그 옆에는 맨디의 장난감 상자가 있었다.

마지막으로 테스의 집을 방문했을 때 맨디가 보이지 않아 어디 갔냐고 물었더니 테스는 조금 우울한 표정으로 대답했었다.

"아이 아빠는 가끔 자신이 어른이란 걸 잊어버려. 물론 그런 이유만으로 아이를 할머니 할아버지에게 맡기는 건 임시방편에 불과하다는 거 나도 알아."

테스처럼 딸을 사랑하는 엄마도 드물었다. 그런 테스가 왜 맨디를 집 밖으로 내보내야 했을까? 내 생각에 그에 대한 대답은 오로지 한 가지뿐이었다. 그건 내가 그레타에게 던진 질문이기도 했다.

"얀이 아이에게 몹쓸 짓을 한 게 아닐까?"

"니클라스, 이젠 정말 그만 해. 살인자로도 모자라서 이제 얀을 아동학대범으로 모는 거야? 얀이 만약 어린 맨디에게 무슨 짓을 했다면 애가 얀을 그렇게 잘 따르겠어? 얀이 맨디한테 손을 댔을 리는 절대로 없어. 그는 맨디를 친자식처럼 사랑해."

"그건 테스도 마찬가지야."

물론 그랬다! 그레타는 상황을 이해하지 못하고 있었다. 그녀는 아무것도 이해하지 못했고 이해하려고 하지도 않았다. 불쌍한 그레타! 그녀는 부인할 수 없는 증거들을 두 눈으로 똑똑히 확인했다. 화상 흔적과 이빨 자국보다 더 확실한 증거가 어디 있겠는가. 게다가 수갑과 양초가 장롱 속에 숨겨져 있는 것도 보았다. 얀이 사디스트이고 테스는 그저 무방비 상태의 나약한 희생자에 불과했을까? 최고의 기회를 잡고도 그중 어느 하나도 누려보지 못한 여자. 테스가 제비뽑기에서 고심 끝에 고른 것이 한낱 삶의 낙오자에 불과했고 그 대가로 목숨까지 잃어야만 했던 걸까?

*

테스는 테라스를 온통 흰색 등나무 가구로 장식하고 일 인용 소파와 긴 등받이 의자에는 두꺼운 시트를 씌웠다. 체크 무늬가 있는 암적색 시트 때문에 피를 얼마나 흘렸는지 알 수가 없었다. 심지어 가까이서 보지 않으면 시트가 젖어 있는지조차 구별되지 않을 정도였다.

살인 현장은 다른 사건 현장들과 달리 바닥에 피가 한 방울도 떨어져 있지 않았다. 긴 등받이 의자에는 얇은 티셔츠가 걸려 있었다. 아마 테스가 벗어서 걸어놓은 모양이었다. 테스는 수영복 팬티만 입은 채 엎드려 있었다. 얼굴은 정원을 향하고 있어 상처가 어디에 있는지 잘 알 수가 없었다.

시체의 왼팔은 팔걸이에 걸쳐진 채 축 늘어져 있었는데 손가락 끝이 바닥에 놓인 칼날에 거의 닿을 듯 말 듯 했다. 큰 칼은 주방에서 흔히 쓰는 것이었다. 아마 테스의 주방에서 나온 것일 것이다. 칼날은 피로 범벅되어 있었지만 특별히 날카로워 보이지는 않았다. 칼은 그곳에서 심상치 않은 일이 일어났음을 암시하는 유일한 물건이었다.

그레타는 마치 누군가에게 억지로 떠밀린 것처럼 머뭇거리며 시체에 다가갔다. 그러나 그녀를 끌어당긴 건 테스의 시체가 아니었다. 그레타는 테스를 만지고 이미 멈춰버렸을 맥박을 짚어보는 상상만 해도 소름이 끼쳤다. 그렇게 시체가 되어 누워 있는 테스는 그레타에게 낯설고 섬뜩한 느낌마저 주었다. 거기 누워 있는 건 더이상 삼십 년간 때론 행복하고 또 때론 나쁜 기억들을 함께해온 친구 테스가 아니었다. 그런데도 그레타는 테스의 하얗고 매끄러운 등에서 눈을 뗄 수가 없었다.

그레타를 시체 곁으로 다가가게 만든 건 다름아닌 피 묻은 칼이었다. 그녀는 그걸 그대로 두고 볼 수가 없었던 것이다. 당장 어디론가 치워버리고 싶었다. 꿈에서 깨어나면 악몽도 사라지는 것처럼. 그날은 하루 종일 악몽 같은 일만 계속 됐다. 그레타는 이제 그만 악몽에서 깨어나고 싶었다.

그레타가 칼을 줍기 위해 상체를 숙이자 얀이 말했다.

"만지지 말아요."

그는 평소처럼 침착하고 신중하게 말했다. 무슨 일이 일어났으며 어떻게 행동해야 하는지 분명하게 아는 것 같았다. 그레타는 조금 마음이 놓였다. 그러나 그의 경고는 이미 한 발 늦었다. 칼은 벌써 그레타의 손에 쥐어져 있었던 것이다.

칼의 길이는 십오 센티미터 정도였고 피는 완전히 말라 검은색을 띠고 있었다. 그레타는 천천히 몸을 돌려 얀을 바라보았다. 야릇한 미소. 그럴 리가 없었지만 왠지 그레타는 그가 그 상황을 즐기고 있다는 생각이 들었다. 그의 목소리도 장난기가 섞인 것처럼 들렸다.

"이제 칼에 당신 지문도 묻었군요, 이 일을 어쩌죠?"

당신 지문도! 그 말에 그레타는 등골이 오싹했다. '당신 지문도'라니! 물론 별 의미가 있는 건 아니었다. 어쨌든 칼에 그레타의 지문이 묻은 경위는 설명됐으니까. 그것보다 그레타는 얀이 아홉시, 그러니까 그레타에게 전화하기 불과 몇 분 전에 집으로 돌아왔다는 말을 해주기를 바랐다.

"테스를 발견한 게 언제예요?"

귓가에 루이스 아벨레의 목소리가 들리는 듯했다.

"이의 있습니다! 유도심문입니다."

얀은 방송국에서 열리는 회의에 참가했다고 한다. 회의가 끝난 뒤에는 동료들과 함께 맥주나 칵테일을 마시기 위해 방송국 근처 바에 갔다. 그의 입에서 풍기는 술냄새가 그 증거였다. 얀은 테스가 죽은 그 시각에 함께 있었다고 증언해줄 동료들의 이름만 대면 된다.

얀은 눈을 질끈 감더니 마른침을 꿀꺽 삼키고 깊이 심호흡을 했다.

"미안해요, 그레타. 제게 어떤 말을 기대하는진 알지만 별로 도움이 안 될 것 같군요. 난 그때 제정신이 아니었어요, 테스가……"

그때 그레타가 그의 말을 가로막았다.

"그렇게 말하면 안 돼요, 얀. 간단명료하게 답해야 해요. 사실 시간상으론 충분했다구요. 내가 다시 질문하죠."

그레타는 여전히 시체 옆에 서 있었고 자기도 모르게 계속 시체를 힐끗힐끗 내려다봤다. 그러나 거기에 누워 있는 건 더이상 친구 테스가 아니었다. 단 한 번도 테스가 죽길 바란 적은 없었다. 이 년 전에 내게 맨디 아버지가 차라리 테스를 죽였으면 좋겠다고 말했을 때도 진심은 아니었다. 그때 그레타는 자신조차 몰랐던 마음의 상처에 또다시 생채기를 낸 테스가 너무 미웠을 뿐이다. 그러나 그레타는 그 아픔을 극복했고 그날 이후로 테스에게 나쁜 일이 생겼으면 좋겠다는 생각 따위는 하지 않았다.

그런데 그것이 현실이 되어버렸다! 테스는 이제 그레타가 어떻게 할 수 없는 시체로 변해 있었다. 그녀는 죽은 고깃덩어리에 불과했다. 반면 그레타는 여전히 그레타 바레시였다. 그리고 더이상 열여덟 살 소녀도 아니었다. 졸업시험을 앞두고 있던 두 친구의 원대한 꿈들과 현실 사이에는 하늘과 땅이 가로놓여 있었다. 법학 공부, 사법고시, 박사 학위 그리고 몇 번의 재판들.

"테스를 발견한 게 정확히 몇시죠?"

그레타의 질문에 얀이 아랫입술을 지그시 물었다. 그러곤 몇 초간 뜸을 들인 다음에야 겨우 대답했다.

"정확한 시각은 잘 모르겠어요. 그리고 당신한테 전화한 게 언제인지도 잘 모르겠고요."

"아홉시 조금 지나서였어요."

얀은 어깨를 으쓱하면서 그러냐고 했다.

그의 시선은 테스가 누워 있는 의자에 머물러 있었다. 그레타는 얀이 테스를 보는 걸 원치 않았다. 그는 질문에 좀더 집중해야 했다.

"그러니까 당신은 아홉시 전에 집으로 돌아온 거로군요. 정확히 몇 분에 도착했는지는 그다지 중요하지 않아요. 당신이 출발한 곳에서 집까지 오는 데 걸린 시간을 계산하는 건 별로 어렵지 않으니까요. 그리고 어쩌면 당신의 동료 중 누군가가 당신이 바에서 나간 시각을 기억하고 있을지도 모르구요."

그레타는 아직 할말이 남아 있었다. 시계가 벌써 열한시를 가리키고 있었다. 시체를 발견한 후 한 시간이나 지난 것이다. 그레타와 얀은 곧바로 경찰에 신고하지 않은 이유를 설명해야 할 것이다. 그레타가 그럴듯한 변명거리를 생각해냈다. 즉 얀은 그레타에게 전화를 걸었고 변호사인 그녀가 모든 일을 알아서 할 거라고 생각했다. 그레타도 전화로 자기가 다 알아서 하겠다고 했다. 그러나 절친한 친구가 죽었다는 소식에 얀만큼이나 충격을 받은 그레타는 미처 경찰에 신고할 생각을 하지 못했다. 그저 빨리 테스의 집으로 가서 사실을 확인해야겠다는 생각뿐이었다. 게다가 마음 한켠에 테스가 그저 상처를 입고 의식을 잃은 것뿐일지도 모른다는 막연한 희망도 있었다.

그러나 그레타의 말이 채 끝나기도 전에 얀의 입가에 또다시 야릇한 미소가 퍼졌다.

"그렇게 애쓸 것 없어요, 그레타."

그의 말은 마치 자기가 이번 일에 대한 책임을 지겠다는 것처럼 들렸다. 그러고는 짧게 소리내어 웃었다. 그는 자기가 집에 도착한 시각을 아주 정확히 알고 있었다. 심지어는 자기가 집으로 들어갈 때 그 곁을 지나간 사람까지도 기억하고 있었다. 그리고 아마 이웃 사람의 반 이상이 그날 오후 얀의 집에서 일어난 일에 대해 알고 있을 거라고 했다. 얀과 말다툼을 하면서 테스는 미친 사람처럼 악을 써댔고 화가 나서 길길이 날뛰었던 것이다.

그 말을 할 때 얀은 더이상 혼수 상태에 빠진 사람처럼 보이지 않았다. 그는 그레타에게 오른팔을 뻗어 보였다. 손톱에 긁힌 자국들이 있었다.

그레타는 또다시 머리가 어지럽고 속이 메스꺼워졌다. 말조차 하기가 힘들었다.

"그러니까 오늘 오후에 집에 있었단 말이죠?"

얀은 고개를 끄덕였다.

"세시 반부터 죽 있었어요. 회의가 생각보다 빨리 끝났거든요. 에커트라는 친구한테 사고가 났죠. 그의 마지막 컷이 돌아갈 차례였는데 담당 피디가 대본이 별로 마음에 안 든다면서 나한테 좀 고쳐달라고 했어요. 화요일까지 완성할 수 있겠냐고 하더군요. 갑자기 일이 산더미처럼 불어난 거죠. 그래서 서둘러서 집으로 왔어요."

그러고는 깊게 한숨을 쉬면서 덧붙였다.

"이 이상 무슨 말이 필요하죠, 그레타? 난 안 죽였어요. 맹세할 수 있어요."

그는 그녀가 뭐라고 대답하기 전에 오른손을 번쩍 들며 말했다.

"저는 오직 진실만을 말할 것을 하나님 앞에 맹세합니다. 전 제 아내를 죽이지 않았습니다."

그가 집에 도착했을 때 테스는 통화중이었다고 했다. 그런데 테스가 전화로 말도 안 되는 거짓말을 하는 걸 듣곤 수화기를 뺏으려고 했다. 그러자 테스가 소릴 지르며 그를 할퀴고 때리기 시작했다. 심지어 얀의 정강이를 걷어차고 무릎을 들어올려 얀의 사타구니를 공격하려 했기 때문에 얀도 더이상 그냥 있을 수가 없었다. 얀의 목소리도 커졌다. 다행히 테스는 목표에 명중하지 못했다. 얀은 테스가 다시 한번 같은 짓을 시도하지 못하도록 재빨리 위층으로 피신했다.

그는 작업실 문을 안으로 걸어잠그고 헤드폰을 썼다. 테스가 뒤따라와 한참 동안 주먹으로 문을 두드리며 난리를 피웠다. 헤드폰이 그 소리까지 막아주진 못했다. 그러다 얼마 후 잠잠해졌다. 얀은 에커트의 원고를 컴퓨터로 수정하기 시작했다. 그는 저녁 시간에 테스에게 일거리를 더 맡게 됐다는 말을 해주면 그녀의 마음이 어느 정도 누그러질 거라고 생각했다.

몇 시간이나 흘렀을까. 갑자기 몹시 허기가 졌다. 얀은 저녁을 얻어먹을 수 있는지 아니면 혼자 알아서 먹어야 할지 눈치를 살피기 위해 아래층으로 내려갔다. 그런데 테스를 아무리 불러도 대답이 없었다. 처음에는 너무 화가 나서 나갔나보다고 생각했다. 그러고 보니 언뜻 전속력으로 출발하는 자동차 소리를 들은 것 같기도 했다. 그때 테라스 문이 열려 있는 걸 발견했다. 그리고 의자에 누워 있는 테스를 보았다.

얀은 그 이야기와 자신의 결백을 믿어줄 판사가 있을지 의문이라고 했다.

"아직 재판이 열린 것도 아니잖아요."

그레타는 그를 안심시키려고 했다.

"그렇죠, 아직은 이 사실을 아는 게 우리 두 사람뿐이죠. 그러니까 모든 걸 솔직하게 얘기할 수 있어요. 난 쓸데없는 기대 같은 건 안 해요. 칼에는 내 지문이 묻어 있어요. 내가 테스의 몸에서 칼을 빼냈거든요. 그대로 두고 볼 수가 없었어요. 그 칼은 테스가 요리할 때 쓰던 거죠. ……피가 아직 따뜻했어요. 내가 아래층으로 내려오기 직전에 그 일이 일어난 게 틀림없어요. 세상에, 겨우 열두 장을 수정했을 뿐인데. 그걸 하는 데 두 시간, 길어봤자 두 시간 반도 안 걸렸어요. 그러니까 그 일은 다섯시 반에서 여섯시 사이에 일어났다는 뜻이죠."

"그런데 나한테 세 시간이나 지나서 전화를 했단 말이에요? 도대체 그 시간 동안 뭘 했죠?"

그는 힘없이 미소를 지었다.

"그냥 왔다갔다했어요. 위층에서 아래층으로 또 위층으로 그리고 다시 테라스로. 처음에는 한참 동안 테스 옆에 앉아 그녀를 붙들고 있었어요. 얼마 동안이나 그러고 있었는지는 모르겠어요. 참, 그전엔 바닥에 흐른 피를 닦았죠. 피범벅이 된 바닥에 앉고 싶진 않았거든요."

그는 깊이 심호흡을 했다.

"우연히 지나가던 사람이 정원으로 들어와서 테스를 보곤 부엌에서 칼을 들고 와 찔렀다는 건 누가 들어도 비상식적인 이야기잖아요. 난 빠져나갈 구멍이 없어요, 그레타. 기적이라도 일어나서 범인이 스스로 자백하지 않는 한. 그런데도 이런 날 변호하겠다고 나설 변호사가 있을까요? 있다면 소개해줘요. 마땅한 사람이 없으면 니클라스라도 괜찮아요. 어차피 내가 아는 변호사는 당신들 두 사람뿐이니까."

그레타는 무슨 일이 있어도 내게 이 일에 대해 말하지 않으려고 했다. 내가 알게 되면 틀림없이 얀을 갈가리 찢어발겨 그중 한 조각을 은쟁반에 담아 루이스에게 갖다바칠 거라고 생각했다.
"아직 변호사까진 필요 없어요. 지금 중요한 건 당신의 알리바이라구요."
그 순간 그레타의 머릿속엔 이런 말이 떠올랐다. 사랑은…… 투쟁하고 수단과 방법을 가리지 않고 보호해주며 사랑받을 가치가 있는 것을 지켜주는 거라는.

*

내가 그레타보다 먼저 사무실에서 나왔기 때문에 그녀가 몇시에 사무실을 나갔는지 아는 사람은 아무도 없다. 또 그녀가 퇴근 후 곧장 집으로 갔는지 아니면 다른 곳에 들렀는지도 그녀 자신밖에 모른다. 그날은 얀과 테스의 두번째 결혼 기념일이었다. 결혼 일주년 기념일엔 우리 네 사람이 함께 파티를 했다. 그러나 이 주 전쯤 테스가 올해는 파티를 하지 않겠다고 했다. 그렇다고 해도 그레타는 친한 친구니까 그냥 한번 찾아가볼 수도 있었을 것이다.
"그러니까 세시 반에 집에 도착했다는 거죠. 당신을 본 사람이 있다니 어떻게 해볼 도리가 없군요. 그리고 테스가 당신을 공격했구요. 그 소릴 들은 사람이 분명히 있을 거예요. 일단 거기까진 그대로 두죠. 그리고 그후에 내가 온 거예요."
그레타는 얀에게 사건 보고서에 진술할 내용을 하나씩 일러주었다. 그레타가 짠 각본은 이랬다. 네시가 조금 지나서 그레타와 얀은 함께 나갔다. 테스는 극도로 신경이 날카로운 상태였다. 그냥 있다간 부부싸움에 말려들 것 같아서 그레타는 얀에게 차라리 함께 나가자고 제안했다. 미처 선물을 준비하지 못한 그레타는 얀과 함께 테스를 기쁘게 할 선물을 고르기 위해 쇼핑가로 갔다. 백화점은 늘 많은 사람들로 북적대기 때문에 대개 점원들은 손님의 얼굴을 기억하지 못한다. 그 다음은 내가 그레타의 집에 들르지 않았을 경우에만 성립될 수 있는 이야기였다. 두 사람은 여섯시경에 함께 그레타의 집에 갔고 저녁 내내 그가 쓴 소설에 대해 의논했다.

저녁 늦게 집으로 돌아온 얀은 그레타와 함께 고친 소설을 작업실에 갖다놓으려고 곧장 위층으로 올라갔고 그레타는 테스를 찾았다. 그리고 테라스에 있는 그녀를, 아니 그녀의 시체를 발견했다. 그레타가 짠 시나리오대로라면 시체를 발견한 후 한 시간씩이나 경찰에 신고하지 않은 이유를 해명해야 할 필요가 없었다.

그레타가 말을 끝내자 얀은 고개를 저었다.

"그건 안 될 것 같아요, 그레타."

"왜요? 우리 두 사람의 진술만 일치하면 문제될 게 없어요. 그리고 우리의 진술을 증명해줄 증인을 몇 명만 찾아내면 된다구요. 우릴 본 사람은 아무도 없을 거예요. 우린 그저 그 시간 동안 함께 있었던 것처럼만 하면 되는 거죠. 자신 없으면 내가 시키는 대로만 해요. 집에 올 때 당신을 봤다는 사람이 누구죠?"

"산더라는 이웃집 할머니요. 내가 그 집 앞을 지나갈 때 부엌 창문을 닦고 있었죠."

"또다른 사람은요?"

얀은 몇 시간 전의 상황을 기억해내려고 애쓰는 것 같았다. 그레타가 몇 가지 질문을 던져 기억을 되살리려는 그를 도왔다. 혹시 집 앞마당에 나와 있었던 사람은 없었는지? 차고나 도로에선? 얀은 모르겠다는 듯이 연신 어깨만 으쓱했다.

산더 할머니. 그레타도 차를 타고 지나가면서 창문 너머로 그녀를 언뜻 본 적이 있었다. 그러나 그 정도만으로 그녀의 나이를 가늠하기는 어려웠다. 쉰 후반에서 예순 초반 정도? 그녀는 창문을 손수 닦는 전형적인 가정주부였다. 창문을 닦지 않을 때는 그냥 창문을 통해 바깥을 내다보곤 했다. 호기심으로. 그런 사람들은 언제나 다른 사람의 주목을 받고 싶어한다. 그 남이라는 게 경찰이어도 상관없다. 따라서 그녀에게 네시가 조금 넘어서 두 사람이 탄 짙은 남색 벤츠가 그 집에서 나오는 걸 봤다고 진술하도록 유도하는 건 그리 어렵지 않을 것이다.

그레타는 당장이라도 산더 부인의 집으로 찾아가 확실하게 해두고 싶었다. 그러나 그것보다 더 중요한 건 칼이었다. 경찰이 범행에 쓰인 무기를 현장에서 발견해선 안 된다. 경찰로 하여금 범인이 처음부터 무기를 지니고 있었으며 범행 후에 도로 갖고 갔다고 믿게 해야 했다. 우발적인 살인의 경우 대부분 범인들은 무기를 현장에 두거나 그 주변에 버린다. 그러나 계획된 살인의 경우는 다르다. 경찰이 이번 경우를 계획된 살인이라고 믿도록 만들어야 했다.

그레타는 칼을 부엌으로 가져가 뜨거운 물로 깨끗이 씻었다. 설마 이렇게 깨끗이 씻었는데 혈흔이 남을 리는 없겠지. 그러나 실험실에서 여러 가지 시약으로 철저하게 조사하면 혹시 흔적이 발견될지도 모른다. 생각이 거기까지 미치자 그레타는 불안해졌다. 곧장 냉장고를 뒤져 스테이크 두 조각을 꺼내선 칼에 고기의 피가 골고루 묻고 손잡이 안쪽까지 스며들도록 아주 잘게 썰었다. 그러고 나서 칼을 물로 다시 한번 씻은 다음 수건으로 물기를 닦아 식기세척기에 넣었다.

그 다음엔 싱크대 위에 있던 컵을 수건으로 조심스럽게 집어 물기를 닦은 다음 마찬가지로 식기세척기에 넣었다. 잘게 썬 고기는 휴지통에 버렸다. 누군가 그 이유를 물어본다면 그레타와 얀이 집에서 나간 다음 테스가 너무 화가 난 나머지 저녁식사거리였던 고기를 쓰레기통에 던져버린 거라고 대답하면 될 것이다.

그 다음엔 얀이 바닥을 닦기 위해 사용했던 걸레와 청소도구를 처리할 차례였다. 테스는 파출부를 쓰지 않았고, 그래서 집안 일이 힘들다고 늘 투덜거렸다. 모두 지독한 구두쇠인 얀 때문이었다! 그러나 그토록 잦은 외출과 상습적인 음주에도 불구하고 테스의 집은 항상 잘 정돈되어 있었고 청결했다.

그레타는 테스가 걸레질이나 청소하는 모습을 자주 봐왔다. 그래서 얀에게 물어보지 않고도 청소도구들이 부엌 벽장 안의 플라스틱 통에 담겨 있다는 걸 잘 알았다. 걸레는 젖어 있었지만 핏자국은 없었다. 얀이 걸레를 빤 게 틀림없었다. 그레타는 싱크대에서 서둘러 걸레를 다시 한번 빨고 그걸로 플라스틱 통을 쓱 한번 훔친 뒤 도로 통에 집어넣었다. 경찰이 이 걸레까지 조사한다면 분명히 테스의 혈흔이 발견되겠지만 걸레나 플라스틱 통에서 수상한 지문을 발견하진 못할 것이다. 그레타가 말했다.

"이제 경찰에 신고하죠. 경찰이 도착할 때까지는 적어도 몇 분이 걸릴 테니까 그때까지 다시 한번 말을 맞추면 돼요."

집에는 두 대의 전화기가 있었다. 한 대는 얀의 작업실에, 한 대는 거실에 있었다. 거실에 있던 전화 수화기에 피가 묻어 있었고 0번과 2번 키에도 핏자국이 묻어 있었다. 얀은 바로 이 전화기로 그레타에게 전화를 건 것이다.

그레타는 그 전화기에 스무 개의 단축번호가 저장되어 있다는 걸 테스한테 들어서 알고 있었다. 그리고 그중 01은 테스의 부모님 집, 02는 그레타 자신의 집이란 것도. 그외 다른 열여덟 개의 번호가 테스와 가까운 정도에 따라 입력되어 있었다. 나의 집, 그리고 그레타와 내 사무실 전화번호 등등.

그레타는 부엌에서 다시 한번 젖은 걸레를 가져와 전화기를 깨끗이 닦았다. 그리고 얀에게 낮에 테스가 누구와 통화를 했는지 물었다. 그는 그레타의 말을 못 알아들은 것처럼 그저 멍하게 쳐다보기만 했다.

전화기에는 재다이얼 기능이 있긴 했지만 테스가 단축번호를 눌렀다면 상대방의 전화번호를 알아낼 수가 없었다. 그래도 그레타는 재다이얼 버튼을 눌러보았다. 화면에는 0번이 떴다. 재다이얼 기능을 의식하고 누구와 통화했는지 들키지 않기 위해 미리 손을 쓴 것이다.

그레타는 다시 한번 수화기를 닦은 후 얀의 작업실에 있는 전화를 사용하기 위해 위층으로 올라갔다.

컴퓨터는 꺼져 있었고 재떨이엔 담배꽁초가 수북했다. 키보드 왼쪽에는 '이중성의 혼동'이라는 제목의 에커트의 원고가 놓여 있었다. 헤드폰은 얀의 진술을 증명해주듯이 의자 위에 놓여 있었다.

헤드폰을 낀 상태에서 얀이 초인종 소리를 듣기란 불가능했을 것이다. 테스가 방금 전에 통화를 했던 누군가를 집으로 오게 했다는 가설도 배제할 수 없었다.

그레타는 소설에 대해 메모해놓은 쪽지 몇 장을 집어 에커트의 원고 위에 올려놓은 다음 디스켓 박스를 검사했다. 얀은 작업이 끝나면 잊지 않고 디스켓에 저장했다. 얀이 네시경 집에서 나갔다는 시나리오대로라면 얀은 에커트의 원고를 다시 작업할 시간이 없었다. 제일 앞쪽에 꽂혀 있는 디스켓에 '에커트'라는 제목이 붙어 있었다. 그러나 그 디스켓이 자신이 예상한 에커트의 디스켓이 아니라는 걸 그녀가 알 리가 없었다. 얀은 방송국의 지시에 따라 자신이 다시 작업한 작품에 다른 이름을 붙였고 그레타가 찾고 있던 문제의 디스켓은 에커트라고 씌어진 디스켓 바로 다음 것이었다. 그건 나중에 내가 찾아낸 결정적인 증거물이었다.

　반면 컴퓨터에 저장된 수정본은 원래의 제목으로 되어 있었다. 얀이 컴퓨터로 작업하는 것을 수없이 지켜봐온 그레타는 그것을 재빨리 찾아낼 수 있었다. 파일 저장 시간이 오후 5시 37분이었다. 얀이 말한 그대로였다. 그레타는 그 파일을 완전히 삭제해버렸다.

　그러나 세상에 완전범죄란 없다. 아무리 사소한 행동이나 사실 하나까지도 자세히 살펴보면 중요한 증거가 될 수 있다. 그리고 누구나 그런 작은 실수 하나쯤은 저지르게 마련이다.

6

 그레타는 다시 아래층으로 내려가 얀에게 나머지 각본에 대해 일러주었다. 즉 자신은 사무실에서 돌아온 후 잠옷으로 갈아입고 석고팩을 했으며 저녁식사로 피자를 주문했다. 그레타는 얀에게 이렇게 말하면서 머릿속으로는 집에 돌아가자마자 피자와 샐러드를 쓰레기 컨테이너에 내다버려야겠다고 생각했다. 얀은 주방의 문설주에 기대어 잠자코 그레타의 얘기를 들었다. 그레타는 얀이 질문이나 반박으로 자기를 혼란시키지 않는 것이 그저 고마울 따름이었다.
 드디어 모든 설명이 끝났다. 이제 얀이 말할 차례였다. 테스가 전화기에 대고 무슨 얘길 했는지, 또 통화 도중에 전화를 끊은 건지, 상대방이 두 사람이 싸우는 소리를 들었을 가능성이 있는지 등.
 그러나 얀은 묻는 말에 대답하지 않고 그저 바닥만 뚫어지게 응시하고 있었다. 그런데 실은 바닥을 보는 게 아니었다. 정확히 말해 아무것도 보고 있지 않았다는 표현이 옳을 것이다. 그는 그레타에게 문을 열어줬을 때와 비슷한 상태로 돌아가 있었다. 그레타는 갑자기 달라져버린 그의 태도를 이해할 수가 없었다. 조금 전까지만 해도 멀쩡

하지 않았던가. 그러나 이제 그는 제대로 서 있기조차 힘든 것처럼 보였고 꿈을 꾸듯 현실을 인지하지 못하는 것 같았다.

문득 얀이 정말 다섯시 반까지 컴퓨터 앞에서 꼼짝하지 않고 작업에만 몰두했을까 하는 의문이 들었다. 사실 컴퓨터에 기록되어 있는 파일의 저장 시간은 증거가 될 수 없었다. 사건이 일어나는 동안 욕실에 갈 수도 있고 창가나 주방, 어디든지 갈 수 있다.

무서운 정적이 흘렀다. 한참 뒤에야 얀은 말없이 자기를 바라보고 있는 그레타의 시선을 의식한 듯 자기 셔츠로 시선을 옮기면서 조금 잠긴 목소리로 물었다.

"옷을 갈아입어야 할까요?"

"아뇨, 당신은 테스를 일으켜세우려고 했어요. 그래서 셔츠가 온통 피로 물든 거죠. 테스가 엎드려 있었기 때문에 피가 그때까지도 다 마르지 않았던 거예요."

그러자 얀은 고개를 끄덕이며 어금니를 꽉 물었다. 그레타가 물었다.

"왜 테스는 엎드려 있었던 걸까요? 등에는 상처도 없는데. 칼은 앞쪽에서 찌른 거잖아요, 그러니까 똑바로 누워 있어야 하는데……"

그러자 얀이 거의 알아들을 수 없을 정도로 작게 중얼거렸다.

"내가 그랬어요. 도저히 그런 모습을 볼 수가 없었거든요. 테스는 눈을 뜨고 있었는데 마치 날 노려보는 것 같았어요."

그레타는 그게 몇시쯤이었냐고 물었다. 얀은 어깨를 으쓱하더니 혀로 입술을 핥았다. 마치 잘못을 저지르고 어쩔 줄 몰라하는 어린아이 같았다.

"모르겠어요."

"한번 잘 생각해봐요. 그건 중요한 단서가 될 수도 있어요."

그레타의 말은 사실이었다. 기본적인 법의학적 지식을 갖고 있는 그녀는 죽은 사람의 몸에 생기는 멍들이 사후 삼십 분 이내에 형성된다는 사실을 알고 있었다. 따라서 그 이후에 시체를 움직였을 경우 조사에 의해 밝혀질 것이 분명했다. 테스의 등에 멍이 하나도 없는 건 그리 큰 문제가 아니었다. 의자에 깔려 있는 두꺼운 시트 때문에 시체가 놓여 있던 부위에 멍이 들지 않을 가능성은 충분했다. 등을 대고 누워 있는 경우 제일 먼저 멍이 드는 곳은 목덜미이다. 나중에 시체를 옮겼다면 멍이 흐려질 수는 있지만 옮길 당시에 이미 멍이 선명했다면 절대로 완전히 사라지지 않는다.

그레타는 다시 테라스로 나가 시체에 멍든 부위가 없나 살펴봐야 했지만 그럴 용기가 나질 않았다. 테스를 만지고 머리카락을 위로 들어올려야 한다는 생각만으로도 온몸이 덜덜 떨렸다. 차라리 얀이 테스를 금방 발견했고 그 즉시 몸을 돌려놔서 운좋게 멍이 남지 않았길 빌었다.

얀이 또다시 어깨를 으쓱했다. 그의 목소리는 이제 약간 쉬어 있었다.

"정말 모르겠어요. 그렇지만 그게 문제라면 다시 원래대로 해놓으면 되잖아요."

"미쳤어요? 시트가 이미 피로 범벅이 됐을 텐데. 게다가 테스의 등에는 긁힌 상처 하나 없다구요. 차라리 지금 그대로 놔둬요. 원래부터 저렇게 있었던 거예요. 당신은 그냥 테스의 상체를 껴안았다가 다시 내려놓은 거구요. 알았죠?"

얀은 고개를 끄덕이곤 한 손으로 자신의 이마를 쓸었다.

"당신 손 말예요. 거기에는 피가 안 묻었군요."

"당신한테 전화한 다음에 씻었어요."

그의 쉰 목소리가 불안하게 떨렸다.
"안 되겠어요, 나가서……"
그 순간 얀이 발로 바닥을 쾅쾅 구르며 고래고래 소리를 질렀다.
"싫어! 절대로! 난 나가지 않을 거야! 난 못 해. 도대체 당신이 무슨 생각을 하는지 모르겠군. 여자들이란 정말 강심장인 것 같아. 그렇지만 난 더이상 못 견디겠어. 가, 당장 여기서 나가라구! 어서!"
그의 얼굴이 일그러졌고 두 눈엔 벌겋게 핏발이 섰다. 꼭 정신병자 같았다. 그는 밭에서 참새를 쫓는 농부처럼 두 손을 마구 휘저으면서 소리를 질렀다.
"온갖 거짓말과 사기. 여자들은 그런 걸 눈썹 하나 까딱 않고 잘도 하더군. 그래도 그레타, 당신은 조금 다를 줄 알았어. 그렇지만 당신도 테스와 다를 게 없군. 당신들 둘은 더럽고 위선으로 똘똘 뭉친 환상의 듀엣이야. 바링어 말이 맞았어. 여자들은 모두 지옥으로 보내버려야 해. 당장 이 집에서 나가! 당신, 꼴도 보기 싫어……"
그의 흥분한 모습에 그레타는 그저 놀랄 뿐이었다. 어떻게 해야 할지 얼른 생각이 떠오르질 않았다. 그러나 곧 그에게 다가가 가볍게 두 번 뺨을 때리고 손으로 그의 입을 막았다.
"원하는 게 뭐죠? 감옥에 가는 건가요? 추잡한 인간들이 당신에게 덤벼들 걸 한번 상상해봐요. 감옥에는 여자가 없어서 죄수들 모두 여자에게 굶주려 있죠. 그래서 여자를 대신할 수 있는 상대를 찾곤 한다죠. 예를 들어 방어 능력이 없고 특히 새로 들어온 사람, 바로 얀 당신 같은 사람 말이에요. 설마 그걸 잊진 않았겠죠? 당신이 이미 그런 일을 겪은 적이 있다는 거 다 알아요."
그는 그레타를 무섭게 노려보았다. 그러나 자기 입을 막고 있는 여자의 손을 뗄 엄두도 못 내고 파랗게 질려 고개를 끄덕였다.

"좋아요. 이제부턴 그 기억을 한순간도 잊어선 안 돼요. 이제 용기를 내봐요. 당신한텐 아무 일도 없을 거예요. 내가 말한 대로만 하면 요. 다른 건 모두 나한테 맡겨요. 내가 언제 당신한테 거짓말하는 거 봤어요? 앞으로도 그런 일은 없을 거예요. 당신한텐 절대로 거짓말 안 해요. 그렇지만 다른 사람들한테는 어쩔 수 없군요. 다 당신을 위해서예요! 그러니 당신도 거짓말을 해야만 해요. 생각처럼 그렇게 어렵진 않을 거예요. 이제 좀 진정해요. 손을 어디서 씻었죠?"

"위층이요."

그레타는 얀과 함께 이층 욕실로 향했다. 욕실의 전등 스위치에 핏자국이 묻어 있었고 세면대 위에도 묽은 핏방울이 여러 군데 튀어 있었다. 그레타는 핏방울이 밖으로 튀지 않도록 수도꼭지를 약하게 틀어 깨끗이 씻어내렸다. 그런 다음 얀을 세면대 앞으로 끌어당겨 손을 씻어주곤 세면대의 가장자리에 하나씩 올려놓았다. 얀은 그레타가 하는 대로 얌전히 따랐다.

"이제 그대로 가만히 있어요. 무슨 일이 일어나도, 누가 어떤 질문을 해도 움직이지 말고 대답도 하지 말아요. 내가 질문해도 대답하면 안 돼요. 알았죠?"

얀은 고개를 떨구었다. 또다시 얼굴에서 표정이 사라졌다. 그레타는 그가 자기 말을 알아듣고 연기를 하는 거라고 생각했다. 잠시 그를 욕실에 홀로 남겨둔 채 아래층으로 내려가 내게 전화를 걸까 하고 고민했다.

그녀는 내가 두시 반에 테스와 통화했다는 사실을 몰랐다. 그녀는 내가 단지 자기와 싸웠기 때문에 인사도 없이 도망치듯 사무실을 뛰쳐나간 거라고 믿고 있었다.

그레타는 어차피 언제가 되었든 무슨 일이 있었는지 내게 알려줘야 할 거라고 생각했다. 그럴 바에는 차라리 지금 알리는 게 나았다. 그래서 내게 전화하기로 마음먹었다. 그러지 않으면 자신이나 얀이 뭔가 숨겼거나 사건 현장을 조작했다는 의심을 받을 게 뻔했다. 그레타에겐 정말 힘든 결정이었다.

내가 사무실을 나간 직후 그레타도 사무실에서 나와 곧장 얀과 테스의 집으로 갔다는 말은 믿을 수밖에 없었다. 여자가 마음의 상처를 받았을 때 가장 먼저 찾는 게 무엇이겠는가? 바로 친구였다!

그리고 그레타가 테스의 집에 도착했을 때 얀과 테스가 격렬하게 싸우고 있었다는 것도 의심할 이유가 없었다. 나는 그레타가 마치 방패막이처럼 얀의 목을 감싼 채 미쳐 날뛰는 테스에게서 떼어놓기 위해 얀을 밖으로 데리고 나올 수밖에 없었다는 말을 듣곤 이빨을 부득부득 갈면서 그녀를 경멸스런 눈으로 쏘아보았다.

문제는 그녀가 꺼낸 첫마디였다.

"테스가 죽었어!"

그 말 속에 담겨 있던 그녀의 감정. 그레타가 이성을 되찾도록, 그래서 나와 결혼하도록 만들기 위해 테스를 이용한 것뿐이라고 내가 수십 번, 아니 수백 번도 넘게 말했건만…… 그러나 우리 어머니라면 몰라도 그레타에겐 통하지 않았다. 테스는 다르게 말했다고 했다. 테스는 그레타에게 내가 자기를 여전히 사랑하며 이 년 전 그녀가 결혼할 때 이대로 내 마음이 찢어지는 것 같았다고 고백했다고 했다.

물론 테스는 내게 소중한 사람이었다. 그녀가 얼마나 소중한 존재인지는 금요일 오후에 내가 그레타에게 대신 전해달라고 했던 제안, 즉 테스가 얀을 떠난다면 내 전 재산이라도 기꺼이 내놓을 수 있다는 말로도 분명히 알 수 있다.

그레타는 무시무시한 두려움에 사로잡혀 자기가 한 일이 옳은지 아닌지조차 판단할 수 없었다. 지금까지 얀이 보여준 행동이나 갑작스런 히스테리 같은 건 무섭지 않았다. 그러나 경찰이나 검사가 얀을 끈질기게 추궁한다면? 정말이지 그 생각은 하고 싶지 않았다.

게다가 그레타는 내가 의심할 것이 두려웠다. 내가 당장 경찰에 가서 그 동안 얀에 대해 수상쩍게 생각하던 점들을 모두 말하고 얀의 어린 시절을 파헤쳐보라고 할 게 분명했기 때문이었다.

그러나 다른 한편으로는 내가 필요했다. 자기 혼자서 두 가지 역할을 할 수는 없었던 것이다. 얀의 알리바이를 증명하는 증인이면서 동시에 그를 변호할 수는 없었다. 더욱이 그녀 자신도 혐의 대상에서 완전히 제외된 건 아니었다. 따라서 필요할 경우 내게 그중 한 가지 역할을 맡겨야 했다.

가령 "당신은 그 시간에 우리집에 있었던 거예요"라고 말하면 일은 간단했다. 두 사람이 서로 알리바이를 맞춰 놓으면 문제될 게 없었다. 그렇지만 과연 얀을 믿을 수 있을까? 경찰이 도착하면 그레타는 문을 열어주어야 할 것이다. 그리고 그들을 테스의 시체가 있는 곳으로 안내해야 한다. 테라스로 가면서 그레타는 말할 것이다.

"우리는 열시 반쯤 돌아왔어요."

'우리'라는 말을 강조해야 한다. 경찰은 얀에게 그 사실을 확인할 것이다. 그런데 얀이 조금 전처럼 또 이성을 잃는다면? 그레타는 끝이 보이지 않는 높은 산 또는 암흑의 심연 앞에 서 있는 것 같았다. 게다가 설사 얀이 이번 고비를 무사히 넘긴다 하더라도……

그렇게 혼자 거실에 앉아 경찰을 기다리는 동안 그레타는 혹시 자기가 무심코 지나쳤거나 실수한 게 없나 곰곰이 생각해보았다. 불이 환하게 켜진 테라스를 보지 않으려고 고개를 억지로 복도 쪽으로 돌린 채로.

그러자 갑자기 뒤통수를 세게 얻어맞은 듯 정신이 아찔해졌다. '혹시 사무실을 나올 때 날 본 사람은 없었을까? 또 집에 들어갈 때는?' 그녀의 집은 사층에 있어서 엘리베이터를 이용했다. 그날 오후 엘리베이터 안에는 그녀 혼자였다. 그건 확실했다. 그때도 마음이 혼란스럽긴 했지만 그래도 지하 주차장에서 사층까지 올라가는 동안 엘리베이터가 멈췄거나 다른 사람이 탔다면 분명 기억에 남아 있었을 것이다.

그 다음부터, 즉 그녀가 집으로 들어간 다음부터 그녀를 기억할 수 있는 건 딱 한 사람, 피자 배달부밖에 없다. 그러나 피자 배달부가 왔을 때 그레타는 석고팩을 한 자신의 얼굴을 의식하곤 문간에서 재빨리 돈을 주고 돌려보냈다. 따라서 배달부의 입장에서는 안에서 누가 기다리고 있는 것으로 여겼을 수도 있다. 게다가 그녀는 두 사람이 먹을 정도의 분량을 주문하지 않았던가.

'그전엔 어땠지? 사무실에서 집으로 오는 동안은?' 적색 신호에서 몇 분간 기다렸던 일. 바로 옆에 서 있던 차의 운전자가 따분한 얼굴로 슬쩍 곁눈질을 했던 일. 그때 그 남자에게 짙은 남색의 벤츠 안에 돌처럼 차가운 얼굴을 하고 앉아 있던 여자가 눈에 띄었을지도 모른다. 그 순간 신호가 황색으로, 다음은 녹색으로 바뀌었고 벤츠 안에서 기어를 일단으로 넣는 순간 둔탁한 소리를 내며 시동까지 꺼져버린 것이다. 벤츠 뒤에서 기다리고 있던 차들이 잇달아 경적을 울려 댔다. 운전을 하던 여자는 당황해서 어쩔 줄 몰라했고 관자놀이를 지나는 굵은 핏줄이 콩닥콩닥 뛰었다. 그런 일은 분명 흔히 일어나는 일은 아니었다.

그 남자가 나중에 신문을 읽다가 우연히 사진을 보고 그때 일을 기억해낼지도 모른다.

"그날 저녁 그 여자를 봤어요. 출발할 때 차의 시동이 꺼져서 쩔쩔매더군요. 그런데 분명 차에는 여자 혼자뿐이었어요."

아니면 지하 주차장은 어떤가? 그녀가 들어온 후 아니면 그 직전에 다른 차가 들어오진 않았나? 그녀가 차에서 내리는 걸 본 사람은 없었을까? 현관문을 열 때 복도에 있었던 사람은 없었나? 어느 것도 확실하지 않았다. 사무실에서 집까지 그리고 다시 얀의 집까지 가는 동안의 상황도 모두 마찬가지였다.

*

전화한 지 이십여 분 만에 제복을 입은 경찰관 두 명이 나타났다. 앳된 얼굴을 한 젊은 경관들이었다. 그들은 테라스를 건성으로 쳐다봤을 뿐 시체를 살펴보거나 질문을 하지도 않았다. 한 사람은 현관에 서 있었고 다른 한 사람은 테라스로 나가는 거실 문 앞에 서 있었다. 그는 옛날 전쟁 영화에 나오는 보초병처럼 다리를 벌리고 뒷짐을 진 채로 무표정하게 서 있었다.

그러나 경찰들이 거기에 있다는 사실만으로 그레타는 자기도 모르게 자꾸 거실 문과 창 쪽을 의식하게 되었고, 더이상 견딜 수가 없자 얀을 보러 위층으로 올라갔다.

그는 그레타가 시킨 대로 세면대 앞에 가만히 서 있었다. 그를 시험해보기 위해, 그리고 아래층에 있는 경찰관들이 모두 들을 수 있도록 큰 소리로 말했다.

"기분은 어때요? 이제 좀 진정이 됐나요? 이제 나와 함께 아래층으로 내려가지 않을래요?"

그러나 그는 아무 반응을 보이지 않았다. 그레타는 조금 마음이 놓였다. 얀이 약속을 지키고 있는 거라고 믿었다. 그녀는 욕실에서 나와 아래층으로 내려가는 계단에 섰다. 거기에선 욕실과 복도가 모두 잘 보였다. 그녀는 낯선 차 몇 대가 집 앞에 주차하는 걸 보고 다시 아래층으로 내려갔다. 현장 검시관들과 법의관 그리고 형사 두 명이 도착했다. 그중 나이가 많은 형사는 그레타와 안면이 있었다. 카라이스라는 이름의 그 형사는 검사측 증인으로 출두했었는데 그레타가 그를 무자비하게 추궁함으로써 결국 의뢰인의 무죄 선고를 받아낸 적이 있었다.

오십대 후반인데도 아직 말단형사에 불과한 카라이스는 큰 건수가 걸리기만을 학수고대하고 있었다. 천성은 착했지만 남들처럼 빨리 출세하지 못한 현실에 불만이 많았고 특히 자기가 잡은 범인이 재판에서 풀려나게 되면 그 누구보다 분개했다. 그러니까 범죄인을 변호하는 그레타에게 좋은 감정을 갖고 있을 리가 없었다.

함께 온 젊은 형사는 그레타가 모르는 사람이었다. 그러나 표정만으로도 그가 어떤 타입의 남자인지 쉽게 짐작할 수 있었다. 예민한 사냥개. 총명한 머리, 한마디로 말해 허튼 수작 따위에 쉽게 넘어갈 타입이 아니었다. 그는 겨우 삼십대 초반으로 불과 몇 달 전 강력계 형사가 되었다. 그의 이름은 펠버트였다.

카라이스와 펠버트도 테라스를 힐끗 쳐다보기만 했다. 그쪽은 일차적으로 현장 검시관들과 법의관의 영역이었던 것이다. 그레타가 수사 현장을 직접 본 건 처음이었다. SF 영화에서처럼 흰 가운을 입은 남자들이 들어왔다.

카라이스는 검시관들이 작업하는 데 방해가 되지 않도록 그레타에게 거실에서 나가줄 것을 요구했다. 두 형사는 그레타를 따라 식당으로 들어갔다. 그레타가 대략적인 상황을 설명했다. 꼬투리를 잡히지 않도록 조심하면서. 그레타는 굳이 친구의 죽음에 깊이 절망한 사람처럼 꾸밀 필요가 없었다. 머릿속은 뒤죽박죽인데다 너무 긴장해서 두 손이 덜덜 떨렸고 자기도 모르게 입술을 꽉 깨물기까지 했으니까.

몇 시간 전에 먹은 진정제도 아무런 효과가 없었다. 더욱이 그녀가 먹는 신경안정제는 약효가 가장 약한 종류였다.

그레타의 설명이 어떻게 들렸는지 카라이스의 표정으로는 알 수가 없었다. 그는 건성으로 고개를 끄덕이며 물었다.

"남자는 지금 위층에 있소?"

"네."

"그럼 여기로 데려오도록 하죠. 그 사람은 할 얘기가 좀더 있을지 모르니까."

그레타는 두 형사와 함께 이층으로 올라갔다. 얀은 여전히 세면대 앞에 서 있었다. 그녀에겐 얀이 훌륭하게 연기를 하고 있는 것처럼 보였다. 돌덩어리라도 그보다 더 잘 할 수는 없을 것 같았다. 카라이스 형사가 "틴너 씨, 우릴 따라오시오. 손은 다 씻으신 것 같군요"라고 말했을 때도, 눈도 깜빡거리지 않았고 또 혼잣말을 중얼거리거나 경련을 일으키지도 않았다. 물론 카라이스의 말에 따르지 않은 건 말할 것도 없었다.

카라이스 형사가 이맛살을 찌푸리며 그를 쳐다보았다. 그는 문간에 서 있을 뿐 욕실 안으로 들어가진 않았다. 펠버트 형사가 얀에게 다가가 그의 어깨에 한 손을 올리면서 이름을 불렀다.

"틴너 씨!"

그의 목소리에는 어떤 감정도 실려 있지 않았고 그저 조금 날카로웠을 뿐이었다. 얀이 아무 반응을 보이지 않자 그가 다시 불렀다.

191

"턴너 씨?"

그는 한 손을 여전히 얀의 어깨에 올려놓은 채 다른 한 손으로 얀의 눈앞에서 흔들어 보였다. 그리고 몸을 구부려 얀의 얼굴을 자세히 들여다보기도 했다. 그러더니 어깨를 으쓱하며 먼저 카라이스를 그리고 다음으로 그레타를 쳐다보며 말했다.

"이 사람, 의식이 없어요."

그제야 상황이 자기 생각과는 다르게 흘러가고 있다는 걸 알아차린 그레타는 직접 세면대 쪽으로 걸어가 얀의 어깨에서 펠버트의 손을 치우고 수도꼭지를 잠근 후 얀의 몸을 자기 쪽으로 돌리려고 했다. 그러나 얀은 그 자리에 못 박힌 듯 꼼짝도 하지 않았다.

"정신차려요, 얀. 여기 이렇게 서 있으면 안 돼요. 우리랑 같이 아래층으로 내려가요. 형사들이 우리한테 질문할 게 있대요."

그의 피부는 차갑고 축축했다. 처음에는 사람들이 안 보는 사이에 손을 물에 계속 담그고 있었던 게 아닌가 생각했다. 그러나 그의 손엔 핏기가 하나도 없었다. 단순히 긴장한 게 아니었던 것이다. 게다가 창백함이 팔 아래에서부터 서서히 위로 올라오고 있었다. 그의 셔츠도 축축하긴 마찬가지였다. 펠버트가 손을 올려놓았던 어깻죽지 부분이 몸에 착 달라붙어 있었다. 등에도 척추를 따라 셔츠가 젖어 있었다. 그건 분명 땀이었다! 식은땀! 그녀는 순간 섬뜩한 생각이 들었다. 아무리 훌륭한 배우라 해도 땀까지 억지로 흘리진 못한다. 더욱이 서늘한 욕실에서.

카라이스 형사는 조바심을 내기 시작했다.

"왜 이러는 거요, 턴너 씨? 연기 그만 해요. 당신 변호사가 하는 말 못 들었소? 당신에게 몇 가지 물어볼 게 있단 말이오. 별로 어려운 일도 아니잖소."

그의 냉정한 목소리는 무자비할 정도였다. 그레타는 그에게 경고를 하려고 했다. 그러나 펠버트가 한 발 빨랐다.

"내 생각엔 그럴 수 있는 상태가 아닌 것 같군요. 먼저 의사부터 불러야겠어요."

그러자 카라이스 형사가 다시 말했다.

"일단은 여기서 데리고 나가는 게 좋겠소. 자리에 앉히면 나아질지도 모르잖소."

그의 목소리는 여전히 날카로웠다. 그는 자신의 말을 실행에 옮기려는 듯 마침내 욕실 안으로 들어섰다. 그러나 카라이스가 아무리 애를 써도 얀의 두 손은 세면대에 붙어버린 것처럼 꼼짝하지 않았다. 그레타는 저러다가 얀의 손가락을 부러뜨리지 않을까 걱정스러웠다.

마침내 얀을 세면대에서 떼어놓는 데 성공하자 카라이스는 조심스럽게 얀을 부축해 욕실 밖으로 데리고 나갔고 복도를 지나 계단까지 걸어가면서 부드럽고 자상한 아버지 같은 말투로 얀을 달랬다.

"이제 함께 아래로 내려가서 의자에 앉는 거예요……"

그러나 그는 말을 끝까지 이을 수가 없었다. 욕실에서 계단까지 순한 양처럼 고분고분 따라오던 얀이 갑자기 오른손으로 계단 난간을 붙잡으며 세차게 고개를 흔들었기 때문이었다. 그의 목 언저리가 축축하게 잿빛으로 변했고 호흡이 가빠지기 시작했다. 그는 씩씩거리는 쇳소리를 내며 "싫어요!"라는 말만 반복했다.

그는 그 자리에서 등을 돌린 채 자제력을 잃고 미친 사람처럼 고개를 이리저리 정신없이 흔들어댔다. 두 계단 차이로 앞서 가던 그레타가 얀의 몸을 감싸고 있던 카라이스의 팔을 뿌리치곤 얀을 자기 쪽으로 돌리려고 했다. 그러고는 얀의 머리를 자기 가슴팍으로 돌려 도리질을 멈추도록 두 손으로 꽉 붙잡았다.

"싫으면 그러지 않아도 돼요. 진정, 제발 진정해요."

카라이스는 무표정한 얼굴로 그녀의 행동을 지켜보고 있었다. 그녀 뒤에 서 있던 펠버트가 어떤 표정을 하고 있었는지는 알 수 없었다.

"갑자기 왜 그러는 거요?"

카라이스가 물었다.

"저도 몰라요!"

그레타가 소리질렀다. 그녀 역시 얀의 행동을 이해할 수 없었고 차츰 인내심을 잃어갔다. 그의 머리는 그녀의 손 안에서도 여전히 경련을 일으키고 있었다. 게다가 이까지 갈고 있었다. 순간 그레타는 얀이 이 상황을 끝까지 견뎌내지 못할 거란 걸 깨달았다.

"당신도 당신 동료가 말하는 걸 들었잖아요. 지금 이 사람한테는 의사가 필요해요. 의사를 불러줘요."

그레타가 소리치자 카라이스가 손사래를 치며 말했다.

"알았소. 무슨 말인지 알아들었단 말이오. 그러니까 지금 당신의 의뢰인에게 접근하지 말라는 거요?"

"얀은 제 의뢰인이 아니에요! 친구라구요. 그리고 저기 테라스에 있는 건 삼십 년이나 함께 지내온 내 가장 친한 친구예요. 우린 초등학교 때부터 지금까지 항상 붙어다녔어요."

그레타도 자제력을 잃고 말았다. 한계에 다다랐던 것이다.

테스는 운동기구의 나사에 찔린 게 아니었다. 그리고 앞으로도 다시는 헬스 기구에 튀어나온 나사못에 찔리거나 기계에 살이 끼어 화상처럼 보이는 상처를 입는 일이 없을 것이다. 또 팔찌를 한 채 세탁기에 팔이 끼거나 시계줄에 살갗이 벗겨지지도 않을 것이다. 다시는 사우나에서 말벌에게 쏘이지도 않을 거고 냄비를 떨어뜨려 허벅지를 데지도 않을 것이며 갑자기 화제를 돌리거나 이야기를 꾸며내 사실을 은폐시킬 수도 없을 것이다. 왜냐하면 테스는 죽었기 때문이다. 그레타의 친구 테스!

휴식 시간이면 간식을 나눠 먹고 산수 숙제를 서로 베끼고 또 서로의 첫사랑에 대한 비밀을 숨김없이 털어놓고 창 밖으로 고개를 빼고 선생님이 오는지 보면서 속닥거리고 낄낄댔던 친구. 한 침대에 누워 다채롭고 모험으로 가득 찬 미래를 꿈꿨던 친구. 아이스크림 가게 앞에서 큰 소리로 웃고 떠들고 어두컴컴한 극장에서 함께 울었던 친구. 그때 본 영화가 〈러브스토리〉였던가. 그 모든 것을 가슴에 지닌 채 그 친구는 영원히 저 세상으로 가버린 것이다.

항상 그레타의 옆자리를 든든하게 지켜주던 그 빨강머리 친구는 이제 이 세상에 없다. 오직 삶을 즐겁고 흥미진진하게 살고 싶어했던 끼 많은 공상가. 거짓 이야기를 꾸며대면서 그 거짓말이 초래할 결과엔 신경조차 쓰지 않던 그녀. 무수한 세월 동안 그녀가 지어낸 동화 같은 이야기. 강림절 주간 종교 시간에 있었던 일. 노트에 적었던 두 가지 소원. 그레타는 아직도 선생님이 계신 교단 앞으로 나가던 테스의 모습이 눈앞에 선했다. 도움을 청하는 눈빛으로 그레타를 돌아보던 테스, 테스의 목소리.

"나도 왜 이렇게 됐는지 모르겠어요."

그레타 역시 왜 이렇게 된 건지 알 수가 없었다.

*

일이 왜 이렇게 됐는지 밝히는 건 카라이스 형사의 임무였다. 그는 그레타의 히스테리컬한 반응에 질려 아래층으로 내려가버렸다. 그러나 얀의 상태가 자기와는 상관이 없다는 듯 의사를 부르지도 않고 검시관들이 있는 테라스로 갔다.

그레타는 얀과 함께 계단에 남았다. 얀을 아래로 끌어내려 계단에 앉힌 다음 자신도 그 옆에 앉아 두 손으로 그를 꽉 잡았다. 그러곤 울기 시작했다. 테스의 죽음에 대한 애도였는지 아니면 어두운 터널처럼 갑갑한 상황 때문이었는지, 그것도 아니면 열 살 때부터 오로지 죄 없는 사람들을 구해주기 위해 변호사가 되겠다고 마음먹었던, 그 현실과 먼 목표의 허무함 때문이었는지는 알 수 없다. 이제 그런 건 중요하지도 않았다.

얀은 여전히 이를 부드득거렸고 이마로 그녀의 가슴을 너무 꽉 눌렀기 때문에 그레타는 구역질이 날 것만 같았다. 마침내 펠버트도 그녀 곁을 지나쳐 아래층으로 내려갔다. 그러다가 문득 멈춰 서서 그레타 쪽을 올려다보면서 물었다.

"특별히 잘 아는 의사가 있으신가요? 아니면 그 사람의 주치의가 누군지 아십니까? 아니면 차라리 앰뷸런스를 부를까요?"

"아뇨, 그냥 아무 의사나 불러주세요."

펠버트는 밖으로 나갔다. 그가 돌아오자 그레타는 부탁이 하나 더 있다고 했다.

"대신 전화 좀 해주실 수 있을까요?"

썩 반기는 눈치는 아니었다.

"누구한테요?"

그레타는 그런 상황에서 나를 뭐라고 불러야 할지 잠시 망설였다. 동료? 파트너? 동거인? 애인?

"남편요." 그레타가 대답했다. 그 소릴 내가 직접 듣지 못한 건 정말 유감이었다. "니클라스 브란트예요. 정식으로 결혼한 사이는 아니지만……"

한번은 거의 그렇게 될 뻔했다. 지난 이 년 동안 결혼은 꿈도 꾸지 않겠다던 다짐을 무시하고 얼마나 그녀에게 매달렸던가? 몇 주 전에도 나는 그녀에게 청혼했었다.

"그레타, 이제 그만 나한테 화 풀어. 날 사랑하지 않아도 좋아. 그렇지만 둘이 같이 살아서 나쁠 것도 없잖아, 일단은 세금만 해도 얼마나 절약되는데. 아님 아직도 백마 탄 왕자님을 기다리는 거야?"

백마 탄 왕자님! 그런 것이 정말 있을까?

펠버트는 알았다는 듯이 고개를 끄덕였다.

"전화번호를 가르쳐주시오."

그러곤 다시 밖으로 나가더니 금세 돌아와서 말했다.

"전화 안 받는데요."

그 말에 그레타는 다시 정신을 차렸다. 난감하기보다는 먼저 분노가 치밀어올랐다. 이 한밤중에 도대체 어딜 간 거지? 테스의 죽음을 자기가 직접 말하는 것보다 경찰의 입을 통해 알리는 게 더 나을 것 같았고 또 자신이 지어낸 시나리오에도 더 잘 맞는다고 생각했다. 열 시 반에 집으로 돌아와서 시체를 발견했다. 그런 상황에서는 알고 있는 친인척들에게 전화를 걸 생각은 미처 못 할 수도 있다. 그 순간엔 심지어 꼭 해야 할 일, 가령 경찰에 신고를 하는 일조차 겨우 할 수 있을 정도이다. 그러면 나머지 일은 경찰들이 다 알아서 한다. 그레타는 내게 직접 말할 자신이 없었다. 그러나 막상 내가 나타났을 때 그녀는 자신의 몫을 훌륭히 해냈다.

내가 바깥 도로에서 핸들을 꺾어 골목 안으로 들어서면서 테스의 앞마당을 본 게 자정 무렵이었다. 골목의 반 이상을 이웃 사람들의 차가 점령하고 있었다. 그런데 테스의 집 앞에서 제복을 입은 경찰이 나를 못 들어가게 막았다.

내가 도착하기 바로 몇 분 전에 펠버트가 연락한 의사가 나타나 그레타는 다시 한번 두려움에 떨어야 했다. 의사는 품위 있는 노신사로 한밤중인데도 연미복에 가까운 파란색 정장을 갖춰입고 있어 마치 피로연에 참석하는 사람 같았다. 더욱이 그는 흔히 보는 커다란 왕진 가방 대신 얇은 서류가방 하나만 달랑 들고 있었다.

그는 잠시 펠버트와 얘기를 나눈 다음 계단을 올라와 얀의 곁에 앉았다. 그리고 혈액순환장애인 것 같다는 그레타의 말을 들은 체 만 체 하며 혈압을 재지 않았다. 대신 그는 부드럽고 애정 어린 목소리로 얀에게 말을 걸었다. 그러나 얀은 아무 반응도 없었다. 그러자 그레타에게 물었다.

"언제부터 이랬죠?"

"열시 반부터요."

"그전에는요?"

"그전까진 정상이었어요. 심하게 충격을 받긴 했지만 그거야 당연한 거잖아요, 집에 도착했는데……"

그레타는 계속 말을 이을 수가 없었다. 의사의 날카로운 눈빛이 마치 자신의 속마음을 꿰뚫어보고 있는 것 같았기 때문이었다. 그의 눈빛은 부드러운 목소리와는 정반대였다.

"안정제가 필요하십니까?"

"아뇨, 됐어요. 곧 괜찮아질 거예요. 호의는 감사하지만 이대로 정말 괜찮아요."

사실 그녀는 괜찮지 않았다. 그의 눈빛이 목과 머리를 한꺼번에 조이는 것 같았다. 그렇지만 약을 먹었다가는 주의력이 흐려질까봐 두려웠다. 자신의 감정을 조절하지 못한다는 것, 정신이 흐릿해진다는 것. 상상만 해도 견딜 수가 없었다.

의사는 자리에서 일어나 아래층을 내려다보았다. 펠버트가 계단 끝에 서서 위의 상황을 지켜보고 있었다. 의사는 윗도리의 옷매무새를 고친 후 펠버트에게 말했다.

"여기선 할 수 있는 게 별로 없는 것 같군요. 병원으로 데려가야겠어요."

"그건 절대로 안 돼요."

그레타는 단호했다. 어떤 일이 있어도 얀을 병원에 입원시켜선 안 되었다. 그곳에서 주는 진정제나 수면제를 받아먹다보면 의지가 약해져 경찰이 묻는 대로 다 말해버릴지도 모르기 때문이었다. 그렇게 되면 모든 것이 끝장이다.

의사는 그레타의 반대를 무시하고 곧장 아래층으로 내려가 펠버트와 얘기를 나누었다. 펠버트는 뭐가 잘못된 거냐고 물었다. 그러나 의사는 '히스테리 증세'라는 애매모호한 대답만 했다.

"그런 진단은 저도 내릴 수 있습니다. 좀더 자세히 말해주시죠. 당신은 전문가이지 않습니까."

그러자 의사는 상대방을 깔보는 듯한 거만한 태도로 전문용어를 늘어놓으며 얀의 상태를 설명했다. 그레타는 무슨 말인지 알아들을 수가 없었지만 펠버트는 그의 대답에 만족하는 것 같았다. 그레타의 귀에는 개들이나 걸리는 병처럼 들렸다. 그런 다음 주사에 대해 얘기했다.

펠버트는 그쪽 방면에 전문적인 지식이 있는지 의사에게 이런저런 제안을 했다. 그러자 의사가 몹시 못마땅한 투로 말했다.

"도대체 그렇게 잘 아시는 분이 왜 날 여기까지 부른 거요? 단지 저 사람이 정신을 차리도록 하는 게 목적이었다면 응급실의 담당의사를 불러도 충분하잖난 말이오."

"죄송하지만 교수님, 우린 무슨 일이 있어도 저 사람과 꼭 얘기를 해야 합니다."

그레타는 그제야 그 사람이 의사가 아니라 정신과 교수라는 걸 알았다. 그녀는 전보다 더 불안해졌다. 그러나 현관문에 서 있던 제복을 입은 경찰을 겨우 설득해서 집 안으로 들어서는 나를 보자 조금 안심하는 듯했다.

두 팔로 얀을 감싸안은 채 계단에 앉아 있던 그레타의 모습을 나는 결코 잊지 못할 것이다. 대범하고 근사한 말들을 준비했다가도 막상 실제 상황에 부딪히면 복받치는 감정 때문에 모든 계획이 수포로 돌아가곤 한다. 테스의 추측, 그날 오후와 저녁의 끔찍한 시간들, 그 모든 것들이 표면 위로 폭발하기 일보 직전이었다. 나는 그 순간 위로 뛰어올라가 두 사람을 와락 떼어놓고 싶은 걸 가까스로 참았다.

펠버트 형사와 교수는 여전히 계단 아래에 서 있었다. 나는 펠버트 한테서 간단명료하게, 그러니까 테스가 테라스에서 죽었다는 말을 전해들었다. 바로 그 순간…… 아, 나도 잘 모르겠다! 어쩐지 무시무시하고 끔찍하면서도 결국 올 것이 오고야 말았다는 그런 느낌이 들었다. 두시 반에 테스가 전화를 통해 한 말, 그리고 그레타의 집에서 읽었던 네 페이지 분량의 소설. 그러나 그 모든 것이 계단 위에서 벌어지고 있는 그 광경보다 더 끔찍하지는 않았다.

그때 그레타의 표정! 강한 인상을 주는 얼굴! 사실 그녀는 언제나 그랬는데도 그 순간 그녀의 얼굴에 나타난 그 표정은 나를 바닥 없는 심연 속으로 떨어뜨렸다. 그녀가 드디어 목적을 달성한 것이다! 테스의 추측이 옳았는지 아닌지는 이제 아무런 상관도 없었다. 만약 그 추측이 사실이라면 아마 그건 의자 위나 책상 아니면 맨바닥에서의 불편하고 피상적인 체험에 불과했을 것이다. 그러나 이제는 그와 침대에 함께 누울 수도 있다.

교수는 잘 알아듣지 못할 용어로 얀의 상태를 설명하고 거듭 병원으로 데려가야 한다고 주장했다.

"그건 절대로 안 돼요. 얀은 화요일까지 방송국에 대본을 제출해야 해요. 그런데 아직 시작도 못 했다고요. 그러니까 입원은 안 돼요. 그럴 필요도 없고요. 일시적인 현상일 거예요. 아내의 죽음을 감당하기가 힘들어서. 그렇지만 곧 진정될 거예요."

진정될 거라니. 그 표현은 맞지 않았다. 얀이 우리 중 가장 침착해 보였는데. 적어도 외견상으로는. 게다가 얀이 이런 상황에서 며칠 내로 원고를 마무리할 수 있을 거라는 건 누가 봐도 믿기 어려웠다. 그러나 그를 정신병원에 입원시키는 건 나도 원하지 않았다. 그레타 앞에 무릎을 꿇은 채 앉아 있는 그의 모습을 보며 나는 차라리 다행이라고 생각했다. 그가 차라리 지금처럼 영원히 정상으로 돌아오지 못한다면……

결국 우리 세 사람, 질투심으로 불타는 변호사, 사랑에 눈먼 여자, 그리고 성공에 집착하는 젊은 형사 모두가 반대하는 바람에 교수는 손을 들고 말았다. 그는 다시 계단 위로 올라가 얀이 정상으로 돌아오도록 주사를 놓았다.

주삿바늘이 팔을 찌르자 얀은 가벼운 경련을 일으켰다. 그러나 다른 반응은 보이지 않았고 몸은 여전히 굳어 있었다. 이제 이를 갈지는 않았지만 여전히 그레타의 몸에 구멍이라도 내려는 듯 머리를 그녀의 가슴에 깊이 파묻고 있었다. 경직된 팔에는 혈관이 불거져나와 있었고 식은땀을 흘리는지 그의 몸과 닿아 있는 그레타의 원피스 부분이 축축하게 젖어 있었다.

교수가 가고 나는 그레타 곁에 앉았다. 펠버트는 복도에 선 채 우리를 주시했다. 카라이스는 거실에 있었는데 검시관들의 작업을 지켜보며 법의관과 이야기를 나누고 있는 것 같았다.
"도대체 어떻게 된 거야, 그레타?"
그녀는 얀에게 주입했던 바로 그 시나리오대로 말했다. 세시 반부터 열시 반까지 있었던 일들을. 그대로라면 두 사람은 내가 그레타의 집에 도착하기 바로 직전에 그 집에서 나온 것이 된다. 물론 그건 새빨간 거짓말이었지만 나는 일단 모른 척했다. 그레타의 이야기가 끝나자 내가 물었다.
"도대체 두 사람은 무슨 일로 싸웠대?"
그레타가 막 대답을 하려고 할 때 얀이 몸을 움직였다. 그러고는 천천히 고개를 들더니 날 쳐다보았다.
"아무것도 모르는 척 시침떼지 말아요. 테스한테 다 들었으면서."

*

처음에는 그게 두시 반에 테스와 내가 했던 전화 통화를 뜻하는 줄 알았다. 그러나 얀이 한 다음 말에서 그게 아니라는 걸 깨달았다.
"그녀가 뭐라고 했는지 다 들었던 말예요. 그리고 당신도 분명히 내 목소리를 들었을 거고. 아닌 척해도 소용없어요."
나는 고개를 저었다.
"전화했을 때 그녀는 혼자 있었어요. 아니, 테스가 그렇다고 말했죠. 그리고 다른 사람 목소리 같은 건 못 들었어요."
그러자 얀이 못마땅한 듯이 입술을 실룩거렸다.
"당신도 테스처럼 거짓말쟁이예요."
"그럴 수도 있겠죠. 그럼 내가 좀더 정확하게 기억할 수 있도록 한

번 말해봐요. 내가 테스랑 통화한 게 도대체 몇시였죠?"

"세시 반이죠."

"틀렸어요. 테스가 내게 전화한 건 정확히 두시 반이었어요. 그리고 통화 시간은 길어봤자 오 분도 안 됐다구요."

그레타는 당황한 기색이 역력했다. 얀은 이맛살을 잔뜩 찌푸렸다.

"그럼 세시 반에는요? 그때 테스는 분명히 당신하고 통화하고 있었어요. 내가 똑똑히 들었다구요."

얀이 무슨 소리를 들었는지는 모르지만 테스와 통화했던 상대가 내가 아니었던 것만은 분명했다. 얀은 그제야 뭔가 잘못됐다는 걸 깨달은 것 같았다.

"그렇지만 테스 말이……"

얀은 말을 하려다 멈추더니 그럴 리가 없다는 듯이 세차게 고개를 흔들었다.

"테스는 분명 '니클라스'라고 했어요. 그것도 몇 번씩이나. '지금 당장 보고 싶어, 니클라스. 내가 원할 땐 언제라도 내 곁에 있어주겠다고 약속했잖아. 난 지금 네가 필요하단 말야, 니클라스.' 한 문장 한 문장마다 당신의 이름을 불렀다구요."

얀은 점점 더 거세게 고개를 저었다.

"난 테스한테 아무 짓도 안 했어요. 그저 수화기를 뺏으려고 한 것뿐이라구요. 그런데 테스가 날 때리고 할퀴고 발로 찼어요. 그래서 거의 도망가다시피 이층으로 올라갔죠. 테스가 등뒤에서 그러더군요. '진짜 범죄가 어떤 건지 보여주겠어. 순순히 내 말을 따르는 게 좋을 거야. 아님 널 감옥에 처넣어버릴 테니까'라고."

펠버트는 꼼짝하지 않고 계단 아래에 서서 우리를 유심히 지켜보고 있었다. 그가 우리의 이야기를 얼마나 알아들었는지는 알 수 없었다.
얀의 이야기는 계속되었다.
"제발 이 말도 안 되는 쇼는 그만 해, 니클라스. 정말 미칠 것 같아. 테스가 그렇게 말했어요. 그렇지만 난 테스를 건드리지 않았어요. 정말이에요, 믿어줘요!"
그러나 난 그의 말을 믿지 않았다.
"그런 말은 형사들한테나 해요. 정작 당신 말을 믿어야 할 사람들은 바로 그들이니까. 어쨌든 세시 반에 테스와 통화한 건 내가 아니에요. 어쩌면 테스가 연극을 했을지도 모르죠. 당신을 괴롭히려고 나랑 전화하는 것처럼 꾸몄을 수도 있어요. 대체 테스랑 얼마나 오랫동안 그런 거요?"
얀은 다시 고개를 떨구더니 자기 오른손을 바라보면서 어깨를 으쓱했다.
"말했잖아요. 테스가 날 때리길래 바로 이층으로 올라가버렸다고. 그레타도 알 거예요. 그녀가 왔을 때 난 이층에 있었어요. 그리고 그때까진 테스도 멀쩡했고요. 난 테스한테 한 번도 제대로 폭력을 쓴 적이 없어요. 다른 건 물론이고."
그의 말은 한 번도 자기 뜻대로 살지 못했다는 것처럼 들렸다. 그가 말하는 '제대로의 폭력'이란 게 대체 어떤 걸까? '이제 정곡을 찌르는 질문 몇 가지만 더 하면 모든 진실이 밝혀지겠군' 하고 나는 생각했다. 나는 펠버트 형사가 있는 쪽을 힐끗 내려다보았다. 지금 우리가 하는 얘기들을 제대로 듣고 있으면 좋으련만. 나는 자리에서 일어나 얀의 겨드랑이에 손을 넣어 그를 일으켜세웠다. 그렇게 해서라도 그를 그레타에게서 떼어놓고 싶었다. 그러자 기분이 조금 나아지는 것 같았다.

"잠깐만 따라와요. 오래 걸리진 않을 거요."

얀은 잠시 움찔하더니 고개를 저었다.

"난 아무 말도 안 할 거예요. 나 대신 그레타가 대답하게 해줘요. 그레타는 알아요, 내가 테스한테 아무 짓도 안 했다는 거."

내가 알았다는 뜻으로 고개를 끄덕이자 얀은 순순히 일어나 내가 이끄는 대로 발걸음을 옮겼다. 그레타도 우리 뒤를 따라왔.

마침내 거실을 다시 사용할 수 있게 되었다. 현장 감식이 끝난 것이다. 그리 꼼꼼하게 조사한 것 같지는 않았다. 먼저 얀을 소파에 앉힌 다음 나도 그 옆자리에 앉았다. 그레타는 주방에서 의자를 가져와야 했다. 카라이스 형사와 펠버트 형사가 이미 일 인용 소파를 나란히 차지하고 있었기 때문이었다. 펠버트 형사는 수첩을 꺼낸 뒤 차분한 목소리로 물었다.

"기분은 좀 어떠시죠, 틴너 씨? 이제 질문을 시작해도 될까요?"

얀은 고개를 흔들면서 그레타에게 애원의 눈길을 보냈다. 그러자 그레타가 얀이 마음을 가라앉힐 때까지 시간을 끌었다. 펠버트 형사는 그레타의 설명을 열심히 받아적었고 가끔 세부사항들을 더 자세히 알기 위해 질문을 던졌다. 나와 마찬가지로 펠버트 형사 또한 얀과 테스가 무슨 일로 다투었는지 알고 싶어했다.

"돈 때문일 거예요. 언제나 그랬죠."

그레타가 대답했다.

또 세시 반에 틴너 부인이 누구와 통화했는지 알고 있느냐는 질문에 그녀는 "이름까지 말하지는 않았어요. 그냥 친한 친구라고만 하더군요. 나도 더 캐묻지 않았어요. 테스가 너무 흥분해 있었거든요"라고 대답했다.

펠버트 형사가 의미심장한 눈빛으로 날 힐끗 쳐다보았다. 그래서

205

나는 테스와 통화를 했지만 그건 두시 반이었으며 세시 반에 나와 통화를 했다는 건 속임수인 것 같다고 말했다. 펠버트는 나의 추측에 대해 아무런 언급도 하지 않고 다시 그레타에게 질문을 던졌다.

"틴너 부인은 친구가 많았습니까?"

"네, 아주 많았어요. 테스는 어딜 가든 사람들을 쉽게 사귀는 타입이었거든요."

"그녀에게 앙심을 품을 만한 사람은 없었나요?"

"아뇨, 제가 아는 한 그런 사람은 없었어요."

카라이스 형사와 펠버트 형사는 그레타의 진술을 그대로 다 믿는 것처럼 보였다. 그레타의 진술이 대부분 사건 정황에 들어맞기 때문이었다. 틴너 부인은 어떤 사람이었는지? 지난 삼십 년간 한결같았던 친구. 물론 최근에는 조금 달라지긴 했지만 자신의 비밀을 숨김없이 털어놓을 수 있는 친구. 쾌활하고 밝은 성격의 소유자. 개방적이고 직선적인 사람. 그러나 다른 한편으로 그 누구에게도 말하지 않은 깊은 비밀을 간직하고 있었던 미스터리 같은 여자. 테스는 맨디의 진짜 아버지가 누구이며 그의 이름이 무엇인지 그 누구에게도, 심지어 그레타에게조차도 털어놓지 않았고 결국은 그 비밀을 혼자 간직한 채 저 세상으로 가버렸다. 그런가 하면 테스가 한 이야기 중 어떤 것은 순전히 그녀의 상상세계에서만 존재했다. 가령 학창 시절 자기 집에 강도가 들었다는 이야기처럼.

테스는 원하는 게 많은 여자였고 그래서 결혼생활이 항상 만족스럽지는 않았다. 게다가 남편의 야망에 대한 배려도 없었다. 얀은 억울하게 유죄판결을 받은 사람에 대한 소설에 매달리며 '대작'이 될 거라고 했다. 그러나 실제로는 동전 한 닢 벌어들이지 못했기 때문에 테스는 늘 불만이 많았다.

그레타의 이야기가 왜곡되어 있다는 사실을 아는 건 나뿐이었다. '감옥'이라는 단어는 두 사람이 얀의 소설에 대해 싸우면서 내뱉은 말일 수도 있었다. 펠버트 형사가 얀이 계단에서 했던 얘기를 그레타가 생각하는 것보다 더 많이 알아들었다면 그렇게 둘러대면 된다.

두 형사들과는 달리 얀은 그레타의 얘기를 전혀 듣고 있지 않는 것 같았다. 그는 여전히 고개를 푹 숙인 채 깍지 낀 두 손을 무릎 위에 올려놓고 있었다. 그레타는 불안한 눈빛으로 다른 사람들 몰래 그를 슬쩍 쳐다본 뒤 다시 자신의 얘기로 돌아왔다.

"우리는 네시가 조금 넘어서 집에서 나왔어요. 그리고 집으로 돌아온 건 열시 반쯤이었던 것 같아요. 정확히는 모르겠군요."

그레타는 잠시 말을 중단했다. 두 형사들의 눈엔 마치 정확한 시각을 기억하려고 애쓰는 것처럼 보였겠지만 사실은 그 순간 문득 이층 창문의 불빛을 보았다는 사실이 떠올랐던 것이다.

이층 욕실에 불을 켜놓은 이유에 대해서는 설명할 필요가 없었다. 경찰이 도착하기 전에 얀이 손을 씻었으니까. 그렇지만 작업실은? 6월이어서 늦은 저녁까지도 밖이 훤했다. 게다가 얀은 책상에 놓인 스탠드만 사용할 때가 많았다. 지난 화요일에 얀에게 작별인사를 하러 이층으로 올라갔을 때에도 작업실의 불을 켠 건 그레타였다. 얀은 일단 작업에 몰두하면 방이 어두운 것조차 느끼지 못했다. 그리고 얀이 정말 여섯시 전에 아래층으로 내려갔다면 아직 밝아서 더욱 불을 켤 필요가 없었을 것이다. 그녀는 그 점이 좀 이상하다고 생각됐지만 어쩌면 상황을 더 유리하게 만들 수도 있다는 생각이 들었다.

"그런데 작업실에 불이 켜져 있어서 좀 이상하다는 생각이 들었어요. 복도와 욕실에도 불이 켜져 있었죠. 처음에는 테스가 집에 없나 보다 생각했어요. 테스는 원래 나갈 때도 불을 잘 안 끄거든요. 얀은 테스가 홧김에 사고를 친 건 아닐까 걱정했어요. 그래서 위층으로 올라가서 컴퓨터에 이상이 없나 살펴봤어요. 그 동안 전 거실로 갔고요. 테라스 문이 열려 있었어요. 그런데……"

그레타는 갑자기 말을 멈추더니 지그시 입술을 깨물었다. 그러고는 가볍게 헛기침을 한 뒤 다시 말하기 시작했다.

"테스가 엎드린 채 누워 있었어요. 처음에는 잠이 든 거라고 생각했죠. 그래서 가까이 다가가 어깨를 흔들었어요."

카라이스 형사가 얀의 깍지 낀 손을 쳐다보며 혹시 어깨 외에 다른 부분도 만졌는지 물었다.

그레타는 고개를 저었다.

"아마 아닐 거예요. 직감적으로 알았거든요, 테스가…… 죽었다는 걸. 그래서 얀을 불렀죠. 그런데…… 얀을 말릴 수가 없었어요, 얀이……"

얀은 자신의 이름이 거론되자 고개를 들어 그레타를 쳐다보았다. 그레타의 얘기를 듣고 있는 것 같았다. 그러나 그의 눈빛 속에는 뭐라 표현하기 어려운 감정이 서려 있었다. 그게 뭘까? 분노일까 아님 증오? 경멸? 슬픔?

그레타도 자신에게 향해 있는 얀의 시선을 느끼며 재빨리 말을 이었다.

"테스는 엎드려 있었어요. 그런데 얀이 테스를 들어올려 품에 안았죠. 그러면 안 된다고 했지만 말을 듣지 않았어요."

카라이스 형사가 어깨를 으쓱하더니 무표정한 얼굴로 얀의 셔츠를 벌겋게 물들인 핏자국을 쳐다보았다. 그의 표정은 마치 '그런 건 아무래도 상관없소'라고 말하고 있는 것 같았다.

"경찰에 신고할 때 어떤 전화기를 사용했소?"

"이층 작업실에 있는 전화기요."

"그럼 저기 저 전화기는 사용하지 않았다는 거죠?"

카라이스 형사가 손가락으로 전화기가 있는 곳을 가리켰다.

"네, 여기 아래층에 있는 물건에는 손대지 않는 게 좋겠다고 생각했죠."

역시 대단한 여자였다. 평소처럼 단호하진 않았지만 오히려 약간 떨리는 듯한 목소리가 그 상황에서는 더 그럴듯하게 들렸다. 이야기가 그쯤 되자 그녀의 말을 믿지 않는 건 나 혼자뿐인 것 같았다.

"오후에 이곳에 머문 시간은 얼마나 됩니까?"

카라이스가 짧게 고개를 끄덕이곤 다시 물었다.

"십오 분에서 이십 분 정도요. 그 이상은 아닐 거예요. 시계를 보진 않았지만 사무실에서 나와 여기로 곧장 왔어요. 사무실에서 여기까진 보통 삼십 분이 걸리죠. 사무실에서 나올 때 시계를 봤는데 세 시가 조금 안 됐더군요."

그 말이 사실이라면 그레타는 녹음하던 것을 중단하고 나갔다는 뜻이 된다. 그러나 그건 그녀 스타일이 아니었다. 그레타는 뭐든 시작을 하면 끝을 봐야 직성이 풀리는 성미였다. 그래서 나는 월요일에 출근하자마자 녹음기부터 살펴봐야겠다고 생각했다.

카라이스 형사는 또다시 고개를 끄덕이곤 한숨을 내쉬었다.

"턴너 씨와 이 집을 떠날 때까지만 해도 턴너 부인은 분명 살아 있었단 말이죠?"

"물론이죠! 테스는 바에 앉아서 술을 마시고 있었어요."

"턴너 부인은 술을 자주 마셨습니까?"

"네, 요즘 들어 꽤 많이 마신 걸로 알고 있어요."

얀이 고개를 들고 그레타의 이야기를 경청하기 시작한 후로 그의 자세나 눈빛에는 아무런 변화가 없었다. 그는 시선을 그레타의 얼굴에 고정시킨 채 무척 재미있다는 표정을 짓고 있었다.

"바레시 양의 말이 모두 사실인가요, 틴너 씨?"

카라이스 형사가 얀에게 물었다.

얀은 옆 사람도 느낄 만큼 거세게 숨을 몰아쉬고 있었다. 그러더니 천천히 고개를 가로저었다. 그건 부정의 뜻이 아니라 그 상황 자체를 거부하는 몸짓으로 보였다. 이윽고 얀은 다시 고개를 들더니 슬픔이 가득한 눈으로 그레타를 바라보며 말했다.

"아뇨! 아니에요."

아마 그레타는 주먹으로 가슴을 세게 얻어맞은 느낌이었을 것이다. 그녀는 거짓말을 하다가 들킨 아이처럼 움찔하며 벌겋게 달아오른 얼굴을 식히려는 듯 손으로 부채질을 했다. 카라이스와 펠버트가 그런 그녀의 행동을 놓칠 리가 없었다. 그들은 서로 눈짓을 주고받았다. 더이상의 말은 필요 없었다.

*

몇 초간 침묵이 흘렀다. 그레타는 다시 평정을 되찾았다. 물론 자기도 모르게 튀어나온 미심쩍은 행동이 무마될 수 있는 건 아니었다. 카라이스와 펠버트 형사는 의논 끝에 결정적인 일격을 가할 수 있는 질문을 생각해낸 듯했으며 단지 누굴 먼저 칠 것인가에 대해 서로의 의견이 엇갈리는 것 같았다.

그래서 형사들이 시작하기 전에 내가 먼저 선수를 쳤다.

"잠시 바레시 양과 단둘이서만 얘기하고 싶습니다."

"두 분이 얘기하실 시간은 이미 충분했던 걸로 압니다. 아니, 틴너 씨까지 세 분이었군요. 턴너 씨도 어차피 같은 편인 것 같으니까. 그 시간 동안 서로 말을 맞춰놓지 못하셨다면 어쩔 수 없소. 그 정도면 충분히 기회를 줬다고 생각하오. 우리로선 최대한의 인내심을 발휘해서 모든 배려를 다했소. 그러니 이젠 우리가 일을 할 수 있도록 그쪽에서 협조를 좀 해줘야겠소."

암시조로 시작되었던 그의 말은 급기야 상대방이 전혀 반박할 수 없을 정도의 확고하고 단호한 어투로 바뀌었다. 카라이스 형사는 먼저 얀에게 물었다. "턴너 씨, 당신은 조금 전 바레시 양이 진술한 내용이 사실과 다르다고 하셨습니다. 그렇다면 이제 당신이 사건 당시의 상황을 다시 설명해줄 수 있겠소?"

얀은 아주 천천히 고개를 끄덕이더니 느릿느릿 이야기하기 시작했다.

"아내는 술을 마시지 않았습니다. 기껏해야 식사 때 와인 한 잔이 전부였어요. 바에 있는 술병들을 확인해보시면 알 겁니다. 그라파나 보드카 병 모두 술이 아니라 설탕물이에요. 코냑과 위스키 병에 든 건 레몬을 넣은 홍차구요. 진짜는 셰리하고 마티니뿐인데 그건 제가 가끔씩 마셨죠."

그는 스스로도 이해할 수 없다는 듯이 고개를 저었다.

"그런데 이상하게 그레타가 오기만 하면 취한 척하는 거예요. 그레타가 볼 때마다 몇 잔씩 마시는 척했죠. 그래서 제가 한번은 그 이유를 물어봤어요. 그랬더니 깔깔대고 웃으면서 그냥 재미로 그러는 거니까 내버려두라고 했어요. 그래서 그 다음부터는 아무 소리도 안 했죠. 언젠가는 그레타도 알아차리겠거니 하고 생각했어요. 어떤 때는 테스가 그레타한테 술병을 갖다달라고 시키기도 했거든요. 그리고 잔에 직접 술을 따라주기도 했구요. 단 한 번만이라도 냄새를 맡아봤다면 그게 진짜 술이 아니란 걸 금세 알았을 텐데."

잠시 말을 멈추고 얀은 그레타를 쳐다보았다. 그러다가 곧 그녀의 실수를 지적해서 미안한 듯 시선을 떨구었다. 그레타는 희미하게 미소를 지었다. 카라이스와 펠버트 형사는 그들의 미묘한 시선의 움직임을 눈치채지 못했을 것이다. 그러나 나는 그레타가 그제야 안심하는 것을 알았다.

그레타는 지난 몇 주 아니 몇 달 전부터 테스가 얀이 묘사했던 바로 그 모습으로 대문을 열어줬다고 했다! 아니 심지어 문을 열어주지 않을 때도 있었다. 초인종을 몇 번씩이나 울려도 아무 대답이 없을 때가 한두 번이 아니었고 그럴 때마다 집 뒤쪽 테라스로 가보면 의자에 누워 축 늘어진 채 풀린 눈으로 그녀를 올려다보며 꼬인 혀로 "왔어?" 하고 인사만 겨우 건네곤 했다는 것이다.

나도 두어 번 정도 그런 모습을 목격했다. 그런 모습을 마지막으로 본 건 이 주 전쯤이었는데 그 모습이 아직도 눈앞에 선하다.

그날 테스는 우리의 정기 모임이 있는 날이란 걸 잊어버린 것 같았다. 얀도 마찬가지였다. 그레타와 내가 테라스로 들어가자 테스는 깜짝 놀라며 눈을 깜빡거렸다. "내가 이제 헛것을 보는 건가? 아님 정말 두 사람 맞니? 그새 벌써 이 주가 지난 거야? 세상에, 어쩜 시간이 이렇게 빨리 지나가는지. 그런데 어쩌지? 케이크고 과자고 내놓을 게 아무것도 없는데."

테스가 자리에서 일어나더니 히죽히죽 웃으며 내게 말했다.

"아, 알았다. 내게 좋은 생각이 있어. 우리 써니보이 니클라스가 가엾은 테스를 즐겁게 해주는 동안 그레타는 사랑하는 얀한테 가 있으면 되겠다, 그치? 얀은 이층에 있어. 또 헤드폰 끼고 세상과 단절한 채 혼자만의 세상에 빠져 있지."

테스는 그레타를 힐끗 쳐다보았다.

"제발 얀한테서 그 헤드폰 좀 빼앗아줘. 그리고 혹시 우리한테 케이크 하나 기부할 생각 없는지 설득 좀 해볼래? 내가 그랬다간 또 집이 발칵 뒤집힐 테니까. 나의 사랑하는 남편이 지금 나한테 별로 감정이 안 좋거든. 사실은 내가 사고를 쳤지. 한 달치 생활비를 다 날렸으니까. 그래서 지금 그걸 메우느라 아르바이트를 하는 중이야."

그레타가 거실로 들어가 우리 목소리를 들을 수 없을 정도의 거리가 되자 테스는 잠깐이긴 했지만 큰 소리로 엉엉 울었다. 더이상 술에 취한 사람처럼 보이지 않았다.

"이젠 정말이지 이런 생활 못 견디겠어. 그까짓 몇 푼 안 되는 돈을 얻을 때도 무릎을 꿇고 빌어야 하다니. 정말 필요한 게 있어도 말도 못 꺼내. 당장 맨디 신발도 필요한데. 항상 우리 부모님한테 매달릴 순 없잖아. 너도 시내에 한번 나가봐. 애들 신발이 얼마나 하나."

"맨디 양육비는 따로 받기로 했다고 했잖아. 맨디 아버지가 양육비로 애를 먹인다면 어떻게든 해야지, 왜 가만히 있는 거야? 네 곁엔 언제나 우리가 있어. 저번에 맨디 아버지가 쓴 서약서를 복사해둔 게 있다고 했지? 그것만 있으면……"

"이봐, 써니보이, 넌 항상 생각이 너무 앞서서 탈이야."

테스가 눈물을 닦으며 내 말을 가로막았다.

"그 남자가 나한테서 서약서를 돌려받기 위해 어떤 짓을 했는지 벌써 잊었어? 그레타가 네게 얘기해줬을 텐데. 그러니 내가 그 서약서의 복사본을 갖고 있다는 걸 알면 그 남자가 가만히 있을 것 같아? 내 권리를 되찾겠다고 설쳤다간 그 다음 일은 안 봐도 뻔해. 운이 좋으면 피가 나도록 두들겨맞겠지. 아님 차로 어딘가 납치해서 아예 내 목을 비틀어버릴지도 모르고."

테스는 의자 옆 바닥에 놓여 있던 빈 잔을 내려다보며 억지웃음을 지어 보였다.

"설사 내가 법정까지 간다고 해도 마찬가지야. 도대체 내가 얼마나 받을 수 있을 것 같아? 한 달에 이백 아니면 삼백 마르크? 아마 원래 약속했던 돈의 십분의 일도 안 될걸. 그걸론 어림없어. 아니, 뭔가 다른 방법을 찾아야 해. 사자를 건드리기 전에 우선은 양하고 먼저 붙어봐야지. 그까짓 양이 제아무리 사나워봤자 뿔로 받기밖에 더 하겠어?"

그까짓 양이라니! 표현이 몹시 귀에 거슬렸다. 내가 얀을 아무리 싫어한다고 해도 그가 그토록 사랑하는 맨디의 신발값조차 아끼려고 큰 소리를 낸다는 건 상상하기 힘들었다. 상상하기 힘든 건 그뿐만이 아니었다.

도대체 그런 연극을 왜 한 걸까? 정말 술병엔 설탕물과 차가 들어 있었을까? 그레타와 얀이 술병의 내용물을 바꿔놓을 시간은 얼마든지 있었다. 그러나 다른 한편으로 시체를 부검하면 알코올 중독 여부를 쉽게 확인할 수 있다는 사실을 그레타가 모를 리가 없었다. 그리고 그게 미리 조작된 이야기였다면 그레타가 이렇게 당황할 리가 없지 않은가. 만약 그게 모두 사실이라면 테스의 허벅지에 난 상처들도 가짜일 수 있었다.

그렇지만 도대체 왜? 무엇 때문에 테스는 자기가 다친 것처럼 위장해서 얀을 의심받도록 만들었을까? 그 이유를 아무래도 알 수가 없었다.

카라이스 형사는 얀의 설명에 고개를 끄덕이며 아무렇지도 않게 말했다.

"결혼생활이 순탄한 편이 아니었군요."

얀이 그렇다는 뜻으로 고개를 끄덕이며 깊이 한숨을 내쉬었다.

"사실 그게 우리 부부의 근본적인 문제였어요. 다른 건 없었죠. 그래서 저는 몇 달 전부터 헤어지자고 했습니다. 그런데 아내는 헤어지는 조건으로 저로서는 들어줄 수 없는 것들을 요구했어요."

그의 시선은 다시 자신의 손에 고정되었다.

"아내가 이 집을 달라고 했거든요. 담보는 제게 떠넘긴 채 말이죠. 그 이자만 해도 한 달에 오천 마르크가 넘어요. 거기다가 생활비까지 달라고 하더군요. 매달 오천 마르크씩. 그리고 저더러 당장 나가라는 거예요. 그레타라면 언제라도 기꺼이 받아줄 거라면서."

한 달에 만 마르크씩이나 요구하다니! 테스가 그토록 뻔뻔스럽게 굴었을 거라곤 믿을 수가 없었다. 게다가 멍청한 얀은 형사들에게 테스가 그런 억지를 부린 이유에 대해 저렇게 흔한 스토리를 제공하다니…… 차츰 생각이 뒤엉키며 머릿속이 복잡해지자 나는 자리에서 일어나 테라스로 갔다.

카라이스 형사가 내 이름을 불렀다.

"브란트 씨, 기다리시오. 어딜 그렇게 급히 가시는 거요?"

"그냥 바람 좀 쐬려는 것뿐이에요. 그리고 테스도 마지막으로 한 번 보려구요, 멀리 떠나기 전에."

"정 그러시다면."

카라이스 형사는 허락의 뜻으로 문을 가리켰다. 그러곤 그레타를 보며 비꼬듯이 말했다.

"남편께서 충격을 받으신 것 같소."

그러고 나서 그레타가 그 말에 반응을 보이기도 전에 다시 얀에게 질문을 계속했다.

"바레시 양과 깊은 관계였소?"

그러자 그레타가 흥분해서 항의하는 소리가 들렸다.
"상상이 지나치시군요, 카라이스 형사님."
"이런 직업에는 꼭 필요한 요소요. 상상력이 풍부하면 풍부할수록 더 좋습니다."
멀리서 카라이스 형사가 느긋한 자세로 다리를 꼬며 소파에 깊숙이 몸을 파묻는 모습이 보였다. 마치 한가로운 모임에 참석한 사람 같았다.
"아무리 요리조리 둘러대며 거짓말을 해도…… 남녀관계는 금방 들통날 수밖에 없소. 그냥 좋은 친구 사이라고 했소? 함께 소설을 쓴다고요? 변호사라는 직업도 부족해서 소설가가 되기로 결심하신 겁니까, 바레시 선생?"
"얀의 소설에서 다뤄지는 법적 문제들에 대해 조언해준 것뿐이에요. 거기서 재판 장면이 거의 전부라고 할 만큼 중요하니까요."
그러나 그레타의 단호한 말투도 카라이스에겐 통하지 않는 것 같았다.
"물론 그 문제라면 선생이 전문가죠. 아직도 당신과 틴너 씨가 네 시에 이 집을 떠났고 그때 틴너 부인이 바에서 술을 마시고 있었다는 진술을 고집하실 겁니까? 그리고 아래층 전화기에는 손댄 적이 없다는 것도요?"
"그래요!"
그레타는 확고했다.
"그러니까 열시 반경에 전화기를 천으로 닦고 버튼을 조작하신 사실이 없단 말이오? 예를 들어서 제일 마지막으로 전화한 곳의 전화번호가 남지 않도록 0번을 눌렀다던가 한 적이 없는 게 확실합니까?"
"그런 적 없어요! 아래층에 있는 물건은 아무것도 건드리지 않았다고 아까 말씀드렸잖아요!"

카라이스 형사는 한숨을 내쉬며 말했다.

"음, 그랬죠."

그는 그레타의 말을 믿지 않는 것 같았다. 그제야 그레타는 자신이 큰 실수를 했음을 깨달았다. 전화기에는 적어도 테스의 지문이 남아 있어야만 했던 것이다. 전화기를 닦는 게 아니라 얀으로 하여금 아래층의 전화기로 경찰에 신고하도록 했어야 했다. 그의 집 전화기에 그의 지문이 남아 있는 건 누가 봐도 이상할 게 없으니까. 그랬더라면! 그랬더라면! 그러나 모든 일은 이미 일어났고 더이상 돌이킬 수 없었다.

7

난 십오 분 정도 더 밖에 서 있었다. 테스의 사체를 본 뒤 잠시 법의관과 이야기를 나누었다. 그는 거리낌없이 내게 테스가 어떤 방법으로 살해됐는지 설명해주었고 심지어 상황에 맞지 않는 이상한 점까지 얘기해주었다.

다른 사람들이라면 그런 순간에 어떤 생각을 했을지 잘 모르겠다. 그러나 나는 바로 눈앞에 죽어 있는 테스의 시체를 보면서도 현실 같지가 않았다. 어쩌면 테스의 시체가 너무 생생해서 그랬을지도 모르겠다. 그때까지도 그녀의 죽음을 의식 깊이 받아들일 정신적인 여유가 없었던 것 같다.

아직도 그녀의 목소리가 귓가에 들리는 듯하다. 그날 오후 전화로 내게 했던 말이나 소리를 죽인 채 진정하려고 안간힘을 쓰는 듯한 그 목소리가 아니라 몇 년 전 테스와 오페라를 보고 나오면서 나누었던 말들이. 그날 테스는 자신이 생각하는 이상적인 남자의 조건을 자세히 말해주었다. 우아한 드레스 차림으로 보조석에 앉아 있던 그녀의 모습이 지금 반라로 내 앞에 죽은 채 누워 있는 이 모습보다 더 실제처럼 느껴졌다. 끔찍한 칼자국이 아닌 심플한 진주 목걸이를 목에 두른 그 모습.

거실로 돌아왔을 때 내 마음은 그전보다 더 뒤숭숭했다. 그레타가 날 못마땅한 얼굴로 바라보았다. 그녀는 당당하고 침착한 평소의 모습으로 완전히 돌아온 것 같았다. 반대로 얀은 점점 무너지고 있었다. 그는 어떤 질문에도 반응을 보이지 않았다. 다른 사람들의 존재를 더이상 의식하지 못한 채 가끔 고개를 절레절레 흔들면서 자신의 피 묻은 셔츠를 쳐다보곤 했다.

경찰에서 얀의 셔츠를 증거물로 가져가려고 하자 카라이스 형사는 내게 침실에서 갈아입을 옷을 가져와도 좋다고 허락했다. 그 순간 그레타가 벌떡 일어났다. "제가 하죠." 그러고는 누구의 대답이나 허락을 기다릴 것도 없이 부리나케 이층으로 올라가버렸다. 서둘러 나도 그녀 뒤를 따라갔지만 카라이스는 아무 말도 하지 않았다.

그녀의 발걸음이 얼마나 빨랐던지 내가 위층에 도착했을 때는 이미 옷장 속을 반 이상 헤집어놓은 뒤였다. 아마 내가 뒤따라온 걸 눈치채지 못한 모양이었다. 그래서 나는 잠자코 그녀의 행동을 지켜보고 서 있었다. 그레타는 침대로 가더니 베개 밑에 손을 집어넣었다. 무언가를 찾고 있는 게 분명했지만 그게 얀의 셔츠가 아닌 건 확실했다. 그러다가 찾던 물건을 발견하지 못하자 옷장에서 셔츠 한 장을 꺼내들고 아래층으로 내려갔다.

그녀가 셔츠를 얀이 앉아 있는 소파 옆에 놓자 얀은 기계적인 손놀림으로 피 묻은 셔츠의 단추를 풀기 시작했다. 셔츠뿐만 아니라 그의 가슴에도 피가 묻어 있었다. 그건 다시 말해서 테스가 죽은 직후에 테스를 만졌다는 것을 의미했다. 피가 응고되기 시작한 후라면 셔츠가 그렇게까지 젖을 수가 없기 때문이다.

카라이스와 펠버트 형사는 그레타를 관찰하느라 얀을 쳐다볼 틈이 없었다. 그러지 않았다면 피로 얼룩진 얀의 가슴과 그레타의 진술이 시간상으로 맞지 않는다는 걸 눈치챘을 것이다. 얀은 새로 갈아입은 셔츠의 단추를 채우기 전에 손바닥으로 자신의 가슴을 한번 쓸어내렸다. 그러고는 피가 묻지 않은 것이 이상하다는 듯이 자신의 손바닥을 들여다보았다. 가슴에 묻은 피는 이미 말라 있었던 것이다. 그는 또다시 고개를 저었다.

그레타는 불안한 기색으로 잠시 얀을 쳐다보더니 다시 진술에 집중했다. 진술은 처음부터 다시 시작됐지만 전과 달라진 건 없었다. 간혹 내가 무슨 말을 하려는 것처럼 입을 벌리거나 손짓을 하는 바람에 진술이 중단되기도 했다. 아직은 희망을 버릴 때가 아니었다. 이런 상황에서 모두 거짓말이라고 말함으로써 그녀를 곤경에 빠뜨릴 순 없었다. 그랬다간 그 자리에서 체포될 게 뻔했다.

카라이스의 질문은 이미 수사 방향이 정해졌음을 짐작게 했다. 한 남자와 애인, 그리고 귀찮은 존재인 아내. 혼외관계에 있던 두 사람이 그들의 행복에 방해가 되는 존재를 함께 처치했거나 아니면 두 사람 중 한 사람, 아마도 남자가 아내를 죽였으며 그의 애인이 그를 위해 알리바이를 만들어주려는 것일 거라고 추측하고 있었다. 어차피 며칠 후면 법의관에 의해 정확한 사망 시각이 밝혀질 것이다. 카라이스는 그레타에게 그 점을 강조했다. 물론 그레타도 그걸 모를 리가 없었다.

카라이스 형사는 우리 모두에게 지문 감식을 받도록 했다. 우리 모두가 이 집에 자주 들렀기 때문에 그저 관행상의 절차일 뿐이라고 했다. 그리고 다시 질문이 계속됐다.

모든 질문이 끝나자 나는 당분간 얀이 다른 곳에서 생활하는 데 필요한 옷과 세면도구 등을 챙겨주었다. 얀의 집은 조사가 끝날 때까지 출입금지 조치가 내려졌던 것이다. 현장 감식반은 그사이 이층을 조사하고 있었다. 욕실과 침실 그리고 심지어 맨디의 방까지 모두 샅샅이 살폈고 내가 옷장에서 얀의 물건들을 갖고 나오자 그것도 하나하나 들춰보았다.

그러나 얀의 작업실은 조사하기 전이었다. 그들은 내가 얀의 작업실로 들어가는 것을 막지 않았다. 아니면 내가 계단으로 내려가는 대신 얀의 작업실로 들어가는 걸 아예 눈치채지 못했을 수도 있다. 혹은 작업실은 수사에 별로 도움이 안 될 거라고 생각했거나 또는 내가 증거가 될 만한 물건을 빼돌릴 사람처럼 보이지 않았을지도 모른다. 허술함 때문이었는지 아니면 신뢰감 때문이었는지 어쨌든 나에겐 행운이었다.

나도 처음부터 증거물을 찾으러 작업실로 들어간 건 아니었다. 얀의 담배를 찾으러 갔던 것이다. 얀은 살인 사건이 난 후 몇 시간 동안 담배 생각조차 잊은 듯했지만 원래 줄담배를 피워대는 골초였다. 그래서 그의 책상 서랍에는 늘 몇 갑의 담배가 들어 있었다. 그러나 막상 문제의 책상 서랍을 여는 순간 담배를 찾으려던 생각은 순식간에 달아나고 말았다.

그의 서랍 안에는 담배 외에 다른 물건들이 들어 있었다. 사소하다면 사소할 수도 있는 혐오스러운 물건들. 법의관이 그걸 봤다면 분명히 가볍게 넘기진 않았을 것이다. 갑자기 숨이 막혔다. 역시 얀의 성적 성향에 대한 나의 추측이 틀리지 않았다.

다시 아래층으로 내려갔을 때 마침 그레타가 형사들에게 얀을 자기 집으로 데려가겠다고 우기는 중이었다. 어차피 날이 밝을 때까진 몇 시간 남지 않았다. 카라이스는 별로 내키지 않는 눈치였지만 딱히 반대할 만한 이유도 찾지 못했다.

그레타가 물었다.

"진술서를 작성하려면 얀과 함께 형사계로 가야겠죠?"

"월요일까지만 오시면 됩니다. 그 동안 다시 한번 잘 생각해보시오. 내일 아침에도 어차피 당신들의 진술 내용은 오늘과 별 차이가 없을 거라는 생각이 드는군요. 그렇지만……"

카라이스는 의미심장한 투로 잠시 뜸을 들였다가 내게 친밀한 눈빛을 건네며 말했다.

"다행히도 브란트 씨는 이성적인 분이신 것 같으니, 주말 동안 브란트 씨와 충분히 상의해보길 바라겠소. 그리고 월요일 아침 아홉시까지 형사계로 오시오. 그전에 결정적인 단서가 나오면 우리 쪽에서 연락하겠소. 설마 이번 주말에 멀리 여행 갈 계획은 없겠죠?"

우리 세 사람은 새벽 두시가 조금 못 되어 그 집에서 나왔다. 얀은 어깨를 축 늘어뜨린 채 그레타 옆에서 털레털레 걸었다. 나는 조그만 여행가방을 들고 그의 뒤를 따라갔다. 아직 완전히 회복되지 못한 얀이 내 차가 있는 곳으로 걸어갔다. 그레타와 내 차는 차종이 같은데다가 색깔까지 똑같았다. 그레타가 얀을 자기 차 쪽으로 끌어당긴 후 문을 열고 보조석에 태우려고 했다.

내가 말했다.

"얀을 우리집으로 데리고 가는 게 낫겠어. 설마 아직도 서로 맞춰놓아야 할 각본이 남아 있는 건 아니지?"

그러자 그레타가 버럭 화를 내며 말했다.

"말도 안 돼!"

"그래, 맞아. 이미 그럴 시간은 충분했겠지. 그럼 이제 내가 얀한테 몇 가지 질문을 해도 되겠군. 얀하고 단둘이서만 해야 할 얘기도 있고."

"지금 얀의 상태를 보고도 그런 소리가 나와? 얀은 아직 제정신이 아니라구!"

내가 보기에 얀은 지극히 정상이었다. 그런데 그레타가 얀의 어깨를 눌러 보조석에 앉히려고 하자 그가 거부했다. 얀은 그 자리에서 꼼짝도 하지 않았다. 자신이 지금 어디에 있는지 뭘 해야 하는지조차 의식하지 못하는 것 같았다.

"우리집으로 데려갈게."

내가 다시 말했다. 그러나 그레타는 세차게 고개를 흔들었다.

"이번 한 번뿐이니까 잘 들어, 그레타. 오늘밤 얀을 내게 넘겨주지 않으면 난 지금 이 순간부터 경찰 쪽 증인이 될 거야."

내가 말했다.

"바보, 멍청이! 증인이라구? 네가 뭔데? 얀은 테스를 건드리지 않았어. 니클라스, 제발 부탁이야, 날 믿어줘! 얀의 가방은 뒷좌석에 두고 제발 얀이 차에 타도록 좀 도와줘. 그리고 우릴 따라오면 되잖아. 일단 우리집으로 가. 거기서 조용히 얘기하자구. 이렇게 계속 서 있다간 카라이스나 펠버트 형사에게 더 의심받게 돼."

그녀의 말도 일리가 있었다. 그 순간에도 그들이 우릴 창문으로 지켜보고 있을 것이 분명했다. 그래서 그레타 말대로 얀의 가방을 뒷좌석에 내려놓은 뒤 얀의 팔을 잡았다.

"차에 타요, 얀. 이제 가야 해요."

그제야 얀이 움직이기 시작했다. 그는 머리를 숙이더니 얌전히 의자에 앉았다. 그리고 머리를 받침대에 기대고 눈을 감았다.

"더는 못 견디겠어요. 한 번은 버틸 수 있었어요. 두번째도 겨우 참았구요. 그렇지만 이번이 벌써 세번째예요. 난 이제 정말 지쳤어요."

뭐가 한 번, 두 번, 세번째라는 건지 이해할 수가 없었다. 카라이스가 반복한 질문의 횟수를 말하는 걸까?

그레타는 내 쪽을 힐끗 보더니 재빨리 차에 올라타곤 얀에게 안전벨트를 매어주었다.

"졸리면 편히 자요. 니클라스가 귀찮게 하지 못하게 할게."

얀의 입에서 괴상한 웃음소리 같은 것이 새어나왔다. 흐느낌 같기도 했다.

"맨디가 날 방해하지 못하도록 테스가 맨디한테 했던 것처럼 말인가요? 테스는 왜 맨디를 멀리 보내버렸을까요? 난 맨디한테 잘못한 게 없어요. 사람은 모두 본성대로 사는 거라구요."

"그래요, 당신 말이 맞아. 본성은 어쩔 수가 없는 거예요."

그녀가 먼저 출발한 뒤 나는 그 뒤를 천천히 따라갔다.

*

그레타는 집이 가까워질수록 점점 더 불안해졌다. 처음에는 얀이 그저 연기에 능숙하지 못해서 가끔 과장된 행동을 보이는 거라고 믿었다. 그러나 집으로 가는 동안 얀에게 내가 할 질문들에 대해 어떻게 대처해야 할지 자세히 알려주고 아까처럼 너무 과장된 행동은 하지 말라고 했을 때 얀은 아무런 반응이 없었다.

그레타가 지하 주차장에 주차할 때까지도 얀은 전혀 움직이지 않았다. 고개는 창문 쪽으로 돌리고 있었다. 그레타는 그가 그대로 잠들었기를 바랐다. 의사가 처방한 주사는 어떤 것이었을까?

"얀, 다 왔어요. 그만 일어나요."

그레타는 얀의 팔을 가볍게 흔들면서 말했다.

지하 주차장엔 그녀와 얀 두 사람뿐이었다. 세입자들만 사용하도록 되어 있는 주차장이어서 나는 들어가지 않았다. 그레타는 내가 벌써 집으로 들어갔을 거라고 생각하자 마음이 초조해졌다.

그런데 그레타가 얀을 아무리 흔들어깨워도 소용이 없었다. 그레타는 차에서 내려 얀이 타고 있는 보조석 문을 열었다. 얀은 잠든 게 아니었다. 그는 눈을 뜨고 있었다.

"얀, 왜 안 내리는 거죠?"

그러나 그는 아무 말 없이 고개만 저었다. 그러곤 고개를 약간 들고 그레타의 얼굴을 한번 쳐다본 뒤 다시 시선을 아래로 떨구었다.

"얀, 제발 이러지 말아요. 니클라스가 위에서 기다리고 있어요."

얀은 여전히 꿈쩍도 하지 않았다. 그러자 그레타의 목소리는 조금 단호해졌다.

"설마 니클라스한테 억지로 끌려나오고 싶은 건 아니죠?"

얀은 그레타의 원피스에 달린 단추와 자신의 이마에 눌려 생긴 얼룩을 쳐다보았다.

"당신은 그 사람들한테 거짓말을 했어요. 왜 그랬죠, 그레타?"

그레타는 하마터면 '당신을 사랑하니까'라고 할 뻔했지만 다행히 그 말을 입 밖에 내진 않았다.

"아까 말했잖아요."

얀이 조용히 웃기 시작했다.

"혹시 이렇게 해서 날 되찾을 수 있을 거라고 생각하는 건 아니죠? 만약 그렇다면 착각이에요."

"어서 내려요."

얀이 또다시 고개를 가로젓자 그레타는 뒷좌석에 있던 얀의 가방을 꺼내들고 엘리베이터 쪽으로 가버렸다.

"얀은 어디 있어?"

이미 그레타의 집에 도착해서 소파에 앉아 있던 난 혼자 들어오는 그녀를 보고 어리둥절해서 물었다.

"차 안에."

"얀을 도망가게 놔뒀다면, 그레타, 지금 당장 경찰에 신고해서 찾아내고 말 거야."

"도망가고 싶어도 못 가. 차 열쇠를 내가 갖고 있으니까."

"걸어서도 갈 수 있잖아."

난 그를 데려오기 위해 자리에서 일어났다.

그레타도 내 뒤를 따라 지하 주차장으로 왔다. 얀은 그레타가 말한 대로 차 안에 있었다. 처음 차에 올라탔던 그 자세 그대로 안전벨트도 풀지 않은 채. 난 한 손으로 차 지붕을 짚고 얀 쪽으로 몸을 구부렸다.

"이봐 친구, 왜 그래? 가볍게 잡담이나 하자는데 마음에 안 들어?"

"날 친구라고 부르지 마. 당신은 한 번도 친구였던 적 없어. 당신이 원하는 건 오로지 테스뿐이었지. 내가 그걸 모를 줄 알아? 그리고 당신이 테스를 유혹하는 데 성공했다 해도 아마 그레타는 눈썹 하나 까딱하지 않았을 테지. 당신들 두 사람은 정말 이상해. 게다가 친구라는 말을 마치 동네 똥개 이름 부르듯이 아무한테나 쓰고. 당신들은 진정한 우정과 사랑이 뭔지 몰라."

얀의 목소리는 점점 독백조로 변했다.

"그렇지만 바링어는 나의 진정한 친구였어. 그애가 항상 그랬지, 권총으로 자살하는 한이 있어도 여자는 믿지 말라고. 허리가 휘도록 돈을 벌어 호강시켜주고 온몸에 뼈만 앙상하게 남을 때까지 사랑해주면 기껏 여자는 단물이 다 빠져버린 나를 무능력자, 낙오자라고 부르면서 헌신짝처럼 차버린댔어. 여자 때문에 결국 내 인생까지 엉망진창이 될 거라고. 그래도 난 그 말을 믿지 않았어, 전부 과장이라고만 생각했지. 그렇지만 이젠 알아, 그 친구가 옳았다는 걸."

그 말을 듣고 있던 그레타가 이상하다는 듯이 이맛살을 찌푸렸다. 바링어라는 친구의 이름은 예전에도 몇 번 들은 적이 있었다. 그러나 얀에게 그의 존재가 그렇게 큰 줄은 미처 짐작하지 못했던 것이다. 누구에게나 그 사람에 대한 애정의 정도와는 상관없이 즐겨 언급하게 되는 친구가 한 명쯤은 있게 마련이다. 바링어도 막연히 그런 존재일 거라고만 생각했다.

그레타는 바링어가 만들어낸 명언을 여러 가지 알고 있었다. 전형적인 가부장적 사고방식을 가진 바링어에게 세상에는 딱 두 종류의 여자만 존재했다. 하나는 하루 종일 냄비와 세탁기 옆에서 사는 여자. 그리고 다른 하나는 침대에서 사는 여자. 이처럼 여자에 대해 잘 아는 바링어의 교묘한 구애작전에 넘어가지 않는 여자는 아무도 없었다.

스물네 살에 키는 일 미터 팔십오 센티미터, 그리고 짙은 갈색 머리를 한 바링어는 여러 가지 격투기를 섭렵하고 있으며 주특기는 사람을 소리없이 순식간에 해치우는 것이었다. 그의 일과 중에서 제일 중요한 일은 신체 단련이며 가끔은 근처 골프장에서 골프를 치기도 했다.

바링어는 얀이 쓴 소설의 중반 이후부터 등장해서 점차 그 비중이 커지는 주변인물 중의 하나였다. 나는 바링어가 나오는 장면들을 읽은 적이 없었다. 그레타의 말로는 그 바링어라는 인물이 너무 과장되고 '킬러' 하면 연상되는 틀에 박힌 특성들을 골고루 갖추고 있어서 현실과는 거리가 멀었다는 것이다. 그래서 얀에게 몇 번씩이나 그 점을 지적했지만 그때마다 얀은 "그게 바링어의 진짜 모습이에요, 그레타, 진짜란 말예요"라고 대답했다는 것이다.

그레타와는 달리 나는 바링어라는 이름을 그때 처음 들었다. 얀에게 진실을 듣고 말겠다던 나의 결심이 너무 무모했다는 느낌이 들면서 나는 차츰 불안해지기 시작했다. 이 사건은 내 자신도 직접적으로 관련되어 있었다. 일을 냉정하게 처리하려면 일정한 거리를 취해야 하는데 그럴 수가 없었다. 벌겋게 부어오른 테스의 손목과 왼쪽 가슴에 난 상처, 피로 범벅이 된 목과 그밖의 다른 상처들이 여전히 눈앞에 어른거렸다. 거기다가 몇 시간 법의관에게서 들은 이야기도 귓가에서 맴돌았다. 또 얀의 책상 서랍에서 발견한 역겨운 물건들까지. 마음 같아선 당장이라도 그 물건들을 경찰서에 갖다주고 싶었다.

난 손가락으로 차의 지붕을 톡톡 쳤다.

"바로 그거야, 삶에서 진정 필요한 것, 그건 바로 친구지. 서로를 잘 아는 친구! 언제 기회가 되면 나한테도 한번 소개시켜줘요, 그 바링어라는 친구."

얀은 돌이킬 수 없는 과거에 일어났던 행복한 기억들이 되살아나는 듯 서글픈 웃음을 지었다.

"나도 그러고 싶지만 그럴 수가 없어. 바링어는 당신처럼 잘난 체하는 사람들을 보면 가만두질 않거든. 그 친구 별명이 미친개야. 이 세상 그 어떤 것도, 어느 누구도 두려워하지 않아. 그래서 벌써 별을 세 개나 달았지. 그러니 몇 개 더 붙는 것쯤은 신경도 안 써."

갑자기 일이 수월하게 풀리기 시작했다. 그 예상치 못한 결과에는 나 자신도 놀랐다. 그레타는 내게 항상 비인간적인 취조 담당 형사처럼 굴지 말라고 경고하곤 했다. 사실 취조하는 형사들의 태도는 보통 사람들이 생각하는 것과는 다르다. 그들은 범인을 최대한 상냥한 태도로, 때로는 아버지처럼 또 때로는 좋은 친구처럼 대한다. 그러나 정말 화가 머리끝까지 나면 먹은 것을 다 토해낼 정도로 잔인해지기도 한다. 그만큼 그들은 자신의 기분을 자유자재로 조절할 줄 알았다. 처음에는 부드럽게 "이봐, 젊은이, 커피라도 한잔 하겠나? 여기 담배도 있네. 혹시 배고픈가? 뭐 좀 먹겠나? 이제 순순히 다 털어놓지! 우린 자네를 다 이해해"에서부터 시작한다.

나는 얀 쪽으로 다시 몸을 숙였다.

"그래서 당신은 뭘 어떻게 하려고 했지? 테스가 두려웠던 거야? 테스가 당신의 비밀을 너무 많이 알고 있어서, 그래? 테스가 당신을 정말 신고해서 감옥에 처넣을지도 모른다고 생각했지, 그렇지? 그래서 테스의 입을 막고 싶었던 거고, 영원히. 내 말이 틀려?"

그러나 얀은 기계적으로 고개를 가로저었다.

"말도 안 되는 소리 집어쳐, 니클라스."

그레타는 그렇게 말하며 나를 밀어 차에서 떼어놓으려고 했다.

"테스가 다른 사람들에 대해서도 알아버린 거야. 그래서 당신을 협박했고. 그렇지?"

그레타가 내 팔을 잡아당겼지만 나는 아랑곳 않고 계속 얀을 향해 질문을 던졌다.

"다른 사람들이라니? 바비 말인가? 그건 사고였어. 우린 둘 다 너무 취해 있었다구. 그런데 바링어가 그랬어. 우리 둘만 말을 맞추면 경찰도 우릴 어쩌지 못할 거라고. 결국 바링어도 풀려났고 나도 오래 가둬두지 못했지."

얀은 어깨를 조금 들썩이더니 나를 올려다보며 말했다.

"어서 나와. 위로 가서 계속 해보자구, 거기가 더 편하니까."

내가 그의 팔을 잡아당기자 얀은 거짓말처럼 순순히 차에서 내렸다. 그리고 고개를 푹 숙인 채 뚜벅뚜벅 내 뒤를 따라왔다.
"얀을 쉬게 놔둬, 니클라스. 그는 지금 제정신이 아니야. 너도 들었잖아. 얀은 지금 자기가 무슨 소릴 하는지도 모른다구."
우리를 뒤따라오던 그레타가 말했다.
그가 제정신이건 아니건 그건 아무 상관 없었다. 난 그저 진실을 알고 싶을 뿐이었다. 삼 년 반씩이나 참고 있었지만 이젠 정말 알고 싶었다. 바비라고?! 맹세컨대 바비는 그의 소설에 나오는 그 열아홉 살짜리 여자가 분명했다. 두 남자에게 폭행과 강간을 당하고 결국 살해까지 당한 희생자. 가해자였던 두 남자는 바로 바링어와 얀이었던 것이다.
얀은 엘리베이터 안으로 들어가더니 한쪽 어깨를 엘리베이터 벽에 기댄 채 나를 불쌍한 듯이 쳐다보았다.
"그앤 정말 귀여웠는데. 그런 식으로 끝나야만 했다니 안됐어."
그 순간 나는 자제력을 잃고 말았다. 그럴 생각이 아니었지만 도저히 참을 수가 없었던 것이다. 나도 모르게 오른손 주먹을 그의 얼굴을 향해 날렸다. 내 주먹은 그의 왼쪽 관자놀이에 명중했고 그 충격으로 그의 머리가 엘리베이터의 벽에 세게 부딪히고 말았다. 그의 눈썹 밑에서 피가 나기 시작했다.
"너 미쳤어?"
그레타가 악을 쓰며 내게 달려들었다. 얀은 예상치 못한 상황에 놀라 얼어버린 것 같았다. 손가락으로 자신의 관자놀이를 쓸어 피가 묻은 걸 보자 다른 손으로 문질러 닦았다.
"돌았어. 정말 제정신이 아니야."
그레타가 날 쳐다보며 또다시 말했다.

"괜찮아요, 이쯤이야. 이제부터 내가 입만 다물면 돼요. 그러니까 안심해. 앞으론 한 마디도 안 할게요."

얀이 말했다.

마지막 층을 올라갈 때까지 우리 셋 모두 침묵을 지켰다. 나는 그를 때린 것에 대해, 아니 그 결과 때문에 후회하고 있었다. 결국 그레타의 집에서 나는 더이상 아무것도 알아내지 못했다. 어떤 질문에도 그는 단지 고개를 흔들거나 빙긋이 웃으며 손가락을 입술에 갖다대어 대답을 거부한다는 표시만 했다.

그게 단순한 쇼인지 아니면 그가 진짜 네 살짜리 어린아이의 정신 수준으로 퇴행해버린 건지 알 수 없었다. 더이상 희망이 보이지 않았고 화도 조바심도 나지 않았다.

"침실로 데려가서 눕혀. 그전에 꼭 이부터 닦게 하고. 가볍게 샤워를 하는 것도 괜찮겠군. 목욕을 하기엔 너무 늦은 것 같고."

그레타는 잔뜩 화가 나서 나를 노려보았다. 도무지 감을 잡을 수가 없는 얀의 상태에 기가 막힌 얼굴이었다. 나는 주방으로 갔다.

"커피 끓여줄게. 일단 얀부터 재우고 와. 그런 다음 어른끼리 조용히 얘기해보자구."

*

그로부터 삼십 분쯤 지난 후 우리 두 사람은 커피포트를 사이에 두고 마주 앉았다. 얀은 침실에 있었다. 샤워는 순순히 했지만 그레타가 얼굴에 난 상처에 반창고를 붙여주려고 하자 거부했다. 그레타가 내민 수면제 두 알은 순순히 삼켰다.

아까 맞은 주사와 어떤 반응을 일으킬지 몰라 수면제를 두 알 이상

줄 수가 없었다. 이제 병에 남은 수면제는 딱 일곱 알뿐이었다. 토요일에는 처방전을 내주는 병원도 없었다.

나는 가슴이 서늘해졌다. 그날 밤에 일어난 일들을 여전히 이해할 수가 없었다. 테스는 죽었고 그레타는 백짓장처럼 창백했다. 더이상 버텨내기 힘들었을 텐데도 겉으론 아무렇지 않은 척했다. 그러나 손에 쥔 커피잔의 미세한 떨림은 그녀의 상태를 말해주고 있었다.

나는 가능한 한 냉정한 태도를 취하려고 노력했다. 거짓 증언에 대한 법적 책임뿐만 아니라 그것이 변호사 경력에 어떤 영향을 미치게 될지에 대해서는 내가 굳이 얘기하지 않아도 그녀 자신이 더 잘 알고 있을 것이다. 그럼에도 불구하고 나는 그 점부터 언급하지 않을 수 없었다.

난 그녀를 쳐다볼 자신이 없어서 천장 한구석만 뚫어져라 쳐다보았다.

"네가 지금 꾸미고 있는 일이 잘못될 경우 그게 어떤 결과를 초래할지 너도 잘 알 거야. 게다가 진실은 결국 밝혀지게 돼. 넌 잘 견뎌낼 거야. 그건 나도 알아. 그렇지만 얀은 아냐."

"몇 시간만 자고 나면 얀도 괜찮아질 거야. 설마 얀한테 또다시 그런 짓을…… 그를 괴롭히면 내가 가만있지 않겠어."

"굳이 내가 나설 필요도 없어. 카라이스가 나 대신 그 역할을 맡아줄 테니까. 그레타, 이제 제발 정신 차려. 아직 진술서에 사인하지 않았으니까 네가 잘못한 건 없어. 진술을 하긴 했지만 그때 넌 너무 감정이 격한 상태여서…… 그러니까 테스와 얀 둘 중에 누굴 보호해야 할지 몰랐던 거지. 둘 다 모두 네 친구였으니까. 어차피 테스를 위해 할 수 있는 일은 아무것도 없었어. 그래서 넌 얀이라도 구해주고 싶었던 거야. 그 상황은 누구라도 이해할 수 있어. 네 진술을 번복하는 건 별로 어렵지 않다구. 원한다면 내가 경찰서까지 따라가줄게."
 "싫어!"
 그녀의 목소리는 단호했다. 그러나 나는 무시했다.
 "그래 좋아. 네가 싫다면, 난 따라가지 않겠어……"
 "싫어!"
 그녀의 태도는 처음보다 더 단호했다. 내 시선은 여전히 천장 한구석에 고정되어 있었다.
 "그레타, 지금까지 어렵게 성취해놓은 걸 다 포기할 셈이야? 공든 탑을 다 무너뜨릴 거냐구? 법의관 말이 테스가 죽은 시간은 오후 다섯시경이래. 오차는 전후 한 시간이고. 만약 시체를 해부해서 사망 시각이 오후 네시라고 밝혀지면 그땐 어쩔 셈이야? 그때 넌 테스의 집에 있었다고 진술했잖아. 정말 그 시각에 거기 있었어? 정말 그때 옆에 있었냐구? 내 말은 얀이 테스를……"
 난 차마 그 말을 입 밖에 낼 수가 없었다. 그레타는 아무 말도 하지 않았다.
 "끝까지 진술 내용을 바꾸지 않겠단 말이지?"
 "그래!"
 "오늘 낮에 우리가 했던 얘기 생각나?"
 "얘기라구? 표현 한번 고상하군. 허긴, 난 항상 너의 그런 점이 놀라웠어. 지금까지 넌 단 한 번도 과격한 표현이나 속된 말을 쓴 적이 없었지! 넌 요람에서부터 고운말 사전을 읽었던 게 틀림없어."
 그러나 그녀의 비아냥거림은 날카롭기는커녕 애처롭게 들렸다. 나는 마침내 시선을 천장에서 거두어 그녀의 얼굴을 쳐다보았다.
 "내가 널 이해 못 할 거라고 생각하지 마, 그레타. 네가 얀에게 어떤 마음을 갖고 있는지 나도 잘 알아. 아마 넌 지금이 유일한 기회라고 생각하겠지. 이번 사건에서 그를 구해준다면 그도 더이상 널 거절하지 못할 거라고 말야. 그렇지만 테스를 생각해봐, 테스가 네게 그것밖에 안 되는 존재였어? 테스가 어떻게 죽었는지 못 봤냐구?"

"그만 해, 니클라스. 그렇게 애써 자신을 괴롭힐 필요 없어."

그레타가 아랫입술을 깨물며 웅얼거렸다.

날 괴롭힌다고? 천만에. 그건 그녀의 양심을 겨냥한 말이었고 그래서 나는 한 발짝도 물러서지 않았다. 그런 나 자신이 한편으론 시시하고 비열하고 치사하게 느껴지기도 했다. 이런 모습은 얀 앞에서라면 몰라도 그레타에게 보여서는 안 될 모습이었다. 테스의 몸에 나 있던 상처를 법의관에게 들은 대로 자세히 설명해주었다. 칼자국 중 하나는 목을 비스듬히 관통했다. 얀의 엄마도 그렇게 죽었다. 물론 테스처럼 칼이 목을 관통할 정도로 깊이 들어가진 않았지만. 그러나 동맥은 빗나갔다. 만약 동맥이 끊어졌다면 테라스 전체가 피로 얼룩졌을 것이다. 두번째로 공격당한 곳은 성대였다. 법의관은 그게 첫번째 자국일 가능성도 있다고 했다. 소리를 지르지 못하도록 성대부터 제거하는 건 흔한 수법이었다. 그리고 마지막 자국은 정확히 심장에 명중했다. 칼은 갈비뼈 아래쪽으로 들어가 위쪽으로 비스듬히 꽂혀 있었다.

그것은 얀이 자신의 소설에서 그렸던 것과 조금도 다르지 않았다. 테스는 아주 순식간에 당했을 것이다. 그녀의 몸에서는 저항으로 인한 상처 같은 건 전혀 찾아볼 수 없었다. 아마 저항할 틈도 없었을 것이다.

"이번 범행은 자신이 하는 일을 분명하게 의식하고 아주 치밀하게 움직이는 사람의 소행입니다. 아마 범행을 저지르는 데는 십 초, 길어봤자 십오 초도 안 걸렸을 겁니다. 단 한 번의 실수도 없이 말이죠.

이렇게 하기 위해선 오랜 기간 동안 연습이 필요했을 겁니다. 이런 걸 어디서 배우고 연습하는지 아십니까?"

법의관이 물었다. 물론 나는 짐작할 수 있었다. 그건 바로 군대였다.

"어떻게 이런 일을 덮어줄 수가 있어? 테스는 네게 친자매나 다름없었는데."

그레타의 아랫입술에서 피가 나기 시작했다. 자꾸 손으로 눈 밑을 쓸었다.

"울지 마, 울지 마, 그레타. 다 괜찮아질 거야."

난 소파에 등을 기대며 그녀 쪽으로 팔을 뻗었다. 그러자 그녀가 순순히 내게로 다가와 소파 팔걸이에 몸을 기대고 앉았다. 나는 팔로 그녀를 감싸안아 내 무릎에 앉힌 후 그녀의 머리에 얼굴을 갖다대고 속삭였다.

"얀은 환자야. 자기가 저지른 짓에 책임을 질 수가 없는 상태라구. 과거에도 그랬지. 그때도 사리판단이 불가능한 어린애였을 뿐이야. 그리고 테스의 잘못도 있겠지. 우리가 할 수 있는 일은 얀을 좋은 의사에게 보내는 거야. 감옥에 가진 않을 거야. 그건 내가 약속할게. 몇 년만 지나면 다시 자유의 몸이 될 수 있어. 정상인으로 살아갈 수 있단 말이야. 너도 그가 정상적으로 살기를 바라지? 그렇지? 그러기 위해서는 전문가의 도움이 필요해. 우린 그를 도와줄 수 없어."

그러자 그레타가 자리에서 벌떡 일어났다.

"이런 비열한 자식! 네가 바라는 게 결국 그거였어? 테스는 무덤으로, 얀은 정신병원으로 보내고 나면 결국 우리 둘만 남겠네. 그래서? 자, 이제 침실로 가자, 그레타. 다른 건 모두 잊어버리는 거야…… 사리판단이 불가능한 아이였다구? 그래서 어쨌다는 거야? 얀이 무슨 짓을 저질렀다는 거냐구?"

난 그녀를 멍하게 쳐다보기만 했다. 다른 대답은 필요 없었다. 이미 수십 번도 더 했으니까.

그레타는 머리카락을 거칠게 쓸어올리더니 포기한 듯이 고개를 저었다.

"도대체 얀을 살인범으로 만들려는 이유가 뭐야? 처음에는 그가 자기 엄마를 죽였다고 하더니 이젠 테스까지 죽였다구? 그사이에도 몇 명이나 더 죽였을지 모른다고 했지? 그리고 그 다음 차례는 나일지도 모른다고. 좀 심하다는 생각 안 들어? 경쟁에서 못 이길 것 같아서 그런 거야? 어차피 난 얀이 좋아하는 타입이 아니라면서? 난 얀한테는 중성이나 다름없어. 지금까지도 그랬고 앞으로도 변함 없을 거야. 난 그의 친구일 뿐이라구."

그건 장담할 수 없는 일이었다. 어쨌든 당장 중요한 건 그게 아니었다.

"내 생각은 달라, 그레타. 너도 얀이 주차장에서 하는 말 들었잖아, 우리가 친구라는 말을 너무 쉽게 쓴다고. 얀의 진정한 친구는 바링어뿐이라고."

난 최대한 감정을 배제하려고 애를 썼다.

"바링어는 소설에 나오는 가짜 인물이야."

"나도 그럴 줄 알았어."

그레타는 너무 흥분한 나머지 내가 그녀의 말에 동의하는 척하면서 사실은 함정에 빠뜨리려 한다는 걸 눈치채지 못했다. 도대체 어떤 정상적인 사람이 소설 속에 나오는 인물을 자신의 진정한 친구라고 한단 말인가? 대답은 하나뿐이었다. 그는 현실 감각을 잃은 것이다. 그래서 이따금씩 자신도 모르게 허구의 인물이 여자를 대하는 태도를 그대로 흉내내고 있다. 그런 경우는 예전부터 종종 있었다. 초록색 작은 요정들에게 조종당하는 사람도 있었고 신에게 조종당하는 사람도 있었다. 얀을 조종하는 건 바로 바링어였던 것이다.

"어쩌면 그런 일이 실제로 있었을지도 몰라."

얀의 무죄를 고집스럽게 주장하던 그레타가 갑자기 한 발 물러서며 말했다.

"소설의 마지막 장면은 진짜 사건을 토대로 쓴 거였거든. 내 생각엔……"

그 순간 내 앞에 서 있는 그레타는 투쟁심이 강하고 단호하며 겉으로 보기에 결코 상처받지 않을 것 같은 예전의 그레타로 돌아와 있었다. 적어도 겉으로 보기엔! 그러나 속으로는 여전히 혼란스러운 상태여서 자신도 모르게 내가 듣고자 했던 바로 그 말, 즉 얀이 자기의 어머니뿐만이 아니라 다른 사람들까지도 죽인 끔찍한 살인자라는 그 말을 뒷받침해주고 있었다.

"그럼 그 마지막 장면의 모델이 된 사건에 대해 한번 얘기해보자구."

나는 이렇게 말하며 그레타가 탁자 위에 올려놓았던 네 페이지짜리 소설을 호주머니에서 꺼냈다. 그리고 테스가 죽기 전 전화로 내게 이혼할 수 있도록 좋은 변호사를 알아봐달라고 부탁했었다는 얘기를 하자 그레타의 얼굴이 새하얗게 질렸다.

사실 테스는 전화로 내게 자기 변호사가 되어달라고 부탁했다. 그러나 이혼은 내 전문 분야가 아닌데다가 그레타와의 관계 때문에 나는 그들의 이혼 사유에 직, 간접적으로 얽혀 있기도 했다.

내가 테스한테 들은 이야기를 전해주자 그레타는 화가 나서 길길이 날뛰었다. 안으로 꼭꼭 걸어잠근 작업실의 문, 간간이 들리는 신음 소리……

"이런 뻔뻔스런 자식. 테스가 그런 말을 했을 리가 없어. 네가 다

꾸며낸 말이야, 그렇지? 넌 날……"
"내가 왜 네게 그런 거짓말을 하겠어? 그리고 내 느낌엔 테스가 거짓말을 하는 것 같지도 않았어."
"그렇지만 그건 사실이 아냐! 방문을 걸어잠근 적은 단 한 번도 없단 말야! 방 안에 함께 머문 시간도 고작 몇십 분밖에 안 되는데 그게 말이 돼? 그리고 특히 최근에는 그런 일조차 드물었다구. 대부분은 테스랑 함께 있었어. 얀의 작업실에 들어간 건 왔다는 인사와 다시 간다는 인사를 할 때뿐이었단 말야. 그리고 만약 테스가 방 앞에서 무슨 소릴 들었다면 그건 틀림없이 얘기하는 소리였을 거야. 그의 소설에 대해서. 다른 얘기는 한 적도 없어."
그레타가 마구 고개를 저었다.
"이건 사실이 아냐. 도저히 믿을 수가 없어."
"그렇지만 사실이야."
내가 말했다.
난 그날 전화기를 통해 들려오던 테스의 목소리를 생생하게 기억하고 있었다. 그 고통스러워하면서 겨우겨우 자신을 지탱하고 있는 듯한 소리를. 테스에게서 들었던 얘기를 그레타에게 모두 털어놓았다. 지난 삼 년간 나는 얀의 정체를 밝히기 위한 결정적인 단서를 손에 넣으려고 안간힘을 써왔다. 막연한 암시만으로는 만족할 수가 없었던 것이다.
그러나 그 순간 내게 진짜 중요했던 건 '킬러 얀'의 정체를 벗기는 일이 아니었다. 얀이 쓴 네 페이지의 소설은 그레타의 목숨이 위태로움을 알려주는 명백한 증거였다.
"넌 미쳤어, 니클라스."
"얀 어머니의 죽음은 사실이었어, 그리고 얀은 그걸 소설로 썼잖

아. 그것 말고도 그의 소설에 나오는 이야기들 중에 얼마나 많은 것들이 실제로 있었던 일인지 아무도 몰라. 제발 오늘 일을 카라이스가 아닌 네 입으로 직접 듣게 해줘. 어차피 얀은 카라이스의 손에 끝장나게 돼 있어, 모르겠니?"

그레타 역시 경찰이 얀의 과거를 들춰내리란 걸 알고 있었다. 그렇다고 하더라도 별수 없을 것이다. 할머니의 기이한 교육법과 첫번째 고아원의 매몰찬 수녀들 그리고 고아원에서 만난 잔인한 보육사 이야기는 범죄 심리학자들의 상상력으로 추측은 할 수 있지만 서류상으로 드러나는 일들은 아니었다.

아무튼 한 가지 사실만은 분명했다. 자기 스스로 그런 혹독한 범죄에 희생되어보지 않은 사람은 결코 얀처럼 그런 이야기를 쓸 수 없을 거라는 것. 다만 그의 언어는 자신이 겪었던 그 쓰라린 고통을 담아내고 표현하기에 너무나 부족하고 단순했다. 그러나 그레타는 언어로 표현되지 못한 부분들까지 느낄 수 있다고 믿었다. 또한 그것은 얀의 폐쇄적인 태도에 대한 해명이기도 했다.

고아원에서 얀은 자신에게 가해지는 폭력에 저항했다는 이유로 '지도가 어려운 아이'로 분류되고 말았다. 그리고 그런 이유 때문에 점점 더 가혹한 시설로 보내졌다. 그가 어린 시절에 유일하게 배운 것이 있다면 그건 바로 부당한 일을 폭로하거나 거기에 저항해서는 안 된다는 것이었다. 그렇게 하면 할수록 상황은 더욱 자신에게 불리해질 뿐이었으니까. 마음속에 꽁꽁 숨겨놓은 채 결코 발설해선 안 되었다. 그랬다간 끝장나는 건 바로 자기 자신이었다.

모멸감, 두려움 그리고 고통, 단조로움, 자포자기 상태 그 모든 것을 얀은 직접 체험했다. 그러나 그는 그런 자신의 과거를 다른 사람들에게 숨기는 식이었다. 심지어 소설조차 일인칭으로 전개시키지 않았다. 엄마가 욕설을 퍼붓고 화가 나서 날뛰는 동안 부엌 한쪽 구석에 몸을 숨긴 채 두려움에 떨며 서 있었던 네 살짜리 어린 아이의 이름은 악셀 베를레였다.

그레타는 필요 이상의 이야기를 해주지 않았다. 예를 들어 얀이 고아원에서 심하게 매를 맞은 얘기는 했지만 성폭행까지 당했다는 건 숨기는 식이었다. 나는 잠자코 그녀의 이야기를 들어주었다. 그레타는 악셀 베를레가 마지막 고아원을 떠나는 장면부터는 허구인 것 같다고 했다. 그때부터 이야기가 너무나 터무니없고 또 얀 자신도 어떻게 써야 할지 잘 몰라 갈팡질팡한 것처럼 장면들이 막연하게 서술되어 있다는 것이다.

대략 십 년에서 십이 년간의 일이었다. 작중인물인 악셀 베를레의 변화에 중요한 열쇠가 될 수 있는 부분이었다. 그 기간 동안 어릴 때 겪었던 모멸감과 증오가 열아홉 살짜리 여자애를 짐승만도 못한 방법으로 죽이는 어른으로 변화시키도록 만든 어떤 결정적인 사건이 있었던 것이 틀림없었다. 범인은 살인 사건 이후에 체포되어 재판을 받았다. 그를 옹호했던 심리학자는 결국 그로 하여금 자기 엄마도 죽였다는 사실을 자백하도록 만들었고 그 결과 그의 아버지의 명예도 회복되었다.

그러나 그 몇 년간의 공백과 젊은 여자를 잔인하게 살해한 일 등이 소설의 극적 구성을 위해 꾸며낸 순수 허구일 가능성도 배제할 순 없었다. 그레타는 사실이 소설과 달랐을 거라고 주장하면서 그에 대한 몇 가지 이유를 열거했다.

열아홉 살이 되던 해 얀은 마지막 고아원에서 나왔다. 그가 그레타의 옆집으로 이사를 온 건 서른네 살 때였다. 그것도 독신으로! 그는 경찰에 쫓기거나 감시를 당하지도 않았고 그를 귀찮게 하는 사람이라곤 겨우 몇몇의 드라마 감독과 편집인들뿐이었다. 그레타는 서른네 살에 이미 드라마 작가로서 그 정도의 성공을 거두었다는 건 이미 꽤 오래 전부터 글을 써왔다는 증거라고 주장했다.
"그럼 글을 쓰기 전엔 뭘 했을까?"
내가 물었다. 그건 물론 그레타도 알 수 없었다. 아마도 이런저런 아르바이트를 하며 살았을 것이다.
악셀 베를레는 고아원에서 나온 후 정체불명의 기관에 들어갔다. 거대한 대가족과도 같은 그 집단은 악셀을 따뜻하게 맞아주었고 그에게 살아가는 데 필요한 모든 것들을 제공해주었다. 따뜻한 방과 좋은 식사, 그리고 바링어 같은 친구. 그는 악셀에게 다른 사람을 죽임으로써 자신이 살아남는 방법을 가르쳐주었다.
그레타는 이 부분이 항상 마음에 걸렸다. 그 정체불명의 기관이 왠지 마피아 조직 같다는 느낌이 들었던 것이다. 그건 사실 얀이 의도한 바이기도 했다. 얀이 바링어라는 인물을 어디서 어떻게 알게 되었는지는 오직 하느님만이 알 것이다. 공사장이나 어느 공장의 컨베이어벨트, 아니면 쓰레기 하치장? 가능성은 얼마든지 있었다.
나는 그녀가 알고 있는 사실을 모두 털어놓도록 내버려두었다. 고아원은 고아들이 성인이 되어도 곧바로 내보내지 않고 세상에 나가 독립해서 살아갈 수 있도록 간단한 기술을 가르치곤 한다. 얀은 고아원에서 졸업시험까지 치렀다. 다시 말해서 그는 대학에서 공부할 수 있는 자격까지 갖추고 있었던 것이다. 그러나 그는 돈이 없었다. 물론 나라에서 학자금을 융자받을 수도 있었지만 그렇게 하지 않았다. 그레타는 그 점을 납득할 수가 없었다.
"얀이 말하는 범죄자 집단이란 군대를 말하는 거야. 그곳에서 혹독한 생활을 했겠지. 물론 실질적인 기술도 많이 배웠을 거야."

나는 우리의 대화가 또다시 언쟁으로 발전하는 걸 막기 위해 내기를 하자고 제안했다. 나는 얀이 단기병으로 복무했으며 바링어를 군대에서 알게 됐을 거라는 데 걸었다. 그리고 마지막 고아원에서 나와 단기병으로 군복무를 마친 후에 아마 군복무를 몇 년 더 연장했을 거라고. 그런데 일이 계획대로 되지 않았던 것이다. 바링어는 금지된 짓을 하다가 적발되어 당장 쫓겨났고 얀의 군복무 연장 신청도 거절당했다.

"그런데 바비는 누구지? 그 여자는 어떻게 됐을까?"

내가 물었다. 그레타도 알 리가 없었다. 바비라는 이름은 아직 얀에게서 한 번도 들은 적이 없었다. 바비, 인형을 연상시키는 이름이었다.

맨디도 두 개의 바비 인형을 갖고 있었다. 그렇지만 얀이 지하 주차장과 엘리베이터에서 언급했던 바비는 분명 사람이었다. 그것도 이미 죽은 여자.

"그건 사고였어. 우린 모두 지독하게 취해 있었단 말이야."

그레타는 똑똑히 들었다.

"좋아. 얀이 소설에 옮겨놓은 그 사건이 진짜 사고였다고 해두자. 그런데 도대체 이건 누굴까?"

나는 탁자 위에 놓여 있던 얀의 원고를 집어 그레타의 얼굴에 대고 흔들어 보였다.

"분명히 테스는 아니야. 테스한테 실제로 그렇게 하고 싶은 마음이 굴뚝같았을지는 모르지만 얀은 자기 집을 불태울 만큼 물질적인 것을 초월한 사람이 아니야. 그리고 소설에 나오는 집은 그의 집과 구조가 다르잖아. 이건 얀이 그전에 살았던 집이 틀림없어. 그리고 이사 올 때 가져온 그 낡은 가구들, 의자 같은 것들은 그 집에서 쓰던 거야. 그 집에 처음 갔을 때 그 소파에 탄내가 배어 있던 걸 아직도 기억해. 너도 틀림없이 그 냄새를 맡았을 거야. 그 집에 자주 갔었으니까. 희생자는 두 명이었어. 바비라는 여자와 또 한 명의 여인. 그리고 이제 테스까지. 모두 세 명인 셈이지."

그레타는 고개를 저었다. 그렇지만 반박은 하지 않았다. 그레타는 지난 이 년간 꼬박 일 주일에 두 번씩 그것도 서너 시간이나 얀과 함께 있었고 지난 몇 주간은 그녀의 말에 따르면 아주 짧은 시간 동안만 있었다. 그렇지만 테스는 밤낮으로 그와 함께 지냈다. 그러니까 분명히 그레타보다 소설에 대해 더 많은 것을 알고 있었을 것이 틀림없었다.

어쩌면 얀이 집을 비운 사이 테스가 컴퓨터로 얀이 저장해둔 자료들을 모조리 훑어봤을지도 모른다. 나한테서 얀을 조심하라는 경고를 이미 여러 차례 받은 그녀가 어느 순간 진실을 깨닫고 단서를 추적했을지도 모를 일이었다. 테스는 얀을 이미 알 만큼 알았고 그 결과 얀의 스토리가 머릿속에서 쥐어짜낸 순수 허구가 아니라는 결론을 내렸을 것이다.

"말도 안 돼."

그레타의 항의는 왠지 맥이 빠진 듯했다.

"만약 테스가 조금이라도 그런 의심을 했더라면 제일 먼저 내게 말했을 거고 그 다음엔 신문사나 방송국으로 갔을 거야. 설마 테스가 그런 흥미진진한 이야기를 아무 일 없이 그냥 덮어뒀을 거라고 믿는 건 아니지? 살인자 남편을 가진 아내! 그런 톱기사가 또 어딨겠어? 내가 테스를 제대로 알고 있는 거라면 그앤 신문사나 방송국에 그 톱뉴스를 팔아넘겼을 거야."

"이젠 '알고 있었다'라고 해야지, 그레타. 나 역시 테스를 잘 알고 있었다고 믿었어. 그렇지만 이젠 정말 그랬는지 잘 모르겠어."
"그건 나도 그래."
그레타가 중얼거렸다. 그리고 다시 안으로 걸어잠근 문에 대한 얘기로 되돌아갔다.
"내가 정말 테스의 친구였는지 의심스러워. 너한테 그런 거짓말을 하다니, 도대체 뭘 바랐던 걸까? 날 화나게 해서 자기 집에 다시는 발도 들여놓지 못하도록 하고 싶었을까? 우리 앞에서 취한 척했던 이유는 뭐지? 뭘 노린 걸까? 또 왜 얀에게 감옥에 처넣겠다고 협박을 했을까? 도대체 왜?"
"그건 아주 간단해. 테스는 얀과 헤어지고 싶었던 거야."
내가 대답했다.
"틀렸어. 부부관계를 진정으로 청산하고 싶어한 건 오히려 얀이었어."
그레타가 말했다. 나는 어깨를 으쓱했다.
"그건 얀의 주장일 뿐이야. 테스는 내게 그렇게 말하지 않았다구. 어쨌든 결과는 마찬가지지만 말야. 테스가 그 집은 물론이고 매달 오천 마르크의 생활비를 원했다는 것. 그 말은 얀을 협박할 거리가 있었다는 거야. 얀이 테스에게 덜미를 잡힌 거라구. 그게 뭔진 모르지만 분명히 그렇게 많은 돈을 요구할 수 있을 만큼 심각한 것이었겠지. 테스는 두 번의 전화 통화로 그를 궁지로 몰려고 했던 게 틀림없어. 그래서 결국 얀이 이성을 잃고 테스를 죽인 거야. 그러고는 네게 전화를 했어. 틀림없다구."
그러자 그레타가 단호하게 말했다.
"아냐, 내가 테스 집에 도착한 건 그 전이야. 몇 번이나 말해야 알아듣겠어? 네시 무렵에……"

그 순간 내가 무겁게 고개를 가로저으며 그녀의 말을 가로막았다.
"그렇게 끝까지 고집을 부린다면 내겐 딱 한마디로 네 주장을 뒤집을 수 있는 증거가 있어. 그러기 전에 다시 한번 생각할 기회를 줄게. 네가 현명한 판단을 내릴 거라고 믿어."

그 순간 그레타는 모든 것을 깨달았다. 그리고 나 역시 그날 저녁 그 일이 어떻게 일어났는지 확실히 모르면서도 내가 해야 할 일이 무엇인지는 알 것 같았다. 일단 바링어의 진짜 이름을 알아내서 그를 찾아내야 했고 그런 다음 바비가 누군지 그녀가 어떻게 죽었는지 밝혀야 한다는 생각이 들었다.

내가 집으로 돌아간 시각은 거의 아침 여섯시 무렵이었다. 그레타를 얀의 곁에 두고 간다는 것이 꺼름칙했지만 그레타가 위험할 것 같지는 않았다. 얀은 두 발로 걸어다니는 시한폭탄이나 마찬가지였지만 폭발한 지 몇 시간도 지나지 않아 다시 폭발하지는 않을 거라고 생각했던 것이다. 그러나 그건 나의 착각에 불과했다.

만약 그 시간 이후 그레타가 얀으로 인해 얼마나 고통스러운 시간을 보낼지 짐작했더라면 난 절대로 그녀 곁을 떠나지 않았을 것이다.

*

그레타의 집에서 나왔을 때 밖은 이미 환했다. 그레타는 바깥의 뜨거운 공기가 안으로 들어오지 못하도록 창문을 닫았다. 그러고는 너무 피곤해서 얀이 누워 있는 침실을 건성으로 둘러보았다. 얀은 이불을 덮은 채 모로 누워 있었다. 잠을 자는 것처럼 눈을 감고 있었고 숨소리도 규칙적이었다. 모든 것이 평화롭게만 보였다.

'바비 일은 사고였을 거야.' 그레타는 생각했다. 바링어는 친구였고 테스는 죽었다. 그레타는 너무 피곤해서 사지가 욱신거렸고 가슴과 머리까지 아팠다. 이런 적은 처음이었다. 그녀는 조용히 침실 문을 닫고 거실로 돌아와 옷도 갈아입지 않은 채 신발을 벗고 콘택트렌즈를 뺀 뒤 소파에 누웠다. 이불을 덮을 생각조차 하지 않았다. 다행히 거실은 따뜻했다.

그런데 너무 피곤했지만 잠이 오질 않았다. 눈을 감은 채 갖가지 방법으로 머릿속에 떠오르는 온갖 생각을 떨쳐버리려고 애썼지만 소용이 없었다. 모든 것이 너무 선명했다. 의자 위에 축 늘어져 있던 미끈한 등, 아래로 늘어뜨린 팔, 티셔츠, 피 묻은 칼, 피 묻은 얀의 와이셔츠, 그의 발작, 펠버트의 수첩과 카라이스의 무표정한 얼굴, 그리고 나의 의심과 네 장의 소설.

나는 그 소설을 집으로 가지고 왔다. 그레타는 내가 결코 포기하지 않으리란 것을 알고 있었다. 그래서 내가 어떤 점에 대해 반박할지 곰곰이 생각해보았고 쉴새없이 과거의 일들을 떠올렸다. 완전히 잠이 든 것도 깨어 있는 상태도 아니었다.

의지와는 상관없이 지난 몇 시간 동안 일어났던 일들이 떠오르며 환청까지 들리는 듯했다. 테스의 부엌에서 피 묻은 칼을 씻었을 때 나던 물소리. 그리고 컵을 식기세척기에 넣기 위해 수건으로 집는 순간 손에서 미끄러지면서 바닥에 떨어지던 소리.

컵이 깨지는 소리는 별로 크지 않았지만 너무나 생생해서 그레타는 자기도 모르게 벌떡 일어났다. 꿈을 꾼 게 아니었다. 분명히 컵 깨지는 소리가 났다. 그 소리는 부엌에서 들려왔다. '얀이야.' 그러나 더 깊이 생각하지는 않았다. 그 순간 그녀는 진한 커피 한 잔과 다음에 해야 할 일에 대한 생각뿐이었다.

'일단 산더 부인부터 만나봐야겠어. 그래서 네시경에 감청색 벤츠가 나가는 걸 봤다고 증언하도록 설득해야 해. 운전자석에는 내가 있었고 그 옆에 얀이 있었다고 말이야. 그렇게만 된다면 아무 문제 없어.'

그레타는 콘택트렌즈를 꼈다. 그러고는 부엌으로 갔다. 조금 어지러웠다. 오븐 위에 있는 시계가 아홉시 십분을 가리키고 있었다. 물컵을 넣어둔 찬장 문 하나가 열려 있었다. 얀은 팬티 바람으로 개수대 앞에 서 있었고 그의 발 아래에는 유리 조각이 흩어져 있었다. 그는 컵을 든 채 수도꼭지에서 물을 받고 있었다.

처음에 그레타는 마비된 사람처럼 가만히 얀의 다리만 쳐다보았다. 그의 다리는 일부러 체크 무늬를 만들려고 한 것처럼 꿰맨 자국 투성이였다. 그런 뒤 한참 만에야 그녀는 시선을 들어 주변 상황들을 인식하기 시작했다.

얀이 서 있는 싱크대 위에는 알약 몇 개와 만성두통용 약병이 있었다. 그레타의 비상용 약상자를 열었던 게 분명했다. 약상자는 침실에 있는 작은 수납장 제일 위칸에 들어 있었는데 그녀가 수면제를 꺼낼 때 본 모양이었다. 얀은 서랍에 들어 있던 약을 모조리 다 꺼내 왔다.

그중 생명에 위협이 될 만한 치명적인 약은 거의 없었지만 얀이 그걸 알 리가 없었다. 테스는 모든 종류의 약을 혐오해서 일회용 반창고나 피임약 외엔 사놓질 않았었다. 심지어 아스피린 한 알 없을 정도였으니까. 그레타는 자주 사용하는 약들의 포장지를 미리 벗겨놓는 습관이 있었다. 두뇌에 영양을 주는 비타민 E, 눈을 위한 카로틴, 근육과 심장을 위한 마그네슘, 피부와 머리카락 그리고 손톱, 발톱을 위한 칼슘을 포장지 없이 그냥 넣어두었다.

컵을 떨어뜨리기 전에 그가 어떤 비타민을 얼마나 먹었는지는 알 수 없었다. 어쨌든 그건 별 문제될 것이 없었다. 만약 독감약이나 기침약이었다면 사정은 달랐을 것이다. 그러나 그런 약은 소량밖에 없었다. 또 스팁토비온 다섯 알이 남아 있었지만 생명에 지장을 줄 정도는 아니었다. 그레타는 몇 년 전 치아를 교정하면서 처음으로 스텝토비온을 복용하기 시작했다. 치아를 교정할 당시 혈액응고에 문제가 생겨 출혈이 심했던 것이다. 그후로 그레타는 작은 상처만 나도 그 약을 먹곤 했는데 물론 한 번에 두 알 이상을 먹은 적은 없었다. 그래서 그것의 두 배 또는 세 배의 양을 먹으면 어떻게 될지 알 수가 없었다. 얀은 이미 남아 있던 다섯 알을 모두 삼킨 것이 분명했다.

그녀를 보자 그가 야릇한 웃음을 지었다. 그것은 당황스럽고 난처한 상황을 모면하기 위해 항상 지어 보이던 그런 웃음이 아니었다. 지금의 웃음은 악의에 차 있었고 냉담했고 뻔뻔스러웠다.

"이런 것들을 먹으며 살다니 정말 놀랍군. 난 벌써 목이 꽉 막히는 것 같은데. 차라리 면도칼이 나을 뻔했는데 유감스럽게도 당신 집에서는 그런 물건을 찾아볼 수가 없었어. 어쨌든 이 정도면 충분해. 이제 당신이 나의 진정한 친구라는 걸 증명할 차례야, 그레타. 다시 소파로 돌아가 한잠 푹 자. 난 그 동안 이걸 갖고 욕실로 들어갈 테니까."

얀이 두통약을 흔들어 보이며 말했다.

"그거 이리 줘요!"

그러자 얀은 심각한 얼굴로 고개를 저었다. 그레타는 발로 바닥을 쾅쾅 굴렀다.

"이리 내놓으란 말이야!"

"지금 내게 명령하는 거야?"

"그래!"

그녀의 대답에 그의 입이 흉하게 일그러졌다.

"그 정도면 됐어, 그레타. 난 잠든 게 아니었어. 무슨 말인지 분명히 알아들을 순 없었지만 내가 들은 것만으로도 이미 충분해. 그러니 니클라스가 시키는 대로 해, 진심이야. 지금 당장 경찰서로 가서 당신이 아까 했던 말을 취소하라구. 내 걱정은 할 필요 없어, 그레타. 난 감옥에 가지 않아. 여자에 굶주려서 신참이 들어오면 짐승처럼 덤벼드는 그런 놈들이 있는 곳엔 절대로 가지 않을 거란 말야. 이제 문에서 비켜서. 욕실로 가야겠어."

그러고는 갑자기 경멸스럽다는 듯이 말했다.

"세상에. 좀 간편하게 살 수 없나? 가벼운 두통에도 꼭 의사에게 달려가야 직성이 풀리냔 말이야?"

그의 조소가 그레타의 목덜미에 비수처럼 날카롭게 날아와 꽂혔다.

"내가 제일 싫어하는 게 바로 이런 물약이지. 어떤 사건을 생각나게 하거든. 그게 뭔지는 당신도 알 거야. 아, 아깐 정말 고마웠어. 니클라스에게 모든 걸 다 말하지 않은 거 말야. 그리고 한 가지 더 부탁해도 될까? 내 집으로 가서 하드에 저장되어 있는 소설을 모두 지워줘. 디스켓은 모두 발로 밟아 부숴버리구. 자, 이제 날 나가게 해줘."

그레타는 두 팔을 벌린 채 문을 가로막고 서 있었다. 얀이 왼손에 알약과 물약을 그리고 오른손에는 물컵을 든 채 그레타에게 다가왔다. 순간 알약이 바닥으로 떨어졌다. 얀은 약을 줍기 위해 손가락 두 개를 뻗었다. 발레리나처럼 팔이 우아한 곡선을 그렸다.

얀의 이런 모습이 생소하진 않았다. 그건 소설에 나오는 바링어의 모습이었던 것이다. 바링어는 이런 동작으로 지나가는 사람을 눈에 띄지 않게 죽였다.

얀은 여전히 야릇한 미소를 띤 채 그레타를 쳐다보았다. 어딘지 모르게 슬퍼 보이기도 했고 아쉬워하는 것 같기도 했다.

"이젠 잘 안 되는군. 오랫동안 연습을 안 했거든."

바로 그 순간 얀이 오른손에 들고 있던 컵이 공중으로 날아올랐다. 그레타가 잠시 한눈을 판 사이에 일어난 일이었다. 컵에 들어 있던 물이 그녀의 얼굴에 정통으로 쏟아졌다. 그레타는 자기도 모르게 눈을 감으며 한 손으로 얼굴을 가렸지만 이미 한 발 늦고 말았다. 오른쪽 렌즈는 눈 아래로 밀려났고 왼쪽 렌즈는 물에 씻겨내려가버렸다. 얀은 그 기회를 놓치지 않았다. 바닥에 떨어진 컵은 산산조각이 났다.

그때 그레타의 눈앞에 시꺼먼 물체가 순식간에 불쑥 나타났다. 그와 동시에 얀의 목소리가 들려왔다.

"정말 유감이군. 그렇지만 이건 모두 당신 탓이야."

그러고는 일이 벌어지고 말았다. 그레타는 첫번째 주먹이 날아오던 그 순간을 기억했다. 오직 그 순간만을 기억했다.

얼마 동안이나 의식을 잃은 채 누워 있었는지 그레타는 기억하지 못했다. 정신이 든 후에도 앞을 거의 볼 수 없었고 턱이 몹시 욱신거리고 아팠다. 그리고 뒷머리도 누군가 망치로 내리친 것만 같았다. 넘어지면서 문고리에 머리를 찧었고 그 충격으로 그레타는 바로 정신을 잃고 말았다. 그러나 얀은 그레타가 정신을 잃은 후에도 몇 차례나 주먹질을 한 것이 틀림없었다. 입 안에 피가 고여 있었고 얼굴이 불에 덴 듯 화끈거렸다. 게다가 풍선처럼 심하게 부풀어올라 있었다. 어느 한 군데 성한 곳이 없었다.

의식이 들자마자 제일 먼저 걱정스러웠던 것은 치아였다. 무슨 일이 있어도 그많은 노력과 정성을 들여 이뤄놓은 것을 잃고 싶지 않다는 생각…… 참으로 그녀다운 발상이었다. 치아 교정을 위해 그녀는 많은 시간과 돈을 들였고 게다가 과다한 출혈에 통증까지 감수해야 했다. 혀끝으로 치아를 훑어보았다. 다행히 모두 제자리에 있는 것 같았다. 피는 아랫입술에서 나오고 있었다.

눈도 그럭저럭 괜찮은 것 같았다. 왼쪽 눈이 심하게 부어올라 뜰 수가 없었고 눈자위 아래로 밀려났던 렌즈는 더이상 느껴지지 않았다. 그보단 왼쪽 눈썹 근처에서 끈적거리는 액체가 더 신경이 쓰였다. 많이 찢어진 것 같았다.

그레타는 손으로 바닥을 더듬어 떨어진 렌즈를 찾았다. 하나는 재킷 앞자락에 붙어 있었고 다른 하나는 팔 아래에 있었는데 다행히 멀쩡했다. 그녀는 렌즈를 입에 넣어 침으로 적신 다음 눈에 다시 끼워 넣었다. 그제야 자신에게 벌어진 상황을 되돌아볼 여유가 생겼다.

처음 얼마간은 얼굴이 화끈거리고 뒤통수가 쿵쿵 울려 멍하게 앉아 있었다. 그리고 차츰 기억이 되살아났다. '얀이 두통약을 가지고 갔어!'

그레타는 자신도 모르게 자리에서 벌떡 일어났지만 곧 문설주에 몸을 기대야 했다. 너무 어지러웠다. 부엌에서 욕실까지는 몇 걸음도 안 되는 거리였다. 얀은 욕실에 있을 게 틀림없었다. 두통약을 가지고! 과하게 복용할 경우 생명에 지장을 줄지도 모른다.

갑자기 죽음보다 더한 공포가 엄습해왔다. 얀이 미워지진 않았다. 아니 그를 여전히 사랑했고 그의 행동들을 이해할 수도 있었다. 그녀의 마음속에 증오 따위가 자리잡을 공간은 없었다.

얀이 그녀를 때렸다! 그래서? 그가 우리 이야기를 모두 엿들었으니 그런 행동을 하는 것도 무리는 아니었다. 그레타는 그의 심정을 이해할 수 있었다. 얀은 깊은 배신감을 느꼈을 것이며 그레타를 죽이고 싶었을지도 모른다. 그녀가 의식 없이 바닥에 쓰러져 있는 동안 두 손으로 목을 조르거나 서랍에서 칼을 꺼내 찌르는 건 식은 죽 먹기였다. 그러나 그는 그렇게 하지 않았다.

그럴 수가 없었던 것이다. 얀은 어느 누구도 해칠 수 없었다. 그의 어머니도 그가 죽인 게 아니었다. 네 살짜리 꼬마가 자기 엄마를 죽이다니! 그건 가당치도 않은 일이었다!

"죽지 않게 해주세요"라고 그레타는 혼잣말로 중얼거렸다. "제발 죽지 않게 해주세요!" 자신이 누구에게 기도를 하고 있는지도 알 수 없었다. 신이었을까? 아니, 신은 아니다. 신에게 기도하는 건 마지막 희망까지 모두 사라졌을 경우뿐이다. 신은 자비도 동정도 모른다. 만약 그렇지 않다면 어린아이가 파멸의 길로 빠져드는 걸 그냥 지켜보기만 했을 리가 없었다.

"그런 사람들이 결국 어떻게 되는 줄 알아?"

물론 그녀도 잘 알고 있었다. 변호를 맡은 고객들 중에는 성인이 되어서도 가슴속 깊이 사무친 분노를 떨쳐버리지 못하고 나약하며 자신을 표현할 줄도 모르고 다른 사람들과의 조화로운 생활이 불가능한 젊은 남자들도 있었다. 그런 사람들을 위해 그녀는 정신감정을 의뢰하곤 했다.

"제 의뢰인은 죄를 책임질 능력이 없습니다!"

얀은 그녀의 의뢰인이 아니었다. 얀은 모든 점에서 예외였다. 그녀는 나처럼 모든 사람들을 동일하게 취급해서는 안 된다고 했다.

생각이 나에게 미치자 그레타는 내게 전화를 해야 한다는 느낌이 들었다. 그러나 그럴 수가 없었다. 그렇다고 욕실로 갈 수도 없었다. 만약 얀이 벌써 죽었다면? 그레타는 얀의 죽음을 감당할 수가 없을 것 같았다. 일단 욕실로 가야 했다. 그래서 너무 늦지 않았다면 얀이 죽지 않도록 도와줘야 했다. 두통약은 복용한 지 이십 분 후에야 통증을 진정시키는 효과가 나타난다. 따라서 그 약으로 죽으려면 그보다 훨씬 더 오랜 시간이 필요할 것이 틀림없었다.

8

그레타는 복도를 지나 욕실로 가 안으로 들어가기 위해 문 손잡이를 돌렸다. 그러나 문은 열리지 않았다. 문은 안에서 잠글 수가 없었다. 며칠 전에 테스의 부탁으로 아예 손잡이에 꽂혀 있던 열쇠를 치워버렸기 때문이었다.

2월과 3월 늦은 오후에 테스는 맨디를 데리고 자주 놀러 오곤 했다. 테스와 그레타가 거실에 앉아 수다를 떠는 동안 맨디가 심심해서 칭얼거렸기 때문에 테스는 아이를 욕실로 데려가 욕조 안에서 놀게 해주었다.

"열쇠를 아예 뽑아놔줘. 안 그러면 맨디가 안에서 문을 잠가버릴지도 모르니까. 우리집에서도 그런 적이 있었거든. 잠그긴 했는데 다시 열 줄을 몰라서 얼마나 애를 먹었나 몰라. 애가 겁에 질려서 난리도 아니었어."

그레타는 열쇠를 뽑아서 옷장 안 서랍 속에 넣어두었다. 안이 열쇠를 찾기 위해 옷장까지 뒤졌을 것 같지는 않았다. 그레타는 어깨로 힘껏 문을 밀어보았다. 문에 부딪히는 충격으로 머리가 깨질 듯이 아팠다. 그러나 그 덕분에 틈이 조금 벌어졌다. 얀의 어깨가 보였다. '제발, 제발 죽지 않게 해주세요.' 그레타는 속으로 빌고 또 빌었다.

머리만 덜 아팠더라도 일이 훨씬 수월했을 것이다. 게다가 조금만 더 침착했더라면 얀이 의식을 잃었거나 죽은 것이 아니라 문을 열지 못하도록 온몸으로 버티고 있다는 걸 알아차릴 수 있었을 것이다. 그러나 그는 미끌미끌한 타일 바닥에 앉아 있었고 붙들 곳이 없었기 때문에 결국 포기하고 말았다. 드디어 그레타는 좁은 문틈 사이로 낑낑대며 욕실 안으로 들어서는 데 성공했다.

얀의 왼쪽 팔목에서 피가 흐르고 있었다. 정맥을 관통하고 있는 선명한 칼자국은 분명 자살을 가장한 연극이 아니었다. 그는 진짜 자살을 하려고 했던 것이다. 상처는 육칠 센티미터 정도 되었다. 깊이는 확실히 알 수 없었다.

그레타가 얀의 어깨를 훌쩍 뛰어넘어 그의 정면에 서자마자 얀의 오른팔이 날아왔다. 그는 다리를 몸 쪽으로 끌어당겨서 문에 기대어 앉았다. 왼팔은 등뒤로 감추었다. 그는 아무 말도 하지 않았고 그녀를 쳐다보지도 않았으며 단지 바닥에서 뭔가를 찾는 것처럼 두리번거리기만 했다.

그레타는 자기도 모르게 또다시 흉터투성이인 얀의 다리에 시선이 끌려 얀의 행동을 의식하지 못했다. 그러나 정신을 차리며 아차 싶었을 때는 이미 얀의 손에 칼이 쥐여져 있었다. 얀은 칼을 이리저리 휘둘러댔다. 그건 채소를 다듬을 때 쓰는 앞이 톱니처럼 되어 있는 칼이었다. 그레타가 의식을 잃은 채 부엌에 쓰러져 있는 동안 찬장 서랍에서 꺼낸 것 같았다.

칼 때문에 그에게 다가갈 수가 없었다. 너무 가까이 갔다간 다칠 수도 있었다. 물론 다치는 것이 두렵진 않았지만 또다시 정신을 잃게 된다면 영영 희망이 없을지도 모른다는 생각 때문이었다. 대화를 시도해봤지만 얀은 그저 히죽거릴 뿐이었다. 칼로 위협하며 그녀를 꼼짝 못 하게 하곤 자신이 죽어가는 모습을 지켜보라는 뜻이었다. 그녀에게 그것보다 더한 벌은 없다는 걸 그도 잘 알고 있었다.

어떤 말을 해도 그는 그저 웃을 뿐이었다. 그의 얼굴은 이미 시체처럼 창백했다. 전화는 거실에 있었다. 얼굴은 계속 화끈거렸고 머리는 깨질 듯이 아팠다. 절망에도 정도가 있을까? 아마 그럴 것이다. 그레타는 그날 욕실에서 최고의 절망감을 경험했다.

전날 미처 치우지 못한 빨랫감이 욕조에 담겨 있었다. 회색 치마, 파란색 치마 그리고 하얀 물방울 무늬가 있는 블라우스. 두통약은 바닥에 놓여 있었다. 얀은 약 대신 칼을 선택했던 것이다.

그레타는 약병을 들었다. 두통만 사라져준다면! 통증 때문에 아무 생각도 할 수 없는데 어떻게 이성적인 대화로 상대방을 설득시킨단 말인가?

'얀, 죽음은 되돌릴 수 없어요. 제발 마음을 돌려요! 앞으론 당신에겐 좋은 일만 있을 거예요. 더이상 잃을 것이 없잖아요. 내 말 믿어요. 당신이 아무도 못 믿는다는 건 나도 알아요. 그렇지만 이제부터 노력하면 돼요. 나도 최선을 다해서 당신을 도울게요. 당신이 감옥에 갇히느니 차라리 내가 감옥에 가겠어요. 내 말 믿어요! 정말 아무 희망이 없으면 내가 테스를 죽였다고 말하겠어요. 물론 그들은 제 말을 믿지 않겠죠. 그렇지만 난 칼자국의 형태도 설명할 수 있고 또 당신을 사랑한다는 사실만으로도 범행 동기가 그럴듯하잖아요. 당신을 위해서 기꺼이 그렇게 하겠어요.'

그레타는 그 말을 정말로 얀에게 했는지 아니면 생각만 한 건지 기억하지 못했다. 그녀가 기억하는 거라곤 오로지 얀의 시선이 줄곧 자신의 얼굴에 고정되어 있었다는 사실뿐이었다. 그녀가 소변을 보는 동안에도 마찬가지였다. 그레타도 얀처럼 희미하게 미소지었다. 애원하고 매달리는 건 소용이 없었다. 이제 남은 방법은 그와 동일한 무기를 사용하는 것뿐이었다.

"난 뒤로 하는 거 거부 안 해요. 물론 난 당신이 당한 일들을 직접 겪진 않았어요. 내게 섹스는 경이로운 거죠. 강간당하는 기분이 어떤 건지 알지 못해요. 많은 여자들이 강간을 당한 후 인생을 포기하곤 하죠. 그렇지만 남자들에게 그 경험은 더욱 치명적인 것 같아요. 그런 일이 자주 생기면 나중에는 자신이 동성애자라고 믿게 된다죠. 나중에는 여자들하고 아예 잠자리를 할 수 없는 지경에 이르게 되니까…… 그렇지만 진짜 이유는 다른 데 있어요. 그들이 여자를 봐도 흥분하지 않는 이유. 아니면 여자들을 모두 창녀라고 여기는 이유."

그레타는 팬티를 올린 다음 변기 뚜껑을 덮고 그 위에 앉았다.

"난 영리한 여자고 뭐든 원하는 건 반드시 이루고 말죠. 난 당신이 살기를 원해요. 그리고 난 참을성이 많아요. 당신은 아마 진통제 다섯 알을 모두 삼켰을 거예요. 그렇죠? 지금 기분이 어떤가요? 마치 머릿속이 솜으로 가득 찬 것 같지 않나요? 당신은 곧 어린아이처럼 잠에 빠져들겠죠. 그러면 난 당신의 손을 묶은 뒤 문에서 떼어놓고 의사를 부를 거예요. 날 막는 길은 날 죽이는 것뿐이죠. 그렇지만 당신은 그렇게 못 해요! 당신은 지금 자기 발로 일어설 수조차 없을 테니까. 어디 할 수 있으면 한번 해봐요! 일어나서 날 찔러보라구요!"

그의 입가에서 조롱하는 듯한 미소가 사라지고 조금씩 경련이 일어나고 있었다. 칼을 들고 있던 손이 심하게 떨렸다. 아니 몸 전체가 사시나무처럼 떨리고 있었다. 한기가 드는 모양이었다. 그는 팬티 바람으로 찬 타일 바닥에 앉아 있었다. 그러나 욕실의 온도는 이십오

도를 웃돌 정도로 따뜻했다. 과다 출혈로 인한 쇼크가 시작된 것이다. 그가 앉은 좌우로 고여 있던 빨간 핏물이 점점 더 퍼졌고 그의 팬티를 적셨다.

그레타는 안을 보지 않으려고 애썼다.

"정말 죽고 싶다면 날 내보내줘요. 니클라스에게 전화할 테니까. 니클라스라면 당신을 가장 확실하게 죽여줄 거예요. 그가 당신을 얼마나 증오하는지 당신은 아마 상상도 못 할걸요. 그는 테스를 꼬셔보려고 안달이었거든요. 알겠어요? 그는 우리가 당신을 알기 전부터 테스를 쫓아다녔단 말이에요. 그렇지만 단 한 번도 성공하지 못했죠. 그런데도 희망을 버리지 않았어요. 맨디가 태어나자 니클라스는 테스의 마음을 돌려놓을 수 있는 절호의 기회라고 생각했어요. 송년파티가 열린 날 기억나요? 그는 밤새도록 테스와 함께 있었어요. 그런데 그때 당신이 나타난 거죠. 그리고 이제 테스가 당신에게서 벗어나고 싶어하는 걸 알고 새로운 희망을 품게 된 거예요."

그는 시선을 떨구었다. 곧이어 머리도 어깨 쪽으로 힘없이 떨어졌다. 드디어 약이 효력을 나타내기 시작했던 것이다. 그가 비몽사몽간에 어리석은 짓을 저지르지 않도록 막아야 했다. 그레타는 안을 쳐다보지 않으려고 애썼다. 만약 그가 칼을 자신의 목으로 가져간다면……

극단적인 생각은 하지 않기로 했다. 그리고 그의 주의를 딴 곳으로 돌리기 위해 계속 말을 걸었다.

"니클라스는 당신이 테스를 차지한 것에 대해 절대로 용서하지 않을 거예요. 그는 처음부터 당신에게 온갖 누명을 씌우려고 했어요. 그가 오래된 사건 파일들을 찾아냈을 때의 표정을 당신이 봤어야 하는데…… 니클라스는 당신 아버지가 무죄라고 생각해요. 그리고 자기가 사랑하는 테스가 어머니를 죽인 살해자의 덫에 걸려든 거라고 믿고 있죠. 그는 당신이 무슨 짓이라도 저지를 수 있는 살인마라고 생각해요."

그의 눈은 감겨 있었다. 칼을 들고 있던 손은 핏물이 고여 있는 바닥에 힘없이 늘어져 있었다. 그러나 그레타가 채 두 걸음도 다가가기 전에 그의 팔이 공중으로 번쩍 올라갔다.

"다가오지 마, 그레타. 당신 하나쯤 더 죽인다고 달라질 건 없으니까. 사실 난 아무렇지도 않았어. 아니 오히려 그 반대였지. 난 사람들이 고통스러워하고 두려움에 떨며 신음하고 살려달라고 애원하는 모습을 즐겼다구. 테스가 날 저주한 것도 바로 그 때문이지. 바비가 죽을 때 뭐라고 한 줄 알아?"

그는 조용히 웃었다. 그 다음 말은 거의 알아들을 수가 없었다.

"바비는 굉장한 수다쟁이였어. 그런데 상황이 심각하다는 걸 깨닫자 갑자기 조용해지더군. 내 소설에서는 조세핀이라는 이름으로 불렸어. 조시를 한번 찾아봐. 그녀의 진짜 이름은 바바라 맥킨리야. 열아홉 살이 되던 해 서서히 죽음을 맞았지. 당신은 그 이야기를 수십 번씩이나 읽으면서도 전혀 깨닫지 못하더군."

그의 입술은 거의 움직이지 않았고 더이상 눈도 뜨지 않았다. 마지막 경련이 일어나자 칼이 바닥에서 요동쳤다. 그에게서 칼을 빼앗는 건 그리 어려운 일이 아니었다.

그레타는 칼을 안 보이는 곳으로 던져버렸다. 그리고는 문을 활짝 열었다. 붕대가 들어 있는 상자는 차 안에 있었다. 그걸 가져올 만한 여유가 없었다. 수건 몇 장만으로도 지혈은 가능해 보였다. 얀은 의식을 놓지 않고 그레타에게 끈질기게 저항했으나 더이상 위협적이진 않았다. 드디어 그가 모든 것을 포기한 듯 가만히 있자 그레타는 그의 손목을 들여다보았다.

상처는 생각보다 길었다. 그러나 깊지는 않았다. 정맥만 잘랐을 뿐 동맥까지 건드리진 못했던 것이다. 출혈이 심하긴 했지만 맥박은 규칙적이었다. 그레타는 수건을 둘둘 말아 상처 부위에 꽉 묶었다. 그런 다음 거실로 달려갔다. 수화기를 두 번씩이나 놓칠 정도로 손이 심하게 떨리고 있었다.

*

나는 그레타의 집에서 나온 뒤 집으로 가지 않고 바로 사무실로 향했다. 그레타의 소형 녹음기가 여전히 책상 위에 놓여 있었고 이미 녹음이 끝난 테이프 두 개도 함께 놓여 있었다. 난 그걸 가지고 집으로 돌아가 녹음된 내용을 들어보았다. 그러나 유감스럽게도 그걸 녹음하는 데 얼마나 걸렸는지는 알아낼 수가 없었다. 한 사건을 정리하고 다음 사건으로 넘어가는 동안 얼마나 걸렸을까? 이 초 아니면 십오 분? 설사 이 초 만에 다음 사건을 녹음했다 하더라도 세시 반에 사무실을 떠나는 건 불가능해 보였다. 아무리 빨라도 한 시간은 더 걸렸을 것이다.

생각이 여기에 미치자 나는 전화기 옆에 앉은 채 내게 은밀한 정보를 알아봐줄 사람이 없을까 고민하기 시작했다. 내가 알고 있는 모든 친척들과 친구들의 얼굴을 떠올려보았다. 그러나 그들 중에 아무도 국방부에 영향력을 갖고 있는 사람은 없었다.

나의 형제들 중에서 유일하게 조국에 대한 의무를 다한 건 형 호르스트뿐이었다. 그는 일 년 전에 일본 여자와 결혼했다. 형과 형수는 지리학자였다. 난 지금까지도 형수의 얼굴을 보지 못했다. 심지어 이름도 정확하게 알지 못했다. 어머니는 그녀를 '아니'라고만 불렀다.

호르스트와 아니는 남극에 있는 빙하를 탐사중이었고 어머니의 걱정과는 달리 이글루가 아니라 베이스캠프에서 살았다. 그래서 그에게 연락을 취한다는 것은 한마디로 불가능했다. 물론 이론적으로 탐사 프로젝트를 의뢰한 사람에게 부탁해서 무선을 보낼 수는 있었다. 그러나 "국방부에 혹시 아는 사람 없어?"라는 간단한 질문을 하기에는 절차가 너무 복잡했다.

그러나 그런 가능성까지 생각해보았다는 사실만으로도 내가 어떤 심정이었는지는 짐작할 수 있을 것이다. 내 생각은 일본을 넘어 남극까지 뻗치고 있었다. 그래서 그 순간 테스의 죽음은 물론이고 그레타에 대한 걱정도 까맣게 잊고 있었다.

주위가 너무 조용했다. 부모님은 아마 아침을 들고 계실 것이다. 그러나 내 방에서는 아무 소리도 들리지 않았다. 바깥도 조용했다. 가만히 귀를 기울이자 작게 새들이 지저귀는 소리가 들렸다. 견디기 어려울 정도로 모든 것이 너무 평화로웠다.

그런데 전화벨 소리가 그 참기 어려운 정적을 깼다. 나는 벨이 울리기가 무섭게 수화기를 들었다. 그레타는 작은 목소리로 간단하게 상황을 설명했고 전화한 용건을 말했다. 당장 응급조치를 할 수 있는 믿을 만한 의사가 필요하다는 것이었다. 그 일의 적임자는 내 동생 아르민뿐이었다. 얼마 전 대학병원에서 인턴과정을 수료한 그는 외과의가 되고 싶어했다.

얀이 자살하려고 했다는 소식을 듣고도 난 걱정되지 않았다. 아니 오히려 조금 안심이 되었다.

"아르민이 근무중인지 아닌지 모르겠어. 만약 근무중이라면 병원에서 나오기 어려울 거야."

"위급한 상황이란 말이야. 모르겠어? 아무렇게나 둘러대봐. 어서! 얀이 벌써 피를 너무 많이 흘렸단 말이야!"

피를 많이 흘린 정도로는 충분하지 않았다. 피를 다 흘려버렸어야 속이 시원해질 판이었다. 그럼에도 불구하고 나는 떠날 채비를 했고 길이 꽤 막히는 편이었는데도 정확히 십오 분 만에 그레타의 집에 도착했다.

내가 도착했을 때 그레타는 이미 얀에게 피 묻은 속옷을 갈아입히고 침실로 끌고 와 침대 위에 누인 다음 두 장의 이불로 꽁꽁 감싸놓은 뒤였다. 의식이 돌아왔는지는 알 수 없었고 또 굳이 알고 싶지도 않았다.

그레타는 이마가 찢어지고 눈자위가 부풀어올라 보기에도 끔찍한 모습이었다. 그래서 더욱 얀이 이루지 못한 일을 내가 마무리지어주고 싶었다. 그레타에게 일단 얼굴을 씻고 옷을 갈아입으라고 한 뒤 난 욕실 바닥에 있는 핏자국을 닦았다. 귀찮은 생각에 걸레 대신 그레타의 재킷과 블라우스를 사용했다. 얀이 얼마나 피를 많이 흘렸는지 내 동생이 금방 알아보지 못하도록 하고 싶었다. 아르민도 분명 지난밤의 심리학 교수처럼 그를 병원으로 데리고 가겠다고 할 거라고 생각했기 때문이다.

그레타는 불안하고 의심스러운 눈초리로 나의 행동을 지켜보았다.

"지금 뭐 하는 거야?"

"옷 빨고 있잖아. 이렇게 피가 잔뜩 묻은 채로 세탁소에 가져갈 순 없을 테니까."

내가 말했다.

"그냥 둬. 어차피 그 재킷은 못 써. 그건 그렇고 아르민은 언제 오는 거야?"

"이곳이 대강 정리되는 대로 전화할 거야."

그러자 그레타는 무섭게 화를 냈다.

"뭐? 아직 전화도 안 했다는 거야? 아까 전화하라고 했잖아, 위급한 상황이라고……"

"진정해. 얀은 안 죽을 테니까."

나는 그녀를 거실로 데려가 소파에 앉힌 다음 동생에게 전화를 걸었다. 십 분쯤 지나자 아르민이 나타났다. 병원 근무가 없는 날이었다. 아르민은 우선 그레타의 상태부터 살펴보았다. 손가락으로 눈자위를 만져보더니 미처 내가 설명을 하기도 전에 부러진 곳은 없다고 말했다.

"네가 돌봐야 할 환자는 침실에 있어."

처음에 아르민은 얀의 상처를 그 자리에서 바로 꿰매는 데 반대했다.

"병원으로 데리고 가야 해. 링거를 맞아야 할지도 몰라. 이런 상황에서는 아무것도 확실하게 알 수가 없어."

"일단 혈압부터 재봐. 그건 할 수 있을 거 아냐. 보기보단 심하지 않을 거야. 그레타가 즉시 발견하고 수건으로 지혈을 했으니까. 게다가 손목을 긋기 전에 스팁토비온을 몇 알 먹었대."

그 말에 아르민은 웃었다.

"스팁토비온은 사소한 작은 상처에나 도움이 될 뿐이야. 물론 그게 도움이 될 거라고 믿고 있다면 말이야. 이런 심각한 상처에는 아무 소용이 없어. 그리고 또하나, 내가 지금 이 자리에서 이 남자를 꿰맸다고 치자구. 그러면 다음번에는 더욱더 깊이 그을 거야. 그러면 모든 책임은 나한테 있단 말이야."

"문제가 생기면 책임은 내가 질게. 그리고 이 사람도 다시는 이런 짓 안 할 거야. 만약 정말 자살할 생각이었다면 스텁토비온 같은 걸 먹지도 않았겠지. 이런 큰 상처에는 도움이 안 된다는 걸 알 리가 없었을 테니까. 게다가 상처도 더 깊이 냈을 거고 또 그레타를 좀더 오래 기절해 있도록 만들었을 거야. 자, 그러니까 이제 내가 시키는 대로 해. 상처를 꿰매라구. 이 사람은 병원에 누워 있을 수가 없어. 보험도 안 들었거든."

"믿을 수가 없어."

아르민이 말했다.

"사실이야. 얀은 프리랜서 작가고 그래서 개인보험에 가입되어 있었어. 그런데 보험료를 내지 못해서 계약이 해지되고 말았지. 그게 두 달 전이야."

"그럴 리가!"

아르민은 못 믿겠다는 투로 중얼거렸다.

나의 새빨간 거짓말에 대한 의심이었는지 아니면 보험사의 부도덕한 처사 때문이었지는 모르겠다. 어쨌든 그는 가방을 열더니 혈압계를 꺼냈다. 그러곤 침대에 피가 묻지 않도록 흡수력이 좋은 수건을 갖다달라고 했을 뿐 다른 도움은 구하지 않았다. 수건을 갖다주자 아르민은 우리에게 나가 있으라고 했다. 우리는 부엌으로 갔다. 진한 커피 생각이 간절했다. 그레타도 몇 잔쯤은 거뜬히 마실 수 있을 것처럼 보였다. 커피를 뽑는 동안 나는 하나마나인 뻔한 질문을 던졌다.

"얀이 그랬어?"

"아니, 문에 부딪혔어. 어깨로 밀어도 문이 안 열리길래 얼굴로 해보면 어떨까 싶어서."

"농담은 그만둬. 어쨌든 얼음찜질이라도 하는 게 좋겠어. 그런 모습으로 사람들 앞에 나설 순 없잖아. 특히 카라이스가 네 모습을 보면 무지 좋아할걸. 아마 월요일까지 감쪽같이 낫긴 어려울 거야."

"화장을 진하게 하면 돼."

"생각처럼 쉽진 않을 거야. 지금 네 모습이 어떤 줄 알아? 거울로 직접 봤어?"

그레타는 고개를 저었다. 우리는 식탁에 마주 앉았다. 나는 그레타의 손을 잡고 힘을 주었다.

"얀의 주먹에도 정신을 못 차린 걸 보니 아마 이 부엌에 이렇게 함께 앉아 있는 것도 마지막일 듯싶군. 그렇지?"

"헛소리하지 마."

나는 조용히 웃었다.

"하긴, 입에 거품을 물 정도로 화가 나서 자살 소동까지 벌인 사람이 나의 라이벌이 될 수는 없지."

그레타는 아무 말 없이 커피잔만 노려보았다.

"그가 왜 그랬는지 알아?"

내가 물었다.

"우리가 자기 과거에 대해 이야기하는 걸 들었대."

"그게 다야?"

그녀는 고개를 끄덕였다.

"점점 더 의문만 생기는걸. 정말 양심에 찔리는 게 없었다면 다른 사람이 나의 과거에 대해 뭐라고 하는 게 손목을 그을 이유가 될까?"

물론 얀의 자살 기도는 실패로 돌아갔다. 난 자살 동기도 의심스러웠지만 그가 정말 자살하려고 했다는 사실도 믿지 않았다. 개수대 위에는 먹다 남은 비타민들이 있었다. 그가 그게 비타민이란 걸 몰랐을 리가 없었다.

게다가 혈액응고를 도와주는 약은 있는 대로 다 먹었다. 비록 포장지는 뜯겨 있었지만 그레타가 언젠가 자신이 여러 가지 이유로 스팁토비온을 복용하고 있다고 말했을 가능성은 충분했다. 사람들을 모두 바보로 만드는 영리한 개. 지난 삼 년 반 동안 나는 그를 줄곧 그렇게 여겨왔지만 오늘에서야 그 증거를 잡았다는 생각이 들었다.

그레타는 얀의 말에 대해 생각하고 있었다. '바바라 맥킨리는 아주 서서히 죽어갔어.' 물론 그 말을 입 밖에 내진 않았다. 그런 생각들을 부정하고 싶었다. '진심이 아닐 거야. 너무 화가 나서, 나한테 실망해서 그렇게 말했을 뿐이야.'

나는 그녀가 다른 생각에 골몰해 있다는 걸 알았다. 그녀가 무슨 생각을 하는지 알 수만 있다면…… 슬쩍 물어봤지만 소용이 없었다. 그레타는 나와 논쟁을 벌일 기분이 아니었다. 우리 두 사람은 결국 아무 말 없이 나란히 앉아 아르민이 일을 끝낼 때까지 기다렸다.

마침내 아르민이 부엌으로 오더니 우리 곁으로 다가와 앉았다.

"커피 한잔 얻어 마실 수 있을까? 대신 진료비는 안 받을게."

"자식, 농담은."

나는 그렇게 말하며 웃었지만 사실은 농담할 기분이 전혀 아니었다.

"고작 그 정도 가지고 진료비를 받을 생각이었단 말이야? 진료비 대신 얀이 쓰고 있는 소설을 줄게. 언제 완성될지는 모르겠지만. 그건 그렇고 얀은 좀 어때?"

아르민은 간단하게 얀의 상태를 설명했다. 환자는 육체적인 것보다는 심리적으로 문제가 있는 것 같다고 했다. 그리고 그가 똑같은 시도를 반복하지 못하도록 막기만 한다면 큰 문제는 없을 거라고 했다. 또 그레타에게 얀이 스팁토비온 외에 또 어떤 약을 먹었는지 물었다. 그레타가 대답하자 손을 내저으며 그 정도는 걱정할 것 없다면서 그래도 일단은 안정을 취하도록 가만히 내버려두는 것이 좋겠다고 했다. 또 너무 많은 양의 비타민을 먹었기 때문에 잠에서 깨어나면 메스꺼워할지도 모른다고 덧붙였다.

아르민은 강한 신경안정제와 철분보조제를 처방했다. 그러고는 물었다.

"저 남자, 다리는 왜 저런 거지? 정말 끔찍하던걸."

"어릴 때 가스불에 올려놓은 물주전자를 엎었대."

그레타가 대답했다.

"아, 그랬었구나. 그렇다면 운이 좋았네. 보통 그런 경우엔 머리와 상체에 화상을 입는 게 대부분인데."

나는 가까운 약국에 다녀올 때까지 아르민에게 그레타와 함께 있어달라고 부탁했다.

"얀이 깨어나면 어떤 반응을 보일지 모르잖아. 그레타만 혼자 놔두는 게 불안해서 그래."

그레타 역시 그 순간만은 얀과 단둘이 있고 싶지 않았다. 겁이 나기도 했고 게다가 처리해야 할 일이 너무 많았던 것이다. 우선 얀의 집으로 가서 산더 부인을 만나야 하고 수갑도 찾아야 하고 또 그밖에 의심을 살 만한 물건들이 없는지 살펴봐야 했다. 그리고 무엇보다도 얀의 소설을 읽어야 했다.

바바라 맥킨리! 미국 여자일까? 바링어가 여행에서 잠깐 사귄 여잔가? 그러나 다른 가능성도 없진 않았다. 그 주변엔 미군 부대가 주둔하고 있었고, 부대가 있는 곳엔 언제나 여러 종류의 여자들이 들끓게 마련이었다.

그레타는 내가 얀의 주변을 캐고 다니는 걸 막을 수 없다는 걸 알고 있었다. 그녀는 내가 어디서부터 시작할 것인지 알고 싶어했다.

나는 함께 약국에 들렀다가 린덴탈로 가겠다고 고집을 부리는 그레타의 속셈을 어렴풋이 짐작할 수 있었다.

"그래봤자 소용없을 거야, 그레타. 그 집은 이미 폐쇄됐을걸."

"그렇지만 꼭 들어가야 해. 가서 컴퓨터와 디스켓을 갖고 와야 한단 말이야. 하루 종일 얀을 침대에 매어둘 순 없잖아. 일을 하다보면 나쁜 생각을 잊어버릴 수도 있어. 게다가 화요일까지 넘겨줘야 할 대본도 있다고 했단 말이야. 동료가 사고를 당해서 대신 써주기로 했대."

"그렇다면 그 일은 다른 사람에게 맡겨야 할 거야. 설마 저런 상태에서 일을 할 수 있다고 정말 믿는 건 아니지?"

나는 그레타의 말을 믿지 않았지만 그래도 카라이스에게 전화를 걸어 그 말을 전하기로 했다. 그리고 그 덕분에 그레타가 숨기고 있었던 일들에 대해 알게 되었다. 그건 그레타가 컴퓨터를 가져와야겠다고 했던 이유와 관련이 있는 것 같았다. 그렇지만 만약 그게 아니라면…… 어쨌든 무슨 일이 있어도 그레타 곁에 꼭 붙어 있기로 마음먹었다. 얀의 집은 예상대로 폐쇄되어 있었다.

그러나 카라이스는 컴퓨터와 그밖의 작업도구들을 꺼내올 수 있도록 허락했다. 현장에는 경찰들이 지키고 있을 거라고 했다. 경찰은 컴퓨터에는 별 관심이 없었다. 당연했다. 그 속에 결코 작가의 상상력에서 나온 것만이 아닌 살인 사건 몇 개가 저장되어 있다는 사실을 그들이 어떻게 알겠는가.

"가자. 카라이스 형사가 부하들한테 지시를 내려놓겠대."

그레타의 집을 나선 건 열시 반이 조금 넘었을 무렵이었다. 아르민은 얀의 곁에 남아 있기로 했다. 얀의 집으로 가는 동안 우리는 아무 말도 하지 않았다. 그레타는 앞을 응시하다가 가끔씩 곁눈질로 힐끗

거리며 내 눈치를 살피곤 했다. 내게 뭔가를 부탁하고 싶은 눈치였지만 용기가 나지 않는 모양이었다.

그레타는 꽤 긴 시간 동안 공들여 화장을 했다. 물론 멋지게 보이기 위해서가 아니었다. 그러나 눈썹 주위의 상처와 멍든 곳을 완벽하게 가릴 수는 없었다. 또한 진한 와인색 계열의 립스틱도 터진 입술을 완전히 가려주진 못했다. 카라이스가 이런 모습을 본다면 그냥 넘어가지 않을 것이다.

잔인하게 들릴지도 모르겠지만 카라이스의 날카로운 질문에 그레타가 쩔쩔맬 걸 생각하니 위안이 되었다. 이런 상황에서 얀이 폭력을 쓴 주범이라는 사실을 밝히지 않고 어떻게 넘어갈 수 있단 말인가. 아무리 얀을 감싸려고 해도 그 점만은 숨길 수 없을 거라고 생각했다. 카라이스 같은 노련한 경찰이라면 얀이 그레타에게 폭력을 썼다는 사실만으로도 대강의 정황을 짐작할 수 있을 것이다. 아니, 그러기를 바랐다.

그러나 카라이스는 이미 경찰서로 돌아가고 없었고 남아 있던 경찰관들이 이웃 사람들을 심문하는 중이었다. 한밤중에 느닷없이 경찰의 방문을 받은 사람들이 그리 호의적일 리는 없었다. 처음에 대부분의 사람들은 아무것도 기억나지 않는다고 했다. 토요일 오전 열한 시는 대개 사적인 시간이었다.

그레타는 혹시 자신이 한 발 늦은 것이 아닌가 하고 무척 불안해했다. 산더 부인이 벌써 사실대로 말해버렸다면…… 물론 처음에는 아무것도 기억하지 못했다가 나중에 우연히 또는 반복되는 유도심문에 의해 새로운 사실을 기억해내는 경우도 흔하다. 그레타는 실낱같은 희망을 걸었다.

나이 든 여자들 중 다른 사람들의 일에 호기심이 많고 주목받고 싶어하는 사람들을 심리적으로 유도하는 일은 그레타에게 조금도 문제가 되지 않았다. 그렇다면 바바라 맥킨리는? 그 점도 그녀는 크게 신경 쓰지 않았다. 이름도 모르는 여자에 대해 내가 알아낼 수 있는 건 별로 없을 거란 것이 그녀의 계산이었다. 그리고 군대에서 개인의 정보를 줄 리도 없다고 확신했다. 그녀가 차 안에서 무슨 생각을 하고 있었는지는 모르겠다. 그걸 알아내기까지는 며칠이 걸렸다.

얀의 집으로 가던 도중 약국 앞에서 차를 세워 처방전에 씌어진 대로 약을 받은 다음 다시 출발했다. 내리기 직전에 나는 그레타가 어떤 생각을 하는지 알아내려고 다시 한번 시도해보았다.

"얀이 걱정돼서 그래? 그럴 필요 없어. 아르민이 곁에 있으니까 별일 없을 거야. 아니면 얀이 아르민한테 무슨 얘기라도 할까봐 두려운 거야?"

그레타는 가볍게 고개를 흔들었다.

"아니, 잘 알면서 뭘 그래? 얀이 날 때렸어!"

'이제야 실토를 하는군' 하고 생각하며 나는 말을 이었다.

"그래, 그것도 여러 번씩이나. 한 번 정도는 감정이 격해져서 그런 거라고 이해해줄 수도 있겠지. 욕실로 가려고 했는데 네가 못 가게 막아서. 그렇지만 그는 네가 기절한 뒤에도 계속 때렸어. 바로 자기 소설에 자주 나오던 장면처럼 말이야. 소설의 주인공들은 전부 자기통제가 불가능한 사람들이었지. 너도 다 읽었잖아. 희생자들은 모두 그렇게 실컷 얻어맞은 뒤에 살해까지 당했어. 그가 주먹질을 그만둔 건 아마 네가 죽었다고 생각해서였을 거야. 안 그래?"

"됐어, 그만 해."

"아니, 네가 정신을 차릴 때까진 그만 못 해. 그레타, 그를 네 집에 그냥 둘 순 없어. 다음번엔 네게 주먹 대신 칼을 휘두를지도 모르잖

아. 너도 어젯밤에 봤잖아, 그는 정상이 아니야. 매 순간 달라지는 사람을 어떻게 믿어? 저기 안에 있는 경찰들에게 사실대로 말해. 그를 감싸고도는 것만이 그를 위하는 길은 아니야."

"날 가만히 내버려둬, 니클라스."

"그러다가 그가 사실대로 말해버리면?"

그레타는 못마땅한 듯이 신음 소리를 내더니 그만 하라는 손짓을 보내곤 다시 생각에 잠겼다. 만약 얀이 아르민에게 바바라 맥킨리 얘기를 한다면? 그녀는 미처 거기까지 생각하지 못했던 것이다. 그러나 얀이 그렇게 빨리 깨어날 순 없을 거라고 믿으며 다시 마음을 가라앉혔다. 그리고 설사 그런 일이 일어난다 하더라도 아르민 정도는 쉽게 속일 수 있을 것이다.

만약 아르민이 얀에게 어떤 얘기를 들었다 하더라도 그레타는 그에 대한 대답을 미리 준비해두고 있었다. '얀은 깊은 죄책감에 빠져 있어. 테스의 죽음이 자기 탓이라고 생각한단 말이야. 테스가 보는 앞에서 나와 함께 나갔기 때문이라고.' '그래서? 그게 뭐 어쨌다고? 얀이 그 시각에 집에 있었다고 했어? 아르민, 그건 말도 안 돼. 얀은 나와 함께 우리집에 있었어.' 그레타는 이렇게 둘러대야겠다고 생각했다. 그러나 그것보다 더 시급한 문제는 따로 있었다.

경찰관들이 감시하는 한 그레타는 얀의 집을 뒤질 수가 없었던 것이다. 그렇다고 내게 자기가 어떤 물건을 찾는 동안 경찰의 주위를 돌려달라고 부탁할 수도 없는 형편이었다.

나는 그녀를 설득해보려고 갖은 애를 썼지만 소용이 없었다.

오전인데도 벌써 삼십 도를 웃도는 더운 날씨였다. 에어컨 덕분에 차를 타고 오는 동안엔 느끼지 못했지만 차에서 내리자마자 숨쉬기가 곤란할 정도로 공기가 덥고 무거웠다.

"언젠가 맨디가 어른이 되면 사실대로 이야기해줄 거야. 모두들 머리가 돌 정도로 더운 여름날이었다고. 너무 더워서 하루에도 세 번씩 속옷을 갈아입어야 하고 정신이 혼미할 정도였다고. 그리고 자기 엄마는 수영복 팬티만 입은 채 의자에 누워 죽어 있었다고. 칼에 찔려서. 미친 놈의 짓이 틀림없어. 그렇지만 얀은 아니야. 절대로. 그는 그런 짓을 할 위인이 못 돼."

바로 그 순간 나는 그레타에게서 전날 밤 얀의 눈빛에서 느꼈던 것과 같은 느낌을 받았다. 광적인 집착. 마음은 말할 것도 없고 머리까지 두 개로 분리된 것 같은 느낌. 무려 삼 년 반 동안이나 그의 마음을 얻으려고 애썼고 테스와는 삼십 년이라는 세월을 함께 지냈다. 그렇게 그녀는 잃어버린 꿈과 도둑맞은 사랑을 받아들일 수밖에 없었던 것이다.

그러자 문득 얀이 그레타의 마음을 받아들였더라면 얼마나 좋았을까 하는 생각이 들었다. 단 한 번만이라도 그녀와 잠자리를 했더라면. 아니 열 번이라도 상관없다. 물론 최근이 아니라 처음 두 사람이 알기 시작했을 무렵에. 그랬더라면 그레타가 그의 참모습을 봤을 텐데. 그레타는 틀림없이 그의 실체를 꿰뚫어볼 수 있었을 것이다. 그가 감정이 없는 냉혈인간이란 것을. 그리고 8월의 어느 일요일 오후 테라스에서 테스가 그에 대해 비난했던 내용을 자기가 먼저 느꼈을 것이다. 그는 다른 사람의 감정을, 그 사람의 모든 것을 빨아먹고 사는 흡혈귀 같은 인간이었다.

*

집 안에는 모두 세 명의 경찰이 있었다. 펠버트와 다른 두 명의 경찰은 거실에 있는 서랍장과 가방 그리고 복도에 있던 수납장들을 수색하고 있었다. 펠버트는 호의적인 태도를 취했으며 그들이 나타난 이유보다는 그레타의 얼굴에 더 많은 관심을 보였다.

그러나 유심히 살펴보기만 할 뿐 직접 묻지는 않고 틴너 씨의 안부만 물었다. 그의 말투에서 비아냥거림이 느껴졌다.

그러고는 얀의 작업실까지 우리를 따라왔다. 그곳의 공기는 아래층 거실보다 훨씬 더 나빴다. 창고처럼 케케묵은 냄새에 몇십 년은 묵혀둔 것 같은 지독한 담배 냄새까지. 그레타는 컴퓨터와 모니터를 운반하기 쉽도록 포장한 뒤 책상 위에 있는 디스켓 박스를 집어들었다. 그런 다음 책상 서랍들을 하나씩 열어보았다.

제일 위칸에는 펜 몇 자루와 펀치, 스테이플러, 수첩, 일회용 라이터 그리고 담뱃갑이 들어 있었다. 그 아래 서랍에는 흰 종이 뭉치밖에 없었다. 수갑은 보이지 않았다. 그건 내 차 안에 있었다. 그리고 그밖의 다른 고문기구들도 우리집에 있다는 걸 그녀가 알 리 없었다.

그레타는 빈손으로 나가면 의심받을까봐 종이 뭉치와 수첩 그리고 라이터와 담배를 집어들었다. 펠버트는 문가에 서서 우리가 중요한 증거를 은폐하지 못하도록 감시하고 있었다.

'저런 생각은 어젯밤에 했어야지' 하고 생각하며 나는 치밀하지 못한 수사에 혀를 끌끌 찼다.

그는 마치 의무감을 느끼는 것처럼 우리에게 수사 상황에 대해 알려주었다. 경찰들은 뭔가를 알아내고자 할 때 괜히 친한 척 군다. 아직 이웃 사람들에게서는 단서가 될 만한 정보를 얻지 못했다고 했다. 두 집은 휴가를 떠나고 없었다. 또다른 두 집은 금요일 오후에 장을 보러 나갔다. 결국 그 시각에 집에 있었던 건 산더 부인뿐이었다.

그러나 산더 부인도 직접 눈으로 본 건 없었다. 얀이 세시 반경 집으로 돌아오는 건 보지 못했다고 했다. 그후에는 자기 집 거실에 앉아 텔레비전을 봤다. 그런데 테라스 문이 내내 열려 있었지만 이웃집에서 싸우는 소리 같은 건 듣지 못했다는 것이다.
"분명 큰 소리로 싸우진 않았을 겁니다. 설사 이웃집 노부인이 텔레비전에 열중해 있었다 하더라도 여기서 누군가 소리를 질렀다면 맞은편 집에 들리지 않을 리가 없어요. 우리가 다 실험해봤다구요."
펠버트가 말했다.
"싸운다고 해서 꼭 소리를 지르라는 법은 없죠."
나는 그렇게 말하며 그레타의 부어오른 얼굴을 힐끗 쳐다보곤 웃었다. 그러곤 이렇게 덧붙였다.
"뭐라고 소리를 질러야 할지 전혀 생각나지 않는 경우도 있거든요. 그럴 땐 주먹부터 나가는 법이죠. 예를 들어 누군가에게 배신당했다고 느낄 때나 혹은 버림받을까봐 두려울 때처럼 말입니다."
펠버트는 무슨 뜻인지 몰라 잠시 눈썹을 치켜올리더니 나를 의심쩍은 눈초리로 바라보았다. 나의 마지막 말에서 그는 그레타의 얼굴을 그 지경으로 만든 장본인이 바로 나라고 해석해버린 듯했지만 난 신경 쓰지 않았다. 그는 의미심장하게 고개를 끄덕였다.
"물론입니다. 가까운 사이라도 그런 일은 종종 있게 마련입니다. 그렇지만 틴너 부인의 경우엔 구타를 당한 흔적이 없었습니다. 반대로 틴너 씨의 오른쪽 팔목에 긁힌 자국이 있더군요. 틴너 씨와 줄곧 함께 계셨으니 바레시 양도 보셨으리라 생각되는군요. 그렇죠?"
그는 호의적인 미소를 지으며 그레타에게 물었다.
"그런데 이웃집 노부인은 바레시 양이 네시경에 오시는 걸 보지 못했다고 하더군요. 물론 그때 부엌에 있진 않았답니다. 다만…… 네시 반쯤 차소리를 들었는데 어느 방향에서 들려온 건지는 확실하지 않다고 했어요. 그리고 차소리 말고 또다른 소리도 들렸다더군요."

펠버트의 미소 띤 얼굴이 차츰 굳어갔다.

"혹시 바레시 양이 시간을 착각하신 건 아닌가요? 틴너 씨와 집을 나선 게 네시가 아니라 네시 반일 가능성 말입니다. 시계를 보진 않았다고 하셨죠?"

"그럴 수도 있겠군요."

그레타가 중얼거렸다.

"혹시 자동차 모터에 어떤 문제라도 있나요?"

"출발할 때 깜빡하고 삼단을 넣은 상태에서 클러치를 놓쳤거든요. 그래서 시동이 한 번 꺼졌죠. 그것 말씀이신가요?"

그러나 그런 의미가 아닌 것 같았다. 나는 그의 표정 변화를 빠짐없이 자세히 살폈다. 그레타가 불안해하면 할수록 그는 더욱더 자신감에 넘치는 표정을 지었다.

"게다가 조금 급하게 몰았던 것 같아요. 부부싸움에 말려들고 싶은 사람이 어디 있겠어요? 액셀을 좀 세게 밟았던 것 같아요. 시동이 또 꺼질까봐요. 제 마음 이해하시겠어요?"

그레타의 설명에 그제야 펠버트는 흡족해하는 것 같았다. 그는 가볍게 고개를 끄덕였다.

"그랬군요. 그 정도면 이 문제는 설명된 것 같습니다."

그레타는 침실로 갔고 펠버트가 그 뒤를 따라갔다. 심지어 그레타가 얀의 옷가지를 챙기는 것을 친절하게 도와주기까지 했다. 그레타는 얀의 셔츠를 접어 침대 위에 올려놓은 뒤 가방을 찾기 시작했다. 어딜 가도 펠버트의 시선을 벗어날 수는 없었다. 난 조금 안심이 되었다. 그런 상태라면 어떤 증거도 몰래 숨길 수 없을 테니까 말이다. 그가 곁에 있는 한 어떤 물건이건 찾을 엄두조차 내지 못할 것이 분명했다.
 나는 컴퓨터와 모니터를 차에 실었다. 침실로 돌아왔을 때 그레타와 펠버트는 아직도 짐을 싸고 있었다. 가방이 보이질 않았다. 그레타는 결국 옷가지들을 가슴에 한아름 안은 채 계단을 내려가야 했다.
 그런데 얀이 지난밤에 앉아 있던 계단을 지나가다 그레타가 갑자기 걸음을 멈추었다. 한순간 나는 그레타가 그 자리에 주저앉아버리는 줄로만 알았다. 그러나 곧 다시 허리를 곧추세우곤 땀을 뻘뻘 흘리며 작업에 열중하고 있는 다른 두 명의 경찰관이 있는 복도로 내려오며 평소의 모습을 되찾았다.
 그들은 가방 안에서 작은 다이어리를 발견했다. 다이어리에는 온갖 메모들이 빼곡히 적혀 있었다. 주소록에는 육십여 명의 사람들의 이름과 전화번호가 기록되어 있었다. 일 주일 평균 대여섯 번의 약속이 잡혀 있었고 만나는 시각은 대개 오후였다. 메모는 모두 약자로 짧게 기록되어 있었다. 또 가끔 '점심 약속, 아버지'라고 메모도 눈에 띄었는데 그 뒤에는 정확한 약속 시간과 PL 또는 KP라는 약자가 적혀 있었다.
 펠버트가 다이어리를 넘기는 동안 나도 옆에 서서 슬쩍 들여다보았다. 그는 그레타에게 약자를 설명해줄 수 있겠느냐고 물었다. 대부분은 문제가 없었다. FS란 피트니스 센터를 의미했다. 다이어리에 의하면 테스는 수요일에만 그곳에 간 모양이었다. 그런데 왜 우리에게는 화, 수, 금, 일 주일에 세 번씩 간다고 했을까? S는 태양은행으로, 매주 목요일로 되어 있었고 K는 피부마사지를 의미했다.
 "'아버지'란 턴너 부인의 아버지를 의미하는 거겠죠?"
 펠버트가 물었다.
 "아뇨, 테스는 자기 아버지를 항상 아빠라고 불렀는데…… 그리고 자기 부모님한테 가는 것까지 다이어리에 적어놨을 리는 없어요. 예를 들어 지난주에는 거의 매일 그곳에 가다시피 했는걸요. 대개는 오전이었죠. 자기 아이를 만나기 위해서요."

그러니 테스가 점심시간에 시내에서 자기 아버지와 약속했을 가능성은 거의 없었다. 담너 씨는 올 가을로 일흔두 살이 되었다. 운전대를 놓은 지 이미 오래였고 그렇다고 이런 날씨에 전철을 타고 시내까지 나간다는 것도 그에겐 힘겨운 일이었다. 더군다나 테스가 매일 집으로 찾아오는데 굳이 그럴 필요가 있겠는가?

"담너 씨 가족은 테스가 살해되었다는 걸 알고 있습니까?"

내 물음에 놀랍게도 펠버트는 아니라고 대답했다. 그들은 오후에 담너 씨 집을 방문할 예정이라고 했다. 그러나 가족을 위로하기 위해서가 아니라 수사에 필요한 자료를 얻기 위해서일 뿐이었다. 펠버트는 당연히 우리가 연락했을 거라고 생각했다. 그러나 사실은 우리 중 어느 누구도 그런 생각을 하지 못했다.

그렇다고 이제 와서 그 일을 그레타에게만 미뤄둘 순 없었다. 담너 씨 가족들은 한마디로 순수하고 순박하고 선량한 사람들이었다. 신에 대한 믿음이 강하진 않았지만 자기 딸 테스에 대한 믿음만은 거의 맹목적이라 해도 과언이 아니었다. 요아힘은 부모로부터 물려받은 가업으로 전 가족들의 생계를 책임지고 있었다. 그는 등골이 휘어지도록 일했고 그 덕분에 마흔일곱 살인데도 노인처럼 보였다. 반면 테스는 언제나 공주였다.

그리고 그레타 역시 담너 씨에겐 호주머니에 든 마지막 동전을 털어 기꺼이 아이스크림을 사줄 정도로 친딸이나 마찬가지인 존재였다. 그런 그레타에게 어느 누구도 담너 씨 가족에게 "테스가 죽었어요"라는 말을 전하라고 강요할 수 없었다.

"제가 하죠."

내가 말하며 곧바로 떠날 준비를 했지만 펠버트 형사가 붙들었다. 그는 다이어리에 적힌 '아버지'가 담너 씨가 아니라면 도대체 누구인지 알고 싶어했다. 주소록에도 '아버지'로 표기된 사람은 없었다.

그레타는 다른 생각을 하느라 미처 그 사실을 깨닫지 못했다. 그렇지 않았더라면 그녀가 제일 먼저 알아차렸을 것이다. 지금까지 테스의 인생에는 딱 두 명의 아버지 또는 아빠가 있었다. 그건 바로 그녀 자신의 아버지와 맨디 아버지였다. 이름도 없는 그 남자! 양심이라곤 없는 유력인사! 사람들의 시선을 무척 두려워하면서도 다른 한편으로는 자기 애인에게 폭행도 서슴지 않는 남자. 그레타는 이 년 전에 그가 주차장에서 테스에게 입힌 상처를 두 눈으로 똑똑히 보았다. 그랬다. PL이란 바로 라덴슈타트에 있는 주차장을 의미했다!

그레타는 펠버트에게 그 사실을 이야기하면서 몇 번씩이나 말을 더듬었다. 큰 충격을 받은 것 같았다. 그러나 헬스클럽의 기계에 끼어 생긴 상처는 도대체 뭐란 말인가? 또 세시 반에 걸려온 전화와 재발신 번호에서 0이 찍힌 건? 그런데도 테스는 그 남자를 항상 감싸주려고만 했다.

그레타는 어이없는 표정으로 날 물끄러미 바라보았다.

"테스는 아직도 그 남자를 만나고 있었던 거야. 그럴 줄 알았어. 내가 그랬잖아, 이 모든 게 다 맨디 아빠의 짓이 틀림없어."

물론 나는 아니라고 부정할 수 없었다. 나는 펠버트 형사에게 맨디 아버지와의 약속 날짜가 언제였냐고 물었다. 그는 약속이 기록되어 있는 지난주 금요일 부분을 펼쳐 보였다.

"세시 반에 그 남자한테 전화를 한 거야. 틀림없어. 그러고는 얀을 속이기 위해 그를 니클라스라고 부른 거야."

그녀의 말이 맞는지도 모른다. 적어도 그날 오후의 전화와 테스가 맨디 아빠를 만나고 있었다는 것까지는. 그 순간 호랑이와 양에 관한 테스의 말이 떠올랐다. '조그만 양은 기껏해야 뿔로 받을 뿐이야!' 나는 그레타에게 양해를 구한 뒤 펠버트 형사에게 테스에 관한 몇 가지 사실을 털어놓았다. 얼마 전, 맨디의 친부에게서 받은 친부 확인서 사본을 갖고 있다는 테스의 이야기를 듣고 그를 고소하라고 충고한 일, 그리고 테스가 그의 보복을 무척 두려워하고 있었다는 사실을.

"살해라도 당할까봐 두려워했다는 겁니까?"

펠버트가 물었다.

나는 잘 모르겠다는 뜻으로 어깨를 으쓱해 보였다. 그걸 알아내는 것이 바로 형사의 임무 아닌가? 그는 정보를 줘서 고맙다고 했다. 그로서는 사건의 실마리를 잡을 수도 있는 무척 중요한 단서였던 셈이다. 그들은 한동안 맨디 친부의 존재를 확인하는 데 전념할 것이다. 그러는 사이 나는 그레타를 설득할 수 있을 거라고 믿었다.

"이제 미끼를 던져놨으니 한동안은 귀찮게 하지 않을 거야. 그게 소용없는 짓이라는 걸 깨닫는 데 얼마나 걸리는지 한번 보자구. 어쨌든 너로선 네가 사랑하는 얀이 정신적인 안정을 되찾을 수 있는 시간을 벌었으니 다행이지."

차문을 채 닫기도 전에 내가 말했다. 그리고 시동을 걸면서 계속 말을 이었다.

"그러면 그는 전보다 더 일에 열중할 수 있을 거야. 네가 그의 컴퓨터와 디스켓까지 가지고 나온 것도 그런 이유에서일 테니까."

"그건 만일의 경우를 대비해서 복사해둔 것일 뿐이야. 작업을 하다가 시스템이 다운되는 바람에 모두 날아가버린 후로 얀은 꼭 복사본을 남겨두거든."

"그런 일이야 어쩌다가 한번 일어나는걸, 뭐. 작업하는 데는 컴퓨터만 있으면 돼. 그래서 말인데 내가 그 디스켓들을 한번 보고 싶은데, 어때?"

그레타는 단호하게 고개를 저었다. 그러고는 어차피 디스켓을 가져가도 아무 소용이 없을 거라고 덧붙였다. 우리 사무실에서도 종종 윈도우용 특별 워드프로그램으로 작업을 했지만 나의 컴퓨터 실력은 물리학자의 어설픈 조교 정도였다. 그러나 비서의 도움을 빌리면 된다. 그레타가 말하는 동안 내 머릿속에는 이런 생각들이 스치고 지나갔다.

그레타는 여전히 맨디의 아버지와 그로부터 발생될 여러 가지 일들에 몰두해 있었다. 나는 그녀의 생각을 돌리기 위해 안에게 줄 담배는 충분히 챙겨왔냐고 물었다. 그레타는 다섯 갑을 집어왔다고 했다.

"그 정도로 주말까지 버틸 수 있을까?"

"완전히 회복될 때까진 너무 많이 피우면 안 돼."

그레타는 나의 질문의 의도를 꿰뚫어보지 못했다. 그 순간 나는 일단 기어를 제대로 넣지 않은 상태에서 클러치에서 발을 떼버렸다. 고막이 찢어질 듯한 끔찍한 소리가 나자 그레타는 온몸을 부르르 떨었다.

"바로 첫번째 점이야. 전체 사건에 비해 너무나 사소한 부분이지. 비싼 차는 계란처럼 다뤄야 해. 그레타와 벤츠 350SL. 평범한 집안 출신의 사람들은 고급차를 소중히 다루는 법이지."

나는 그레타를 보며 싱긋 웃었다.

"난 지금까지 단 한 번도 네가 기어를 잘못 넣거나 액셀을 최대한으로 밟아 급출발하는 걸 본 적이 없어. 물론 신경이 너무 예민해져 있으면 그럴 수도 있겠지. 이제 두번째 문제로 넘어가보자구. 네가 얀의 집에 간 이유는 컴퓨터 때문이 아니야. 그가 지금 상태로 일을 한다는 건 불가능하다는 걸 네 자신도 잘 알고 있을 테니까. 그가 입을 옷이나 속옷은 어젯밤에 내가 이미 다 챙겨넣었어. 도대체 뭘 찾으러 간 거지? 여기 이거야, 그레타?"

나는 한 손으로 핸들을 붙들고 다른 한 손으로 시트 아래에서 수갑을 꺼내 그녀의 치마 위로 던졌다.

"내 생각엔 테스의 손목에 난 상처도 바로 그것 때문이었던 것 같은데."

그레타는 수갑을 뚫어지게 바라보았다. 나는 담배가 들어 있는 그 서랍 안에 그밖에 또 어떤 물건들이 들어 있었는지 모두 말해주었다. 예를 들어 끝이 뾰족한 작은 클립 같은 것.

"그걸 어디에 쓰는 걸까?"

법의관의 설명에 따르면 테스의 젖꼭지에 작은 상처가 나 있었는데 정확한 원인은 아직 밝혀내지 못했다고 했다. 상처 위에 하얀 로션 같은 것이 덧발라져 있어서 처음에는 선크림인가 하고 무심코 흘렸다고 한다. 그런데 가만히 생각해보니 엎드린 자세인데도 크림이 지워지지 않은 것이 이상해서 그 부분을 자세히 들여다보게 되었다는 것이다.

그레타는 한 손으로 입을 가린 채 목이 조이는 듯한 신음 소리 같은 것을 냈다. 나는 멈추지 않고 세번째 문제로 넘어갔다. 담배. 그것 역시 사소한 것이었지만 증거가 될 수 있었다.

얀은 굉장한 골초였다. 지난밤을 제외한다면 그는 담배 없이 단 십오 분도 견디지 못했다. 그래서 그가 머물렀다가 떠난 곳에서는 여지없이 지독한 담배 냄새가 배어 있었다.

즉 그가 어제 한 시간가량 그레타의 집에 있었다면 그레타가 아무리 환기를 잘 시켰다 해도 담배 냄새가 났을 것이다. 게다가 담뱃재로 가득한 재떨이도 있었을 것이다. 그러나 오히려 얀의 집 책상 위에 있던 재떨이에 담뱃재가 수북했다.

"내 질문은 그걸 대체 언제 피웠냐는 거야."

나는 그레타에게 말할 틈을 주지 않았다.

"물론 넌 오전에 피운 거라고 대답하겠지. 그때는 집에 있었을 테니까. 깜빡하고 나갈 때 재떨이를 비우지 않은 거라고. 재떨이를 휴지통에 바로 버리다간 불이 날 위험도 있으니까. 그렇지만 내 생각엔 똑같은 이유에서 너도 재떨이를 바로 비우지 않고 그냥 뒀을 거야."

그레타는 담뱃재가 들어 있는 재떨이를 부엌 개수대에 뒀다. 지금까지 항상 그랬다. 그러나 지난밤 그녀의 싱크대에 재떨이 같은 건 없었다. 나는 혹시나 해서 쓰레기통까지 뒤져보았다. 그날따라 재떨이를 바로 비웠을지도 모른다는 생각에서였다.

"내가 그곳에 제일 처음으로 들어갔다는 사실을 잊지 마. 그리고 난 그 모든 것을 곧바로 체크했어."

"원하는 게 뭐야?"

그레타는 억양 없는 말투로 물었다.

"내가 뭘 원하냐구? 우린 지난 이 년간 정말 잘 지내왔어. 물론 그 전에도. 그렇지만 우리의 목표에는 이르지 못했지. 지금이라도 늦지 않아. 지금이 새로운 계기가 될 수도 있단 말이야."

그녀가 아무런 반응을 보이지 않자 나는 계속 말을 이었다.

"난 우리의 계획을 꼭 실현하고 싶어, 그레타. 그런데 네가 그 일에 회의적인 것 같아서 거래를 제안할까 해. 지금까지 몇 번씩이나 물었는데 넌 마음의 결정을 내리지 못했지. 그렇지만 지금은 생각이 달라졌을 수도 있을 거야. 얀을 꼭 구해주고 싶을 테니까. 경우에 따라선 내가 도와줄 수도 있어. 그렇지만 너까지 위험에 빠지는 건 용납하지 않겠어."

"무슨 뜻이야?"

"무슨 뜻인지는 네가 더 잘 알잖아. 그 자식이 너한테 그 역겨운 고문기계나 수갑 같은 걸 사용하도록 가만히 보고 있진 않겠다는 뜻이야. 혹시 그런 걸 한번쯤 해보고 싶다면 내가 대신 해줄게. 내 빵에 발라져 있는 크림을 다른 사람, 아니 특히 얀에게 빼앗기진 않겠어. 브란트 부인이 된 다음에도 얀에게 꼬리치고 싶다면 맘대로 해봐, 상관없어. 그리고 그가 네 집에 머무르는 것도 괜찮아. 난 참을 만큼 참았다고 생각해. 그렇지만 이젠 끝내고 싶어. 이제부턴 내 방식대로 하는 거야, 일단 혼인신고부터 한 다음에. 우린 결혼할 거야, 그레타! 그것도 최대한 빨리!"

"싫어!"

"진심이야?"

"그래!"

"좋아. 그럼 일단 테스의 가족한테 가자. 그런 다음 널 집까지 데려다줄게. 그리고 난 경찰서로 가서 진술서를 쓰겠어. 그레타, 넌 그를 가질 수 없어. 내가 무슨 수를 써서라도 막을 테니까. 넌 한동안 날 쳐다보지도 않겠지. 그 정도는 각오하고 있어."

그레타는 생각에 잠긴 얼굴로 나를 한동안 바라보았다.

"네 빵에 발린 크림을 빼앗기지 않겠다고? 그렇다면 그 빵마저 스스로 내버리지 않도록 조심해. 만약 네가 경찰서에서 진술서를 쓴다면 바로 그런 결과가 생길 테니까. 내가 얀의 죄를 덮어주는 거라고 생각한다면 착각이야."

사랑이란…… 자기가 가진 수단을 모두 동원해서 싸우는 것이다.

마지막 카드를 던진 그녀는 무척 침착했으며 도저히 내 손이 닿을 수 없을 만큼 높은 곳에 있었다. 이른 아침 녹음을 하던 바로 그 절제되고 침착한 목소리로 그녀는 전날 오후 내가 사무실을 나간 직후에 자신도 사무실을 나갔다고 말했다.

"너와 싸운 다음 도무지 일이 손에 잡히질 않길래 테스한테 갔어. 얀은 약속 때문에 스튜디오에 갔다는 걸 알고 있었거든. 그래서 테스와 조용히 얘기를 나눌 수 있을 거라고 생각했어. 물론 그녀에게 경제적인 도움을 주고 싶다는 너의 제안에 대해서도 물어보려고 했어. 그런데 테스는 날 비웃었어. 얀과 헤어지기만 한다면 물심양면으로 도와주겠다는 것이 순전히 네 발상이라는 걸 믿지 않더라. 내게 너와의 생활이 더이상 만족스럽지 않다면 차라리 그 돈으로 자위기구를 사라는 거야. 자위기구가 얀보다는 더 오래 움직일 거라면서. 테스는 저질스런 표현도 서슴지 않았어. 지금까지 단 한 번도 그런 적이 없었는데……"

그레타가 이야기하는 동안 나는 곁눈질로 몇 번씩이나 그녀의 표정을 살폈다. 정면을 똑바로 응시한 채 그녀는 테스에게 맨디의 아버지와 다시 만나고 있는 게 아니냐고 했다가 결국 심한 말다툼으로 이어졌다고 말했다. 테스는 그 남자가 다른 나라에 있다고 주장하면서 그와 만난 사실을 끝까지 부인했다. 그리고 그녀의 몸에 난 여러 가지 상처의 원인이 얀에게 있다는 사실도 강력히 부인했다.

그레타는 테스가 했던 말을 그대로 옮겨주었다.

"얀은 그런 짓을 할 위인이 못 돼. 그는 무능한 얼간이일 뿐이야, 그레타. 뭐 하나 제대로 하는 게 없다니까. 특히 잠자리에선 더더욱 그래. 그를 자극해보려고 몇 가지 심한 장난도 시도했지만 소용이 없었어. 종이에 적기만 할 뿐 직접 실천은 못 하는 바보라고."

수갑은 여전히 그레타의 다리 사이에 놓여 있었다. 그녀는 무심코 그것을 건드리다가 꼭 뜨거운 것에 덴 사람처럼 몸을 움찔했다. 그녀의 목소리는 안정되어 있었다.

"그런데 이야기를 하는 동안 얀이 집에 있다는 말은 하지 않았어. 테스는 얀과 헤어지고 싶다고 했어. 그러면서 위자료를 요구할 거라고. 이 년씩이나 자기를 외롭게 했으니 그 대가를 톡톡히 치르게 할 거라나. 자신의 요구를 순순히 들어준다면 가끔 아이를 만나게 해줄 거라고 했어. 이 주에 한 번씩은 맨디와 외출을 하도록 허락하겠다고. 그렇지만 위자료를 지불하기를 거부한다면 죽지 않을 만큼 목을 조를 거라고 했어. 정말 그렇게 말했어. 목을 조를 거라고."

난 그녀의 의도를 이미 간파하고 있었다. 그러나 말을 가로막지 않았다.

테스는 그레타에게 마실 것을 좀 갖다달라고 했다.

"얼음 갖고 오는 거 잊지 말고!"

"그래서 얼음을 가지러 부엌으로 들어갔지. 개수대에 칼이 놓여 있었어. 그 다음엔 뭐가 어떻게 된 건지 잘 모르겠어. 그 칼이 갑자기 내 손에 들려 있었고 그 다음 일은 너무 순식간에 일어나고 말았어."

나는 부드럽게 고개를 저었다.

"아냐, 그레타. 그건 말이 안 돼. 찔린 상처 중에서 적어도 두 곳은 치밀하게 계산된 능숙한 솜씨였어."

법의관은 내게 찔린 부위에 대해 자세히 설명해주었다. 해부를 해보면 자신의 느낌이 확실하다는 것이 증명될 거라고 했다.

"그런 걸 어디서 배우는지 알아? 그 법의관이 그러는데 군대에서 배운대. 특수부대에서 육박전을 할 때."

그레타는 어깨를 으쓱해 보였다.

"그렇다면 얀은 군대에서 배웠겠지. 난 그의 소설에서 읽었어. 거기 보면 칼을 어떻게 찔러야 하는지 아주 자세히 나와 있거든. 갈비뼈 아래에서부터 비스듬하게 위로 찔러야 한대."

나는 그저 웃을 수밖에 없었다.

"아하, 그게 바로 독서의 힘이었군. 그렇다면 군대에서는 뭐 하러 그렇게 힘들게 훈련을 하는 거지? 신병이 들어올 때마다 잘 씌어진 책 한 권만 손에 쥐여주면 될 텐데. 그러면 국방비도 훨씬 더 절약될 테고."

그레타는 나의 빈정거림에 대해 전혀 신경쓰지 않았다.

"첫번째는 정말 우발적이었어. 그런데 그게 불행의 시작이었던 거야. 아마 칼을 들고 나타난 내 모습에 테스가 무척 당황했던 것 같아. 그애가 갑자기 자리에서 일어나는 바람에 칼이 목을 찌른 거야. 피를 보자 나는 죽을 것처럼 무서워졌어."

"그러면서 어떻게 그 상황을 그렇게 잘 기억하는 거지? 공포에 질리면 기억력이 현저히 떨어지는 법인데. 그래서 그 다음엔 어떻게 됐어?"

"테스가 소리지르지 못하도록 막으려고 했어. 그래서 정확하게 성대를 겨냥했지. 테스는 너무 놀라서 소리도 지르지 못하고 멍하니 나를 올려다보기만 했어. 아마 그 순간엔 무슨 일이 벌어지고 있는지도 몰랐을 거야. 난 마지막으로 한 번 더 찌른 후 테스를 뒤집어놓고 칼을 씻었어. 그런데 갑자기 얀이 부엌에 서 있는 거야. 꼭 정신을 잃은 사람처럼 보였어. 그후 얼마 동안이나 그를 설득했는지는 잘 모르겠어. 결국 나는 그를 내 차에 태우는 데 성공했지. 그 순간엔 그도 담배 생각을 잊어버렸나봐. 함께 우리집으로 간 다음 상황을 설명했어. 테스의 말을 듣고 너무 화가 나서 이성을 잃었다고. 그도 내가 자기를 위해서 그랬다는 걸 알았나봐. 그래서 진실을 말하지 않겠다고 약속했어. 그렇지만 그는 끝까지 버티지 못할 거야. 얀은 거짓말을 못한다고 했어. 카라이스와 펠버트가 끈질기게 추궁하면 포기해버리고 말 거야. 그런데 지금으로선 그를 형사들한테서 완전히 떼어놓기란 불가능한 것 같아."

나는 아무 말도 하지 않았다.

"내 생각엔 네가 직접 경찰서로 가는 게 좋겠어. 자백서는 내가 쓸게. 날 지켜주려고 얀은 자살까지 결심했잖아. 그런 일이 또다시 일어난다면 난 견딜 수 없을 거야."

내 얼굴에서 미소가 사라졌다. 나는 억지웃음을 지었다.

"맙소사, 아마 이 세상에서 네 사랑을 받는 것보다 더 행복한 일은 없을 거야. 그때 널 배신했던 건 정말 미안해, 그레타. 지금까지 살아오면서 후회해본 적이 있다면 그건 바로 테스에게 반했던 일이야. 그렇지만 이젠 너도 알잖아……"

그레타가 나의 말을 가로막았다.

"그래도 내 말뜻 모르겠니? 테스를 죽인 건 얀이 아니라 바로 나란 말이야."

물론 그녀의 말을 알아들었다. 그리고 사무실에 놓여 있던 녹음기가 아니었다면 아마…… 아니, 설사 그렇다 해도 난 그녀의 말을 믿지 않았을 것이다. 그러나 다른 사람들, 즉 카라이스와 펠버트는 그녀의 말을 믿을지도 모른다. 그만큼 그녀의 진술은 정확했다.

나는 주먹으로 핸들을 내리치며 말했다.

"반드시 후회하게 될 거야, 제길. 아니야, 이건 내 진심이 아니야. 제발 정신 좀 차려, 그레타. 언젠가는 진실에 눈뜰 날이 오겠지. 그때까지 아까 우리가 얘기한 대로 하는 거야, 알았지? 우리가 동거하지 않은 게 천만다행이야. 퇴근 후에 집에서까지 이런 심각한 얘기들을 하지 않아도 되니까. 그런 건 일 주일에 한 번으로 족해. 얀이 잠자리에서 정말 부실하다면, 그가 정말 금욕적이라면 그건 네 탓이 아니야. 그리고 내가 아는 한 넌 자위기구 따위를 쓸 여자가 아니지. 안 그래? 내 생각이 틀렸어?"

그레타가 아무런 대답도 하지 않자 나는 농담처럼 다시 한번 말했다.

그녀는 대답 대신 고개만 저었다.

9

잠시 후 테스의 부모님 집에 도착했다. 내가 말했다.
"일단 내가 먼저 들어갈게."
잔인한 오 분이 흘렀다. 테스의 부모님과 오빠 그리고 올케에게 끔찍한 소식을 전하는 데 그 이상의 시간은 필요하지 않았다. 가능한 한 직접적인 표현을 쓰지 않으려고 무척 애를 썼다. 그러나 테스의 비극적인 죽음을 달리 표현할 길이 없었다.
"테스가 죽었어요. 어젯밤에 누군가에게 살해당한 것 같아요."
다시 긴 침묵이 시작되었다. 처음에는 끔찍한 소식으로 인한 충격이 고통이나 슬픔보다 더 컸다. 잠시 후 그레타가 들어왔을 때 담너 부부는 거실 소파에 앉아 서로를 꽉 붙들고 있었다. 산드라 담너는 맨디를 무릎에 올려놓은 채 소파에 앉아 있었다. 그리고 이따금씩 손을 들어 맨디의 머리카락을 쓰다듬으며 억양 없는 목소리로 중얼거렸다. "불쌍한 것."
요아힘은 장롱 앞에서 어찌할 바를 모르고 서성거렸다. 그러다가 집 안으로 들어서는 그레타를 보자 걸음을 멈추더니 넋 나간 표정으로 쳐다보았다. 그 순간 내 입에서 결코 해서는 안 될 말이 흘러나오고 말았다. 그때 내가 왜 그런 소리를 했는지 지금도 잘 모르겠다.
"불쌍한 얀. 얀은 자살을 기도했어요. 그레타가 그걸 막으려고 하다가 저렇게 맞은 거예요."
요아힘은 그저 고개만 끄덕였다. 그레타는 시선을 두 노인이 앉아 있는 소파에 고정시킨 채 마치 쏟아지려는 눈물을 가까스로 참고 있는 표정으로 서 있었다.
나는 경찰들이 이미 용의자를 발견했다고 설명했고 그게 바로 맨디 아버지라고 했다. 요아힘은 마치 오래 전부터 이런 일이 있으리란 걸 예상했다는 듯이 무겁게 고개를 끄덕였다.
"나쁜 자식, 놈을 반드시 붙잡아야 할 텐데."
요아힘이 입을 앙다문 채로 중얼거렸다.
"근데 가능성이 별로 없는 것 같아요. 그 사람의 진짜 이름을 모르니까요."
내가 대답했다. 나는 요아힘이 그의 이름을 알고 있거나 또는 어떤 단서를 제공해주기를 바랐다. 그래서 수사를 통해 맨디 아버지가 사실은 선량한 사람이며 테스의 협박에 이성을 잃긴 했지만 사건이 일어나던 시각에 다른 곳에 있었다는 확실한 알리바이를 갖고 있기를 바랐다.
"나도 테스에게 그 자식 이름을 물어본 게 한두 번이 아닙니다. 또 그 남자와 관계를 끊으라는 말도 수없이 했구요. 제발 정신을 좀 차리라고 했죠. 그 남자는 테스를 그저 잠깐 갖고 놀다가 매력이 사라지면 가차없이 차버렸을 거고 그러면 테스의 인생은 그야말로 끝장이잖아요. 그렇지만 걘 제 말을 듣지 않았어요. 그 남자가 자기를 진짜 사랑한다고 믿었죠. 맨디가 태어나기 전까진 그랬어요."

산드라가 또다시 아이를 쓰다듬으며 "불쌍한 것" 하고 중얼거렸다. 담너 부인은 소리내어 훌쩍거리기 시작했다. 그러자 담너 씨가 아내를 품으로 끌어당기며 산드라가 맨디에게 하듯이 손가락으로 머리를 쓰다듬었다.

"최근에 테스가 그 남자와 만난 적이 있습니까?"
내가 물었다.

"도둑이 어디 도둑질한다고 예고하는 거 봤습니까? 만약 그 개자식이 미끼를 던졌다면 테스는 기다렸다는 듯이 그 미끼를 물었을 겁니다. 그렇다고 그애가 우리한테 그런 말을 하겠어요? 우리가 어떤 말을 해도 소용없었습니다. 얀은 그애한테 정말 잘해줬어요. 그애가 너무 무리한 요구만 하지 않았더라면 행복한 부부로 잘 살 수 있었을 텐데. 그런데 그앤 늘 불평만 했어요."

요아힘이 씁쓸한 미소를 지으며 대답했다. 그의 아버지는 아직도 뭐가 뭔지 모르겠다는 듯이 연신 고개만 저었다.

"그앤 늘 어디에 손을 내밀어야 할지 정확하게 알았지. 다른 사람들이 그 돈을 벌기 위해 얼마나 많은 땀을 흘려야 하는지도 모르고."

그러자 산드라가 작은 소리로 "그래요"라고 말했다.

"정말이지 경찰들이 그 짐승만도 못한 놈을 꼭 잡았으면 좋겠습니다. 놈을 평생 감옥에서 썩게 해주면 더 좋고. 물론 언젠가 이런 일이 터지리라고 저도 짐작하고 있었어요. 테스가 어떤 애란 건 우리가 더 잘 아니까. 불쌍한 얀이 어떤 고통을 받고 있는지 그앤 단 한 번도 진심으로 알려고 하지 않았죠."

요아힘 담너가 손을 내저으며 말했다.

대화는 예상하지 못한 방향으로 흘러가고 있었다. 가족들의 여러 가지 반응을 예상했지만 여동생이 죽었다는 소식을 접한 오빠의 입에서 그 여동생을 그토록 혹독하게 비난하는 말을 듣게 될 줄은 정말 몰랐다. 보통 아무리 나쁜 사람이라 해도 그런 끔찍한 최후를 맞은 뒤에는 호의적으로 평가되게 마련이다. 그리고 적어도 오랜 세월이 흐른 후에야 고인에 대한 나쁜 소문을 퍼뜨리는 사람들이 나타나는 법이다.

물론 나는 테스가 자기 가족들에게 어떤 고통을 줬는지 또 어떤 이야기들을 했는지 전혀 알지 못했다. 그러나 그게 어떤 것이었건 그의 오빠에겐 전혀 먹혀들지 않았던 것이 분명했다. 나는 요아힘이 간접적으로라도 테스의 죽음을 테스 부모님의 책임으로 돌리는 것을 원치 않았다. 그리고 얀이 착하고 선량한 사람이라는 말도 듣고 싶지 않았다.

나는 이야기 주제를 슬쩍 바꾸며 내 의도에 맞는 대화를 이끌어내려고 애를 썼다. 그래서 맨디가 몇 주 전부터 그들에게 맡겨진 이유를 물었다.

그 질문에는 산드라가 대답했지만 그 역시 테스에게 유리한 대답은 아니었다.

"나도 몇 번이나 물어봤어요. 그때마다 테스 아가씨는 얀이 작업하는 데 방해가 되기 때문이라고만 했어요. 그렇지만 전에는 그런 적이 한 번도 없었거든요. 맨디도 별난 아이는 아니구요. 내 생각엔 맨디가 얀을 너무 따르는 게 테스 아가씨 마음에 안 들었던 것 같아요. 질투가 난 거죠. 물론 테스 아가씨는 인정하지 않았어요. 어쨌든 맨디는 아가씨 아이인데 얀이 맨디의 인생에서 너무 큰 자리를 차지하는 게 싫었던 거예요. 맨디는 여기 온 다음에도 계속 얀만 찾았어요. 창가에 의자를 놓고 거리를 내다보며 아빠를 기다리곤 했죠. '아빠가 날 데리러 올 거야'라고 하면서. 그래서 테스 아가씨에게 이건 별로 좋은 방법이 아닌 것 같다고 했어요. 아이한테 너무 가혹하다구요. 그러고는 맨디가 얀보다 엄마를 더 좋아하게 만들려면 집에 가만히 붙어 있으라고 했어요. 지금처럼 늘 나다니지만 말고. 그렇지만 아가씨는 들은 척도 안 했어요."

나는 그레타를 데리고 다시 밖으로 나왔다. 그레타의 집으로 돌아갔을 때 우리는 둘 다 이야기를 나눌 기분이 아니었다.

얀은 자고 있었고 아르민은 부엌에 앉아 커피를 마시며 따분해하고 있었다. 아르민은 그레타에게 얀을 다룰 때의 주의점 몇 가지를 일러주었다. 그를 자극하지 말고 그가 무슨 말을 하든 맞장구를 쳐주라고 했다. 그러고는 문제가 생기면 언제든지 다시 연락하라는 말을 남기고 돌아갔다.

나는 동생을 문까지 배웅하며 도와줘서 고맙다고 말한 뒤 다시 부엌으로 돌아왔다. 그레타는 식탁에 앉아 있었다. 그녀의 자세는 현무암으로 만든 조각을 연상시켰다. 가볍게 톡 건드리기만 해도 금세 와르르 무너질 것처럼 아슬아슬한 조각. 도저히 말이 안 되는 일이었지만 나는 결국 감옥에 처넣고 평생 감시해야 할 남자를 변호할 수밖에 없는 입장임을 깨달았다.

"방금 떠오른 생각인데 말이야, 넌 이제 완전히 올가미에 걸려든 것 같아. 내가 아까 일 주일에 한 번으로 만족한다고 했던가? 아까 한 말은 취소야. 일 주일에 적어도 두 번 이상은 해줘야 해."

내가 농담처럼 말했다.

"지금 농담할 기분 아냐."

나는 문설주에 비스듬히 기대섰다.

"나도 마찬가지야. 언젠가 우리 할아버지에 대해 얘기했었나? 할아버진 내가 열 살 때 갑자기 돌아가셨어. 할아버진 내게 수영도 가르쳐주고 블록 쌓기도 함께 해주셨고 칼 마이 전집도 읽어주셨지. 아버지는 늘 바쁘셨거든. 아버지는 고석(古石)에 관심이 많았고 그밖의 시간엔 법전을 끼고 사셨어. 그래서 내 교육을 할아버지가 맡게 되신 거야. 할아버지는 내게 없어서는 안 될 존재였지. 그런데 어느 날 갑자기 그 할아버지가 사라지신 거야. 난 뭐가 어떻게 된 건지 이해할 수가 없었어. 처음에는 가족들 모두 눈물바다였지. 그러더니 곧 모두가 바빠지기 시작했어. 어머니는 장례식에 초대해야 할 사람들의 명단을 짜느라 밤늦게까지 전화기를 붙들고 계셨고 또 아버지와 어떤 수의로 할 것인가에 대해 몇 시간씩이나 의논하셨지. 우리집은 곧 친척들로 들끓었고 어딘지 모르게 잔칫집 같은 분위기마저 나는 것 같았어. 난 세상이 끝난 것만 같았는데 다른 사람들은 큰 소리로 웃고 있는 거야. 그런데 이제야 그 이유를 알겠어. 그건 분주하고 들뜨고 할 일이 있으면 그나마 허전함을 잊을 수 있기 때문이었어."

나는 문설주에서 몸을 뗐다.

"자, 그러니까 우리도 그 방법을 한번 써보는 거야. 내가 죄 없는 맨디 아버지에게 확실한 혐의가 갈 수 있도록 방법을 연구하는 동안엔 너도 네 일에 집중할 수 있을 테니까."

"왜 맨디 아버지가 무죄라고 생각해? 요아힘이 하는 말을 너도 들었잖아. 최근에 테스가 그 남자와 만났던 것 같다고. 그게 아니었다면 다이어리에 적혀 있는 건 뭐냔 말이야. 테스가 그 남자를 만나서 지난번처럼 또 협박을 했다면……"

나는 손을 내저으며 그레타의 말을 막았다.

"됐어, 그레타. 다이어리 내용은 얼마든지 조작됐을 수도 있어. 그리고 사건이 일어난 시각에 얀이 네 집에 있었다면 네가 아까 했던 그 고백은 또 뭐지?"

그레타는 아무 대답 없이 그저 무표정한 얼굴로 날 뚫어지게 쳐다보았다. 나는 어깨를 으쓱해 보이며 살짝 웃었다.

"어쨌든 우린 좋은 단서를 잡은 거야. 그러니까 우선 맨디 아버지를 찾아내고 그 다음은 카라이스와 펠버트에게 맡기자구. 이렇게 된 이상 그 남자가 누구건 백 퍼센트 확실한 알리바이가 없으면 혐의를 벗긴 어려울 거야."

그레타의 집을 나오기 전에 나는 얀의 상태를 살펴보았다. 그는 모로 누운 채 깊이 잠들어 있었다. 얼굴은 창백했고 호흡이 약하긴 했지만 규칙적이었다. 맥박도 약한 편은 아니었다. 얀이 그레타를 또다시 공격할 거라고 생각하진 않았지만 그래도 그녀를 그의 곁에 혼자 두는 것이 마음에 걸렸다. 그러나 얀은 많이 쇠약해져 있었고 그레타도 전보단 조심스럽게 행동할 거라고 믿었다. 내가 문을 닫고 나오기가 무섭게 그레타는 얀의 컴퓨터를 켰다. 그녀의 표정에서 내가 빨리 사라져주기를 바란다는 것을 똑똑히 읽을 수 있었다.

내가 가고 난 다음 그레타의 마음속에선 내가 꿈에도 생각하지 못했던 변화가 일어나고 있었다. 삼 년 반 만에 처음으로 얀이라는 인물의 실체에 대한 의심이 싹트기 시작했던 것이다. 그렇다고 특별한 일이 있었던 건 아니었다. 그녀가 한 것이라곤 이미 수백 번도 넘게 읽었던 얀의 소설을 다시 읽은 것뿐이었다.

*

소설의 각 장에는 번호가 매겨져 있었고 또 '렉'이라는 명칭의 자료가 있었다. 그레타는 '조시'라는 이름을 찾고 있었다. 훑듯이 읽어 내려가는 동안 유난히 눈에 띄는 부분들이 있었다. 고아원에서의 성폭행. 나이가 많은 남자아이들이나 교사들에 의한 강간. 범죄양성소.

넷째 장에 이르자 그레타는 드디어 찾고 있던 것을 발견했다. 앞에서부터 다시 읽어내려갔다. 그 장면은 얀을 막 알게 된 시기에 얀이 그레타에게 보여주었던 바로 그 부분이었다. 그때마다 그레타는 얀에게 좀더 나은 이야기를 쓸 수 없느냐고 묻곤 했었다.

그 장면은 처음과 많이 달라져 있었는데 정확히 말하자면 무의미하고 비논리적이었다. 거기에는 주인공 악셀 베를레가 왜 갑자기 잔인한 살인자가 되었는지에 대한 이유조차 설명되어 있지 않았다.

드라이브 장면은 그대로 살아 있었다. 바링어가 차를 몰았고 조시는 옆에 앉아 손으로 그를 흥분시키고 있었다. 조시가 자발적으로 그렇게 한 건지 아니면 강요에 의한 것이었는지는 알 수 없었다. 악셀 베를레는 그 동안 뒷좌석에 앉아 럼주를 마셔댔다. 그러다가 앞좌석에서 벌어지고 있는 일을 눈치채자 조시를 뒷좌석으로 끌어당겼다. 그녀가 아무리 소리를 지르고 반항해봐도 소용이 없었다. 악셀 베를레는 조시의 손가락을 하나씩 부러뜨리기 시작했다. 그런 다음 한 손으로 그녀의 목을 조르면서 남아 있던 럼주를 억지로 마시게 했다. 그 장면을 본 바링어가 낄낄거리며 말했다.

"완전히 끝장내진 마. 나한테도 기회를 줘야지."

그 다음 장면은 숲으로 바뀌어 있었고 그곳에서도 고문은 계속되었다. 차 안은 너무 좁았던 것이다. 술과 고문으로 반쯤 의식을 잃고 있던 조시가 겨우 정신을 차리고 비틀거리며 도로 쪽으로 몇 걸음 걸어갔다. 그러자 악셀 베를레가 그녀를 뒤쫓아가 머리채를 잡아당겼고 그 바람에 조시는 넘어지면서 돌부리에 머리를 찧었다.

거기까지 읽은 그레타는 정말 저질이고 유치하다고 생각했다. '도무지 말이 안 돼.' 나머지 이야기도 마찬가지였다. 바링어는 조금 겁을 먹었다. 그제야 조시에 대한 설명이 시작되었다. 그녀는 전문 킬러를 양성하는 특수조직의 두목인 미국인 전문 킬러의 딸이었던 것이다. 조시는 의식을 잃은 채 다시 차로 끌려왔다. 머리에 난 상처가 심했지만 숨은 붙어 있었다. 물론 여자를 살려둘 순 없었다. 그랬다간 그녀의 아버지에게 쫓기는 신세가 될 게 뻔했다. 바링어는 도살장의 소처럼 처참하게 인생을 마감하고 싶지 않았다.

이 부분에선 바링어의 우월하고 대범한 평소 모습은 볼 수 없었다. 그가 우린 끝장이라며 울고불고 바지에 오줌을 싸는 동안 악셀 베를레가 차에 휘발유를 뿌리고 라이터에 불을 켰다. 그러고는 말했다.

"뒤로 물러서. 안 그랬다간 통닭구이처럼 익어버릴 테니까."

그들은 자동차와 조시가 타들어가는 모습을 지켜보았다. 의식이 돌아온 조시가 차 안에서 고통스럽게 몸부림치며 필사적으로 빠져나오려고 버둥거리는 모습을.

그레타는 얀이 이 장면을 쓰면서 도대체 무슨 생각을 했는지 이해할 수가 없었다. 그건 한마디로 잔인하고 비인간적인 행위 그 이상도 이하도 아니었다.

오후 늦게야 그레타는 얀이 욕실로 들어가는 소리를 들었다. 그는 온몸에서 영혼을 쥐어짜내고 있었다. 그레타는 그 역겨운 장면들을 모두 지워버리고 그 자리에 디스코텍 장면을 쳐넣었다.

바링어와 조시 그리고 악셀 베를레는 여느 젊은이들처럼 디스코텍에서 춤을 추며 즐기고 있었다. 그리고 자정이 훨씬 지난 무렵 집으로 돌아갈 채비를 했다. 남자 둘이 너무 취해서 조시가 차를 몰았다. 악셀 베를레는 그녀의 옆자리에, 바링어는 뒷좌석에 앉았다. 그러나 조시 역시 많이 취한 상태였고, 그래서 아차 하던 순간에 그만 도로를 벗어나고 말았다. 차가 언덕 아래로 굴러떨어지면서 두 남자는 차 밖으로 튕겨나갔지만 조시는 차 안에 갇혀버렸다. 차는 곧 불길 속에 휩싸였다. 악셀과 바링어는 조시를 구하려고 했지만 활활 타오르는 불길 때문에 손을 쓸 수가 없었다.

그레타가 이야기를 여기까지 진전시켰을 무렵 얀이 욕실에서 나왔다. 그는 침실로 돌아가지 않고 그레타가 있는 곳으로 다가오더니 여전히 몽롱한 얼굴로 자판을 두드리고 있는 그레타를 미심쩍게 바라보았다.

"지금 뭐 하는 거요?"

그가 날카로운 목소리로 물었다.

"조시가 나오는 장면을 조금 고쳤어요. 이런 역겨운 이야기는 아무도 안 읽는다고 몇 번이나 말했잖아요. 몸이 좀 나아지면 내가 쓴 걸 한번 읽어봐요. 혹시 배고파요?"

그레타는 엔터키를 누르며 말했다. 그는 힘겹게 고개를 저었다.

"목이 좀 마를 뿐이에요."

"그럼 마실 걸 갖다줄게요."

그레타는 모니터를 껐다. 그러자 얀도 더이상 컴퓨터에 신경 쓰지 않고 그레타를 따라 부엌으로 들어왔다.

"진한 커피부터 한잔 줘요. 그리고 혹시 내 담배 가져왔어요?"

"아직 담배는 안 돼요."

그는 그레타의 경고를 들은 척 만 척했다.

"이 근처에는 담배자판기도 없던데. 그렇다고 이 몸으로 술집까지 걸어가기는 무리일 것 같고."

그레타는 하는 수 없이 담배 한 갑을 갖다주었다. 얀은 비닐 포장을 벗기려고 했지만 손이 떨려 잘 안 되는 모양이었다. 아직도 피곤한지 연신 눈을 깜빡거렸다. 그레타는 커피를 들고 그의 곁으로 갔고 그의 손에서 담뱃갑을 빼앗아 대신 포장을 벗겨주었다.

얀이 담배에 불을 붙이는 동안 그레타는 수갑과 집게에 대해 물어보려고 눈치를 살폈다. 얀은 무표정한 얼굴로 그레타를 마주보았다. 마침내 그레타가 입을 열었다.

"테스의 시체를 조사한 의사가 테스의 몸에서 이상한 상처를 발견했어요. 그는 집게 같은 것이 상처의 원인일 거라고 생각해요. 그리고 곧 테스의 손목에 난 수갑의 흔적도 발견하겠죠. 죽으면 그런 상처들은 더 빨리 드러나게 되니까요. 얀, 제발 솔직하게 말해줘요. 만약 그게 두 사람의 동의하에 이루어진 거라면 아무도 뭐랄 수 없어요. 지금은 십구 세기가 아니잖아요. 경찰들도 그런 것쯤은 다 이해한다구요. 당신 부부가 사랑을 즐기는 방법과 테스의 죽음이 아무런 관련이 없다면 굳이 그걸 숨길 이유는 없잖아요."

얀은 커피메이커를 흘끗 쳐다보더니 눈을 비비고는 들고 있던 담배를 커피잔에 눌러 껐다.

"당신이 어떻게 생각하든 그건 당신 자유예요, 그레타. 그렇지만 난 지금 그런 얘기할 기분이 아니거든. 내게 지금 필요한 건 대화가 아니라 커피란 말이오."

그는 시선을 커피잔 아니면 담배에 고정시킨 채 연거푸 두 잔의 커피를 마셨고 또 담배도 연달아 피웠다. 그레타가 철분 비타민을 내밀자 얀은 거부하는 몸짓을 했다.

"그런 건 당신이나 먹어."

그러고는 침실로 돌아가더니 안에서 문을 걸어잠갔다.

그레타는 아르민의 충고대로 그를 가만히 내버려두었다. 집을 정리한 다음 피자와 샐러드를 버리고 휴지통을 비우고 욕실을 청소했다. 못 쓰게 된 블라우스와 재킷 그리고 피범벅이 된 얀의 티셔츠를 쓰레기 봉투에 한꺼번에 넣은 다음 끈으로 묶어 쓰레기 컨테이너로 가져갔다. 그런 다음 다시 컴퓨터로 작업을 하기 시작했다.

청소를 하는 동안 그레타는 내가 가져간 네 장의 소설이 떠올랐다. 그레타는 그것 역시 '조시' 장면처럼 바꿔써야겠다고 마음먹었다. 그러나 곧 그럴 필요가 없다는 것을 알게 되었다. 새로 쓴 대목에서는 테스와 소설의 첫부분에서 살해당한 여자 사이에 유사점이 전혀 없었다. 화요일 저녁에서 금요일 사이에 안이 고쳐쓴 것이 틀림없었다. 그 장면을 마지막으로 저장한 시각은 금요일 12시 45분으로 되어 있었다.

그레타는 어떤 이름을 찾기 시작했다. 소설의 첫 페이지에는 그저 '그녀'라고만 지칭되어 있었다. 그 다음 두 페이지는 소방차가 와서 불을 끄는 장면이 묘사되어 있었다. 그리고 마지막 장에서 드디어 찾고 있던 것을 발견했다. 여자의 이름은 안 야민이었다. 그 다음 다섯 페이지에는 야민의 죽음에 대한 이웃들의 반응이 길게 서술되어 있었다.

그녀는 지독한 골초로 소문나 있었다. 이웃 사람들은 그녀가 지난 이 년 동안 남자친구와 동거했으며 죽기 얼마 전에 그와 헤어졌다고 했다. 그 남자친구의 이름은 예상한 대로 악셀 베를레였다.

자신을 내쫓은 안 야민에게 앙갚음을 하기 위해 악셀 베를레가 돌아왔다는 것을 눈치챈 사람은 아무도 없었다. 이웃 사람들은 모두 악셀 베를레를 좋아했다. 그는 예의바르고 항상 상냥한 청년이었다. 반면 안 야민에 대한 평판은 별로 좋지 못했다. 알코올 중독에 항상 어두운 표정을 짓고 다녔으며 이웃 사람들의 인사에 답하는 적이 없었다.

소설에 나오는 경찰들은 결국 피해자의 과실로 결론내렸다. 젊은 여자가 술을 마시고 손에 담배를 든 채 침대에서 잠이 든 것이다. 법의관들은 성의 없이 대충 일했고 사실 시체가 완전히 타버려서 어떻게 더 해볼 수도 없었다. 어쨌든 그들은 안 야민이 죽기 전에 심하게 고문당했던 흔적을 전혀 알아보지 못했다.

그레타는 그럼에도 불구하고 악셀 베를레가 경찰에 체포되어야만 한다는 얀의 말에 의아해했다. 어쨌든 화요일 저녁에 얀은 그렇게 말했다. 그러나 수정된 장면에서 경찰은 여자가 살해당한 흔적을 전혀 발견하지 못하는 것으로 되어 있었다.

그 순간 갑자기 얀의 집에 있던 낡은 소파가 떠올랐다. 그 소파에서 나던 냄새. 그레타는 침대가 불길에 휩싸이는 장면을 상상해보았다. 집이 모두 타버렸을까? 아니다. 만약 소방차가 즉시 달려왔다면 피해가 그리 크지 않았을 수도 있다. 집 안에는 연기가 자욱했을 것이고 천으로 된 가구들에 불길이 옮겨 붙었을지도 모른다. 그런데 만약 누군가 그 집에 이 년간 살았고 그 일부가 자기 소유였다고 주장한다면 그가 그 물건을 갖는 데 반대할 사람은 아무도 없을 것이다.

12페이지에서 악셀 베를레는 경찰서에 나타나 의자와 소파 그리고 탁자를 구매했던 영수증을 내보이며 그 물건이 자기 것이며 다시는 돌이킬 수 없는 여자와의 행복한 추억이 배어 있기 때문에 가져가고 싶다고 말했다.

얀은 악셀 베를레가 경찰관들의 위로에 정중한 태도로 감사하는 모습을 자세히 묘사해놓았다.

그레타는 기분이 이상했다. 자기 바로 옆방에는 그 소설을 쓴 작가가 누워 있다. 문득 소파에도 행복한 추억이 배어 있을 수 있느냐고 물었던 내 질문이 떠올랐다. 그레타는 당장 침실로 가서 얀에게 묻고 싶었다. 그러나 다행히 그런 실수를 범하진 않았다.

저녁 늦게 그녀는 내게 전화를 걸었다. 나는 직감적으로 문제가 생겼다는 것을 알았다. 그녀의 목소리는 평소와 다름없었지만 꼭 누군가 뒤에서 목을 조르는 것처럼 힘들어 보였다.

"낮에 뭐 했어?" 대답 대신 나는 얀에 대해 물었다.

"얀은 뭐 해?"

"아직 자고 있어. 오늘 하루 종일 뭐 했는지 말해줄래? 무덤까지 안고 가야 할 비밀이야?"

숨길 것은 아무것도 없었다. 오후 내내 브라운스펠트를 뒤지고 다녔지만 별 성과는 없었다. 테스가 그곳에 살았던 건 이미 너무 오래 전 일이었다. 그녀를 기억하고 있는 두 명의 이웃 사람을 만났지만 정기적으로 찾아오는 남자가 있었냐는 질문에는 모두들 고개를 저었다.

월요일에는 관리인을 만나볼 작정이었다. 임대계약서가 남아 있을 것이다. 월세는 대개 통장으로 계좌이체되기 때문에 돈을 송금한 사람의 신원을 알아낼 수 있을지도 모른다고 생각했다. 그 집에서 도움이 될 만한 자료나 증거를 발견할 수 있을 거라고는 기대하지 않았다. 테스는 빈틈이 없었고 게다가 맨디 아버지의 존재에 대해 들은 경찰들이 이미 거의 모든 자료를 다 압수해 가져가버렸다.

"금요일 외에 다른 날 그 남자와 약속한 적이 있는지 알아보는 것도 괜찮을 거야. 카라이스에게 물어봐야겠어. 사실……"

수화기를 통해 그레타의 힘겨운 숨소리가 느껴지자 나는 하던 말을 멈추었다.

"정말 괜찮은 거야, 그레타?"

"그래. 하려던 말이나 계속 해봐."

"내 짐작엔 테스의 다이어리에 적혀 있던 약속은 속임수인 것 같

아. 테스가 그와 진짜 만났다고 하더라도 그걸 적어놓진 않았을 거야. 그래도 어쨌든 희망은 있어."

"너무 낙관하지 마."

"지금 그리로 갈까?"

그레타는 심호흡을 했다.

"고맙지만 그럴 필요까진 없어. 어차피 잘 곳도 없는걸. 설마 얀과 한 침대에 눕고 싶진 않겠지."

그건 물론이다. 그렇다고 의자에 앉은 채 잠을 자고 싶지도 않았다. 전날 밤을 꼬박 새웠기에 나는 그 어느 때보다도 편안하게 자고 싶은 마음이 간절했다. 전화를 끊자마자 난 잠자리에 들었고 금세 잠에 곯아떨어졌다.

그레타도 소파에 누워 다음날 아침까지 푹 잤다. 다음날은 일요일이었다. 문제의 그날 그레타는 얀의 새로운 모습을 알게 되었다.

*

아침 열시경 얀이 그레타를 흔들어 깨웠다. 그는 얇은 팬티 차림으로 소파 옆에 서 있었다.

"아침식사는 언제 줄 거지? 그건 가격에 포함되어 있지 않은 건가?"

그레타는 얼떨떨해 처음에는 얀이 무슨 소릴 하는지 전혀 알아듣지 못했다. '어쩌면 나한테 저런 식으로 말할 수가 있지?' 그의 얼굴이 흐릿하게 보이긴 했지만 왠지 그가 조롱하듯 웃고 있다는 느낌이 들었다.

"갑자기 마초처럼 구는 이유가 뭐죠? 그런 건 당신한테 어울리지 않아요. 커피나 좀 뽑아줘요. 이제 커피가 어디 있는지 알 테니까. 난 우선 좀 씻어야겠어요."

"나더러 커피를 뽑으라구?"

얀은 고개를 저었다. 그건 콘택트렌즈 없이도 똑똑히 보였다.

"나한테 이래라 저래라 명령하지 마, 그레타. 사람들이 날 마음대로 조종하던 시절은 이제 끝났어. 아, 그것도 물론 몇 달뿐이었지만. 그 다음엔 내가 명령을 했지. 자, 어서 엉덩이를 움직여. 오줌 누러 가는 건 괜찮지만 일을 본 다음엔 꼭 손을 씻도록 해. 그리고 부엌으로 가서 아침 준비를 해. 커피 세 잔에 계란 두 개. 계란은 너무 푹 익혀도 안 되고 또 너무 물러도 안 돼. 흰자가 흐물거리는 걸 보면 참을 수가 없거든. 그런 날은 정말 기분이 나빠. 테스한테 내 말이 진짜인지 확인할 수가 없어서 안 됐군. 내가 보기엔 가끔 테스가 일부러 그러는 것 같았어. 그런 날엔 조용히 넘어가는 법이 없었어. 테스의 아버지는 딸한테 너무 약했어. 늘 요아힘이 대신 두들겨맞았지. 그런데 테스는 자기 아빠가 자기를 진심으로 사랑하지 않는다고 생각했어. 사랑한다면 자기 엉덩이도 불이 나도록 패줬을 거라고. 그러니까 너도 맞고 싶지 않으면 빨리빨리 움직이는 게 좋을 거야."

그러나 그레타는 전혀 일어날 기색을 보이지 않았다. 고개를 들어 얀의 얼굴을 쳐다보았고 얼굴이 욱신거림에도 불구하고 최대한 여유 있게 웃어 보이려고 애썼다. '두려워하는 기색을 보이면 안 돼!'

그레타는 그 순간 난폭한 남자에 대한 최고의 방패는 우월함과 무관심이라는 심리학자들의 학설을 따르기로 했다. 물론 토요일 오전의 경험으로 더 나은 교훈을 얻긴 했지만 그래도 여전히 그 학설을 믿었다.

"이건 무슨 놀이죠? '가면을 벗어라', 뭐 그런 거예요? 어떻게 하는 건지 방법을 가르쳐주면 나도 같이 할게요."

그레타는 탁자 위로 손을 뻗어 콘택트렌즈가 든 작은 통을 찾았다. 순간 희미하게 그의 주먹이 얼굴 쪽으로 다가오는 것이 보였다. 그러나 때리지는 않고 블라우스의 앞섶을 틀어쥐고 그녀를 끌어올렸다. 블라우스가 찢어지는 소리가 들렸다.

"우선 이것만은 분명히 알아둬. 이빨 몇 개 부러진 다음에 후회하지 말고. 너희들의 꼭두각시 노릇은 이것으로 충분해. 그때 너한테 말을 걸지 말았어야 했는데. 지금도 그 생각만 하면 벽에 머리라도 박고 싶어. 네 문에 붙어 있는 문패를 보곤 생각했지. 변호사와 안면을 트고 지내는 것도 나쁘지 않겠다고 말이야. 혹시 쓸모가 있을지도 모르잖아. 네가 이렇게 찰거머리처럼 달라붙을 거란 건 꿈에도 몰랐지. 너 같은 여자는 정말 진절머리가 나. 그런 여자한테서 겨우 벗어나서 자유를 좀 즐겨보나 싶었더니 또 네가 나타나다니."

그의 얼굴이 너무 가까이 있어 그레타는 얼굴 전체를 볼 수가 없었다. 그의 숨결이 얼굴에 와 닿았다. 담배 냄새가 났다. 한마디 한마디가 끝날 때마다 블라우스를 잡은 손이 그녀를 쥐고 흔들었다. 그리고 그럴 때마다 블라우스는 계속 찢어져 결국 그의 손에 손바닥만한 천 조각이 쥐어졌다. 그레타는 소파로 털썩 떨어졌다. 그러자 그가 이번에는 그녀의 목을 잡아 일으켜세웠다. 그러고는 손가락에 힘을 주었다. 그레타는 숨을 쉴 수가 없었다.

"그만, 그만 해요, 얀. 아프단 말이에요."

"그래, 바로 그거야. 그래도 내 말을 이해 못 하겠다면 지금보다 더 아프게 해줄 수도 있어. 나랑 함께 있고 싶어했잖아? 자, 나 여기 있어. 그렇다고 내가 네 피리 소리에 맞춰 춤이라도 출 줄 알았어? 천만에, 그 반대야. 네 앞에선 아내의 죽음을 슬퍼하는 홀아비 행세를 할 필요가 없지, 안 그래? 그거 알아? 그런 일이 일어날 때마다 얼마나 끔찍한지 몰라. 그럴 땐 나도 어떻게 된 건지 도무지 알 수가 없어. 그런 짓을 저지른 나 자신에 그저 경악해서 온몸이 굳어버리지."
 그의 얼굴은 보이지 않았다. 그러나 그레타는 목소리를 통해 그가 웃고 있다는 걸 알 수 있었다.
 "표현 죽이지 않아? '경악해서 온몸이 굳는다', 참 맘에 들어. 그렇지만 어쩌면 그건 경악이 아닐지도 몰라. 그냥 두려움에 불과할 수도 있지. 일이 잘못돼서 꼬리를 잡힐지도 모른다는. 뭐든 상관없어. 어쨌든 오래는 못 가. 머릿속에 어떤 생각이 떠오르면 난 영웅이 된 것 같고 인생을 제대로 즐겨보고 싶어지거든. 자, 이제 커피 세 잔하고 계란 두 개 그리고 잡곡빵 두 개를 준비해! 계란이랑 빵은 있겠지?"
 그는 그녀를 놔준 다음 더러운 것이 묻기라도 한 것처럼 허벅지에 손을 문질러 닦았다. 그러곤 탁자 위에 있는 렌즈통을 집어 그녀의 손에 쥐여주었다.
 "빨리 껴. 조리시계를 보려면 그게 필요할 테니까. 정확히 오 분 삼십 초만 삶아!"
 그레타는 거의 제대로 볼 수가 없었다. 그렇지 않았더라면 렌즈통에 들어 있는 보존액이 상했다는 것을 알아차렸을 것이다. 매일 밤 그녀는 소독을 위해 렌즈통에 식염수를 넣고 중성화하는 약도 넣었다. 약이 모두 녹을 때까지는 두세 시간 정도 걸렸다. 렌즈 소독엔 그 정도면 충분했다.
 그레타는 삼 년 전쯤 얀에게 그 과정을 보여준 적이 있었다. 늦은 시각이었는데 렌즈를 너무 오래 착용한 탓에 눈물이 나기 시작했고 그래서 그레타는 안경으로 바꿔 써야만 했다. 렌즈를 소독하던 그레타를 지켜보던 얀은 조그만 알약의 용도와 만약 소독액에 담겨 있던 렌즈를 바로 착용하면 어떻게 되는 거냐고 물었다.

그레타는 먼저 왼쪽 눈에 렌즈를 끼웠다. 그러자 마치 눈알을 바늘로 콕콕 찌르는 것처럼 아팠다. 그레타가 잠든 사이 얀이 소독액을 바꿔놓은 것이 틀림없었다. 그레타는 너무 아파서 소리를 지르는 정도가 아니라 거의 울부짖었다. 그러나 얀은 웃고 있었다. 느닷없는 흉측하고 야비한 웃음이었다.

"아파 죽겠지, 안 그래? 눈만큼 민감한 데도 없으니까. 자, 빨리 가서 눈을 씻고 안경을 써. 설마 안경은 있겠지. 그런 다음 아침을 준비하고 알약을 찾아봐. 그러면 정오엔 다시 렌즈를 낄 수 있을 거야."

"이 개자식! 도대체 나한테 왜 이러는 거야?"

"재밌으니까. 네가 더이상 쓸모가 없었다면 다른 짓도 했을 거야. 네가 누워 있는 걸 보니 손가락이 근질거려서 미치겠더라구. 그래도 꾹 참았지. 진짜 재밌는 건 뒤로 미뤄두고 작은 것부터 해보자 하고 말이야. 그건 일종의 경고야. 이제 내 말 알아들었겠지?"

그는 문 쪽으로 걸어가다가 뒤를 돌아보며 말했다.

"아, 그리고 또 한 가지. 다시는 내 컴퓨터에 손대지 마. 꼭 뭔가 쓰고 싶다면 차라리 경찰서에 가서 진술서나 써. 우리 약속은 잊지 않았겠지?"

물론이었다. 그리고 바로 그 순간 그가 왜 이런 행동을 보이는지도 알 것 같았다. 자살에 실패하자 다른 방식으로 자신의 운명을 극복해보려고 하는 것이다. 자신이 실제로 어떤 인간인지 제대로 보여주기만 한다면 그녀도 그를 포기하고 테스의 죽음을 슬퍼하며 체념한 채 살아가도록 놔둘 것이다.

이렇게 해서 얀을 의심했던 그레타는 다시 한번 생각을 고쳐먹었다. 얀이 방에서 나가자마자 그레타는 전화기로 달려가 내게 전화를 하려고 했다. 그러나 결국 그렇게 하지 않았다.

*

안경을 찾는 건 별로 어렵지 않았다. 안경은 찬장 서랍에 들어 있었다. 눈은 여전히 콕콕 쑤시듯이 아팠고 목도 따끔거리고 얼굴도 욱신거렸다. 그레타는 그때 머릿속에 맴돌던 생각을 오랜 시간이 흐른 뒤에도 정확히 기억하고 있었다. '아이들은 구속하지 말고 마음대로 하도록 내버려둬야 한다.' 그녀는 얀이 네 살배기 어린애와 다름없다고 생각했다. 혼란에 빠져 피범벅이 된 엄마 옆에 앉아 있는 아이. 자신을 그토록 가혹하게 다루었던 그를 진심으로 미워할 수 없었던 건 아마 그런 이유 때문이었을 것이다.

샤워를 하고 화장을 하는 데 꽤 오랜 시간이 걸렸다. 붓고 멍든 얼굴은 보기에도 정말 끔찍했다. 멍 주변이 벌써 연두색을 띠고 있었다. 그러나 다행히 화장으로 어느 정도 감출 수 있었다.

그레타는 얀이 가만히 있지 않을 거라고 예상했다. 어차피 마초처럼 행동하기로 결정한 이상 그토록 시간을 오래 끈 그레타에게 잔인한 보복을 할 것이 틀림없었다. 그러나 욕실에 있는 동안 아무 소리도 들리지 않았다. 그레타는 불안한 마음으로 욕실에서 나왔다. 그런데 욕실에 들어가기 전 침실에서 갈아입을 속옷과 겉옷을 갖고 나오는 걸 깜빡 잊었다. 일부러 그런 건 아니었다. 안경을 쓰고 복도로 나오자 얀이 흘끗 쳐다보았다. 그런데 그녀를 쳐다보던 얀의 눈빛이 아무래도 마음에 걸렸다. 게다가 희미하게 웃고 있는 것 같기도 했다. 그레타는 농담으로 어색한 상황을 무마해볼까 생각하다 그만두었다. 괜히 그를 자극해봐야 좋을 게 없을 것 같았다.

그렇다고 그를 유혹할 마음은 더더욱 없었다. 그날 아침만은 그와 자고 싶은 마음이 정말이지 털끝만큼도 없었다. 그녀는 커다란 목욕 수건을 몸에 두르고 침실로 갔다. 문은 열려 있고 얀은 침대에 누워 있었다. 흉터투성이인 다리를 나란히 포개고 칼로 그었던 팔은 배 위에 올려놓은 채 재떨이를 잡고 다른 한 손으로는 담배를 들고 있었다.

"침실에 담배 냄새 배는 거 싫어요!"

"이제부턴 익숙해질 거야."

그레타는 마초 같은 행동이 자기에겐 안 통한다는 것을 똑똑히 인식시키기 위해 평소처럼 침착한 목소리로 말했다.

"얀, 이제 그만 해요. 그러는 거 당신한텐 안 어울려. 담배를 피우고 싶으면 부엌으로 가요. 난 옷만 금방 갈아입으면 되니까. 그러고 나서 아침 준비 할게요."

"천천히 해. 조금 늦는다고 큰일나는 건 아니니까. 게다가 난 지금 아침 먹을 생각이 없어. 그것보단 아침 운동도 나쁘지 않을 것 같은데…… 수건 좀 내려봐."

그레타는 못 들은 척하며 옷장에서 옷을 꺼냈다. 속옷은 서랍장에 있었다. 그리고 서랍장은 침대 바로 옆에 있었다. 쓸데없이 모험을 하고 싶진 않았다. 자신을 바라보는 얀의 눈빛이 마음에 들지 않았다. 그건 차가운 경멸의 눈빛이었다. 그러나 그것뿐만이 아니었다. 그의 성기가 발기해 있었던 것이다. 그는 그것을 감추기는커녕 밖으로 내보였다.

"수건 내리라고 했잖아. 그리고 이리 가까이 와봐. 전엔 나와 자고 싶어서 안달이었잖아. 그게 나한테는 적절하지 못한 시간이었다는 생각은 한 번도 못 했지?"

그랬다. 그런 생각은 전혀 못 했다. 그러나 그 순간엔 적절한 시간이건 부적절한 시간이건 그런 게 문제가 아니었다. 그레타는 속옷을 포기하기로 했다. 대신 전화를 하기 위해 욕실로 가 문을 닫았다. 욕실 열쇠는 여전히 옷장 안에 있었다. 그 점도 미처 생각하지 못했다. 그녀는 오로지 빨리 옷을 입고 내게 전화를 해야겠다는 생각뿐이었다. 그 생각을 좀더 빨리 했더라면 얼마나 좋았을까!

그레타가 옷을 입기 위해 막 수건을 내리는 순간 얀이 욕실 문을 열었다. 그러고는 순식간에 목덜미를 누르며 무릎을 꿇게 했다. 그 행동이 어찌나 거칠었던지 그레타는 무릎을 꿇으면서 이마를 타일 바닥에 찧고 말았다. 그나마 안경이 깨지지 않은 게 다행이었다. 그는 생각할 여유조차 주지 않았다.

"그만두라고 했잖아! 이러는 거 싫어! 이러면 안 돼!"

그레타가 소리질렀다.

"그렇지만 난 좋은걸. 바로 이거야. 이게 바로 내 방식이거든. 너한테 이게 어떤 건지 보여주는 것도 나쁘진 않을 거야. 사람들은 자신이 직접 겪은 일만 제대로 판단할 수 있는 법이니까. 이제 얌전히 입 다물어. 테스도 그랬어. 반항하면 어떻게 되리라는 걸 테스는 금세 알아차렸지. 그랬다간 며칠 동안 의자에 앉을 수도 없거든."

그레타는 강간당하면서도 그의 그런 행동을 이해할 수가 없었다. 그는 그녀를 조금도 배려해주지 않고 짐승처럼 굴었다. 찢어지는 듯한 아픔을 느꼈다.

그 일만 생각하면 나는 지금도 속이 뒤집히는 것 같다. 왜 그녀를 혼자 뒀을까? 왜 그냥 안심해버렸을까? 순간의 편안함 때문이었다! 나는 그날 푹 자고 일어나 부모님과 함께 푸짐한 아침까지 먹었다. 그레타가 강간을 당하고 수모를 겪는 동안 커피에 토스트 그리고 오 분 삼십 초 동안 익힌 계란으로 느긋한 아침을 즐기고 있었던 것이다.

그레타는 내가 와서 그를 말려주길 간절히 바랐다. 한없이 길게 느껴졌던 이 분간 그녀는 빌고 또 빌었다. 그런데 갑자기 얀이 주춤거렸다. 그의 성기가 점점 작아졌던 것이다. 그녀가 눈치채지 못하도록 애를 쓰며 손으로 그녀의 엉덩이를 앞뒤로 흔들어댔지만 고통은 줄어들었다. 그레타는 그제야 다시 남은 순간들을 견뎌낼 힘을 얻었다.

난 그런 그녀를 결코 완벽하게 이해할 수 없을 것이다. 숱한 밤을 안 야민과 바바라 맥킨리를 읽으며 보낸 그레타, 또 얀의 소파에서 나는 탄내를 맡아온 그레타는 내가 줄곧 얀을 의심할 수밖에 없었던 이유를 손에 쥐고 있었던 셈이다. 그런데도 렌즈통의 액체가 바뀐 일이나 욕실에서 강간당한 사실을 내게 그 사실을 알리거나 도와달라고 하지 않았다.

드디어 그는 그녀를 놓아준 뒤 일어나 부엌으로 갔다. 그녀가 부엌으로 뒤따라갔을 때 그는 식탁에 앉아 담배를 피우고 있었다.

"네 취향은 아니었나보지?"

"네 취향도 아니잖아. 참 이상해, 여자들만 오르가슴을 흉내내는 줄 알았는데. 남자들도 그러는 줄은 몰랐어. 이제 우리 이성적으로 이야기 할 수 있을까?"

"무슨 얘기? 너의 성적 매력에 대해? 네 안에 들어가자마자 욕구가 싹 가신다는 거?"

"욕구가 사라진 건 아마 익숙하지 않은 걸 시도했기 때문일 거야."

"웃기고 있군. 난 늘 그렇게 당하면서 자랐어. 그렇지만 너한테는 아무리 에로틱한 상상을 해봐도 소용이 없었지. 그러고 보면 니클라스는 참 대단한 것 같아. 난 처음부터 너랑은 안 될 거란 걸 알고 있었어. 넌 여자라기보다 밀가루 포대에 가깝거든. 넌 선탠할 줄도 몰라?"

"피부를 햇빛에 그을리면 안 좋아. 주름도 많이 생기고."

그 말에 얀은 기분 나쁘게 웃었다.

"그렇지만 아름답게도 만들지. 테스를 생각해봐, 그 탱탱한 피부를. 갈색으로 그을린 엉덩이를 보면 도저히 참을 수가 없지. 주름이라…… 주름을 방지하려면 제때 죽는 수밖에 없지."

그의 말은 욕실 사건의 비중을 점점 더 줄여주었다. 그녀를 모욕하고 상처주려고 하면 할수록 그녀는 평정을 되찾아갔다. 마음대로 떠들면서 속에 있는 울분을 다 털어버리도록 하는 게 나을 것 같았다. 머릿속의 생각은 이미 많이 달라져 있었지만 그에 대한 감정만은 변함이 없었다. 사랑이란…… 그만큼의 사랑을 직접 경험해보지 않은 사람은 이해할 수 없다.

"니클라스가 왜 항상 테스의 뒤를 따라다녔는지 이제야 알 것 같군. 어딘가에선 보상을 받고 싶었을 테니까."

그녀는 그의 말에 신경 쓰지 않고 식사 준비에만 열중했다. 계란은 없었지만 잡곡빵은 있었다. 얀도 그걸 알았던 게 틀림없다. 그녀는 식탁을 차린 후 재떨이를 치우려고 했다.

"그냥 둬."

그래서 그가 시키는 대로 재떨이를 제자리에 두었다. 그 순간 문득 테스가 맨디의 반항기에 대해 이야기하던 것이 떠올랐다.

"그냥 하고 싶은 대로 내버려두는 게 최고야. 고집을 꺾어봤자 좋을 게 없거든. 내가 맨디한테 '오늘은 춥긴 하지만 모자는 안 쓰는 게 좋겠어'라고 하면 그앤 발을 구르면서 모자를 쓰겠다고 떼를 써. 그럼 나도 맨디도 모두 원하는 대로 되는 거지."

잠시 한 대 얻어맞은 것처럼 눈앞이 아찔했다. 테스는 이제 시체보

관실에 누워 있다. 그곳은 욕실 바닥보다 더 차가울 것이다. 얀이 자기에게 반항해봤자 소용없다는 걸 보여주려고 안간힘을 써대고 있는 이 부엌보다도.

그레타는 그를 무시한 채 커피를 따라 빵이 든 바구니와 햄이 든 접시와 함께 그 쪽으로 밀었고 다시 한번 철분 보조제를 권했다. 그러고는 자리에 앉으려는데 너무 아파서 자기도 모르게 벌떡 일어나고 말았다. 또다시 테스가 떠올랐다. 벌에 쏘여서 의자에 앉을 수 없다고 했던.

"계란 두 개라고 말했을 텐데? 스릴을 좀더 맛보고 싶은가보지?"

"입 닥쳐! 계란은 없으니까 대신 햄을 먹어. 햄에도 단백질은 충분히 들어 있으니까. 그리고 이 약도 먹어, 그래야 다시 힘이 생겨. 철분은 피 속의 헤모글로빈 숫자 외에 다른 것도 증가시키니까. 그러면 정력도 다시 좋아질지 모르잖아."

그가 일어서려고 하자 그레타가 재빨리 말했다.

"진정해. 내 진술을 수정하고 싶도록 만들지 말라구. 진술서에 네 할머니에 대한 이야기까지 쓰길 바라는 거야? 어린아이의 손이나 다른 민감한 부분에 뜨거운 촛농을 떨어뜨린 거며 돼지우리에서 재운 이야기 말이야. 또 성폭행에 대한 것도 알고 있어. 네가 방금 나한테 한 짓을 말하는 게 아니야. 그건 가벼운 아침 체조에 불과했으니까. 난 느낌이 어땠는지도 벌써 잊어버렸는걸. 그렇지만 보호기관에 있는 정식 교사가 불쌍한 남자아이한테……"

그레타는 그 다음 말을 잇지 못했다. 얀이 의자에서 벌떡 일어나 난폭하게 커피잔을 엎어버린 것이다. 식탁 위로 커피가 쏟아졌고 그녀의 옷에까지 튀었다. 그는 거실로 가 소파에 드러누웠다. 그리고 그곳에서 오전 내내 꼼짝도 하지 않았다.

*

그레타는 점심에 이탈리아 요리를 먹기로 결정했다. 얀은 자기와는 상관없는 일인듯 무관심했고 뭘 먹고 싶냐는 질문에도 대답이 없었다. 그녀는 금요일 밤처럼 피자 토노와 카프리치오사 샐러드를 주문했다. 음식이 도착하자 얀은 보란듯이 아예 벽 쪽으로 돌아누워버렸다. 그레타는 피자만 먹고 샐러드는 그를 위해 냉장고에 넣어두었다.

내가 그레타의 집에 들른 건 거의 정오가 다 되어서였다. 그러나 그사이에 일어났던 일에 대해서는 한마디도 듣지 못했다. 얀은 팬티 바람으로 소파에 누워 있었다. 나도 모르게 흉터투성이인 그의 다리에 시선이 갔다. 그래서 의식적으로 다른 곳을 보려고 노력했다. 가령 그레타의 얼굴 말이다.

그레타가 콘택트렌즈 대신 안경을 쓰고 있는 점과 눈 주위의 부기만으로도 상황은 짐작하고도 남았다. 그레타가 안절부절못하고 방을 서성거리거나 자리에 앉자마자 도로 일어나는 것만 보아도 그랬다. 불안하다는 뜻이었다.

몇 번씩이나 부탁한 끝에 얀은 비로소 일어나 앉았다. 그러나 엄마가 밖에 나가 놀지 못하게 해서 심통 난 아이처럼 뚱한 표정으로 앞만 주시했다.

나는 오전에 경찰서에 들러 카라이스 형사와 테스의 다이어리에 대해 이야기하면서 수사에 진전이 있는지 알아내려고 했다. 또 카라이스에게 얀이 자살하려고 했다는 이야기도 귀띔해주었다. 그건 어차피 알려질 일이었다. 카라이스는 충격을 받은 듯했다. 그러나 맨디의 아버지에 대해서는 생각처럼 그렇게 부정적이지 않았다. 펠버트는 오히려 그 익명의 유명인사에게 매료된 듯했다.

나는 그레타에게 테스의 다이어리 얘기를 해주었다. 테스가 죽은 날 두 개의 약속이 예정되어 있었다. 하나는 오전 열한시 'K'라고 적혀 있었다. 오후 한시로 예정되어 있던 또다른 약속은 '232'라는 숫자로 표시되어 있었다. 그레타는 K가 피부 관리실을 의미한다고 했다.

나는 얀에게 이런저런 것들에 대해 물었다. 혹시 맨디의 친부 증명서를 직접 본 적이 있는지. 그리고 그 남자가 양육비를 보내왔는지. 아니면 테스가 실수로 흘린 말은 없었는지. 또 금요일 오후에 했던 그런 식의 전화 통화가 처음이었는지 아니면 그전에도 테스가 상대방을 니클라스라고 부른 적이 있었는지. 전화요금 통지서에 개별 전화번호가 찍혀나오는지. 그것만 있다면 테스가 그날 오후 세시 반경 누구와 통화했는지 쉽게 알 수 있을 것이다. 그러나 얀은 고개를 저었다. 물론 다른 질문들에도 똑같이 부정적인 반응을 보였다.

"도대체 지금 뭐 하자는 겁니까? 당신은 어차피 내가 무슨 말을 하든 날 안 믿잖아요."

"내가 믿고 안 믿곤 상관없어요. 문제는 경찰이 당신을 믿어주느냐 하는 거죠. 그리고 내게 가장 중요한 건 그레타예요. 내가 아는 한 그녀는 당신이 감옥에 갇히는 걸 보느니 차라리 자기가 했다고 자백할 거란 말이오."

얀은 무슨 말인지 통 모르겠다는 표정으로 나를 쳐다보다가 이렇게 물었다.

"자백이라구요?"

"그래요, 자백."

나는 토요일에 그레타가 차 안에서 했던 말들을 하나도 빠짐없이 전했다. 내가 말하는 동안 얀은 그레타에게서 눈을 떼지 않았다. 마침내 말이 끝나자 그는 고개를 뒤로 젖히더니 큰 소리로 웃기 시작했다. 그리고 웃음을 그치지 않고 소파에서 벌떡 일어나 복도를 따라 욕실로 들어갔다. 욕실 안에서도 웃음소리가 흘러나왔다.

처음에는 그레타 역시 나처럼 얼떨떨한 것 같았다. 한참 뒤에야 우리는 그것이 웃음소리가 아니란 걸 깨달았다. 그건 세상에서 버림받은 어린아이의 처절하고도 신경질적인 흐느낌이었다.

솔직히 고백하자면 그걸 깨닫는 순간 나는 기분이 찜찜했다. 내가 생각해온 그의 모습과는 전혀 어울리지 않았기 때문이다. 나는 욕실에서 흘러나오는 소리가 불러일으키는 연민과 부정이 뒤섞인 모순적인 감정을 냉소로 떨쳐버리고자 애썼다.

"우리가 이렇게까지 자길 생각해줄 줄은 몰랐나보군."

그레타는 거실 한가운데 선 채 아무 말이 없었다. 우리는 둘 다 욕실 쪽에서 나는 소리에 촉각을 곤두세웠다. 그의 흐느낌은 끝날 줄 몰랐다.

"칼로 널 찌르지 않았기에 망정이지 안 그랬으면 지금쯤 지옥을 헤매고 있었을 거야. 얀이랑 다시 한번 말을 맞춰보는 게 좋겠어."

내가 말했다.

"커피 마실래?"

그레타가 입술을 지그시 깨물며 물었다.

우리는 함께 부엌으로 갔다. 부엌에서는 흐느낌이 더 선명하게 들렸다.

커피가 끓기 시작했다. 커피포트를 들고 거실로 돌아가 첫 잔을 마셨다. 두번째 커피를 반쯤 마셨을 무렵 나는 더이상 참지 못하고 자리에서 일어서고 말았다. 그런데 그레타가 나보다 한 발 빨랐다.

그레타의 뒤를 따라 욕실로 들어서면서 내가 말했다.

"이제 그만 해요, 얀. 여긴 우리밖에 없잖아요. 그러니 평소대로 해요."

그러나 쉽게 끝날 분위기가 아니었다. 그는 무릎을 모으고 머리를 숙인 채 바닥에 앉아 있었다. 마치 매맞기를 기다리는 아이처럼 양손은 깍지를 낀 채 목덜미를 감싸고 있었다. 몇 분간 우리는 번갈아가며 얀에게 말을 걸어보았지만 아무런 성과가 없는 듯했다. 한참이 지나서야 고개를 든 그는 눈을 깜빡이며 그레타를 바라보았다.

"그게 진심이었어요? 정말 날 위해 자백하려고 했어요?"

그레타는 고개를 끄덕였다. 나는 미친 짓인 줄 알면서도 그들을 도울 수밖에 없었다. 그러지 않으면 그레타를 다시는 못 볼 게 뻔했기 때문이었다.

"그런 일이 있어선 안 되죠. 내 맘에 들지 않는다는 점만 제외하곤 우리가 유리해요. 현재 상황으론 그레타가 처음 진술한 대로만 밀고 나가면 될 것 같아요. 그러니까 이제 일어나서 옷 입어요. 그런 다음 다시 얘기해보자구요."

십오 분쯤 지난 후 얀은 셔츠와 바지를 입고 거실로 돌아와 의자에 앉았다. 나는 상황을 다시 한번 설명했고 특히 몇 가지 점들을 강조하면서 테스의 다이어리와 친권 확인서의 사본 그리고 전화 통화 등에 대한 질문을 반복했다. 얀은 처음에는 주춤거리며 짧게 대답했다.

맨디의 친아버지가 누군지는 모르겠다. 증명서나 사본 같은 것도 본 적이 없고 또 테스가 누구와 통화하는지 한 번도 신경 써본 적이 없다. 지난 금요일에도 집에 막 들어서는 순간 테스가 전화기에 대고 하는 거짓말을 듣지 못했더라면 아무런 관심도 갖지 않았을 것이다. 게다가 그때 테스가 했던 말들이 이제는 잘 기억나지 않는다고 했다.

그가 진짜 기억을 못 하는 건지 아니면 거짓말을 하는 건지는 판단하기 어려웠다. 그러나 그의 히스테리컬한 반응을 본 후로는 좀더 신중하게 그를 판단하기로 했다. 요구를 들어주지 않을 경우 그를 감옥에 보내겠다고 한 테스의 말이 얀의 마음속 깊이 각인되어 있었다. 나는 그의 말을 믿기로 했다.

결혼한 후에도 맨디 아버지가 계속 지불했다는 양육비에 대해서는 전혀 모른다고 했다. 경제적인 문제에 관한 한 테스는 전적으로 그에게 의존하는 것처럼 행동했다고 했다.

"그녀는 사람을 몰아대는 데 선수였어요. 그러고도 내가 움직이질 않으면 마지막에는 '그럼 아빠한테 달라고 할 거야'라고 하곤 했죠. 그런 말을 들을 때마다 마치 내가 아무짝에도 쓸모없는 쓰레기처럼 느껴졌어요. 장인도 요아힘이 번 수입으로 살아가는 형편이라는 걸 내가 모를 리가 있겠어요? 그래서 전 테스가 장인한테 애걸하는 게 싫었어요. 결국 모든 게 다 소용없게 되었지만."

그의 말에 따르면 테스는 얀의 계좌에서 매주 오백 마르크씩 인출하기로 약속했다고 했다. 그중 삼백은 생활비였고 나머지 이백은 테스의 용돈이었다. 그러나 번번이 월요일에 찾은 돈이 새 옷이나 향수를 사느라 수요일이면 바닥나곤 했다. 그래서 목요일엔 다시 은행에 가야 했다. 그러면서도 얀에게 자기가 멋지게 차려입고 좋은 향기를 풍기니까 좋지 않냐고 했다는 것이다.

그로부터 몇 달 후 얀은 결국 테스에게서 통장을 빼앗아 직접 살림을 돌보기 시작했고 아내에게는 한 달에 한 번만 필요한 물건을 살 수 있도록 용돈을 줬다. 그리고 맨디의 교육비는 통장에서 직접 나가도록 조치했다. 테스가 몰고 다니는 자동차의 기름값과 유지비도 그의 몫이었다.

전혀 행복하고 만족스러운 부부생활처럼 들리지 않았다. 신혼이었던 그들의 모습을 나는 아직도 똑똑히 기억하고 있다. 그때까지만 해도 테스는 매주 한 번씩 장을 보러 갔다. 나는 그레타와 자주 만났고 그때마다 테스가 장바구니와 비닐봉투를 잔뜩 들고 그레타의 집에 나타나곤 했던 것이다. 그건 얀의 진술과도 일치했다.

"그렇지만 단지 돈 때문만은 아니었어요."

그의 목소리가 들릴락 말락해지자 나는 조금 더 크게 얘기하라고 말했다. 그러자 반쯤 감긴 눈으로 나를 바라보던 그는 선생님의 훈계에 순종하는 착한 아이처럼 목소리를 높였다.

"내게 지독한 구두쇠라느니 아니면 쓸데없는 일로 시간만 낭비하는 무능력자라고 퍼부을 때는 그냥 못 들은 척했어요. 그렇지만 그렇게 간단히 넘어갈 수 없는 문제들도 있었죠."

그레타는 얀이 또다시 도망치지 못하도록 막으려는 것처럼 복도 쪽 문가에 서 있었다. 그리고 표정 없는 얼굴로 그의 말에 귀를 기울이고 있었다. 결혼한 지 몇 주가 지났을 무렵 한번은 테스가 목욕가운의 허리띠를 풀어 자기를 침대에 묶어달라고 했다는 것이다. 그는 그걸 그다지 심각하게 받아들이지 않고 장난이라고만 생각했다.

"장난이건 아니건 내 취향은 아니었어요. 그렇지만 테스가 그렇게 해보면 오르가슴을 느낄지도 모른다고 하기에 원하는 대로 해줬죠. 진정한 사랑에 대한 생각이 나와는 달랐어요. 테스가 그랬어요, 자기 아버지가 오빠는 아주 작은 실수만 해도 늘 매질을 하는데 자기는 모두 용서하는 게 차별이라고. 아버지가 자기를 사랑하지 않는 거라구요."

그레타는 진지한 얼굴로 고개를 끄덕였다. 그 순간 테스의 목소리가 들리는 듯했다. '아빠, 이제 절 때리실 건가요?' 두려움이었을까 아니면 바람이었을까? 일부러 맞기를 원하는 사람이 있다는 건 나로서는 이해하기 어려웠다. 나는 부모님한테 매를 맞은 적도 없지만 그렇다고 해서 아쉬워해본 적은 더더욱 없었다.

"그녀는 잠자리에서 진짜 사내다운 사내를 원했어요. 자기를 아주 거칠게 다뤄주길 바랐다구요. 테스는 몇 번 시도하다보면 진짜 내 취향을 발견하게 될지도 모른다면서 고집을 부렸어요."

"그럼 수갑도 테스의 생각이었어요?"

내가 물었다. 그는 고개를 끄덕였다.

"그게 어디서 났죠? 그런 진짜 수갑을 성인용품 가게에서 산 건 아닐 테고."

"모르겠어요, 어디서 났는지."

"당신이 구한 게 아니란 말이죠?"

얀은 또다시 고개를 끄덕였다.

"그런데 그게 왜 당신 책상 서랍에 있죠?"

"내가 거기 넣어놨으니까요. 테스는 물건을 아무 데나 두는 습관이 있거든요. 혹시 그레타가 보기라도 할까봐. 그걸 보면……"

얀은 갑자기 말끝을 흐리면서 그레타 쪽을 흘끗 쳐다보았다.

"그럼 나머지는요? 예를 들어 집게라든가."

얀은 힘없이 손을 내저었다.

"나도 그런 게 혐오스럽기만 했어요. 사랑을 확인하는 데 그런 걸 써야 한다니, 그건 내 스타일이 아니었거든요."

"나도 같은 생각입니다. 마지막으로 그런 식의 관계를 맺은 게 언제죠?"

"모르겠어요. 그런 걸 기록해두진 않았으니까요."

"잘 생각해봐요. 내일 아침이면 경찰이 테스 몸에 난 상처에 대해 모두 알게 될 거고 그러면 당신에게 같은 질문을 할 게 틀림없으니까. 목요일이었어요? 아니면 수요일? 그것보다 더 오래되진 않았을 것 같군요. 테스의 몸에 연고가 남아 있었던 걸 보면."

"그녀의 몸에 난 상처는 내가 그런 게 아니에요. 난 신혼 때 몇 번 그녀가 원하는 대로 해줬을 뿐이거든요. 엉덩이를 때려주는 걸로 충분할 거라고 생각했어요. 그런데 테스의 요구가 날이 갈수록 심해졌고 게다가 이상한 물건들까지 갖고 오는 거예요. 그래서 난 그런 것이 역겹다고 했어요. 그런 변태적인 섹스를 하고 싶으면 다른 남자를 찾아보라구요. 물론 그건 진심이 아니었어요. 그런데 테스는 내 말을 진심으로 받아들였어요."

그는 무기력한 얼굴로 다시 한번 손을 내저었다.

"그녀는 내게서 얻을 수 없는 것을 다른 남자에게서 얻으려고 했죠. 그리고 내게 그 사실을 숨기려고 하지도 않았어요."

나는 그의 말을 한마디도 믿지 않았다.

"심리학자들은 그 반대로 말하던걸요. 예를 들어 이런 성향은 어릴 때 심한 학대를 사람들에게서 나타난다는……"

"당신이 심리학에 정통한 줄은 몰랐군요."

얀이 내 말을 가로막았다.

"난 당신보다 테스를 더 오랫동안 알고 지냈어요. 그것도 아주 가까이. 그래도 그녀에게 피학적인 성향이 있다고 느껴본 적은 단 한 번도 없었어요."

내가 계속 말했다. 그의 입술이 일그러졌다. 나를 비웃는 것 같았다.

"그녀와 얼마나 가까웠죠? 내 말은 그런 성향까지 꿰뚫어볼 수 있을 만큼 정말 그렇게 가까웠냐는 거예요."

내가 바로 대답을 못 하자 그가 계속 말했다.

"내가 알기론 그렇지 않았던 것 같은데. 아, 물론 내게 그것까지 속였을지도 모르죠. 그렇지만 솔직히 말해서 난 아닐 거라고 생각해요. 당신이 정말 테스에 대해 잘 알고 있다면 내게 그런 걸 묻진 않을 테니까요. 아마 직접 경험했겠죠. 그녀와 처음 관계를 가진 날에도 그녀의 몸에 그런 상처가 나 있었거든요. 허벅지 안쪽에 멍든 자국 말이에요. 그래서 내가 아프지 않냐고 물었더니 괜찮다고 하더군요."

처음 관계를 갖던 날. 그건 이 년 전 4월의 일이었다. 바로 맨디 아버지에게 무자비한 성폭행을 당한 지 석 달 후였던 것이다. 그레타는 뭔가를 말하고 싶으면서도 간신히 참는 눈치였다. 결국 그녀는 한마디도 하지 않았다.

10

 그레타는 테스가 맨디 아버지에게 성폭행을 당하고 지하 주차장에 내동댕이쳐진 후 사무실에 나타났던 그날을 똑똑히 기억하고 있었다. 테스는 그런 일을 당했다는 사실이 믿어지지 않을 만큼 멀쩡했다. 스타킹을 신고 있었고 블라우스 단추도 뜯긴 흔적이 없었다. 옷이 찢기거나 스타킹 올이 나가지도 않았다. 여자를 강제로 폭행하는 남자가 여자에게 옷 벗을 시간을 준다는 게 말이 될까?
 얀이 계속 말했다. 그런 상황을 즐기고 있는 것이 분명했다. 그는 테스가 나와는 그런 시도를 할 필요조차 없다고 말했다고 했다. 나는 그녀에게 언제나 법 조항을 열거하거나 상해와 위자료 청구에 대해 연설을 늘어놓았다는 것이다. 그리고 이미 수년 전부터 그레타를 통해 나에 대한 모든 것을 알고 있었다고도 했다. 여자가 만족스런 한숨을 내쉰 날은 달력에 사선표시를, 그리고 즐거운 신음 소리를 내지르는 날엔 가위표를 그려넣는 자상한 남자. 그래서 매주 한 번씩 사랑하는 여자를 몇 번이나 오르가슴에 오르도록 해줬는지 세어보는 남자. 세 번 이상이면 스스로를 대견하게 여기는.

테스가 진짜 그렇게 말했는지 아니면 나를 약올리기 위해 얀이 꾸며낸 얘기인지 알고 싶지도 않았다. 어쨌든 테스가 그와 비슷한 얘기를 한 건 틀림없는 것 같았다. 그러나 그 모든 이야기를 그레타가 해줬다는 말은 믿기 어려웠다.

화제를 다시 테스의 몸에 난 상처로 돌렸다. 이번에는 다리에 난 멍이 아니라 가슴 부위의 찢어진 상처에 대해서였다. 얀은 그런 상처가 가슴에만 있는 것이 아니라고 했다. 그리고 불에 덴 화상 자국도 있다고 했다. 그는 그 모든 것들을 아무렇지도 않은 투로 말했다. 그레타는 입술을 지그시 물었고 나는 숨이 멎을 것만 같았다.

"그래요, 화상 자국요. 촛농에 덴 거죠. 내 책을 보더니 자기도 꼭 해보고 싶다고 했어요. 그리고 실제로 그렇게 했죠. 난 아무 짓도 안 했으니까 그런 눈으로 보지 말아요. 다만 내 앞에서 몇 번씩이나 그렇게 말했어요. 그래서 아는 것뿐이에요."

얀이 신경질적으로 말했지만 물론 나는 믿지 않았다.

"당신은 아무 짓도 안 했단 말이죠! 그렇지만 그걸 증명하긴 어려울 거요."

그때까지 지켜보고만 있던 그레타가 입을 열었다.

"그렇지 않아. 테스는 그때 맨디 아버지하고……"

"맨디 아빠 얘긴 집어쳐. 그가 테스한테 한 짓은 그저 단순한 폭행일 뿐이야. 그렇지만 지금 나는 가학행위에 대해서 말하고 있어. 난 저 남자의 말을 믿지 않아. 테스는 피학적이지 않았어. 화상이라니, 세상에!"

"당신이 아는 테스는 일부에 지나지 않아요. 물론 나도 결혼하기 전까진 그게 그녀의 전부인 줄 알았어요. 그렇지만 그 환상은 곧 깨졌죠. 물론 그녀도 나에 대해 실망하긴 마찬가지였어요. 내가 쓴 소설 몇 페이지를 읽고 날 자신의 이상형이라고 생각했던 거죠. 그런데 그게 착각이라는 걸 알게 되자 실망도 그만큼 컸어요. 처음에는 자기를 위해서 그렇게 해줄 수 없겠냐고 날 설득하려고도 했어요."

얀이 부드러운 목소리로 말했다. 그러고는 잠시 웃더니 내게 물었다.

"당신 같으면 그런 경우에 어떻게 했을 것 같은가요? 사랑하기 때문에 그녀가 원하는 대로 해줬을까요? 그렇지만 난 그럴 수 없었어요. 그런 상황에선 도저히 감정이 생기질 않는걸요. 그건 당신도 잘 알 거예요."

얀은 그렇게 말하며 그레타를 쳐다보았다. 그러고는 쓴웃음을 지었다.

"토요일이면 그녀는 하루 종일 외출을 했죠. 그리고 집에 온 다음엔 목욕을 했고요. 욕실에 있는 작은 병들을 한번 들여다봐요. 대개는 향수병이지만 국화 원액하고 소독용 알코올이 든 병이 있을 거예요. 테스한테는 중요한 물건들이었죠. 상처가 덧나면 안 되니까. 그러면 다음번에 제대로 할 수가 없거든요."

그는 잠시 눈조차 깜빡거리지 않고 가만히 있었다.

"테스의 손목을 봤을 거예요. 당신이 무슨 생각을 하는지 다 알아요. 나도 생각 같아선 당신에게 테스를 제발 데려가달라고 말하고 싶었어요. 내가 미치기 전에 제발 좀 데려가달라구요."

그는 고개를 떨구었다. 목소리가 갈라졌다.

"그런데 웃긴 건 그래도 그녀를 사랑했다는 거예요. 정말 사랑했어요. 그리고 언젠가는 그녀가 그런 짓을 그만둘 거라고 믿었어요. 사랑과 고통은 서로 아무 관계도 없다는 걸 깨닫게 될 거라고. 참고 기다리면 내 방식대로 따라와줄 거라고 생각했어요. 정상적인 잠자리도 곧잘 했으니까. 한동안은 그녀도 그걸 즐기는 것 같았어요. 그런데 우연히 그게 아니라는 걸 알게 됐죠. 나와 잠자리에 드는 날은 항상 그전에 어디선가 이미 실컷 즐기고 온 거였다구요. 그러니 당연히 아플 수밖에. 어떻게 하든 안 아플 수가 없었어요."

얀의 말이 끝난 후 나는 한동안 생각에 잠겼다. 송년파티 때의 찜찜한 기억이 되살아났다. 테스는 분명 사회적인 안정을 필요로 하고 있었다. 그 순간 내 어깨를 두드리며 자상한 경고를 해주던 루이스 아벨레의 말이 떠올랐다. "재밌게 놀게. 그렇지만 잠자리는 꼭 가려야 하네." 루이스는 항상 인간에 대한 뛰어난 통찰력을 갖고 있었다. 그래서 테스의 의도를 나만큼 잘 꿰뚫어본 것이다. 그날 테스는 얀을 감쪽같이 속였고 게다가 나도 그에게 테스를 조심하라고 경고하지 않았다. 여러 가지 생각들이 한꺼번에 몰려왔고 점점 더 죄책감이 들었다.

십삼 년 전에 내가 이성을 잃지만 않았더라도 그레타가 그 임대주택으로 이사 가지 않았을 테고 거기서 얀을 만나는 일도, 테스가 얀을 알게 되는 일도 없었을 것이다. 그러나 이제 와서 그때 만약 이랬더라면 또는 저랬더라면 하고 후회해봤자 달라지는 것은 아무것도 없었다.

나는 말 한마디, 단어 하나까지도 신중하게 선택해서 말했다. 가까운 친구나 또는 잘 아는 사람으로서가 아니라 오로지 변호사로서 그를 대했다. 절망적인 상황에 빠져 있는 의뢰인에게 어차피 경찰이 알아낼 사실이라면 미리 털어놓으라고 충고하는.

가학적인 유희! 남에게 속기를 원하는 사람은 없다. 하물며 남편이 그런 방식으로 오랜 세월을 부인에게 속고 살면서 아무 대책도 세우지 않았다는 것을 누가 믿겠는가. 아무리 멍청한 경찰관이라 하더라도 아내의 부정을 참지 못해 죽였다고 생각할 것이다.
 그러나 만약 두 사람이 특이한 방식으로 조화를 이루고 있다면 그 둘은 서로에게 의존적일 수밖에 없다. 두 사람 모두 특별한 애정방식에 딱 맞는 파트너를 발견한다는 것이 얼마나 어려운가를 잘 알고 있다면. 그렇다면 그 특별한 상처를 입힌 가해자는 테스를 죽일 이유가 없게 된다. 오히려 어렵게 구한 파트너를 어떻게든 붙잡아두려고 했을 것이다. 더욱이 그런 유희방식에는 오랜 연습에 의한 적절한 자제력이 요구되었다. 따라서 가해자는 어떤 상황에서도 자기 자신에 대한 통제력을 잃어서는 안 되었다.
 그 순간 얀이 힘없이 웃으며 나의 말을 가로막았다.
 "테스가 그 남자와 헤어지려고 했다면 상황은 달라지는 거죠. 그랬다면 그 남자는 자기가 가질 수 없으니 다른 사람들도 못 가지게 해야겠다고 생각했을 수도 있어요. 소용없어요, 니클라스. 난 그런 자백 못 해요. 그것만은 싫어요! 그리고 다른 것두요! 난 어떤 것도 자백할 필요가 없다구요. 난 테스를 죽이지 않았어요. 난 그 시각에 그레타 집에 있었어요."
 "그렇지 않아요."
 "증거라도 있나요?"
 "당신의 디스켓을 갖고 있어요. 그중 하나는 '행복의 유희'라는 제목이 붙어 있더군요. 또 당신의 책상 위에는 '이중성의 혼돈'이라는 제목의 원고도 놓여 있었구요. 그건 사고를 당했다던 당신의 동료가 쓴 드라마죠. 그런데 방송국에서는 그 제목이 마음에 들지 않았어요. 아, 대답할 필요 없어요. 내가 이미 다 조사해봤으니까. 그 동료의 이름은 에커트고 현재 대학병원에 입원중이더군요."
 얀은 무표정한 얼굴로 듣고 있었다. 그레타는 이맛살을 찌푸렸다.

"당신의 동료는 당신이 자기 대신 원고를 써준다는 소식을 듣고 무척 좋아했어요. 당신은 금요일 회의가 끝난 후 원고를 쓰기 시작했어요. 작업이 꽤 빨리 진전됐나봐요. 그러지 않았다면 굳이 복사본을 만들어두지 않았을 테니까요. 당신 말처럼 당신이 테스와 싸웠고 그 사이에 그레타가 나타나서 밖으로 나갔다면 그럴 수 없었겠죠. 다시 말해서 당신은 그 시각에 집에 있었던 거예요, 얀. 당신은 집에서 조용히 작업을 하고 있었어요."

나는 크게 심호흡을 했다.

"그렇지만 그걸 증명하는 건 내가 아니라 카라이스 형사여야 해요. 또 그렇게 할 거구요. 장담하건대 머지않아 그가 당신을 범인으로 지목할 거예요. 그러니까 지금부터 내가 하는 말을 신중히 생각해봐요."

나는 그에게 상황을 설명했다. 우리는 이미 경찰에 익명의 남자에 대해, 그리고 그럴듯한 살해 동기에 대해 귀띔해주었다. 우리가 생각해낸 동기는 협박이었다! 맨디의 아버지에게 가학적인 변태의 누명까지 뒤집어씌운다는 것은 유치한 방법이었다. 조금이라도 생각이 있는 여자라면 자기를 협박하는 남자에게 그런 방식으로 당하진 않는다. 그리고 남자를 협박한 게 아니라 오로지 성적 욕구를 충족시키기 위해 만난 거라면 남자는 테스를 죽일 이유가 없다. 다시 말해 이 특수한 상황을 위해 제삼의 인물이 필요했던 것이다. 우리에게 이 제삼의 인물에 대해 들었을 때 펠버트와 카라이스 형사가 어떤 표정을 지을지 눈에 선했다.

"그걸 자백하더라도 걱정할 건 없어요, 얀. 그렇지만 당신이 그걸 부정하면 문제는 심각해져요."

그는 고개를 저었다.

"난 문제될 게 없어요. 곤란한 건 그레타니까."

순간 그에게 그런 말을 한 나 자신의 뺨이라도 후려치고 싶었다. 그러나 나는 태연한 척 웃어 보였다.

"그럴까요? 카라이스의 생각은 다를 텐데요. 살인에는 동기가 필요한데 그레타는 동기가 없어요. 삼십 년이나 함께 지내온 친구를 이유 없이 죽이는 여자는 없으니까. 그레타의 자백은 아무 의미가 없어요. 또 그레타가 자백서를 경찰서에 제출한 것도 아니고 게다가 그레타에겐 그런 말도 안 되는 자백을 하게 된 이유를 단 오 분 만에 설명해낼 수 있는 훌륭한 변호사가 있어요."

그가 어떤 반응을 보이기 전에 미리 나는 규칙만 잘 지켜준다면 그를 변호해주겠다고 말했다.

"우리가 어떤 방법을 쓰든 경찰은 머지않아 당신을 제일 유력한 용의자로 지목할 거예요. 얀. 그리고 당신의 과거사를 낱낱이 파헤치겠죠. 그러니 당신의 변호사로서 묻겠어요. 도대체 당신에게 어떤 과거가 있었죠? 또 바비 사건은 어떻게 된 거요?"

그는 바비가 누구인지, 어떻게 죽었는지 설명해주었다. 바바라 맥킨리. 그녀는 미 육군 대령의 딸이며 죽을 당시 열아홉 살이었다. 밝고 쾌활했던 그 소녀는 사고가 났던 토요일 밤 두 남자와 함께 디스코텍에 갔다 등등, 그는 그레타가 전날 오후 컴퓨터로 수정해놓은 이야기 그대로 읊어나갔다.

디스코텍에서 돌아오던 길에 벌어진 우연한 자동차 사고. 두 남자만큼 많이 취하진 않았지만 그렇다고 멀쩡한 상태도 아닌 바바라 맥킨리가 운전대를 잡았다. 잠시 조는 사이 운전대를 놓치면서 차가 언덕 아래로 굴러떨어졌다. 남자들은 그사이 차 밖으로 튕겨나갔지만 바바라는 차 안에 갇혔다. 차는 순식간에 불길에 휩싸였다.

그레타는 아무런 표정 변화도 보이지 않았다.

"난 의식을 잃었어요. 바링어가 그녀를 차에서 끌어내리려고 했죠. 그러다가 몸에 큰 화상을 입었어요. 얼굴과 팔, 상체까지. 정말 끔찍했죠. 그 일로 몇 달씩이나 병원에 누워 있어야만 했어요. 퇴원은 했지만 결국 군복무를 할 수 없게 되었죠."

데니스 바링어. 그는 북독일에 있는 탱크부대 소속 일등병이었다. 바이에른 지방 태생이며 군복무지는 브라운슈바이크-라우트하임이었다. 바링어는 직업군인이 되고 싶어했지만 그러기에는 너무 난폭하고 신뢰할 수 없는 인물이었다. 그래서 자동차 사고로 인한 화상을 핑계로 부대는 그를 내보내버렸다. 물론 이건 얀의 생각이었다.

제대 후 바링어는 바이에른으로 돌아갔고 그로부터 일 년 후 자동차 사고로 목숨을 잃었다. 그래서 얀은 그의 실명을 사용하더라도 사생활 침해가 되진 않을 거라고 생각했다고 했다.

"그 다음은요?"

내가 물었다. 그레타는 그에게 최면을 걸려는 것처럼 뚫어지게 쳐다보고 있었다.

"그게 다예요."

그는 고개를 저으며 대답했다.

*

우리는 열시가 넘도록 그렇게 앉아 있었다. 나는 특별한 성적 성향을 시인하는 것조차 거부하며 고집을 부리는 얀의 태도에 기분이 몹시 상했지만 그럼에도 불구하고 다음날 아침에 그가 어떻게 대처해야 할지에 대해 일러주었다. 사건이 일어났던 금요일 오후와 밤에 그레타와 그가 갔던 곳은 물론이거니와 그들이 했다고 또는 하지 않았다고 주장하는 일들을 하나도 빠짐없이 재확인했다.

모든 일이 끝나고 작별인사를 할 무렵 얀은 완전히 녹초가 되어 있었다. 뭘 먹거나 마시는 것은 물론이고 담배조차 거들떠보지 않고 침실로 들어가버렸다. 그레타는 욕실에 남아 있을지도 모르는 성폭행의 흔적을 자세히 살펴본 다음 소파에 누웠다. 비록 살이 찢어지긴 했지만 또 한번의 위험한 상황을 무사히 넘긴 것 같았다. 그녀는 상처가 덧나지 않기를 간절히 빌면서 내 동생이 처방해준 안정제를 먹고 곧 잠이 들었다.

새벽 세시경 그레타는 욕실에서 나는 시끄러운 소리에 잠을 깼다. 그러나 그 소리는 꼭 다른 세계에서 들려오는 것 같았다. 그레타는 정신이 몽롱해서 아무것도 할 수가 없었다. 여섯시 반에 라디오 아나운서의 목소리가 다시 그녀를 깨웠다. 아나운서는 날씨가 무척 더울 거라고 예보했다. 라디오 소리가 까마득하게 멀리 들렸다. 한참 만에야 그녀는 라디오 소리가 부엌에서 들려오고 있다는 사실을 깨달았다. 이해할 수가 없었다. 얀이 라디오를 켰을 거라는 뻔한 결론에 이르기까지 꽤 오랜 시간이 걸렸다.

아주 작은 구석 하나까지 모르는 곳이 없는 자기 집 거실에 누워 있음에도 불구하고 그레타는 어디가 어디인지 분간할 수가 없었다. 모든 것이 낯설고 다르게 보였다. 머릿속이 온통 솜으로 채워진 것 같았다. 약 기운 때문이었다. 나의 동생은 잠재적인 자살자가 계속 같은 시도를 못 하도록 하기 위해 효능이 강한 약이 필요하다고 생각했다. 그러나 그레타도 그 약을 먹을 거라는 생각은 미처 하지 못했다. 그럴 줄 알았다면 미리 경고했을 거라고 아르민은 나중에 말했다.

손가락이 뻣뻣하고 부어 있었다. 얼굴도 여전히 욱신거렸다. 얀은 벌써 욕실에 들어가 있었다. 샤워기에서 물이 떨어지는 소리를 들으며 그레타는 커피를 마시고 싶다고 생각했다. 정신이 번쩍 들 만큼 진한 커피. 그러나 자리에서 일어날 수가 없었다.

얀이 복도에 모습을 나타냈을 때 그레타는 겨우 몸을 일으켜세웠다. 그는 수염의 물기를 닦으며 문으로 걸어왔다. 엉덩이 부분을 수건으로 둘러 가리고 있었다. 붕대로 감은 팔은 물이 들어가지 않도록 팔꿈치까지 쓰레기 봉투로 둘둘 감은 다음 테이프로 고정시켜놓았다.

"이제 욕실 사용해도 돼. 내가 아침 준비를 하지."

그는 양처럼 부드러웠다. 그레타는 눈조차 뜨기가 힘들었다. 그것을 눈치챈 얀은 진한 커피 한잔 마시는 것이 어떻겠냐고 물었다.

그로부터 삼십 분쯤 후 그레타는 얀의 맞은편 식탁에 앉았지만 상태는 조금도 나아지지 않았다. 찬물로 샤워를 했지만 별 소용이 없었다. 얀은 크게 걱정하지 말라며 그녀를 안심시켰다. 그런데 약속대로 하겠지만 나의 제안만은 받아들일 수가 없다고 했다.

"내가 그런 일을 시인할 수 없다는 걸 넌 이해할 거야."

"알아."

그레타는 짧게 대답했다. 말하는 것조차 힘들었다. 첫번째 커피는 거의 쉬지 않고 한 입에 넘겼다. 정말 진했다. 캐러멜처럼 혀에 달라붙으며 따뜻한 기름처럼 위에 퍼졌다. 머리가 한결 가벼워지는 것 같았다.

얀이 그녀를 보며 미소지었다.

"네가 이해해줄 거라고 생각했어. 니클라스가 무슨 생각을 했는지 궁금해. 나를 끝장내고 싶었던 걸까? 내 느낌엔 네가 날 돌봐준다는 게 마음에 안 들었던 것 같아. 어쩌면 내가 자기 계획을 망칠까봐 두려웠는지도 모르지. 나만 사라지면 모든 게 자기 뜻대로 될 테니까. 그런 거야?"

그레타는 힘겹게 고개를 저었지만 얀은 부드럽게 타이르는 목소리로 말했다.

"아니, 바로 그거야, 그레타. 내가 유죄라고 생각하지 않는다면 왜 내게 그런 제안을 했겠어? 니클라스는 아주 교활해. 생각 없이 실수를 저지를 놈이 아니야."

그는 여전히 미소짓고 있었다. 부드러우면서 무기력한 미소. 그러나 눈가에는 악마 같은 거만함이 이글거렸다.

"내가 테스한테 헤어지자고 했는데 어떻게 그런 걸 시인하란 말이야? 그녀는 집은 물론이고 매달 생활비까지 받길 원했어. 난 절대로 그런 말 못 해. '우리 부부의 성생활은 만족스러웠어요. 우리는 보통 사람들이 이해 못 하는 아주 특별한 방법으로 사랑을 나누었고 둘 다 아주 만족스러웠습니다.' 그건 내가 헤어지자고 했던 것과 앞뒤가 안 맞잖아. 안 그래?"

"그래."

그레타는 대답했다. 그의 웃음이 마음에 걸렸다. 세심한 배려와 지나치게 부드러운 음성, 너무 위선적이었다. 그레타는 자신이 처해 있던 비참한 상황에도 불구하고 그런 것들을 놓치지 않았다.

그는 시선을 커피잔에 고정시킨 채 커피를 한 잔 더 따랐다. 잠시 후 시선을 위로 들었을 때 그의 눈은 차가우면서도 상대방의 내면을 꿰뚫어보는 것 같았고 목소리는 달콤하면서도 유혹적이었다. 그의 그런 모습은 자기가 희생자에게 배를 찌를까 아니면 등을 찌를까 하고 묻는 정신병자를 연상시켰다.

"내 질문에 아직 대답하지 않았어, 그레타. 니클라스가 내게 올가미를 씌우려고 하는 거냐고 물었잖아."

"그건 분명히 아닐 거야."

그 순간 그레타는 얀이 자신을 훨씬 능가하고 있다는 것을 알았다. 그러나 그가 무엇 때문에 그러는지는 알 수 없었다. 머릿속이 뿌연 안개로 꽉 찬 느낌이 들었다.

"언제나 그렇지만 이번에도 자신만만하군. 도대체 그렇게 자신감에 차 있는 이유가 뭐지? 그것이 그의 계획에 맞지 않는다는 것 때문이야? 그렇지만 내 계획에는 딱 맞아. 너한테 살해 동기가 없다고? 그건 얼마든지 만들어낼 수 있어. 테스가 널 돌아버리게 하는 말을 했을 수도 있잖아. 예를 들면 니클라스에 대해서라든가. 테스가 너희들 사이에 한번 끼어들었던 건 참을 수 있었겠지. 그렇지만 그런 일이 또 일어난다면 어떨까? 카라이스한테 그걸 귀띔해줄까 하고 생각도 해봤어. '카라이스 형사님, 나는 그 시각에 바레시 양 집에 있었던 게 아닙니다. 집에서 컴퓨터로 작업을 하고 있었습니다. 아내와 싸운 후 헤드폰을 끼고 있었기 때문에 누가 온 걸 몰랐어요. 그러다가 배가 고파서 아래층으로 내려갔습니다. 그리고 부엌으로 갔더니 바레시 양이 피 묻은 칼을 씻고 있었어요', 이렇게 말이야."

"맘대로 해."

"아니라고 잡아뗄 작정이야?"

"아니, 난 그럴 필요 없어, 얀. 부인한다는 건 그게 사실일 경우에만 가능한 거니까."

머릿속엔 여전히 무거운 솜이 들어 있는 것 같았다. 그렇지만 얀이 목적을 노골적으로 드러내자 그레타는 그가 잘못된 길을 선택했음을 분명하게 보여주었다.

그는 그레타의 말에 대해 곰곰이 생각해보려는 듯 머리를 옆으로 기울였다. 그리고 잠시 후 말했다.

"네가 칼을 씻은 건 사실이야. 그리고 내가 그걸 본 것도. 단, 시간을 잘 끼워맞춰야겠지. 그럼 일단 내가 그렇게 말했다고 가정해보자구. 그리고 경찰이 내 말을 믿는다고. 그럼 너의 유능한 변호사는 어떻게 할까?"

"내가 그 시각에 집에 있었다는 것을 증명해줄 피자 배달부를 증인으로 부르겠지."

얀의 눈썹이 치켜올라갔다. 놀라는 것 같았다. 그는 손가락으로 관자놀이를 톡톡 쳤다. 이제는 부드러운 목소리뿐만 아니라 행동까지 정신병자와 똑같았다.

"맞았어, 피자 배달부. 그걸 잊고 있었군. 아까 뭐라고 했지?"

그레타가 대답하려고 하자 그가 손을 들어 저지했다.

"아, 잠깐! 실수를 해선 안 되지. 그러니까 우린 네시가 조금 넘어서 집에서 나왔어."

"네시 반이야."

"좋아, 네시 반. 그러고는 쇼핑을 하기 위해 호엔 가로 갔어. 그런데 살 만한 물건을 못 찾았지. 여섯시 후부터 우린 함께 너의 집에 있었어. 그런데 피자 배달부가 온 건 여덟시가 넘어서라고 하지 않았어?"

그레타가 고개를 끄덕이자 얀은 웃으며 안됐다는 표정을 지었다.

"그렇다면 니클라스도 어쩔 수 없을걸. 넌 사건이 일어나던 시각에 대한 알리바이가 없어."

그는 그레타를 향해 어린아이처럼 환하게 웃고 있었다. 그러나 아이들의 눈은 그렇게 차갑지 않다. 놀랍게도 그는 그레타와 니클라스가 나눈 이야기를 모두 듣고 있었던 것이다.

"도대체 뭐야, 얀? 나한테서 뭘 원하는 거지?"

그는 주저하듯 고개를 갸우뚱거렸다.

"나도 잘 모르겠어. 그냥 어떤 게 내게 더 유리한지 재보는 거야. 거짓 진술을 하면 어떤 벌을 받지?"

그러나 얀은 그레타에게 대답할 기회를 주지 않았다.

"아침엔 동작이 굼뜨군. 그것도 나와는 안 맞아. 알아? 난 일찍 일어나고 또 일어나자마자 뭐든 할 수 있을 만큼 정신이 맑아. 그렇지만 괜찮아, 무거운 머리를 억지로 괴롭힐 필요는 없어. 그 대답은 나도 알고 있어. 설마 살인죄보다 더 무겁진 않겠지, 안 그래? 그럼 위증은 어때? 내가 증인석에 서면 우리가 그 시각에 함께 있었다고 거짓 맹세를 해야 할 거 아냐?"

그레타는 혀로 입술을 훑어보았다. 입에서 짭조름한 피맛이 느껴지면서 입술이 아파왔다.

얀이 손가락을 튕기며 말했다.

"입술을 깨물었군, 그레타. 아, 그러니까 생각나는데 말이야, 한 가지 물어볼 게 있어. 피, 그게 바로 키포인트지. 그 파란 투피스와 하얀 블라우스는 어떻게 했지? 욕실 바닥에 있던 옷들 말이야. 어젯밤에 찾아봤는데 없더라구."

"니클라스가 그걸로 네가 흘린 피를 닦는 바람에 완전히 못 쓰게 되어버렸어. 그래서 쓰레기통에 버렸어."

"그래? 그게 잘한 짓일까? 만약 네가 금요일에 그 옷을 입었다면 누군가 혹시 네가 다른 이유 때문에 그 옷을 버린 거라고 생각할 수도 있잖아. 그 옷에 내 피 말고 다른 게 있었을 수도 있으니까. 금요일에 그 옷을 입었어?"

그레타는 그 순간 비명이라도 지르고 싶었다. 입술에 묻은 피를 훑으며 투피스를 떠올렸다. 그러고는 목소리에 가벼운 한숨을 섞어 대답했다.

"안됐지만, 얀, 금요일에 난 회색 정장을 입고 갔어. 욕실 바닥에 있던 옷은 목요일에 입었던 거야. 커피를 쏟아서 얼룩만 간단히 제거해뒀지. 금요일 오후에 깨끗하게 세탁하려고 했어. 네 전화 덕분에 그럴 시간이 없었지만."

얀은 고개를 끄덕였다.

"좋아, 그럼 됐어. 네가 금요일에 회색 정장을 입고 있었다는 걸 증명해줄 사람이 적어도 열 명은 넘을 테니까."

"그렇게 많진 않아. 그렇지만 그중 한 사람이 루이스 아벨레야."

얀은 짧고 섬뜩한 소리로 웃었다.

"내가 정말 제대로 걸려들었군. 부장검사에 변호사 둘, 게다가 만족이라는 걸 모르는 욕심 많은 계집까지. 그 사람들이 모두 절친한 친구 사이라니. 그렇지만 이것 한 가지는 알아둬, 그레타. 난 절대로 호락호락하게 당하지 않아."

"아무도 그런 생각 안 해."

그는 어깨를 으쓱해 보였다.

"두고 보면 알겠지."

*

우리는 아홉시에 바이드 시장에서 만나기로 약속했다. 그녀보다 내가 먼저 도착했다. 그레타는 진한 화장에도 불구하고 창백해 보였다. 함께 카라이스의 사무실로 올라갔다. 사무실에는 카라이스와 펠버트밖에 없었다. 난 그것이 좋은 징조라고 생각했다. 검사는 증인

심문에 참석하지 않았다.

카라이스는 쓸데없이 시간 낭비를 하는 타입이 아니었다. 그는 그레타에게 금요일에 했던 진술에 첨가할 것이 있는지 물었다. 왠지 맘이 편하질 않았다. 나는 얀이 욕실에서 그레타를 덮친 일에 대해 전혀 모르고 있었다. 물론 그들이 아침식사중에 나눈 대화에 대해서도. 그런데도 그들 사이에 무슨 일이 있었던 게 틀림없다는 느낌이 들었다. 그리고 그것이 내가 처음에 노심초사했던 그런 종류의 일은 아니라는.

왜냐하면 그레타는 목적 달성을 목전에 둔 여자의 모습이 아니었던 것이다. 비록 혼란스러운 마음을 감쪽같이 숨기고 있긴 했지만 나는 그녀를 너무나 잘 알고 있었다. 슬쩍 머리를 만진다던가 윗입술이나 콧잔등을 쓰다듬는 태도에서 어떤 낌새가 느껴졌다. 카라이스나 펠버트처럼 그녀를 모르는 사람들에게 그레타의 그런 태도는 상황을 정확하게 설명하려고 정신을 집중하는 것처럼 보였을 것이다. 그러나 나는 과거의 경험에서 이미 알고 있었다. 뻣뻣한 머리, 앞으로 돌출된 치아, 심한 근시. 그레타는 불안해했고 자신이 더이상 이십대가 아니란 걸 알았다. 그런 그녀가 왜 그날 아침 안경을 쓰고 있었던 걸까?

얀은 도무지 속마음을 알 수 없는 얼굴로 앉아 있었다. 곁눈질로 슬쩍 그를 관찰했다. 카라이스의 질문에 그레타는 연신 고개를 저었다. 그녀의 진술 내용이 기록되었다. 펠버트는 자신이 메모한 내용과 비교했다. 아무도 질문을 하지 않았다. 그건 아무도 의심하지 않는다는 뜻이기도 했다.

그래서 얀은 더욱 확신을 얻었을 것이다. 자기 차례가 되자 그는 각본대로 말했다. 지치고 고통스러운 목소리로 그레타가 말했던 내용들을 거의 똑같이 반복했다. 그레타는 그가 카멜레온 같다고 생각했다. 그 카멜레온이 금요일 오후와 저녁을 그레타의 집에서 보냈다는 사실이 그 자리에서 문서화되었다.

그런 다음 카라이스가 말했다. 그들은 피자 배달부의 진술을 이미 들었다고 했다. 배달부는 두 사람이 먹을 양의 음식을 배달했고 여자가 낡은 가운을 입고 얼굴에 팩을 한 채 문을 열어주었다고 했다. 카라이스는 그레타가 그런 차림으로 누군가와 함께 있었다는 것은 그 사람과 대단히 가까운 사이라는 것을 증명해주는 증거라고 했다. 그러나 한 가지 이상한 것은 왜 그런 차림으로 직접 문을 열었을까 하는 점이었다. 얀이 함께 있었다면 얀에게 대신 문을 열도록 시킬 수도 있지 않았을까.

"잘 기억나진 않지만 아마 화장실에 있었던 것 같아요."

그레타가 말했다.

카라이스는 그 사실을 확인하려는 듯 얀을 쳐다보았다. 얀은 그저 어깨를 조금 으쓱할 뿐이었다. 카라이스는 그레타를 향해 미소를 지어 보였는데 그것이 동의의 표현이었는지 아니면 눈치를 살피기 위한 것이었는지는 알 수 없었다. 그는 초인종 소리가 났을 때 얘기하던 중이었냐고 물었다.

"그랬을 거예요. 저녁 내내 소설 얘기를 했으니까요. 그렇지만 벨이 울린 순간에……"

그레타는 뭐라고 해야 할지 알 수가 없었다. 그러나 피자 배달부는 알고 있었다. 문이 열리기를 기다리는 동안 그는 남자 목소리와 여자 목소리를 들었다고 했다. 남자가 "잠깐만, 내가 갈게"라고 말하자 여자가 "아냐, 됐어"라고 했다.

그는 옆집에 사는 젊은 부부의 목소리를 들은 게 틀림없었다. 마침 전화벨이 울렸던 모양이었다. 정확한 시각은 별로 중요하지 않았다. 여덟시가 조금 넘었을 거라고 했다. 그러나 그건 별 도움이 되지 못했다.

감식반은 이미 부검 결과를 알고 있었다. 카라이스가 그 복사본을 갖고 왔다. 법의관은, 사망 시각이 이르면 오후 다섯시경이며 다섯시 반일 가능성이 더 크다고 확신했다. 그러므로 피자가 배달될 때까지 두 시간 반 동안 그들은 린덴탈과 그레타의 집을 몇 번이고 오갈 수 있었다. 카라이스는 미소를 띤 채 그런 암시를 하며 그 누구도 반박할 틈을 주지 않았다.

그 다음에는 찔린 부위에 대해 잠깐 언급하곤 그밖의 다른 상처들에 대해 말했다. 그는 붕대를 감은 얀의 팔을 슬쩍 보면서 혹시 부부관계에서 특이한 것들도 했었는지 물었다.

얀은 확고한 목소리로 대답했다.

"전 그런 거 혐오합니다. 그렇지만 아내는 좋아했죠. 우리 부부싸움에서 제일 문제가 되었던 것도 바로 그 점이었어요. 돈은 그 다음 문제였죠."

카라이스는 더이상 캐묻지 않았다. 대신 주제를 바꿔 얀에게 방송국 회의에 대해 물어보았다. 그들은 이미 방송국에 확인해보았다. 그리고 얀이 집에서 시내까지 아무리 천천히 움직였다 하더라도 최소한 한시 반 전에는 집에서 출발했을 거라고 확신했다.

"더 일찍 나갔습니다. 한시 십오분이었어요."

얀이 대답했다. 카라이스는 수긍한다는 뜻으로 고개를 끄덕였다.

"그때 부인은 어디 있었소?"

얀은 모르겠다고 했다. 테스는 아침 일찍 늘 하던 대로 부모님 집으로 갔고 자기가 나갈 때까지 돌아오지 않았다고 했다. 카라이스는 또 고개를 끄덕였다. 나중에야 안 사실이지만 테스는 아홉시부터 열시 반까지 부모님 집에 있었고 그 다음 한 시간 동안은 마사지를 받으러 갔다. 다이어리에 적혀 있던 K는 그레타가 추측한 대로 피부 관리실이었던 것이다.

카라이스는 다음 사항으로 넘어가기 전에 크게 심호흡을 했다. 그는 다이어리에 적혀 있던 232라는 숫자를 13시로 해석했다. 테스는 죽기 전에, 법의관에 따르면 적어도 죽기 세 시간 전에 성행위를 했던 것으로 나타났다. 그러니까 상대가 얀이 아닌 것은 확실했다! 테스가 다섯시 삼십분에 죽었다면 두시 삼십분경에 누군가와 섹스를 했다는 뜻이 된다. 그러나 얀은 그 시각에 방송국에 있었다.

나는 이해할 수가 없었다. 두시 삼십분! 바로 그 시각에 나는 테스와 전화하고 있었다. 하마터면 그 사실을 발설할 뻔했다. 테스가 그 시각에 다른 남자와 침대에 누운 채 또는 막 관계를 끝내곤 내게 그레타와 얀이 문을 걸어잠그고 원고작업 대신 다른 짓을 하는 것 같다고 하소연할 수 있을까?

그러나 그런 것이 틀림없었다. 카라이스는 증거 자료들에 따르면 테스가 애인과 만났던 것 같다고 했다. 그러나 '애인'이라는 표현은 어울리지 않았다. 카라이스는 최근에 생긴 것으로 보이는 특이한 상처에 대해 언급했다. 내 생각과는 달리 그는 두번째 인물을 필요로 하지 않았다. 그는 맨디 아버지가 사디스트라고 확신했다.

그러나 안타깝게도 그의 신원은 아직 확인되지 않았다. 전화국의 기록도 소용이 없었다. 테스가 세시 반에 누군가와 통화한 게 사실이라면 전화는 상대방으로부터 걸려온 것이 틀림없었다. 따라서 그녀에게 애인이 있었다는 것은 확실했다. 맨디! 아이의 혈액형은 테스의 몸 안과 밖에 흔적을 남긴 남자의 것과 동일했다.

341

끔찍한 흔적! 카라이스는 표정 없는 얼굴로 그 말을 다시 강조했다. 물론 혈액형만으로 결정적인 증거가 될 수는 없었다. 혈액형이 같은 남자는 무수히 많다. 그래서 담당 검사는 DNA 검사를 의뢰했다. 카라이스는 그것이 모두 한 사람의 것일 거라고 확신했다. 테스에게 또다른 애인이 있었다고는 생각하지 않았다.

갑자기 '감옥'이라는 단어가 언급되었다. 전날 저녁 우리 세 사람이 계단에 앉아 있을 때 얀이 했던 말인데 복도에 서 있던 펠버트가 그 말을 들었던 것이다. 그러나 그들은 그 말이 전화 통화중에 나온 말이라고 생각하는 것 같았다. 우리로선 다행스러운 일이었다. 그 순간 얀의 얼굴에서 긴장감이 사라졌다.

카라이스는 계속해서 그런 사람들 사이에서 이루어지는 변태 행위에 대해 언급했다. 그런데 테스의 경우 선을 넘은 것 같다는 것이다. 그는 그녀가 "감옥에 처넣고 말겠어"라고 협박한 것이 바로 그 때문일 거라고 했다.

카라이스는 자신의 의무이기라도 한 것처럼 '선을 넘은 행위'에 대해 아주 자세히 설명했다. 듣기만 해도 끔찍하고 역겨웠다.

형사들은 토요일 오후에 담너 가족을 찾아갔었으며 주로 요아힘과 산드라와 얘기했다고 했다. 그들의 진술에 따르면 결론은 한 가지였다. 테스가 꽤 어릴 적부터 그런 유희를 즐긴 것으로 보인다는.

나는 그레타의 얼굴이 창백해지는 것을 느꼈다. 삼십 년! 그 긴 세월 동안 그레타는 그런 낌새는커녕 의심조차 하지 못했던 것이다.

"그녀의 오빠와 올케는 그걸 알고 있었으면서 왜 우리에게 말해주지 않았을까요?"

카라이스도 그 이유는 모르겠다고 했다. 그들은 단순하고 완고해 보였다. 물론 그들을 무시하는 건 아니다. 다만 그런 사람들은 그런 일에 대해 말하기를 꺼린다. 젊은 여자가 빨래집게나 머리핀 또는 집게 같은 것으로 민감한 신체 부위를 자극한다는 것이 그들에겐 수치스러운 일이었다. 산드라 담너는 테스가 열일곱 살 때 자위하는 장면을 목격하곤 너무나 충격을 받았고 애써 기억에서 지워버리려고 했다. 그런데 테스의 몸에 난 상처를 보곤 그때의 일을 털어놓은 것이다.

다음으로 카라이스는 왜 얀이 아내의 애인이 누구인지 알려고 하지 않았는지 물었다. 얀은 씁쓸하게 웃었다.

"제 아내가 다른 남자와 정상적인 관계를 가졌더라면 저도 누구냐고 캐물었을 겁니다. 그렇지만 그게 아니었죠. 아내를 만족시켜주지도 못하면서 뭐라 할 수 있었겠습니까?"

카라이스는 얀의 대답에 만족하는 것 같았다. 그리고 자신이 추측하는 테스와 그녀의 애인과의 관계를 설명해주었다. 젊은 여자가 몇 년 전에 자신의 정열을 불태울 이상형의 남자를 만난 것이다. 그리고 유부남이었던 그 남자 또한 그러한 운명적 만남을 거부할 이유가 없었을 것이다. 자기 아내 앞에서는 특이한 성적 성향을 맘껏 발휘할 수가 없었을 테니까. 남자는 그 '특별한' 애인에게 물질적인 것으로 보상했다. 두 사람은 이 년간 아무도 몰래 그 관계를 유지해왔다. 그러다가 여자가 임신을 하자 남자는 분노했다. 그리고 속았다고 생각하고 여자를 떠났다. 그러나 오래가진 못했다. 두 사람은 또다시 만났다. 그러나 이번에는 철저하게 대비했다. 또다시 임신할 경우에 죄를 뒤집어씌울 수 있는 얼간이를 미리 물색해둔 것이다.

카라이스는 그 순진한 남자가 아내에게 이용당하고 있다는 사실을 깨달았을 때 어떤 기분이었을까 자문해보았다. 게다가 너무나 비열한 방법으로 속고 살았던 남편이 이혼을 요구하자 여자는 엄청난 액수의 양육비를 지불하고 집과 아이를 모두 포기하라며 맞섰다. 어린 맨디는 비록 친딸은 아니었지만 남자가 진심으로 사랑했던 존재였다. 그런데 여자는 아이를 친정으로 보내 남자한테서 떼어놓았다. 따라서 이혼할 경우 그대로 영영 못 보게 될 것이 뻔했다.

우리 모두 카라이스의 의도를 이해했다. 나는 해명하려고 했다. 그러나 얀이 나보다 한 발 빨랐다. 그는 단호한 목소리로 말했다.

"전 아내를 죽이지 않았습니다."

그러자 카라이스가 한숨 섞인 투로 대답했다.

"죽이지 않았다구요? 그렇지만 당신 외에는 아무도 틴너 부인을 죽일 동기가 없소. 틴너 부인의 애인도 그렇고. 자기가 의존하고 있는 것을 스스로 없애는 사람은 없소."

내가 반박했다.

"제 생각은 좀 다릅니다. 테스는 감옥에 처넣겠다고 애인을 협박했습니다. 그렇게 되면 자신의 특별한 정열을 누구한테도 털어놓지 않고 숨겨온 남자는 많은 것을 잃게 되죠. 그래서 경솔한 행동을 하게 됐을지도 모릅니다."

카라이스는 희미하게 웃었다.

"남자가 잃어버리는 건 기껏해야 돈이었을 거요. 내 생각엔 통화 내용도 아마 그런 것이었을 거고."

"그건 형사님의 추측일 뿐입니다. 이제부턴 제 추측을 말씀드리죠. 형사님은 그 애인의 신원을 밝혀내지 못하셨습니다. 그래서 수사의 진전이 없다고 시인하기보단 차라리 남편에게 혐의를 덮어씌우려고 하시는 거죠. 그렇지만 형사님께서 한 가지 간과하신 것이 있습니다. 남편은 벌써 오랫동안 아내의 부정을 묵묵히 참아왔습니다. 그러니까 이혼을 하더라도 재산을 잃을 이유가 없습니다. 더군다나 겨우 결혼한 지 이 년 만에 그토록 뻔뻔스럽게 남편을 속인 경우에는요. 즉 틴너 씨 문제는 칼이 아니라 유능한 변호사만으로도 해결될 수 있었습니다. 그리고 그 경우에 전 기꺼이 나섰을 겁니다."

카라이스는 깊이 생각에 잠긴 채 고개를 끄덕였다.

"그렇구려. 다만 문제는 어느 쪽을 변호하느냐 하는 거겠지…… 틴너 부인이 브란트 씨에게 전화한 용건은 뭐였소? 금요일 오후에 틴너 부인의 전화를 받았다고 했죠?"

그의 눈이 날카롭게 빛났다.

펠버트는 감옥이라는 단어뿐만 아니라 토요일 밤 계단에서 오갔던 우리 이야기의 대부분을 들은 듯했다.

"별것 아니었어요. 그냥 주말에 특별한 계획이 있냐고 물었습니다."

카라이스는 빙그레 웃었다.

"왜 하필이면 두시 삼십분에 그런 것이 알고 싶어졌을까? 정말 특이하지않소. 그런 상황에서 어떻게 그런 생각을 할 수 있는지. 그리고 세시 반에 다시 전화하신 건 아니오, 브란트 씨?"

"네, 아닙니다."

카라이스는 턱을 쓰다듬으며 고민하는 듯했다.

"그럼 세시 반엔 어디 있었소?"

그러나 그는 내게 대답할 틈을 주지 않고 계속 말했다.

"아, 그럴 게 아니라 아예 그날의 일과를 제게 적어주시오, 그게 더 간단할 것 같군. 음, 열두시 이후부터. 가능하겠소?"

그날의 만남은 그것으로 끝났다. 카라이스는 우리를 문 밖까지 배웅한 뒤 다시 안으로 들어갔다. 그러곤 문을 닫으며 펠버트에게 말했다.

"서류를 모두 챙겨. 검사한테 갈 거니까. 브란트는 베버링한테 말기는 게 좋겠어."

*

우리 세 사람은 복도를 따라 걸어갔다. 그레타는 충격을 받았는지 말이 없었다. 카라이스의 마지막 말에서 그녀 역시 나와 같은 결론을 내렸음은 말할 필요도 없다. 그들은 나를 의심하고 있었다. 그러나 금요일 오후에 난 헬라 아벨레와 함께 있었다.

"베버링 정도는 문제없어."

내가 들릴락 말락한 소리로 말했다. 그레타 역시 같은 생각이었다. 베버링 검사는 노련해서 대개 골치 아픈 일들을 맡는 것으로 유명했다. 그러나 불독 같은 끈질긴 인상에 무던히 노력하고 양심적이며 어느 검사 못지않은 자질을 갖추었음에도 불구하고 사건에서는 번번히 지기만 하는 전형적인 패배자였다.

얀은 고개를 숙이고 있었고 그레타의 차에 오를 때까지도 고개를 들지 않았다. 그가 카라이스의 마지막 말을 들었는지는 알 수 없었다. 그에게 말을 걸까 아니면 그냥 내버려둘까 잠시 갈등했다. 가령 이런 상황에서 "걱정할 것 없어요!"라고 하며 어깨를 가볍게 토닥거려주는 것도 나쁘진 않을 것이다. 그렇지만 그러고 싶지 않았다. 두시 삼십분! 생각만 해도 너무 끔찍했다!

그레타에게 얀을 가리키며 말했다.

"집으로 데려다줘. 서둘러야 해. 할 일이 많으니까. 삼십 분 후에 사무실에서 만나."

나는 얀이 차에 오르면서 우는 모습을 보지 못했다. 그레타가 출발하자 그는 울먹이며 말했다.

"난 개만도 못한 행동을 했어. 정말 미안해. 너한테 상처를 주려고 그랬던 건 아니야. 믿어줘, 정말이야. 그렇지만 난…… 네가 날 돕기 위해 뭐든지 하겠다는 말을 믿을 수가 없었어. 내 말 알겠어? 난……"

"됐어. 다 지나간 일이야. 넌 두려웠던 거야. 그럴 땐 가리지 않고 아무 행동이나 막 하게 되는 법이야. 그리고 나중에 후회하지. 난 별로 심각하게 생각하지 않았어. 진정해."

얀은 주먹으로 자신의 허벅지를 내리치며 더욱 격렬하게 흐느꼈다.

"아냐! 괜찮지 않아. 그때 난 하마터면 네게 칼까지 휘두를 뻔했어. 게다가 형사들한테 우리가 그 시간에 함께 있었다고 하라고 네가 시켰다고 했으면 형사들이 널 의심했을 거야."

"중요한 건 네가 그렇게 하지 않았다는 거야."

그는 어깨를 으쓱해 보이곤 손등으로 눈물을 닦았다.

"날 그냥 죽게 내버려뒀어야 했어, 그레타. 정말이야! 그게 날 더 위하는 길이었어. 날 어떻게 생각하는지 다 알아. 그렇지만 네 생각이 틀렸어. 난 쓰레기야."

그레타는 얀을 집 앞에 내려주고 곧장 사무실로 가려고 했다. 그러나 현관문을 향해 걸어가는 그의 뒷모습을 보자…… 아니, 그는 걷는 게 아니라 흐느적거리며 축 늘어진 어깨가 들썩거릴 정도로 울고 있었다. 그런 모습을 보자 그를 혼자 두고 싶지 않았다. 그가 또다시 어리석은 짓을 할지도 모른다는 생각이 들어 그를 뒤따라갔다.

그레타가 집 안으로 들어섰을 때 얀은 욕실에 있었다. 욕실 문은 닫혀 있었다. 문을 열자 얀은 세면대 앞에 서 있었다. 금요일 밤과 똑같은 모습이었다. 두 손을 세면대를 올려놓은 채 몸은 경직되어 있었고 턱이 가슴에 닿을 정도로 고개를 깊숙이 파묻고 있었다. 그를 불렀다. 그리고 어깨에 손을 올렸지만 그는 아무런 반응이 없었다.

그레타는 진정제 두 알과 물을 가져와 꼭 다문 입술 사이로 알약을 억지로 집어넣었다. 그런 다음 턱을 잡은 채 머리를 들어올려 코를 막고 컵을 입가에 댔다.

"삼켜."

그는 순순히 시키는 대로 했다. 두번째 알약도 순순히 입에 넣었고 물컵을 반쯤 비웠다.

그의 손을 세면대에서 떼어놓기란 거의 불가능해 보였다. 그레타는 하는 수 없이 한쪽 구두를 벗어 뒷굽으로 그의 손등을 때려야만 했다. 그런 다음 그를 침실로 데려가 침대에 뉘었다.

침대에 눕자 그는 눈을 감았다.

"걱정하지 마, 그레타."

그러나 그레타는 그의 말을 거의 알아들을 수가 없었다. 그래서 몸을 그의 얼굴 가까이로 가져갔다. 그러자 그가 한 손으로 그녀의 목덜미를 잡아 뺨을 자기 입 가까이에 갖다댔다. 그러곤 다시 한번 반복했다.

"걱정하지 마. 널 끌어들이진 않을 테니까. 더이상 어쩔 수 없는 순간이 오면 내가 자백할게. 그리고 일이 일어난 다음 내가 너한테 전화한 거라고 말할게. 네가 날 도우려고 그런 것뿐이란 것도. 넌 내가 테스 때문에 얼마나 고통받고 있는지 잘 알고 있었으니까. 정말이야, 약속해."

그의 입술이 뺨에 닿았다. 그는 잠시 멈추더니 다시 속삭이기 시작했다.

"넌 괜찮은 여자야, 그레타. 넌 우리 엄마하고는 달라. 그리고 바비, 야닌, 테스와도. 왜 내 주위엔 항상 그런 여자들뿐이었을까? 난 그저 평범한 여자와 조용히 살고 싶었을 뿐인데. 왜 난 그게 안 되는 거지?"

그레타는 침대 모서리에 걸터앉았다. 그는 여전히 그녀의 목을 잡고 있었다. 아닌은 누굴까? 그레타는 생각했다.

"넌 여자를 잘못 선택했을 뿐이야."

"어느 누구도 엄마를 고를 순 없어. 난 그 모습을 잊을 수가 없어, 그레타. 우리 엄마가 바닥에 앉아 맥주를 닦던 그 모습을. 그때의 상황을 글로 쓰면 잊을 수 있을 줄 알았어. 그렇지만 그게 아니었어. 아직도 고래고래 소리를 지르던 엄마의 고함 소리가 너무 생생해. '이 더러운 개자식, 이 술주정뱅이 돼지야'라고 했지."

그는 그날 엄마가 자기를 바라보며 소리지르던 일을 자세히 이야기했다.

"'그만 질질 짜지 못해, 이 후레자식!' '너 같은 놈은 당장 이 자리에서 맞아 죽어야 해, 나중에 여자가 고생고생해서 벌어놓은 돈으로 술이나 처마시는 빌어먹을 놈이 안 되도록. 너도 네 아버지를 꼭 닮았거든. 이리 와!'"

그는 엄마가 화가 가라앉을 때까지 자기를 때릴 거란 걸 알았다. 엄마는 아빠 때문에 화가 날 때마다 그를 때리며 화풀이를 했다. '이리 와' 하고 소리지르면서.

"엄마는 그걸 즐겼어. 난 맞기 전에 항상 고개를 숙인 채 두 손으로 머리를 감쌌지. 왜냐하면 머리부터 때리고 그 다음에 얼굴을 때렸거든. 그렇지만 그날은 달랐어. 엄마는 몰랐던 거야."

그는 그레타에게 숨쉴 여유를 주려는 듯 잠시 쉬었다. 그러나 그레타는 숨을 크게 쉴 수 없었다. 그 다음엔 어떤 얘기가 이어질지 이미 알고 있기 때문이었다. 그레타는 두려웠다. 그가 그 말을 입 밖으로 낼까봐 너무 두려웠다. 내가 항상 해왔던 바로 그 말을.

그녀의 예감은 적중했다.

"엄마는 바닥을 닦고 있었어. 속으론 아마 내가 다른 때처럼 옆에 가만히 서서 때릴 때까지 기다리고 있을 거라고 생각했겠지. 그렇지만 그날은 달랐어. 난 칼을 들고 있었지. 단 한 번만이라도 나도 엄마에게 고통을 주고 싶었어. 그런데 사람들은 나 대신 우리 아빠를 감옥에 가뒀지. 아빠는 감옥에서 목을 매 자살했어."

그레타는 뭐라고 해야 할지 알 수가 없었다. 그가 손으로 그녀의 목을 부드럽게 쓰다듬었다. 그러고는 입술을 여전히 뺨에 바싹 갖다 댄 채 속삭였다.

"기분이 어때? 그럴 줄은 몰랐지? 그렇지만 사실이야. 내가 그랬어. 겨우 네 살이었는데. 그렇지만 난 나이에 비해서 키도 크고 힘도 센 편이었어. 아마 사건 기록에는 없었을 거야. 그리고 엄마를 찌를 때 정말 있는 힘을 다 했어."

그의 엄마는 너무나 놀란 나머지 저항조차 하지 못했다고 했다. 심지어 목조차 감싸쥐지 못하고 그저 그를 빤히 바라보기만 했다. 겁에 질리거나 충격을 받거나 화가 난 것이 아니라 그저 눈을 휘둥그렇게 뜬 채 놀라운 표정으로.

그는 재미있는 추억거리인 것처럼 낄낄대고 웃었다.

"목에서 칼을 빼선 또다시 찔렀지. 피를 보자 이상하게 멈출 수가 없었어. 또 그만두고 싶지도 않았어. 엄마가 완전히 죽기 전에 그만뒀다면 아마 그 대신 내가 맞아죽었겠지."

그의 입에서 긴 한숨이 새어나왔다. 그는 혼잣말을 하듯이 작은 소리로 중얼거렸고 너무 쉽게 일어난 그 일이 아직도 믿어지지 않는다는 투였다.

그들은 끊임없이 그에게 질문을 했다고 했다. 아마 그들이란 경찰을 말하는 것 같았다. 그때의 상황을 수십 번 수백 번 되풀이해서 말해야 했다. 그는 그들이 듣고 싶어하는 대로 말했다. 아빠가 칼로 엄마를 찔렀다고. 그리고 자신은 나중에 엄마의 목에서 칼을 뽑았을 뿐이라고. 그는 발견되었을 당시 피로 뒤범벅된 상태였고 칼에서도 그의 지문이 발견되었다. 그의 지문 외에도 칼에는 몇 개의 다른 지문들이 있었지만 별로 도움이 되지 못했다. 그러나 아무도 어린아이가 그 일을 했을 거라고는 생각하지 않았다. 성인 남자가 집 안에 있었고 또 여자가 남자에게 큰 소리로 욕하는 것을 이웃 사람들 모두가 들었는데 누가 어린아이를 범인이라고 의심하겠는가?

"물론 난 사실대로 말하지 않았어. 사실대로 말했다가 경찰한테 맞아죽을지도 모른다고 생각했거든. 아빠는 한마디로 겁쟁이였지. 그렇지만 할머니는 진실을 알고 있었어. 아빠의 엄마였으니까. 할머니는 아빠가 다른 사람의 머리카락 하나도 건드리지 못할 위인이라는 걸 알고 있었던 거야. 할머닌 내 귀에 대고 수천 번 수만 번도 넘게 외쳤지, '살인범은 너야, 이 후레자식아'라고. 그러고는 초를 들고 와서 어느 손으로 죽였냐고 물었어. 그런데 내가 대답을 안 하니까 두 손에다 모두 촛농을 떨어뜨렸어. 그 다음엔 맨발로 정원을 뛰라고 했고. 그러곤 돼지우리에서 재웠어."

그는 또다시 낄낄대고 웃으며 그레타의 머리를 들어올려 가만히 바라보았다.

"그런데 말이야, 이상했던 건 오히려 마음이 편했다는 거야. 난 그 돼지들이나 다를 바가 없었던 거지. 동물들은 날 해치지 않았어. 너무 추울 때는 돼지들을 꼭 껴안았지. 단지 돼지들이 싸놓은 똥 때문에 가시에 찔린 상처가 덧나는 게 문제였어. 허벅지에서 발목까지 고름투성이가 되곤 했거든. 내 다리에 털이 하나도 없는 것도 그 때문이야. 그레타, 알고 있었어?"

"응, 그래."

그의 손가락이 그레타의 목을 간질였다.

"그런데 왜 다리에 털이 없을까 하고 이상하게 생각하지 않았어?"

"아니, 난 어릴 때 학대받은 영향일 거라고 생각했어."

그는 한숨을 내쉬었다.

"생각했다…… 역시 넌 테스보다 나아. 넌 항상 많은 생각을 하지. 넌 새끼손가락 하나만 보여줘도 팔 전체가 어떻게 생겼는지 알아내는 여자야. 테스는 그렇지 않았어. 테스는 고작해야 추측하는 게 전부였거든. 내가 조금만 이상해도 금세 알아차리긴 했지만 확신은 못했어. 게다가 나도 사실대로 말해주지 않았고. 테스가 그걸 알았더라면 날 무자비하게 막다른 골목으로 몰아댔을 거야. 너처럼 말이야."

"난 널 무자비하게 막다른 골목으로 몰지 않았어."

그러자 그가 그녀의 머리를 위로 들어올리더니 손가락 끝으로 관자놀이를 세게 눌렀다. 그레타는 순간 어지러웠다.

"아니라구? 그럼 감옥에 있던 녀석들 어쩌고 하는 건 뭐지? 난 널 믿었어, 그레타. 그거 알아? 그 일이 있을 때까지도 난 널 믿었단 말이야, 그렇지 않았다면 너한테 전화하지 않았을 거야. 그런데 넌 나더러 발코니로 나가서 또 피를 묻히라고 했어. 게다가 이젠 감옥에 있는 녀석들로 날 협박하고 있잖아."

그러나 목을 죄고 있던 손가락의 힘이 조금씩 빠졌고 눈꺼풀이 파르르 떨리기 시작했다. 그는 눈을 깜빡거리며 몽롱해지는 정신을 깨우려고 안간힘을 썼다. 신경안정제가 그제야 약효를 발휘하는 것 같았다. 그레타는 약효가 너무 늦게 나타나는 것이 오히려 이상하다고 생각했다. 자기는 한 알만 먹어도 금세 약기운이 온몸에 퍼지곤 했는데.

그의 목소리가 졸린 듯 나긋해졌다.

"금요일에 날 속이지 않겠다고 했었지? 날 위해서 다른 사람은 몰라도 내게는 거짓말 않겠다고. 그 생각 아직 변함없는 거야?"

"그래."

그레타는 조용히 말했다. 더이상의 말은 필요 없었다. 목을 죄고 있던 손가락이 스르륵 풀렸다.

그레타가 자리에서 일어났을 때 안은 이미 눈을 감고 있었다. 그러나 아직 잠든 건 아니었다.

"침대에 가만히 누워 있겠다고 약속해줘. 다시는 어리석은 짓 하지 않겠다고 말이야."

그레타가 말했다.

"약속할게. 지금은 오로지 자고 싶을 뿐이야. 네게 이런 말을 하게 돼서 다행이야. 마음이 한결 가벼워졌어. 이제부턴 서로 솔직해지는 거야, 알았지?"

"그래."

침실 문을 나서려다가 그레타는 다시 한번 안을 돌아보았다. 그는 이미 잠든 것 같았다. 수면제 두 알이면 쉽게 깨진 않을 거라고 생각하며 밖으로 나갔다.

차를 타고 사무실로 가는 동안 그레타는 속으로 생각했다. 그의 어머니! 그는 진짜 자기 엄마를 칼로 찔러 죽인 것이다. 더이상의 생각은 할 수가 없었다. 그레타는 그 일에 관한 한 나의 추측이 맞았다는 말을 하면 내가 어떤 반응을 보일까 하고 생각해보았다. 야닌은 누굴까? 바바라 맥킨리는 조시였다. 그렇다면 야닌은 소설에 등장하는 안 야민이 틀림없었다.

그 순간 타는 냄새와 함께 얀의 말이 귓가에 울렸다.
"그런 일을 한번 당하고 나면 그 다음은 아주 쉬워."
그레타는 너무 끔찍하고 무서워서 소름이 끼쳤다. 삼 년 반 동안이나 얀을 여자에게 무시당하고 상처를 입어도 자기 방어조차 못 하는 불쌍한 남자라고 생각했고 그래서 자기라도 아낌없이 사랑하고 보호해줘야 한다고 생각해왔다. 그레타는 난생 처음으로 자신이 큰 실수를 저지른 것이 아닐까 혼란스러워지기 시작했다.

II

경찰서에서 시간이 너무 지체되었다. 할 일이 산더미처럼 쌓여 있어서 나는 빨리 그레타가 오기만을 기다렸고 그녀와 아주 중요한 사항에 대해서만 간단히 의논할 생각이었다. 그래서 그녀가 그사이 심적으로 어떠한 변화를 겪었는지 전혀 눈치채지 못했다.

우리가 필요한 건 맨디 아버지의 이름뿐만이 아니었다. 가장 중요한 건 확실한 범행 동기였다. 남자의 사디스트적인 경향이 협박의 이유가 되기에는 부족했다. 더군다나 테스는 남자의 그런 경향을 좋아해서 자발적으로 응했다고 하지 않았는가. 그 점에 있어서는 의심할 여지가 없었다.

나는 카라이스의 표현처럼 선을 넘었기 때문이라고 생각하지 않았다. 사건 당일 테스가 평소보다 더 지독하게 당했다면 그런 다음 내게 특별한 용건도 없이 전화를 건다는 건 아무래도 상식 밖이기 때문이었다. 그런 순간에 테스가 얀과의 이별을 결심했다는 데서, 나는 결론은 단 한 가지뿐이라고 생각했다. 즉 그날의 경험이 너무나 특별했고 테스는 그 순간을 진정으로 즐긴 것이다.

테스의 목소리가 들리는 듯했다.
"그레타와 얀이 작업실 문을 걸어잠그고……"
나는 테스가 진심으로 두 사람의 관계를 의심했다고 믿지 않았다. 그럼에도 불구하고 내게 그렇게 말한 이유는 아마도 자신의 뒤를 끈질기게 캐고 다니는 그레타가 끝내 나사가 튀어나와 있다는 헬스 기계의 진실을 알게 될까봐 두려웠기 때문일 것이다.

그레타를 기다리는 동안 나는 브라운스펠트에 있는 관리인에게 전화를 걸었고 긴 실랑이 끝에 겨우 테스가 전에 살던 집에 관한 서류를 볼 수 있도록 허가를 받았다. 그러나 그는 내가 직접 와서 변호사라는 것을 증명해 보이기 전에는 어떤 정보도 줄 수 없다고 했다.

반면 테스가 이용했던 은행에서는 변호사라는 내 직업도 별 도움이 되지 못했다. 그래서 그 동안 수집한 정보를 가지고 카라이스에게 가려고 했다. 돌멩이 하나로 두 마리 새를 잡고자 한 것이다. 형사들은 은행의 비밀을 캐내는 데 유리했고 그래서 나는 카라이스에게 서로 협력하자는 은근한 암시를 보냈다.

그레타는 내 말을 듣는 동안 연신 고개를 끄덕였지만, 그것이 내가 말한 내용에 대한 동의는 아니었다. 그녀는 여전히 침실에서 있었던 일과 얀의 속삭임, 흉터투성이인 허벅지 그리고 테스의 허벅지에 나 있던 화상 자국 등에 대해 생각하고 있었다. 그러자 목 언저리가 다시 조여드는 것 같아 머리가 어지러웠다. 그 순간 카라이스가 테스의 몸에 난 상처에 대해 말했던 것이 생각났다. 법의관은 테스의 성기에서도 비슷한 화상 자국이 발견되었다고 했다! 매맞으며 자란 아이는 어른이 되어서는 다른 사람을 때린다. 그렇다면 고의로 화상을 당한 아이는……

카라이스는 상처가 최근에 생긴 거라고 했다. 상처가 생긴 정확한 시점까지도 알아낼 수 있을까? 이른 아침과 오후의 간격은 얼마나 큰 걸까? "난 아침에 일찍 일어나!"라고 얀은 말했다.

나는 사무실을 나와 브라운스펠트로 향했다. 사무실에 남아 있던 그레타는 루이스 아벨레가 아동학대죄로 감옥에 보내려고 했던 남자와 마주 앉아 있었다. 의뢰인에게 전해줄 새로운 소식은 없었다. 루이스에게서는 아직 아무런 연락이 없었다. 아마 서류를 들여다보지조차 않았을 것이다. 상관없어. 아무려면 어때!

그녀의 머릿속엔 네 살짜리 아이의 손바닥에 촛농을 떨어뜨리는 장면이 떠나질 않았다. 그리고 아무것도 신지 않은 맨발로 가시나무 사이를 걸어다니고 온기를 찾아 돼지우리를 파고드는 어린아이의 모습이. 얀이 겪어야만 했던 고통과 수모, 상처를 생각하자 차츰 정신이 들었고 그에 대한 애틋한 감정이 되살아났다. '엄마를 살해한 네 살짜리 아이라구? 아니야, 그는 부모에게 버림받아 절망에 빠진 불쌍한 아이였을 뿐이야. 그건 의도적인 살인이 아니라 정당방위였어.'

침대 위에서 자고 있던 그의 모습이 떠올랐다. 그의 절망적인 목소리도 들리는 듯했다.

"왜 나는 항상 그런 여자들만 만나는 거지?"

바비와 야닌. 어쩌면 그는 현실에서 할 수 없는 행동을 글로 옮김으로써 내면에 차 있던 분노를 해소하고자 한 것일지도 모른다. 테스는 사랑받기보다 고통받기를 더 좋아했다. 그렇지만 대체 그 상대가 누구였을까?

나는 오후에 돌아왔다. 다행히 성과가 있었다. 맨디 아버지가 최근까지도 테스와 만나왔다는 확실한 증거를 얻었던 것이다. 카라이스도 그 사실을 의심하진 않았다. 다만 주말 동안 그 부분에 대해 더 추적하지 못한 것뿐이었다.

브라운스펠트에 있는 관리인은 내게 테스의 통장번호를 알려주었다. 카라이스는 그 번호를 추적했고 내가 기웃거리는 걸 알면서도 모른 척해주었다.

"아직 범행 동기가 협박 때문이라는 확실한 증거가 없습니다. 만약 테스가 맨디 아버지에게 돈을 요구했다 하더라도 그게 이유는 아니겠죠. 그는 대단한 재력가인 것 같으니까요."

맨디 아버지는 테스가 물질적으로 부족하지 않도록 배려해주었다. 그러나 증거를 남기지 않기 위해 항상 직접 건네준 것 같았다. 테스의 온라인 통장은 결혼 직후에 해약된 상태였다. 남은 것이라곤 일반 저축통장뿐이었다. 저축통장에는 지난 이 년간 규칙적으로 돈이 입금되고 있었다. 그것도 매달 이만 마르크씩이나! 결혼 전엔 삼만 마르크였는데 그 금액은 한 달이 지나기 전에 모두 다시 출금되었다. 그러나 결혼 이후에 입금된 돈은 고스란히 남아 있었다.

"현재 잔액을 말하면 넌 믿지 못할걸? 변호사 비용을 못 받을까봐 걱정할 필요는 없겠어. 얀도 장례비용을 걱정하지 않아도 되고. 세상이 놀랄 만한 장례를 치르고도 남을 만한 돈이니까."

통장 잔액을 본 나는 기가 막혔다. 그레타도 잔액이 오십만 마르크라는 말에 입을 다물지 못했다.

"그럴 리가 없어! 얼마 전에도 테스는 맨디의 구두가 낡았다고 하소연했다면서……"

"그래, 나도 기억나. 테스는 정말 바보였어. 여섯 식구를 먹여살리기 위해 그렇게 고생하는 자기 오빠와 아버지에게 남편이 구두쇠에 낙오자라고 불평하며 들들 볶아댔는데. 나도 이걸 어떻게 해석해야 좋을지 모르겠어. 테스는 도대체 무슨 생각을 한 걸까? 몇 주 전만 해도……"

나는 어느 일요일에 테스가 한숨을 내쉬며 그레타가 너무 부럽다고 했던 일을 들려주었다. 특히 테스는 그레타가 누리는 경제적인 자유를 부러워했다. 그리고 졸업 후에 그레타처럼, 대학에 가고 근사한 직업에 성공과 돈을 얻는 그런 길을 택하지 않은 것이 후회스럽다고 했다.

불과 오 주 전의 일이었다. 얀과 그레타는 늘 그랬던 것처럼 함께 이층 작업실로 올라갔고 테스는 그 순간을 자기 인생의 손익계산서를 뽑아보는 데 이용했던 것이다.

서른일곱 살이라는 나이에 남편의 아량이나 동정에 얽매이지 않고 살아야 한다. 더군다나 그 남자의 수입이 기술이나 일상에서 생기는 것이 아니라 창조성과 내적 평온함에서 나온다. 테스는 이런 생각 때문에 끔찍하다고 했다. 그래서 단 일 마르크도 마음놓고 쓸 수가 없다는 것이다. 은행에 오십만 마르크나 있으면서!

나는 지금까지 한 번도 돈이 아쉬웠던 적이 없었고 언제라도 가지고 있는 돈을 단번에 써버릴 수 있었지만 그렇다고 돈의 가치를 모르는 건 아니었다. 그런데 그렇게 많은 돈을 은행에 두고도 어렵게 일한 대가로 돈을 버는 친구를 부러워한다는 건 충격이 아닐 수 없었다.

그러나 카라이스는 전혀 놀라는 기색이 아니었다. 그는 테스의 통장이 특별한 관계인 애인의 존재와 이 부부의 정략관계에 대한 자신의 추측을 뒷받침해주는 증거라고 확신했다. 그는 테스가 자신의 불확실한 미래를 대비하기 위해 그런 것 같다고 했다. 그녀는 자신의 결혼생활이 언제까지나 지속되지 않을 거라는 걸 예측하고 있었던 것이다. 더군다나 얀에게서는 자기가 꿈꾸던 것들을 더이상 얻을 수 없다는 결론을 내렸다. 테스가 진정으로 원하던 것이 무엇이었는지는 중요하지 않았다. 확실한 것은 테스가 얀을 너무나 치사한 방식으로 속여왔다는 사실이었다.

토요일 이후 얀에 대한 그레타의 마음처럼 테스에 대한 나의 환상도 그날 이후 완전히 깨져버렸다. 비단 통장의 잔액 때문만은 아니었다. 테스는 통장 외에도 은행에 비밀금고를 갖고 있었고 그 금고 안에는 보석함이 들어 있었다. 카라이스는 각 보석을 제작한 보석상을 찾아보려고 했다. 그리고 얀에게도 보석을 보여주고 혹시 그가 선물한 것이 있는지 확인하려고 했다.

"얀은 보석을 선물한 적이 없어요."

그레타가 말했다.

"그걸 어떻게 알아? 테스가 그랬어? 아니면 얀이?"

그레타는 테스한테서 들었다고 했다. 그 말에 나는 웃을 수밖에 없었다. 그 동안 테스에 대해 알고 있던 모든 것이 거짓으로 드러난 순간이었다. 물론 그 보석들이 얀의 선물일 거라고 생각하진 않았다. 그중에는 꽤 괜찮은 것들도 눈에 띄었다. 그러나 테스가 그걸 하고 있는 모습은 단 한 번도 본 적이 없었다. 우리에게 그런 보석들을 굳이 숨길 필요가 없었던 결혼 전에도 마찬가지였다.

카라이스는 그 보석들이 결혼하기 훨씬 전에 받은 선물일지도 모른다고 했다. 그렇지 않다면 굳이 은행에 보관해둘 이유가 없다는 것이다. 그런 보석함을 집에 둘 수는 없었다. 혹시 얀의 눈에 띄면 어디서 난 거냐고 캐물을 것이 분명하니까.

그레타에게 카라이스와의 대화 내용을 그대로 알려준 다음 나는 심호흡을 했다.

"자, 이제 다시 원래의 주제로 되돌아왔어. 사건이 진전되고 있다고 볼 순 없어. 난 단지 금요일에 어떤 일이 있었는지 사실대로 듣고 싶어. 그날 오후 네가 얀과 함께 있지 않았다는 건 더이상 부정할 필요 없어. 내가 나간 직후에도 넌 한참 동안 사무실에 남아 있었다는 걸 알고 있으니까. 그건 얼마든지 증명할 수 있어. 게다가 얀이 너와 함께 있었다면 네가 마스크팩을 했을 리가 없지. 네가 왜 그런 이야기를 꾸며냈는지 나도 어렴풋이 짐작은 가. 일단 내게 먼저 설명할 기회를 줘. 그리고 내 얘기를 다 들은 다음 틀린 부분이 있다면 지적해."

나의 추측은 거의 사실에 가까웠다. 내가 틀린 부분은 단 한 가지 뿐이었다.

"얀이 범인이라는 추측은 틀렸어."

그레타는 날카롭지도 열정적이지도 않고 그저 침착하게, 그러나 확신에 찬 태도로 고개를 내저었다.

"좋아. 네게 얀은 여전히 무고한 희생양일 뿐이겠지. 그리고 오늘 들은 이야기들이 모두 사실이라면 진짜 그럴 수도 있을 거야. 그럼 얀의 각본을 다시 한번 정리해보자구. 테스와 얀이 싸웠어. 그런 다음 얀은 이층으로 올라가 헤드폰을 꼈지."

나와 그레타는 얀의 책상의자 위에 헤드폰이 놓여 있던 것을 생각해냈다. 나는 헤드폰을 착용했을 때 과연 어느 정도 소리까지 들을 수 있는지 궁금했다. 그러나 그날 초인종을 누른 사람이 없었을 가능성도 배제할 수 없었다.

세시 반의 전화 통화가 연극이 아니었다고 가정할 때 테스와 통화했던 사람은 얀이 집에 있다는 사실을 알고 있었던 것이 틀림없다. 그리고 우연히 수화기를 통해 두 사람이 싸우는 소리를 들은 것이다. 만약 그 상대방이 맨디 아빠였다면 그에게는 그때가 절호의 찬스로 여겨졌을 것이다.

나는 협박이라는 동기에 모험을 걸었다. 만약 그가 테스와 헤어지려고 결심했다면 테스가 그 대가로 무엇을 요구했을까? 우리는 지금까지 알아낸 사실들을 손으로 꼽아보았다. 얀은 테스와 헤어지려고 했다. 또는 테스가 얀과. 그리고 테스는 새 남편을 원했다.

두시 반에 테스가 내게 전화했을 때 맨디의 아빠가 옆에 있었던 것이 틀림없었다. 그리고 테스는 그 기회를 이용해 남자에게 자신의 계획을 보여주려고 했을 것이다. 그러나 남자는 아무렇지도 않은 듯 큰 소리로 웃으며 작별을 고하고 돌아갔다. 그로부터 한 시간 후 남자는 다시 한번 상황을 설명하기 위해 테스에게 전화를 한다. 테스는 남자에게 자신의 요구사항을 강조한다……

그레타는 나의 가정에 아무런 반박도 하지 않았다. 그녀도 테스가 그 남자의 사랑에 집착하고 있었다는 것을 잘 알고 있었다. 그러나 테스가 숭배하던 그 남자는 그녀와 결혼할 마음이 전혀 없었다. 그리고 이제…… 그레타는 내 이야기를 조용히 듣기만 했다.

얀은 예상보다 빨리 돌아왔고 테스가 통화하는 소리를 들었다. 익명의 남자에게 절호의 찬스가 된 셈이었다. 두 사람이 싸우는 소리가 수화기를 통해 들려왔다. 남편이 집에 있다. 그럼에도 불구하고 그가 테스의 집에 오는 데는 위험이 따랐다. 얀이 싸운 뒤에 자기 작업실에 틀어박혀 있으리라고는 아무도 예상할 수 없는 일이었다. 따라서 발각될 위험이 너무 컸다. 그러나 궁지에 몰린 사람은 그런 위험쯤은 감수할 수 있다. 최악의 경우 두 번의 살인까지 저지를 각오를 했을지도 모른다. 그러나 맨디 아버지는 운이 좋아서 아무에게도 들키지 않았고 심지어 증거를 완벽하게 없앨 충분한 시간적 여유까지 있었다.

그런 상황들을 가정해보는 동안 나는 나의 가설이 사실이라고 확신해버렸다. 그리고 처음으로 진지하게 얀이 진짜 무죄일지도 모른다고 생각했다. 한편 그레타는 내게 무슨 일이 있어도 야닌의 존재에 대해 말하지 않겠다고 결심했다.
　나는 그레타를 품에 안았다.
　"우린 해낼 수 있어, 그레타. 그들이 아내에게 배신당한 남편에 대한 확실한 증거를 찾지 못하는 한 우린 해낼 거야."
　그러나 그들은 우리가 생각했던 것보다 더 많이, 훨씬 더 많이 알고 있었다.

*

　월요일에 그레타는 평소보다 일찍 사무실을 떠났다. 한편으로는 내가 더이상 얀을 의심하지 않는다는 사실에 마음이 놓이면서도 또다른 한편으론 불안하고 확신이 없었다. 집으로 가는 동안 새벽의 일들이 다시 떠올랐다. 얀이 그의 엄마를 죽였다! 그는 그때의 일을 종이에 옮김으로써 양심을 짓누르고 있던 무거운 짐을 덜어보려 노력했던 것이다. 거기까진 확실하다. 그러나 바바라 맥킨리나 야닌이라는 여자는 도대체 어떻게 된 걸까? 정말 무슨 일이 있었던 건 아닐까?
　그레타는 엘리베이터를 타면서 우선 커피를 한 잔 마신 다음 미지근한 물로 샤워를 해야겠다고 생각했다. 그리고 얀에게 어떻게 말할 것인가 곰곰이 생각했다.
　"얀, 오늘 새벽에 말했던 그 이름 말이야. 처음 듣는 이름이었는데. 소설에도 안 나오던걸. 야닌이 누군지 그리고 지금 어디에 살고 있는지 말해줄 수 있어?"
　그러자 누군가 말하는 소리가 들리는 듯했다.

"침대에서 타죽었지, 이 눈먼 바보야."

그레타는 얀이 여전히 자고 있을 거라고 생각했다. 그러나 그는 컴퓨터 앞에 앉아 있었다. 피곤해 보이지도 뭔가에 홀린 사람처럼 보이지도 않았다. 수면제 한 알만으로도 맥을 못 추던 자신과는 너무나 달랐다. 그는 수면제 두 알을 삼키지 않은 것이 분명했다. 혀 아래에 감췄다가 그레타가 집을 나간 다음 버렸을 것이다.

만약 얀이 그럴 수 있다면. 카라이스가 금요일에 욕실에서 그를 끌어냈을 때처럼 쇼크로 온몸이 경직되는 연기를 하는 게 가능하다면…… 금요일에 그가 보여준 모습이 모두 연극에 불과하다면? 그렇다면 얀은 심리학 교수까지도 감쪽같이 속인 것이 된다. 그레타는 경험이 많은 정신병자만이 그런 완벽한 연극을 할 수 있다는 것을 알고 있었다. 개인적으로 그런 사람들을 대해본 적은 없지만 책을 통해 그런 사람들이 평소에는 이웃이나 동료, 친지들에게 상냥하고 친절하게 굴다가 가끔씩 짐승처럼 돌변한다는 것을 알고 있었다.

얀은 소설의 한 부분을 읽고 있었다. 그레타가 서재로 가자 얀이 그녀를 보며 미소를 지었다.

"조금 바꿨어. 장면 자체는 손대지 않았어. 정말 훌륭해. 그렇지만 가끔 어색한 단어들이 눈에 띄어서 말야. 가령 니클라스처럼 내 작품을 조금이라도 읽어본 사람이라면, 이 장면을 내가 쓴 게 아니란 걸 금세 눈치챌 것 같았어. 니클라스는 내 과거에 관심이 많고 또 내 작품들이 모두 자전적이라고 믿고 있으니까 이것도 읽고 싶어할 거라고 생각했어."

그레타는 고개를 끄덕였다. 얀은 계속 미소를 머금고 말했다.

"그렇지만 니클라스가 디스켓을 갖고 있으니까 원본도 읽었을 거야."

"원본은 어떤 거야?"

얀은 손가락으로 모니커를 톡톡 쳤다.

"이것도 거의 사실에 가까워. 사소한 차이는 별로 중요하지 않아. 차를 몬 게 바비가 아니라 바링어였다고 해서 달라질 건 없잖아. 난 바링어 옆에 있었고 바비는 뒷좌석에 있었어. 우리가 탄 차는 투도어였지. 아무도 안전벨트를 매지 않았어. 난 차를 타자마자 잠들어버려서 어떻게 사고가 났는지 몰라. 어쨌든 바링어와 나는 밖으로 나왔지만 바비는 차 안에 갇혀버렸지. 차가 구르면서 아마 앞좌석으로 튕겨 나온 것 같아. 경찰들이 차를 발견했을 때 바비가 앞좌석에 있었거든. 그래서 바링어는 바비가 차를 몰았다고 거짓말을 해버렸어. 나도 맞장구를 쳤고. 그러지 않으면 면허증을 빼앗길 테니까. 어차피 바비에겐 상관없는 일이잖아."

"차에 불이 붙은 건 사실이야?"

얀은 무겁게 고개를 끄덕였다.

"바링어도 하마터면 불에 타죽을 뻔했어. 거의 제정신이 아니었거든. 아직도 그때의 기억이 생생해. 바비를 구하겠다고 불에 뛰어들던 그 모습이 말이야. 그렇지만 난 너무 늦었다는 걸 알았어. 이미 차가 불구덩이에 휩싸였는데 너 같으면 어떻게 했겠어? 바링어를 말리느라 정말 힘들었지. 구조대가 왔을 때 바링어는 꼭 넋이 나간 사람 같았어. 사람들이 그가 두 발로 서 있는 게 신기하다고 할 정도였지. 미친 듯이 불구덩이로 뛰어들려고 하는 그를 세 번씩이나 때려눕혀야 했어. 진정시키려고 말이야. 그런데 녀석은 끈질기게 다시 일어나곤 했지. 정말 악몽 같았어, 그레타!"

이야기에 모순이 있다는 걸 그는 눈치채지 못하는 것 같았다. 그의 말대로 바링어는 이성을 잃은 반면 자신은 더이상 바비를 구할 수 없다고 판단할 수 있는 상태였다면 경찰이 왔을 때 실제로 누가 진술했 겠는가? 그러나 그레타는 그 점에 대해 캐묻지 않고 다른 질문을 던 졌다.

"바비는 누구의 여자야, 너야 아니면 바링어야?"

"어느 누구의 여자도 아니었어. 아니 모든 남자의 여자였다고 할 수 있겠지. 가슴이 답답할 때마다 사람들은 바비를 찾았으니까. 바비 는 창녀나 다름없었어, 그레타. 그렇지만 정말 사랑스러웠지."

"그럼 야닌은 누구지?"

얀은 엷은 미소를 지었다.

"그건 지어낸 인물이야."

"아까 말할 때는 소설의 인물처럼 말하지 않았잖아."

그레타는 흥분한 기색을 감추려고 애쓰며 그의 말에 반박했다.

"아까 넌 너와 관계를 맺었던 여자들의 이름을 불렀단 말이야. 바 비, 야닌 그리고 테스라고. 난 똑똑히 들었어. 야닌과 안 야민은 같은 사람이지?"

"아니야. 네가 오해한 거야. 내가 정신이 없어서 헛소리를 했나봐. 둘 다 허구의 인물이야. 안 야민은 소설의 첫 장면에 나오고 야닌은 중간쯤에 나오지."

그는 의자에 등을 기대며 간절한 눈빛으로 그레타를 바라보았다.

"있잖아, 가끔 내 인생도 소설처럼 쉽게 바꿀 수만 있다면 얼마나 좋을까 생각해보곤 해. 야닌은 내가 원하는 가장 이상적인 여자야. 그렇지만 소설에서는 아무리 완벽한 여자라도 단점이 있어야만 해. 아직 야닌이 나오는 부분은 안 읽었지? 원한다면 보여줄게."

"지금은 싫어. 나중에."

얀은 작업한 것을 저장했다. 텍스트가 화면에서 사라졌다. 얀은 워

드프로그램까지 아예 꺼버렸다. 초기 화면이 뜨면서 소설의 목록이 나왔다. 각 장들은 번호로만 표기되어 있었다. '렉'이라는 제목의 장은 더이상 보이지 않았다.

그레타는 그 속에 뭐가 들어 있었는지 그리고 얀이 왜 그걸 지워버렸는지 궁금했다. 한기가 느껴졌다. 렉. 레기스터*의 약자일까? 그게 맞다면 무슨 목록이지? 명부 같은 건가? A라는 인물이 실제로 누구라는, 살인자의 일기장 같은 걸까?

서로에게 솔직하기로 약속했잖아. 그레타는 속으로 생각했다. 좋아, 그렇다면 내가 먼저 시작해야지. 그래야 얀이 날 믿을 수 있을 테니까.

"새롭게 알아낸 사실이 있어."

얀은 기대에 찬 눈으로 그레타를 바라보더니 곧 컴퓨터를 껐다. 두 사람은 주방으로 자리를 옮겼다. 그레타는 커피를 끓이면서 내가 알아낸 사실들을 털어놓았다. 얀은 표정 없는 얼굴로 가만히 듣고 있었다. 통장에 찍혀 있던 다섯 자리 숫자의 예금과 보석함에 관한 이야기였다.

얀이 테스에게 사준 보석이라고는 결혼반지가 전부였다. 그리고 테스가 그 결혼반지와 시계 그리고 팔찌 외에 다른 보석을 하는 것을 보지 못했다. 그 팔찌는 그레타가 발코니에서 본 것이었다. 그런데 결혼 후 사 개월째 접어들었을 때 테스는 얀에게 낯선 반지 하나를 보여주었다. 완두콩만한 크기의 진주가 세 알씩이나 박혀 있는 멋진 반지였다.

얀이 그 반지에 대해 설명하자 그레타는 생각난다는 듯이 고개를

---

* Register. 목록, 색인.

끄덕였다. 테스는 맨디를 임신하기 전 시내에서 그레타를 만날 때 자주 그 반지를 끼고 있었다. 테스가 그레타를 집에 찾아오지 못하게 하던 그때였다.

테스는 얀에게 그 반지가 뒤셀도르프에 있는 한 보석상에서 자기를 위해 특별 제작된 것이라고 설명했다. 자기를 숭배하는 어떤 사람한테 받은 선물이라며 다른 물건을 사기 위해 그걸 팔아야 한다는 게 너무 슬프다고 했다는 것이다.

"지금 당장 카라이스에게 전화해야겠어. 뒤셀도르프에 있는 그 보석상을 찾아보라고 말이야. 테스를 위해 특별 제작된 거라니, 어쩌면 중요한 단서가 될지도 모르잖아. 물론 그게 사실이라면. 테스가 그 주문을 직접 한 게 아니라면 희망이 있어."

그러나 카라이스는 사무실에 없었다. 잠시 기다리자 펠버트와 연결되었다. 그는 그레타의 설명을 잠자코 듣기만 할 뿐 어떤 반응도 보이지 않았다. 그는 오전보다 더 냉담한 목소리로 테스가 결혼 전에 팔아버린 반지가 도대체 무슨 증거가 되느냐고 물었다.

"어쩌면 그냥 한 말일지도 모르죠. 테스는 반지를 팔아야 할 정도로 아쉬운 형편이 아니었거든요."

펠버트는 더이상 캐묻지 않았다. 차분한 목소리로 얀에게 다음날 아침 담당 검사 사무실로 오라는 말을 전했다. 아홉시 정각에.

그레타에겐 상대방의 말투에서 상황의 변화를 재빨리 감지해내는 재주가 있었다. 그때가 바로 그런 순간이었다.

"왜 검사 사무실에서 보자는 거죠? 담당 검사가 누구죠?"

우리가 카라이스의 마지막 말을 주의 깊게 들었더라면 굳이 펠버트를 다그칠 필요가 없었을 것이다.

"아벨레요."

그는 짧게 말했다. 그레타는 갑자기 숨을 쉴 수가 없었다. 하필이면 루이스라니! 만약 그가 이 사건에 대해 알게 된다면 재판은 불리해진다.

"왜 아벨레 검사가 틴너 씨 사건을 맡은 거죠?"

펠버트는 차갑게 대답했다.

"글쎄요. 그건 저도 모르겠습니다. 어쨌든 내일 오전 아홉시입니다. 그리고 아벨레 검사는 틴너 씨와 단둘이서만 면담하겠다고 하셨습니다."

더이상의 설명은 필요하지 않았다. 그레타는 당장 내게 전화를 걸었다. 그러나 계속 통화중이었다.

그레타를 따라 거실로 온 얀은 놀라는 표정으로 쉴새없이 수화기를 들었다 놓았다 하며 안절부절못하는 그녀를 지켜보았다. 그러고는 배가 고프다고 했다.

"그렇지만 이탈리아 음식은 싫어, 그레타. 피자와 샐러드는 내 취향이 아니야. 맛있는 걸로 직접 해줘."

설마 진심일 리가 없었다. 분위기나 그녀의 행동으로 보아 상황이 심각해졌다는 걸 어떻게 눈치채지 못할 수가 있단 말인가. 그러나 그는 자신과는 무관한 일이라는 듯 어깨를 으쓱할 뿐이었다. 꼭 쇠젓가락을 콘센트에 집어넣으면 위험하다고 해도 듣지 않는 고집불통 아이 같았다.

"그렇게 흥분하지 마, 그레타. 수화기는 그만 내려놓고 먹을 거나 만들어줘. 내일 니클라스가 날 따라올 필요는 없어. 카라이스건 아벨레 검사건 난 상관없으니까. 아벨레가 두려워? 아니면 내가 두려운 거야, 그레타? 그럴 필요 없어. 널 끌어들이지 않겠다고 약속했잖아. 무슨 일이 있어도."

"그건 불가능해, 얀. 루이스에겐 안 통한다구. 나는 진술서에 사인을 했어. 생각 안 나?"

물론이었다. 그가 그걸 잊었을 리가 없었다. 그럼에도 불구하고 그레타가 그렇게 흥분하는 이유를 모르겠다고 했다. 거짓 진술. 그럼 진술서대로 말하면 그만 아닌가. 들키지 않도록 적당히 둘러대면 된다. 누군가를 끔찍하게 사랑하다보면 거짓말도 하게 되는 법이니까. 사랑 때문에 한 거짓말이라면 죄가 그리 무섭지는 않을 것이다. 만약 상황이 그렇게 되면 그때 가서 다시 머리를 싸매고 고민해도 늦지 않을 것이다.

그러니 이젠 밥이나 먹자고 했다. 얀이 말하는 동안 그레타는 그의 눈에서 다시 작은 악마가 이글거리는 것을 보았다. 그 순간 그는 강하고 교활해 보였다. 그러나 곧 다시 나약하고 도움이 필요한, 하루종일 아무것도 먹지 못한 불쌍하고 배고픈 아이로 돌아왔다.

냉동고에는 인스턴트 식품들이 들어 있었다. 전자레인지에 넣으면 몇 분 안에 완성되는. 그 정도는 얀도 직접 할 수 있는 일이었다. 그레타는 그를 주방으로 보낸 다음 다시 전화를 돌리기 시작했다. 그러나 전화는 여전히 불통이었다.

얀은 봉지 세 개를 들고 거실로 돌아와 겉포장을 살펴보았다. 모두 그럴듯해 보여서 얀은 어떤 것을 먹을지 정하지 못하고 있었다. 얀은 그레타에게 하나를 골라달라고 했다.

"닭고기 요리가 괜찮을 거야."

잠시 후 그는 접시에 닭가슴살 요리와 야채밥을 담아왔다. 나와 통화하는 데 실패한 그레타는 커피를 마시며 잠시 기다리기로 했다. 전화를 걸 때마다 뚜뚜뚜뚜 하는 소리가 더욱 신경을 날카롭게 했다.

얀은 맛있다며 감탄했다. 인스턴트 요리가 이렇게 맛있을 거라곤 상상도 못 했다는 것이다. 그런데 양이 좀 적어서 아쉽다고 했다. 이 정도 양이라면 두 봉지도 거뜬히 해치울 수 있다면서.

"지금 뭐 하자는 거야, 얀?"

그의 그런 태도가 그레타를 더욱 불안하게 만들었다. 좋았다 나빴다 부드러웠다 난폭했다 하며 쉴새없이 오락가락하는 그의 태도를 그레타는 도저히 이해할 수가 없었다.

그러자 그가 큰 소리로 웃었다.

"뭘 하다니? 루이스 아벨레가 나와 단둘이서 면담하기를 원한다고 해서 나까지 너처럼 안절부절못해야 해? 꼭 똥 마려운 강아지 같잖아. 제발 진정해, 그레타. 어차피 내겐 지금이 마지막으로 즐길 수 있는 시간이 될지도 모르니까 그냥 내버려둬. 참, 돼지고기도 전자레인지에 넣어줘. 그리고 그렇게 불안하거든 약이나 한 알 먹어. 그거 효과 확실하던데?"

"거짓말! 넌 삼키지도 않았잖아."

"혀로 조금 빨아먹긴 했지. 그 정도로도 충분했어."

*

전자레인지의 버튼을 누르자마자 전화벨이 울렸다. 그레타는 재빨리 달려가 수화기를 들었다. 나는 다짜고짜 소리를 질렀다.

"도대체 누구와 그렇게 오래 통화한 거야?"

"너한테 전화했어, 계속. 그전에 펠버트 형사와 잠시 통화했고."

나는 아벨레와 통화한 후 계속 그레타에게 전화를 했던 것이다.

"내일 아침 얀이 아벨레의 사무실로 가야 한다는 거 들었어?"

"응."

"일이 어려워지고 있어. 오늘 낮에 루이스가 서류를 건네받았어. 얀한테서 야닌 브레스테라는 여자 이름 들어본 적 있어?"

"아니."

그레타는 거짓말을 했다.

"그럼 그 여자가 어떻게 됐는지도 전혀 모르겠군."

"응."

그레타는 대답했다. 그러나 머릿속에는 침대에 누운 채 불에 타죽은 여자의 모습이 떠올랐다.

그녀의 말이 거짓이라는 걸 알 리 없는 나는 작은 목소리로 저주를 퍼부었다.

"루이스가 뭔가 찾아낸 것 같아. 내일 아침이면 알게 될 거야. 나한테는 그 이름만 말하더라구. 야닌 브레스테하고 바바라 맥킨리라고."

"그 이름을 어떻게 그렇게 빨리 알아냈을까? 그 짧은 시간 동안에······"

그녀가 말을 끝내기도 전에 내가 대답했다.

"중요한 건 그가 그 이름들을 알아냈다는 거야."

나는 대단히 흥분해 있었고 조금도 시간을 낭비하고 싶지 않았다.

"얀한테 경고했잖아. 내가 제일 싫어하는 게 바로 혼자만 똑똑한 줄 알고 다른 사람들을 모두 바보 취급하는 인간이야. 지금 당장 갈게. 얀에게 단단히 각오하라고 일러둬."

"복사본 갖고 와."

그레타는 그 말을 던지고 수화기를 내려놓았다. 그 순간 부엌에서 전자레인지 벨이 울리는 소리가 들렸다. 그레타는 얀이 음식을 가지고 나오길 기다렸다. 그런데 부엌에선 전혀 움직이는 기척이 없었다.

부엌으로 간 그레타는 미동도 않고 가만히 식탁에 앉아 있는 얀을 발견했다. 한 손에는 포크를 그리고 다른 손에는 나이프를 높이 쳐들고 있었다. 그녀를 보자 얀이 씩 웃었다.
"드디어 그 휴지 조각을 발견한 거야?"
어찌 된 영문인지 그는 승리자처럼 자신만만하게 웃고 있었다. 그레타는 그의 말을 이해할 수가 없었다.
"휴지 조각이라니? 무슨?"
"맨디 아빠가 쓴 거 말이야. 테스가 복사본을 갖고 있다고 했잖아. 거기 그 남자의 이름이 적혀 있을 거 아니야?"
"아니. 그건 아직 찾지 못했어. 대신 야닌 브레스테란 이름은 알아냈어."
그 순간 얀은 꿀꺽 하고 마른침을 삼켰다. 안색이 변하며 금세 표정도 얼어붙었다. 그러더니 오른손으로 탁자를 내려치며 욕을 해댔다.
"제길, 다 글러먹었어!"
그러나 곧 안정을 되찾고는 거짓말해서 미안하다고 사과했다. 아무것도 아닌 일로 그녀를 불안하게 만들고 싶지 않았다는 것이다. 그런 다음 이 년쯤 야닌 브레스테와 함께 살았다고 털어놓았다. 그리고 그레타의 옆집으로 이사오기 육 개월 전에 집에 불이 나는 바람에 여자가 죽었노라고 했다. 그는 야닌을 테스만큼이나 끔찍하게 사랑했다고 했다. 그런데 그녀 역시 테스처럼 뻔뻔스럽게 자기를 속여왔다는 것이다. 테스나 바비처럼 아무 남자한테나 몸을 허락했다고.
얀은 아무렇지도 않은 듯 얘기했지만 정신적인 쇼크가 심한 것 같았다. 계속 말을 더듬었고 알아듣기 힘들 만큼 작은 소리로 말했다. 금세 왈칵 울음이라도 쏟을 것만 같았다. 그러나 시간이 지날수록 그는 다시 안정을 되찾아갔고 체념한 듯 자신의 운명을 그대로 받아들이는 남자의 모습으로 돌아왔다. 그레타는 그의 그런 모습이 진실인지, 그의 말과 행동을 믿어도 될지 알 수가 없었다.

모든 것은 바비로부터 시작되었다. 그는 당시 미래가 암담한 스물두 살 청년이었고 스스로를 나약하다고 생각했다. 그래서 일부러 강한 남자들과 어울리려고 노력했다. 여자와 함께 행복하고 충만한 삶을 살아갈 수 있으리라는 생각은 꿈도 꾸지 못했다. 그도 그럴 것이 그는 지금까지 딱 한 종류의 여자밖에 알지 못했던 것이다. 늘 원망에 가득 차서 소리만 지르고 때리고 괴롭히는 엄마. 그런데 바비는 달랐다.

그녀는 쾌활하고 나긋나긋하고 부드러웠다. 한 달쯤 그녀와 함께 천국 같은 행복한 나날을 보냈다. 그는 자기가 바비의 인생에서 유일한 남자가 아니라는 소문이 무성했음에도 불구하고 결혼까지 생각했다. 자기 등뒤에서 수군대는 말이나 힐끔거리며 쳐다보는 시선 따윈 무시해버렸다.

그러던 어느 날 바링어가 친구에게 진실을 알려줘야겠다고 결심한 것이다. 얀과 바비는 그날 밤 디스코텍에 있었다. 바링어는 우연을 가장해서 두 사람을 만났고 헤어질 때 집까지 태워달라고 부탁했다. 자기 차가 고장났다면서. 그런데 바링어가 바비에게 춤을 청했고 몸을 더듬으며 애무하기 시작했다.

그러나 얀은 바링어나 바비에게 따지는 대신 술을 잔뜩 퍼마시곤 새벽 두시경 바링어에게 운전대를 맡긴 채 자신은 뒷좌석에 앉았다. 바비는 바링어 옆에 앉았다.

바링어는 얀에게 바비가 결혼과 아이에 대해 꿈꾸고 있는 남자 앞에서조차 아무런 거리낌 없이 다른 남자와 갈 데까지 가는 여자라는 것을 보여주기 위해 숲속으로 차를 몰았다.

얀이 바비와 바링어 사이에 어떤 일이 벌어지고 있는지 깨닫기에는 너무 취해 있었다는 사실은 중요하지 않았다. 바링어는 마침내 차를 세우더니 자신을 손으로 흥분시키고 있던 바비를 무릎 위에 앉혔다.

잠시 후 바링어가 다시 차에 시동을 걸며 뒷좌석에 있던 얀에게 물었다.

"이제 이 여자가 어떤 여자인지 똑똑히 봤지?"

바비는 그제야 자신의 모습을 폭로하기 위해 바링어가 처음부터 꾸민 일이었다는 걸 알아차리곤 주먹으로 바링어를 때리기 시작했다. 그 바람에 바링어는 운전대를 놓쳤고 차는 도로에서 벗어나 길 아래로 굴러떨어졌다.

그 다음 일은 그레타에게 설명했던 대로 바링어가 죄책감 때문에 바비를 살려보려고 발버둥쳤지만 어쩔 수 없었다는 내용이었다. 이제 와서 그런 말을 해봐야 소용없겠지만 어쨌거나 바링어는 바비를 구하기 위해 최선을 다했다고 했다. 마찬가지로 얀은 친구를 구하기 위해 안간힘을 썼고 다행히 애쓴 보람이 있었다.

그레타는 '세번째 버전이군' 하고 생각했다. 루이스 아벨레가 이 버전이 앞뒤가 맞지 않는다고 반박하면 그는 아마 네번째 버전을 또 꾸며낼 것이다. 그러나 어쨌건 얀은 처음으로 바비가 죽은 이후의 이야기를 털어놓았다.

그는 그후 오랫동안 여자를 멀리했다. 어떤 여자도 믿을 수가 없었다. 모든 여자들이 자기 엄마처럼 남자들을 모욕하고 파멸시키는 존재라고 생각했다. 그것을 끝내기 위해서 얀은 엄마를 찔러죽일 수밖에 없었다.

얀은 간절한 눈빛으로 그레타를 바라보며 손을 들어 맹세했다. 이번만은 진실이라고. 그러나 그레타는 그의 말을 믿지 않았다. 그가 자기 엄마를…… 그럴 리가 없었다. 얀이 그레타의 반응을 보기 위해 그렇게 주장하는 것일 뿐이라고 생각했다.
 그레타는 이 모든 것이 테스의 영향이라고 믿고 싶었다. 테스가 그를 물들여놓은 것이라고. 그러나 그레타는 아무 말 없이 얀의 이야기를 계속 들었다.
 몇 년의 외로운 시간이 흘렀다. 그러던 어느 날 카메라팀이 군부대를 촬영하기 위해 도착했고 얀이 그들이 허가된 구역 내에서만 움직이도록 감시하는 역할을 맡게 되면서 처음으로 방송인들과 접촉하게 되었다.
 그의 첫 대본은 군대 시절에 씌어졌는데 길이가 너무 짧다는 이유로 채택되지 못했다. 그러나 내용이 좋으니 시리즈물로 고쳐보라는 제의를 받았다. 그래서 제대한 후 그들의 제의에 따라 본격적으로 대본을 쓰기 시작했다.
 그는 가끔씩 창녀촌을 찾았을 뿐 실망하고 상처받을까봐 두려워 여자친구를 사귀지 않았다. 그러던 어느 날 야닌 브레스테라는 여자를 알게 되었다. 바비가 죽은 지 십 년 만의 일이었다. 그는 야닌을 죽이지 않았다고 했다.
 "그것도 맹세해야 해?"
 그는 야닌에게 속고 있다는 걸 까맣게 모르고 있었다. 그는 편집인이나 제작진, 프로듀서와의 회의나 끝없는 미팅 등으로 집을 비우는 일이 잦았다. 가끔 이웃 사람들이 그가 나가고 나면 항상 집이 비둘기집처럼 들썩거린다며 암시를 주곤 했지만 그는 심각하게 생각하지 않았다. 그저 사람들이 그들 사이를 시기하는 거라고만 생각했다.
 그녀는 아주 예뻤지만 얀처럼 조금 그늘진 구석이 있었고, 어둡고 게으르게 보일 정도로 움직이길 싫어했다. 그러나 기분이 좋을 때는 정말 매력적인 여자였다. 얀은 결혼하자고 했지만 야닌은 조금 더 기다려달라고 했다. 또 얀은 아이를 원했지만 야닌은 자신의 삶을 더 즐기고 싶다고 했다.

그런 이유 때문에 가끔 싸움이 벌어지기도 했다. 그럴 때마다 야닌은 얀을 침실에서 내쫓았다. 얀은 쓸쓸한 밤을 잊기 위해 취하도록 술을 마셨다. 사고가 났던 그날도 두 사람은 격렬하게 말다툼을 했고 그는 거실의 소파 위에서 잤다. 그런데 한밤중에 기침이 나서 깨보니 온 집 안에 시꺼먼 연기가 자욱했다는 것이다. 침실 문을 부수고 야닌을 구하러 들어가는 건 이미 불가능해 보였다. 자신의 목숨까지도 위험한 상태였다. 그는 가까스로 발코니를 통해 밖으로 탈출했다.

그것이 다라고 했다. 그는 또다시 절망에 빠졌고 경찰은 쉴새없이 질문을 퍼부었다. 그러나 그를 의심하진 않았다. 또 외로움이 시작되었다. 그는 모든 것을 잊기 위해 북쪽에서 멀리 라인란트로 이사했다.

그리고 그레타를 만나게 된 것이다. 그러나 그녀는 자기 엄마와 너무 비슷했다. 그녀를 처음 보았을 때 그는 큰 충격을 받았다. 그녀에게 말을 걸기까지는 상당한 용기가 필요했다. 그러나 결국 그 일을 해냈고 거기다가 부탁까지 하고 나자 왠지 좋은 징조로 여겨졌다. 그레타 같은 여자와는 평생을 함께할 수 있을 뿐만 아니라 두려움이나 죄책감 따위도 극복할 수 있을 거라는 내면의 목소리가 들려왔다. 그래서 그는 소설을 통해 간접적으로 폭력과 모욕에 대한 그레타의 입장을 알아보려고 했다. 그런데 그레타에 대한 확신이 생길 무렵 나와 그레타가 동료 이상의 관계라는 사실을 알게 된 것이다. 그는 한 여자를 독차지할 수 있으리라는 확신이 들기 전까지는 어떤 여자와도 관계하지 않겠다고 결심했다.

그러던 중 테스가 나타났고 그녀가 맨디 아버지에게 끔찍한 일을 당했다는 말을 듣자 이 여자라면 괜찮을 것 같다는 확신이 생겼다. 배신당하고 괴롭힘을 당하는 것이 얼마나 끔찍한 일인지를 직접 몸으로 겪은 여자라면 설마 자기에게 똑같은 짓을 하진 않을 거라고 생각했던 것이다. 그러나 테스는 자기가 알고 지냈던 여자들을 능가하는 최고의 사기꾼이었다. 그리고 그녀 역시 죽었다.

"제발 도와줘, 그레타."

물론이었다! 그녀가 할 수 있는 거라곤 오직 그것밖에 없었다. 그녀는 그의 말을 반도 믿지 않았고 마치 지뢰밭에서 춤을 추고 있는 듯 위태로운 기분이 들었을 것이다. 더이상 무엇을 어떻게 생각해야 좋을지 알 수가 없었고 갑자기 나, 니클라스가 몹시 보고 싶더라고 했다. 그녀는 내가 무슨 생각을 하는지 늘 알고 있었고 다음 순간에 어떤 행동을 할지 예측할 수 있었다.

"도와줘, 그레타!"

그래, 물론이다! 진술서가 루이스의 손에 있는 한 물러설 수 없었다. 상대가 베버링이었다면 달랐을지도 모른다. 그러나 루이스에게는 물러서는 것만으로도 그의 승리를 인정한 거나 다름없었다.

*

나는 도착하는 순간까지도 그녀가 두려움에 떨고 있다는 것을 몰랐다. 그러나 나 역시 물러설 수 없다는 것만은 분명히 알고 있었다. 나는 얀의 새로운 버전을 들은 후 야닌 브레스테에 대해 진작 알려줬으면 좋았을 거라고 했다. 그랬더라면 루이스 앞에 바보처럼 멍청하게 서 있지는 않았을 거라고. 그러나 이미 엎질러진 물이었다.

얀은 이해해달라고 했다.

"당신한테는 말할 수가 없었어요, 그레타도 그렇고. 그 얘기를 들으면 날 어떻게 생각했겠어요? 여자가 세 명이나 죽었다구요. 그리고 그들이 죽을 때마다 내가 바로 곁에 있었구요."

"네 번이죠."

내가 말하자 얀은 어깨를 으쓱했다.

"네, 좋아요, 네 번이라고 해두죠. 그런데 내가 무슨 할말이 있겠어요? 억세게 운이 없는 놈이라구요?"

"내 느낌엔 그 여자들이 더 운이 없었던 것 같은데요."

얀은 고개를 끄덕였다. 그레타는 내가 원래의 편견대로 결론을 내리기 전에 주제를 바꾸어야겠다고 생각했다. 그러나 이제는 내 말에 반박조차 할 수가 없었다. 그것이 제일 큰 문제였다. 물론 이 말은 사건이 종료되고 한참 후에야 들었다. 그때까지는 내가 얀에 대한 자신의 사랑이 변함없다고 믿도록 내버려두는게 낫겠다고 생각했다는 것이다.

그레타는 전화로 이미 했던 질문을 다시 던졌다. 화제를 바꾸려는 것이었다. 루이스 아벨레가 여자의 이름을 어떻게 그토록 빨리 알아냈을까? 그건 아주 흥미로운 질문이었다. 그리고 그에 대한 대답도 준비되어 있었다. 그러나 그럴듯하게 들리진 않았다.

그 이름을 테스한테 들었을까? 우리가 알기로 그들은 린덴탈에서의 파티 이후로 다시 만난 적이 없었다. 테스는 결혼한 후 루이스와 헬라를 여러 번 초대했지만 번번이 퇴짜를 맞았다. 헬라에게 방송대본 작가나 할 일 없이 빈둥거리는 주부는 사교 대상이 되지 못했다.

비록 루이스가 테스와 이야기하는 걸 좋아하긴 했어도 테스가 얀의 작품에 나오는 장면을 이야기하기 위해 따로 전화를 걸 정도로 두 사람의 사이가 가깝진 않았다. 그러나 만약 테스가 그 소설이 단순한 허구 이상이라고 생각했다면……

"진짜 그래요?"

내가 묻자 얀은 세차게 고개를 저었다.

나는 그가 다시 한번 생각할 기회를 주기 위해 잠시 기다렸다. 그런 다음 말했다.

"뭘 믿고 뭘 믿지 말아야 할지조차 알 수가 없다니 마음이 편하진 않군요. 대개 의뢰인을 신뢰할 수 없을 때는 그 사건을 거부해버리는데. 이번 경우 나의 그런 원칙을 깨뜨린 건 순전히 그레타에 대한 사랑 때문이에요."

"알고 있어요."

얀이 대답했다.

"됐어요. 이제 잠시 우리 둘만 있게 해줘요. 그리고 늦었으니 그만 자도록 해요. 내일은 특별히 힘든 하루가 될 테니. 난 아직 그레타와 할 얘기가 남았어요."

그는 분노에 찬 눈빛으로 나를 한참 동안 노려보았다. 금방이라도 주먹을 날릴 것만 같았다. 입술이 일그러졌다. 비웃음인지 아니면 씁쓸함의 표현인지는 구분하기 어려웠다. 그는 자리에서 일어나더니 문가로 걸어갔다.

그러더니 다시 고개를 돌려 우리를 바라보며 중얼거렸다.

"내일 봅시다."

그러고는 발을 질질 끌며 침실로 갔다.

"문을 닫아줘요."

내가 그의 등에 대고 소리쳤다. 그는 순순히 따랐다.

"너무 자존심 건드리지 마."

그레타가 작은 목소리로 속삭였다.

"왜? 얀이 네 목이라도 자를까봐 겁나? 걱정하지 마, 오늘밤엔 내가 곁에 있을 테니까. 갈아입을 옷도 챙겨왔어." 그리고 잠시 뜸을 들인 후 다시 말했다. "얀에게 다른 변호사를 찾아보라고 권하는 게 좋겠어. 루이스가 물고 늘어질 테니 꼭 필요할 거야. 세상에, 루이스가 그렇게 화내는 건 처음 봤어. 전화에 대고 어찌나 소리를 지르는지 수화기가 날아가는 줄 알았어."

그건 결코 과장이 아니었다. 그는 내게 그따위 싸구려 속임수로 그레타의 '애완견'을 보호할 수 있을 거라고 생각하지 말라며 호통을 쳤다. 또 나더러 제정신이냐고, 그레타가 이미 오래 전에 이성을 잃어버린 걸 눈치 못 챘냐고도 했다. 그러곤 그레타에게 바바라 맥킨리나 야닌 브레스테 또는 테스(!)처럼 죽고 싶으냐고 물어보라고 했다.

그레타는 의자에 앉아 있었지만 여전히 안절부절못했다. 나는 그런 그녀를 의심스러운 눈초리로 바라보았다.

"지금부터 몇 분 안에 사랑으로 불타는 마음은 깊이 묻어두고 변호사의 냉철한 두뇌만 사용할 수 있어? 루이스가 그 여자들의 이름을 테스에게서 들었거나 소설 원고에서만 읽었다면 그렇게 흥분하진 않았을 거야. 그리고 얀의 말대로 두 여자가 경찰 기록에 사고사로만 기록되어 있다면 얀이 저렇게 불안해할 리가 없어. 경찰이 얀을 조사하지 않았다면 루이스가 왜 저러겠어? 도대체 경찰 기록에 뭐라고 되어 있었을까?"

그레타는 침실까지 소리가 새어나가지 못하도록 작은 소리로 말했다.

"디스켓은 가지고 왔어?"

서류가방에 디스켓이 박스째 들어 있었다. 우리는 얀의 컴퓨터 앞에서 오랜 시간을 보냈다. 우선 '렉'이라는 이름의 파일을 열었다. 그건 추측대로 일종의 명부였다. 이로써 모든 것이 분명해졌다.

안 야민-야닌 브레스테

그외에도 열 개가 넘는 이름들이 나열되어 있었다. 그중에는 데니스 바링어도 있었는데 그의 이름 뒤에는 '그냥 둔다'라고 적혀 있었다. 다른 이름들은 모두 여자 이름이었고 생년월일과 거주지, 사망일자와 함께 '원인 불명'이라고 되어 있었다. 맨 아랫줄에는 '나·악셀 베를레'라고 적혀 있었다.

나는 어이없는 얼굴로 멍하니 모니터를 쳐다보았다. 뒤에서 그레타가 힘겹게 숨을 몰아쉬고 있었다. 나는 의자에 앉아 있었고 그레타는 내 뒤에서 어깨 너머로 보고 있었던 것이다. 고개를 돌려 황당해하는 그녀의 얼굴을 바라보며 말했다.

"지금까지 수많은 바보들을 만났지만 이런 경우는 처음이야. 자기가 어떤 역할을 맡고 있는지도 기억 못 한단 말이야? 아니면 이런 식으로 자기가 어떤 놈인지 확인하고 싶었던 건가?"

"소설의 소재일 뿐이라고 잡아떼면 그만이야."

그레타가 힘없이 말했다.

"나도 내일 그렇게 말할 거야, 그레타. 그렇지만 루이스는 경험상 정신병자들이 일기를 쓰는 걸 자주 봤다고 말할걸. 일단 얀의 일기부터 읽어보자."

자정이 넘도록 도저히 상상하지 못할 정도로 끔찍하고 역겨운 이야기들을 읽어갔다. 그것은 온통 피와 폭력으로 얼룩져 있었다. 이따금씩 그레타는 역겨워서 오만상을 찌푸렸다. 그녀가 모르고 있었던 새로운 이야기도 많았다. 나중에는 지겨워져서 대충대충 훑어보았다.

모친 살해를 제외한다면 모두 일곱 건의 살인 사건이 다뤄지고 있었다. 일곱 명의 여자 희생자들에겐 한 가지 공통점이 있었다. 그것은 젊고 예쁘고 쾌활한 그 여자들이 모두 너무나 잔인한 방법으로 살해당했다는 점이었다. 얀이 그레타에게 읽기를 권했던 이야기들은 이에 비할 바가 못 되었다. 얀이 창조한 악셀 베를레는 연쇄살인범으로 피와 함께 튀어나오는 내장을 보면서 즐거워하는 미치광이였다. 잭 더 리퍼는 그에 비하면 불쌍한 고아소년에 불과했다. 그러나 얀은 워낙 주도면밀하고 실수하는 법이 없어서 단 한 번도 의심을 받지 않았다.

우리는 곧 이 이야기가 소설 초고와 아무런 공통점이 없다는 사실을 알아차렸다. 그리고 피곤한 눈으로 시계를 쳐다보았다.

"이제 그만 하자, 그레타. 이 정도로도 충분해. 내일 루이스가 혹시 이걸로 트집을 잡더라도 대답할 자신 있어."

"알았어."

그레타의 목소리는 침울하고 자신이 없었다.

"아니면 차라리 아무 말도 하지 말까? 자그마치 일곱 명이야. 이 이야기들이 모두 사실일지도 모른다는 의심이 조금이라도 든다면 차라리 루이스의 손에 맡기는 게 나을지도 몰라. 그리고 네가 진술 내용을 무효화한다면 틀림없이 봐줄 거야."

그레타는 초점 없는 눈으로 벽을 응시한 채 고개를 저었다. 그런 다음 두 손으로 얼굴을 가린 채 훌쩍이기 시작했다.

"그렇겐 못 해, 니클라스. 얀은 테스를 죽이지 않았어. 넌 내 말을 믿지 않았지. 내가 삼십 년간 자매처럼 지냈던 친구를……" 그레타는 말을 더듬었다. "사실은 테스의 부모님 댁에 가던 날 차에서 말했던 것과는 조금 달라…… 난 사무실에 오래 있었어. 보고서를 마무리짓느라고…… 정확히 언제 출발했는진 잘 모르겠어. 아마 네시 반쯤이었을 거야. 테스가 문을 열어주지 않았어, 흔히 있는 일이었지. 테라스에 누워 있었어. 얀이 집에 있을 줄을 몰랐어. 테스에게 네 제안을 전해줬지…… 정말이야. 그랬더니 막 웃는 거야. 그러면서 듣기 거북한 소리를 내뱉더라구."

그레타의 어깨가 바들바들 떨리고 있었다. 게다가 목소리가 너무 작아서 알아듣기 힘들었다.

"모든 걸 얀의 탓으로 돌렸어. 사디스트라고, 제대로 흥분하려면 꼭…… 더이상 듣고 있을 수가 없었어. 그런 얘기는 너한테서도 이미 충분히 들었으니까. 그래서 그만 하라고 했어. 그런데 말을 듣지 않는 거야. 그래서……"

떨림이 조금씩 가라앉으면서 그레타는 안정을 되찾아갔다.

"난 얀을 못 봤어. 그렇지만 얀의 행동으로 봐선 아마 날 본 것 같아. 어쩌면 창문으로 내 차가 오는 걸 봤을지도…… 내 느낌엔 그가 뭔가 알고 있지만 확신이 없는 것 같아. 그래서 내가 자백하도록…… 진짜로 테스가 죽기를 바란 건 아니야, 니클라스. 그냥 입을 다물게 하고 싶었던 것 뿐이었어. 테스가 새빨간 거짓말쟁이라는 걸 알았으니까. 그렇지만 술을 마시는 이유가 견뎌내기 위해서라는 말을 들었을 땐 뭘 믿어야 할지 정말 모르겠더라구. 왜냐하면 네가 항상……"

나는 아무 말도 해줄 수가 없었다. 그녀를 가만히 품에 끌어안았다. 그 순간 그레타가 담녀 가족과 함께 거실에 앉아 있는 장면이 떠올랐다. 테스는 내게서 호흡할 공기를 빼앗아버렸다. 그 다음엔 욕조 전시장이 떠올랐다. 둥근 욕조와 수십 개의 수도꼭지를 보며 즐거워하던 그레타. 그때 그녀가 "나 혼자 일어설 수 있어"라고 했던 말이 귓가에 생생했다. 나는 이젠 그럴 수 없다고 생각했다.
 지금까지와는 비교도 안 될 만큼 강한 죄책감이 들었다. 나는 강한 집착 때문에 그녀에게 칼을 쥐여준 셈이 됐고 그녀의 인생을 산산조각내버렸다. 강하고 꺾이지 않는 그레타 바레시를. 이제라도 얀이 어제 그레타가 고백했다는 내 말에 실마리를 얻어 그녀를 협박하려 든다면……
 그런 생각을 하자 난생 처음으로 무시무시한 두려움이 밀려왔다. 그레타를 영원히 잃어버릴지도 모른다는 두려움이.

12

 화요일 아침 아홉시에 우리는 루이스 아벨레의 사무실로 들어섰다. 그는 지시했던 것과는 달리 얀과 단둘만 있게 해달라고 요구하지 않았다. 게다가 함께 간 그레타까지 사무실에 있도록 해주었다. 어쨌거나 루이스의 주장대로 이건 그레타의 목이 달린 문제이기도 했던 것이다. 그러나 나는 무슨 일이 있어도 그레타가 변호사 자격증을 박탈당하는 일은 없도록 해야겠다고 결심했다.
 전날 밤 전화에 대고 퍼부었던 루이스의 분노는 조금도 누그러지지 않았다. 오히려 밤새 더 심해져서 그와 우리 사이를 거대한 연기 기둥처럼 막고 있었다.
 카라이스와 펠버트도 이미 와 있었다. 의자가 부족했다. 복도에서 의자를 하나 갖고 와서 모두가 자리에 앉은 다음에야 본격적인 심문이 시작되었다.
 처음에 루이스는 분노를 억누르려고 애쓰는 것 같았다. 그의 앞에는 세 뭉치의 서류가 놓여 있었다. 그중 두 뭉치는 서류였고 나머지 하나는 소설 원고였다. 루이스는 소설에 대해 먼저 언급했다.

이야기는 먼 과거로 거슬러올라갔다. 불가능하리라고 생각했던 일이 실제로 일어난 것이다. 얼마 전에 테스가—정확한 날짜는 기억나지 않지만 아마 4월 말이나 5월 초였던 것 같다고 했다—루이스를 찾아와 특이한 부탁을 했다는 것이다. 수년 전에 북독일에서 일어난 살인 사건을 조사해줄 수 있냐는.

테스는 그에게 맥킨리와 브레스테라는 이름을 알려주면서 수상한 구석이 있지만 그레타나 나에게는 말할 수 없다고 했다. 그런 말을 했다가는 두 사람 다 자기를 비웃을 것이 뻔하기 때문이라는 것이다. 그러나 삼 년 전부터 남편이 소설을 위해 준비하고 있는 일들이 실제 사건과 조금이라도 연관되어 있다면……

루이스의 설명에서 그도 처음에는 테스의 부탁을 심각하게 받아들이지 않았음을 알 수 있었다. 그 역시 테스가 과장해서 덧붙이거나 심지어 꾸며서 얘기하는 경향이 있다는 걸 알고 있었다. 그러나 곧 그런 자신을 나무랐다. 그는 오랜만에 테스를 만나게 된 것이 무척 기뻤고 그래서 기꺼이 부탁을 들어주기로 했다. 곧 이곳저곳으로 부지런히 전화를 돌리며 두 사건에 대해 알아보기 시작했다. 그런 다음 테스에게 전화를 걸어 두 사건 모두 별 문제 없이 종결되었다는 소식을 전하자 테스가 무거운 목소리로 한 번만 더 만나달라고 부탁했다. 그로부터 이틀 후 테스는 사무실로 찾아와 그에게 이백 페이지가 넘는 소설 원고와 명단을 보였다. 그러나 루이스는 그때까지도 테스가 걱정하는 까닭을 이해할 수가 없었다.

얀의 소설은 역겹긴 했지만 사실 더 끔찍하고 혐오스러운 소설도 많다. 루이스는 일례로 사드의 소설이나 들쥐로 온갖 생체실험을 하던 근세의 유행에 대해 장황하게 설명했다. 나는 루이스가 그런 이야기를 자세히 늘어놓는 이유가 뭘까 생각해보았다. 분명 우리 앞에서 풍부한 교양을 뽐내려는 것은 아닐 것이다. 그는 테스에게 이런 식의 소재가 요즘 작가들 사이에서 유행인 것 같다고 말했다.

그런 말을 하는 사이 루이스의 태도가 조금씩 변했다. 목소리는 더 이상 크지도 날카롭지도 않았다. 대신 얼음처럼 차가웠다. 카라이스와 펠버트는 루이스가 그 다음에 무슨 말을 할지 이미 알고 있는 것 같았다. 마치 메시아로부터 새 복음을 기다리는 충실한 신자처럼 루이스의 입술을 뚫어지게 바라보고 있었다. 그레타는 긴장된 얼굴로 앉아 있었다. 얀은 그 방 안으로 들어선 순간부터 밀랍인형처럼 표정이 굳어버렸다.

그는 불안한 기색을 감추려고 애썼다. 그러나 아침식사 때부터 나는 그가 불안해한다는 것을 눈치채고 있었다. 그를 어린아이처럼 침실로 쫓아내버린 건 내 실수였다. 그러나 집을 나서며 그에게 이런 말을 한 건 더욱 큰 실수였다. "무슨 말을 하든 조용히 있어요. 내가 다 알아서 할 테니."

그는 더이상 우리를 믿지 않았다. 어쩌면 그러는 게 당연했다. 우리는 그가 정말 잠들었는지 확인도 하지 않고 밤새도록 그와 그의 운명을 협상하기 위해 떠들어댔으니까. 침실 문이 닫혀 있긴 했지만 엿들으려고 마음만 먹는다면 얼마든지 가능했다. 그러므로 그가 우리 얘기를 얼마나 들었는지 알 수 없는 일이었다.

루이스는 마침내 본론으로 들어갔다. 나-악셀 베를레! 그건 내가 준비한 키포인트였다. 그러나 내가 변론을 하기 위해 숨을 들이마시기도 전에 얀이 먼저 자신의 행동에 대해 흠잡을 데 없이 논리적인 해명을 제시했다. 노련한 심리학자라 할지라도 진실성을 의심할 수 없을 만큼 완벽했다.

그가 소설을 쓰게 된 최초의 동기는 죄책감과 그때의 상황이 달랐더라면 어땠을까 하는 발상에 있었다. 당시 자신의 죄를 솔직하게 털어놓았더라면 최소한 아버지는 구할 수 있었을 것이다. 아무도 네 살짜리 아이에게 어머니의 죽음에 대한 죄를 책임지라고 요구할 수는 없었다. 소년원에 감금시킬 수조차 없는 나이였다. 따라서 얀의 자백은 아버지를 감옥에서 구했을 뿐만 아니라 그의 자살도 막을 수 있었을 것이다. 또 그랬더라면 그 이후에 얀이 그런 악몽 같은 경험도 겪을 필요가 없었을 것이다.

그는 할말이 더 많았다. 그러나 루이스는 못마땅한 듯 손짓을 하며 그의 말을 가로막았다.

"어차피 당신 말은 아무도 믿지 않았을 거요, 틴너 씨. 일반적으로 네 살짜리 아이가 무섭다고 칼을 집어들진 않아요. 게다가 목이 제일 약한 부분이라는 것을 어린애가 어떻게 알겠소?"

얀은 엄마가 자주 불렀던 노래를 흥얼거렸다. 늑대와 양에 관한 노래, 가사는 이랬다. '양의 목을 물어라. 양을 물어 죽여라.'

그러나 루이스는 얀의 엄마에 관한 이야기를 단호하게 잘라버렸다. 목소리를 높이지 않았음에도 불구하고 방 안 분위기는 금세 험악해졌다. 그는 다시 한번 두 여자의 이름을 거론했다. 바바라 맥킨리, 야닌 브레스테!

"두 여자의 시체를 부검한 결과 여러 가지 이상한 점이 발견됐소. 여기 그 보고서가 있어요."

루이스는 두 개의 서류를 가리켰다.

"그 친구들이 왜 이 서류들을 꼼꼼히 살펴보지 않았는지 나로선 의문이오. 예를 들어 맥킨리의 두개골에 금이 가 있는데 이건 교통사고에선 흔치 않은 경우지. 내가 보기엔 뾰족한 물건으로 내려친 것 같단 말이오. 게다가 맥킨리의 손가락이 모두 부러져 있었소. 양손 모두. 여덟 개씩이나 말이오, 틴너 씨. 다시 말해 여자는 단순한 사고로 죽은 게 아니었소. 잔인한 복수가 틀림없어. 당신의 소설을 보면 조시가 손으로 바링어를 흥분시키는 장면이 나오지, 그래서 화가 난 베를레가 그녀를 뒷좌석으로 잡아당기고."

그레타는 숨이 막히는 것 같았다. 손으로 목을 감쌌다. 루이스도 그런 그레타의 모습을 놓치지 않았다.

"브레스테의 경우도 별로 다르지 않았소. 야닌 브레스테가 죽은 날 당신도 그 집에 있었죠? 그녀의 몸에서 상처들이 발견됐소, 진실을 말해주는 중요한 단서지. 부러진 갈비뼈. 침대에서 가만히 잠을 자던 여자의 갈비뼈가 왜 부러졌을 거라 생각하시오?"

얀은 어깨를 으쓱했다.

"저도 모르죠. 전 의사가 아니니까요."

"그렇다면 내가 대신 설명하리다. 남자가 강제로 성행위를 하기 전이나 하고 난 후에 무릎으로 갈비뼈를 쳤던 거요. 그리고 야닌 브레스테가 죽기 바로 직전에 당신과 잤다는 사실은 이미 증명되었소. 당시 진술에 따르면 당신은 영화를 보기 위해 침실에서 나갔다죠? 그런데 거실에서 깜빡 잠이 들었고 깨어나보니 집 안이 온통 연기로 자욱했다고요?"

루이스는 그레타가 자기 말을 귀 기울여 듣고 있는지 확인하려는 것처럼 줄곧 그녀의 행동을 주시했다.

"이제 그 진술에서 이상한 점을 말해보겠소. 일반적으로 집에 불이 나면 잠을 자고 있던 사람은 깨어나기 어렵소. 연기가 자욱해지기 전에 질식해버리거든. 반대로 남자가 불이 나던 순간에 깨어 있었고 군대에서 사용하던 가스마스크를 쓰고 있었다면 최후의 순간까지 기다리는 게 가능하지."

루이스는 대학 강사처럼 검지손가락을 들었다.

"야닌 브레스테는 살해된 거요! 바로 당신 원고에 자세한 내용, 특히 갈비뼈를 발로 차는 부분이 나와 있지. 게다가 야닌 브레스테가 사건 이틀 전에 당신을 집에서 쫓아낸 것도 썼더군요. 야닌 브레스테의 친구가 야닌과의 통화 내용을 기억하고 있었소. 그때 야닌이 당신을 쫓아냈다고 말했다는 거요. 그런데 이웃 사람들은 아무도 그 사실을 모르고 있었기 때문에 그녀의 말이 심각하게 받아들여지지 않은 거지."

루이스는 심호흡을 했다.

"당신은 그밖에도 다섯 명의 여성이 살해되는 이야기를 썼더군요. 곧 그 여자들의 이름을 연방범죄수사국에 보낼 작정이오. 어쩌면 더 많은 단서를 얻을지도 모르지."

"일부러 수고하실 필요 없어요. 모두 원인 불명의 사건들이니까요. 경찰서에서 소스를 얻었어요. 소설을 쓰는 데 필요하다고 했더니 아주 친절하게 가르쳐주더군요. 제게 서류까지 보여줬어요. 물론 이름과 세부사항들을 그대로 사용하지 않겠다고 약속했죠."

"검시 보고서를 볼 수 있을까요?"

내가 물었다.

"그건 안 되겠네. 오늘의 주제는 이 서류들이 아니니까."

"제 생각은 좀 다른데요."

"난 그저 서류의 내용과 소설이 서로 일치한다는 사실을 보여주고 싶었던 것뿐이야. 이걸 재판에서 사용할 생각은 없네. 재판에선 이번 사건만 다룰 거야. 이번 사건도 소설에서 언급되고 있으니까. 칼을 찌른 위치에 대해 아주 자세히 씌어 있었다고 하던데. 아쉽게도 그 부분은 지워져버렸어."

그러고는 그레타를 향해 고개를 돌리며 물었다.

"자네가 그렇게 하라고 시켰나? 이번 소설에서 자네가 턴너 씨의 법적 자문이라면서?"

그의 입술이 일그러졌다. 경멸의 표정을 지으려고 했지만 결과적으로는 분노와 어찌할 수 없는 무기력함이 뒤섞인 표정이 되어버렸다. 그도 그럴 것이 뚜렷한 증거도 없이 그저 미친 듯이 여기저기 들쑤셔대는 것 말고는 할 수 있는 일이 아무것도 없다는 걸 그는 잘 알고 있기 때문이었다.

"아주 화려한 경력을 갖게 되겠군. 범죄자의 법적 자문에서 살인 사건의 알리바이 증인까지 맡게 됐으니. 자네 진술은 아주 흥미로웠어. 그런데 말이야, 혹시 테스가 죽을 때 자네가 곁에 있었던 건 아닌가 하는 생각이 들었네. 어떤가? 그 장면을 지켜봤나?"

"상관없는 일에 시간 낭비 마시고 금요일 낮에 테스와 함께 있었던 남자나 좀 찾아보시는 게 어때요? 테스가 그날 세시 반에 통화한 것도 그 남자 같은데."

그레타가 대답하려는 순간 내가 먼저 말했다.

루이스는 그저 미소만 짓고 있었다. 나는 그의 반응을 무시한 채 계속 말했고 카라이스가 '선을 넘었다'고 표현한 것에 대해 설명했다. 그러자 루이스의 얼굴에서 미소가 사라지며 자제력을 잃고 말았다.

"그런 사람들 사이에서 '정상'이라고 하는 게 어떤 건지 어떻게 알지? 혹시 개인적인 경험이라도 있나? 아니라구? 그럴 줄 알았네. 그렇다면 어떤 게 '선을 넘는 건지' 자네가 판단할 일이 아니야. 이번 사건은 그런 것과는 아무 상관 없어. 내가 자네들 말만 믿고 존재하지도 않는 유령을 쫓아다닐 것 같은가? 천만에. 이번 사건은 너무나 분명해."

이제 그는 분노와 조소가 뒤섞인 목소리로 말했다.

"범인은 바로 내 앞에 있어. 그레타가 융통성 없는 강력반 형사의 눈은 흐릴 수 있을지 모르지만 난 어림없지."

그는 집게손가락을 앞으로 내밀어 얀을 지목했다.

카라이스는 호기심에 찬 눈으로 나를 힐끔 바라보았다. 내가 루이스에게 반박하지 않는 것이 이상한 모양이었다. 그는 강력반 형사로서의 위치를 과감하게 접었다. 게다가 펠버트는 처음부터 제삼자인 양 앉아 있었다. 그레타가 반박하려고 입을 여는 순간 얀이 자리에서 벌떡 일어났다.

"이제 그만 해요. 연기하는 것도 이젠 신물나. 아무도 내 알리바이를 조작할 필요 없어요. 그레타는 이게 모두 나를 위한 일인 것처럼 했지만 사실은 나 때문이 아니에요."

"그럼 그 시각에 그레타와 함께 있었던 게 아니란 말이오?"

갑자기 루이스의 태도가 지나치게 상냥해졌다.

"그래요! 전 작업실에서 일을 하고 있었어요."

얀이 세차게 고개를 저으며 대답했다.

그러나 돌변한 루이스의 태도는 속임수일 뿐이었다. 그는 얀이 금요일의 일과와 그레타와의 약속에 대해 설명하는 것을 들으면서 그가 더듬거리며 말실수를 하고 두서없이 횡설수설하는 모습을 주의 깊게 관찰했다. 얀은 소설을 쓰게 된 동기에 대해 말할 때와는 달리 자신감을 완전히 잃고 있었다.

"날 갖고 놀도록 내버려두진 않겠어. 당신들 모두 한통속이야. 당신들은 아무도 진실에 대해 관심이 없잖아! 아무도! 그렇지만 판사가 뭐라고 할지는 두고 보자고. 날 법정에 세워줘, 아벨레 씨. 제일 먼저 옷을 벗어야 할 사람은 바로 당신이야."

그는 울먹이는 목소리로 말하며 집게손가락으로 루이스를 가리켰다.

"생각만 해도 벌써 즐거워지는걸. 부장검사가 희생자와 개인적인 친분이 있는데다가 주 용의자와는 절친한 친구라는 사실을 판사가 알게 되면 뭐라고 할지. 이건 불공평해."

루이스는 주름진 얼굴로 미소를 지었다.

"흠, 물론 당신 집에 한 번 손님으로 초대된 적이 있었고 그때 당신 아내를 보고 매력적이라고 생각한 건 사실이오. 그렇다고 해서 당신 아내와 절친한 친구 사이라고 할 수는 없는 거 아니겠소? 당신 생각은 다른가요?"

"더이상 날 바보 취급하지 마."

얀은 큰 소리로 울부짖었다.

"용의자는 내가 아니야. 용의자는 바로 니클라스야, 그레타도 다 알고 있단 말이야. 그 때문에 그레타는 밤새도록 울었어. 내가 니클라스의 차를 본 줄 알고. 도저히 견딜 수가 없댔어, 너무너무 두렵다고."

얀은 우리의 말을 엿들었지만 제대로 알아듣지 못한 것이다. 그러나 안도의 숨을 쉬기엔 아직 일렀다.

*

루이스는 심각한 얼굴로 나를 바라보았다. 나는 금요일 오후에 어디서 뭘 했는지 자세히 얘기했다. 그러자 그는 그만 하라는 듯 신경질적으로 손을 내저었다. 자기 아내가 내 알리바이의 증인이라는데 더 무슨 말이 필요하겠는가? 펠버트는 차마 듣고 있기가 민망한 듯 시선을 아래로 떨구었다. 카라이스는 뭐라 정의 내릴 수 없는 수수께

끼 같은 눈빛으로 날 힐끗 본 뒤 얀에게로 눈길을 돌렸다.

동정하는 눈빛이었는지 모르겠다. 아니면 융통성 없는 형사라는 표현에 은근히 화가 났는지도, 또는 루이스의 생각이 마음에 들지 않았거나 갑자기 내 차와 그레타의 차가 같은 종이라는 사실이 떠오른 걸까? 그도 저도 아니면 그냥 어리둥절했던 걸까? 정말이지 알 수 없었다.

"됐어요, 틴너 씨. 그 얘기는 나와 둘만 있을 때 다시 합시다. 이제 그만 진정하시오."

카라이스는 얀에게로 다가가 어깨에 손을 얹으며 말했다. 그런 다음 루이스에게로 고개를 돌렸다.

"제 생각엔 우리가 쫓고 있는 것은 유령이 아닙니다, 아벨레 검사님. 그렇다고 희생양을 찾는 건 더더욱 아니구요. 전 다만 그 남자가 누구인지 알고 싶을 따름입니다. 어쨌거나 틴너 부인을 마지막으로 본 사람이니까요. 사건이 나던 시각에 그 남자도 정확한 알리바이가 있는지 조사해봐야죠. 자, 이제 그 얘기는 그만하고 보석이나 보실까요?"

나는 불쑥 끼어든 카라이스에게 루이스가 화를 낼 거라고 생각했다. 그러나 그는 입을 다문 채 묵묵히 책상 서랍을 열어 보석함을 꺼냈다. 보석함은 견고한 금속으로 되어 있었고 윗 부분의 움푹 팬 곳에 손잡이가 달려 있었다. 그리고 그 속에 열쇠가 들어 있었다.

루이스는 열쇠를 자물쇠에 꽂아 반 바퀴를 돌린 후 뚜껑을 열었다. 그런 다음 보석을 하나씩 꺼내 얀이 잘 볼 수 있도록 책상 위에 펼쳐 놓았다. 보석을 하나씩 꺼낼 때마다 두 가지 질문이 이어졌다. "이걸 보신 적이 있습니까?" 또는 "당신이 부인께 선물했소?" 그러나 루이스의 목소리에서 이것이 모두 시간 낭비일 뿐이라고 여기는 그의 생각이 똑똑히 전달되었다.
　얀은 조금씩 안정을 되찾았다. 처음 질문에 그는 '네' 라고 대답했다. 그러나 그 다음으로 이어지는 질문에는 모두 '아니오' 라고 했다. 루이스가 마지막 보석까지 모두 꺼내고 그때마다 아니오라고 대답한 얀은 슬픈 눈으로 보석들을 바라보았다.
　"진주반지는 진짜 팔아버렸군요. 말로만 그러는 줄 알았어요. 나한테 양심의 가책을 느끼게 하려고."
　나는 책상 위에 늘어놓은 보석들을 보곤 당황하며 카라이스를 쳐다보았다.
　"어제는 분명히 진주반지가 있었어요. 상당히 큰 진주알이 박혀 있었는데. 어제 분명히 봤다구요. 형사님도 분명히 보셨을 겁니다. 그렇지 않나요?"
　카라이스는 무심한 얼굴로 보석들을 쓱 훑어보더니 어깨를 으쓱 했다. 그도 진주로 된 어떤 것이 있었던 것 같다고 했다. 그러나 확실하지는 않다는 것이다. 대신 은행에서 보석함을 열었을 때 에메랄드 팔찌와 고양이 머리 모양에 눈에는 에메랄드가 박혀 있는 귀걸이 그리고 다이아몬드가 박혀 있는 백금 목걸이가 유난히 눈에 띄었노라고 했다.
　그러자 루이스는 귀찮다는 듯 손을 내저었다.
　"그렇다면 그 반지는 테스가 팔아버렸나보군."
　"아니에요. 전 똑똑히 봤어요. 어제 이후로 보석함을 누가 보관했죠? 밤새 저 책상 안에 있었습니까? 열쇠와 함께? 아니면 금고에 따로 넣어두셨습니까?"
　마지막 질문은 카라이스를 향한 것이었다.
　그러자 얼굴이 벌겋게 달아오른 그가 큰 소리로 따지기 시작했다.

"지금 날 의심하는 거요?"

"당신을 의심하는 것이 아닙니다. 그냥 물어본 것뿐이에요."

"여기 됐어. 카라이스 형사가 어제 오후 늦게 보석함을 갖고 왔더군. 곧장 이 서랍에 넣었지. 물론 서랍을 잠갔고 열쇠는 내가 갖고 있었네. 서랍의 열쇠구멍이 파손된 흔적은 없는 것 같은데. 이리 와서 직접 볼 텐가? 아니면 내가 그 보석함에 있던 물건에 손댔다고 생각하는 건가?"

카라이스 대신 루이스가 대답했다.

나는 잠시 뜸을 들인 후 천천히 고개를 저었다. 루이스는 그 정도면 충분하다고 생각하는 것 같았다. 보석에 시선을 고정시킨 채 손으로 얼굴을 쓱쓱 문질렀다.

"이제 모두 여기서 나가주게."

루이스가 말했다.

"잠깐만요. 전 언제 집에 보내주실 거죠?"

얀이 묻자 루이스가 카라이스를 쳐다보았다. 카라이스는 가만히 고개를 끄덕였다.

"언제든지 가도 좋소."

루이스가 말하며 그레타에게 시선을 돌렸다.

"자네는 나와 잠시 얘기 좀 하세."

"무슨 얘긴데요?"

"들어보면 알아."

얀은 방에서 나갔다. 펠버트와 카라이스도 문가로 걸어갔다. 나는 망설이며 그들의 뒤를 따랐다. 그레타를 혼자 남겨두는 것이 불안했다.

몇 분 후에 그레타가 복도로 나왔을 때 나는 카라이스와 함께 있었다. 펠버트는 자진해서 얀을 린덴탈로 태워주겠다며 가버렸다. 물론 그전에 그레타의 집에 들러서 얀의 물건을 가져가겠다고 했다. 나는 펠버트에게 내가 갖고 있던 열쇠를 건네줬다. 그레타가 왜 그랬냐고 따져묻진 않을 거라고 생각했다.

우리는 사라진 반지에 대해 이야기하고 있었다.

"아벨레 검사님에게 보석함을 넘겨주기 전에 그 안에 있던 내용물의 목록을 만들어놓지 않았습니까?"

내가 카라이스에게 물었다.

"그렇소. 미처 만들지 못했소. 아벨레 검사가 빨리 갖고 오라고 재촉했거든. 게다가 나도 어차피 부장검사에게 넘겨주는 거니까 굳이 그럴 필요가 없을 거라고 생각했고."

"부장검사건 누구건 간에 그건 근무태만에 해당됩니다. 결국 곤란한 건 형사님이잖아요. 은행에서 보석함을 열었을 때 분명히 반지가 있었어요. 백 퍼센트 확실하다구요."

카라이스의 얼굴이 또다시 울그락불그락했다. 그러더니 얀의 해명에 대해 한마디도 언급하지 않은 채 서둘러 가버렸다. 뻣뻣하게 굳은 자세로 계단을 내려가는 모습이 보였다.

우리는 잠시 그대로 서 있었다. 나는 루이스의 사무실 문을 물끄러미 바라보며 말했다.

"루이스가 뭐래?"

그러자 그레타는 애처롭게 웃었다.

"서류다발을 두드리면서 그러더군. '꼭 놈의 덜미를 잡고 말 거야, 그레타! 이 사건들 말고. 이건 어차피 너무 오래 돼서 증명이 불가능해. 그렇지만 테스의 죽음에 대한 책임은 반드시 묻겠어! 범인은 놈이 분명해. 네가 계속 그를 감싸려고 돈다면 불쌍한 건 네 아버지야.

너 같은 딸의 학비를 벌려고 그렇게 고생하시다니. 감옥에서 나오면 청소부 자리나 알아봐. 무슨 일이 있어도 절대로 변호사 사무실에선 일하지 못하게 할 테니까.'

"그만 가자."

나는 그레타의 팔을 감싸며 말했다.

"진주로 된 건 그 반지 하나밖에 없었어. 그래서 내 눈에 띄었던 거야. 안 그랬다면 내가 잘못 봤나 생각할 수도 있었겠지만."

계단을 내려오면서 내가 말했다.

"네가 언제 실수했다고 인정한 적 있었어?"

그레타는 그때까지 내게 그 반지가 뒤셀도르프에 있는 보석 가게에서 특별 주문된 것이라는 말을 하지 않았다. 일부러 숨기려고 했던 건 아니고 미처 그 생각을 하지 못한 것뿐이었다. 그러나 그레타 역시 카라이스가 전혀 기억을 못 한다는 것이 이상하다고 생각했다. 그렇다고 자기가 의심받을 것이 뻔한 일에 손을 댈 정도로 멍청한 타입은 결코 아니었다. 또한 루이스도 그런 방법으로 헬라의 선물을 마련해야 할 정도로 궁핍하지 않았다.

"이제 어떡한다? 카라이스를 궁지에 몰아넣을 수 있는 절호의 기회인데. 아니면 루이스냐. 그러면 이 사건은 도로 베버링이 맡게 될 거야. 그렇지만 이런 상황에서 베버링하고 상대하는 게 더 유리한지는 솔직히 잘 모르겠어. 베버링도 루이스만큼이나 서류를 꼼꼼히 살피는 타입이니까. 그 다음 가능성은 그냥 모르는 채 내버려두는 거야. 어차피 별로 득이 될 것 같지도 않으니까."

그제야 그레타는 뒤셀도르프에 있는 보석 가게 얘기를 꺼냈다. 그러자 갑자기 모든 상황이 달라져 보였다.

*

 사무실로 돌아온 후에도 한동안 사라진 반지의 행방에 대해 생각하느라 잠시나마 본 사건을 잊을 수 있었다. 그러나 그건 아주 잠시뿐, 머릿속에서 완전히 사라지지는 않았다. 우리 둘 다 얀이 지난 밤에 엿들은 이야기를 펠버트에게 얘기하지 않을까 걱정하고 있었다.
 그레타의 집에 도착했을 때는 이미 일곱시가 넘어 있었다. 내 열쇠는 복도에 있는 키 낮은 장 위에 놓여 있었다. 열쇠를 집어 열쇠꾸러미에 도로 끼웠다. 얀은 없었고 그의 컴퓨터와 디스켓 역시 사라져버렸다. 빨랫감과 옷도 마찬가지였다. 그 어디에도 얀이 그레타의 집에 머무른 흔적은 없었다. 마치 금요일의 일이 꿈이었던 것처럼.
 그레타는 차라리 꿈이기를 바랐다. 그리고 얀이 그 순간에 무엇을 하고 있는지는 생각하지 않기로 했다. 테스도 잊으려고 했다. 그러나 결국 저녁 내내 그 이야기만 했다. 놀란 눈빛, 매끈한 피부 위로 번진 핏자국, 자신의 손에 쥐여져 있던 칼, 믿을 수 없는 일, 혼란스러운 생각들.
 "사실이 아닌 것 같아. 내가 그랬을 리가 없어. 어떻게 테스한테 그런 짓을 할 수 있겠어? 이것도 모두 테스가 꾸며낸 이야기일 뿐이야. 아니면 얀의 소설에 나오는 이야기든지."
 갈비뼈 아래에서 비스듬하게 위로 찌른 칼자국. 바바라 맥킨리의 부러진 손가락. 야닌 브레스테의 부러진 갈비뼈.
 "니클라스, 내가 도대체 무슨 짓을 한 거지? 누굴 위해 그런 걸까?"
 그레타는 루이스에게 맥킨리와 브레스테에 관한 자료들을 보여달라고 우겼어야 했다고 말했다. 그게 거짓말이 아니라면, 부러진 손가락과 갈비뼈 이야기를 얀의 소설에서 읽은 게 아니라면……

"여기 있어줄래?"

그레타가 물었다. 나는 고개를 끄덕이곤 침대에 새 시트를 씌우는 것을 도와주었다. 그런 다음 그녀 곁에 누웠다.

"한번 생각해봐. 지금 묻진 않을게. 걱정하지 마. 생각만 해보란 거야."

"뭔데?"

"혹시 세금 몇푼 아낄 마음 있어?"

"그건 별로 효과적이지 못해. 세금을 적게 내려면 더 나은 방법도 많아. 그리고 루이스가 곰곰이 생각해본 결과 결국 나밖에 없다는 결론을 내리게 되면……"

그레타는 전등 스위치를 껐다. 순식간에 방이 컴컴해졌다. 딱딱하게 굳은 얼굴로 책상 위에 놓인 보석을 뚫어지게 바라보던 루이스의 모습이 떠올랐다. 테스가 퍼뜨린 수많은 거짓 이야기들 중에 만약 하나라도 거짓이 아닌 것이 있다면, 가령 뒤셀도르프에 있는 보석 가게에서 특별 주문을 했다는 반지 이야기가 사실이라면……

사라진 반지는 이제 딱 한 사람에게만 의미 있는 물건이다. 바로 그 반지를 주문한 사람, 즉 맨디 아버지. 그런 생각을 하다가 나도 모르게 잠이 들었다.

그 다음날 아침은 어쩐지 일상적이고 평범하며 친숙하게 느껴졌다. 아침식사 시간의 대화. 얼마나 자주 이렇게 단둘이 마주 앉아 사건에 대해 의논하다가 증거물의 가치에 대해 논쟁했던가?

"그 잘난 마초를 잡을 수 있는 증거물을 손에 넣어서 한 손으로 그를 꺾어버릴 수 있도록 해보자. 항상 그러고 싶어했잖아?"

마지막으로 커피 한 모금을 마시고 내가 말했다.

최소한 한 번만이라도 그녀의 꿈이 이뤄지기를 나는 진심으로 바랐다. 우리는 여덟시 반에 집을 나섰다. 그레타는 사무실로, 나는 옷을 갈아입기 위해 마리엔부르크로 향했다. 사무실에 도착하자 새로운 뉴스가 그레타를 기다리고 있었다. 비서가 그녀에게 메모해놓은 쪽지를 내밀었다. '아벨레 검사님께서 사무실로 와달라고 청하셨어요.' 아마 루이스는 '청한 게' 아니라 '명령' 했을 것이다. 물론 그레타는 그 전갈을 무시해버렸다.

반지에 대한 생각이 머릿속에서 떠나지 않았다. 뒤셀도르프에 있는 보석 가게를 찾는 데는 시간이 필요했는데 우리에겐 그럴 여유가 없었다. 게다가 그 진주반지가 중요한 증거물이 될 거라는 확신도 없었다. 그러나 나는 금요일 오후에 그레타가 루이스를 찾아갔다가 중요한 약속이 있다면서 홀대 당한 일을 똑똑히 기억하고 있었다.

우리는 다시 한번 금요일에 있었던 일을 하나하나 확인해나갔다. 존재하지도 않는 유령을 쫓거나 애꿎은 희생양을 찾아내는 데 협조하지 않겠다는 루이스의 뜻을 나는 분명히 알아들었다. 누구나 자기가 한 일과 하지 않은 일은 잘 아는 법이다.

오후에는 혼자 린덴탈에 갔다. 그레타는 가고 싶어하지 않았다. 벨을 눌렀지만 기척이 없었다. 다시 한번 벨을 누른 다음 아예 엄지손가락으로 벨을 꾹 누른 채 기다렸다. 그러자 위층 작업실에서 얀의 고함 소리가 들렸다.

"누가 이렇게 시끄럽게 하는 거야?"

그리고 일 분쯤 흘렀다. 그러자 얀이 창문 밖으로 몸을 내밀며 나를 향해 빈정거리는 투로 말했다.

"아, 당신이었군. 무슨 일입니까?"

"당신과 얘기할 게 있소."

"난 할 얘기 없습니다. 그럴 시간도 없고요."
"얀, 어서 문 열어요. 중요한 일이란 말이오."
"그럼 잠깐 기다려요. 지금 중요한 일로 통화중이니까."
그는 나를 오 분 정도 더 밖에 세워두었다. 그런 다음 문을 열었다.
"미안해요. 담당 피디와 통화중이었거든. 그냥 끊어버릴 수가 없어서. 피디한테 '문 밖에 내 아내를 죽인 남자가 와 있어요, 나한테 죄를 뒤집어씌우려고 자기 동거인까지 대동하고 왔어요'라고 말할 순 없잖아요."
"난 테스를 죽이지 않았어요. 이제 들어가도 됩니까?"
나는 그의 빈정거림에도 아랑곳하지 않고 침착하게 말했다.
그러나 그는 그럴 생각이 없는 것 같았다.
"나도 마찬가지예요. 그리고 바비와 야닌도 내가 안 죽였어요."
"들어가게 해줘요, 얀."
그는 고개를 젓긴 했지만 결국 문에서 한 발짝 물러나 내가 지나갈 수 있도록 해주었다. 그런 다음 문을 닫고 문에 등을 기댔다.
"혹시 내가 어제 펠버트한테 무슨 얘기를 했는지 물어보러 온 거라면 그냥 돌아가요. 그 사람의 관심은 당신이나 그레타가 아니니까. 그는 범인이 맨디 아빠라고 생각해요."
그러더니 갑자기 지친 듯이 손을 내저었다.
"테스를 당장 쫓아냈어야 했어요. 바람피운다는 걸 알아차리자마자 친정으로 돌려보냈어야 했다구요."
그는 느릿느릿한 동작으로 이마를 쓰다듬으며 씁쓸한 웃음을 지었다.
"그런데 문제는 그녀를 사랑했다는 거예요. 그리고 맨디를."
그는 고통스러운 기억이 되살아나는 듯 나의 시선을 외면한 채 고개를 끄덕였다.
"맨디를 내 딸로 입양하려고 했어요. 그런데 테스는 그런 나를 비웃더군요. 나한테 한마디 말도 없이 맨디를 친정으로 데리고 가버렸어요. 그게 나한테 얼마나 치명적인 일인지 알면서 일부러 그런 거죠. 못돼먹은 년. 그녀의 몸에 있는 뼈를 모조리 부숴버리는 상상을 수없이 했어요."
그는 허탈한 웃음을 터뜨렸다.
"정말 재밌었을 텐데. 안 그래요? 뼈를 하나씩 부러뜨릴 때마다 그녀가 신음하는 거예요. '계속 해요, 계속. 좋아. 당신 정말 멋져요.' 펠버트도 그러더군요. 꽤 말이 잘 통하는 친구예요. 그는 내가 위층에 있었건 아니면 외출을 했건 차이가 없다고 했어요. 내 헤드폰을 끼곤 나더러 벨을 눌러보라더군요. 그래서 시키는 대로 했죠. 온 집 안이 경보장치를 건드린 것처럼 요란했어요. 그런데도 그는 아무 소리도 못 들었답니다."
잠자코 그의 말을 경청했다. 그가 말을 하면 할수록 조금씩 더 그럴듯하게 들렸다. 어쩌면 테라스에서 벌어지고 있던 그 비극적인 사건에 대해 정말 몰랐을 수도 있겠다는 생각이 들었다. 또 창문 밖으로 그레타의 차가 도착하는 것을 못 봤을 수도 있다. 그러나 확실하진 않았다. 그는 교활한 여우 같았고 그래서 갑자기 결정적인 단서를 생각해내거나 사건의 정황을 혼자 끼워맞추는 것도 가능했다.
"날 위해 해줘야 할 일이 있어요. 요아힘과 산드라를 설득해서 맨디를 데려와요. 난 그애가 필요해. 내 곁에 두고 싶단 말이야. 그래줄 수 있나요?"
그가 갑자기 날카로운 목소리로 말했다.
"노력해보죠."

그는 슬픈 얼굴로 미소를 지었다.

"거기 소파 좀 봐요. 한번은 맨디가 초콜릿이 잔뜩 묻은 손으로 그 위에 앉았죠. 그날 테스가 그걸 닦느라 얼마나 고생을 했던지."

그러더니 갑자기 미소가 사라지며 얼굴이 굳었다.

"난 파출부를 부르자고 했지만 테스는 집에 낯선 사람이 들어와 서랍을 기웃거리는 게 싫댔어요. 쳇, 어쨌거나 이젠 파출부도 내 마음대로 부를 수 있겠군요. 그렇지만 저 소파는 건드리지 못하게 할 거예요. 집 안에 아이가 있다보면 소파가 더러워지는 건 당연한 거라구요."

나는 거실 쪽으로 몸을 돌려 소파를 힐끗 쳐다보았다. 아주 잠깐이었다. 이 집에 온 것은 맨디의 흔적을 찾기 위해서가 아니었다. 내가 온 건 새털만큼의 희망이 보였기 때문이었다.

소파 위에는 이름 모를 숭배자에게서 받은 결혼 선물이 걸려 있었다. 나는 카메라를 갖고 있었다. 몇 년 전에 내 동생이 스냅사진을 즐겨 찍던 폴라로이드 즉석카메라였다. 아직 꽤 쓸 만했다.

내가 카메라로 그림을 찍는 동안 얀은 계속해서 맨디에 대해 얘기했다. 맨디가 돌아오면 그애와 어떻게 살고 싶은지 계획을 늘어놓았다. 작업 시간을 줄이고 대신 맨디와 더 많이 놀아줄 거라고 했다. 자기는 어릴 때 제대로 놀아본 적이 없다면서.

"아이의 아빠가 된다는 것에 대해 상상해본 적이 있나요?"

"아뇨, 직업상 그레타가 아이를 갖는다는 건 무리죠. 안타깝게도 인생에서 모든 걸 누리고 살 순 없는 것 같습니다."

"아이들은 삶 그 자체예요."

얀의 얼굴은 어느새 꿈을 꾸는 듯한 몽롱한 표정으로 바뀌어 있었다.

"내가 원하는 건 늘 단 한 가지, 내 아이를 갖는 거였죠. 바비였다면 그 일이 더 빨리 실현됐을지도 몰라. 그 여자는 돈 많은 놈팡이 하나 꼬셔보려고 혈안이 되어 있었으니까. 그러기 위해서는 임신이 좋은 미끼였거든요. 그렇지만 야닌은 아이를 원하지 않았어요. 피임약을 잠시 중단해야만 하자 날 아예 곁에도 못 오게 했어요. 그래서 거실에 있는 소파에서 잤죠. 콘돔을 쓰겠다고 해도 자기를 속일지 모른다면서 믿지 않았어요."

그는 나지막이 웃었다.

"그래서 생각했죠. '어디 잠들기만 해봐라. 제대로 한번 속여줄 테니까.' 그때가 바로 배란기였거든요. 그녀의 생리 날짜와 배란기까지 난 훤히 꿰고 있었어요."

그의 목소리는 한편으로 슬프고 애틋하면서도 다른 한편으론 죄책감에 차 있었다.

"난 그저 아이를 원했던 것뿐이에요, 니클라스. 아이들은 아름답고 순수하죠. 아이들은 다른 사람을 아프게 하지 않아요. 그리고 사랑해주면 고마워할 줄 알죠. 또 자기를 사랑해주는 사람을 좋아해요. 아이들은 당신이 침대에서 불능이건 아니건 상관하지 않아요. 중요한 건 당신의 튼튼한 팔이죠. 피곤해서 걷기 싫을 때 번쩍 안아줄 수 있는. 맨디는 날 처음부터 좋아했어요. 그런데 갑자기 야닌이 깨어난 거예요. 오, 세상에, 어찌나 미친 듯이 날뛰던지. 온 집이 떠나가도록 소리를 질러댔어요. 그래서 그녀의 입을 막으려다가, 막으려다가 그만……"

그는 말을 멈추곤 어깨를 축 늘어뜨렸다. 다음 말은 부탁이라기보다는 명령에 가까웠다.

"맨디를 데려와요."

"최선을 다할게요."

그 순간 머릿속에 부러진 갈비뼈에 대한 루이스의 말이 섬광처럼 스쳤다. "······남자가 무릎으로······" 얀은 야닌 브레스테를 소설에서 묘사한 것과는 다른 방법으로 죽였던 것이다. 그러나 그렇다고 달리지는 건 없었다.

나는 카메라에 정신을 집중했다. 첫번째 사진은 별로였다. 그래서 그림에 좀더 가까이 가서 다시 한 장을 더 찍었다. 그런 다음 그림을 벽에서 떼어내어 화랑의 이름이 씌어 있는 스티커를 유심히 들여다보았다.

나는 스티커를 떼서 돌돌 말아 재떨이에 넣었다. 얀은 아무것도 눈치채지 못한 것 같았다. 그는 대문까지 나를 배웅하면서도 계속 맨디 이야기를 했다. 맨디가 놀이용 모래를 작업실까지 갖고 온 이야기, 저녁마다 밥을 안 먹겠다고 떼쓰는 아이와 씨름하던 이야기. 그리고 자기가 써놓은 소설의 문장을 맨디가 뒤죽박죽으로 읊어대던 이야기.

얀은 네 살배기 작은 악마였다.

*

목요일 오전 아홉시에 지방법원에서 재판이 있었다. 세 시간쯤 걸릴 거라고 생각했는데 생각보다 빨리 끝났다. 법원에서 나올 때 시계를 보니 열시 반이었다. 화랑은 그곳에서 멀지 않았다.

일은 오 분 만에 끝났다. 나는 형사 사건을 조사중인 변호사라고 설명했다. 폴라로이드 사진을 유리탁자 위에 올려놓자 주인은 처음에는 전혀 기억나지 않는다고 했다. 그래서 그림이 팔린 대강의 날짜를 말하자 주인은 장부를 뒤져보더니 물건을 사간 사람의 이름을 말해주었다.
 부장검사가 어떤 이유로 몇 번 만나지도 않은 여자에게 결혼 선물로 만이천 마르크씩이나 하는 그림을 사준 걸까?
 그레타는 그 동안 새로운 소식을 들었다. 이번에는 아벨레 검사가 사무실로 와달라고 진심으로 청했다는 것이었다. 나는 그레타를 그곳까지 태워다주었다. 차 안에서 우리는 그와 테스의 관계가 언제 시작된 것일까 추측해보았다. 그레타의 기억으로 두 사람이 처음 만난 건 그레타의 집에서였다. 그러나 그때 두 사람이 서로에게 특별히 매력을 느낀 것 같은 조짐은 조금도 없었다.
 나는 테스가 송년파티가 열린 날 밤 낯선 남자의 미행과 고의로 불통이 된 전화에 대해 말하던 것이 떠올랐다. 그리고 그 일에 대해 루이스와 격렬한 논쟁을 벌인 것도. 그날 저녁 우리는 다시는 남자들의 유혹에 넘어가지 않을 거라는 테스의 말이 새빨간 거짓말이라는 걸 우리만 알고 있을 거라고 착각하고 있었다. 그런데 실은 루이스가 우리보다 그 사실을 더 잘 알고 있었던 것이다.
 유혹이라니! 그건 단순한 유혹이 아니라 역겹고 끔찍하고 더러운, 바로 그 대화에 꼭 맞아떨어지는 그런 것이었다.
 십오 분쯤 후에 우리는 두툼한 천으로 방음장치가 되어 있는 문을 열고 그의 사무실로 들어갔다. 그레타는 아무 말 없이 그를 물끄러미 바라보았다. 나는 간단하게 인사말을 건넨 다음 그의 말을 들을 준비를 했다. 내가 따라온 것에 대해 그는 별로 개의치 않고 아예 나의 존재를 무시해버렸다. 그는 부드러운 말투로 그레타의 이성과 양심을 일깨우려고 노력했다. 그리고 나서 얀이 범인임을 증명해주는 증거들을 하나씩 열거했다. 그레타가 의심받을 수 있는 여지는―삼십 년간이나 지켜온 우정이었기에—조금도 없었다. 나는 그의 말이 끝날 때까지 잠자코 있었다.

그의 말을 충분히 들은 후에 나는 제일 잘 나온 사진 한 장을 책상 위로 내밀었다. 그러자 그는 눈을 질끈 감았다.

"이게 뭔가?"

"검사님이 테스의 결혼 선물로 준 그림의 사진입니다. 어제 저녁 제가 찍은 거죠. 그리고 오늘 아침에 그 그림을 판 화랑에 갔었습니다."

루이스는 아무 말도 하지 않았다. 물론 나도 더 캐묻지 않았다. 잠시 후 그가 사진에서 시선을 떼지 않은 채 물었다.

"내가 소중하게 생각하던 여자의 결혼식에 선물을 하는 게 무슨 큰 죄라도 되는 건가?"

"그건 아니죠."

"그럼 뭐가 잘못이란 말인가?"

"도둑질이 잘못된 거죠. 보석함에서 진주반지를 꺼낸 건 루이스 당신이에요. 어떤 판사라도 그렇게 할 수 있는 사람이 당신뿐이었다는 걸 인정할 거예요. 게다가 당신에겐 그럴 만한 이유가 있죠. 얀은 당신의 온갖 변태적인 상상력이 만들어낸 것보다 더 심한 매질과 학대, 수모를 겪으며 어린 시절을 보냈어요. 그런 남자를 이 년이나 상상도 못 할 파렴치한 방법으로 속이고 거기다가 한술 더 떠 자기 아내를 죽인 살인범으로 모는 것, 그것보다 더한 죄가 있을까요?"

루이스는 맹렬한 반격을 위해 숨을 들이쉬었다. 그러나 그레타는 틈을 주지 않고 몰아붙였다.

"테스와 아무런 관계도 아니었다는 변명 따윈 하지 말아요. 법의관들이 테스의 몸에서 충분한 자료를 수집했으니까. 그들이 디엔에이 분석을 했다는 걸 당신도 알잖아요. 안됐지만 당신이 이 사건을 낚아채기 전에 베버링이 이미 디엔에이 조사를 의뢰해놨더군요. 당신이 이 사건을 맡은 이유가 오로지 증거를 없애기 위해서였나요, 바로 그 반지처럼?"

나는 그렇게 창백해진 루이스를 본 적이 없었다. 그러나 어떤 일이건 처음이 있게 마련이다. 우리 둘 다 선 채로 있자 루이스는 의자를 가리키며 떨리는 목소리로 말했다.

"일단 자리에 앉게."

우리는 자리에 앉았고 나는 느긋한 자세로 의자에 몸을 기댔다. 그레타는 그를 경멸의 눈초리로 바라보았다. 한참이 지나서야 그는 겨우 입을 열었다.

"자네들은 그러니까 내가 테스를 죽였다고 생각하는 건가? 틀렸어! 그렇다면 나 외에 범인은 단 한 사람뿐이야, 바로 얀 틴너지!"

이번에는 루이스가 그레타를 경멸의 시선으로 쏘아보았다. 어떤 효과를 기대했는지는 모른다. 그러나 그레타가 꿈쩍도 하지 않자 이번에는 나에게로 시선을 돌렸다.

"수화기를 통해 똑똑히 들었어. 그자가 고함치는 걸. 테스를 끝장내겠다고 협박했단 말일세."

"그런 일이 있기 전에 미리 조심했어야죠."

그레타가 말했다.

"말도 안 되는 소리!"

루이스는 중얼거리며 고개를 떨구었다. 그러나 곧 고개를 들고 다시 말했다.

"난 테스가 원하지 않는 일은 하지 않았어. 우린 항상 선을 분명히 지켰지."

"그때도 그랬나요? 당신이 친자 확인서를 되찾으려고 몹쓸 짓을 했을 때 말예요."

내가 물었다. 루이스는 쇳소리를 내며 웃었다.

"친자 확인서 같은 건 없었어. 내가 테스에게 미쳐 있었던 건 사실이지만 그런 걸 남길 정도로 이성을 잃진 않았네. 그녀가 입을 다무는 조건으로 돈을 주기로 약속했었지. 그리고 테스는 그 약속을 지켰어."

"금요일까지는 그랬겠죠. 테스가 제게 전화했을 때 거기 있었죠?"

내가 물었다. 그는 고개를 저었다.

"나는 두시 반에 사무실에서 나갔어."

그 순간 232라는 숫자가 떠올랐다. 아마 어느 호텔방의 번호일 것이다. 테스가 나한테 전화를 걸었다는 것은 물론 보고서를 통해 알았을 것이다. 그는 그밖의 진술 내용들도 알고 있었다. 의미 없는 진술. 그리고 그것을 모두 사실이라고 믿었을 것이다.

"그걸 저더러 믿으란 말입니까? 테스는 이혼하려고 했어요. 당신이 테스에게 거짓 약속을 한 게 틀림없어요. 그렇지 않다면 당신이 그 방을 나가자마자 저한테 전화를 걸진 않았을 거라구요."

그러나 그는 다시 고개를 저었다.

"나는 그녀에게 어떤 약속도 한 적이 없어. 그날도 예외는 아니었고."

"그럼 세시 반에는 왜 전화한 거죠? 그건 당신 맞죠?"

그레타가 물었고 그는 고개를 끄덕였다.

"함께 지낸 다음에는 자주 전화 통화를 하곤 했어. 뭐랄까, 일종의 확인 전화 같은 거였지. 그럴 때마다 꼭 다시······"

그는 말을 하다 말곤 그레타를 날카롭게 쏘아보았다.

"지금 그런 질문을 왜 하는 거지? 원하는 게 뭐야?"

"무고한 사람이 감옥에 가는 걸 막으려는 것뿐이에요."

그는 코웃음을 쳤다.

"그자가 무고하다니. 자넬 이해할 수가 없군, 그레타. 니클라스 한 사람만으로는 만족을 못 하는 건가?"

그러더니 그는 변명하듯 비굴한 표정으로 나를 바라보았다.

"얼마 전에 테스한테 들은 얘기가 있어서 하는 소리야. 그래도 난 믿지 않았네. 그레타가 그…… 그……"

그는 말을 중단하고 헛기침을 했다. 그 다음 말은 결국 하지 않았다. 그의 태도에서 이미 자신이 승산 없는 게임을 하고 있다는 걸 깨닫고 있음을 알 수 있었다.

내가 마음만 먹는다면…… 질투의 화신인 헬라는 그 시간에 나의 부모님과 함께 테라스에서 차를 마시고 있었다. 다시 말해 루이스의 알리바이를 증명해줄 사람은 아무도 없다. 그러나 나는 그를 곤경에 빠뜨리고 싶지도 또 그에게 죄를 뒤집어씌우고 싶지도 않았다. 내게 중요한 건 단 한 가지뿐이었다. 그는 카라이스와 펠버트가 지쳐 자포자기할 때까지 움직이게 할 수 있었다. 그리고 설사 그들이 루이스의 기대와 달리 테스를 죽인 범인에 대한 증거를 찾는다 하더라도 판사로서 그 증거를 불충분한 것으로 판정해버리면 그만이었다. 어쨌든 그가 사건을 맡는 한 그레타는 안전했다.

나는 마지막으로 그가 이 년 반 전에 테스에게 두 사람의 관계를 덮어줄 멍청이를 찾으라고 충고했느냐고 물었다. 그는 어깨를 으쓱해 보였다.

"자넬 괴롭히지 말라고 했을 뿐이네. 테스가 그때 누굴 노리고 있었는지는 굳이 설명하지 않아도 알 테지, 안 그런가?"

그건 그랬다. 그런데도 나는 물었다.

"왜죠? 제가 검사님의 계획에 방해가 될까봐 두려웠던 겁니까? 그랬다면 잘 생각하셨습니다. 저 같으면 그런 꼴을 이 년은 고사하고 단 두 달도 못 봐 넘겼을 테니까요."

내가 자리에서 일어서자 그레타가 팔을 잡아당겼다.

"잠깐만 기다려, 니클라스. 맥킨리와 브레스테의 서류를 봐야 하잖아."

나는 얀이 그 전날 밤에 한 행동 때문에 그레타에게 그 서류에 대해 언급하지 말라고 미리 말해두었다. 물론 그게 그녀에게 얼마나 중요한지 잘 알고 있었다. 그러나 그레타는 지금까지 자신이 한 일이 누굴 위한 것이었는지 알고 싶어했다.

그게 고의가 아니었다는 걸 나는 확신한다. 그레타는 테스에게 도와주고 싶다는 뜻을 전했고 테스가 호랑이굴에 제 발로 들어가는 걸 막으려고 했다. 그러나 테스는 오히려 그 삼류소설 같은 장난을 극단으로 몰고 간 것이다.

그녀의 태도와 말 때문이었던 게 틀림없다. 테스는 지난 삼십 년간 수많은 얘기를 했고 그중 반 이상이 꾸며낸 이야기였다. 종교수업 시간에 쓴 두 가지 소원, 집에 침입한 강도, 티리아 해안에서 상어에게 물려 죽을 뻔한 일, 그리고 송년파티 때의 미행 소동처럼. 그레타는 그 모든 것이 테스의 상상력이 만들어낸 거짓 이야기이며 그녀에겐 단순한 유희에 불과했다는 걸 알고 있었다. 그녀의 어디에도 진실은 없었다.

그 일에 대해 자세히 이야기하다보니 테스의 모습이 눈앞에 선했다. 치밀하게 계산된 칼자국. 그레타는 그 부분을 수없이 읽고 또 읽었다. 그러나 자기가 소설에 씌어진 그대로 했다는 것은 스스로도 의식하지 못했다. 정장에 핏방울이 튀었고 테스의 말이 귓가에 맴돌았다. "사랑하는 그레타, 얀은 네가 생각하는 그런 사람이 아니야." 그건 사실이었다. 다만 그때까진 그레타가 그 사실을 몰랐던 것뿐이다.

그레타는 오로지 테스의 표현대로 얀이 피를 흘리도록 놔두지 않겠다는 생각뿐이었다. 테스가 입만 다물었더라면, 그레타가 금요일 오후에 그 다음 순간에 벌어지게 될 일을 미리 알았더라면, 내가 십삼 년 전에 이성을 잃고 테스에게 빠지지만 않았더라면. 만약…… 그랬더라면! 그러나 엎질러진 물은 주워담을 수 없는 법이다.

그건 살인이라 할 수 없다. 그저 조금 과했던 것뿐이다. 그러나 루이스는 어쩔 도리가 없었다. 그 오랜 세월 동안 자신의 흔적을 감쪽같이 속여왔건만, 결국은 책상 앞에 망연자실한 모습으로 가엾게 앉아 있을 수밖에 없었다.

그러나 그는 서류를 보여달라는 그레타의 요청을 거절했다.

"잊어버려, 그레타. 별거 없으니까."

"바바라 맥킨리의 손가락이 여덟 개나 부러졌다고 했죠? 게다가 머리에는 둔기로 얻어맞은 것처럼 금이 가 있구요. 그게 혹시 넘어지면서 돌부리에 부딪힌 상처는 아닌가요?"

"그럴 수도 있지. 물론 등산을 하다가 생긴 상처일 수도 있어. 맥킨리의 시체는 시꺼멓게 타버렸고 잿더미에서는 시체의 일부밖에 못 건졌어. 게다가 부검을 형식적으로만 했다면……"

그는 지치고 흥미를 잃은 목소리로 다음 말을 잇지 못했다.

"그럼 야닌 브레스테의 갈비뼈가 부러진 건요?"

루이스는 어깨를 으쓱해 보였다.

"그것도 구조과정에서 그랬을 수도 있어. 법의관도 그럴 가능성이 있다고 했거든. 소방관 한 사람이 심장에 전기충격을 줬대. 희생자를 살릴 수 있을 거라고 생각했던 모양이야."

"시꺼멓게 탄 시체를 말인가요?"

"그건 소설에서만 그랬어. 다시 한번 잘 생각해보라고. 어쩌면 다음 대상이 자네가 될지도 모르니까."

그레타는 고개를 저었다. 다시 한번 생각할 것도 없다. 이미 그녀 대신 희생자가 발생했으니까. 그렇다고 얀에게 하지도 않은 일을 뒤집어씌울 수는 없었다. 그리고 바바라 맥킨리와 야닌 브레스테 또는 다른 다섯 명의 여자들이 모두 그에게 희생됐다는 주장도 무턱대고 믿을 수만은 없었다. 한 명을 살해한 데 대한 벌은 일곱 명을 살해한 죄가에 비하면 너무 가볍다는 루이스의 말도.

루이스는 얀이 아주 교활해서 원인 불명의 살인 사건에서 수사를 담당하는 형사들과 직접 접촉했을지도 모른다고 생각했다. 그건 정말 짜릿한 경험이었을 것이다. 살인자가 작가로 신분을 위장하고 나타나 자기가 저지른 범죄를 조사하고 난감해하는 담당 공무원들을 보며 즐거워하는 것. 테스는 루이스에게 이미 몇 번씩이나 그런 식의 이야기를 언급했었다.

"그럼 얀이 바로 그런 사람이라는 증거를 찾아내봐요."

사무실을 나오면서 그레타가 말했다.

장례식에서 얀은 그레타 옆에 앉아 있었다. 그러나 그는 그런 사실을 전혀 의식하지 못했다. 두 눈은 연신 꽃으로 뒤덮인 관과 맨디 사이를 오갔다. 식장에 있는 동안 맨디는 산드라 담녀의 무릎에 앉아 있었다.

나는 약속을 지키지 않았다. 맨디를 데려가고 싶다는 얀의 희망을 요아힘이나 산드라에게 전하지 않은 것이다. 아이를 위해서라도 그럴 수 없었다. 그러나 설사 내가 얀의 편이 되어주고 또 담녀 부부가 아이를 양보했다 하더라도 얀은 아이를 오래 데리고 있을 수 없을 것이다. 미해결 사건들에 대한 조사가 다시 시작된 것이다. 루이스 때문이었다. 장례식이 끝나자마자 얀은 조사를 받게 될 것이다. 그러나 그는 아무것도 모른 채 맨디와 보낼 행복한 미래를 꿈꾸고 있었다.

그가 간절한 눈빛으로 아이를 바라보는 모습을 차마 볼 수가 없었다. 그리움이 가득한 얼굴, 사랑과 순수에 대한 끔찍한 갈구. 처음으로 그가 안됐다는 생각이 들었다.

밖으로 나와 산드라가 맨디의 손을 잡아끄는 순간 아이가 얀의 바짓가랑이를 붙들고 함박웃음을 지으며 말했다.

"아빠."

그는 아이를 한 손으로 번쩍 안아올렸다. 다른 손에는 검은 우산이 들려 있었다. 끝없이 장대비가 내리고 있었다. 맨디는 두 팔로 얀의 목을 끌어안고 수염이 난 턱에 뺨을 비볐다. 얀은 그런 아이를 꼭 끌어안으며 뺨에 키스를 했다.

그는 울고 있었다. 그 순간 맨디가 어른이 되어 사랑에 빠지고 그의 곁을 떠나는 모습을 상상했던 것이다. 그건 테스가 관뚜껑을 열고 튀어나와 자신이 죽게 된 사연을 온 천하에 알리는 것보다 더 끔찍했다.

나는 그레타의 어깨에 손을 얹었다. 식장 안에서도 줄곧 그러고 있었다. 우리가 커플임을 사람들 앞에서 드러내고 싶어서가 아니었다. 그저 그레타가 쓰러지거나 불쑥 자리에서 일어나 사실대로 털어놓지 못하도록 하기 위한 것일 뿐이었다.

빗속에 서 있자 현실에 대한 감각이 되살아났다. 다시 객관적이고 냉정하게 생각할 수 있게 되었고 설사 얀이 살인자라는 증거가 없다 하더라도 요아힘과 산드라 담너가 맨디를 얀에게 맡기지 않을 거라는 확신이 들었다. 그리고 만에 하나 그들이 앤을 정말 좋은 사람이라고 여겨서 맨디를 양딸로 준다 하더라도 맨디의 친아버지가 온갖 방법을 동원해서 그 결정을 취소하도록 만들 것이다. 아이라면 털끝만큼도 관심이 없는 사람이지만 그래도 자기가 낳은 딸의 일에 대해선 최소한의 책임감을 느낄 테니까.

나는 몇 번이나 뒤를 돌아보았다. 루이스의 모습이 보이질 않았다. 카라이스는 장례식장에 와 있었다. 그들은 사건이 더이상 진전되지 않을 때 간과했던 어떤 사실이나 사람이 눈에 띄지 않을까 하는 희망을 안고 장례식에 나타난 것이다. 그러나 테스의 장례식에서 눈에 띌 만한 건 아무것도 없었다. 오로지 거짓으로 가득 찬 관 외에는.

옮긴이의 말

테스와 그레타, 얀과 니클라스.

아름답고 활달한 성격의 테스, 볼품없는 외모에 내성적인 그레타는 초등학교 때부터 삼십 년간 떼려야 뗄 수 없는 자매 같은 친구 사이이다. 주위 사람들은 너무나 대조적인 두 사람이 그토록 오랫동안 친구로 지내는 것에 대해 신기하게 여긴다. 어릴 때는 늘 테스의 그늘에 가려져 지냈던 그레타이지만 법대를 졸업한 뒤 변호사가 되고 좋은 가문 출신의 동료 변호사인 니클라스 브란트와 결혼까지 약속하게 된다. 반면 테스는 화려한 모델의 삶을 꿈꾸지만 뜻을 이루지 못하고 변변한 직업 없이 빈둥거리면서 산다.

그러던 어느 날 테스를 처음 보게 된 니클라스는 테스의 아름다움에 반해 그레타에게 파혼을 선포한다. 그후 실연의 아픔을 극복하기 위해 오로지 일에만 전념하던 그레타는 옆집으로 이사 온 드라마 작가 얀에게 끌리지만 얀은 그레타의 사랑을 외면한다. 송년의 밤, 그레타는 얀의 사랑을 얻기 위해 치밀한 계획을 세우지만 얀과 테스가 가까워지는 엉뚱한 결과를 낳고 만다. 그리고 얼마 후 테스와 얀의 결혼 소식이 들려온다. 한편 테스의 아름다움에 잠시 이성을 잃은 것일 뿐 그것이 진실한 사랑은 아니었음을 깨달은 니클라스는 그레타에게 돌아가고 싶어하지만 이미 얀을 사랑하게 된 그레타는 니클라스의 청혼을 받아들이지 않는다.

테스와 얀의 결혼생활은 주위 사람들이 우려하던 대로 순탄해 보이지 않는다. 어느 날 테스의 몸에서 고문이나 학대를 받은 것 같은 상처를 발견한 그레타와 니클라스는 테스와 얀의 사이가 심상치 않음을 직감한다. 그 이유가 얀의 심각한 가학성에 있다고 생각한 니클라스는 몰래 얀의 과거를 파헤치다가 그가 그 동안 수백 번을 고치고도 여전히 완성하지 못한 범죄소설의 내용이 허구가 아니라는 사실을 알게 된다. 소설의 소재가 되고 있는 살인 사건의 범인이 다름아닌 얀 자신이라고 생각한 니클라스는 얀과 테스를 떼어놓아야 한다고 그레타를 설득하지만, 그녀는 니클라스가 질투 때문에 얀을 모함하는 거라며 오히려 화를 낸다. 그러던 어느 날 테스는 자기 집 테라스에서 싸늘한 시체로 발견된다……

진실보다 더 진실 같은 거짓 그리고 거짓보다 더 거짓 같은 진실!

과연 우리 눈에 비춰지는 일상적인 현상들에서 우리는 어떤 것은 진실이고 어떤 것은 거짓이라고 얼마나 자신 있게 말할 수 있을까? 이 소설은 주인공들의 모호하고 가식적인 관계를 통해 일상 속에서 진실과 거짓이 물과 기름처럼 명확하게 구분된다고 믿는 우리의 확신을 가차 없이 무너뜨리고 있다.

테스를 죽인 범인은 과연 누굴까? 남편 얀인가, 아니면 자기 남자를 빼앗아간 친구가 죽었으면 좋겠다고 했던 그레타일까, 그것도 아니라면 자신의 정체가 탄로나기 전에 애인의 입을 막아야만 했던 부장검사일까.

얀은 누구인가? 네 살의 어린 나이에 자기 엄마를 죽일 수밖에 없었던 끔찍한 경험과 그후로 할머니 집과 수녀원, 소년원 등을 전전하며 겪었던 학대와 성폭행으로 인해 피해의식과 왜곡된 여성상을 갖게 된 사이코 연쇄살인범인가. 아니면 그가 쓴 잔인무도하고 끔찍한 소설들이 그의 주장대로 한낱 경찰의 수사자료를 토대로 씌어진 허구에 불과한가.

죽기 전 테스의 몸에 난 상처는 또 어떻게 설명해야 할까? 얀의 가학적, 변태적 성향의 증거인가, 아니면 테스의 애인(이자 혼자 낳아 기르고 있는 아들 맨디의 아버지)이 그녀의 입을 막기 위해 폭력을 쓴 걸까. 그것도 아니라면 그레타의 추측처럼 얀을 모함하기 위해 테스가 꾸민 자작극에 불과한가.

다른 사람의 관심을 끌기 위해 늘 거짓말을 꾸며댔던 테스와 의도한 건 아니지만 끔찍한 범죄소설 같은 삶을 살아온 얀 그리고 진실과 거짓을 철저하게 가려내야 하는 변호사라는 직업을 가진 그레타와 니클라스. 이 네 사람의 기이하고 운명적인 사각구도 속에서 소설은 끝까지 테스의 죽음에 대한 진실은 무엇이며 진짜 위증을 하고 있는 자는 누구인가에 대한 명확한 답을 주지 않고 독자의 몫으로 남겨두고 있다.

이 소설의 작가 페트라 함메스파는 1991년 데뷔한 이래 지금까지 스무 편이 넘는 범죄소설을 발표했으며, 그중 『죄인』과 『인형의 무덤』이 베스트셀러 리스트에 오르면서 범죄소설 분야에서 여성 중견작가로서의 자리를 굳혔다. 최근에는 TV 시리즈와 영화로 활동무대를 넓히면서 더욱 왕성한 활동을 펼치고 있다.

옮긴이 **강혜경**
연세대 독문과를 졸업했다. 독일 프라이부르크 대학에서 독문학 석사과정을, 연세대 독문과 박사과정을 수료했다. 현재 전문번역가로 활발하게 활동하고 있다. 옮긴 책으로 『꼬마 인디언』 『용의 기사』 『도둑의 왕』 『왜 학교에 가야 하나요』 『기차역 너머에 바다가 있다』 『야누스의 얼굴 천칭자리』 『잔인한 승부사 사자자리』 『아빠, 찰리가 그러는데요』 『여성들을 위한 단순하게 사는 법』 『이혼전야』 『아이에게 NO라고 말하라』 『물』이 있다.

문학동네 세계문학
위증

초판인쇄	2004년 10월 20일
초판발행	2004년 10월 25일

지 은 이	페트라 함메스파
옮 긴 이	강혜경
펴 낸 이	강병선
책임편집	차창룡 조연주 황문정 김송은
펴 낸 곳	(주)문학동네
출판등록	1993년 10월 22일 제406-2003-045호

주 소	413-756 경기도 파주시 교하읍 문발리 파주출판도시 513-8
전자우편	editor@munhak.com
전화번호	031) 955-8888
팩 스	031) 955-8855

ISBN 89-8281-882-0 03850

www.munhak.com